El regreso del Catón

Biografía

Matilde Asensi es una escritora con más de veinte millones de lectores en todo el mundo. En 1999 publicó su primera novela, *El Salón de Ámbar*, y en el año 2000, con *Iacobus*, empezó a conquistar un territorio de lectores que hasta entonces copaban sólo algunos grandes escritores extranjeros. Fue con su tercera novela, *El último Catón* (2001), cuando llegó el gran éxito internacional que le acompaña desde entonces. Luego apareció *El origen perdido* (2003), en el cual Asensi combina hábilmente los secretos de la historia de la Humanidad con los hackers informáticos, y *Todo bajo el Cielo* (2006), donde lleva a sus lectores a la China del Gran Emperador. Posteriormente publicó *Tierra Firme* (2007), *Venganza en Sevilla* (2010) y *La conjura de Cortés* (2012), novelas que conforman la exitosa Trilogía Martín Ojo de Plata, que cuenta con más de un millón de lectores y ha sido publicada también en un único volumen con un nuevo prólogo y documentos utilizados por la autora. En su último libro, *El regreso del Catón* (2015), recupera a personajes muy queridos por los lectores, Ottavia Salina y Farag Boswell. Las novelas de Matilde Asensi han sido traducidas a quince idiomas.

Si quieres más información sobre la autora y toda su obra, explora y disfruta en:

www.matildeasensi.net

Matilde Asensi
El regreso del Catón

Planeta

© Matilde Asensi, 2015
© Editorial Planeta, S. A., 2017
   Avda. Diagonal, 662, 6.ª planta. 08034 Barcelona (España)
   www.planetadelibros.com

Adaptación de la cubierta: Booket / Área Editorial Grupo Planeta
Fotografía de la autora: © Gregorio A. Sebastian
Ilustración del interior de cubierta: © Oronoz / Album
Primera edición en Colección Booket: enero de 2017

Depósito legal: B. 23.491-2016
ISBN: 978-84-08-16590-3
Impresión y encuadernación: Rodesa, S. L.
Printed in Spain - Impreso en España

Para mis sobrinos Gonzalo el marinero, Almudena la bailarina y Berta la gimnasta. Gracias por saltar, bailar, tocar el piano, cantar y pelearos a gritos sobre mi despacho y mi cabeza mientras escribía éste y otros libros anteriores. Afortunadamente, os estáis haciendo mayores y mi vida está mejorando mucho. Os diré algo sin que se entere nadie: os quiero

CAPÍTULO 1

Como es bien sabido, la historia la escriben los vencedores y los vencedores, con el tiempo, adquieren el poder de obligarnos a creer lo que escribieron, de hacernos olvidar lo que no se escribió y de inducirnos a tener miedo de lo que jamás ocurrió. Todo para seguir ostentando el poder, sea poder religioso, poder político o poder económico. Da igual. A ellos, a los vencedores, deja de importarles la verdad y a nosotros, la gente, también. A partir de ese momento el pasado lo reescribimos entre todos, haciéndonos cómplices de aquellos que nos engañaron, nos asustaron y nos dominaron. Pero la historia no es inamovible, la historia no está escrita en piedra, no tiene una única versión ni una única interpretación aunque así nos lo hagan creer y, lo que es aún peor, aunque así nos lo hagan defender con nuestras vidas, nuestro fervor o nuestro dinero. De este modo aparecen las ortodoxias, las grandes verdades, pero también las guerras, los enfrentamientos y las divisiones. Y ahí es cuando nos han ganado para siempre. Sin embargo, a poco que nos armemos de valor, demos un paso atrás y, como ejercicio, miremos el mundo desde puntos de vista diferentes al nuestro, descubriremos y aprenderemos la más importante de las lecciones: la incertidumbre. La verdad os hará libres, dijo Jesús. Sí, pero la verdad la escriben los vencedores, así que, para ser realmente libres sólo tenemos la incertidumbre, la desconfianza y la duda. Y también un pequeño truco que a mí me costó mucho tiempo aprender: tener siempre muy presente que las herejías —de cualquier clase, no sólo religiosas—

son tan ciertas como las ortodoxias y que, además, nunca intentaron imponerse por la fuerza o vencer por el miedo. Por eso perdieron.

—¡Oh, Dios mío, al fin! —exclamé aquella tarde, entrando en casa y lanzando al aire, uno tras otro, mis odiosos zapatos de tacón.

—¿Ya de vuelta? —gritó Isabella desde el salón.

—Ottavia, están a punto de llegar —me advirtió prudentemente Farag mientras colgaba su chaqueta en el armario de la entrada.

—¿Por qué? —protesté—. ¿Por qué tienen que venir visitas después de soportar una estúpida fiesta?

Farag no me respondió. Se acercó hasta mí con una sonrisa cargada de paciencia y me dio un fuerte beso en los labios con más sabor a cerrojo que a pasión. Respondí con la misma fuerza y acabamos riéndonos. Era un beso, ¿no?, lo di por bueno y me separé de él con una mirada divertida antes de dirigirme hacia el salón.

Mi desagradablemente joven y preciosa sobrina Isabella, de diecinueve insultantes años y estudiante de Ciencias e Ingeniería Informática en la UofT, la Universidad de Toronto en la que Farag y yo trabajábamos desde hacía apenas un año, estaba derrumbada en uno de los sofás viendo la televisión. Llegué hasta ella sorteando la mesa de centro, sus zapatillas y una bolsa vacía de esas porquerías que comía a todas horas y que, para mayor agravio, ni le engordaban ni le quitaban el apetito en la mesa. Estiró el cuello para dejarse besar en la mejilla y con el brazo me apartó discretamente para que no siguiera interponiéndome entre la pantalla y ella.

—Venga, recoge todo esto y enciérrate bajo llave en tu habitación —le dije apilando su *tablet* y su móvil y reuniendo sus zapatillas—. El presidente Macalister y un par de colaboradores de la universidad están a punto de llegar.

—¿Pero no venís ahora de casa de Macalister? —se sorprendió, incorporándose rápidamente para ayudarme a recoger su propio desastre. Isabella, como buena Salina, era tan insurrecta como obediente. Vivía con nosotros desde el año anterior, desde que terminó el colegio y decidió, para gran disgusto de su madre, que no sólo no quería saber nada de los negocios de la familia sino que tampoco estaba dispuesta a seguir por más tiempo en Sicilia. Desde que nació, Isabella había sido mi sobrina favorita —de entre los veinticinco hijos de mis ocho hermanos— y, como lo sabía perfectamente, era experta en manipularme y en obtener de mí todo cuanto se le antojara. Ni que decir tiene que para su tío Farag era, sencillamente, la maravilla más grande de la creación, la inteligencia más superdotada y, desde que se había hecho mayor, la obra de arte más exquisita (aunque de pequeña también era la niña más bonita del mundo).

Isabella se puso en pie y, mientras pulsaba el botón del mando a distancia para apagar la televisión, volvió a estirar el cuello hacia un lado con indiferencia para exponer su mejilla al beso de su tío. Ella era así, cariñosa como pocas, además de medir un metro ochenta, estar delgada como un alambre, tener unos preciosos ojos negros de larguísimas pestañas y lucir una espectacular melena de color castaño claro que recogía con ayuda de un coletero. Es decir que, físicamente, no se me parecía en nada.

—En efecto, venimos de casa de Macalister —confirmé, dejando caer en el hueco de sus brazos todas sus pertenencias, zapatillas incluidas—. Pero el señor presidente nos ha comunicado que a las siete en punto visitará nuestra humilde morada en compañía de un par de personas muy importantes que desean conocernos.

—¿Constantino otra vez...? —preguntó aburrida, echando a andar en dirección a la escalera que llevaba al piso de arriba, a su habitación.

—No debes olvidar —protestó su tío, dejándose caer en el sofá de enfrente al que había estado ocupando Isabella—, que somos los extraordinarios y célebres descubridores de la tumba de Constantino el Grande. Nuestra fama y reputación nos precede.

—¡Ya, bueno! —bufó ella despectivamente, desapareciendo por el pasillo superior. Aunque por todas partes nos asediaba el idioma inglés, en casa, entre nosotros, hablábamos siempre en italiano—. ¡Que disfrutéis! Hasta mañana.

—¡Buenas noches! —voceé sentándome junto a Farag, que me pasó el brazo por los hombros y me atrajo hacia él—. ¡Que me maten si tengo ganas de mencionar de nuevo el nombre de Constantino el Grande! —refunfuñé con un suspiro de resignación.

—Como acabo de comentar, *basíleia* (1), nuestra gran fama y repu...

—¡Oh, cállate ya, profesor! —proferí rabiosa propinándole un bocado en el cuello, justo debajo de la oreja.

—¡Ay!

El timbre de la puerta sonó en ese mismo momento. Ambos dimos un respingo.

—¿Qué hora es? —preguntó precipitadamente Farag mirando su reloj—. ¡Pero si aún faltan diez minutos para las siete!

—¡Esconde mis tacones! —fue todo lo que se me ocurrió decir mientras echaba a correr hacia nuestra habitación para ponerme unos zapatos bajos que quedaran bien con mi preciosa chaqueta azul egipcio y mi falda negra.

Llegué a la puerta justo a tiempo para recibir con una extraordinaria y muy sincera alegría al presidente de la UofT, Stewart Macalister, y a un encantador y octogenario (o nonagenario) matrimonio de blanca y atractiva sonrisa. El caso es que la cara de él me sonaba de algo, aunque no podía recordar de qué.

—Buenas noches, Ottavia —me saludó Macalister—. Farag... Buenas noches. Permitidme presentaros a Becky y Jake Simonson, viejos amigos míos y grandes colaboradores de nuestra universidad.

—¿Simonson...? —exclamamos Farag y yo a la vez, mirando asombrados al octogenario (o nonagenario) matrimonio que,

---

(1) «Emperatriz» o «princesa» en la antigua Bizancio.

mientras nos sonreían ampliamente, se colaban en nuestra casa empujados por Macalister.

Jake Simonson, de afilada barbita blanca y manchas oscuras en la piel de pergamino, tomó mi mano y se la acercó cortésmente a los labios con una inclinación mientras Farag hacía otro tanto con la huesuda y elegante Becky.

¿Quién no había oído hablar de los Simonson alguna vez en su vida...? Se habían escrito ríos de tinta sobre ellos, su familia y su inmensa fortuna; había libros que demostraban su pertenencia a sociedades secretas peligrosísimas, su carácter de conspiradores para dominar el mundo y su indudable linaje extraterrestre. Claro que, allí, en el salón de mi casa de Toronto, parecían una pareja normal y corriente de ancianos acomodados y si sus antepasados procedían de otro planeta no se les notaba en absoluto. Otra cosa era que quisieran dominar el mundo, que a lo mejor sí, pero ¿para qué, si ya eran dueños de todo a través de sus negocios y sus multinacionales del petróleo? Ahora me resultaba mucho más fácil entender qué tipo de colaboración desarrollaban con la UofT: dinero. Y en grandes cantidades, supuse.

Macalister, como si fuera el dueño de nuestra casa (en realidad lo era, puesto que la vivienda pertenecía al campus de la universidad), acomodó a Becky y a Jake en uno de nuestros sofás y se dispuso a servir las bebidas (bourbon para ellos, los hombres, ginebra para Becky y un refresco para mí, ya que el alcohol siempre me ha sabido a medicina). Por suerte, Farag se dio mucha prisa colgando en el armario los abrigos de los Simonson para no dejarme sola y regresó a tiempo para reemplazar a Macalister con los vasos y el hielo. La conversación durante estos primeros momentos fue totalmente insustancial. Becky Simonson me comentó la tristeza que le causaba volver a Toronto, a su ciudad, en pleno mes de mayo con aquel tiempo tan malo, nublado y lluvioso, y se quejó con delicadeza del frío que hacía en mi salón. Aunque era cierto que estábamos teniendo unos días horribles, más propios del frío invierno canadiense que de la primavera —el cambio climático, sin duda—, para mí la temperatura del salón era más que correcta pero, aun así, me apresuré a encender la calefacción ya que también Jake, a quien Macalister le estaba contando el gran éxito que había supuesto para la UofT conseguir a los descubridores del mausoleo de Constantino, se frotaba discretamente las manos tratando de hacerlas entrar en calor. No cabía duda de que acababan de llegar de algún lugar muchísimo más cálido, ya que, seguramente, debían de invernar en alguna isla del Caribe. Nunca hubiera sospechado que los Simonson fueran canadienses. Yo hubiera votado por un origen británico o norteamericano (por su inmensa fortuna).

Lo cierto es que jamás pensamos ni en trabajar en la UofT ni en vivir en Canadá. Tras abandonar Alejandría para *descubrir* la tumba de Constantino, nos vimos obligados, por el revuelo que se organizó a nivel mundial y por la presión del gobierno turco, a quedarnos en Estambul durante ocho años. Trabajamos muchísimo, publicamos incontables artículos, pronunciamos montones de conferencias, recibimos innumerables premios internacionales, hicimos entrevistas, rodamos documentales de televisión y recibimos ofertas de trabajo de todas las universidades del orbe. Sin embargo, nuestra idea era volver algún día a Alejandría, a nuestro hogar. Por desgracia, Butros Boswell, el padre de Farag, murió durante aquellos años, y Farag, preocupado por la creciente islamización de Egipto y por la actividad terrorista contra los coptos como él, sólo necesitó un empujoncito —el estallido de las protestas contra el gobierno de los Hermanos Musulmanes en noviembre de 2012 y el golpe de estado de 2013— para cerrar las casas, recoger todas las pertenencias y poner fin a esa etapa de nuestra vida.

Pasamos el resto del año 2013 en Roma, intentando decidir qué universidad, entre las muchas que deseaban incluirnos en su claustro, encajaría mejor con nuestras aspiraciones laborales. La crisis económica mundial que había empezado en 2008 no nos permitía demorar demasiado la decisión, pero habíamos ahorrado algo de dinero y aún podíamos aguantar sin aprietos algunos meses en el apartamento de Roma así como pagar el alquiler del guardamuebles donde teníamos todas las cosas de Alejandría. Y entonces, como una aparición salvadora, llegó en su caballo blanco (es un decir) el presidente de la Universidad de Toronto, Stewart Macalister, un hombre cercano a los sesenta aunque todavía tremendamente atractivo y con una abundante cabellera gris, ofreciéndole a Farag el puesto de director del prestigioso Centro de Arqueología de la universidad y a mí la fabulosa beca Owen-Alexandre de Investigación Científica para que, a cambio de dar algunas clases de paleografía bizantina un par de días a la semana para el departamento de Estudios Medievales, pudiera llevar a cabo uno de los trabajos más importantes de mi vida: la reconstrucción, a partir de otros códices, del famoso texto perdido del *Panegyrikon* de san Nicéforo, en el que llevaba trabajando más de una década y que, por complejas razones, siempre dejaba en suspenso y sin terminar. Era perfecto. Pero, además, como ese verano Isabella se había venido a vivir con nosotros y el presidente vio que entraba en el paquete familiar, le ofreció estudiar en la Universidad de Toronto la carrera que ella quisiera, y ella, siguiendo la tradición de muchos de sus primos mayores, escogió Ciencias e Ingeniería Informática, estudios en los que la UofT estaba entre las diez mejores universidades del mundo.

Pronto, en un par de meses, se cumpliría el primer año de nuestra vida allí y lo cierto era que nos encontrábamos a gusto y que teníamos una casa bonita. Después de la locura del tiempo pasado en Turquía y en Roma, aquello era un oasis de paz, estudio y tranquilidad, si dejabas de lado el hecho de tener una sobrina de diecinueve años con una mastodóntica autoestima y una acusada disposición para la tiranía.

—¿Le gusta Canadá, doctora Boswell? —me preguntó amablemente Jake Simonson, arrancándome de golpe de mi ensimismamiento.

Miré al archimillonario con una sonrisa.

—Doctora Salina, señor Simonson. Salina —insistí—. No Boswell.

¡Qué manía tenían los anglosajones con quitarnos el apellido a las mujeres, por Dios!

—Lo cierto es que sí —continué, respondiendo a su trivial pregunta sobre Canadá—. A Farag y a mí nos gusta mucho. No tiene nada que ver con nuestros países de origen, Italia y Egipto, pero nos encanta la mezcla de culturas que hay aquí y admiramos la gran tolerancia y el respeto de los canadienses.

—Pero no me dirán que el clima no es horrible, con este frío —comentó Becky Simonson con una sonrisa de disculpa, mirando alrededor. Aunque en el salón hacía ya bastante calor, Farag se acercó al termostato y subió aún más la temperatura.

Seguía la conversación insustancial, me dije un tanto aburrida, y empecé a preguntarme qué demonios hacían los Simonson en mi casa a esas horas de la noche. Aún no habían abordado ni remotamente el maravilloso asunto del mausoleo de Constantino a pesar de que el presidente de la universidad ya lo había mencionado, y eso era algo muy, muy raro. Jake y Becky Simonson no daban señales de estar interesados en nuestro gran logro arqueológico, histórico y académico. Conocía bien la dinámica de este tipo de visitas y algo no encajaba. No habían venido por el primer emperador cristiano, eso estaba claro. Farag me lanzó una discreta mirada y supe que estaba pensando lo mismo que yo. El anciano Simonson se dio cuenta.

—Quizá se estén preguntando —murmuró en voz baja— la razón de esta inesperada reunión, en un día y a una hora tan poco apropiados.

—¡Jake, Dios mío, no! —exclamó Macalister, cruzando cómodamente las piernas y sujetando con ambas manos su vaso de bourbon—. El director Boswell y la doctora Salina están encantados de recibiros y saben que la gente como vosotros dispone siempre de poco tiempo.

Nunca había visto a Macalister tan considerado con nadie (o tan pelota). Bueno, claro, eran los Simonson, pero había algo que trascendía incluso eso. El señor Simonson, menudo, flacucho, feo y bastante calvo, tenía sin embargo un rostro amable y correcto que terminaba con esa barbita blanca puntiaguda, perfectamente recortada, que le daba un cierto aire de caballero medieval. Su mujer, Becky, era una anciana guapísima, de esas que te hacen pensar nada más verla en lo espectacular que tuvo que ser de joven. Ahora, en cambio, lucía una piel tan transparente que, por debajo, se le podía seguir el trazado de las venas, y un pelo tan plateado que parecía desprender luz propia. Aunque, bien pensado, también podía ser el efecto de todas aquellas joyas que llevaba, cuyo valor debía de superar con mucho cualquier cifra que yo fuera capaz de imaginar.

Jake hizo un gesto de agradecimiento hacia el presidente por sus palabras y luego otro a nosotros. A continuación, se arrellanó plácidamente en el sofá, junto a su mujer, y, volviéndose a mirarla, le dijo:

—Becky, ¿podrías darme el relicario, por favor?

Becky Simonson abrió su fabuloso bolso negro de Hermès, de piel de cocodrilo, y de su interior sacó, muy despacio, una cajita rectangular de plata que cabía entera en la palma de su elegante mano. Jake la cogió sin apartar de ella la mirada ni un solo segundo y, a continuación, mientras nos la acercaba un poco, alzó la cabeza y nos observó con curiosidad a Farag y a mí, como si fuera un antropólogo que estudia la reacción de dos aborígenes frente a una nave espacial. Fue entonces cuando caí en el pequeño detalle de la palabra que había utilizado para pedirle la cajita a su mujer: relicario, la había llamado relicario, y un relicario, que yo supiera, sólo servía para una cosa. El corazón se me paró en el pecho. ¿Qué tipo de reliquia custodiaba aquel relicario? Y, más importante aún, ¿qué hacía una reliquia en mi casa? Empecé a sudar por todos los poros de mi cuerpo, pero quise suponer que era por la maldita calefacción.

Fui monja en Italia durante trece años, religiosa de la orden de la Venturosa Virgen María; como tal, dirigí durante nueve años, desde 1991 a 2000, el Laboratorio de Restauración y Paleografía del Archivo Secreto Vaticano; en el año 2000, por mandato de las más altas instancias de la Iglesia Católica participé, con Farag, en la búsqueda de unas reliquias de la Vera Cruz —la cruz en la que se cree, desde su hallazgo en el siglo IV, que fue crucificado Jesús de Nazaret—, reliquias que, por aquel entonces, estaban siendo robadas en todas las iglesias cristianas del mundo (de paso, me enamoré de él y, por su culpa, dejé de ser monja y otras cosas). A raíz del fracaso de aquella búsqueda y del fracaso en la captura de los ladrones, estuvimos bajo vigilancia del ejército y la policía vaticana durante cuatro largos años, de tal manera que, si suspirábamos en Alejandría, antes de terminar de expulsar el aire ya lo sabían en Roma.

Yo era, por educación y amor a Dios, una católica ferviente y, precisamente por eso, no creía en las reliquias y no me gustaban, y, además, desde nuestra aventura con la Vera Cruz, me producían sarpullidos y estertores. Para mi desgracia, después de catorce años, tenía una de ellas nada menos que en el salón de mi casa y todas las luces y las sirenas de alarma de mi cerebro se dispararon a la vez. Mi pobre marido sudaba tan copiosamente como yo pero, mientras que yo podía quitarme la chaqueta, él había tenido que volver a ponérsela para recibir a los invitados. Involuntariamente, supongo que por el calor y la reliquia, recordé una plancha de hierro al rojo, en el suelo de unas catacumbas en Siracusa, y un círculo de ascuas ardientes que tuvimos que cruzar descalzos en Antioquía. El regreso de aquellos viejos recuerdos era la prueba más elocuente de mi sensación de peligro.

Jake Simonson dejó el relicario sobre la mesa que nos separaba y lo empujó suavemente hacia nosotros. Mi mente de doctora en Paleografía e Historia del Arte me llevó, sin quererlo, a fijarme en la delicada y exquisita belleza del objeto: representaba un pequeño sarcófago de plata con cubierta de cristal, sostenido por cuatro diminutas águilas a modo de patas y adornado con unos preciosos esmaltes en azul y dorado en los costados.

—¿Sabrían datar esta pieza? —nos preguntó el viejo Simonson. ¿Nos estaba poniendo a prueba?, me sorprendí, porque si era así, y yendo contra mis propios instintos de supervivencia, no me quedaría más remedio que responder a la provocación. Lo llevaba en los genes, no podía evitarlo. Yo era, por más que me pesara, una Salina de Sicilia, y a los Salina no se nos podía retar sin que nos lanzáramos de cabeza aunque supusiera la muerte.

—Siglo XIII, sin duda —afirmé con seguridad—. Francia. Esmaltes de la Escuela de Limoges.

Jake Simonson no intentó ocultar su admiración.

—Menos de un minuto —dijo muy sorprendido—, y sin examinarla de cerca. Ni siquiera la ha tocado. Sin duda, doctora Salina, supera usted su propia fama, lo que ya es mucho decir.

Casi me dejo llevar por las lisonjas, pero, de repente, gracias a mi natural desconfianza, pensé que quizá no había nada casual en aquella escena, que era posible que el desafío hubiera sido hecho desde la certeza de que yo lo iba a superar y que el objetivo final era halagar mi enorme —y, al parecer, conocida— vanidad profesional para conseguir ablandarme o predisponerme a favor de lo que fuera que Jake deseaba realmente y que, sin duda, vendría a continuación.

—Cójanla, por favor —nos pidió, con la suave cadencia de sus distinguidas maneras—, y obsérvenla bien.

Yo no me moví. Si en aquella cajita de plata había una reliquia guardada, no quería saberlo y, desde luego, no quería tocarla. Pero Farag se inclinó hacia la mesa y la tomó entre sus manos. Su rostro se ensombreció y empezó a parpadear nerviosamente, mientras que sus preciosos ojos azules, desde detrás del cristal de las menudas y anticuadas gafitas redondas que tanto le gustaban, saltaron de un lado a otro por el interior del relicario. La verdad, a mí aquello me mosqueó muchísimo.

—¿Qué pasa? —le pregunté.

Hizo un intento por despegar los labios y decirme algo, pero no pudo. Se volvió hacia mí y me entregó el objeto. Mi ansiedad se había disparado pero, pese a mi formidable capacidad para esperar siempre los peores males del mundo, lo que vi a través del cristal de la cubierta del dichoso relicario consiguió dejarme fuera de juego. Simplemente, no me lo esperaba.

—¿Reconocen la reliquia? —preguntó Becky Simonson con la mayor dulzura.

Habría podido matarla si el crimen no hubiera ido contra mi conciencia. No valía la pena negarlo: catorce años atrás fuimos los responsables de una enorme intervención mundial para encontrar y recuperar esas pequeñas astillas de madera arrancadas, robadas o regaladas por reyes y peregrinos durante el primer milenio de nuestra era, así que sabíamos perfectamente lo que teníamos entre manos. Se trataba, sin duda alguna, de una reliquia de la Vera Cruz. Y, lo que era aún más extraño: de ninguna manera podía ser legítima porque Farag y yo sabíamos, aunque nadie más lo supiera (salvo la gente más interesada en callar), que ya no existían reliquias auténticas de la Vera Cruz repartidas por el mundo, que todas eran falsificaciones hechas por la propia Iglesia para mantener el culto entre los fieles. Claro que se trataba de los Simonson, y ¿qué hay imposible en este mundo para alguien que lleva ese apellido? Pero no, me dije, ni siquiera ellos eran tan poderosos como para escapar de los muy inteligentes ladrones de *Ligna Crucis* —el plural de *Lignum Crucis*, «madera de la cruz»— que nosotros habíamos conocido.

—¿Es una púa de la corona de espinas de Jesús? —bromeó Farag, echando balones fuera.

—Podría ser —admitió el viejo Jake—. Los análisis con carbono 14 la fechan en el siglo I de nuestra era. Pero, si se fija bien en los extremos, director Boswell, verá que no se trata de una espina sino de una astilla. Es una reliquia de la Vera Cruz.

No me pude controlar.

—¿Cómo lo sabe? —salté—. Podría estar equivocado.

El anciano Simonson miró a su mujer y ambos sonrieron con placidez.

—Como sin duda conoce, doctora Salina, financiamos numerosas excavaciones arqueológicas por todo el mundo como parte de las actividades culturales de nuestros museos y universidades —sonrió de nuevo y alargó la mano derecha pidiéndome que le devolviera la reliquia; yo, por supuesto, no estaba deseando otra cosa, así que se la entregué rápidamente y, sin darme cuenta, me alisé la falda con un gesto que también me sirvió, de manera inconsciente, para limpiarme las manos—. Le aseguro que el lugar en el que fue hallada durante una excavación no admite dudas, así como tampoco la carta del rey Luis IX de Francia dirigida a Guyuk, Gran Khan de los mongoles desde 1246 a 1248, en la que menciona, entre otros, el regalo de esta reliquia y de su hermoso relicario con motivo de la supuesta conversión de Guyuk al cristianismo —sus labios se curvaron con un gesto de ironía—. Al dominico fray Andrés de Longjumeau se le encargó llevar la carta y los obsequios pero, para disgusto del buen fraile, cuando, tras un año de viaje, llegó a las inmediaciones de Karakórum, la capital mongola, Guyuk acababa de morir y, además, sin hacerse cristiano en absoluto, así que, con gran pesar, tuvo que entregar todos los presentes a la viuda de Guyuk, la regente Ogul Kaimish, aunque, por pura devoción, consiguió quedarse con la sagrada madera.

—¡No podía abandonarla en manos de aquellos paganos! —nos aclaró Becky, emocionada, más con la intención de que comprendiéramos la incómoda situación de Longjumeau que de insultar o menospreciar a los mongoles—. Fray Andrés se sintió obligado a salvar la reliquia aunque tuviera que entregar a Ogul Kaimish todo lo demás, que no dejaban de ser objetos valiosos pero reemplazables.

—No sabemos cómo lo consiguió —continuó su marido, acariciando los bordes del relicario—, pero se la llevó consigo en el viaje de vuelta y llegó a Palestina con ella. De hecho, tampoco se la devolvió al rey Luis IX cuando se encontró con él en Cesarea para informarle sobre el resultado de su embajada. Luis estaba en Tierra Santa como principal monarca de la séptima Cruzada y acababa de ser liberado por los musulmanes tras el pago de un considerable rescate. Me temo que, o bien fray Andrés se había encariñado con la reliquia —apuntó Jake sonriendo—, o bien no se fiaba de que Luis no volviera a regalarla a cualquier otro pagano o a usarla como pago de cualquier otro rescate. La reliquia se ha encontrado en la tumba del propio Longjumeau, recientemente descubierta en las excavaciones que se están realizando en la catedral cruzada de la antigua Cesarea, entre Tel Aviv y Haifa, en Israel.

El silencio se adueñó del salón tras las últimas palabras de Jake. La mano de Farag recorrió la breve distancia que nos separaba y sujetó fuertemente la mía. Necesitábamos alguna manera de comunicarnos sin hablar, de transmitirnos los pensamientos que cruzaban por nuestras cabezas sin que ni Macalister ni los Simonson pudieran escucharnos. El contacto de nuestras manos me confirmó que su estupor y sorpresa eran idénticos a los míos y que él sabía, como yo, que aquella astilla que teníamos delante era, sin duda, el último *Lignum Crucis* verdadero que quedaba sobre la faz de la tierra.

Becky nos sobresaltó cuando, de repente, soltó una carcajada encantadora.

—¡Oh, Jake, los has petrificado! —dijo, tremendamente divertida.

—¡Lo veo, lo veo, querida! —respondió él, riendo también—. Espero que no se ofendan por el comentario de mi esposa.

Macalister intervino. Se le veía totalmente desorientado aunque consciente de que allí estaba pasando algo raro que él ignoraba.

—No te preocupes, Jake —farfulló, tratando de sonreír con naturalidad—. Los Boswell no podrían ofenderse por una broma vuestra.

Tentada estuve de gritar: «¡Sí, sí que podemos!», pero en realidad Becky tenía razón: Farag y yo nos habíamos quedado petrificados. Lo que no sospechábamos era que aún nos aguardaba un poco más de petrificación:

—Bueno, y ahora —dijo el viejo Simonson abandonando el relicario sobre la mesa—, ¿qué les parece si hablamos un poco sobre los staurofílakes y sobre su buen amigo, el actual Catón, conocido anteriormente como el capitán de la Guardia Suiza del Vaticano Kaspar Glauser-Röist?

CAPÍTULO 2

Siempre he admirado en Farag su capacidad para rehacerse en situaciones difíciles y tomar las riendas con soltura y decisión. Yo jamás he podido. Me pierde la visceralidad, la sangre mediterránea. Soy más de sacar las uñas y tirarme a los ojos del contrario (aunque nunca en sentido literal, por supuesto). Ésa era la razón por la cual Glauser-Röist, según supe después, me había bautizado años atrás con un desagradable apodo que no pienso recordar. Claro que yo a él le llamaba la Roca, por su inmensa simpatía y cordialidad. Pero en mi caso había una especie de justicia divina que me permitía llamarlo así porque era totalmente correcto y adecuado. ¿Qué razones de peso había tenido él para insultarme de aquel modo a mis espaldas y, encima, siendo yo todavía monja? Ninguna, aunque terminara siendo el importante Catón, o líder, de una secta milenaria. Y, ¿por qué, me pregunté mirando desafiante a nuestros invitados, Jake Simonson se atrevía a mencionar a Glauser-Röist como si pudiera hacerlo libremente? ¿Quién era él, además de un vulgar archimillonario, para pronunciar tan a la ligera el venerable ministerio de mil setecientos años de antigüedad con el que Kaspar había sido investido? Por suerte para mí, como ya he dicho, mi marido tenía más capacidad que yo para salir airoso de situaciones difíciles.

—¿De qué habla, señor Simonson? —le preguntó al anciano con una peligrosa frialdad en la voz mientras me sujetaba fuertemente la mano para impedirme cualquier palabra o movimiento—. Nuestro amigo Kaspar Glauser-Röist murió hace muchos años y no me parece respetuosa la forma en la que se está refiriendo a él.

El vulgar archimillonario se volvió, sin embargo, hacia el presidente Macalister.

—Stewart, ¿podría pedirte que nos dejaras a Becky y a mí a solas con la doctora Salina y el director Boswell? Sé que no es demasiado correcto hacerte esta petición pero te aseguro que sí que es necesaria.

Aunque por sus palabras no lo pareciera, el tono empleado por Simonson no indicaba ninguna solicitud ni deferencia. Aquello era poco menos que una orden y Macalister lo pilló a la primera. De hecho, ya hacía rato que estaba fuera de lugar y lo sabía. Estaba viendo y oyendo cosas que no convenía que viera ni oyera.

—Por supuesto, Jake. No te preocupes —repuso dejando su vaso de bourbon en la mesa y poniéndose en pie—. Me vendrá bien un buen paseo hasta casa. Ha sido un día duro.

—Nuestro coche puede llevarte, Stewart —le propuso atentamente Becky, que tampoco parecía muy afectada por aquel feo al presidente de la UofT, como si estuviera acostumbrada a hacer este tipo de cosas desde la cuna.

—¡No, no! —rechazó él, poniendo una mano en el hombro de Farag al pasar por detrás del sofá en dirección a la entrada—. Por favor, no os mováis. Sé que tenéis asuntos importantes que tratar y yo estoy deseando estirar las piernas y respirar un poco de aire fresco.

En eso llevaba razón. También a mí me hubiera gustado respirar un poco de aire fresco porque allí hacía un calor insoportable, pero ni podía irme ni podía quejarme, ya que, aunque estuviera deseando echar a aquellos dos octogenarios (o nonagenarios) de mi casa y perderlos de vista para siempre, el asunto de Glauser-Röist era demasiado importante como para ignorarlo y demasiado peligroso como para dejarlo correr. Por el bien de la secreta hermandad de los staurofílakes y, sobre todo, por el bien de Catón CCLVIII (ducentésimo quincuagésimo octavo, aunque siempre era más cómodo decir «doscientos cincuenta y ocho»), teníamos que saber de qué iba todo aquello. Lo difícil iba a ser conseguir sacarles la información a los Simonson sin darles, a cambio, absolutamente nada.

En el más completo silencio escuchamos salir a Macalister y el golpe sordo de la puerta principal cerrándose tras él. Era hora de que nuestros invitados mostraran sus cartas.

—Bien, señor Simonson —murmuró Farag con irritación contenida—, explíquenos, por favor, qué está pasando aquí. No tengo claro si lo que acabo de ver ha sido la mayor descortesía del mundo hacia el presidente de mi universidad o si, por el contrario, lo que ha ocurrido en mi casa es algo entre ustedes a lo que no debo dar importancia.

—¡Oh, no se preocupe por Stewart, director Boswell! —rechazó el archimillonario haciendo un gesto con la mano que indicaba la nimiedad de lo ocurrido—. Lo conocemos desde niño. Sus abuelos y sus padres fueron amigos nuestros.

¿Sus abuelos y sus padres? Pero ¿cuántos años tenía aquella gente? Estaba claro que, con mucho dinero, en algún sitio te vendían vidas más largas de las normales.

—Pues, entonces, por favor —le pidió Farag con el ceño fruncido—, vaya directo al asunto que les ha traído hasta aquí porque se está haciendo tarde y seguramente querrán marcharse a casa.

No creo que Jake Simonson estuviera acostumbrado a que le hablaran de esa manera, se lo noté en la cara, ni a que le echaran de ningún sitio.

—En primer lugar —apuntó Becky, adelantándose a Jake, que estaba intentando cerrar la boca que se le había quedado abierta—, déjenme que les pida disculpas por la brusquedad de mi marido. Cuando algo le urge, no se distingue precisamente por sus buenos modales. Y le urge encontrar a los staurofílakes. Tienen que entenderlo.

—Todo lo que descubrimos sobre los staurofílakes durante el trabajo que realizamos para el Vaticano hace catorce años —empezó a explicar Farag con tono fatigado y dando rienda suelta, inconscientemente, a su casi desaparecido acento árabe— ya se lo contamos entonces a la Iglesia y a la policía muchas veces —tomó aire y, como recitando una lección aprendida de memoria a base de repeticiones, comenzó a referirles, en versión resumida, los acontecimientos finales de aquella lejana y fracasada investigación—. El primer día de junio del año 2000 fuimos brutalmente golpeados y raptados mientras investigábamos en las catacumbas de Kom el-Shoqafa, en Alejandría. Fuimos llevados a un oasis llamado Farafrah, en mitad del desierto egipcio. Nuestros captores, los staurofílakes a los que habíamos estado persiguiendo por medio mundo, nos dijeron que el capitán Glauser-Röist no se había recuperado del golpe y que había muerto, aunque no llegamos a ver su cuerpo. Durante un mes, un beduino llamado Bahari nos trajo comida tres veces al día a la celda en la que estábamos retenidos, hasta que, por fin, el 1 de julio nos drogaron y nos dejaron de nuevo inconscientes. No recordamos nada hasta que nos despertamos en la boca de un viejo túnel que daba al lago Mareotis, en Alejandría. Después de aquello no quisimos continuar con la investigación y el Vaticano puso a otro equipo tras la pista de los ladrones de reliquias de la Vera Cruz. Del resto, no sabemos nada.

Los Simonson se miraron entre sí con cara de no haberse creído ni media palabra de lo que les había explicado Farag.

—Sí, todo eso ya lo conocíamos —convino Jake; Becky asintió en silencio—, y debo admitir que es una historia realmente buena. Seguramente los propios staurofílakes les ayudaron a inventarla, ¿verdad? Llevo más de media vida investigando a esa hermandad y sé de lo que son capaces. En el año 2000, Becky y yo seguimos su aventura con inmenso...

—Imposible —le corté.

—No, querida —objetó Becky, conciliadora—. Jake les está diciendo la verdad. Tenemos grandes amigos dentro del Vaticano y también dentro de otras Iglesias. En cuanto se empezó a saber que los *Ligna Crucis* de todo el mundo estaban siendo robados, Jake y yo tuvimos claro que la hermandad de los staurofílakes se había puesto en marcha por fin, que había llegado para ellos el tiempo que tantos siglos llevaban esperando y que nada les iba a detener. Supimos minuto a minuto lo que ustedes hicieron, lo que descubrieron, y tuvimos a un equipo de expertos trabajando en paralelo, comprobando cada detalle, cada pesquisa, cada prueba de los Círculos del Purgatorio de Dante...

—Y eso, ¿por qué? —quiso saber Farag con su voz de hielo.

Estábamos protegiendo algo demasiado importante como para que cayera en manos de unos locos fanáticos, por muy ricos que fueran y por muchos medios que tuvieran.

—Porque era la primera vez —confesó Jake con emoción en la voz— que tenía a los staurofílakes al alcance de la mano y no podía permitir que se me escaparan.

—¿Y se le escaparon, señor Simonson? —pregunté inocentemente.

La cara del anciano mostró un gran pesar.

—Sí. Se me escaparon. Y no sólo eso. También anularon las pruebas de los Círculos del Purgatorio y ya no pudimos volver a localizar la entrada.

—Por eso estamos aquí —declaró Becky mirando con preocupación a su marido—. Necesitamos su ayuda. Hemos estado esperando que apareciera por cualquier lado un último *Lignum Crucis* verdadero —suspiró—. Ni se imaginan lo difícil que ha sido. Como bien saben, todos los *Ligna Crucis* que hay en el mundo son puras y hábiles falsificaciones —sonrió—. Pero éste es auténtico. El último auténtico. Y por eso su valor es infinito... para ellos, claro, para los staurofílakes. Sólo les falta este fragmento para que su cruz esté completa. Y nosotros tenemos muy claro que es nuestra última oportunidad.

La mano de Farag oprimió con fuerza la mía. ¿Qué podía querer un viejo matrimonio de archimillonarios de una secta religiosa fanática obsesionada con la cruz en la que había muerto Jesús? Todavía se nos estaba escapando algo, una parte importante de aquella historia.

—A su amigo Kaspar le gustaría mucho tener esta reliquia, ¿verdad? —preguntó Jake con un brillo juguetón en los ojos.

—Kaspar murió —repitió Farag, áspero.

—Si usted lo dice, director.

—No vimos su cuerpo pero fue lo que nos explicaron —me apresuré a añadir yo. Teníamos que mantener sin titubeos la versión que habíamos repetido por espacio de tanto tiempo así como nuestro compromiso de silencio con la hermandad—. Durante catorce años no hemos vuelto a saber nada de él. Creo que no hay mayor prueba de su muerte.

—Y, en cualquier caso, señores Simonson —les increpó Farag, revolviéndose un poco en el sofá—, ¿para qué querrían ustedes hallar a los staurofílakes? ¿O es que ambicionan añadirlos a sus muchos trofeos arqueológicos? Nosotros no pudimos encontrarlos y contábamos con toda la ayuda posible. Les aseguro que lo hicimos lo mejor que pudimos y, sin embargo, nos ganaron. No sabemos quién es su actual Catón y no tenemos el menor deseo de saberlo. Todo eso es agua pasada.

Jake Simonson miró largamente a Farag en silencio. Fue una mirada muy larga y un silencio muy intenso. Luego, pasó una mano deformada por la artritis sobre su despojada cabeza y dejó escapar un gruñido.

—¡Mentiras y más mentiras! —exclamó, y yo abrí los ojos de par en par porque, al mismo tiempo que nos acusaba de mentirosos, el octogenario (o nonagenario) nos miraba sonriente y satisfecho—. Sin embargo —añadió feliz—, cualquier otra respuesta me hubiera defraudado. ¡Son buenos, Becky! Justo el tipo de personas que buscamos, ¿verdad?

Su mujer asintió, haciendo chispear el hermoso collar de perlas negras que lucía en el cuello. Jake continuó:

—Bien, no voy a hacerles perder más tiempo. Necesitamos ayuda. Tienen que entender que Becky y yo... —se quedó callado unos segundos, como buscando las palabras apropiadas—. Tienen que entender que este asunto es muy importante para nosotros. Se trata de un trabajo de investigación muy especial, muy preciso... Un trabajo de búsqueda que no puede dejarse en manos de cualquiera.

Becky volvió a abrir su maravilloso bolso de Hermès para sacar un estuche de piel (o la funda de un paraguas plegable, según cómo se mirara), del que extrajo unos papeles un poco más grandes que un folio y que me entregó a mí directamente. Eran dos fotografías. La calidad de las imágenes era fantástica y ampliaba los documentos originales para hacerlos más legibles puesto que se podían apreciar hasta los menores detalles de... ¿qué era aquello? Desde luego, un texto en griego. Los pergaminos originales tenían, además de los perfiles rotos y desgastados, un marcado color marrón oscuro que indicaba su mucha antigüedad y su más que segura conservación en algún lugar cerrado sometido durante mucho tiempo a altas temperaturas. Como paleógrafa, había visto antes documentos en ese estado y por eso lo sabía. Con todo, las letras en tinta negra se reconocían bastante bien.

—¿Puede leerlo, doctora? —me preguntó Becky.

Farag, aunque se había estado haciendo el duro, no pudo resistir más la curiosidad y se inclinó hacia mí para examinar las fotografías. Él también sabía griego (entre otros muchos idiomas y lenguas muertas) y, de vez en cuando, sosteníamos tremendas discusiones sobre los matices de alguna transcripción ya que el muy terco se empeñaba en ser absolutamente literal, algo que, desde mi experto punto de vista, no se debe hacer jamás cuando se traduce un texto.

—Cuesta un poco distinguir algunas letras —murmuré—, pero sí, puedo leerlo.

—Pues hágalo, por favor —pidió Jake amablemente.

—Necesito mis gafas —dije, entregándole las fotografías a Farag y levantándome para buscarlas. Tenían que estar cerca porque sólo las dejaba allí, en el salón, o en la habitación, en mi mesilla de noche. En la mesilla precisamente las encontré y regresé volando para leer el documento en griego. Pero cuando volvía, escuché la voz de Farag diciendo:

—*Is to ónoma tu Jristú tu Estavroménu*...

«En el nombre de Cristo crucificado...», traduje mentalmente. Me dejé caer en el sofá y me ajusté las gafas en la nariz antes de inclinarme sobre Farag y las fotografías, colocadas por él una junto a la otra para verlas mejor. *Εἰς τὸ ὄνομα τοῦ Χριστοῦ τοῦ ἐστραυρομένου*... Se trataba de una antigua carta escrita por un tal Dositheos, Patriarca ortodoxo de Jerusalén, a un tal Nicetas, Patriarca ortodoxo de Constantinopla.

Farag siguió leyendo en voz alta, regalándose los oídos con su locución de griego ortopédico, mientras yo recorría rápidamente el texto con los ojos, lo descifraba y me atragantaba con él:

«En el nombre de Jesucristo crucificado, yo, Dositheos, Patriarca de Jerusalén, a ti, Nicetas, beatísimo Patriarca de Constantinopla, salud, bendición y paz. Debes conocer, beatísimo, que el domingo, sexto día de la Teofanía de Nuestro Señor Dios y Salvador Jesucristo del presente año del Señor de 1187, se descubrió en las afueras de Nazaret, en una cueva, un antiguo sepulcro judío muy grande y muy ornamentado. En su interior se hallaron veinticuatro osarios de piedra conteniendo cada uno varios cuerpos pero, en una cavidad aparte, se encontraron otros nueve con un solo cuerpo y el nombre tallado en la piedra, y estos nueve eran los únicos que tenían inscripciones. Como se empezó a murmurar de inmediato por Nazaret que era la tumba de Jesús, Nuestro Señor, y de su Sagrada Familia, Letardo, arzobispo latino de Nazaret, mandó cerrar el sepulcro, prohibió los rezos y las adoraciones en la cueva y ordenó silenciar por la fuerza los rumores. Pero hemos sabido por nuestros fieles de allí que Letardo le encargó a un sacerdote llamado Aloysius la traducción de las inscripciones de los nueve osarios, que están labradas en las lenguas hebraica y aramea. Letardo le ha hecho llegar esta traducción a Heraclio de Auvernia, el Patriarca latino de Jerusalén, hombre de gran virtud y prudencia, que, por lo que yo he sabido a través de personas de nuestra confianza, ayer mismo, 26 de enero, festividad del Santo Apóstol Timoteo, envió emisarios secretos a Roma con una epístola urgente para el Papa latino Urbano III. Gracias a esas mismas personas de confianza puedo decirte que en esa epístola se incluye la interpretación hecha por Aloysius de las inscripciones de los nueve osarios. Y, así, también yo te la envío como me ha llegado a mí:

»*Yeshua ha-Mashiahh ben Yehosef*, Jesús el Mesías hijo de José.

»*Yehosef ben Yaakov*, José hijo de Jacob.

»*Yehosef ben Yehosef akhuy d'Yeshua ha-Mashiahh*, José hijo de José hermano de Jesús el Mesías.

»*Yaakov ben Yehosef akhuy d'Yeshua ha-Mashiahh*, Jacob hijo de José hermano de Jesús el Mesías.

»*Shimeon ben Yehosef akhuy d'Yeshua ha-Mashiahh*, Simeón hijo de José hermano de Jesús el Mesías.

»*Yehuda ben Yehosef akhuy d'Yeshua ha-Mashiahh*, Judas hijo de José hermano de Jesús el Mesías.

»*Miryam bat Yehoyakim*, María hija de Joaquín.

»*Salome bat Yehosef*, Salomé hija de José.

»*Miryam bat Yehosef*, María hija de José.

»Comprendo tu sorpresa y desagrado, beatísimo. Seguro que son tan inmensos como los míos. El diablo, en su afán por confundir a la cristiandad, quiere que los débiles de fe crean que Nuestro Señor Jesús no resucitó de entre los muertos, que la Santísima Virgen María no fue virgen y que tuvo más hijos con su esposo José, y que tampoco ella subió al Cielo en cuerpo y alma. No puede haber mayor abominación. Lo único que me tranquiliza es la certeza de saber que, si fuera por el propio Patriarca Heraclio, al que conozco bien, él mismo mandaría destruir los nueve osarios, pero no puede hacerlo sin la venia del Papa. De todas formas, decida Urbano lo que decida, por ser obra del maligno esos osarios deben ser destruidos y, si los latinos no lo hacen, lo haremos nosotros. Sé que estarás de acuerdo conmigo. No digo más. Me encomiendo a ti, beatísimo, a quien Dios preserve por siempre jamás. Queda en el santo y dulce amor de Dios».

Me incorporé de golpe, alejándome físicamente de aquel documento como si de un foco infeccioso se tratara. Pero,

¿qué...? ¡Por Dios, no había oído en mi vida una barbaridad semejante! Me sentía profundamente insultada, como si me hubieran dado una bofetada y me hubieran clavado una pica en el corazón. Sentí la urgente necesidad de pedir perdón a Jesús por haber entrado en contacto con algo tan blasfemo. Por supuesto, no dudé ni por un momento que aquellos nueve osarios, si es que de verdad habían existido, sólo habían sido unas tristes e irrespetuosas falsificaciones: en el siglo XII, en plenas Cruzadas, lo más probable era que a algún emir o sultán cabreado se le hubiera ocurrido provocar de este modo una buena confusión entre los cristianos porque, aunque no me gustara culpar a los musulmanes (y mucho menos tras ochocientos años), una vez eliminada la dudosa intervención del diablo, resultaba difícil pensar en cristianos de aquella época, fueran latinos, griegos o siríacos, que tuvieran redaños suficientes para hacer algo así. ¡Pero qué mal gusto, por Dios, y qué falta de respeto!

Uno tras otro, todos aquellos pensamientos debieron de pasar desde mi cabeza a mi cara sin demasiada transición porque, cuando salí de mi asombro, me di cuenta de que Jake y Becky me miraban extrañados.

—¿Le ocurre algo, doctora? —me preguntó ella con el tono de una dulce bisabuela preocupada.

Farag se giró para mirarme.

—Te ha impactado, ¿eh? —murmuró con ternura. Él me conocía mejor que nadie y sabía perfectamente cuál había sido mi íntima reacción frente al asunto de los osarios. Durante muchísimo tiempo yo había intentado, con infinita paciencia y respeto aunque sin éxito, despertar simplemente su fe en Dios, ya que tenía claro que su confianza en cualquier Iglesia era imposible. Me dolía su ateísmo como si fuera una herida y, aunque le amaba y había aprendido a convivir con alguien sin fe, eso no significaba que me resultara fácil. Claro que tampoco para él, impío irredento, era fácil convivir con una creyente, o eso decía, porque yo estaba segura de que no era cierto. ¿En qué podía molestarle o dolerle mi fe y mi amor por Dios? En nada. Pero se empeñaba en afirmar lo contrario cada vez que yo iniciaba alguna aproximación a su reprimido sentimiento religioso, así que terminábamos por abandonar el tema. De modo que, sí, Farag había comprendido de verdad mi sorpresa y rechazo visceral por aquel asunto de los dichosos osarios del siglo XII.

—Bueno —dije, intentando tranquilizarme—, me ha impactado, claro, pero no deja de ser un documento histórico sin la menor relevancia desde el punto de vista cristiano.

—Se equivoca por completo, doctora —afirmó Jake con un tono seco como el chasquido de un látigo—. Es de la máxima relevancia. De hecho, el especial trabajo de investigación del que antes les hablaba consiste, precisamente, en encontrar esos nueve osarios.

Ni gota de sangre. En mis venas no quedó ni gota de sangre. Imposible creer lo que oía. Me quedé absolutamente paralizada.

Farag dejó las fotografías sobre la mesa, cerca del relicario del *Lignum Crucis*, y me cogió la mano entre las suyas, esta vez para tratar de devolverme a la vida.

Podía comprender que los Simonson, a pesar de la indudable falsedad de aquella supuesta Sagrada Familia cristiana, desearan afrontar un reto religioso, histórico y arqueológico de semejantes dimensiones, pero, aun así, resultaba totalmente absurdo: ¿para qué buscar nueve falsos osarios del siglo XII de los que ya no debía de quedar ni un pequeño guijarro? Además, en el remoto e hipotético caso de que aún existieran y de que los encontráramos, ¿a quién beneficiaría semejante descubrimiento? ¡A nadie! En todo caso, en un primer momento, a los ateos como Farag. Para los cristianos de fe como yo sería simplemente ultrajante, sin contar con la risa que nos entraría cuando se demostrara su falsedad.

—¿Por qué quieren encontrarlos? ¿Qué valor pueden tener para ustedes esas falsas reliquias? —preguntó Farag, dándome golpecitos tranquilizadores en la mano.

—¿Valor, director Boswell? —se sorprendió Becky—. No es su valor lo que nos interesa. Esos nueve osarios son auténticos y lo que queremos es que los encuentren.

¡Por el amor de Dios! Ahora ya tenía clarísimo que aquellos octogenarios (o nonagenarios o centenarios) estaban como una regadera. Mezclaban *Lignum Crucis*, staurofílakes y falsos osarios del siglo XII en la misma coctelera. Necesitaban hacérselo mirar pronto y, desde luego, por un médico muy bueno.

—¿Quieren que nosotros los busquemos? —se sorprendió Farag.

—Bueno, ustedes solos no —Jake volvió a pasarse la mano de articulaciones deformadas por la cabeza—. Éste no es un trabajo sencillo, se lo aseguro. Necesitarán la ayuda de los staurofílakes y de su amigo Kaspar. Ellos disponen de recursos que no están al alcance de cualquiera, por eso nos hemos visto obligados a esperar hasta encontrar la reliquia. Por otro lado, no podríamos encargar este trabajo a nadie más que a ustedes, porque creemos de todo corazón que tienen ojos para ver la verdad por escondida que esté.

Suspiré profundamente. En el fondo, sentía lástima por los Simonson. Eran mayores y su privilegiada situación les había hecho creer que disfrutaban de superpoderes.

—En fin —abrevié—, la cuestión es que no vamos a hacerlo. Como católica me siento realmente molesta y herida por su proposición. No vale la pena seguir discutiendo. Además, es muy tarde. Podríamos estar horas hablando sobre el asunto, pero ¿para qué? Les agradecemos mucho que hayan pensado en nosotros pero la respuesta es no.

Noté que las manos de Farag se tensaban aunque permaneció en silencio. Era muy raro que nos contradijésemos el uno al otro delante de otras personas; preferíamos hablar las cosas después, entre nosotros. En cualquier caso, me dije, tampoco era probable que Farag opinara algo diferente a mí por muy Simonson que fueran los Simonson que teníamos delante. La idea de buscar por ahí osarios falsificados en la Edad Media era ridícula y no íbamos a desperdiciar nuestras vacaciones de verano corriendo detrás de quimeras perdidas en el espacio-tiempo.

—Verá, doctora —suspiró el viejo Jake Simonson con tristeza—. Podemos hacer dos cosas: la primera sería que nosotros, mañana mismo, daríamos a conocer al mundo el descubrimiento de la tumba de fray Andrés de Longjumeau y del *Lignum Crucis*. Le puedo garantizar que ya está preparada la cámara en la que esta reliquia pasará toda la eternidad plenamente a salvo de sus amigos los staurofílakes. Y le aseguro que esta vez no podrán hacerse con ella como se hicieron con el resto de los *Ligna Crucis* del mundo. No, esta vez no, créame. Y créame también si le digo que la segunda cosa que podemos hacer es muchísimo mejor: esta astilla de la Vera Cruz sería nuestro regalo para la hermandad, un regalo que, por supuesto, ustedes mismos entregarían a... a quien quisieran, a cambio de su colaboración en nuestra búsqueda. De este modo, los staurofílakes completarían la Vera Cruz, que es la razón de sus vidas, y ustedes les habrían ayudado a conseguirlo. ¿Qué les parece?

—Y, si halláramos esos osarios —inquirió Farag, sobresaltándome—, ¿quién se quedaría con el descubrimiento científico, ustedes o nosotros?

Los Simonson se miraron enigmáticamente.

—Nosotros, director Boswell —exclamó Becky, que siempre era mucho más expeditiva—, pero le puedo asegurar que no se haría público nunca. Este trabajo no es para lucirnos, quédese tranquilo a ese respecto. Es privado, secreto y muy personal. Desde luego, si deciden hacerlo, firmarán una cláusula de confidencialidad antes de iniciar la investigación. Y puedo prometerles que, aunque nunca significará lo mismo que aumentar su ya gran prestigio académico, recibirán una remuneración económica que les satisfará por completo puesto que la cifra la dirán ustedes mismos. Sin límites.

Aquello era lo que me quedaba por oír. No pude contener una sonrisa.

—Mi marido sólo estaba bromeando, señora Simonson —le aclaré—. No tenemos la menor intención de buscar esos osarios.

De nuevo, las manos de Farag se tensaron.

—¿No les preocupa —siguió preguntando el muy mentecato a pesar de que yo estaba clavándole las uñas en la palma de la mano— que podamos emprender la búsqueda por nuestra cuenta ahora que hemos visto la carta de Dositheos?

—¿Quiere decir, director, sin contarles nada a los staurofílakes sobre este *Lignum Crucis*? —repuso Jake, impasible—. ¿Ustedes solos?, ¿sin nosotros?

—En efecto.

—No, no nos preocupa —respondió Becky. El discurso de los Simonson fluía siempre así, de forma sincopada, aunque para mí que Becky hablaba más—. Con la carta de Dositheos no llegarían a ninguna parte. Es un callejón sin salida. Se necesitan otras cosas. Cosas, por supuesto, de las que no les hemos hablado.

Terminaría por hacerle sangre en las manos a Farag si seguía clavándole las uñas de aquella manera para avisarle de que caminaba sobre un hielo matrimonial muy fino y de que llevaba camino de ahogarse en aguas turbulentas. Pero no me hizo caso. Parecía haber olvidado que, por dos veces, yo les había dicho a los Simonson que nuestra respuesta —la de ambos— era un no rotundo y sin concesiones. Nunca hasta entonces, desde que estábamos juntos, se había desmarcado de mí de aquella forma, dejándome al margen frente a otras personas.

—Es decir —continuó sin inmutarse—, que tendríamos que firmar un contrato con una cláusula de confidencialidad antes de que nos contaran la historia completa de los osarios —su voz era neutra pero yo percibía las ondas de emoción que vibraban en ella de forma indetectable para los no iniciados.

—Exacto —corroboró Jake, sonriendo ya ampliamente—. Y, como la ayuda de la hermandad de los staurofílakes resultaría inestimable, añadiríamos al contrato nuestro compromiso de entregarles a ustedes este último *Lignum Crucis* que queda en el mundo. ¿Qué les parece? Creo que al Catón Glauser-Röist le gustaría nuestra oferta.

Aquello se había salido totalmente del carril y estaba adoptando un aspecto de acuerdo cerrado que me quemaba como ácido en las tripas.

—No sabe lo que está diciendo —mascullé con un tono de voz tan grave que incluso a mí me asustó—. Si Kaspar viviera no estaría ni remotamente interesado en buscar unas falsas reliquias que hubieran ido contra su fe, su Dios y su Iglesia.

Jake y Becky sonrieron enigmáticamente sin responderme. Al poco, Jake recogió las fotografías y el relicario de la mesa y se los entregó a Becky, que los guardó con delicadeza en su bolso haciéndolos desaparecer. Me sentí muy aliviada, la verdad.

Los Simonson se levantaron al mismo tiempo del sofá para marcharse y Farag y yo nos pusimos también en pie para despedirles. Cuando Isabella supiera quiénes habían estado en casa, en el salón, aquella noche, se iba a sorprender de verdad. O quizá no, dudé. Su generación, la generación más preparada y con más información de la historia de la humanidad, ni siquiera sabía que antes se escribía con bolígrafo y no con los pulgares. Seguramente, Isabella no habría oído hablar nunca de los Simonson.

De pronto, antes de abandonar el salón, el viejo Jake se detuvo.

—¿Cuánto tiempo necesitan para darnos una respuesta definitiva? —preguntó sin mirar a nadie en concreto.

La mano de Farag oprimió mi brazo para hacerme callar, pero hacía falta mucho más que eso para que una Salina de Sicilia cerrara la boca. Y, bueno, como él lo sabía, apretó muchísimo más y, mientras yo me encogía de dolor y me giraba para asesinarlo con la mirada, Farag declaró:

—Dos días. El lunes les contestaremos.

Aunque fuera tan tonto como para no haberse dado cuenta, no sólo acababa de dejarme a mí en mal lugar sino que también acababa de romper su compromiso de silencio con la hermandad y de revelar a los Simonson lo que no debía ser revelado: que Kaspar Glauser-Röist seguía, efectivamente, vivo y feliz como Catón de todos los staurofílakes del mundo. La confesión estaba implícita dentro de la promesa de dar una respuesta dos días después. Siempre he dicho que no existe la justicia. Si hubiera existido, en aquel mismo momento los cielos deberían haberse abierto y un hacha bien afilada debería haberle partido en dos, como un melón, su estúpida cabezota rubia.

—El lunes nos parece muy bien —repuso Becky, colgándose el bolso de la flexura del codo.

—¡Ah, doctora! —añadió el viejo Jake, deteniéndose de nuevo—. ¿Recuerda este versículo? «Entonces les tocó los ojos diciendo: "Hágase en vosotros conforme a vuestra fe." Y se les abrieron los ojos.»

Sí, claro que lo recordaba. La curación de los ciegos. Evangelio de Mateo. Pero estaba tan enfadada que ni pillé la indirecta ni me pregunté por qué aquel malvado archimillonario estaba citando el Nuevo Testamento. Me limité a asentir con una sonrisa educada y a despejarles con discreción el camino hacia la puerta. Total, si ya se iban, ¿para qué responder?

Estaba furiosa y dolida con Farag, alterada por el asunto de los osarios, preocupada porque no sabía cómo le íbamos a decir a Kaspar que habíamos admitido ante unos octogenarios (o nonagenarios) alienígenas que seguía vivo y, sobre todo, terriblemente enfadada por la estúpida posibilidad de verme obligada a pasar mis vacaciones buscando unas inexistentes, inútiles y ofensivas piezas arqueológicas.

Pero sabía quién iba a pagar muy caro por todo aquello. Al director Boswell se le iba a caer su bonito y suave pelo esa noche, en cuanto se cerrara la puerta. La tormenta perfecta estaba a punto de estallar sobre él.

CAPÍTULO 3

No le di tiempo a reaccionar. Exactamente en cero coma cero segundos ya le estaba atacando con una terrible batería de acusaciones y zarpazos verbales sobre su egoísmo, narcisismo, ingratitud, ambición, ateísmo, presunción, hipocresía, falsedad, indignidad, codicia, arrogancia, vanidad, engreimiento y otras muchas cosas más. Me daba igual que permaneciera impasible, con la cabeza baja y las manos fuertemente hundidas en los bolsillos de su chaqueta. Continué lanzándole afilados cuchillos desde la puerta de la casa hasta nuestra habitación, adonde llegamos sin que recuerde cómo. La sangre me hervía y, de repente, me escuché a mí misma diciéndole que nuestro matrimonio se había terminado, que hiciera las maletas y que se buscara otro lugar donde vivir.

—Pero si tú no puedes divorciarte —se sorprendió, abandonando por fin su silenciosa pasividad. Fue increíblemente satisfactorio ver el miedo en su cara.

—¿Cómo que no? —exclamé airada—. ¡Si dejé de ser monja puedo dejar de estar casada!

—¡Que no! —repitió tozudamente—. ¡Aquí no hay votos anuales que renovar! El matrimonio es un sacramento y es para toda la vida.

Entonces fui yo la que se sorprendió.

—¡Pero si tú no crees en esas cosas! —proferí cargada de indignación.

—No, yo no —convino con un gesto juicioso—, pero tú sí.

Por eso eres tú la que no se puede divorciar. Yo, si quiero, sí que puedo.

Le hubiera matado, pero estábamos en plena discusión y aún tenía que ganar.

—Para tu información —silabeé muy despacio—, no soy una católica radical que sigue a rajatabla todo lo que ordena la Iglesia. Tengo mi propio criterio y lo sabes. Así que —y le señalé con el índice de mi mano derecha justo entre ambos ojos—, si quiero divorciarme, me divorcio y punto.

—Entonces —me replicó astutamente—, si no eres una católica radical, ¿por qué tienes tanto miedo a esos osarios con los nombres de Jesús y su familia?

Me pilló desprevenida.

—No les tengo miedo. Sólo me parecen ofensivos. Insultan mi fe.

—¿Cómo que insultan a tu fe? ¿No será que amenazan a tu fe?

—Mi fe es cosa mía y nada ni nadie puede amenazarla. Es intocable porque está a salvo dentro de mí. Y mi fe me dice que Jesús fue Dios, no sólo un hombre mortal, que por obra del Espíritu Santo se encarnó en la Virgen María y que fue su único Hijo, que murió crucificado por nuestros pecados y que resucitó al tercer día y subió al cielo.

—Eso es el credo católico.

—Exacto. El credo. Lo que creo. Lo que creemos los cristianos.

—No todos —puntualizó con una sonrisilla—. Nosotros, los coptos, somos monofisitas. Creemos que Jesús fue sólo Dios y no hombre, que ni siquiera tuvo un cuerpo de carne y hueso, que era una especie de sombra proyectada.

—¡Pero si tú no crees en nada! —le espeté—. ¿Ahora vas de copto y monofisita?

—Bueno, no —concedió, subiéndose las gafas con ese gesto suyo que me encantaba—. Pero admite que ha sido una buena respuesta.

No podía con él. En cuanto empezaba a decir tonterías y a mirarme de aquella manera y a sonreírme de aquella manera (sobre todo si yo ya había disparado todo lo que tenía que disparar), se me esfumaban los enfados. El guapo y tímido profesor Boswell del que me enamoré años atrás se había convertido en un apuesto y encantador cincuentón que conservaba aquellos preciosos ojos de color azul turquesa heredados de sus antepasados ingleses, la piel morena de su linaje árabe, los rasgos judíos de su hermosa bisabuela Esther Hopasha y el pelo suave y casi rubio de su madre, una italiana del norte que, como yo, lo dejó todo para seguir al padre de Farag, el bueno de Butros Boswell. A diferencia de mí, que siempre había sido morena (y ahora morena teñida), las canas de Farag no se podían distinguir a simple vista, y todavía usaba para estar en casa aquellos horribles pantalones beige que llevaba cuando le conocí en el Vaticano. Claro que entonces estaban de moda y le sentaban muy bien pero, aunque ahora se vieran espantosamente viejos y gastados, la cuestión era que todavía cabía dentro de ellos como entonces, lo que no todos los hombres podían decir a su edad. Por suerte para mí, yo también cabía dentro de la misma talla de falda, aunque lo mío era gracias a una férrea disciplina gastronómica (léase, renuncias y sacrificios variados).

En fin, la cuestión era que la bronca se había terminado. Yo lo sabía y él lo sabía, pero aún no podíamos salir de nuestros castillos y hacer las paces como Dios manda. Había que dejar pasar el escozor del orgullo. Eso es lo que ocurre cuando se lleva tanto tiempo juntos: hasta para discutir hay un procedimiento conocido.

Me senté, dejándome caer en el borde de la cama y, con los brazos extendidos hacia atrás, apoyé las manos sobre el colchón.

—¿Por qué quieres buscar esos malditos osarios? —le pregunté muy triste.

Farag se acercó hasta mí y se sentó a mi lado en el borde de la cama. Pegando su cuerpo al mío, adoptó la misma postura. No era una declaración de paz completa pero aquella cercanía y el contacto físico nos devolvieron bastante a la normalidad.

—Aún no sé si quiero buscarlos —murmuró sin mirarme—. Eso tendremos que decidirlo juntos. Lo que sí sé es que no podíamos dejar escapar la oportunidad. Si los Simonson hubieran salido por la puerta llevándose un no por respuesta habría sido muy poco profesional decirles después que habíamos cambiado de opinión. En caso de hacerlo, por supuesto. Pero no te olvides que está el asunto de la reliquia, del *Lignum Crucis*. Eso es algo muy grave, *basíleia*. ¿Cómo llegaron los Simonson a conocer no sólo la existencia de la hermandad sino, lo que es aún peor, a tener tanta información sobre ella? Aunque, si te digo la verdad, prefiero que de esto se preocupe Kaspar, que para eso es su Catón. En cualquier caso hay que decírselo y comunicarle que ha aparecido otra astilla de la Vera Cruz. ¿O no?

Asentí en silencio. Él me miró de reojo, sin volver la cabeza.

—Si Kaspar quiere la reliquia, y la va a querer, no lo dudes, se ofrecerá a buscar los osarios.

—No, no lo hará —objeté—. Te recuerdo que él sí es un católico radical.

Farag soltó una carcajada tremenda que resonó contra las paredes de la habitación.

—¡Nunca has llegado a conocerle! —afirmó partiéndose de risa—. ¡Mira que te lo he dicho veces! Kaspar no es católico, *basíleia*. Lo fue cuando era capitán de la Guardia Suiza y, aun así, ya tenía sus muchas reservas contra la Iglesia, te lo recuerdo.

—¿Cómo no iba a tenerlas? Su trabajo era el peor del mundo: limpiar los trapos sucios y conocer los secretos más desagradables de la Curia y del Colegio Cardenalicio para impedir los escándalos y destruir cualquier cosa o a cualquier persona que pudiera empañar la imagen del Vaticano. Todos le odiaban y le temían. ¡Hasta el bendito de mi hermano Pierantonio!

—Tu hermano Pierantonio no era ningún bendito —masculló Farag, siempre dispuesto a ponerse del lado de Kaspar—. Traficaba con piezas de arte en el mercado negro internacional.

—¡Mi hermano Pierantonio era el ilustre Custodio de Tierra Santa! —protesté sulfurada—. Y si vendía algunas cosas de las excavaciones franciscanas era para construir hospitales, escuelas y asilos y para dar de comer a los pobres.

Farag no quiso seguir discutiendo el asunto de Pierantonio. No era el momento de reñir por aquello, sobre todo porque ya habíamos reñido por otra cosa y aún no lo habíamos arreglado.

—¿Te imaginas lo que debe de estar sudando el pobre Gottfried Spitteler con los escándalos por pederastia en la Iglesia? —me preguntó.

Recordar las denuncias por pederastia que carcomían, con justicia, a la Iglesia Católica me puso, de repente, de muy mal humor. Sentía un inmenso asco sólo de pensarlo y, como el nuevo Papa Francisco me caía muy bien, esperaba de todo corazón que tuviera lo que había que tener para aprobar de una vez por todas el matrimonio para los sacerdotes. Nadie podía afirmar que no siguieran entrando degenerados en la Iglesia porque eso era imposible pero, al menos, si declaraban el celibato opcional, como en otras Iglesias cristianas que ya se había visto que no tenían el mismo problema, habría menos víctimas, que era lo único importante. Pero la Iglesia Católica, para según qué cosas, se parecía mucho a los partidos políticos de toda la vida: mejor no mover nada aunque alguien tuviera que sufrir y soportar un infierno no fuera que, al final, se descubriera más de lo debido. No se estaban dando cuenta de que el mundo ya había cambiado vertiginosamente delante de sus narices y de que, como no abrieran los ojos de una vez y empezaran a hacer algo, lo iban a perder todo. Y eso lo decía yo, una católica devota.

—Ottavia —Farag golpeó suavemente mi hombro con el suyo para llamar mi atención—. ¿Te acuerdas de Gottfried Spitteler?

—¡Déjalo que sufra! —proferí rabiosa—. ¡Que sude toda la sangre que tenga que sudar, el muy...!

—¡*Basíleia*!

—¡Lo sé, lo sé, no es muy cristiano, no hace falta que me lo recuerdes! Pero es que lo llevé pegado a la espalda durante cuatro años, acosándome, respirándome por encima del hombro. ¡Anda y que le...!

—¡*Basíleia!*

Gottfried había sido nombrado sustituto de Kaspar por el Vaticano cuando éste desapareció. Nos hostigó de mil maneras durante cuatro interminables años a la espera de pillarnos a nosotros o a los staurofílakes. También era capitán de la Guardia Suiza pero, a diferencia de nuestro amigo Glauser-Röist, Gottfried disfrutaba con su trabajo, de modo que si le había pillado de lleno el ciclón de los escándalos de pederastia, le deseaba un buen vuelo por las alturas.

—Vale, vale —suspiró Farag, resignado—. Ni Pierantonio ni Spitteler. Voy a cambiar de tema por tercera vez, a ver si tengo más suerte.

—Todavía no te has disculpado por dejarme como una idiota delante de los Simonson.

—Exacto. Ése es un buen punto para retomar la conversación. Allá va: siento haberte dejado como una idiota y haber ignorado tus cariñosas advertencias —se incorporó y me mostró las palmas de sus manos como si aún pudieran verse en ellas las marcas de mis uñas.

—La próxima vez me harás caso.

—No, Ottavia. La próxima vez que alguien venga a proponernos un trabajo de investigación tan fantástico como éste, haré exactamente lo mismo. Para un arqueólogo es el sueño de toda una vida. Incluso aunque los osarios ya no existan, aunque sean una falsificación medieval, aunque no los encontremos, es un desafío de primer orden, de dimensiones increíbles. Si pudieras dejar tu fe a un lado durante un momento y mirarlo sólo como una investigación arqueológica, te darías cuenta de que, incluso en el peor de los casos para ti, que sería encontrar los osarios...

—Imposible.

—... y que fueran auténticos...

—Totalmente imposible.

—¡Demonios! Pero ¿en qué socavaría eso la fe en tu Dios?

—¡En todo! San Pablo, en la primera carta a los Corintios, dice tajantemente que si Cristo no hubiera resucitado nuestra fe estaría vacía.

—Es decir, que la resurrección de Jesús es completamente necesaria para creer en Dios.

—Así es.

—Por lo tanto, no sería posible creer en Dios si Jesús no hubiera resucitado —repitió, perplejo, dándole vueltas a la idea como si no pudiera comprenderla del todo.

—Precisamente. Y así lo dictan la doctrina y la teología católica.

—No termino de entenderlo —farfulló, poniendo su mano sobre la mía y acariciándola—, pero no importa porque, como esos osarios son falsos, nos da igual, ¿verdad?

—Bueno, no sé... —titubeé. Sus caricias empezaban a subir por mi brazo.

—Sí, nos da completamente igual porque, de todas maneras, sólo serían unas arquetas de piedra fabricadas en el siglo XII por alguien con muy malas intenciones, y eso demostraría una vez más que la Iglesia siempre ha tenido grandes enemigos y ha sufrido grandes persecuciones.

—Sí, cierto... —un escalofrío me recorrió entera cuando su mano ascendió por mi cuello y acercó su cara a la mía para besarme.

—El domingo tendrás que mandar un aviso a Kaspar —susurró, deslizando su otra mano por mi cintura.

Aquella noche, tras el, llamémosle, interludio, me dormí preocupada. No podía quitarme de la cabeza la idea de que a la hermandad le costaría mucho renunciar sin pelear al último fragmento de *Lignum Crucis*. Aquella historia no había terminado y eso, no sé por qué, me llevó a soñar que inventaba el cubo de Rubik y que lo usaba para jugar al *backgammon*. Me desperté repetidas veces y, al contrario que Farag, no conseguí dormir profundamente ni diez minutos. Al día siguiente, sábado, estaba ojerosa y de mal humor. Por suerte, era el día de puertas abiertas en el Centro Arqueológico (el único día del año en que podía entrar gratis el público en general) y su director ya no estaba en nuestra cama cuando me desperté. También por suerte, mi sobrina se había ido de compras con unas amigas y, aunque volvió a comer, se marchó de nuevo meticulosamente (des)arreglada para asistir a una fiesta de cumpleaños en una discoteca del centro de la ciudad.

Por fin, el domingo por la mañana, exactamente a las once menos diez en punto, Isabella y yo entrábamos con el coche en el aparcamiento de la catedral de Saint Michael, en la esquina de Church con Shuter. Todas las semanas hacíamos juntas el mismo recorrido a la misma hora, ya que, por supuesto, Farag no nos acompañaba nunca. De todas formas, por molestar, antes de salir de casa le preguntaba:

—¿Vienes a la iglesia con nosotras?

Y él, estirado en el sofá como un príncipe, leyendo la prensa en su *tablet*, invariablemente respondía:

—Soy copto. Mi religión no me lo permite.

Y se quedaba allí, tan a gusto, sin levantar la cabeza.

Aparqué el coche cerca de la iglesia e Isabella y yo nos acercamos hasta la verja de hierro donde ya se congregaba, bajo el frío sol de mayo, una multitud de personas que, como nosotras, iba a asistir a la misa de las once que celebraba Su Eminencia el Cardenal Peter Hamilton, un hombre muy popular en Ontario.

La catedral de Saint Michael, típicamente inglesa y siniestramente gótica en su exterior, resultaba cálida y acogedora por dentro, tanto por sus hermosas proporciones como por su maravillosa luz, que entraba a raudales en la nave a través de unos extraordinarios ventanales. Su poderoso diseño de 1845, obra del famoso arquitecto canadiense William Thomas, la convertía en el edificio más destacado del centro de Toronto, pero como yo era italiana y de gustos bizantinos, hubiera preferido una iglesia más pequeña y tradicional, más familiar, y, desde luego, de estilo más europeo y mediterráneo, como la de San Francisco de Asís en el barrio de la Pequeña Italia. Sin embargo, nuestro contacto staurofílax estaba allí, en la catedral, así que no había tenido más remedio que convertir aquella imponente basílica en mi parroquia habitual.

En mi otra vida, en la vida que tuve antes de conocer a Farag, asistía a misa diariamente y tenía mis horas fijas de oración. Al secularizarme y con el jaleo del descubrimiento del mausoleo de Constantino, aquellas viejas costumbres fueron secularizándose también. Ya no era, ni podía ser, la misma persona y Dios, que lo sabía, dejó hueco para que Farag tuviera un lugar mejor en mi corazón. Ahora me definía como creyente y como católica, pero el cambio había sido profundo y radical, y ya no quedaba dentro de mí ningún resto de vocación religiosa ni, fuera de mí, señal alguna de vida religiosa. Era una laica con todas sus consecuencias, buenas y malas (casi todas buenas, debo añadir), y, sin embargo, cuando entraba en aquella catedral los domingos, sentimientos del pasado, sorprendentes por su fuerza e intensidad, me devolvían a aquellos lejanos años de vida entregada a Dios.

Isabella y yo avanzamos por la nave central hasta el banco que ocupábamos normalmente. Me sentía orgullosa de ir a misa con mi sobrina. Había que admitir que mi hermana Águeda, a pesar de ser una blanda, no lo había hecho tan mal después de todo. ¿Cuántos adolescentes de diecinueve años acompañarían a su tía a misa un domingo por la mañana después de haber salido hasta las tantas el sábado por la noche? Pero allí estaba Isabella, a mi lado, vestida con unos vaqueros estratégicamente rotos, una camiseta blanca (que no habría servido ni para trapos) debajo de una chaquetita beige decorada con cristales de Swarovski, y un precioso abrigo largo de color trigueño. Ella se definía como friki pija para la ropa y su tío, que ahora, además de sus anticuadas gafitas redondas, usaba pajarita en lugar de corbata, le reía la gracia y le daba la razón. Yo intentaba, por higiene mental, mantenerme al margen de ambos y seguía con mi estilo clásico de siempre.

El coro de la catedral empezó a cantar viejas y alegres canciones de mis tiempos de eucaristías juveniles. En cuestiones musicales, la triste verdad era que la Iglesia necesitaba renovarse bastante. Yo tarareaba las melodías remontándome al pasado más lejano, a los tiempos del colegio allá, en Sicilia, y me veía abrazada a mi guitarra rasgueando las cuerdas y haciendo sonar aquellos mismos acordes que ahora, a mis cincuenta y tres años, escuchaba al otro lado del océano, casi en la otra punta del mundo, y cantadas en otro idioma.

Era el sexto domingo de Pascua y Su Eminencia empezó la misa pidiéndonos que rezáramos por el Santo Padre Francisco que estaba de viaje por Tierra Santa y por los hermanos de otras religiones del Oriente Medio, para que reinara la paz entre ellos. Vestía casulla y mitra doradas que, aunque no es uno de los cuatro colores litúrgicos del año, se usa para ocasiones especiales, y la ocasión especial de aquel día era que un grupo grande de personas iba a recibir el sacramento de la confirmación.

—Esto va a ser muy largo, tía —me susurró Isabella al oído—. Llegaremos tarde a comer y al tío Farag no le hará gracia.

—Las confirmaciones serán al final —cuchicheé—. Nosotras, en cuanto termine la misa, nos vamos.

Para mi gusto, el Cardenal Hamilton se extendió demasiado en la homilía hablando sobre el misterio de la Santísima Trinidad y, en especial, sobre el Espíritu Santo, pero como además de ser uno de sus temas favoritos sólo faltaban dos semanas para Pentecostés, se entusiasmó tanto que perdió la noción del tiempo. Por fortuna, alguien le debió de lanzar una señal de advertencia desde algún lugar del templo y terminó abruptamente el sermón haciendo la señal de la cruz. Todos los presentes nos persignamos también, con un cierto alivio, y la misa pudo continuar. Cuando por fin, tras el padrenuestro y la consagración, llegó el momento de la comunión, muchas filas de fieles se acercaron ordenadamente al altar para, de manos de seis o siete sacerdotes, recibir al Señor. Tuve que moverme con cautela entre ellas. Isabella me hizo un gesto de incomprensión cuando por tercera vez realicé lo que para mi sobrina, que intentaba seguirme, era un extraño desplazamiento en un sentido aún más extraño. No entendía por qué entrábamos, salíamos y cambiábamos de fila sin razón aparente, pero la ignoré porque, para entonces, ya nos habíamos colocado bien y avanzábamos con paso lento pero firme hacia el staurofílax a quien debía dar el aviso de que Farag y yo necesitábamos hablar urgentemente con Kaspar.

Por fin, el anciano chino trajeado que iba delante de mí comulgó y se apartó para dejarme sitio delante del Cardenal Hamilton que, sosteniendo una reluciente patena de oro llena de formas consagradas, se disponía a ofrecerme la comunión. Yo incliné la cabeza y extendí las manos, una sobre otra, para recibir la pequeña hostia de pan ácimo.

—El cuerpo de Cristo —me dijo en voz muy baja, dejando la forma sobre la palma de mi mano izquierda, que estaba sobre la derecha.

—Amén —respondí. Pero, en lugar de comulgar y retirarme para dejar paso a Isabella, que me seguía, crucé los pulgares sobre la forma («Necesitamos hablar con Catón») y la cubrí bajando los cuatro dedos de la mano izquierda («Urgentemente»).

Fue un gesto rápido e imperceptible. De inmediato, lo deshice, comulgué y me retiré de la fila, dejando pasar a mi sobrina. El pie izquierdo de Su Eminencia o, para ser más precisa, el enorme zapatón negro de Su Eminencia, que no era un hombre pequeño ni mucho menos, con el tacón clavado giró la punta hacia mí indicándome que el mensaje había sido recibido. Suspiré relajada y, consciente por fin de llevar a Dios conmigo, regresé a mi asiento para orar.

En cuanto el coro de voces empezó a entonar canciones de nuevo, supimos que el acto de las confirmaciones estaba a punto de dar comienzo, de modo que Isabella y yo nos persignamos y salimos de la iglesia. Hacía bastante frío afuera así que los abrigos y los pañuelos al cuello venían bien. Me calé las gafas oscuras y, con mi sobrina, me dirigí hacia el aparcamiento.

—¿Tía Ottavia?

—¿Sí?

Siempre que me llamaba «tía Ottavia» en lugar de «tía» a secas, que era lo normal, el corazón se me enternecía y recordaba aquella fiesta de su quinto cumpleaños (¡era tan pequeña y tan mona!) cuando, armada con una enorme mano de cartón rojo con estrellas doradas, me perseguía por la gran casa de los Salina en Palermo, gritando como una loca: «¡Tía Ottavia, tía Ottavia, deja que te pegue con esta mano roja!». Ahora que ya era una mujer hecha y derecha, cuando me llamaba «tía Ottavia», aunque se me enterneciera el corazón, también se me encogía el estómago, porque generalmente no era para nada bueno.

—Oye, ¿qué ha sido eso que has hecho con las manos cuando monseñor te ha dado la comunión?

¿Cómo era el refrán...? ¡Ah, sí! A quien Dios no da hijos, el diablo da sobrinos.

—No he hecho nada raro con las manos, que yo recuerde.

—Sí. Has cruzado los pulgares y has cerrado la mano en la que tenías la forma.

¿Cómo se me había podido olvidar que medía veinte centímetros más que yo y que, llevándola detrás, podía ver sin dificultad por encima de mi hombro?

—Pues no sé —comenté con indiferencia mientras buscaba las llaves del coche en el bolso—. No me he dado cuenta, la verdad.

—Pues ha sido raro, pero más raro ha sido lo del pie del Cardenal Hamilton que, mientras me daba la comunión a mí, te ha empezado a apuntar como la flecha de una brújula.

—¿En serio? ¿El pie de Su Eminencia me señalaba? —pregunté con buen humor pulsando el botón del mando a distancia del coche. Nuestro Elantra de color gris emitió una suave señal sonora y las luces de posición brillaron durante unos instantes. Era la hora de comer y el tráfico de las calles se había vuelto escaso.

Como Isabella se quedó en silencio después de aquello, solté un mudo y agradecido sollozo de alivio y puse en marcha el motor, lista para salir del aparcamiento en cuanto ella terminara de abrocharse el cinturón de seguridad.

—¿Tía Ottavia?

—¿Sí?

—¿Estás segura de que eso de las manos y del pie en la comunión no tenía nada que ver con los staurofílakes, la Vera Cruz y los osarios de Jesús y la Sagrada Familia?

¡Por Dios! Estuve a punto de soltar un grito pero lo único que conseguí fue, con el sofocón, lanzar un quejido afónico.

CAPÍTULO 4

No sé cómo llegamos vivas a casa. Conduje como si me llevaran los demonios, sin dirigirle la palabra a Isabella y atacando violentamente a cualquier vehículo que tuviera la osadía de interponerse en mi camino. Algunos conductores, al adelantarles, me miraban con cara de sorpresa, sin dar crédito a que una encantadora y atractiva señora de mediana edad, aparentemente normal, condujera su coche familiar a todo gas como en la saga *Fast & Furious*.

Cuando, ya dentro de la UofT, giré para entrar en nuestra calle, no demasiado larga, Farag, que estaba fuera de la casa —en eso que los canadienses, con buen humor, llaman jardín pero que no deja de ser un palmo de césped—, se volvió al escuchar el chirrido de las ruedas y su cara no pudo reflejar mayor espanto al ver aproximarse a nuestro coche dispuesto a empotrarse contra la fachada. Dio un salto hacia atrás justo cuando pisé el freno de golpe y hasta el fondo.

—Pero ¿qué demonios has tomado en misa? —exclamó a voces, acercándose hacia mí—. ¿El pan de la eucaristía estaba rancio o es que has bebido mucha sangre de Cristo?

—¡No seas blasfemo! —le gruñí por la ventanilla medio abierta.

Isabella salió del vehículo con cara de inocencia y se acercó candorosamente a su tío para darle un beso. Al verla, la cólera me llevó a levantar el brazo y, con una mano laxa y un dedo acusador tembloroso, la señalé insistentemente a través del parabrisas sin pronunciar palabra. Farag no comprendió mi gesto y se puso a buscar algo detrás de Isabella pero yo insistí hasta que cayó en la cuenta de que era a ella a quien yo señalaba. Claro que, entonces, aún entendió menos.

—¿Ha pasado algo, Isabella? —le preguntó.

—La vi un poco nerviosa en misa, tío —le explicó la muy hipócrita y falsa— y, luego, ya no ha vuelto a hablarme.

¡Lo que me quedaba por oír! ¡El mundo estaba lleno de Judas Iscariotes! Entonces sí que me enfadé de verdad y, por el berrinche monumental que tenía, no sé cómo, respiré o tragué mal y se me cerró la glotis. El maldito aire ni entraba ni salía de mis pulmones.

Farag se dio cuenta inmediatamente de lo que estaba pasando. Debía de haber alguna razón importante para que yo me encontrara así pero, práctico como era, decidió que lo primero era yo y que, después, ya veríamos. Me sujetó por la cintura y me ayudó a salir del coche y a entrar en casa, llevándome directamente hacia la cocina.

—No..., la nevera no... —mascullé ahogadamente.

—Sí, la nevera sí. Y ahora mismo.

Desde pequeña, por ser tan estúpidamente nerviosa (que conste que es genético y que se hereda), de vez en cuando se me cerraba la glotis y no podía respirar. Entonces mi madre, a quien también le había pasado toda la vida, me sujetaba con firmeza y me decía con mucha calma:

—Mírame, Ottavia, respira tranquila, hija, no pasa nada. Relájate, baja los hombros. Respira, respira...

Yo luchaba porque aquel fino hilillo de aire que pasaba por mi garganta bajara hasta donde mi cuerpo lo necesitaba, pero estaba aterrada, muerta de miedo porque me ahogaba. Afortunadamente, poco a poco, mi respiración terminaba normalizándose. Cuando me mandaron al internado de la Venturosa Virgen María, extrañamente, dejó de ocurrirme y, luego, durante muchos años, lo olvidé por completo hasta el día en que me topé de bruces con ese miserable de Gottfried Spitteler en la misma puerta de nuestra casa de Alejandría. Farag, que nunca había visto una cosa semejante, habló con un médico amigo suyo que le dio una receta infalible:

—Métele la cabeza en el congelador.

—¿Qué?

—La cabeza, al congelador —le repitió su amigo—. El aire frío le abrirá de par en par las vías respiratorias.

Así que allí estaba yo de nuevo, con la cabeza dentro del frigorífico de casa, entre los cubitos de hielo, la carne y el pescado que habíamos comprado la semana anterior. Pero bueno, sí, el frío glacial me devolvió la plena respiración y me curó el mareo rápidamente. Y, en cuanto me sentí mejor y llené un par de veces mis pulmones con grandes cantidades de aire gélido, saqué la cabeza y busqué a mi sobrina con mirada asesina.

—¡Tú! —la interpelé de malos modos—. ¿Cómo te atreves a espiar nuestras conversaciones?

Ella bajó la mirada, avergonzada, y se refugió aún más detrás de su tío, que se puso entre ambas en plan héroe de película.

—¡Te va a caer una buena! —continué, hecha una fiera—. ¡Vas a estar castigada todo el verano y todos los veranos del resto de tu vida! ¡Y además...!

Farag, ajeno totalmente a las razones de aquel drama familiar, me interrumpió.

—¿Qué ha pasado? ¿Qué ha hecho la niña?

—¡La niña ya tiene diecinueve años! —exploté—. ¡Y nos ha estado espiando cuando hablábamos de la hermandad, de Kaspar y de los osarios!

Farag se giró hacia su sobrina como si hubiera recibido una descarga eléctrica.

—¡Isabella! —exclamó incrédulo—. ¿Por qué?

—Lo siento, lo siento mucho, en serio —de los ojos de la criminal empezaron a brotar unas lágrimas de cocodrilo. Me abalancé hacia ella dispuesta a cogerla por el cuello (bueno, quizá por las solapas de su bonita chaqueta) y a zarandearla hasta que dejara de mentir, pero una fuerte mano masculina me frenó en seco a medio camino y me inmovilizó.

—Explícate —le pidió su tío, quien, a diferencia de mí, carecía de instintos asesinos.

Ella cogió un trozo de papel de cocina y se limpió las lágrimas, llevando cuidado de no estropearse ni la sombra de ojos, ni la raya, ni el rímel.

—Lo siento mucho, de verdad —repitió, fingiendo culpabilidad—. No quería espiaros. Uno de mis amigos me había pasado una aplicación hecha por él para que la probara. Cuando me fui a mi habitación la otra noche, después de que volvierais de la fiesta del presidente, me acordé de que aún no la había abierto y quise ver cómo funcionaba.

—¿De qué demonios está hablando? —le pregunté a Farag. Él me hizo un gesto con la mano para que no molestara.

—Es realmente buena, tío —afirmó esbozando esa sonrisa que ella sabía que derretía a Farag—. Eliges cualquier número de móvil desde los contactos e, inmediatamente, ese móvil empieza a mandarte el audio. Ya sé que no parece muy original pero lo grandioso de la aplicación de Harry es que utiliza el giroscopio como micrófono, no el micrófono de verdad, que puede estar apagado. Los giroscopios de los *smartphones* perciben los cambios en la presión del aire provocados por las ondas de sonido y la aplicación de Harry transforma esos cambios en sonidos otra vez.

—¿Y qué móvil elegiste? —inquirió él.

—El tuyo —susurró con un falso gesto de remordimiento—. El de tía Ottavia podía estar en cualquier sitio raro. Tú siempre lo llevas encima.

Farag soltó aire muy despacio, me miró, la miró a ella y se quedó callado, en total silencio durante un momento.

—Ve a tu habitación y tráenos tu *tablet*, tu móvil y tu portátil.

—¡No, por favor! —protestó la castigada.

—¡Tráelos ya! —le ordenó Farag sin contemplaciones. Me alegré de que mi marido se hubiera dado cuenta de la gravedad de la situación. Además, la idea era buena. A mí no se me hubiera ocurrido quitarle las armas.

En cuanto Isabella desapareció por la puerta de la cocina, Farag y yo nos miramos y, en completo silencio, nos abrazamos. Nos quedamos así, quietos y tristes. Nunca habíamos tenido un disgusto con Isabella.

—¿Qué hacemos? —murmuré, hundiendo la cara contra su hombro. Su olor, el olor de su piel, de su ropa y hasta el de su colonia surtían un efecto relajante sobre mí. Me calmaba inmediatamente cuando me abrazaba.

—Ni la menor idea —musitó él—. De momento, quitarle sus juguetes favoritos. Después, ya veremos.

—Deberíamos dejarla encerrada en su habitación durante un mes para que reflexionara sobre lo que ha hecho.

—Sabe perfectamente que no debe espiar a los demás, *basíleia*. Además, seguro que no tenía mala intención. Al fin y al cabo, somos sus tíos, no es como si hubiera espiado a los vecinos o a algún profesor para enterarse de algo. Sólo quería probar la aplicación de un compañero de clase.

—Pero, Farag, nos escuchó hablar con los Simonson y, en lugar de apagar el maldito cacharro...

—Aplicación.

—Lo que sea. En lugar de apagarlo, se quedó escuchando hasta el final.

De repente, me vino algo importante a la memoria.

—¿Cuándo dejó de escuchar? —pregunté alarmada, separándome de Farag—. Te recuerdo...

Él sonrió.

—No hace falta que me lo recuerdes. Yo también estaba allí.

—¡Dios mío! —exclamé horrorizada.

—No me ha parecido que llegara a tanto. Creo que cerró la aplicación cuando se fueron los Simonson. Si nos hubiera escuchado en pleno sexo salvaje se la vería avergonzada y se le notaría en la cara.

—¡No puedes estar seguro! —mi alarido coincidió con la entrada de Isabella en la cocina cargada con sus bichos electrónicos. Por supuesto, no se atrevió a preguntar qué era aquello de lo que su tío no podía estar seguro.

—¿Cuándo me los devolveréis? —quiso saber, dejando el portátil y todo lo demás entre el fregadero y la encimera.

—No lo sabemos —repuso Farag cogiéndola por el brazo—. De momento, vamos a hablar.

Sabía que era inaplazable pero, sinceramente, hablar era lo último que me apetecía. Estaba cansada por el mal rato que había pasado y necesitaba limpiar la cabeza para recuperarme. Pero, al ver cómo Farag arrastraba a Isabella hacia el salón, tuve claras dos cosas: una, que la comida de aquel domingo había quedado aplazada hasta nueva orden; y dos, que el día iba a ser muy, muy largo, de manera que abrí uno de los armarios altos y cogí un vaso. Con prisa, lo llené de agua y salí de la cocina detrás de ellos, que ya estaban sentados, frente a frente, en los sofás.

No había mucho que pudiéramos hacer con Isabella salvo borrarle la memoria como si fuera un disco duro y, por desgracia, no lo era. Y, como no lo era y, además, padecía la misma terrible enfermedad que todos los Salina, es decir, conseguir lo que se proponía pasando por encima de lo que hiciera falta, la conversación con ella fue complicada. Su espionaje le había abierto un nuevo mundo de apasionantes historias sobre hermandades secretas, misterios religiosos milenarios y cartas de antiguos patriarcas, y no estaba dispuesta, aun admitiendo todas sus culpas —e incluso algunas más si era necesario—, a renunciar a ello. Farag me miraba significativamente de vez en cuando para señalarme los muchos parecidos (gestos, formas de hablar...) que Isabella demostraba tener conmigo. Ni la amenaza de mandarla de vuelta a Palermo con sus padres y hermanos la doblegó. Dijo que se marcharía si ya no la queríamos con nosotros pero que no la tratáramos como si fuera tonta porque no lo era y porque, ahora que lo sabía todo, lo que ella deseaba era ayudar, participar, colaborar y saber más, por supuesto. De hecho, a lo largo del día anterior, el sábado, estuvo sufriendo muchísimo y pensando en cómo hacernos saber que estaba al tanto de todo sin que nos enfadáramos, pero que lo de la misa en la catedral había sido tan fuerte que no había podido resistirse a preguntar.

Si la llevábamos con nosotros a buscar los osarios, «porque, tía, no puedes decir que no a una cosa así», prometía solemnemente, daba su palabra de honor y juraba sobre la Biblia que nunca, jamás, ni aunque la torturaran o la mataran, diría ni media palabra sobre los staurofílakes y todo lo demás. Y, encima, por si no lo recordábamos, ya era mayor de edad, de manera que si le pasaba algo (un accidente, la picadura de una serpiente o alguna otra cosa de ese tipo), no seríamos responsables. Como la adulta hecha y derecha que era se había enfrentado a su madre, a su abuela y a todos los Salina para marcharse de Palermo y venirse a vivir con nosotros, «y ya sabes, tía, lo que opina la familia de vosotros, incluso tío Pierantonio y tía Lucía», de manera que sería el colmo de los colmos que nosotros, ahora, la tratáramos como a una niña pequeña. Vamos, que nos convertiríamos a sus ojos en unos gallinas sin entrañas ni corazón por abandonarla cuando lo único que ella quería era estar con nosotros, acompañarnos y sernos de utilidad puesto que era evidente que, sin ella, no podríamos hacer nada de nada y que...

En ese punto ya no podía soportar ni un segundo más aquella verborrea. O la mataba o me moría yo por agotamiento.

—¡Cállate, por el amor de Dios! —troné.

Un maravilloso silencio inundó el salón. Sentí que mis nervios y mis músculos se aflojaban. Farag, a mi lado, también pareció dejarse caer con más peso sobre el sofá.

—Mira, Isabella —empezó a decirle; qué corto había sido el silencio—, te has apoderado de cosas que no nos pertenecen ni a tu tía ni a mí. Es como si hubieras robado a otras personas sus objetos más valiosos y nos estuvieras pidiendo a nosotros que te permitiéramos quedarte con ellos. No son nuestros, Isabella, y debes comprenderlo. La existencia secreta de la hermandad de los staurofílakes pertenece sólo a los staurofílakes; la historia de los osarios del siglo XII pertenece sólo a los Simonson. Ni tu tía ni yo podemos permitirte intervenir o participar. Sabemos que no tenías mala intención al espiar, pero estuvo mal que siguieras escuchando y por eso te castigamos quitándote el ordenador, la *tablet* y el móvil.

—¡Pero los necesito! —suplicó.

—¡Pues te vas a los ordenadores de la biblioteca! —le espeté, inmisericorde.

Tuvo que cerrar la boca, claro. Ya había terminado el semestre y los exámenes, y estaba de vacaciones desde hacía más de dos semanas, así que no necesitaba esos chismes para nada salvo para su ajetreada vida socio-virtual. Por supuesto, para intentar escaquearse de su viaje (obligatorio) a Palermo, se había matriculado en un curso de verano sobre no sé qué cosa informática que necesitaba para reforzar no sé qué otra cosa informática. Pero yo conocía, porque su consejero me lo había comentado durante un encuentro de pasillo, que Isabella iba sobrada en cuanto a conocimientos y a notas, y me había advertido de que, para que no se aburriese el próximo semestre como se había aburrido hasta ahora, quizá debería coger más asignaturas. Así que, con toda esta información, estaba bastante segura de que no necesitaba los cacharros informáticos para nada.

—¿Has entendido lo que te he dicho, Isabella? —le preguntó Farag volviendo al meollo del asunto.

La delincuente asintió.

—Es importante que recuerdes —continuó Farag— que la información que obtuviste por accidente no es tuya y que sus dueños no estarían muy contentos si supieran que tú la tienes. Yo te recomendaría, y deberías tomarte muy en serio lo que te voy a decir, que aunque no puedas olvidar lo que oíste porque es imposible, jamás digas a nadie ni una sola palabra. Jamás, Isabella, ¿me has comprendido?

La delincuente volvió a asentir.

—Pondrías en peligro —añadí yo con voz áspera— a muchas personas dignas y valiosas, buenas personas que verían sus vidas destrozadas. Eso sin contar el riesgo que supondría para ti porque, si en ciertos lugares llegara a saberse que conoces la existencia de la hermandad, no quiero ni imaginar el infierno en el que convertirían tu vida, créeme.

La cara maquillada de la criminal palideció bajo la pintura. Su rostro juvenil, fresco y terso, amarilleó por un momento y, luego, enrojeció súbitamente.

—¿En serio? —balbució.

—Muy en serio —le dijo su tío con gesto grave—. No te mentiríamos sobre algo así. Y te estamos diciendo todo esto porque eres nuestra sobrina y deseamos protegerte por encima de todo. Si fueras una desconocida, ten por seguro que nos veríamos obligados a poner en marcha recursos de la hermandad que no serían de tu agrado.

Nos miró un instante, desconcertada, y, con toda claridad, vi pasar la idea por su cabeza como si fuera una pantalla de cine:

—¡Vosotros sois staurofílakes! —exclamó con la emoción manándole por todos los poros de su cuerpo.

Miré mi reloj de pulsera. Eran ya las dos de la tarde. Me extrañé: ¿dónde estaba Phil? Nuestro veloz mensajero staurofílax no había dado aún señales de vida.

—¡Sois staurofílakes! —repitió poniéndose en pie de un salto y señalándonos con el dedo.

Farag volvió a mirarme significativamente para que me diera cuenta del gesto de Isabella. Ese dedo acusador y falto de educación era un gesto irrefrenable que ambas debíamos de llevar en los genes.

—¿Lo sois o no lo sois? —insistió poniendo los brazos en jarras, impaciente.

—No lo somos —le aseguré.

—¡No mientas, tía! —me reprochó—. ¡Pero si se os ve en la cara!

—¿Se nos ve en la cara que somos staurofílakes? —bromeó Farag—. ¡Vaya, y yo que creía en que la cara sólo tenía barba!

—Quítate de mi vista, Isabella —le pedí con cansancio—. Haz lo que quieras, pero déjame descansar un rato, por favor.

—Pero ¿adónde voy sin *tablet* ni móvil? —su cara no podía expresar más horror—. ¡Y sin ordenador!

Afortunadamente, Farag estaba tan cansado como yo de aquella conversación.

—No te preocupes por tus cincuenta mejores amigos íntimos de WhatsApp o Twitter —la consoló, poniéndose en pie—. Como ha dicho tu tía, desde los ordenadores de la biblioteca puedes contarles que te has quedado sin wifi.

Isabella contuvo a duras penas un estallido de cólera y, con gesto airado y lágrimas de impotencia en los ojos, se lanzó hacia la escalera como un tifón. Cuando, por fin, escuchamos el portazo de enfado que dio al cerrar su cuarto, ambos soltamos aire y presión como dos máquinas de vapor. Estábamos agotados.

—Siempre creí —comentó Farag— que lo más difícil sería explicarle de dónde venían los niños pero lo de hoy ha sido muchísimo peor.

—Ella ya sabe de dónde vienen los niños, no te preocupes por eso —le aclaré riéndome.

—¿Te has preguntado alguna vez —me susurró inclinándose hacia mí— qué habría pasado si hubiera visto nuestras escarificaciones?

Un sudor frío me bañó la frente. Siempre llevábamos muchísimo cuidado ocultando nuestras extrañas cicatrices corporales. Cierto era que nos sentíamos orgullosos de ellas y que habíamos puesto la vida en peligro varias veces para conseguirlas, pero no eran el tipo de cosas que podías exhibir en público porque, obviamente, no se debía, pero, sobre todo, porque resultaban tan extrañas a la vista que siempre habría alguien que terminaría preguntándote por qué demonios llevabas el cuerpo lacerado con cruces raras y letras griegas. Y a ver qué respondíamos. Una de las pocas cosas malas que había tenido la llegada de Isabella a nuestras vidas había sido, precisamente, la obligación de andar siempre con cuidado para que no viera nuestras escarificaciones staurofílakes. Porque sí, en realidad sí que éramos staurofílakes.

Para llegar hasta el Paraíso Terrenal staurofílax (cuando perseguíamos a los ladrones de *Ligna Crucis*) habíamos tenido que enfrentarnos a siete pruebas bastante complejas que seguían el esquema de los siete círculos y pecados del Purgatorio de la *Divina Comedia* de Dante Alighieri. Cada vez que superábamos uno de esos círculos, mientras estábamos inconscientes, los staurofílakes nos marcaban con una nueva escarificación en una parte diferente del cuerpo. Y como, en realidad, al final llegamos al Paraíso Terrenal y superamos con éxito todos los obstáculos, nos obsequiaron con otras siete cicatrices más que terminaron por convertirnos en unos bichos un poco raros según cómo se nos mirara. Por suerte, el pelo y la ropa las ocultaban completamente pero eso no quería decir que no las lleváramos encima para siempre. Y, lo que aún era más importante: esas escarificaciones representaban la prueba innegable de que, en efecto, técnicamente hablando, éramos auténticos y verdaderos staurofílakes. De manera que la respuesta a la pregunta de nuestra sobrina hubiera tenido que ser afirmativa, aunque con condiciones: éramos staurofílakes porque habíamos cumplido los requisitos para serlo, pero ni vivíamos ni pensábamos como ellos.

Farag, alejandrino de pro y, por lo tanto, consumado *gourmet* y mejor cocinero, había preparado, mientras nosotras estábamos en la iglesia, una riquísima ensalada con queso y judías y un delicioso guiso de cordero. Sin embargo, a esas horas, la lechuga estaba blanda y el guiso frío. Aun así, comimos con hambre y le subí una bandeja a Isabella a su habitación para que comiera también. Como no contestó cuando llamé, entré sigilosamente y la encontré dormida en su cama con signos de haber llorado (una granizada de pañuelos de papel esparcidos por todos lados). Dejé la bandeja sobre su escritorio y salí con cautela para no despertarla.

A las cinco de la tarde, mi preocupación era extrema: no sabíamos nada de Phil, nuestro contacto con Kaspar. En realidad, no habíamos vuelto a ver a Kaspar desde hacía nueve años, cuando se convirtió en Catón, aunque sí habíamos hablado muchas veces con él. Bueno, con él no, con... Era complicado. Durante aquellos primeros y difíciles tiempos en Alejandría, además de tener a Gottfried Spitteler viviendo en la casa de al lado y a los servicios informáticos del Vaticano metiéndose en nuestros ordenadores, también alguien escuchaba atentamente nuestras conversaciones telefónicas. Tuvimos, pues, que empezar a usar una forma bastante extraña de comunicación con Kaspar, algo raro empleado por la hermandad desde hacía mucho tiempo. Un grupo de staurofílakes conservaba el conocimiento de una lengua extinta, la lengua birayle. Estos staurofílakes se repartían estratégicamente por los países en los que eran requeridos y, así, nosotros, en Alejandría, hablábamos en realidad con Ibrahim, que estaba a nuestro lado, el cual, desde su teléfono móvil, hablaba en birayle con su primo Muntu, en Etiopía, junto al cual estaba Kaspar. Lo mismo habíamos hecho desde Turquía, luego desde Italia y ahora desde Canadá, donde Phil, un viejo y querido amigo, profesor de música y casado con una canadiense, nos visitaba de vez en cuando y aprovechaba para hacer una llamada desde su móvil a un conocido suyo con el que hablaba en birayle y que vivía en Etiopía. Por supuesto, era simple casualidad. Sin embargo, aquella tarde Phil no daba señales de vida y también Farag empezaba a preocuparse.

A las seis, Isabella bajó a cenar con aire de pobre corderilla desamparada entre lobos sedientos de sangre. Sentados alrededor de la mesa de la cocina, su tío y yo intentábamos normalizar la situación hasta donde nos era posible pero ella había decidido que la vida no valía la pena, que todo era terriblemente trágico y doloroso y que no había esperanza para el mundo, así que Farag y yo terminamos por no dirigirle la palabra y por hacer como si no existiera. Estábamos acabando de cenar cuando llamaron a la puerta.

—Ahí está Phil —exclamó Farag, dejando la servilleta sobre la mesa y poniéndose en pie.

Isabella conocía a nuestro amigo Phil y no le dio la menor importancia al hecho de que nos hiciera una visita a aquellas horas tardías. Ella, desde luego, tal y como estaba, no pensaba salir a saludar. Ni falta que hacía, le repliqué levantándome.

Entonces escuché una exclamación ahogada, una risa que me resultó vagamente familiar y el inconfundible ruido de un fuerte abrazo masculino (los hombres, cuando se abrazan, siempre se dan sonoras palmadas en la espalda; nunca he conseguido averiguar por qué, es un misterio que todavía no he resuelto). Salí de la cocina y giré hacia la entrada, preguntándome quién habría venido a casa para que Farag le hiciera semejante recibimiento festivo. Claro que, ni en mil millones de años hubiera esperado ver allí, en Canadá, en Toronto, a Su Eminencia el Catón de los staurofílakes, ni más ni menos que a Catón CCLVIII en persona, vestido como un hombre normal con pantalón, chaqueta y corbata, y luciendo una extraña sonrisa amistosa en su rostro siempre seco, autoritario, rocoso y malhumorado. Bueno, quizá me estaba pasando, admití con la alegría en el corazón que me producía volver a verle. Kaspar había cambiado mucho desde nuestros tiempos en el Vaticano, cuando le conocí —y soporté— como capitán de la Guardia Suiza. Al final, había resultado ser incluso humano. Pero, sin poder evitarlo, mi primera imagen de él siempre era la del militarote suizo, corpulento y fornido, que disparaba arpones de acero por sus ojos grises, levantaba piedras de varias toneladas con el dedo meñique y masticaba cristales en las comidas. Dibujando una enorme sonrisa en mis labios por lo increíble que resultaba tenerle allí, en casa, me di cuenta de que seguía llevando el pelo rapado al estilo militar a pesar de su eminente cargo religioso.

—¡Ottavia! —exclamó la montaña rubia soltando a Farag y abalanzándose sobre mí para darme un estrecho abrazo de oso. Su estatura de más de un metro noventa era la misma que la de Farag, pero la envergadura de ambos era completamente diferente: mi marido tiraba a escurrido mientras que Kaspar tiraba a mamut.

—¿Kaspar...? —atiné a farfullar desde el interior de su abrazo—. ¡Kaspar, Dios mío, eres tú!

—¡Qué alegría verte, doctora! —murmuró arrastrando mucho las erres y apretándome aún más; pese al tiempo transcurrido, no había conseguido hablar italiano sin ese fuerte acento alemán—. ¡Cuánto os he echado de menos a los dos!

Vivir para ver. O, mejor, vivir para oír.

De repente, la realidad se había convertido en una especie de sueño. Había algo inverosímil en aquella situación, porque, de algún modo, el cerebro me advertía que no podía ser verdad, que era totalmente imposible que Catón CCLVIII estuviera allí, que hubiera salido de su recóndito Paraíso Terrenal y hubiera subido a uno o varios aviones, salvando los muchos controles de seguridad de los aeropuertos para llegar hasta Toronto. A nosotros ya hacía tiempo que nos ignoraban (o no, no lo sabíamos), pero con él deberían de haberse disparado hasta los timbres de las bicicletas. Un momento, me dije alarmada. ¿Y si había ocurrido exactamente así? ¿Y si, efectivamente, se habían disparado hasta los timbres de las bicicletas y en ese momento teníamos la casa rodeada por los sicarios de Gottfried, del FBI, de la CIA...?

—¡Estás guapísima! —dejó escapar el Catón con admiración y sin asomo de hipocresía en la cara; casi me lo creo.

—Guapa no he sido nunca, Kaspar —dije entre risas, alejándome un poco de él—, pero tengo una personalidad encantadora.

Escuché primero un bufido desde detrás de la Roca procedente de Farag y, luego, otro desde mi espalda. Isabella había decidido salir de la cocina a saludar. ¡Vaya por Dios! Y, ahora, ¿qué? El nombre de Kaspar debía de haber sido un imán irresistible para ella.

—Pues yo te veo muy guapa —insistió el anteriormente desagradable capitán—. La vida con el profesor te ha sentado espléndidamente, no cabe duda.

—He procurado darle bien de comer, desde luego —admitió Farag, orgulloso de sus artes culinarias.

La presencia de Isabella no podía seguir siendo ignorada.

—Kaspar —dije volviéndome hacia ella—, ésta es nuestra sobrina Isabella, la hija de mi hermana Águeda. Vive con nosotros desde hace un año. Isabella, éste es nuestro amigo Kaspar, de Suiza.

—Encantado de conocerte, Isabella —sonrió, dándole besos en las mejillas al estilo italiano. Mi sobrina tenía chispas en los ojos o, más que chispas, hornos industriales. Sabía quién era él en realidad y no podía disimularlo.

Kaspar, de pronto, dejó a Isabella y se volvió hacia la puerta abierta, donde no se veía a nadie.

—¡Linus! —llamó en inglés—. ¿Dónde te has metido?

Una cabecita rubia asomó por el dintel. ¡Dios mío, era la viva imagen de su padre pero en diminuto! Bueno, su piel era más morena, como la de Khutenptah, su madre, una hermosa e inteligente griega de rasgos clásicos y elegantes que había muerto de un inesperado aneurisma cerebral tras dar a luz. De ella era también, sin duda, esa nariz recta y fina, aunque, en todo lo demás, el joven Linus era un Kaspar reducido a lo jíbaro. También él llevaba el pelo rubio tan rasurado que difícilmente se le apreciaban unos ligeros brillos en la frente, y también, como su padre, tenía los ojos grises, pero de un gris más oscuro.

Supimos de su nacimiento; supimos de la muerte de su madre; supimos cuánto había sufrido Kaspar durante mucho tiempo; y, ahora, además, le teníamos allí, en nuestra casa. Bueno, quizá no en casa todavía pero al menos en la puerta, mirando a su padre con ojos preocupados.

—Pasa, Linus —le dijo Farag con una sonrisa, tendiéndole la mano como si fuera un adulto.

El pequeño Linus se decidió a entrar y le tendió también la mano a Farag aunque no parecía muy seguro de para qué. Mi marido se la estrechó y, luego, se inclinó y le dio un beso. Esto pareció calmar a Linus, que le devolvió el beso de la forma más natural y, luego, se pegó a los pantalones de su padre.

—Y ésta es tu tía Ottavia —le dijo Kaspar, empujándolo hacia mí.

¡Hala, otro sobrino! ¡Como si no tuviera bastante con los veinticinco hijos de mis hermanos! Claro que la más pequeña de los veinticinco era Isabella, la delincuente, y a éste, de cuatro años y medio, aún se le podía disfrutar. Me puse en cuclillas y le abracé con ganas. Su cuerpecillo espigado estaba un poco tieso por lo extraña que para él resultaba la situación.

—Hola, Linus —le dije con una sonrisa—. Bienvenido a casa. No sabes las ganas que tenía de conocerte.

—Y yo a ti —repuso muy educado.

—Y yo soy Isabella —dijo mi sobrina poniéndose en primer plano y besando también a Linus, que se echó hacia atrás.

—No te conozco —murmuró él frunciendo el ceño. ¡Dios mío, era increíble lo mucho que se parecía a Kaspar en todo!

—Bueno, pero la puedes conocer ahora, ¿verdad? —le animó su padre.

—Tengo dos consolas —le tentó Isabella—. ¿Te apetece jugar un rato?

¡Las consolas! ¡Habíamos olvidado quitarle las consolas de videojuegos! En fin, me dije con resignación, ya era demasiado tarde.

Los ojos de Linus se habían agrandado al escuchar la palabra consolas.

—Ve con ella, hijo, anda. Y no te preocupes que yo estaré aquí.

El pequeño Linus cogió dócilmente la mano de Isabella y ambos se fueron escaleras arriba. Confiaba en que mi sobrina no intentara sonsacarle información al niño... Vale, es verdad, en realidad no confiaba en absoluto. Sabía que iba a hacerlo. Pero también sabía que ni su tío podría impedirme que, acto seguido, le diera boleto hacia Palermo.

—¿Has cenado ya? —preguntó Farag a Kaspar. Tenía la sonrisa fija desde que había llegado la Roca.

—Sí, hemos cenado en el avión —nos aclaró Catón CCLVIII—. Pero si vosotros estabais cenando, terminad, por favor. Yo sólo necesitaría un café. Aún no me he acostumbrado a los horarios de las comidas y las cenas en este continente.

Farag le dio otra palmada amistosa en la espalda y le empujó hacia la cocina, donde la mesa con los platos prácticamente vacíos pedía a gritos ser recogida.

—Yo limpio —dije—. Vosotros preparad el café y sentaos.

Era todo bastante increíble. Allí estábamos de nuevo los tres juntos, sólo nosotros, los mismos que empezamos aquella historia que cambió nuestras vidas para siempre, y parecía, más bien, que hubiéramos viajado al pasado y que estuviéramos aún resolviendo aquellas dichosas pruebas y enigmas de los staurofílakes. Claro que, ahora, los tres éramos también staurofílakes y, encima, teníamos bastantes años más. Por desgracia, el rostro de Kaspar acusaba más que los nuestros el paso del tiempo, seguramente por la muerte de Khutenptah, a la que había amado profundamente. Farag y yo estábamos con ellos cuando se conocieron y volvimos a estar con ellos cuando ya vivían juntos y él iba a ser investido Catón. Parecía imposible que ella hubiera muerto.

—Bueno, tenemos mucho de que hablar —empezó a decir Kaspar, sentándose en la silla de Isabella—, pero lo primero es lo primero: ¿qué ha pasado para que enviarais un aviso urgente?

Yo ya ni me acordaba, la verdad, así que no dije nada y continué guardando platos, vasos y cubiertos en el lavavajillas.

—Exacto, lo primero es lo primero —repitió Farag, sacando las cápsulas de colores de su caja para preparar los cafés en la máquina *super fashion* de George Clooney. Contra mi voluntad, habíamos sucumbido a la moda—. ¿Tenéis ya alojamiento para esta noche?

—¿Cómo puedes preguntarme algo así? —rió Kaspar de buena gana—. Nosotros siempre tenemos dónde quedarnos, no te preocupes. Decidme qué pasa.

—No, aún no —se opuso tercamente el profesor Boswell—. Es un poco largo de contar y vas a tener que tomar decisiones importantes.

—¿Más? —bromeó la Roca—. ¡Pero si no paro de tomar decisiones importantes! ¡Mi vida consiste en tomar decisiones importantes!

—Perdone Su Eminencia si le rebajo de nivel —me reí—, pero la vida de todos los mortales consiste exactamente en lo mismo.

—A lo que iba —nos cortó su amigo el profesor—. Kaspar, explícanos qué demonios haces con Linus en Canadá. Sólo han pasado siete horas desde que dimos el aviso. Es imposible que hayas venido desde Etiopía en este tiempo. Si descontamos el embarque y la salida del aeropuerto, sólo has tenido entre tres y cinco horas para llegar a Toronto y, con ese plazo, no puedes venir más que de algún lugar de Estados Unidos. Eso sin olvidar que es la primera vez, que sepamos Ottavia y yo, que sales de tus dominios subterráneos desde hace catorce años.

Kaspar, que tampoco había abandonado la sonrisa desde su llegada, tomó la taza de café humeante que le tendió Farag y se quedó mirando fijamente el reflejo de la luz del techo sobre el negro y caliente brebaje. Donde estuviera una buena cafetera italiana de las de toda la vida, me dije con amargura, que se quitara lo demás.

—¿Qué pasa, capitán? —le pregunté, preocupada por su silencio. Me acerqué a él y, sentándome a su lado, puse mi mano sobre una de las suyas, que sostenía la taza—. ¿Ha ocurrido algo?

Kaspar continuó callado. Farag me dio mi café y, cogiendo el suyo, arrimó su silla hacia la de su amigo sin decir nada. Permanecimos así durante unos minutos, hasta que la Roca se removió y sacudió la cabeza como si saliera de un sueño.

—Me marcho —soltó a bocajarro.

—¡Pero si acabáis de llegar! —protesté. Farag me dio un puntapié por debajo de la mesa.

—No, Ottavia, no me marcho de tu casa —me aclaró, volviendo a sonreír—. Me marcho de la hermandad. He renunciado a la dignidad de Catón hace exactamente una semana. Ahora, vuelvo a ser sólo yo.

CAPÍTULO 5

Después de soltar aquella bomba, era seguro que Kaspar no se iba a ir de casa aquella noche porque no le íbamos a dejar. Había demasiado sobre lo que hablar y mucho sobre lo que discutir antes de que llegara el día siguiente. De manera que, tras el silencio inicial que se hizo en la cocina (que podría describirse más gráficamente como el espacio de tiempo entre la muerte por sobresalto y la vuelta a la vida por descarga de adrenalina), Farag, apoyándose en la mesa como si las piernas no le sostuviesen, se puso en pie con la lentitud y dificultad de un anciano achacoso. No es que estuviera afectado por la decisión de Kaspar de renunciar al cargo, puesto que, al fin y al cabo, todos somos libres para hacer lo que queramos mientras no perjudiquemos a nadie, sino por la enorme, abrumadora y descomunal sorpresa.

Por lo que sabíamos, durante mil setecientos años de historia ningún Catón había renunciado ni había sido destituido. Todos habían cumplido íntegramente su mandato hasta la muerte, poco antes de la cual escribían la crónica de su gobierno, que era terminada por el siguiente Catón tras su propia investidura. Así había sido para doscientos cincuenta y siete Catones desde el siglo IV de nuestra era, más concretamente desde el año 341, cuando la hermandad fue fundada por un grupo de diáconos de la basílica del Santo Sepulcro de Jerusalén y se eligió a Mirógenes de Neápolis como archimandrita y primer Catón de la historia. La única misión de la hermandad a lo largo de los siglos había sido la de proteger a cualquier precio la sagrada madera de la Vera Cruz, descubierta por la emperatriz santa Helena en el año 326 en el monte del Calvario de Jerusalén.

Y, ahora, Kaspar Glauser-Röist nos decía, como si no pasara nada, que había renunciado, que había sido el primer Catón de la historia en darle la patada al cargo y, no contento con eso, abandonaba también la hermandad.

—¿Adónde vas, Farag? —fue lo primero que salió por mi boca tras haber resucitado en no muy buenas condiciones.

Él avanzaba por la cocina hacia la puerta como un barco sin timón. Se detuvo en seco y puso una mano sobre la moldura de la puerta.

—A preparar la habitación de invitados —anunció con voz ronca—. Está claro que se van a quedar.

—No, no. Nos íbamos a quedar en casa del Cardenal Hamilton —objetó Kaspar, pero se le notaba que le gustaba más la idea de estar con nosotros.

—Pues llámale y dile que no os espere —concluí yo, levantándome para seguir a Farag—. Y haz que traigan vuestro equipaje desde dondequiera que esté.

Le dejamos en la cocina, hablando por el móvil, y subimos la escalera cogidos de la mano, sin hablar. Desde la habitación de Isabella, que tenía la puerta abierta, llegaban sonidos y musiquillas de videojuegos infantiles, así como voces y risas. Al menos, Isabella se estaba comportando adecuadamente.

—¿Qué opinas sobre lo de Kaspar? —me preguntó Farag.

—Me gustaría escuchar sus motivos antes de tener una opinión —repuse—. Es Kaspar.

Farag asintió y encendió la luz de la supuesta habitación de invitados. En realidad, la usábamos como despacho, pero estaba todo previsto para una situación de emergencia como aquella: quitando cosas de aquí y de allá y recolocando otras en su lugar, la devolvimos, más o menos, a su uso original, pues entre los muebles se escondían dos camas y una mesilla. Tenía, además, baño propio con un pequeño armario para ropa.

Al terminar, echamos una mirada aprobatoria y salimos,

cerrando la puerta. Habíamos sido rápidos pero no queríamos dejar solo a Kaspar mucho tiempo, así que regresamos velozmente a la cocina. Él no había cambiado ni de lugar ni de postura y continuaba con la cara triste y la mirada sombría. Farag se dirigió hacia su amada maquinita de café para preparar más, y yo me senté en mi silla, frente al capitán, mirándole directamente a los ojos.

—¿Por qué? —fue todo lo que me atreví a preguntarle con el tono de voz más suave que pude encontrar en mis registros.

Kaspar levantó sus ojos grises y tristes y me sonrió. Bajo la luz blanca del neón, los robustos huesos de su rostro parecían de granito esculpido a cincel.

—Porque Khutenptah ya no está —empezó a decir con mucha serenidad—. Porque murió. Porque me equivoqué. Porque al enamorarme de ella creí que también me había enamorado de la hermandad y de la belleza de su forma de vida, pero no era verdad —enumeraba lentamente sus razones, como si las reflexionara conforme las decía—. Porque no creía en nada cuando conocí a Khutenptah y creí en ella y, por amor a ella, creí en la hermandad.

Mi marido le puso otra taza de café cargado en las manos y se sentó a escuchar.

—Pero murió y me dejó solo con nuestro hijo —continuó—. Al principio el dolor era... insoportable. Ya lo sabéis. Pero, conforme se convertía en costumbre y se mitigaba un poco cada día, no entendía qué hacía allí, en el Paraíso Terrenal, ni por qué. Aquél no era mi mundo, ni era lo que quería para Linus.

Bebió un sorbo de café caliente y arrugó la cara. Le añadió una cucharadita de azúcar y lo removió.

—Una mañana, hace seis meses, me desperté y me dije: «Si Benedicto XVI ha renunciado, yo también puedo hacerlo». Y empecé a darle vueltas a la idea de marcharme, pero de marcharme del todo, no sólo de renunciar al cargo de Catón sino también de abandonar el Paraíso Terrenal. Lo hablé, finalmente, con el consejo y, tras reflexionar, me dijeron que lo entendían y que era libre de hacer lo que considerara mejor, que lo único que me pedían era que escribiera la crónica de mi mandato antes de irme.

Dio otro sorbo a su café y soltó un largo suspiro. Luego, nos miró a ambos con un gesto de intenso sufrimiento.

—Siempre seré un staurofílax. Llevo en mi cuerpo las marcas que lo prueban. Siempre tendré una parte de mi corazón en el Paraíso Terrenal, sobre todo porque allí descansa Khutenptah. Pero ahora quiero otra vida. Una vida nueva para mi hijo y para mí. Por supuesto, siempre estaré al servicio de la hermandad, pero como staurofílax laico. Como vosotros.

Farag y yo contuvimos el aliento. El ex-Catón tenía una idea muy equivocada sobre nuestra identidad staurofílax.

—Kaspar, nosotros no nos sentimos staurofílakes —le advirtió Farag—. Nunca nos hemos sentido staurofílakes. Sabes que tanto Ottavia como yo pensamos que esa Vera Cruz a la que vosotros adoráis es una falsa reliquia. No compartimos vuestra fe ni vuestro ideal de vida.

—¡Eso ya lo sé! —declaró el ex-Catón, soltando una inesperada risotada—. ¿Acaso suponéis que yo he creído alguna vez que Farag «el ateo» y Ottavia «la desconfiada» aceptaban que nuestra Vera Cruz era la cruz en la que de verdad había muerto Nuestro Señor Jesucristo? ¡No estoy tan ciego, hombre! Pero pensad esto: el que esa reliquia no sea verdadera no le quita ni un ápice de importancia como símbolo religioso, ¿verdad? Khutenptah creía sinceramente en ella y eso la convirtió en auténtica para mí. Además, lo que sí es históricamente irrefutable es que se trata de la cruz que encontró santa Helena, la madre del emperador Constantino, en el siglo IV en Jerusalén. Démosle, pues, su valor como símbolo y respetemos la fe de los demás.

—Por cierto, Kaspar... —le interrumpí. Iba a empezar a hablarle de los Simonson pero en ese momento Isabella apareció en la puerta con la mejor de sus sonrisas.

—Linus se ha quedado dormido en mi cama —anunció.

La Roca, de un salto, se puso en pie.

—Los cambios de horario. Está agotado —farfulló saliendo en dirección a la escalera.

—Espera, Kaspar —le detuvo Farag—. Tengo que explicarte dónde está vuestra habitación. Te acompaño.

—¿Se quedan a dormir? —me preguntó Isabella.

—Sí. Estamos esperando a que traigan su equipaje.

—Ah, vale. Tía... —vaciló—. ¿Aún estás enfadada conmigo?

Sí, aún estaba enfadada con ella.

—Un poco —respondí, terminando mi café—. Ya se me pasará.

—¿Cuándo? Porque no me gusta que estemos así y yo no quise hacer nada malo.

—Pero lo hiciste.

—Dijo la sartén al cazo —farfulló.

—¡Eh, mucho cuidado! —le advertí amenazadoramente. Pero ¿quién demonios se había creído que era aquella mocosa?—. Las faltas de respeto tienen penas más severas que la retirada del equipo informático.

—¿Acaso tú no hubieras hecho lo mismo que yo? —se apresuró a explicarse—. Tú eres como la abuela Filippa, y yo también. Las tres somos igual de insensatas y cabezotas, así que no me digas que tú hubieras apagado el móvil para no escuchar una conversación como aquélla porque no te creo.

La abuela Filippa, mi madre... No había dejado de echarla de menos ni un solo día a pesar de los dos inmensos abismos que nos separaban: Farag, a quien ella no soportaba porque no era católico y porque me había sacado de la Iglesia, y los negocios familiares, que daba la casualidad de que eran bastante sucios y deshonestos así como la principal ocupación de mi anciana madre, de ochenta y nueve años, que seguía ostentando el *noble* cargo de jefa de los clanes sicilianos de la *Cosa Nostra*.

—¿No dices nada? —insistió Isabella.

Era cierto, me dije apurando los restos de café de mi taza, yo tampoco hubiera dejado de escuchar una conversación como aquélla aun sabiendo que lo que hacía estaba mal. Como mi madre, sí, y como Isabella. Pero eso no me eximía de la obligación de intentar educar a mi sobrina.

—Pues te digo —murmuré— que a mí tampoco me gusta que estemos así pero que aún me gusta menos que te parezcas tanto a tu abuela y a mí.

—Pues, venga, olvídalo todo ya, por favor —me suplicó con un gesto que mostraba un poco de cansancio, otro poco de pena y algo de impaciencia.

—Bueno, déjame hasta mañana. Cuando nos levantemos, estaré normal. ¿De acuerdo?

—De acuerdo —admitió con una sonrisa. En ese momento sonó el timbre de la puerta.

—Será el equipaje de Kaspar y Linus —comentó, volviendo la cabeza hacia el sonido.

—Yo abriré —dije, levantándome de la silla—. Tú acuéstate que ya es tarde.

—Buenas noches —rezongó, obedeciendo mi orden.

El hombre que trajo el equipaje de los expatriados era un joven sacerdote de la catedral al que conocía de vista. Por suerte, no pretendió entablar conversación ni nada por el estilo. Dejó las dos maletas en la entrada, donde le señalé, y se marchó a toda prisa con una despedida cortés.

Cerré la puerta y pasé el pestillo. Yo era la única que lo hacía todas las noches, después de comprobar las ventanas, la caldera, el gas, las luces... Era una costumbre, pero Farag decía que era una obsesión compulsiva. Bueno, ¿y qué? Cada uno tiene sus manías, ¿no?

Los dos varones staurofílakes de la casa ya bajaban por la escalera tratando de no hacer ruido al pisar los peldaños. Le señalé a Kaspar las dos maletas que acababan de llegar y volví a entrar en la cocina. Él vino detrás de mí seguido por Farag, que cerró con cuidado la puerta en cuanto los tres estuvimos dentro.

—¿Me vais a contar ya por qué habéis enviado un aviso urgente? —nos recordó la Roca, regresando a la silla de Isabella que ya había adoptado como propia.

—¿Cómo es que te ha llegado a ti nuestro aviso? —pregunté recelosa—. Ya no eres el Catón ni estás en el Paraíso Terrenal.

—Si el aviso viene de vosotros es lógico que me lo notifiquen a mí, ¿no te parece? Y si el asunto atañera a la hermandad, yo lo comunicaría inmediatamente. Así que, decidme, ¿qué ocurre?

Farag me tomó la delantera.

—¿Has oído hablar de los Simonson? Esa familia que tiene una de las mayores fortunas del mundo.

El rostro de Kaspar se contrajo con un gesto extraño durante una décima de segundo.

—Sí, por supuesto —afirmó, volviendo a su rigidez habitual.

—Pues Becky y Jake Simonson estuvieron aquí, en casa, el viernes por la noche —me jacté.

—¿En serio? —balbució—. ¿Me estáis tomando el pelo?

—¡Oh, no, amigo mío! —se rió el profesor Boswell—. ¡Nada de tomarte el pelo! Y todavía queda mucho más por contar.

Le explicamos detalladamente la extraña conversación que habíamos mantenido con los archimillonarios, cómo nos habían ofrecido el último fragmento auténtico de Vera Cruz a cambio de la búsqueda de los nueve falsos osarios mencionados en la carta del Patriarca ortodoxo de Jerusalén, Dositheos, al Patriarca de Constantinopla, Nicetas, en el año 1187. El rostro del ex-Catón era digno de ver, con las cejas enarcadas y los ojos muy abiertos, lo que para él ya era muchísima expresividad, así como la boca dibujando un óvalo vertical que sólo cambió a horizontal cuando le confesamos la fechoría de Isabella. Insistimos mucho en que habíamos hecho todo lo posible para concienciarla, para hacerle entender lo que estaba en juego y la importancia de la información que debía guardar en secreto para siempre. No pareció gustarle en absoluto el asunto, pero no dijo nada. Aunque tampoco había dicho nada durante el mucho tiempo en que Farag y yo, quitándonos la palabra de la boca al estilo de los Simonson, habíamos estado hablándole de ellos.

Cuando terminamos, continuábamos en la más absoluta oscuridad sobre cuáles eran sus pensamientos y opiniones. Los muchos años como líder de una secta religiosa le habían dotado de una capacidad diplomática extraordinaria a la que se sumaba su natural inexpresivo y seco. Siempre me pregunté qué fue lo que pudo ver Khutenptah en él, porque si había alguien en este mundo capaz de ocultar sus sentimientos con una enorme habilidad era la Roca.

Por fin, estiró el cuello como si se le fuera a descoyuntar, echó el cuerpo hacia delante y se tapó la boca abierta con una mano, reflexionando.

—Pero si acabo de salir del Paraíso Terrenal... —murmuró al cabo de un rato.

—¿Qué quieres decir con eso? —le pregunté.

—No lo sé —protestó—. Tengo la sensación de que esta historia estaba esperándome, agazapada, para atraparme en cuanto dejara la hermandad.

—¡No digas tonterías! —le espeté—. Esta historia no es una historia. Es una sandez.

Su mirada se perdió en el vacío.

—«¿No es éste el carpintero —empezó a recitar—, el hijo de María, y hermano de Jacobo y de José, de Judas y de Simón? ¿Y no viven sus hermanas aquí entre nosotros?».

—Sí, vale —asentí a disgusto—. Mateo 13, 55. Lo tengo claro.

El Nuevo Testamento no tenía secretos para mí. No en vano había dedicado buena parte de mi vida a estudiarlo como monja y como paleógrafa.

—«Todavía estaba él hablando al pueblo —volvió a decir—, cuando su madre y sus hermanos, que se habían quedado fuera, intentaban hablar con él. Y le dijo uno: "Mira que tu madre y tus hermanos están ahí afuera y quieren hablar contigo."» Evangelio de Mateo, capítulo 12, versículos 46 y 47.

—¡Vale ya, Kaspar! —exclamé, molesta—. ¡La Iglesia afirma que esos hermanos eran, en realidad, primos de Jesús o hijos de un primer matrimonio de José!

—¿Y decís que los Simonson no quieren hacer públicos los resultados de la investigación? —inquirió el ex-Catón sin hacerme ningún caso.

—No, no quieren hacerlo público —le confirmó Farag—. Becky Simonson fue muy clara a este respecto. Dijo que era una investigación privada que jamás se publicaría porque no buscaban reconocimiento ni lucimiento personal. Es más, para obligarnos al silencio, quieren que, antes de empezar y de contarnos el resto de lo que saben, firmemos un contrato con una cláusula de confidencialidad. Me parecieron un poco preocupados por si aspirábamos a usar la historia en provecho de nuestras carreras académicas.

—Y por eso —añadí yo, sarcástica— se ofrecieron a pagarnos la cantidad de dinero que quisiéramos, sin límite, por muy astronómica que fuese.

—Es raro... —murmuró el ex-Catón.

—Mucho —asentí—. A mí no me gusta ni un pelo. Le dejé muy claro a Farag que debíamos rechazar la oferta pero no me hizo caso.

—Nos darían el *Lignum Crucis* —se justificó mi marido, alzando los hombros.

—Y no podemos dejar esa reliquia en sus manos —declaró Kaspar frunciendo el ceño con decisión.

—Pues hazte a la idea de que, al final, la vais a tener que robar, porque no les vamos a dar lo que piden, obviamente —le aseguré.

—Yo creo que sería una búsqueda apasionante —observó Farag, haciendo caso omiso de mi comentario.

—Sí, yo también —convino Kaspar, ignorándome igualmente.

—¡Alto ahí! —solté, furiosa—. Pero ¿qué os pasa a los dos?

Era evidente que para el ex-Catón la hipotética existencia de unos osarios judíos que pretendían contener los restos de Jesús de Nazaret, de sus padres y de sus hermanos y hermanas no suponía un problema de conciencia o de fe. Parecía no concederles ninguna importancia estando en juego una importantísima astilla de la Vera Cruz. Seguramente Farag tenía razón cuando decía que yo no conocía bien a Kaspar.

—Y, aunque no pudiésemos publicar nada sobre los osarios —continuaba diciendo el tonto de mi marido—, seguro que algún aspecto de una investigación tan grande nos abriría nuevas líneas de trabajo.

—Y, además, con ese último *Lignum Crucis*, cerraríamos para siempre la herida abierta en la historia de la hermandad —aprobó el ex-Catón—, y podríamos decir que habíamos cumplido, por fin, nuestra sagrada misión de recuperar lo que perdimos.

—¡Eh! —voceé, ya totalmente exasperada y sin recordar que había un niño pequeño durmiendo en la casa—. ¿Es que nadie me está escuchando o qué?

—Votemos —propuso mi marido.

—¿Votemos...? —me sorprendí—. ¿Desde cuándo votamos en lugar de buscar el consenso?

Con los brazos en alto como los alumnos de una clase, Farag y Kaspar me miraron divertidos.

—Desde que somos número impar —me replicó mi marido con toda desfachatez—. Dos a uno. Investigación aceptada.

CAPÍTULO 6

No sabíamos cómo iban a ponerse en contacto con nosotros los Simonson ese lunes, así que cada uno se fue a lo suyo y nuestros invitados salieron de casa con la intención de visitar el parque de atracciones Canada's Wonderland. Resultó que Kaspar y Linus estaban en Orlando, Florida, cuando el ex-Catón recibió nuestro aviso, disfrutando de Disney World, ya que, por extraño que pueda parecer, a sus casi cinco años Linus no conocía a Mickey Mouse ni a Blancanieves, ni tampoco había visto *El rey León* o *Frozen*. Es lo que tiene nacer de unos padres un poco raritos en el interior de un colosal sistema de cavernas bajo el suelo de un país situado en el Cuerno de África. Pero bueno, el niño parecía estar superándolo bien, con mucho ánimo y una enorme curiosidad.

Tanto Kaspar como Linus habían cambiado de apellido y Kaspar tenía una nueva identidad danesa. No es que eso fuera a salvarle al final de Gottfried Spitteler y sus esbirros pero, de momento, le ayudaba a moverse con rapidez por el mundo sin ser detectado. Kaspar, según su flamante pasaporte europeo, se llamaba Kaspar Jensen, y Linus, su hijo, era, por tanto Linus Jensen. El apellido Jensen era tan común en Dinamarca y la pinta de vikingos de Kaspar y Linus tan acusada, que no iban a tener ningún problema —al menos durante algún tiempo— para pasar desapercibidos. Disponían también de otros pasaportes con otros nombres, perfectamente legales todos ellos, pues, cuando la hermandad hacía las cosas no las hacía nunca a medias. Kaspar era, a efectos legales, un honrado ciudadano danés que aparecía en todos los ordenadores oficiales de Dinamarca con una vida impoluta y absolutamente comprobable.

Había, además, algo importante en este cambio que nadie parecía haber tenido en cuenta: Gottfried Spitteler estaba buscando a Kaspar Glauser-Röist el Catón, no a Kaspar Jensen padre de un hijo pequeño. Nadie conocía la existencia de Linus y su presencia junto a Kaspar era la mejor garantía para que no fueran descubiertos.

A las cuatro y media de la tarde llamaron a la puerta de casa. Un extraño chino de dos metros de estatura, vestido con traje y corbata negros y con una gorra de plato también negra en la mano, nos entregó una invitación para cenar en casa de los Simonson a nombre de Farag y mío y, sorprendentemente, también al de Kaspar, que aparecía en el papel con su verdadero apellido, Glauser-Röist. Sabían que él estaba con nosotros, así que nos habían estado espiando. Entre Isabella y los Simonson, mi intimidad se diluía en la nada a pasos agigantados. No tenía claro si aquello sería denunciable, pero me puso de un humor de perros.

El gigantesco chino aseguró que esperaría sin problemas hasta que estuviéramos preparados, así que regresó tranquilamente al lujoso Lincoln negro de cristales tintados que había aparcado frente a nuestra casa y se encerró dentro. Estaba claro que los Simonson, aunque llevaran una vida cosmopolita e internacional, tenían casa propia en Toronto ya que, a fin de cuentas, era su ciudad.

Nos pusimos todo lo guapos que era necesario para una cena elegante en una residencia de postín (aunque algunos se disfrazaron poniéndose una pajarita en el cuello) y, antes de salir, advertimos encarecidamente a Isabella que cuidara de Linus, que nos miraba con sus ojazos grises desde el sopor del agotamiento físico y la felicidad: había jugado con Charlie Brown y Snoopy, había luchado contra monstruos marinos en un barco pirata, había visto dinosaurios y había comido pizza. La vida, desde luego, no podía ser mejor. Su padre le dio de cenar, lo bañó y le puso el pijama antes de irnos, así que estaba listo para meterse en la cama después de ver un rato la televisión con Isabella.

Los Simonson, cómo no, vivían en el exclusivo y carísimo barrio de Lawrence Park, en el mismo centro de Toronto. Bajo el sol radiante de la tarde, recorrimos Yonge Street, avanzamos por la inmensa Mount Pleasant Road y giramos a la derecha por Blythwood Road, pasando entre los altos muros de vegetación que ocultaban las lujosas residencias de millones y millones de dólares canadienses. Finalmente, nada más pasar Stratford Crescent, el Lincoln entró por una carreterilla a la derecha y ascendió una empinada cuesta hasta que se detuvo delante de unas grandes y sólidas puertas automáticas que no dejaban ver por las ventanillas del coche ni lo que había detrás ni lo que había arriba, ni debajo, ni a la derecha ni a la izquierda. Es decir, que no dejaban ver nada. El chofer, del que nos separaba una mampara de cristal, pulsó el botón de un mando a distancia y las puertas comenzaron a abrirse suavemente. Así, descubrimos un tupido bosque de enormes abetos, cedros y altísimos pinos. Un camino asfaltado, decorado a ambos lados por antiguas farolas de cerámica, hierro y cristal, atravesaba la arboleda y se introducía en la enorme propiedad, arrancándonos de la realidad de la moderna ciudad de Toronto del siglo XXI para llevarnos al hermoso parque parisino del Bois de Boulogne del siglo XIX.

Para nuestra sorpresa, al final de aquel agreste recorrido, nos esperaba una extraordinaria vivienda de dos plantas, de estilo francés, con fuentes versallescas frente a la entrada, balcón corrido y tejados oscuros. El Lincoln se detuvo frente a la elegante puerta de madera tallada y cristales esmerilados, y nuestro conductor oriental, con movimientos sinuosos y ágiles como los de un tigre, nos abrió la puerta para que saliéramos. Desde luego, aquel chofer era experto en artes marciales y probablemente ejercía también como guardaespaldas de la familia.

Un criado vestido de negro nos abrió de par en par las dos hojas de la puerta y nos dio la bienvenida, y el mayordomo principal, con traje de chaqueta también negro, nos llevó, a través de un par de corredores decorados con flores y amueblados con sillones y veladores, hasta el salón donde nos esperaban los Simonson. Decir que aquella mansión era fabulosa sería quedarse muy corta: irradiaba grandeza y exquisitez en cada alfombra, cortina, mueble y lámpara, en cada pintura, en cada jarrón, tapiz o escultura. Era de una belleza mucho más notable y aristocrática que la de cualquier palacio que yo hubiera visitado en mi vida. La casa exudaba poder y, sobre todo, conciencia de ese poder.

—Quiero una casa como ésta —le susurré a Farag.

—Mañana —me aseguró llevándose una mano al corazón.

En cuanto entramos en el salón, iluminado por grandes ventanales que daban a una galería exterior y caldeado por el fuego de una chimenea, los Simonson se levantaron para saludarnos. El viejo Jake, con chaqueta y corbata en tonos beige, y la elegante Becky, que ese día iba vestida enteramente de blanco y llevaba más joyas de oro de las que se podían contar, no lograban apartar la mirada de Kaspar ni siquiera mientras nos daban la bienvenida a Farag y a mí. No es que fueran groseros en ningún momento, en absoluto, pero supongo que tener delante nada más y nada menos que al mismísimo Catón —o al mismísimo ex-Catón— era algo que, incluso para la gente como ellos, acostumbrada a tratar con presidentes de gobierno, monarcas o papas, los sobrepasaba de algún modo. Ambos le estrecharon la mano pero tuve la impresión de que Jake inclinaba ligeramente la cabeza y de que Becky se quedaba con ganas de hacer una genuflexión.

Estábamos sentándonos en aquellos largos y cómodos sofás de terciopelo verde, cuando, de no se sabe dónde, apareció otro criado con una bandeja de plata en la mano ofreciéndonos champán. Jake Simonson esperó a que todos tuviéramos nuestra copa en la mano para alzar la suya en un brindis.

—Por ustedes —dijo con una amplia sonrisa— y por su éxito.

Yo no sabía dónde dejar mi copa cuando vi que Becky dejaba la suya directamente sobre la mesa de café, una mesa sobre la que yo hubiera podido tumbarme bien estirada y aún me hubiera sobrado sitio por arriba y por abajo. No parecía preocuparla estropear o manchar la delicada madera, así que hice lo mismo. Lo hicimos todos, en realidad.

—¿Está disfrutando de su viaje por Estados Unidos y Canadá, señor Glauser-Röist? —preguntó ella amablemente a Kaspar.

—Mucho, sí —respondió la Roca con una seriedad tal que más bien parecía todo lo contrario.

—¿Y su hijo? —añadió Jake, dejándolo caer como si nada—. ¿Le está gustando a Linus la vida fuera del Paraíso Terrenal?

—Sí, los dos lo estamos pasando muy bien, gracias.

—Quizá desconozcan que Kaspar ya no es el Catón de la hermandad de los staurofílakes —soltó mi marido a bocajarro.

—Bueno —repuso Becky, llevándose la mano al ancho collar de piezas de oro que descansaba sobre su escote—, lo habíamos sospechado. Su presencia aquí es buena prueba de que ya no dirige el destino de la hermandad. Pero un Catón es como un Papa: jamás deja de ser Catón aunque renuncie al cargo. Ahora mismo la Iglesia Católica tiene dos papas, Benedicto y Francisco, y muy pronto la hermandad tendrá dos catones. Los tiempos cambian y hay que adaptarse. El único que se salva es el Dalái Lama, que no puede dejarle el cargo a su próxima reencarnación.

A pesar de que todos sonreímos, la situación no era ni mucho menos relajada.

—¿Les gustaría que resolviéramos los asuntos que tenemos pendientes? —inquirió el viejo Jake mirando a Kaspar—. ¿Qué dice usted, señor Glauser-Röist?

—Si a Ottavia y a Farag les parece bien —repuso él—, yo preferiría ver la reliquia de la Vera Cruz cuanto antes.

Los Simonson se mostraron absolutamente satisfechos, como si hubieran estado esperando con impaciencia esa petición. Jake se levantó de pronto con una agilidad sorprendente y se dirigió a la vitrina de caoba que tenía a su derecha, al lado de la chimenea encendida. Antes de que la abriera vi, a través de las puertas de cristal, el relicario del siglo XIII sobre uno de los anaqueles, expuesto completamente a la vista entre otros objetos decorativos de plata y, por eso mismo, pasando totalmente desapercibido. ¿Acaso era aquella antigua vitrina la cámara de alta seguridad en la que la reliquia iba a estar a salvo de los staurofílakes para toda la eternidad? Apreté los labios conteniendo la risa. Bueno, resultaba obvio que no, pero la idea me había hecho gracia. Ni dos segundos duraría allí la astilla si la hermandad quisiera apoderarse de ella.

Jake cogió el relicario y se detuvo en seco como si le hubiera caído un rayo del cielo. Al poco, lo abrió y metió los dedos artríticos como buscando algo. Yo no podía creer lo que estaba viendo y esa incredulidad me paralizaba. Becky soltó una exclamación de aprensión.

—¡Jake, Jake! —llamó a su marido que, en lugar de responder, se volvió hacia nosotros—. ¿Qué pasa, Jake?

Pero Jake se había quedado completamente mudo, tieso como una estatua, sosteniendo con descuido el relicario entre las manos mientras contemplaba sin pestañear a Kaspar.

—Haga venir a Geoffrey —ordenó el ex-Catón muy despacio con una voz que me asustó. Me volví a mirarlo y no le reconocí. Aquél no era Kaspar. Era el Catón de los staurofílakes.

—¿Geoffrey...? —se sorprendió la angustiada Becky—. ¿El mayordomo?

—Geoffrey —musitó el viejo Jake saliendo de su estupor—. ¡Geoffrey! No, no, no... No puede ser.

En ese momento la puerta del salón se abrió y, como si hubiera estado escuchando, el mayordomo que nos había acompañado hasta allí entró con paso resuelto y se dirigió hacia Kaspar. Se plantó delante de él y, extendiendo el brazo, abrió su mano enguantada de blanco.

—Aquí tienes, Catón —dijo, entregándole la astilla. Luego, se giró hacia los Simonson—. Si no desean nada más, me marcho. He dejado mi renuncia a Jane, el ama de llaves.

Kaspar le miró, satisfecho.

—Ve en paz, Geoffrey —le dijo, sujetando con reverencia la reliquia.

—Ve tú también en paz, Catón.

—Ya no soy tu Catón y lo sabes.

Geoffrey sonrió.

—Como muy bien ha dicho la señora Simonson —repuso antes de abandonar el salón—, un Catón jamás deja de ser Catón aunque renuncie al cargo.

Con los Simonson convertidos en estatuas de sal y con Farag y yo literalmente sin pulso, los pasos del mayordomo alejándose se escucharon con total claridad, así como el suave clic de la puerta al cerrarse.

Sólo las llamas de la chimenea se movían. Yo busqué la mirada de Farag y él la mía. Estábamos tan sorprendidos como los pobres archimillonarios, que no reaccionaban ni lograban salir de su aturdimiento. Una ceja de mi marido se alzó inquisitivamente, preguntándose y preguntándome qué era lo que acababa de pasar allí. Como si yo lo supiera, pensé. En el mejor de los casos, lo que acababa de pasar era que, una vez más, la hermandad había demostrado sus extraordinarios poderes mágicos; en el peor, que la hermandad había allanado la vivienda de la todopoderosa familia Simonson y les había robado.

Becky se había quedado muy afectada y por eso le costó un poco más regresar del inframundo. Jake, aún con el relicario entre las manos, dio un paso hacia delante y regresó poco a poco, muy despacio, a su lugar en el sofá junto a su mujer.

—Geoffrey... —masculló inseguro, sentándose—. Llevaba más de veinte años trabajando en esta casa.

—Lo sé —asintió Kaspar.

—Era de nuestra total confianza —continuó diciendo el aturdido centenario.

—Eso también lo sé —volvió a asentir el ex-Catón.

—Todo nuestro personal pasa pruebas de selección muy rigurosas y son investigados cada dos años —concluyó Jake, tirando descuidadamente el relicario vacío sobre la mesa. El golpe me reavivó.

—Geoffrey es un staurofílax, ¿verdad? —le pregunté, como una boba, a la Roca.

—¡Oh, sí! —se rió él, volviendo a ser Kaspar otra vez—. Nació en el Paraíso Terrenal.

—¡No tenía escarificaciones en el cuerpo! —explotó Jake, terriblemente enfadado—. ¡Pasó exámenes médicos completos!

—Bueno —repuso con tranquilidad Kaspar—. Mi hijo Linus tampoco las tiene. A los que nacen allí se les encargan las misiones en las que resulta imprescindible no tener marcas y reciben sus escarificaciones al volver.

Becky, que aún no había dicho esta boca es mía, suspiró.

—Catón, por favor —le rogó a la Roca—, dígale a Geoffrey que no se vaya. Le apreciamos mucho y su trabajo es inmejorable. Será difícil encontrar otro mayordomo tan bueno como él.

Kaspar sacudió la cabeza con pesar.

—En primer lugar, Becky, ya no soy el Catón. Y en segundo, Geoffrey no es su mayordomo. Es un staurofílax y está deseando volver a casa después de tanto tiempo. Debe comprenderlo.

—¡Nos mintió durante veinte años! —rugió el viejo Jake, que tenía las venas del cuello y de la frente a punto de explotar—. ¡Un staurofílax! ¡En nuestra propia casa! ¡Espiándonos!

—Ustedes nos estuvieron espiando a nosotros desde mucho antes de que enviáramos a Geoffrey.

Jake Simonson le miró sorprendido y pareció recobrar poco a poco la cordura. Lo que había dicho Kaspar era cierto y él mismo nos lo había confesado el viernes por la noche en casa y, puesto que había espiado primero, no tenía ningún derecho a enfadarse de aquella manera. Además, en realidad ni siquiera le habían robado la reliquia.

—¿Hay otros? —preguntó encarándose a Kaspar, aunque más sereno—. ¿Hay más staurofílakes entre mi personal, aquí o en cualquier otra parte?

La Roca sonrió levemente.

—¿De verdad cree, Jake, que voy a responder a esa pregunta? ¡Ni en un millón de años!

Me admiraba la desfachatez de Kaspar para llamar a los Simonson por sus nombres de pila, como si les conociera de toda la vida. Ellos no le habían dado permiso para hacerlo pero parecía que le otorgaban una autoridad mayor que la suya a pesar de tener mucha más edad que él y de ser también mucho más ricos y mucho más famosos. Quizá fuera una vieja costumbre alienígena.

Farag y yo nos habíamos transformado en los convidados de piedra. Estábamos tan perplejos como los Simonson pero formábamos parte del bando ganador y preferíamos ver cómo nuestro líder seguía vapuleando al enemigo sin darle tregua. Bueno, al menos yo lo prefería; había otro que no.

—Creo que deberíamos tranquilizarnos todos —propuso Farag alzando la voz—. Lo que ha pasado aquí sólo demuestra la buena fe de la hermandad, señor Simonson. La reliquia no ha salido de su casa. Y no creo que nadie tenga intención de robársela. Como ha visto, si la hermandad hubiera querido, habría podido hacerse con ella sin ningún problema, pero no ha sido así —dijo señalando la mano de la Roca—, y creo que hay una buena explicación para todo esto, ¿verdad, Kaspar?

Ese «¿verdad, Kaspar?» de Farag contenía una advertencia que yo conocía muy bien: o Kaspar empezaba a cantar en ese mismo momento como un jilguero o las consecuencias serían imprevisibles. Mi marido era de esas personas que callan y aguantan pero que, luego, cuando revientan, lo hacen de la peor manera posible. Y Kaspar lo sabía igual que yo.

—Quería que entendiera, Jake —empezó a explicar el exCatón—, que, con nosotros, no puede obtener lo que desea a su manera. Que la forma de conseguir nuestra ayuda es otra. ¿Nos necesita para encontrar esos osarios de los que Ottavia y Farag me han hablado? Muy bien, pida ayuda, pídala adecuadamente, pero no intente comprarla.

Dicho esto, se levantó y, bordeando la mesa, se acercó has-

ta el relicario, lo cogió y puso dentro con todo cuidado la astilla de la Vera Cruz. Luego, lo cerró y se lo entregó al viejo Jake.

—Usted sabe que no podríamos desear más ninguna otra
cosa en el mundo —siguió diciendo Kaspar—, pero no use
como moneda lo que veneramos desde hace mil setecientos
años. Pida nuestra ayuda y la tendrá. Entréguenos o no este
Lignum Crucis, como quiera, pero de ningún modo lo use
como soborno.

Jake estaba tratando de ingerir aquella dosis de bilis que
Kaspar le había puesto en la boca, así que fue Becky quien habló por los dos:

—El *Lignum Crucis* es suyo, Catón —declaró rotundamente, arrancando el relicario de las manos inertes de su marido y
poniéndolo de nuevo en las manos de Kaspar.

—Gracias. ¿Serían tan amables de hacer venir a Jeremy?

—¿Jeremy? —balbució Jake—. ¿El... chofer?

—¿El chofer chino? —repetí yo, sin poder dar crédito a lo
que estaba pasando.

—Sí, el chofer chino. Llámenle.

Pero Becky ya se había levantado y pulsado un pequeño
botón junto al tiro de la chimenea. De inmediato, otro de los
criados que nos habían atendido a nuestra llegada apareció
por la puerta.

—Por favor —dijo Becky—, que venga Jeremy inmediatamente.

—También es staurofílax, ¿verdad? —quiso saber, desola-
do, el viejo Jake.

—Por supuesto —le confirmó Kaspar con otra leve sonrisa.

¿El chofer de dos metros de estatura con pinta de experto
en artes marciales que nos había traído hasta aquí? En serio
que aquello empezaba a superarme mucho.

Jeremy, como si también hubiera estado esperando la llamada, apareció al cabo de poco. Kaspar y él intercambiaron
una mirada de inteligencia y Jeremy se acercó.

—Lleva este *Lignum Crucis* a casa —le dijo Kaspar entregándole el relicario—. Cuida de él.

—No te preocupes, Catón —replicó el gigante chino tomando el objeto en sus grandes manazas con un extraordinario gesto de respeto—. Llegará perfectamente. Señores Simonson, gracias por todo —les dijo, despidiéndose con una inclinación de cabeza—. Y muchas gracias también por esta sagrada reliquia.

Si yo hubiera sido Jake Simonson me habría golpeado la cabeza repetidamente contra la pared en ese mismo momento. De hecho, el anciano parecía dispuesto a hacerlo. En cambio, Becky estaba encantada.

—Cuídate, Jeremy —le dijo afectuosamente—. Gracias por lo bien que has trabajado para nosotros.

El gigante salió por la puerta envuelto en el silencio del salón, igual que había salido Geoffrey. ¡Dos staurofílakes infiltrados en la casa de los Simonson en Toronto! Y quién sabía cuántos más podía haber. Hubiera soltado unas cuantas carcajadas de no hallarnos en mitad de una situación tan violenta.

—Bueno, ya está —zanjó el ex-Catón—. De nuevo, gracias.

—Todavía tenemos que pedirle ayuda —murmuró Jake, abatido. Desde luego, había pillado la idea. Sentí un poco de lástima por él. Además de filántropo, mecenas de las artes y fundador de universidades y museos por todo el mundo, Jake era un poderoso empresario del petróleo y la energía. Aquella humildad, tras toda una vida de aplastar testas coronadas, debía de resultarle dificilísima.

—Bien, pero antes deben saber que no vamos a firmar ninguna cláusula de confidencialidad ni, por supuesto, ningún contrato de ninguna clase. Ahora que hemos establecido una relación de confianza, vamos a trabajar sin papeles.

—Por supuesto, Catón —admitió Becky resueltamente mientras Jake tragaba otra dosis de orgullo diluido en solución ácida—. Disculpe nuestra suspicacia. Estamos acostumbrados a levantar muros a nuestro alrededor, no a quitarlos —apoyó ambas manos en el sofá y con un gesto elegantísimo, que memoricé para imitar, se puso en pie arreglándose su precioso vestido blanco—. Por favor, acompáñennos, tenemos mucho que enseñarles. Jake, vamos.

Ambos ancianos encabezaron el grupo y todos salimos del salón por una puerta diferente a la que habíamos entrado. Una figura inmóvil y silenciosa, inevitablemente uniformada de negro, esperaba contra la pared.

—Avise a Abby, por favor —le pidió Becky al criado—. Dígale que baje a la biblioteca pequeña.

Como si aquello hubiera sido una señal para movilizar a un ejército, el hombre que había recibido la petición hizo un leve gesto con la mano y otro sirviente, que hasta ese momento había permanecido fuera de nuestra vista, surgió de la nada y se alejó por un segundo corredor dispuesto a realizar el encargo, mientras que otro más salió también de dondequiera que fuese, para capitanear nuestro grupo y abrirnos la siguiente puerta dando inicio a una especie de carrera de relevos perfectamente sincronizada en la que aparecían y desaparecían criados por todas partes abriéndonos y cerrándonos puertas. Atravesamos un salón enorme, una sala de baile, varios corredores, bajamos una amplia escalera, cruzamos una especie de atrio cubierto por una cúpula de cristal que dejaba pasar un brillante torrente de luz desde el exterior y caminamos junto a una larga pared totalmente lisa de la que procedía el suave ruido de un motor de piscina. Por fin, dejando a un lado una sala de proyección de cine y un gimnasio, el último criado de la carrera de relevos nos abrió paso hasta una biblioteca que, efectivamente y para nuestra sorpresa, era pequeña; es decir, pequeña respecto a las dimensiones generales de aquella casa aunque enorme respecto a las de una casa normal.

El corazón me golpeó con fuerza en el pecho al ver no sólo una formidable cantidad de libros antiguos y códices sino también el precioso diseño de la propia biblioteca, sin duda de finales del siglo XIX. Metros y metros de estanterías hechas con paneles de caoba cubrían las paredes y no quedaba un hueco vacío sin un libro. Por el material, el color y el tamaño de algunas encuadernaciones hubiera jurado que muchos de aquellos volúmenes tenían, incluso, más de mil años, de modo que debían de ser manuscritos medievales cuyo valor artístico y cultural resultaría incalculable, por no hablar de su valor económico. Todos los muebles de aquella impresionante biblioteca («la pequeña», como la había definido Becky Simonson) estaban hechos con la misma madera rojiza y lucían la misma vistosa y exuberante decoración de marquetería floral. A un lado, bajo una de las ventanas elevadas, había dos sillones tapizados en desgastado terciopelo negro, igual que todas las sillas que había cerca de los escritorios y los burós (dos de cada), y, en el centro, una colosal mesa de biblioteca mostraba en sus patas, taraceado en nácar y latón, el dibujo del mundo. En cada esquina destacaba, además, un precioso globo terráqueo sobre una peana alta, también de la misma madera de caoba.

Yo, que amaba las bibliotecas tanto o más que a Farag (es un decir), quedé prendada de inmediato de aquella maravilla para el resto de mi vida. Sabía que era un amor imposible, que nunca sería mía, pero no me importó. Le entregué mi devoción eterna y mi corazón para siempre. Inhalé el aire lenta y profundamente para que aquel aroma a libro antiguo, a papel viejo, a madera, a tela, a vitela y a cuero inundara todos los rincones de mi cuerpo y me impregnara como si fuera un óleo sagrado. Nunca, nunca jamás podría mi *tablet* proporcionarme, ni siquiera fugazmente, un momento tan intenso como aquél (por muy cómoda que fuera para leer, que, sin duda, lo era). Pero mi éxtasis sensorial y emocional duró poco:

—Doctora —me llamó el viejo Jake, creo que a propósito—, ¿recuerda lo último que le dije el viernes por la noche, antes de salir de su casa?

¿Qué? ¿De qué hablaba aquel extraño y qué quería de mí en aquel momento de comunión espiritual con los libros y la belleza?

—Creo —repuso Farag, viendo que yo permanecía aturdida— que mencionó usted algún texto evangélico.

—Exacto —murmuró Jake complacido—. Mateo 9, 29-30: «Entonces les tocó los ojos diciendo: "Hágase en vosotros conforme a vuestra fe". Y se les abrieron los ojos». ¿Lo recuerda, doctora Salina?

¡Qué manía, por Dios! ¿No podía aquel hombre dejarme en paz en mi éxtasis?

—Lo recuerdo perfectamente, señor Simonson.

—Bien, pues prepárese para abrir los ojos.

Se encaminó hacia un costado de la gran mesa central —la que tenía el mundo taraceado en nácar y latón— y sólo entonces me di cuenta de que, sobre ella, reposaban dos paños de seda gris ocultando..., bueno, lo que fuera que ocultaran. Jake, quitó el paño del primer objeto de la izquierda y descubrió un cristal grueso que cubría, sobre un atril, dos rectángulos verticales de papel oscuro llenos de caligrafía árabe.

Farag se acercó precipitadamente y Kaspar y yo le seguimos a cierta distancia.

—¿Qué es? —preguntó mi marido, curioso.

—¿No puede leer el texto, director Boswell? —se extrañó Jake.

—Desde luego que sí —declaró Farag, inclinándose más hacia el documento protegido por el cristal y ajustándose las gafitas redondas—. Este texto es del siglo XII o XIII. La caligrafía es *nasjí* común (la que se usa para escribir, no para decorar), muy fluida y rápida, elegante. Parece una carta.

—Es una carta —confirmó Becky, satisfecha—. Es la carta que el famoso historiador y cronista Ibn al-Athir (2) le escribió a su hermano menor Diya ad-Din en 1192, mientras estaba en el ejército del sultán Saladino.

—¡Becky! —la regañó Jake—. ¡Espera a que llegue Abby!

—Ya estoy aquí, abuelo.

Una mujer rubia y alta, de unos treinta y cinco años aproximadamente, vestida con unos simples pantalones vaqueros y una blusa blanca, había entrado en la biblioteca pequeña sin

---

(2) (Cizre, Turquía, 1160-Mosul, Irak, 1233). Historiador, cronista y biógrafo árabe. Escribió importantes e influyentes obras, entre las que destaca *al-Kamil fï al-Tarïkh*, «La Historia Completa».

que nos diéramos cuenta. Todavía se estaba cerrando la puerta a sus espaldas y ya su presencia, con más estilo y glamour del que pudieran tener cincuenta revistas de moda y decoración juntas, había llenado el espacio. Supuse de manera instintiva que había sido educada por niñeras inglesas y francesas hasta que la enviaron a algún exclusivo internado europeo para chicas aristócratas o de familias poderosas, probablemente en Suiza. Sólo así se explicaba esa delgadez perfecta, esas maneras de andar perfectas, ese porte y ese aplomo perfectos y esa elegancia natural perfecta. No había nada como nacer en la familia adecuada para salir perfecta (y, por lo tanto, ése no era mi caso, dado que mi familia era un desastre). Con todo, la malvada genética había tenido el ruin detalle de poner un punto destructor a tanta perfección: Abby Simonson era bastante fea y, por muy bien maquillada que estuviera, no podía disimular los ojos diminutos, los dientes cuadrados, la enorme nariz aguileña y esa ausencia de labios que sólo permitía ver una fina línea de carmín donde debería estar la boca.

Abby se inclinó para besar a sus abuelos y luego, conforme nos presentaban, nos fue estrechando la mano a cada uno de nosotros con un gesto perfecto. Bueno, en realidad, a mí, por ser mujer como ella, intentó besarme al estilo europeo pero mi rápido gesto hacia atrás la obligó a abortar el conato. Yo no me beso con nadie que no conozca al menos de unos meses y, aun entonces, me lo tengo que pensar. A Kaspar le lanzó una extraña mirada cargada de aguda curiosidad. Quedó claro que sabía quién era.

Becky, con un gesto de orgullo, se colgó del brazo de su altísima descendiente a la que, por desgracia para la descendiente, no le había transmitido nada de su belleza.

—Ésta es nuestra nieta Abby, la hija de Dan, nuestro hijo pequeño —nos explicó con una ancha sonrisa de felicidad—. Tenemos tres hijos varones y siete nietos, de los cuales Abby es la única niña.

Abby sonrió con resignación ante el comentario de su abuela y, por el mohín de su cara, deduje que debía de haberlo escuchado millones de veces.

—¡Pero si tienes seis biznietas! —rezongó Jake.

—No es lo mismo —objetó Becky—. Abby y yo fuimos las únicas mujeres de esta familia durante muchísimo tiempo.

—Abby, por favor —atajó su abuelo por lo sano—, haz tú la introducción o no acabaremos nunca. Por cierto, querida, hemos regalado la reliquia de la Vera Cruz al Catón Glauser-Röist y nos ha sorprendido mucho descubrir que tanto Geoffrey como Jeremy eran staurofílakes.

La fea cara de Abby se solidificó con el mayor gesto de sorpresa que debía de haber mostrado en toda su refinada vida. Miró alternativamente a su abuelo y a su abuela, que asintieron ligeramente con la cabeza, y, tras reflexionar un poco, optó, finalmente, por no decir nada. Se giró hacia la gran mesa y vio que ya nos habían mostrado la carta del historiador árabe de nombre imposible de recordar de modo que, encarándose de nuevo hacia nosotros, nos miró inquisitivamente con esos pequeños ojos azules y nos preguntó:

—¿Recuerdan el contenido de la carta del patriarca Dositheos I a Nicetas II, patriarca de Constantinopla?

¡Demasiado bien!, pensé recuperando mi vieja aprensión.

—Por supuesto que la recordamos —declaró Kaspar, que ni siquiera había visto las fotografías—. Dositheos era staurofílax y envió copia de la carta a la hermandad.

CAPÍTULO 7

Si los tres Simonson palidecieron a la vez, yo palidecí por todos ellos sólo de pensar en las implicaciones de lo que Kaspar acababa de decir. En primer lugar, no entendía por qué la noche anterior, en casa, escuchando la historia, no había mencionado a sus infiltrados en la mansión ni por qué había callado respecto a Dositheos y sus dichosas cartas. Nos había hecho creer que no sabía nada sobre los malditos osarios cuando, con toda probabilidad, sabía más que los propios Simonson. Ahora, a falta de una historia, teníamos dos, y aquella patraña estaba creciendo como una bola de nieve colina abajo. Necesitaba rezar, necesitaba salir de aquella casa para poder reflexionar a solas y hablar con Farag sin extraños delante. Kaspar, para mí, había dejado de ser trigo limpio y me iba a costar mucho readmitirle como amigo. Ya no era Kaspar ni la Roca. Sólo era Catón (o ex-Catón) y, con gran pesar por mi parte, me dije que tendría que empezar a hacerme a la idea de su transformación por dolorosa que fuera. Además, allí estaba pasando algo muy raro y no me gustaba nada. Me acerqué un poco a Farag en busca de consuelo y él me pasó el brazo por los hombros transmitiéndome con ese gesto lo muy desconcertado y preocupado que estaba. Al menos, aquel contacto nos ponía en comunicación y eso me calmó bastante.

—Ustedes primero —invitó Kaspar a los Simonson en medio del profundo silencio que se había hecho en la biblioteca pequeña—. Cuando terminen, les contaré todo lo que sabemos.

Pero, como era de esperar, los Simonson no estaban en condiciones de decir absolutamente nada, convertidos por arte de magia en dramáticas estatuas de sal.

—Muy bien —continuó el Catón, un tanto impaciente—, empezaré yo si lo prefieren.

Los tres Simonson cruzaron miradas entre sí y casi pude ver las líneas de corriente eléctrica chisporroteando entre sus cabezas. Luego, Jake asintió.

—Adelante, Catón, por favor —musitó.

—Gracias —repuso Kaspar, dando comienzo a su explicación—. En enero de 1187, el Patriarca ortodoxo de Jerusalén, Dositheos, envió una carta a la hermandad refiriendo lo mismo que le había explicado al Patriarca de Constantinopla sobre el descubrimiento del antiguo sepulcro judío en Nazaret y los nueve osarios de la Sagrada Familia. Pero aquellos eran tiempos revueltos para nosotros: sólo un año antes, en 1186, la hermandad había sido cruelmente masacrada en Jerusalén y Constantinopla por los ejércitos cruzados, que nos consideraban excomulgados y traidores por no haber tomado partido durante el Gran Cisma de la Iglesia. En aquellos momentos difíciles, poco o nada podía hacerse respecto a unos osarios que, como es lógico, el Catón de entonces consideró falsas reliquias.

Pasó la palma de la mano suavemente sobre la mesa, acariciándola.

—Dositheos —continuó diciendo— volvió a escribir a la hermandad aquel mismo año, contando que había llegado a Jerusalén un navío con las instrucciones de Urbano III para la destrucción de los osarios: en primer lugar, el Papa disponía que todos cuantos conocían o llegaran a conocer la existencia de los osarios jurasen ante el Patriarca latino guardar silencio para siempre; en segundo lugar, que los osarios fueran destruidos inmediata y personalmente por los dos Grandes Maestres de las órdenes militares del Temple y del Hospital, Gérard de Ridefort y Roger de Moulins, ya que la fuerza del diablo en esos objetos podía ser muy grande y estaba claro que no podía destruirlos cualquiera; y, en tercer y último lugar, ordenaba que Joscio, arzobispo de Tiro, realizase una ceremonia de exorcismo del sepulcro para limpiar el lugar de demonios. Sin embargo, pese a todo, la destrucción no pudo llevarse a cabo por culpa de Saladino.

—El papel de Saladino en esta historia —le interrumpió Abby— lo dedujimos nosotros del contenido de la carta que les hemos mostrado, la que escribió al-Athir a su hermano menor en 1192. Luego verán por qué.

—Me gustaría leer una traducción de esa carta, si la tienen —solicitó Kaspar.

—Por supuesto —accedió Abby—, pero acabe antes con su historia, por favor.

Kaspar siguió contando que, según Dositheos, aunque el Papa Urbano había enviado sus órdenes utilizando una galera genovesa de velas negras para que llegaran a Jerusalén tan rápidamente como fuera posible, no hubo tiempo material para destruir los osarios porque todo se complicó. La cuestión fue que el rey de Jerusalén, Guy de Lusignan, que estaba peleado con el príncipe de Galilea, Raimundo III de Trípoli, iba a enviarle una embajada para hacer las paces. Los Grandes Maestres de las órdenes militares y el arzobispo de Tiro, que tenían que cumplir las órdenes papales, partieron, pues, con la embajada hacia Galilea aprovechando el viaje. Pero, sin que pudieran sospecharlo, el desastre se cernía sobre ellos. La noche anterior a su llegada a Nazaret, los Grandes Maestres fueron informados de que un ejército de Saladino pasaría, al amanecer, por la zona del mar de Galilea con el permiso expreso de Raimundo III de Trípoli, que había firmado una tregua con Saladino. Afrentados por aquella presencia musulmana en Tierra Santa, pasaron la noche reuniendo a las tropas cruzadas de las guarniciones cercanas y, al día siguiente, 1 de mayo de 1187, en lugar de destruir los osarios como hubiera sido su deber, atacaron a los siete mil jinetes de Saladino con sólo quinientos soldados. La batalla —que, obviamente, duró poco— se saldó con la muerte de todos los cristianos.

Total, que los osarios continuaron en Nazaret bajo la protección de Letardo, el arzobispo latino de la ciudad, mientras las tropas cruzadas, mayoritariamente templarias y hospitalarias, se rehacían de tan vergonzosa derrota. En realidad, no pudieron terminar de rehacerse porque Saladino, a quien le vino de perlas que los Grandes Maestres rompieran la tregua que tenía con Raimundo, aprovechó para iniciar la tan deseada conquista de Tierra Santa.

—Y hasta aquí llega —terminó Kaspar— la información de la que disponemos. Dos años después, en 1189, el Patriarca Dositheos fue nombrado Patriarca de Constantinopla y ya no volvió a escribir sobre los osarios. Además, como he dicho, en aquellos tiempos estábamos bastante ocupados tratando de sobrevivir.

Abby, con mucha tranquilidad, se retiró el pelo de la cara con un gesto perfecto y se lo sujetó detrás de la oreja mientras sus abuelos, que habían estado escuchando a Kaspar tan absortos como ella, cansados de estar de pie y adivinando que aquello iba para largo, se sentaron en los dos preciosos sillones de terciopelo negro. ¿Dónde estaban los criados que debían acercarnos las sillas a los demás? Suspiré resignadamente y me dirigí hacia uno de los escritorios, el más cercano, para coger una yo misma y la llevé hasta donde se encontraban los viejos Simonson. Los otros, al verme, hicieron lo mismo y acabamos los seis sentados, juntos, formando un círculo bajo una de las ventanas altas por las que aún entraba la luz. Miré mi reloj de pulsera y me sorprendí al descubrir que sólo eran las seis y media. Habían ocurrido tantas cosas, y tan intensas, que mi percepción del tiempo se había alterado por completo. Me parecía que hacía siglos que había llegado a la mansión de los Simonson.

—¿Conserváis las cartas de Dositheos? —le preguntó Farag a Kaspar, inclinándose hacia delante, muy interesado.

—Naturalmente —respondió el ex-Catón—. Tenemos las dos cartas de Dositheos y alguna cosa más.

—¡Lo sabía! —rezongó el viejo Jake cruzando los retorcidos dedos de sus manos con la soltura y facilidad que da la práctica.

—Pues si usted se detiene en este punto de la historia —dijo Abby—, seguiré yo. ¿Les parece bien?

Todos asentimos y su abuela, que estaba sentada a su lado, le dio una palmadita cariñosa en el brazo para animarla a empezar.

—Como usted ha dicho, Catón, los Grandes Maestres del Temple y del Hospital no sólo no cumplieron la misión de destruir los osarios, sino que rompieron la tregua con Saladino, dándole a éste la oportunidad de oro que había estado esperando para emprender la *yihad* y apoderarse de Tierra Santa —Abby, cómo no, también tenía una voz perfecta y, encima, combinaba seductoramente las notas musicales de sus palabras—. Saladino avanzó hacia el sur mientras los ejércitos cristianos se reunían en la ciudad de Séforis y se preparaban para atacar.

—Conocemos muy bien esta parte de la historia —declaró Kaspar.

—¿La conocemos? —me sorprendí y, de repente, me di cuenta de que podía estar refiriéndose a la hermandad y no a nosotros.

—¿No te acuerdas, Ottavia? —insistió. O sea, que sí se refería a nosotros.

—¿De qué me tengo que acordar? —repuse sin comprender nada.

—El 4 de julio de 1187 —explicó Kaspar—, los ejércitos cristianos, con el rey Guy de Lusignan a la cabeza portando la Vera Cruz que Godofredo de Bouillon nos había robado en la conquista de Jerusalén de 1099, atacaron a Saladino y la batalla tuvo lugar en un desfiladero llamado Cuernos de Hattin. Ésa fue la conocida batalla de Hattina en la que Saladino, que ganó, se apoderó de la Madera Santa haciéndola desaparecer para siempre.

—¡Ah, claro que me acuerdo! —exclamé.

Kaspar sonrió y afirmó con la cabeza. La Vera Cruz, efectivamente, desapareció para siempre tras la batalla de Hattina aunque, años después y sin que la cristiandad se enterase, cinco esforzados staurofílakes consiguieron rescatarla de manos musulmanas y esconderla en el Paraíso Terrenal, donde seguía desde entonces.

Abby también asintió complacida.

—Es verdad —dijo—, Saladino se apoderó ese día de la reliquia de la Vera Cruz. Lo cierto es que, una vez ganada esa primera batalla, el resto de la conquista de Tierra Santa fue poco más que un paseo militar. En los Cuernos de Hattin, el sultán ayyubí capturó al rey Guy de Lusignan y a otros grandes nobles del reino de Jerusalén. Se dice que cuando, en octubre de ese año, el Papa Urbano III se enteró de la pérdida de la Vera Cruz, murió de pena.

—Pero no fue sólo por eso —se adelantó Kaspar.

—No, no fue sólo por eso —convino Abby—. Es cierto que murió en octubre de 1187, en Ferrara, aunque no de pena sino de un ataque al corazón.

—Ataque que, desde luego, le sobrevino cuando le contaron que se había perdido la Vera Cruz en la batalla de Hattina —apuntó de nuevo el ex-Catón.

—Cierto —admitió ella con una sonrisa—. Pero también le dijeron dos cosas más: que Saladino se había apoderado de los osarios y que se había perdido Jerusalén.

—¡Hombre, si eres el Papa y tienes un montón de años —declaró Farag con una gran sensibilidad—, es lógico que te mueras si te sueltan todo eso de golpe!

Por algo era el gran amor de mi vida.

—¿Cómo se apoderó Saladino de los osarios? —quiso saber Kaspar, mucho menos sentimental.

—El responsable del robo —le explicó Abby— fue uno de sus emires, Muzafar al-Din Kukburi, que conquistó y saqueó Nazaret, la ciudad de Jesús. Durante el saqueo, profanó todas las iglesias latinas y ortodoxas de la ciudad, torturó y mató a todos sus habitantes y sólo permitió que conservaran la vida unos pocos hombres que convirtió en esclavos. Curiosamente, el arzobispo Letardo logró escapar, nadie sabe cómo, y fue él quien llevó la noticia a Jerusalén y quien escribió la crónica de lo sucedido. Por eso se sabe que Kukburi «se apoderó de todos los cálices —recitó ella de memoria—, sagrarios, ropas, copones, crucifijos y joyas de oro, plata y piedras preciosas que encontró, así como de todas las santas reliquias y de las inmundas obras del demonio que se hallaban bajo mi custodia».

—Es decir —concluí—, que el tal Kukburi se apoderó de los osarios.

—Desde luego —asintió Abby—, y está bastante claro que alguien le habló sobre ellos y le dio todo tipo de detalles, puesto que, más tarde, Saladino sabía perfectamente la importancia que tenían. Sospechamos que pudo ser el propio Letardo quien se lo contó, a cambio de su vida y su libertad, pero sólo es una sospecha.

—Es decir, que los osarios llegaron a manos de Saladino el mismo año en que se apoderó de la Vera Cruz y conquistó Jerusalén —resumió Farag—. ¡Caramba, tenía armas muy poderosas para doblegar a los cristianos!

—Pero no los doblegó —le dijo Kaspar hoscamente—. La Vera Cruz, al menos, a Saladino no le sirvió para nada.

—Se equivoca, Catón —intervino Jake, satisfecho de poder, al fin, contradecir en algo a tan insigne autoridad religiosa—. Los osarios sí que le sirvieron. ¡Vaya si le sirvieron!

El ex-Catón se sorprendió y alzó el extremo de su ceja izquierda. Le miré extrañada: no tenía ni idea de que podía hacer eso.

—¿Cuándo? —preguntó, curioso—. Y, ¿cómo?

—Está todo en la carta de al-Athir —dijo Abby, recogiéndose de nuevo el pelo detrás de la oreja y haciendo con la barbilla un gesto encantador hacia el documento. Me pareció que Kaspar la miraba de una manera... Pero no, no podía ser.

—Adelante —la invitó Farag—. Estoy deseando conocer su contenido.

—De acuerdo, pues regresemos a 1187 —propuso ella—. Como bien indicó el Catón Glauser-Röist...

—Kaspar, por favor.

—Gracias —le respondió ella de manera perfecta y, encima, añadió una sonrisa preciosa—. Pues, como bien indicó Kaspar, el Papa Urbano III murió tras conocer las terribles noticias sobre las pérdidas de la Vera Cruz, los osarios y Jerusalén. Para entonces, se encontraba ya en la ciudad de Tiro, último reducto cristiano de Tierra Santa, Conrado de Montferrato, un hombre aventurero, carismático y brillante, que se enfrentó con valor a Saladino y que se ganó el amor y el respeto de todos los habitantes de la ciudad —alzó soñadoramente los ojos hacia la ventana por la que apenas entraba ya un resto de luz y supe en ese mismo instante que nos encontrábamos ante una romántica de corazón flojo—. El problema fue que, dos años después, en 1189, el débil e ineficaz rey de Jerusalén, Guy de Lusignan, compró su libertad y regresó a Tiro reclamando la corona y la ciudad.

En ese momento, aprovechando el instante en que Abby se detuvo para tomar aire, su abuela se levantó del sillón y encendió las luces de la biblioteca pequeña. Todos parpadeamos, momentáneamente cegados por el brillante resplandor que brotaba de las lámparas del techo.

—Sigue, cariño —le dijo volviendo al sillón.

Eran casi las siete de la tarde y yo empezaba a sufrir los primeros síntomas de hipoglucemia. Cuando llegamos a Canadá, habíamos tenido que acostumbrarnos a cenar a las cinco de la tarde y ahora me iban a dar de cenar con horario europeo.

Abby retomó el hilo del relato en el punto en el que lo había dejado antes de encender las luces: el valiente y heroico Conrado de Montferrato y el tonto de Guy de Lusignan se enfrentaron por lo poco que quedaba del reino de Jerusalén y en ésas anduvieron dos o tres años hasta que llegó Ricardo Corazón de León para la Tercera Cruzada. Ricardo, como máxima autoridad de sangre real, apoyaba la candidatura de Guy de Lusignan porque era vasallo suyo pero se dio cuenta de que, por mayoría abrumadora, todos los habitantes de la muy disminuida Tierra Santa, nobles incluidos, preferían a Conrado. Así que aceptó de mala gana y lo eligió definitivamente como rey de Jerusalén, aunque la coronación se tuvo que aplazar porque Ricardo estaba ocupado luchando contra Saladino.

La cuestión fue que, poco después, una noche de abril de 1192, mientras Conrado paseaba tranquilamente por las calles de Tiro en dirección a la casa de un amigo, se le acercaron dos jóvenes monjes a los que conocía y con los que entabló una agradable charla. Los monjes eran dos muchachos de Tiro que habían realizado estudios en Italia, habían tomado los votos y habían regresado hacía apenas unas semanas. Y allí estaban los tres, conversando amigablemente cuando, de pronto, los dos frailes sacaron unas dagas de sus hábitos y apuñalaron a Conrado repetidamente hasta que cayó al suelo herido de muerte. La comitiva de Conrado mató en el acto a uno de los asesinos pero el otro huyó y se refugió en una iglesia cercana, donde poco después fue reducido y apresado.

—¿Dos frailes cristianos mataron a Conrado? —me sorprendí.

—Bueno —titubeó Abby—, sí y no.

—¿Cómo que sí y no? —inquirí—. ¿Lo mataron dos monjes o no?

—Bueno, sin duda habían recibido las órdenes monacales. Pero, en realidad, antes que monjes eran Asesinos.

—¡Eso ya lo sé! —dejé escapar con un bufido.

—Verá, doctora Salina...

—Ottavia, por favor —no iba a ser yo menos que Kaspar.

—Gracias, Ottavia —repuso la heredera—. Verás, cuando digo que eran Asesinos no me refiero a que lo fueran por matar a Conrado, que también, sino porque pertenecían a una rama del chiismo musulmán conocida como la secta de los ismailitas nizaríes, los llamados *hashshashins* o asesinos. Hoy día son muy populares por la saga de videojuegos *Assassin's Creed*, pero los Asesinos de *Assassin's Creed* no tienen nada que ver con la realidad de lo que fueron los verdaderos *hashshashins* nizaríes durante la Edad Media. El fundador de la secta en Irán, en el siglo XII, fue Hasan i-Sabbah, al que se llama erróneamente Viejo de la Montaña por confundirlo con otro líder de la secta en Siria, Rashid al-Din Sinan. Sinan fue el auténtico Viejo de la Montaña y, según confesó antes de morir el monje que fue capturado vivo en la iglesia tras matar a Conrado de Montferrato, el propio Sinan les dio la orden de matarlo porque se lo había pedido Ricardo Corazón de León, que prefería ver a Guy de Lusignan como rey de Jerusalén antes que a Conrado.

—O sea, que no eran monjes —insistí, más tranquila.

—Eran *fida'i* o «devotos» nizaríes —me explicó Abby—. La secta de los Asesinos se caracterizaba por su increíble capacidad para el disfraz, para la paciencia y para el engaño. Los jóvenes *fida'i* que mataron a Conrado eran naturales de Tiro, dominaban perfectamente la lengua de los francos, se hicieron cristianos, y no sólo cristianos, sino que tomaron los hábitos religiosos mientras estudiaban en Italia. Y así, volvieron a Tiro perfectamente preparados para llevar a cabo su misión sin pestañear, aunque les supusiera la muerte. Y no actuaban así porque consumieran hachís, como se ha dicho repetidamente a lo largo de los siglos. El hachís, en todo caso, les hubiera atontado y vuelto imprecisos para cometer los asesinatos, legendarios por su perfección y rapidez. Era su fe en Alá, su fanatismo religioso lo que les motivaba, así como la confianza ciega en su imán, al que consideraban descendiente directo de Mahoma.

—¡Espera, espera, Abby, por favor! —la detuvo Farag pasando directamente al tuteo para ahorrarse circunloquios—. ¿Qué tiene que ver toda esta historia de Conrado de Montferrato, Ricardo Corazón de León y el Viejo de la Montaña con los nueve osarios de Jesús y la Sagrada Familia?

Los Simonson al completo sonrieron complacidos y Abby hizo un gesto de comprensión ante la impaciencia de Farag:

—Te responderé a eso inmediatamente —le dijo—. No fue Ricardo Corazón de León quien, a pesar de mantener una buena relación con la secta de los Asesinos, pidió al Viejo de la Montaña que sus *fida'i* mataran a Conrado de Montferrato. Fue Saladino quien contrató a los nizaríes no sólo para que mataran a Conrado sino también al propio Ricardo de Inglaterra.

—¿Y por qué iba a querer Saladino —pregunté sorprendida— matar a Conrado? Matar a Ricardo sí, porque era su enemigo en la Cruzada, pero, ¿a Conrado? ¿Por qué?

—Porque la gente le adoraba —respondió Abby—, y, si hubiera sido coronado rey de Jerusalén se habría convertido en un enemigo muy peligroso. Saladino quería deshacerse de Ricardo y de Conrado. De los dos. Y, como no podía por las armas, recurrió a los nizaríes. Por alguna razón, Sinan no quiso matar al rey Ricardo pero acabó con Conrado de tal manera que le endosó al monarca la culpa del asesinato.

Se levantó apresuradamente de la silla y, encaminándose hacia una de las librerías, extrajo un libro de entre una colección idéntica de varios tomos, todos de igual grosor y encuadernación, y lo abrió por una página marcada con un trozo de papel.

—El cronista al-Athir —dijo, sentándose de nuevo— que, por aquellos años, luchaba en el ejército de Saladino, escribe sobre la muerte de Conrado en su obra *La Historia Completa*: «La causa de su muerte —empezó a leer— fueron las negociaciones de Saladino con Sinan, jefe de los ismailíes, con el cual acordó que éste enviaría un hombre para que matara al rey de Inglaterra; si luego mataba al marqués, recibiría dos mil dinares» (3). El marqués del que habla es Conrado, marqués de Montferrato.

—Sin embargo —añadió su abuelo, nervioso como una liebre desde que habíamos empezado a hablar de la secta de los Asesinos—, aunque al-Athir diga eso en su crónica, en la carta que le escribió a su hermano Diya ad-Din en 1192, es decir, al mismo tiempo que ocurrían los hechos, afirma algo muy diferente.

—Y, con esto, llegamos por fin a donde queríamos llegar —añadió Becky serena.

(3) *Kitab al-Kamil fi al-Tarïkh*, ed. C. J. Tomberg, Leiden, 1951-1976, vol. 12, p. 51 (citado por W. C. Bartlett en *Los Asesinos*, editorial Crítica, 2006).

Bueno, pensé yo con resignación, sólo les ha costado tres horas de reloj y varios siglos de historia, nada más.

—En efecto, en la carta que le escribe a su hermano —y, diciendo esto, Abby se volvió a levantar, caminó resueltamente de forma perfecta hasta el final de la mesa y, una vez allí, sin ningún reparo retiró el cristal que cubría la carta de al-Athir y, para nuestro pasmo y horror, cogió los documentos con las manos desnudas antes de regresar junto a nosotros— el historiador afirma algo muy diferente, como dice mi abuelo. ¿Podrías leer aquí, Farag, por favor? —y le entregó los papeles a mi marido que, con un gesto respetuoso, los sujetó delicadamente, fijando la vista en las líneas que Abby le señalaba con el dedo.

—Sí, claro —dijo, calzándose las gafitas redondas en la parte más alta de la nariz. Cada vez que hacía eso, se manchaba los cristales con las pestañas—. «Y le dijo Saladino a Sinan delante de mí que si mataba al rey de Inglaterra y al marqués —Farag leía despacio, traduciendo cuidadosamente aquellas palabras árabes escritas más de ochocientos años atrás— le pagaría dos mil dinares. Pero el señor de...» ¿Masyaf?

—Sí, Masyaf —afirmó Jake—. La principal fortaleza de los nizaríes en Siria.

—«Pero el señor de Masyaf —continuó Farag— le contestó que por dos mil dinares no mataría ni al uno ni al otro. Saladino se ofendió porque su oferta era buena pero le preguntó a Sinan cuánto dinero quería y Sinan le dijo que no quería dinero, que por la muerte de uno de los dos francos quería los restos del profeta Al-Masïh Isa y su familia, y por la muerte del otro, los dos mil dinares. Al principio Saladino se negó a reconocer que tenía los restos del profeta, pero Sinan le advirtió que no tratara de engañarle, que sus *fida'i* habían estado junto al emir Kukburi cuando se apoderó de ellos en Nazaret y junto a Saladino cuando el emir se los entregó, haciéndole saber así al sultán que estaba rodeado de ismailíes. Y Saladino aceptó.»

—Hasta ahí, director Boswell —le interrumpió Becky—. Ésa es la parte importante. Ésta era la traducción que usted pedía, Catón.

—¿El profeta Al-Masïh Isa es Nuestro Señor Jesús? —pregunté con curiosidad. Que los musulmanes llamaban Isa a Jesús lo sabía, así como que le consideraban profeta de Alá y no Dios ni Hijo de Dios, pero el otro nombre no lo había oído nunca.

—Al-Masïh Isa significa en árabe lo mismo que Yeshúa ha-Mashiahh en arameo o hebreo —me aclaró Farag—. Es decir, «Jesús el Mesías». Masïh y Mashiahh es lo mismo que Cristo en griego. Todos quieren decir «ungido».

—Y, bueno, para terminar, baste decir que Saladino pagó —terció Abby—. Eso lo sabemos con total seguridad.

—¿Con total seguridad? —se extrañó Kaspar.

Abby sonrió. Sus abuelos, que parecían inmunes al hambre que a mí ya me estaba matando, sonrieron también.

—En este caso, Catón —murmuró Becky con una voz cargada de íntimo regocijo—, no necesitamos ni especular ni buscar pruebas. Sabemos con seguridad que Saladino pagó. Los osarios pasaron a ser propiedad de la secta de los Asesinos el 19 de mayo de 1192. Año 588 de la hégira.

Tanta precisión y certeza resultaban un poco sorprendentes, desde luego. Sin embargo, Kaspar, que parecía estar atando en su cabeza misteriosos cabos sueltos, comenzó a asentir como si lo hubiera comprendido todo.

—Los detalles de la entrega —añadió Jake con satisfacción— nos los contó en su día nuestro viejo y querido amigo Karim, con el que mantenemos una estrecha relación desde hace más de sesenta años.

—Karim Aga Khan —nos aclaró rápidamente Abby a Farag y a mí, viendo que Kaspar ya lo había adivinado—. Su Alteza Real el Aga Khan IV, el actual imán de los ismailitas nizaríes.

El sonido de una pluma cayendo en el aire hubiera sonado como el motor de un tractor en el silencio que siguió a la explicación de Abby Simonson. Yo tardé unos segundos en reaccionar y lo mismo le pasó a Farag, en cuyas manos los papeles de la carta de al-Athir empezaron a agitarse. Él, como yo, conocía de oídas al Aga Khan: un famoso *playboy* de los años 60 y 70 del siglo anterior que salía en todas las revistas de moda con guapísimas modelos o con guapísimos caballos. Sabíamos también que era el líder de alguna extraña secta cuyos seguidores le entregaban fortunas como regalo de cumpleaños o de lo que fuera. Pero lo que los Simonson nos estaban diciendo significaba que, en pocas y muy concretas palabras, el Aga Khan IV era el actual imán de los ismailitas nizaríes, es decir, el actual imán de los *hashshashins,* es decir, el actual imán de los Asesinos... La secta de los Asesinos no había desaparecido en la Edad Media. ¡Seguía existiendo!

CAPÍTULO 8

—¡Pues claro que los ismailitas siguen existiendo! —se carcajeó Becky al ver la cara de pasmo que lucíamos Farag y yo—. ¿Cuántos fieles tiene Karim por todo el mundo, Jake?

—Unos quince millones, creo —repuso él, tras pensar unos instantes.

—¡Quince millones de Asesinos por todo el mundo! —exclamé horrorizada—. ¡Y la gente no tiene ni idea!

—¡Ottavia, por Dios, ya no son Asesinos! —me corrigió Kaspar—. Son fieles ismailitas. Esa etapa de su historia terminó en el siglo XIII.

—¿Os parece bien que hablemos de todo esto durante la cena? —propuso Abby.

Casi me echo a llorar de puro agradecimiento. Al menos podía estar bastante segura de que Abby Simonson era humana y necesitaba comer; sus abuelos, sin embargo, tenían todas las papeletas del sorteo llamado «¿Eres un alienígena?».

Todavía bajo el efecto de la fuerte impresión que me había provocado saber que la secta de los Asesinos seguía existiendo en la actualidad, salimos de la biblioteca pequeña en dos grupos separados: los tres Simonson delante, hablando entre ellos de fruslerías, y Farag, Kaspar y yo detrás, en un mutismo estremecedor. Farag me cogió de la mano y su contacto fue firme, demasiado firme quizá, como si estuviera intentando transmitirme valor, entereza o seguridad. Pero nuestras manos se conocían muy bien y aquel calor afiebrado que me llegaba desde su palma me contaba que por la sangre de mi marido circulaba una buena dosis de adrenalina. Estaba pensando en mí, eso lo supe enseguida, en cómo me podía haber afectado todo lo que se había hablado en aquella biblioteca y, al mismo tiempo, estaba enfadado con Kaspar, de ahí que no le dirigiera la palabra. Tenía el alma dividida entre lo mucho que quería a su amigo y la terrible duda de si su amigo seguía siendo quien él creía que era o se había convertido en un completo desconocido que, como yo ya había pensado, nos había mentido en nuestra propia casa y con su hijo a dos pasos de distancia jugando con nuestra sobrina Isabella. Entonces fui yo quien estrechó su mano con firmeza. Quería que supiera que, pasara lo que pasara, nosotros dos seguiríamos siendo siempre nosotros dos y que nuestra vida y nuestro mundo, construidos entre ambos con gran esfuerzo y, afortunadamente, con mucho, mucho amor, no iban a cambiar ni a desmoronarse ni por Kaspar ni por nadie.

—¿Estáis muy enfadados conmigo? —preguntó de pronto el ex-Catón con voz vacilante.

Bueno, pensé, tampoco estaba mal que después de tanto secreto y tanta mentira se preocupara un poco por si nos había herido. A mí me daba igual pues, a fin de cuentas, ya le había aborrecido antes y estaba más dispuesta que Farag a borrar de mi vida a la gente que no debía estar en ella. La experiencia con mi familia, el mucho dolor que me habían causado y la distancia de seguridad que había tenido que poner entre ellos y yo para que no me lastimaran, me habían preparado para desatar lazos con cualquier supuesto amigo que resultara no serlo tanto.

—¡Eres un perfecto cabrón, Kaspar! —profirió Farag, rabioso.

—Perdonadme los dos, por favor —nos suplicó sin sacar las manos de los bolsillos del pantalón y sin mover un músculo de su rocosa cara—. Me he visto obligado a actuar como un completo imbécil con vosotros. Lo siento de verdad. Si queréis que me vaya de vuestra casa, Linus y yo nos marcharemos esta misma noche.

—Sí —afirmé con voz gélida—, queremos que te vayas.

—No hace falta que despiertes al niño —matizó Farag, apretándome levemente la mano para que no le contradijera—. Pero mañana os marcháis.

Seguíamos a los Simonson a través de pasillos y corredores, de salas y salones sin fijarnos en absoluto por dónde caminábamos ni hacia dónde íbamos. Sin duda, nos estaban dejando un pequeño margen de intimidad para que hablásemos entre nosotros. Lo que no se podían ni imaginar era que estábamos rompiendo el acuerdo que teníamos con ellos por culpa de su adorado Catón. Para mí, miel sobre hojuelas. Nunca había querido participar en aquella loca historia de los osarios. Sólo me apenaba que Farag lo estuviera pasando mal. Él no sabía acorazarse por dentro como yo y bloquear los sentimientos dolorosos.

—Escuchadme, por favor —masculló el ex-Catón CCLVIII—. En la hermandad sabíamos que los Simonson nos seguían la pista desde hacía muchísimos años, sabíamos que buscaban el Paraíso Terrenal y las pruebas de acceso sin que lográramos averiguar qué pretendían exactamente. No son gente demasiado religiosa, así que ¿cuál podía ser el motivo para que estuvieran tan obsesionados con nosotros? Cuando encontraron el *Lignum Crucis* nos enteramos inmediatamente y nos pusimos en alerta. A pesar de tener gente infiltrada por todas partes durante años y años, no habíamos conseguido averiguar qué era lo que esta gente tan poderosa, con estrechos contactos en todos los centros de poder del mundo, podía querer de nosotros. Os aseguro que son cerrados e impenetrables como el hormigón. Ni una pequeña fisura nos ha permitido averiguar, hasta ahora, cuál era su objetivo y ese hermetismo nos alarmaba. Estábamos convencidos de que podían ser peligrosos. Cuando llegó la noticia de que se habían puesto en contacto con vosotros, en el Paraíso Terrenal cundió la alarma. Linus y yo estábamos cerca y yo ya había renunciado a mi cargo de Catón, pero me avisaron inmediatamente el viernes por la noche, cuando aún Becky y Jake estaban en vuestra casa. Os pusimos vigilancia en ese mismo momento.

—¡Lo que faltaba! —dejé escapar con un bufido. ¿Cuánta gente nos había estado espiando a Farag y a mí desde el viernes? ¿Acaso no había un artículo sobre la intimidad en la Declaración Universal de Derechos Humanos?

—¡Ottavia, era para protegeros! —se quejó—. Fui yo quien lo pidió. En cuanto le diste ayer el aviso al Cardenal Hamilton, cogí el primer avión que salía de Orlando para llegar hasta aquí. Si los Simonson se habían puesto en contacto con vosotros, algo grave estaba pasando pero no sabíamos qué podía ser. Llegué a vuestra casa haciéndome el tonto para no alertaros ni preocuparos antes de hora.

—Pero te contamos lo que nos habían dicho —le expuso amargamente Farag— y tú no nos dijiste que conocías la carta de Dositheos ni la existencia de los nueve osarios.

Los Simonson se detuvieron frente a las dos hojas que formaban una gran puerta de roble y que se abrieron simultáneamente desde el otro lado para franquearles el paso. Los tres se volvieron a mirarnos con una sonrisa amable, esperándonos. Era la gente más simpática que había conocido en mi vida. Siempre estaban sonriendo.

—Sobre los Simonson, ya os he explicado lo que creíamos y por qué —masculló Kaspar precipitadamente; nos acercábamos con rapidez a la puerta y a nuestros anfitriones—. Sobre lo demás, anoche aún no tenía ni idea. De verdad. Mandé mensajes en clave antes de acostarme y toda la información me la ha dado Phil esta mañana, mientras Linus jugaba con Snoopy.

Sentí que la mano de Farag se relajaba y que mi coraza, ya sin nada de lo que protegerme, se desvanecía en el aire como humo.

—Pasen al comedor, por favor —nos invitó el viejo Jake—. Director Boswell, ¿sería tan amable de prestarme la mano de su esposa? —pero no esperó a que Farag y yo nos soltáramos. Tomó mi mano y la pasó por debajo de su brazo, para apoyarla en él y conducirme galantemente al interior del comedor. El contacto con el brazo esquelético de Jake me provocó un escalofrío, como si bajo la ligera tela de su chaqueta sólo hubiera hueso desnudo y no carne. La explicación de Kaspar me había afectado más de lo que suponía.

Jake me ofreció un sitio junto al suyo, en la cabecera de la mesa ovalada situada en el centro de la estancia. Visto el tamaño de la casa y de las habitaciones, aquel tenía que ser el comedor pequeño (tan pequeño como la biblioteca pequeña, para entendernos), ya que la mesa era sólo para seis comensales. Yo, como he dicho, me senté a la derecha de Jake Simonson, que presidía la mesa; a mi otro lado se sentó Farag; en la otra cabecera se colocó Becky y a su derecha, Kaspar; y junto a Kaspar, entre él y su abuelo, Abby que, en resumidas cuentas, terminó sentada frente a mí.

Sólo pudimos intercambiar algunos comentarios banales sobre la decoración de la casa y sobre la biblioteca pequeña antes de que unos camareros con chaqueta blanca nos sirvieran un cuenco pequeño con algo verde que resultó ser guacamole de guisantes con vinagre y mostaza. Farag alabó no sólo el guacamole sino especialmente el vino que lo acompañaba y que cató por cortesía de Jake, que parecía conocer muy bien el espíritu alejandrino de mi marido.

—¿Los quince millones de Asesinos sueltos que hay por el mundo no te han quitado el apetito, Ottavia? —me preguntó Kaspar viendo cómo me llenaba la boca con una cucharadita bien cargada de guacamole.

Me reí como pude, manteniendo los labios apretados al tiempo que soltaba el cubierto y, con la servilleta, me limpiaba los labios.

—En cuanto sea consciente de lo que eso significa de verdad, me lo quitarán, te lo aseguro —repuse, volviendo a colocar la servilleta sobre mi falda.

—Es difícil creer que la secta de los Asesinos siga existiendo hoy día —observó Farag.

—No, director Boswell —le contradijo Jake que, misteriosamente, ya había vaciado su cuenquecillo—. La secta de los Asesinos ya no existe. Realmente, desapareció en el siglo XIII, con la llegada de las hordas mongolas que asolaron todo

Oriente y que, afortunadamente, se detuvieron en la misma puerta de Europa. Lo que permanece hoy día es una religión, una fe.

—De hecho, una fe muy misteriosa, Jake —comentó Kaspar, recogiendo con la cucharilla los restos de su guacamole—. Lo que vemos de la fe musulmana ismailita es una parte muy pequeña de lo que oculta detrás, velado tras una apariencia sencilla.

—Cierto, y valdría la pena que fuera mejor conocida. Llegar a la razón a través de la fe no es algo que se vea todos los días.

—Los ismailitas son muy discretos —aseguró Becky—. Son musulmanes un tanto atípicos y prefieren pasar desapercibidos.

—¿Por qué? —preguntó mi marido.

—Siempre han sido una minoría dentro del islam —nos explicó Abby—. Una minoría vulnerable considerada hereje y, por lo tanto, muchos han sido los que han intentado destruirlos a lo largo de la historia. ¿Por qué, si no, se habrían escondido en castillos aislados como Alamut, habrían utilizado el asesinato selectivo para enfrentarse a grandes ejércitos o habrían desarrollado extraordinariamente la doctrina de la *taqiyya*?

—¿De la qué? —inquirí.

—*Taqiyya* significa «precaución» o «prudencia» —me aclaró Farag.

Nos retiraron los cuencos vacíos de guacamole a todos al mismo tiempo y, al mismo tiempo también, nos sirvieron unas milhojas de pasta fresca con calabaza y salvia. Había que reconocer que no sólo la vajilla era preciosa sino que incluso la comida en los platos estaba espléndidamente presentada. Mientras Farag probaba el siguiente vino, Abby me explicó en qué consistía la *taqiyya*:

—Era un sistema que, en un principio, les permitía renegar públicamente de su fe para salvar la vida. Como sufrieron tantas persecuciones y estuvieron a punto de ser aniquilados tantas veces, aprendieron a camuflarse, a ocultar sus verdaderas creencias. Los propios imanes de los nizaríes podían decretar una forma completamente nueva de profesar la fe, radicalmente opuesta a la anterior, según por dónde soplaran los vientos políticos o religiosos del momento. Eso les ayudó a sobrevivir.

—Y les convirtió en unos asesinos muy eficaces —añadió Kaspar, cortando su milhoja con precaución para que no se le desmontara—. Tu amigo de toda la vida podía ser un nizarí camuflado que vivía como un piadoso musulmán suní y que sólo al cabo de muchos años de tranquila espera saltaba con una daga sobre el califa que, ese día, había decidido de forma inesperada dar un paseo por la ciudad.

—Evidentemente, hoy ya no asesinan a nadie —añadió Becky, que quería dejar muy clara la idea de que ahora eran totalmente pacíficos—. Las comunidades de ismailitas están muy repartidas por todo el mundo y se centran sobre todo en el estudio y el desarrollo de los países donde viven. Tienen grandes universidades y organismos de cooperación internacional, y se toman muy en serio potenciar el papel de la mujer en la sociedad. Pero, eso sí, siguen siendo muy discretos.

La milhoja estaba exquisita y su textura era tan suave que parecía que la boca se te llenaba de nube con sabor a calabaza. Farag estaba disfrutando realmente de la cena y le brillaron los ojos de placer cuando dio un sorbo del nuevo vino que acompañaba a las milhojas.

—De modo que el actual Aga Khan... —empezó a decir Kaspar.

—Karim —atajó el viejo Jake.

—Exacto, su amigo Karim —concedió el ex-Catón—. Su amigo Karim les dijo que Saladino había pagado a Sinan la muerte de Conrado de Montferrato con los nueve osarios.

—Verá, Catón —dijo Jake, dejando los cubiertos sobre el plato vacío. ¿Ya se había comido la milhoja? ¿Cuándo?—, desde los inicios de su fe los ismailitas tuvieron la costumbre de dejar pocas cosas por escrito. En parte debido al riesgo que implicaba su peculiar interpretación de los significados ocultos del Corán y en parte por los antiguos rituales secretos de iniciación que, como bien dice su propio nombre, son secretos y no deben escribirse. Por supuesto que conservan algunos manuscritos, crónicas y cartas, pero en su mayoría son posteriores a la invasión mongola, posteriores al siglo XIII, cuando se supone que fueron eliminados de la faz de la tierra. Karim tuvo que poner a trabajar a un grupo muy selecto de expertos cuando le preguntamos por Sinan y los osarios. La investigación que este equipo realizó con sus escasos documentos les llevó a descubrir dos cosas. La primera, que tras la muerte del Viejo de la Montaña en 1193, su sucesor al frente de la secta en Siria, Nasr al-Ajami, envió los osarios a Persia, al castillo de Alamut, como regalo para el imán Mohamed II, antepasado de Karim. Era su modo de agradecerle el nombramiento como líder de Siria. Y lo segundo que descubrieron fue que los osarios permanecieron en Alamut durante sesenta y tres años, desde 1193 hasta diciembre de 1256.

—Cuando llegaron los mongoles —aventuró Farag.

Becky, que había terminado ya con su milhoja, tomó el relevo a Jake.

—Precisamente, director Boswell —asintió, arreglándose las piezas de oro que formaban su collar.

En ese momento, los camareros uniformados nos retiraron los platos vacíos y los sustituyeron por otros con una rodaja de salmón a la parrilla sobre una capa de verduras cortadas muy finas. Había pasado hambre, es cierto, pero en aquel momento me sentía más que saciada. El sumiller ofreció directamente el vino a Farag para que lo probara, ya que se había convertido en el paladar estrella de la cena, mientras que Abby, por su parte, rechazó el salmón y se contentó con beber un poco de agua.

—Comed vosotros, por favor —les pidió a sus abuelos, dejando la copa en la mesa—. Entretanto, yo les explicaré el final de la historia.

Saboreé un trocito de salmón, que estaba buenísimo, y decidí que aún podía comer un poco más mientras la perfecta Abby, como un juglar medieval, nos distraía con su relato.

Poco antes de morir, en 1227, el gran caudillo mongol Genghis Khan dictó una orden implacable según la cual «no habría que perdonar a ningún ismailita nizarí, ni siquiera a los niños de cuna» (4), según recogía el historiador persa Alâ-Malik Yuwayni en su gran obra *Historia del Conquistador del Mundo*. ¿Por qué ese odio de Genghis Khan contra los nizaríes? No estaba del todo claro, pero era evidente que Genghis dictó la orden con una visión profética sobre lo que iba a ocurrir en el futuro entre sus descendientes y la secta de los Asesinos.

Los nizaríes, que eran muy conscientes del peligro que representaban los mongoles a pesar de hallarse aún a salvo en Persia y en Siria, decidieron emprender la guerra por su cuenta, aplicando el remedio antes de que llegara la incurable enfermedad. En 1241, Ogodei Khan, hijo y heredero de Genghis, murió envenenado. Lo cierto es que lo envenenaron los Asesinos, que también participaron en el atentado que acabó, ese mismo año, con la vida de Chagatai, el segundo hijo de Genghis. Los nizaríes creyeron que podían respirar tranquilos al menos por algún tiempo. Tras la muerte de Ogodei, su hijo Guyuk fue elegido Gran Khan. Los nizaríes le enviaron una embajada en un intento por sellar la paz, pero Guyuk se negó a aceptar el trato y les dejó muy claro que, cuando les atacase, no debían esperar piedad por su parte.

En 1248, como era fácil de prever, Guyuk Khan murió envenenado y esta muerte también fue obra de los nizaríes. Con todos estos asesinatos sólo conseguían retrasar lo inevitable y lo sabían.

—Y, como les contamos la otra noche —interrumpió el viejo Jake, exhibiendo su plato de salmón limpio como una patena mientras que a los demás todavía nos quedaba bastante—, fue en 1248, recién muerto Guyuk, cuando llegó a las inmediaciones de Karakórum el dominico fray Andrés de Longjumeau con obsequios de Luis IX de Francia para celebrar la

---

(4) *The History of the World Conqueror, Alâ-Malik Yuwayni*, pp. 723-724 (citado por W. C. Bartlett en *Los Asesinos*, editorial Crítica, 2006).

supuesta conversión de Guyuk al cristianismo. Y entre esos regalos estaba el *Lignum Crucis* que le hemos entregado hoy, Catón.

Kaspar hizo un leve y distinguido gesto de agradecimiento con la cabeza. Era asombroso ver lo refinado que se había vuelto el rocoso suizo.

Después de Guyuk, siguió contando Abby, el trono del gran Imperio Mongol pasó, en 1251, a manos de Mongke, el primogénito de Tolui, hijo pequeño de Genghis, y de Sorjojtani, una princesa keraita de religión cristiana nestoriana.

—¿Nestoriana? —pregunté frunciendo el ceño. Excesivos cristianismos, pensé.

—Los nestorianos —me explicó mi marido sujetando la copa de vino en la mano mientras me hablaba— aparecieron en el siglo v. Creen que Jesús tuvo dos naturalezas, una divina y otra humana, totalmente separadas, de manera que su nacimiento de mujer o su muerte en la cruz sólo afectó al hombre y no al Dios.

Abby asintió y continuó contando lo que le había pasado a Mongke, el nieto de Genghis: en 1254 llegó a Karakórum, la capital mongola, el franciscano fray Guillermo de Rubruk (5) y, en la crónica que escribió a su regreso, contó que, al día siguiente mismo de llegar, tuvo lugar un gran control de seguridad en la ciudad y que a él y a su comitiva les sometieron a un durísimo interrogatorio «... preguntándonos de dónde procedíamos, a qué habíamos venido y cuál era nuestro oficio. Se hizo tal pesquisa porque a Mongke Khan le había llegado aviso de que habían venido a matarlo cuatrocientos Asesinos bajo disfraces diferentes» (6).

(5) (Ruysbroeck, Flandes, 1220-1293/95). Escribió la crónica *Itinerarium fratris Willielmi de Rubruquis de ordine fratrum Minorum, Galli, Anno gratia 1253 ad partes Orientales.* Publicada en castellano en el libro *En demanda del Gran Kan. Viajes a Mongolia en el siglo XIII*, de Juan Gil, Alianza Universidad, 1993.

(6) *En demanda del Gran Kan. Viajes a Mongolia en el siglo XIII*, de Juan Gil.

Los pobres camareros, cuyo *maître* se asomaba discretamente de vez en cuando para ver cómo iba la cosa, aguardaban pacientemente fuera del comedor para retirar los platos y servirnos el postre. Al final, Becky hizo una seña discreta y todo fue visto y no visto: en un momento, los restos de mi salmón desaparecieron y fueron sustituidos por un gran bol lleno de macedonia de frutas: trozos de melocotón, albaricoque, melón, naranjas y cerezas sin hueso con una cobertura de pistachos en trocitos y un ligero perfume a rosas. Era el impecable final de una cena inigualable.

—En la primavera de 1253 —siguió contando la heredera Simonson cuando nos vio a todos con la cucharilla en la mano, la boca llena y esperando a que continuara con la historia—, Mongke Khan envió a su hermano Hulagu a conquistar Persia, Siria y Egipto, lo que tanto habían temido los nizaríes. Hulagu partió, pues, con un inmenso ejército hacia el oeste pero recibió, además, una orden tajante de su hermano: aniquilar por completo y para siempre a los Asesinos, según había mandado su abuelo, Genghis, antes de morir.

En cuanto Hulagu pisó territorio persa se dirigió directamente hacia Rudbar, la región en la que se encontraba el castillo de Alamut, y pidió a Rukn ad-Din, imán de los nizaríes, que se entregara y que desmantelara todos las fortalezas.

—Y ahora llegamos a la parte que a nosotros nos interesa —declaró Abby, tomándose un respiro—. Según cuenta Yuwayni, que estuvo presente, en su *Historia del Conquistador del Mundo*, los Asesinos tuvieron que abandonar Alamut con las manos vacías y los mongoles se apoderaron de todo lo que había en la fortaleza.

—O sea, que se apoderaron de los osarios —apunté yo, que había pasado de no creer en absoluto en su existencia a darla por sentada y admitida, aunque como algo totalmente ajeno a mi fe. Es decir, los nueve osarios podían ser nueve conchas marinas o nueve vasos de plata. Mi Dios no estaba allí.

Abby asintió.

—Hulagu no llegó a entrar en Alamut —dijo—. Envió a su

visir y hombre de confianza en Persia al frente de un contingente de soldados para que hiciera un reconocimiento del castillo y seleccionara lo que considerara importante, y ese visir, que no era otro que el propio historiador Yuwayni, sacó, además de los nueve osarios, una gran cantidad de libros de la inmensa biblioteca de Alamut que era famosa en todo el mundo musulmán. En cuanto Yuwayni dio por terminada su tarea de rescate, Hulagu ordenó prender fuego al castillo, y Alamut, su biblioteca y el resto de objetos valiosos de los nizaríes, desaparecieron entre las llamas para siempre. Fue el final de todo. Poco después, tras matar a Rukn ad-Din, Hulagu exterminó a todos los nizaríes que quedaban en Persia, sin mirar si eran hombres, mujeres, niños o ancianos indefensos. No sobrevivió ninguno.

—Si los mongoles mataron al último imán nizarí y exterminaron a todo Asesino que pillaron —comenté— ¿cómo puede su amigo Karim descender de Rukn ad-Din?

—Porque Rukn ad-Din dejó un hijo que sobrevivió —me explicó el viejo Jake con la satisfacción propia de un miembro de la familia del Aga Khan—. Su nombre era Shams al-Din y fue sacado clandestinamente de Alamut antes de que llegara Hulagu. Vivió siempre en la *taqiyya*, en el ocultamiento.

—¿Y Yuwayni dice en su crónica que sacó los nueve osarios de Alamut? —preguntó mi marido.

—No, no, director Boswell —rechazó el viejo Jake—. Yuwayni sólo habla de los libros de la gran biblioteca de los nizaríes. Los osarios no los menciona.

—Pues, entonces —inquirí con desconfianza—, pudieron arder en el incendio ordenado por Hulagu.

—Nuestra siguiente prueba nos demuestra que salieron del castillo antes del fuego —anunció Becky, dejando su servilleta sobre la mesa y poniéndose en pie. Jake, al verla, también se incorporó y Abby y nosotros apartamos las sillas y nos levantamos para seguirles—. Y si salieron del castillo como ahora verán, sólo Yuwayni pudo sacarlos de allí y entregárselos a Hulagu.

—De manera —comenté pensativa, mientras regresábamos con paso ligero hacia la biblioteca pequeña— que un nieto de Genghis Khan, ese tal Hulagu, que sería de religión animista o budista, se apodera de los osarios que supuestamente contienen los restos de Jesús de Nazaret y su familia.

—Exacto —replicó Becky, colgándose del brazo huesudo de Jake para caminar juntos—. Pero hay un punto muy importante en esta historia que deben tener en cuenta. No sólo la madre de Hulagu era una cristiana nestoriana sino también su esposa principal, Oroquina, más conocida como Dokuz Khatun, y también Tuqiti Khatun, otra de sus cuatro esposas principales. Así que Hulagu era hijo de cristiana y marido de dos cristianas más. Conocía el valor de los osarios.

—Los mongoles tenían cuatro esposas principales y multitud de concubinas —se rió Jake al ver mi cara de confusión—. Si se trataba de un Khan o de un Gran Khan, las cuatro esposas principales tenían sus propios *ordos*, es decir, sus lujosos *gers*, o tiendas móviles y desmontables, con su propia corte de damas, sirvientas, hijos e hijas y jóvenes concubinas de su marido entregadas a su cuidado.

Estábamos ya bajando la escalera que llevaba a la planta inferior.

—Serían familias muy unidas, entonces —comentó Farag con humor.

—Muy, muy unidas —corroboró la hermosa Becky.

—¡Sí, claro! —exclamó Abby con sorna—. ¡Cuando no se estaban matando entre ellos por tierras o poder!

—Bueno —matizó su abuelo, comprensivo—, eran guerreros mongoles.

—Abby —le dije muy seria a la heredera—, recuerda siempre esta lección que voy a darte: la testosterona es muy mala.

—¡Eso sí que no me lo esperaba! —saltó Farag, mosqueado—. ¿Y los estrógenos no lo son?

—También —admití—, pero para otras cosas. A nosotras, en general, no nos da por tener cuatro maridos y doscientos concubinos ni por subirnos a un caballo y empezar a degollar enemigos. Aunque de todo hay en la viña del Señor, debo añadir. Así que, Abby, no olvides nunca lo que te he dicho.

Abby, con una gran sonrisa en la cara, asintió divertida y me hizo un gesto de complicidad que me llevó a pensar que quizá —y sólo quizá—, fuera simpática además de perfecta y fea.

Por fin, volvimos a entrar en la biblioteca pequeña y, de nuevo, renové mi voto de adoración eterna por ella. Respirar su aire y sentir el abrazo de sus manuscritos me provocó una fuerte sensación de felicidad. Fue allí, en aquel momento, donde tuve por primera vez el absurdo deseo de, cuando me llegara la hora, morir entre libros. ¿Por qué no? O sea, no me quería morir nunca (desde luego no antes de los cien años), pero como no podría evitarlo, cuando me tocara el turno e iniciara el despegue de pista, esperaba tener a Farag a mi lado y estar rodeada de montones de libros, como en aquella biblioteca.

Los Simonson se dirigieron sin titubeos hacia el segundo objeto que había sobre la mesa central, junto al atril de la carta de Ibn al-Athir, cubierto también por una seda de color gris irisado. Fue Becky quien apartó el paño para dejarnos ver lo que se ocultaba debajo: oro, una gruesa placa de oro puro con relieves. Mediría unos treinta centímetros, más o menos, de largo y de ancho, y unos diez de alto, lo cual suponía un peso y un valor considerable.

Los ancianos Simonson se retiraron a un lado para permitir que nos acercáramos a examinar los relieves pero Abby se quedó junto a la placa, esperando.

Un marco de onduladas ramas vegetales con frutos redondos que parecían naranjas o granadas orlaba la escena central, en la que se veían tres figuras humanas y, para mi sorpresa, nueve arquetas u osarios. Una de las figuras, la más grande en tamaño, situada a la izquierda, era la de un hombre corpulento con rostro redondo en forma de luna llena, ojos almendrados —marcadamente asiáticos o mongoles—, bigotes al estilo chino (finos y largos cayendo a ambos lados de la boca) y una estirada perilla de chivo en el mentón. A su lado, de un tamaño menor, una mujer con los mismos rasgos faciales (aunque sin bigote ni perilla), vestía una larga túnica y estaba prostrada de rodillas, con las manos unidas en oración y la cabeza inclinada. Estos dos personajes, que claramente formaban una pareja importante, tenían delante, en el suelo, los nueve osarios. De hecho, la mujer estaba arrodillada ante ellos. Las formas de los nueve eran similares, como alargadas casitas de piedra con tejadillo a dos aguas, pero entre todos destacaba el que estaba delante y que tenía tallada encima una cruz. Al otro lado de la imagen, a la derecha, una figura aún más pequeña que las otras, aunque mucho más estilizada, representaba sin duda a un extraño sacerdote con un gorro enorme en forma de bola sobre la cabeza y un largo báculo en una de sus manos. Sobre las cabezas de cada uno de los tres personajes había un rótulo con unas palabras escritas en un idioma que no pude leer:

ܗܘܿ ܡܩܝܡ ܝܫܘܥ ܕܚܘ ܣܝܟܝܟ ܢܠܡ

—Es siríaco —murmuró Farag para sí mismo, como si estuviera solo.

—Cierto —aprobó el viejo Jake.

—¿Siríaco? —se extrañó Kaspar.

—Arameo —le aclaró Farag—. El siríaco es un dialecto del arameo, la lengua que hablaba Jesús de Nazaret. Fue una lengua muy importante en toda la zona que hoy conocemos como Oriente Medio.

—¿Puedes leerlo? —le animé.

—No demasiado bien —titubeó.

—Os diré lo que dicen las inscripciones —afirmó Abby acercándose un poco más y poniendo un dedo sobre la primera—. Ésta dice «Hulagu Ilkhan» (Ilkhan quiere decir «Khan subordinado al Gran Khan»). Esta otra, sobre la mujer, dice «Dokuz Khatun». Y ésta, la que está sobre el sacerdote, dice «Mar Makkikha».

—¿Quién era ese tal Mar Makkikha? —pregunté, pensando en lo ridículo que sonaba el nombre.

—Mar Makkikha II —me dijo Abby— fue Patriarca de la Iglesia de Oriente, la tercera rama del cristianismo, desde 1257 hasta su muerte, en 1265. Acababa de ser elegido Patriarca cuando el poderoso ejército mongol se presentó frente a las puertas de Bagdad, inmediatamente después de acabar con Alamut y los nizaríes.

—¿Lees siríaco? —le espetó Farag. A mi marido le quemaba que Abby hubiera podido leer los rótulos con los nombres del relieve.

—¡No, claro que no! —se rió ella—. Esto nos lo ha traducido un buen amigo de mis abuelos, profesor de siríaco, el rector del Pontificio Colegio Griego de Roma, el archimandrita Manuel Nin.

—¿Dónde obtuvisteis esta pieza de oro? —preguntó Kaspar muy serio, pasando un dedo por el borde de la gruesa plancha con relieves.

—Apareció en Maraghe, al norte de Irán —le respondió Becky desde detrás de su nieta—, la ciudad que fue capital del ilkhanato de Hulagu. En 1985, un campesino la encontró mientras cavaba un pozo en su huerto y, en 1986, llegó a manos de un importante productor de cine iraní que obtuvo el permiso del Consejo de Guardianes para quedarse con ella. Nosotros solicitamos autorización para comprarla al entonces presidente iraní, Mahmood Qalareg, y la conseguimos en 1990.

En ese momento, el viejo Jake se colocó entre Kaspar y Abby y nos echó una mirada divertida a todos.

—¡Y hasta aquí llega nuestra historia! —anunció con una sonrisa—. Ya no tenemos nada más que contar.

—¿Nada más? —me espanté—. ¿Quiere decir que no saben lo que pasó con los osarios desde que llegaron a manos de Hulagu en 1256?

Estábamos hablando de un período de vacío de casi ochocientos años. ¿Y pretendían que emprendiéramos la búsqueda desde aquel punto sin ninguna pista?

Becky se colgó de nuevo del brazo de su marido.

—Bueno —dijo tranquilamente—, por eso les necesitábamos a ustedes. Por eso necesitábamos a la hermandad de los staurofílakes.

—Es imposible —afirmé rotundamente—. Esto no se puede hacer.

—¿Y no les intriga la historia? —insistió Becky—. ¿Encontrar los restos de Jesús de Nazaret no les motiva lo suficiente?

—Perdóneme, Becky —salté yo como si me hubieran pinchado—, puede que encontráramos los osarios pero nunca encontraríamos los restos de Jesús de Nazaret. Nuestro Señor resucitó al tercer día y subió al cielo con su cuerpo mortal.

—¿Para qué? —me preguntó Farag y, enseguida, se arrepintió profundamente de haberme hecho esa pregunta.

—Para qué, ¿qué? —le repliqué con un tono de voz peligroso.

Él quería huir pero ya no podía.

—Que para qué necesitaba su cuerpo mortal en el cielo —la agonía de saber lo que le iban a costar esas palabras ya se reflejaba en su cara—. Sólo recuerda, cariño, que soy copto y que me cuesta mucho entender algunos conceptos católicos. Yo no crecí creyendo que Jesús tuviera un cuerpo mortal. Millones de cristianos en todo el mundo tampoco lo creen, bien porque son monofisitas o, como los nestorianos, porque separan a Dios de la muerte en la cruz, ya que la idea de que Dios pueda morir contradice sus creencias más profundas.

—¡Herejes! —solté, y mi voz sonó igual que la de mi madre, con el mismo tono y timbre, como si hubiera hablado ella y no yo. La genética es tremenda.

—Pero ¿y si fuera así, Ottavia?

Kaspar me miraba fijamente, esperando una respuesta. Yo permanecí callada. Para mí, Dios había muerto en la cruz por amor a todos nosotros, para limpiarnos del pecado, y cualquier otra versión de los hechos era, a ojos de la Iglesia en la que yo me había criado, totalmente falsa, inmoral y ofensiva.

—¿No querrías saberlo si fuera así? —insistió el ex-Catón. Hablaba con dureza, sin atisbo de sentimientos—. Porque yo sí que quiero.

—¿Saber qué, Kaspar? —le increpé—. ¿Que Jesús no resucitó de entre los muertos? Porque, si no resucitó, ya sabes lo que dijo san Pablo.

—Sí, que nuestra fe estaría vacía. Lo recuerdo. Pero, a pesar de todo, si existe una sola posibilidad de que eso fuera así, yo quiero saberlo. No necesito recordarte que Pablo nunca conoció a Jesús, que no lo vio, que no estuvo con Él, que no vivió con Él como los Apóstoles. Y tampoco estuvo allí cuando Jesús murió, ni cuando resucitó, ni cuando bajó el Espíritu Santo en Pentecostés. Pablo llegó después y, de la nada, se hizo con todo el poder porque era ciudadano romano y hablaba griego.

—¿Estás poniendo en duda a san Pablo? —me ofusqué.

—Yo lo pongo en duda todo, Ottavia —replicó—. Y, hasta ahora, siempre he podido encontrar a Dios más allá de mis dudas. Pero tú te atrincheras en la doctrina de la Iglesia Católica y tienes tanto miedo a buscar la verdad que ni siquiera te planteas que quizá, al final, la verdad pueda estar de tu lado. ¿Qué temes? ¿Estar equivocada? ¿Desde cuándo descubrir que uno puede estar equivocado es malo? ¿Y si tienes razón?

Farag se acercó a mí y me tomó de la mano. Una vez, hacía mucho tiempo, creí que tenía que elegir entre Dios y él y sufrí tanto por esto que huí hasta que ya no pude más. Luego, años más tarde, descubrí que, en realidad, no había hecho ninguna elección porque seguía teniendo a Dios y, además, le tenía a él. Creí que era uno u otro y, finalmente, fueron los dos. No perdí nada y gané mucho. Había estado muy equivocada y había sufrido enormemente por ello. Farag decía que siempre era preferible la verdad y ahora era también Kaspar quien me lo decía. ¿Acaso yo no lo creía así? Tenía miedo, era cierto. Tenía mucho miedo, pero no de buscar la verdad, sino de encontrarla. Y, al darme cuenta de esto, sobrevino el instantáneo rebote Salina: yo quería encontrar la verdad más que nadie. Yo era la *basíleia* de la verdad.

—Busquemos esos osarios —declaré.

CAPÍTULO 9

Con un millón de dudas aún por resolver y otro millón de preguntas en la cabeza, el martes por la mañana nos dividimos en dos grupos: los que teníamos que trabajar nos fuimos de casa relativamente temprano y los que no tenían que hacerlo se levantaron tarde y se desparramaron por Toronto cuando les vino bien en busca de entretenimientos y diversiones. Siempre he dicho que la vida no es justa, y no es que yo tuviera muchas obligaciones a esas alturas del año, con el semestre acabado, pero me sentía agraviada por comparación. Quizá por eso la mañana se me hizo tan aburrida y larga.

Llegué a casa poco antes del mediodía y, nada más abrir la puerta, escuché una carcajada perfecta, musical y cristalina, que sin lugar a dudas pertenecía a Abby Simonson. Una animada reunión estaba teniendo lugar en mi salón, donde todos, incluso los niños, pasaban un rato de lo más agradable en compañía de la heredera, que ocupaba el lugar donde yo me sentaba habitualmente. O sea, que estaba sentada en mi sitio. Farag vino rápidamente a darme un beso.

—¡Cariño, ven! —me dijo tirando de mí hacia el centro de la sala con un brillo muy especial en la mirada—. Ven, siéntate junto a Isabella. Tenemos grandes noticias.

—¿Qué ha pasado? —pregunté.

—¡Hola, Ottavia! —me saludó Abby, levantándose para besarme. ¡Qué obsesión! ¿Acaso era de mi familia? ¿Acaso sabía yo cuántas enfermedades infecciosas había padecido a lo largo de su vida? No, ¿verdad? Agradecida tenía que sentirse de que me dignara a hacerle un gesto amable con la mano de camino a mi asiento.

—Contadme esas buenas noticias —pedí, sentándome y dándole un beso a Isabella en la mejilla.

—Bueno, pues hemos descubierto algo increíble que podría darnos una pista clave sobre los osarios —declaró Kaspar. Linus, sentado como un hombrecito a su lado, me miraba con una preciosa sonrisa de bienvenida. Le hice un gesto y se acercó rápidamente a besarme.

—¿Ah, sí? —me extrañé, dándole una suave palmada a Linus en el trasero para que volviera junto a su padre.

—¿Acaso dudabas de nuestra habilidad para conseguir lo imposible? —me preguntó mi marido, muy digno—. ¡Encontraremos esos osarios porque somos los mejores!

—Muy bien —convine—. Somos los mejores. Pero necesito que alguien me explique, por favor, por qué estamos hablando de todo esto delante de Isabella y de Linus.

—¡Tía Ottavia! —se ofendió mi sobrina.

—Somos un equipo —me explicó Farag y, antes de que yo pudiera gruñir por semejante tontería, sus cejas se alzaron suavemente y su mirada azul turquesa se volvió más profunda; capté el mensaje y, aunque nada conforme, transigí: esperaría pacientemente antes de decir algo irremediable y escucharía con buena actitud—. Kaspar no puede separarse de Linus, no puede dejarlo con nadie y, por lo tanto, le hemos propuesto a Isabella que cuide del niño este verano.

—Isabella tiene que ir a Palermo a ver a sus padres y hermanos y al resto de la familia —comenté rechinando los dientes. Como llegara agosto y la manipuladora de mi sobrina se hubiera librado de ir a Sicilia, mi hermana mandaría asesinos a sueldo para acabar conmigo. Y no digo nada sobre lo que haría mi madre, que me los podía mandar de verdad.

—¡Por un verano que no vaya no pasa nada! —objetó la interesada—. Iré en Navidad, lo prometo.

Me di cuenta de que teníamos un problema grave: si Isabella había decidido no ir a Sicilia, ni toda la corte celestial cantándole las cuarenta a capela conseguiría que fuera. Pero no podía rendirme sin luchar:

—Eso dijiste la Navidad pasada —le recordé, enfadada— y tuviste a tu madre llorando quince días y llamándome a todas horas. ¿Es que no la echas de menos?

Sólo quería confirmar mi sospecha de que carecía de corazón.

—¡Claro que la echo de menos! —me replicó—. Pero eso no significa que tenga que hacer siempre lo que ordena la familia. Soy mayor de edad y tienen que darse cuenta de que tomo mis propias decisiones. No voy a renunciar a un fantástico viaje a Mongolia por unas aburridísimas semanas en Palermo aguantando a mis padres y, sobre todo, las malas caras de la abuela Filippa.

Cuando capté lo de Mongolia mi cerebro lo arrinconó momentáneamente porque, como siempre, la mención a mi madre me distraía de cualquier otra cosa. ¡La añoraba tanto! Pero, luego, lo de Mongolia volvió y tomó el protagonismo. Sólo había tardado unos segundos.

—¿Cómo que te vas a Mongolia? —exclamé en italiano a todo volumen—. ¡Por encima de mi cadáver! ¿A quién le has pedido permiso?

—*Basíleia...* —intentó mediar Farag.

—¿Te has vuelto loca? —seguí increpando a la tonta de mi sobrina—. ¡De ninguna de las maneras! ¿Me has entendido bien? ¡Si te vas a Mongolia, no vuelvas a esta casa!

—Pues vale —respondió con indiferencia y, cuando ya iba a lanzarme para estrangularla, añadió—, porque me voy contigo, así que...

—*Basíleia* —ahora, congelada como yo estaba, la voz de Farag consiguió llegar hasta la parte consciente de mi cerebro—. *Basíleia*, cariño, nos vamos todos a Mongolia.

¿A Mongolia? ¿Nos íbamos a Mongolia? ¿Qué se nos había perdido a nosotros en Mongolia? Cuando recuperé la movilidad y me giré para mirar a mi marido tropecé con la fea cara de la heredera que, aunque no había podido entender nada de lo que yo le había dicho a mi sobrina en italiano, estaba claro que jamás había visto, salvo en alguna película, una escena como aquélla. Su perplejidad y azoramiento eran evidentes.

—Discúlpala, Abby —dijo Kaspar en ese momento—. Ottavia tiene estos prontos de vez en cuando. Ya te acostumbrarás. Nosotros, como ves, no le hacemos ni caso.

Mi sobrina agitó la cabeza vivamente con la sonrisa en la boca, confirmándole a la heredera que lo que acababa de ocurrir en aquel salón era algo sin importancia. Entonces todos se echaron a reír y Abby, viendo aquello, se relajó y se rió también. La única que seguía seria era yo. Siempre me pasaban estas cosas: me ponía hecha una furia antes de hora porque creía haberlo comprendido todo y, claro, me equivocaba y se me quedaba cara de idiota. A pesar de todo, no estaba dispuesta a perder mi orgullo.

—No escuches a Kaspar, cariño —me dijo Farag tomándome de la mano sin parar de reír—. Yo siempre te hago caso.

Le fulminé con la mirada pero no pareció afectarle en absoluto, así que dejé mi mano como muerta para que se diera cuenta de que no le respondía.

—¿Qué es eso de que nos vamos a Mongolia? —pregunté con frialdad, tragándome los restos devastados de mi dignidad.

—Ésas eran las grandes noticias —me dijo mi marido—. Dentro de dos días estaremos en Ulán Bator. Ya tenemos los billetes para el vuelo. ¡En primera clase, ni más ni menos! Salimos mañana a esta misma hora.

Era demasiada información. Si aún no me había hecho a la idea de que había llegado a mi casa, ¿cómo iba a comprender que dos días después estaría en Ulán Bator, capital de Mongolia?

—¿Podría explicarme alguien qué ha pasado? —supliqué, agotada—. ¿Por qué nos vamos a Mongolia?

—Yo te lo cuento, Ottavia —se ofreció amablemente Abby—. Kaspar ha sabido esta mañana por la hermandad que en el saqueo que siguió a la invasión de Irak en 2003, unas cajas conteniendo lo que parecen ser documentos de la corte de

Hulagu fueron robadas de los fondos del Museo Arqueológico Nacional y vendidas una y otra vez a coleccionistas y anticuarios hasta que, en 2011, acabaron en manos de la doctora Oyun Shagdar, miembro de la Academia Mongola de Ciencias y de la Asociación Internacional para los Estudios Mongoles. La doctora Shagdar, historiadora y antropóloga de gran prestigio en su país, lleva trabajando tres años en esos documentos aunque, por falta de fondos, no ha podido avanzar demasiado. A ella no le interesa el Ilkhanato de Hulagu, sólo la información que pueda conseguir sobre el Imperio Mongol en su conjunto y sobre los tres Grandes Khanes nietos de Genghis: Mongke, Arik Boke y Kublai Khan.

—¿Y qué esperamos obtener nosotros? —pregunté, apoyando un codo en el respaldo del sofá.

—Bueno, *Basíleia* —me reprochó mi marido—, en alguno de esos documentos puede haber alguna referencia a los osarios. A fin de cuentas, la plancha de oro muestra a Hulagu con su esposa principal, Dokuz Khatun, arrodillada ante ellos.

—Por otro lado —comentó Kaspar—, los documentos de esas cajas iraquíes están escritos mayoritariamente en árabe, latín y, prepárate querida doctora, en griego bizantino, lenguas que, entre nosotros tres, dominamos bastante bien. Con seguridad se trata sobre todo de correspondencia diplomática con los diversos sultanatos árabes, así como con Roma, con los reinos europeos y con el Imperio Bizantino de Constantinopla.

—¡Vaya! —dejé escapar muy sorprendida. Empezaron a cosquillearme las yemas de los dedos ante la posibilidad de tener entre mis manos auténticos manuscritos bizantinos del siglo XIII.

—La doctora Shagdar, por su parte —continuó diciendo Kaspar—, sólo ha podido trabajar en los documentos escritos en alfabeto mongol-uigur, que para ella son los más valiosos porque los mongoles, por lo visto, hasta que llegó Kublai Khan al poder no escribieron demasiado. Su gran red de caminos entre Oriente y Occidente era recorrida diariamente por miles de mensajeros que memorizaban lo que tenían que decir. Parece que los comunicados dentro del imperio se aprendían en verso para que fuera más fácil recordarlos.

A mí eso me daba igual. Sólo sentía el hormigueo bizantino de mis dedos. De todos modos, caí súbitamente en la cuenta de un problema:

—Pero, ¿y la universidad? —pregunté—. ¿Y el Centro, Farag?

Mi marido se rió.

—¡Ah, se me olvidaba! —exclamó—. He recibido la orden del presidente Macalister de unirme, como director del Centro de Arqueología, al equipo de expertos de la Fundación Simonson que va a trabajar con la doctora Shagdar. Por cierto, tú también.

—¿Yo también, qué? —me molestaba que decidieran por mí sin consultarme.

—Tú, Ottavia —añadió Abby como si fuera una más de la familia—, como beneficiaria de la beca Owen-Alexandre de Investigación Científica, financiada, espero que lo sepas, por la Fundación Simonson, has recibido la misma orden que Farag de incorporarte al equipo de expertos. Eres la mayor especialista mundial en griego bizantino y la UofT ha firmado un acuerdo con la Fundación en el que estás incluida.

No daba crédito a lo que oía.

—¿Todo eso ha pasado esta mañana? —inquirí.

—Bueno, técnicamente sí —admitió ella, cruzando las manos—. Aunque, de manera legal, tendrá fecha de hace tres meses.

—¡Virgen Santa! —solté, pero algo me estaba escociendo en el cerebro—. ¿Cómo que la beca Owen-Alexandre está financiada por la Fundación Simonson? Creía que la costeaba el NAR, la Asociación Nacional de Investigaciones de Canadá.

—Bueno, sí, pero... no —se rió Abby, arrugando mucho la cara—. Aquí lo público sólo pone el nombre por prestigio, pero el dinero siempre es del sector privado. Tu beca está patrocinada por la Asociación Nacional de Investigaciones, en efecto, pero financiada por la Fundación Simonson, que mantiene el anonimato porque es más elegante hacer estas cosas sin divulgarlo.

Pero el cerebro me seguía escociendo.

—¿Sabes, Abby? —murmuré pensativa—. Empiezo a sospechar que nuestra presencia en la UofT no es tan accidental como nosotros creíamos. ¿Por casualidad tus abuelos influyeron de algún modo en Macalister para que nos contratara?

Abby se puso roja como un tomate debajo de su perfecto cutis de niña.

—Sí, lo hicieron —admitió un poco avergonzada.

Farag soltó una exhalación de sorpresa. Un pesado velo de silencio cayó súbitamente sobre el salón.

—¿Os apetece sushi para comer? —preguntó Isabella de pronto, rasgando el velo—. Es que tío Farag no ha preparado nada y es tarde.

—¿Qué es sushi? —preguntó Linus mirando a su padre.

—¡Está riquísimo! —le explicó Isabella—. Te va a encantar. Es lo que comen los japoneses. Ven, vamos a encargarlo desde el portátil de tía Ottavia. ¿Me ayudarás esta tarde a preparar mi maleta?

Había que reconocer que Isabella, para ser la menor de tres hermanos y de veinticinco primos, tenía una habilidad extraordinaria con los niños pequeños, además de una capacidad también extraordinaria para desaparecer en el momento adecuado. Linus y ella se fueron escaleras arriba e hicieron mutis por el foro.

—Empiezo a sentirme como una mosca en una telaraña —masculló mi marido, muy enfadado—, y tus abuelos y tú, Abby, sois las arañas.

Ella nos miró a los dos muy apurada. Kaspar, a su lado, se miraba los zapatos.

—Lo siento —se disculpó, sujetándose el largo pelo rubio detrás de la oreja con gesto nervioso—. No creo que sea tan terrible, después de todo. Estas cosas pasan todos los días. Las universidades se pelean por conseguir el claustro más prestigioso y atraer a las personalidades más destacadas en su campo. Mis abuelos, como bien sabéis, os conocían desde hacía mucho tiempo, pero como estabais en Estambul, en Turquía, trabajando en el mausoleo del emperador Constantino, tuvieron que esperar durante muchos años para poder traeros a Toronto. No creo que haya nada de malo en ello. Macalister, desde luego, estaba encantado con la propuesta.

—Pero, ¿por qué hacerlo a escondidas? —pregunté yo.

—¡No fue a escondidas! —se lamentó—. Vosotros no nos conocíais y podríais haber pensado que os estábamos sobornando si os hubiéramos ofrecido vuestros puestos de trabajo después de hablaros de los osarios. Y contrataros directamente era imposible porque sabíamos que tú, Ottavia, te hubieras negado en redondo.

—¡Desde luego!

—Una universidad era la mejor solución para traeros —siguió explicando—. Vuestro prestigio académico y el de la propia universidad aumentarían y, luego, cuando encontráramos el *Lignum Crucis*, podríamos intentar convenceros como lo hemos hecho. ¿Dónde está el problema?

—En que hemos sido manipulados —repuso Farag, con esa cara peligrosa de faraón egipcio a punto de estallar.

—Bueno, tampoco es tan grave —exclamó la Roca, dejando caer las manos sobre sus rodillas con un buen golpe—. Dejaos de tonterías. Como dice Abby, no habéis sido perjudicados en nada y hoy todos estamos satisfechos con el resultado.

Farag y yo permanecimos en silencio, malhumorados.

—¿La doctora Shagdar sabe que vamos a ir? —le preguntó Kaspar a Abby.

—Aún no —rechazó ella, mirando su reloj de pulsera—. Hay doce horas de diferencia entre Ulán Bator y Toronto. Si aquí es la una de la tarde allí es la una de la madrugada de mañana, miércoles. Pero supongo que la Fundación se pondrá en contacto con ella esta misma tarde para hacerle saber que le ha sido concedida una ayuda económica importante para que pueda llevar a cabo su trabajo y que un comité de expertos llegará pasado mañana para comprobar la documentación y evaluar sus necesidades.

—Tus abuelos no reparan en gastos, ¿eh? —ironicé.

—No, ni lo hacen ni lo harán —repuso Abby muy convencida—. Esto es muy importante para ellos.

—¿Por qué, Abby? —la increpó mi marido, todavía irritado por lo de la manipulación—. ¿Por qué es tan importante todo esto para tus abuelos?

Ella le miró confusa. ¿Fue impresión mía o Abby nos estaba ocultando algo?

—Quieren encontrar a Jesús antes de morir —balbució—. Desde que yo era pequeña mi abuela me hablaba de esos osarios perdidos que nosotros íbamos a encontrar. Nunca les he visto flaquear en esa confianza. Localizar los restos de Jesús y su familia es su obsesión de toda la vida. Y también la mía. De hecho —y un casi imperceptible y perfectamente triste suspiro de resignación se escapó de su garganta—, mi matrimonio fracasó porque mi marido... mi exmarido, Hartwig, aun siendo arqueólogo, no pudo soportar por más tiempo esta locura, como él la llamaba.

—¿Hartwig? —se extrañó Farag—. No será Hartwig Rau, ¿verdad?, el famoso investigador alemán que trabaja en Egipto, en el Valle de los Reyes.

Abby sonrió con tristeza.

—Sí, ése es... era mi marido —murmuró—. Nos divorciamos hace dos años. Por suerte, no tuvimos hijos porque hoy todo sería mucho más complicado. El matrimonio no terminó bien y no mantenemos ninguna relación. Hartwig quería que dejara la fantasía de los osarios y que me fuera a El Cairo con él. Pero yo no pude. Así que...

Pobre Hartwig, pensé. Debía de haber terminado harto de osarios, harto de los Simonson y harto de que su mujer estuviera siempre lejos de él. Me dio mucha pena.

—¿Cuánto tardan en traer el sushi? —saltó de pronto Kaspar—. ¡Hace un montón de años que no lo como!

Otro que tal. Al ex-Catón, la historia de Abby debía de haberle traído a la memoria a Khutenptah, por eso cambiaba de tema de aquella manera.

—Veinte minutos desde que Isabella haya hecho el pedido —le respondí—. De todos modos, que conste que el sushi aún no estaba de moda cuando tú te sepultaste en el Paraíso Terrenal.

—Yo lo comí antes, en Japón, durante un viaje de trabajo —repuso fatuo.

En ese momento, llamaron a la puerta y, casi simultáneamente, en el piso de arriba se oyeron gritos de alegría y pisadas a la carrera. No cabía ninguna duda de que los niños tenían hambre.

Aquella tarde Farag y yo volvimos a nuestros respectivos puestos de trabajo para despedirnos, recoger cosas, cerrar cajones, dar instrucciones, hacer llamadas y avisar de que regresaríamos antes de que comenzase el semestre de septiembre. Así nos había dicho Abby que debíamos comunicarlo. Luego, regresamos a casa y preparamos las maletas. En principio, no pensábamos estar fuera más de una semana ya que no teníamos que traducir los documentos sino sólo leerlos por encima en busca de alguna pista sobre los osarios. Vimos en internet que la temperatura de Mongolia en aquella época del año era bastante más fría que en Canadá, así que pusimos ropa de invierno en el equipaje. Mientras Farag recogía los cargadores de nuestros móviles y *tablets*, yo preparé la bolsita con los medicamentos de emergencia. Opté por dejarme las faldas en casa y llevarme sólo pantalones, por el frío y por no tener que cargar con revoltijos de medias.

Kaspar y Linus se marcharon a dar una vuelta por la universidad porque ya lo tenían todo preparado (apenas habían sacado nada de su maleta desde que llegaron, sólo la ropa para lavar) e Isabella terminó con todas sus cosas poco antes de acostarnos. No le cabían más chismes absolutamente innecesarios en su cursi maleta de flores de colores. Nos pidió que, al menos, le devolviéramos su móvil pero su tío me convenció para que le devolviéramos todo el arsenal. Según Farag, ya había aprendido la lección; según yo, su tía genética, lo único que Isabella había aprendido con todo aquello era que siempre acabaría saliéndose con la suya, pero no quise discutir. A fin de cuentas, nos esperaba un largo viaje al día siguiente y no valía la pena.

Aquella noche, con la casa ya en silencio, con todos ya en nuestras habitaciones y las maletas amontonadas en el salón, Farag y yo leíamos en la cama, pero a mí nada me llegaba al cerebro porque los nervios me consumían.

—¿Vas a parar ya de mover las piernas? —me preguntó él sin apartar los ojos de la lectura. La habitación estaba a oscuras pero las dos pantallas de nuestras *tablets* emitían resplandor suficiente como para ver las siluetas de los muebles y nuestros perfiles.

—No creo que pueda pegar ojo —suspiré.

—Lo imaginaba —dijo volviéndose a mirarme—. Intenta relajarte.

—Si no me he relajado en toda mi vida, Farag, no creo que lo consiga precisamente esta noche.

—¿Sabes? Creo que Kaspar tenía razón.

—¿En qué?

—Cuando dijo —murmuró apagando su *tablet* y dejándola sobre su mesilla de noche— que esta historia de los osarios parecía haber estado esperándole para atraparle en cuanto saliera del Paraíso Terrenal.

—Tengo el estómago un poco revuelto, como si tuviera hambre pero con angustia al mismo tiempo.

—Apaga eso, anda, y ven aquí.

Le hice caso y me acurruqué junto a él, apoyando la cabeza en su pecho. Me envolvió estrechamente con sus brazos y, al respirar el olor de su piel, dejé escapar un largo suspiro de tranquilidad.

—¿Ves como sí puedes relajarte? —me susurró.

Pero ya no fui capaz de contestarle porque, de puro agotamiento nervioso, me estaba quedando dormida. De nuevo estábamos en mitad de una aventura tan extraña como la primera. A saber cómo y dónde acabaríamos. Y, esta vez, viajábamos con niños, una de diecinueve años, atontada perdida, y otro de casi cinco. No quería ni pensarlo.

Al día siguiente, miércoles, 28 de mayo, exactamente a las doce y cuarto del mediodía, despegábamos de Toronto en un Airbus gigantesco de Korean Air con destino a Seúl, donde, tras trece horas y cincuenta minutos de viaje —durante las cuales Kaspar, Farag y yo, dejando a la pobre Abby con Isabella, no paramos de hablar—, hicimos una escala de cinco horas en el Aeropuerto Internacional de Incheon, en Corea del Sur. El pobre Linus estaba totalmente dormido y ni se enteró de que habíamos bajado de un avión y subido a otro rumbo a Mongolia.

Eran las diez y media de la noche, hora local, del jueves, 29 de mayo, cuando el segundo Airbus tomó tierra, por fin, en el Aeropuerto Internacional Chinggis Khaan de Ulán Bator.

CAPÍTULO 10

Un cielo borrascoso, un tiempo gélido y una violenta lluvia nos recibieron en la calle la mañana del viernes, cuando salimos del Kempinski Hotel Khan Palace para dirigirnos hacia la oficina de la doctora Shagdar. Supe de inmediato que iba a caer enferma por culpa del frío espantoso de Mongolia.

Isabella llevaba a Linus de la mano, a quien su padre había embutido dentro de un abrigo largo de forro polar de color rojo con una capucha que le cubría los ojos. Parecía un gnomo salido del bosque. Isabella, en cambio, vestía una preciosa chaqueta blanca impermeable, ceñida por un cinturón, sobre un mono negro también de forro polar y unas botas negras altas. Parecía una princesa bajo su paraguas de colores. Y el gnomo y la princesa iban acompañados por un guía mongol llamado Sambuu, de cuya envergadura corporal sólo me atrevería a decir que era como la de un armario, grande y ancho. Aunque llevaba un paraguas gigantesco, Sambuu iba en manga corta, y cada uno de sus brazos era tan grueso como un muslo de Kaspar. Claro que había una explicación: Sambuu era el campeón nacional de lucha mongola y había abandonado su entrenamiento para el festival de Naadam —el más importante y tradicional de Mongolia, en el que se celebran carreras de caballos, competiciones de tiro con arco y de lucha mongola—, por acompañar y proteger a nuestros niños dado que, en realidad, se ganaba la vida como guía turístico y guardia de seguridad. Él los llevaría a ver lugares interesantes mientras nosotros trabajábamos.

Así que Abby, Kaspar, Farag y yo subimos a un lujoso coche facilitado por el propio hotel y, en medio de la monumental tormenta, nos dirigimos hacia el feo edificio de la Asociación Internacional para los Estudios Mongoles, donde tenía su despacho la doctora Oyun Shagdar. Ulán Bator no me pareció una ciudad bonita precisamente: los largos años de control bajo la Rusia comunista soviética habían dejado una triste arquitectura gris y uniforme, sin alegría ni vida, que se coronaba con megalómanas y pretenciosas construcciones de bastante mal gusto. Supongo que la lluvia y el cansancio del largo viaje tampoco ayudaban a que mejorara mi primera impresión. Agradecí bastante que el trayecto fuera corto y que, cinco minutos antes de las nueve de la mañana, nos encontráramos ya frente a la puerta de la oficina de la doctora Shagdar. Un trueno enorme retumbó sobre la ciudad justo cuando Abby golpeó la puerta.

—Creo que esto es una mala señal —le susurré a Farag por lo bajo.

—¿El qué? —ni se había enterado.

—¡El trueno!

—¡Ah! Desde luego.

Una mujer bajita, un poco entrada en carnes, de abultados pómulos enrojecidos y ojos oblicuos casi ocultos por sus inflados párpados, nos abrió amablemente la puerta con una sonrisa. Era la doctora Shagdar y no hablaba ninguna otra lengua aparte del mongol. Por señas nos invitó a entrar y cerró la puerta detrás de nosotros. Su despacho era una habitación espaciosa, con amplios ventanales a la calle, que debía de tener mucha luz los días soleados (si es que los había) pero que ahora resultaba sombría y deprimente. Unos fríos neones blancos iluminaban algunos muebles baratos y tres feas y anchas librerías de madera sin desbastar. Claramente, su mesa de trabajo era la que estaba al fondo, con la lámpara encendida y cubierta por papeles y libros en altas pilas. Había fotografías colgadas en las paredes y me pareció que en todas aparecía ella rodeada por hombres prominentes con las chaquetas cargadas de medallas al estilo soviético. El centro de la estancia estaba ocupado por una gran mesa de reuniones bordeada por sillas de plástico.

Nos indicó que tomáramos asiento alrededor de la gran mesa y, con mucha amabilidad, sacó un precioso juego de tazas de porcelana china y nos sirvió café caliente a todos, sin excepción y sin preguntar (a mí me vino bien porque ya me dolía un poco la garganta).

Mientras ocurría todo esto en mitad de un silencio sepulcral, los cuatro contemplábamos con curiosidad a nuestra pequeña anfitriona. Su pelo, una melena muy corta con raya en el centro, era todavía completamente negro y centelleaba bajo la luz de neón como si estuviera engrasado. Sus ojos quedaban casi ocultos no sólo por las bolsas de los párpados sino también por unas pequeñas gafas de pasta y metal, y sus labios estaban primorosamente pintados de un rojo sangre bastante chillón. Con todo, eran esos pómulos como manzanas rojas lo que más destacaba de su cara de rasgos indudablemente mongoles.

—Voy a pedir que nos manden un intérprete —dijo Abby tras el primer sorbo de café—. Así no vamos a poder trabajar.

Nuestros silenciosos gestos afirmativos fueron unánimes. La pobre doctora Shagdar, como no nos entendía, no hacía otra cosa que sonreír y animarnos a beber el café caliente.

Abby sacó su móvil del bolso y habló con alguien de la Fundación, allá en Canadá. Colgó a los pocos segundos.

—Enseguida tendremos al intérprete aquí —nos anunció.

Hubo un suspiro general de alivio. Pero yo no quería esperar más. Era viernes y no me apetecía jugármela con dos días festivos por delante. Estaba deseando terminar para salir de aquel país y volver a casa.

—Doctora Shagdar —dije mirándola—. ¿Dónde están las cajas?

La doctora Shagdar me sonrió afectuosamente pero no se movió.

Abrí los brazos y dibujé grandes cajas en el aire.

—Las cajas, doctora —repetí—. Los documentos. Los papeles. Hulagu Khan.

Ésas fueron las palabras mágicas. Cuando la doctora Shagdar escuchó el nombre de Hulagu sonrió más ampliamente todavía (los ojos le desaparecieron por completo y se convirtieron en dos rayitas rectas y oscuras de rímel) y se puso en pie. No hubiera sabido determinar la edad de aquella mujer pero debía de rondar los sesenta años, quizá más. Llevaba un sencillo vestido morado con una chaqueta malva de botones plateados. Con paso ágil se levantó y entró en un cuarto que había a la derecha de su mesa y, allí, la escuchamos trastear.

Por lo visto, me había comprendido perfectamente porque salió con un baulito de tamaño medio en los brazos. ¡Y menudo baúl! Sin que nos hubiéramos repuesto aún de la sorpresa, sacó dos más y los tres, idénticos, descansaron en el centro de la mesa de reuniones. Eran preciosos. Todavía conservaban importantes restos de la laca negra con la que habían sido cubiertos y se veían rastros de color rojo, verde y dorado en las tallas de diseños geométricos. La madera no estaba agrietada por ningún lado y eso que, sin duda, tenían los casi ochocientos años de antigüedad que aparentaban. Resultaba extraordinario pensar que aquellas cajas habían formado parte de la cancillería diplomática del ilkhanato de Hulagu Khan, en su corte de Maraghe, al norte de Irán. ¡Y yo que había creído, ingenuamente, que las cajas iraquíes serían cajas normales, de madera barata, con los letreros de «Frágil» y «No volcar» estampados en la parte superior!

La doctora Shagdar abrió uno de los baulitos —quitando, simplemente, la bonita tapa curvada— y extrajo un documento de papel oscurecido por el tiempo que exhibía, bajo el texto en tinta negra, los típicos sellos chinos cuadrados de color rojo, descoloridos por el tiempo. Pero esos sellos no podían ser chinos porque los diseños del interior se parecían más a tenedores, ralladores de queso y cadenas metálicas que a ondulados y vistosos pictogramas chinos. Así que debían de ser mongoles. La escritura del texto, claramente, era árabe.

—Es farsi —afirmó mi marido tomando el documento entre sus manos.

—¿Persa? —se sorprendió Abby.

—Exacto. Utiliza el alfabeto árabe pero la lengua es persa.

—Entonces, no puedes leerlo —me apené.

—Puedo leerlo, pero no entenderlo —admitió él.

Le hice gestos a la doctora Shagdar para indicarle que no comprendíamos lo que decía ese documento, así que ella lo tomó de nuevo en sus manos y lo volvió a guardar en el baúl, apartándolo a un lado. Del segundo, que abrió también quitando la tapa como si fuera un joyero, extrajo otro antiguo papel de color amarillo oscuro que lucía los mismos sellos mongoles rojos y grandes pero, sobre ellos, la escritura era una preciosa y apretada caligrafía griega de elegante sucesión y sentido del trazado de las letras. El corazón se me aceleró en el pecho y tendí ansiosamente ambas manos. La buena doctora sonrió y me lo entregó con tanta delicadeza como nos había dado el anterior.

Leyendo por encima, palabras y frases sueltas por aquí y por allá, me di cuenta de que era la copia de un despacho oficial, una felicitación de Hulagu Ilkhan al emperador bizantino Miguel VIII Paleólogo por la recuperación de su imperio y su coronación. Sentí calor en la cara y en las orejas por la fuerte emoción que se apoderó de mí. Nunca, hasta ese momento, se había sospechado que hubiera habido una comunicación tan temprana entre los mongoles y el Imperio Bizantino de Constantinopla, restaurado por Miguel VIII Paleólogo en 1261, tras casi sesenta años de Imperio Latino en manos de los venecianos. Aquel documento único podía y debía cambiar muchos libros de historia.

—Te tiemblan las manos, *basíleia* —me dijo Farag.

—Si tú supieras lo que estoy leyendo —murmuré emocionada—, también te temblarían.

—¿Algo sobre los osarios? —inquirió Kaspar, muy interesado.

—¿Osarios? ¿Qué osarios? —bromeé—. No, de eso nada. Lo que tengo aquí es historia verdadera y auténtica de una época fascinante y desconocida.

Las tropas europeas de la Cuarta Cruzada no tenían medios para llegar hasta Tierra Santa y, en 1202, el Dux de Venecia, Enrico Dandolo, les ofreció la flota veneciana sabiendo que no podrían pagar el precio acordado. Cuando llegó el momento, los cruzados, efectivamente, no pudieron pagar y el Dux les ofreció aplazar la deuda si, a cambio, conquistaban cierto territorio para Venecia. Las cosas se liaron bastante pero, al final, en 1204, los cruzados terminaron atacando y saqueando Constantinopla en lugar de Jerusalén y sometiendo el Imperio Bizantino a los venecianos (que tenían, así, abierto el comercio hacia el Mar Negro, Oriente y las especias) y a la Iglesia Católica (que eliminaba de un plumazo a la Iglesia Ortodoxa, o eso creía). Le cambiaron el nombre por el de Imperio Latino de Constantinopla y dio comienzo una época oscura y triste de la que Bizancio nunca se recuperó del todo. En 1261, afortunadamente, Miguel VIII Paleólogo (pronunciado en griego *palaiológos*) consiguió reconquistar lo poco que, para entonces, quedaba de la hermosa Constantinopla y fue coronado emperador del restaurado Imperio Bizantino en la iglesia de Santa Sofía. Y, en ese contexto, Hulagu Khan, nieto de Genghis Khan y dueño de Persia, Siria y parte de Tierra Santa, le felicitaba por su coronación. Era impresionante.

Unos golpes en la puerta nos obligaron a levantar las cabezas y a mirar todos en esa dirección. La doctora Shagdar voceó algo gutural y un chico joven, de unos veinte años, asomó un rostro oriental de gigantescos y colorados carrillos por el borde de la puerta.

—Me llamo Orgio —dijo en inglés—. ¿Han pedido un intérprete?

¡Menuda catástrofe! Habían enviado a una criatura para que hiciera de puente entre la doctora Shagdar y nosotros. ¿Cuánto vocabulario histórico o científico tendría aquel chico? Bueno, pues, para variar, me equivoqué con mi precipitada conclusión porque Orgio resultó ser un intérprete muy bueno que no nos dio ni un solo problema. Sabía más inglés que yo, y su cultura, sin ser excesiva, no desmerecía en aquella situación. La empresa que le hubiera enviado había comprendido bien lo que pedía la Fundación Simonson.

Con Orgio de por medio, por fin pudimos comunicarnos con la doctora Shagdar, lo cual resultó un inmenso alivio y un gran paso adelante en el trabajo. Ella no sospechaba que buscábamos indicios sobre unos extraños osarios judíos pero dio por sentado que aquellos extranjeros (nosotros), de cuya opinión dependía una sustanciosa ayuda económica, tenían que verlo todo y comprobarlo todo como quisieran, así que no obstaculizó nuestro trabajo ni tampoco hizo preguntas comprometedoras, limitándose a servirnos café de vez en cuando y a recoger discretamente documentos y guardarlos en su baúl cuando los desechábamos. Orgio y ella, por aburrimiento, entablaron finalmente una conversación en mongol que vino a ser, al final, como una música de fondo.

De manera que Farag se puso a examinar los papeles en latín, Kaspar y yo los documentos en griego (la lengua oficial del Paraíso Terrenal era el griego bizantino, por eso Kaspar había terminado aprendiéndola), y Abby Simonson se dedicó a fotografiar con su *smartphone*, uno por uno, todos los manuscritos en lengua persa escritos en árabe.

—Los estoy enviando a la Fundación conforme los fotografío —nos dijo—. Alguien ya se está encargando de leerlos allí.

Orgio le tradujo rápidamente lo que había dicho Abby a la doctora y ésta asintió con la cabeza antes de soltar una perorata gutural. Mucho debía de necesitar el dinero la doctora Oyun Shagdar para que, sin ser tonta en absoluto, lo que estábamos haciendo le pareciera normal.

—La doctora dice que ustedes podrían comprender mucho mejor su trabajo —nos tradujo Orgio—, si examinaran también los documentos mongoles. Dice que los que ustedes están mirando ella no va a usarlos para nada.

—¿Conoce la doctora Shagdar la importancia de todo lo que no va a usar para nada? —pregunté desde mi condición de experta paleógrafa de fama internacional.

El muchacho tradujo y la doctora se explayó de nuevo.

—Dice que sí, pero que a ella no le sirven y que por eso los puso a disposición de la Academia hace ya algún tiempo, para que los pudieran examinar otros historiadores. Dice que ya han venido a verlos dos o tres colegas y que uno de ellos, el doctor Otgonbayar, quiere llevárselos a su oficina y que a ella le parece bien porque los compró con dinero de la Academia de Estudios Mongoles.

Los cuatro cruzamos miradas y, como si nos hubiéramos leído el pensamiento, sacamos nuestros móviles y preparamos las cámaras fotográficas. Abby escribió en un papel la dirección a la que ella estaba mandando sus imágenes y nosotros empezamos a hacer lo mismo. Quizá no volviéramos a ver nunca aquellos documentos y no estaría de más, dado el alto precio que la Fundación iba a pagar, que hubiera una copia sobre la que trabajar en caso de que encontrásemos algo.

A media mañana nos dimos cuenta, con gran alivio, de que podíamos terminar el trabajo ese mismo día si nos dábamos un poco de prisa. En realidad, los baulillos no eran muy grandes y no teníamos que hacer un profundo análisis paleográfico de los documentos, sólo leerlos por encima, rápidamente, para ver si la palabra osarios (en griego, ὀστεοφυλάκια, pronunciado *osteofilákia*, y en latín, *ossuaria* u *ossaria*) en cualquiera de sus declinaciones, aparecía por algún lado.

A la hora de comer, Kaspar y yo habíamos revisado prácticamente todo el material en griego sin ningún éxito, y Farag, como trabajaba solo, aún iba muy retrasado. De todas formas, Abby se ofreció a echarle una mano si le escribía claramente lo que debía buscar. Farag, en una servilleta del restaurante en el que comimos, junto a la Academia, le escribió las raíces latinas *ossuar-* y *ossar-*, y le dijo que cualquier documento que contuviera alguna palabra que empezara así, que se lo pasara rápidamente. Supongo que todos pensamos lo mismo en aquel momento: que Abby no estaba preparada para leer manuscritos medievales latinos de complicada caligrafía, llenos de abreviaturas y contracciones. Al menos, la tendríamos entretenida y no con cara de mártir mirando por las ventanas del despacho de la doctora.

Mientras daba el primer sorbo a la segunda taza de café de la tarde, lo encontré.

Casi tiro la taza por los aires del salto que di en la silla y mi exclamación de sorpresa, por desgracia, asombró mucho a la doctora Shagdar. Tuve que explicarle a Orgio que acababa de leer un dato muy importante sobre un asunto en el que había trabajado años atrás y que me había hecho mucha ilusión comprobar que yo estaba en lo cierto sobre cierta hipótesis. No sé. Dije lo primero que me vino a la cabeza. Era una tontería, pero a la complaciente doctora pareció hacerle tanta ilusión como a mí cuando el muchacho se lo explicó en mongol, y me felicitó efusivamente sin, por fortuna, preguntar nada más.

Abby, Farag y Kaspar me lanzaron tanto miradas de rapapolvo por mi comportamiento como miradas de advertencia por la fotografía que debía tomar. Había perdido el móvil entre los papeles y, por los nervios, no lo encontraba pero, finalmente, lo localicé bajo mi bolso. Por si acaso, no hice sólo una foto; hice siete desde diferentes ángulos y distancias para asegurarme de que me llevaba el contenido completo del documento. Cuando terminé, le pasé el manuscrito a Kaspar y él lo analizó sin mostrar ni una ligera señal de alteración en el rostro. También le sacó varias fotografías y, luego, indiferente, dejó su móvil a un lado y siguió leyendo con tranquilidad otros manuscritos como si no hubiera pasado nada. Me di cuenta de que había que seguir con la pantomima, tanto porque aún podíamos encontrar algún dato nuevo como porque no debíamos levantar más sospechas de las que yo había levantado con mis aspavientos.

A las siete de la tarde, con Orgio y la doctora a punto de tirarse por las ventanas de puro aburrimiento, acabamos el trabajo. El intérprete nos ayudó a dar las gracias y le tradujo a la pobre Oyun Shadgar la conversación que Abby estaba sosteniendo por teléfono para que el dinero de la Fundación Simonson fuera transferido a la cuenta bancaria de la doctora en el Golomt Bank. La mujer se deshizo en agradecimientos, complacencias y florituras y se ofreció a colaborar con nosotros en todo cuanto necesitáramos durante nuestra estancia en Mongolia. Abby llamó al hotel para pedir el coche.

Por fin, al cabo de poco, bajábamos la gran escalera de la Academia con ánimo vivo porque no veíamos la hora de llegar al hotel para, además de ver a los niños y descansar, echarle un vistazo a nuestro magnífico descubrimiento. Kaspar y yo ya sabíamos lo que decía el manuscrito, pero Farag y Abby estaban en ascuas, y ella, por primera vez desde que la conocía, daba muestras de estar perdiendo su perfecta y elegante compostura por la impaciencia. Con todo, extrañamente, no preguntó.

—Creo que lo primero que debemos hacer —propuse nada más sentarnos en el coche— es cenar todos juntos con Isabella y Linus. Después, si os parece bien, nos reunimos en la habitación de Abby, que es la más grande, y hablamos sobre lo que hemos descubierto.

La heredera, que iba sentada junto al conductor, se volvió hacia mí.

—Lo siento, Ottavia, pero cuando lleguemos al hotel tenemos pendiente una videoconferencia con mis abuelos.

—¡Pero si en Canadá deben de ser...! —miré mi reloj y resté doce horas—. ¡Las ocho de la mañana!

—Una hora estupenda —concluyó ella con una gran sonrisa. Por eso no había preguntado nada sobre el documento, me dije. Quería escucharlo todo al mismo tiempo que sus abuelos.

—¿Y cuándo cenaremos? —preguntó Kaspar, supuse que preocupado por Linus.

—Pediremos que nos suban la cena.

Isabella y el niño llevaban ya un par de horas en el hotel, jugando a videojuegos en la habitación de mi sobrina. Linus ya había cenado porque Isabella se había imaginado que llegaríamos tarde y, aunque ella nos estaba esperando muerta de hambre, había decidido que el niño tenía que cumplir con unos horarios mínimos por muy cambiados que estuvieran. En el fondo, yo seguía pensando que la compañía de Linus en aquel viaje era una locura pero, mientras su padre no dijera otra cosa, el pequeño iría con nosotros.

Abby tenía, para ella sola, la suite presidencial del Kempinski Hotel Khan Palace, en la séptima planta. No es que los demás estuviéramos mal alojados, todo lo contrario, pero la heredera favorita de los Simonson tenía que alojarse, por supuesto, en la suite presidencial. De inmediato pedí perdón al Señor por aquel pecado de envidia. Si yo ya disfrutaba de una maravillosa habitación pagada por su familia, ¿qué más me daba a mí que Abby tuviera más de cien metros cuadrados para ella sola? La cuestión fue que aquella suite nos vino de perlas cuando todos, niños incluidos, nos reunimos allí para la videoconferencia con Jake y Becky.

Pedimos la cena por teléfono y, mientras esperábamos y Linus nos contaba con todo lujo de detalles lo que había visto ese día con Isabella y Sambuu, Abby conectó su portátil a un cajetín de la pared y a la enorme televisión de plasma de la suite y llamó a la recepción para pedir la línea especial de internet.

—¡Tooooodo está lleno de budas! —nos explicaba Linus, admirado y encantado por ser el centro de atención—. Bueno, y de genghis khanes. Hay genghis khanes por todas partes. ¡Enormes!

—Hemos pasado por la plaza Sukhbaatar —nos aclaró Isabella— y por el monasterio budista de Gandan.

—Sí, Gandan —confirmó Linus, asintiendo—. Allí estaba el buda más grande del mundo.

—Uno de los más grandes —le corrigió Isabella.

—Sí, uno de los más grandes —admitió él—. Y también hemos visto una calavera de elefante.

—Eso fue en el palacio de Invierno del Bogd Khan, el lama budista que, en el siglo pasado —para Isabella, el siglo XX era la prehistoria de la humanidad—, fue Khan de Mongolia antes de la ocupación soviética.

—Era su elefante favorito —siguió contando Linus, muy emocionado— y, cuando se murió, se quedaron con la calavera. Los cuernos...

—Colmillos.

—... los colmillos eran así de largos —dijo crucificándose.

—¡Caramba! Has visto muchas cosas —le respondió Kaspar.

—Tendrías que irte ya a la cama, Linus —le dije yo, ejerciendo de aguafiestas (mi papel favorito con los niños).

—Sí, lo sé —asintió—. Pero aún no tengo sueño.

—¿Por qué no lo acuestas en mi cama, Kaspar? —propuso Abby mientras tecleaba en el ordenador—. Cuando terminemos te lo puedes llevar.

Isabella se puso en pie. Se había tomado muy en serio su trabajo de niñera. Mi marido me miró tan sorprendido como yo y ambos sonreímos a escondidas.

—Vamos, Linus —le dijo mi sobrina al niño—. Iremos a tu habitación y te pondré el pijama.

—Sí, pero antes tienes que bañarme —le recordó él siguiéndola por el amplio salón.

—De eso nada —repuso mi sobrina abriendo la puerta de la suite—. Hoy vas a aprender a ducharte solo como una persona mayor.

—Sí, ya soy mayor —fue lo último que escuchamos antes de que la puerta se cerrara.

—Tu hijo aún no ha aprendido a decir no, ¿verdad? —le pregunté a Kaspar.

En ese preciso momento, la pantalla de la televisión se iluminó y vimos a Jake y Becky Simonson como si fueran los participantes de un *reality show* en algún canal de entretenimiento.

—¡Buenos días! —exclamaron los dos a la vez, contentos como si les hubiera tocado la lotería.

—Buenas noches —respondió Abby muy sonriente—. ¿Nos veis bien, abuelos? Nosotros os vemos y os oímos bien.

—Te vemos y oímos muy bien, Abby, pero ¿dónde están los demás?

Farag, Kaspar y yo estábamos cómodamente sentados en el lujoso tresillo de cuero de la suite y la cámara del portátil de Abby no nos enfocaba, así que nos levantamos y nos sentamos en torno a la mesa del comedor, que quedaba justo enfrente de la televisión y del ordenador.

—¡Madre mía, qué frío debe de hacer allí! —exclamó Becky al ver nuestras ropas de invierno—. Vais abrigadísimos. ¿Estáis cómodos en el hotel? ¿Queréis que os suban la calefacción?

—La cadena de hoteles Kempinski —nos explicó Abby con toda naturalidad— es nuestra.

La mandíbula se me desencajó y colgó suelta un rato. Yo conocía el increíble Çirağan Palace Hotel Kempinski de Estambul, donde había asistido a varios congresos sobre Constantino, y para mí suponía el culmen del lujo universal. Claro que no sé de qué me asombraba. ¿Acaso no se suponía que dominaban el mundo? Ahora entendía por qué Abby se alojaba en la suite presidencial. Era la dueña de aquel edificio.

—Bueno, contadnos —atajó Jake por las bravas—. ¿Qué habéis descubierto en las cajas iraquíes?

—¿Os ha llegado el documento? —le preguntó su nieta.

—Sí, ya lo tenemos aquí —y nos enseñó una hoja de papel con la fotografía del documento de la cancillería de Hulagu. Aunque, como yo sabía bien, no era de la cancillería de Hulagu, sino de la de su hijo, Abaqa Ilkhan, cuya capital había trasladado a Tabriz, cerca de Maraghe, también en Irán. En los baúles, por lo que yo había visto, se encontraban, mezclados y sin orden, documentos de varios Ilkhanes... y de sus Khatunes, sus esposas principales, que también sostenían una intensa actividad diplomática al margen de la política.

—¿Nos lo traduces, Ottavia, por favor? —me pidió Becky a través de la pantalla.

—Si me dais un momento para que encuentre la fotografía y me la envíe a la *tablet*, os lo traduciré enseguida —dije poniéndome en pie. Pero mi marido me detuvo, cogiéndome por un brazo.

—Toma —dijo entregándome su propia *tablet* mientras yo volvía a sentarme—. Aquí la tienes.

Le eché un vistazo por encima y amplié un poco la imagen con los dedos.

—También necesito mis gafas —me disculpé, volviendo a levantarme.

—Aquí están —volvió a decirme Farag, reteniéndome de nuevo por el brazo con una mano y, con la otra, ofreciéndome mis gafas de leer.

Las cogí, me las puse y volví a tomar asiento. Con ambas manos sujeté la *tablet* de Farag.

—Antes de que os lo traduzca —empecé a decir—, dejadme que os explique algo de lo que he aprendido hoy y, así, entenderéis mejor lo que voy a leeros.

—Adelante, Ottavia —me invitó Jake desde Toronto.

—Hulagu Khan y Miguel VIII Paleólogo, supongo que por algún motivo político, quisieron firmar una alianza entre sus dos imperios y, para ello, qué mejor que intercambiar alguna mujer sin pedirle opinión a ella. Miguel ofreció a una de sus dos hijas ilegítimas, María Paleologina, para que se convirtiera en una de las esposas principales de Hulagu Khan, y Hulagu aceptó. María aún era casi una niña y Hulagu ya rondaba los cincuenta a esas alturas, aunque, en fin, cosas peores se han visto, se ven y se verán. Total, que María salió de Constantinopla para casarse pero cuando llegó a Maraghe, Hulagu había muerto.

—¿Los Asesinos otra vez? —pregunto Farag, con los ojos brillantes.

—Eso no lo sé —respondí—. No he leído nada sobre los Asesinos en ningún documento.

—Bueno, sigue —me pidió Kaspar.

—La cuestión es que, como Hulagu había muerto pues, ya que estaban allí, la casaron con el hijo, Abaqa, el nuevo Ilkhan de Persia. Al menos, éste era más joven. Ese mismo año de la muerte de Hulagu y de la boda de María con Abaqa, murieron también Dokuz Khatun y el Patriarca Mar Makkikha.

—¿Los tres personajes que aparecen en la plancha de oro murieron el mismo año? —preguntó el viejo Jake, muy sorprendido.

—Sí, los tres —repliqué—. En 1265. Uno detrás de otro.

—¡Qué raro! —exclamó Jake.

—Vale, pues, dicho esto —continué—, paso a leeros el contenido del documento que he encontrado hoy. Es una carta.

—¿De quién a quién? —quiso saber mi marido.

—De María Paleologina a su padre, el emperador de Bizancio Miguel VIII Paleólogo.

Se hizo el silencio tanto en Mongolia como en Canadá para permitirme traducir con tranquilidad mientras iba leyendo. Kaspar, que conocía el contenido, era el único que estaba tranquilo. Las caras de los demás expresaban una gran tensión.

—«Al muy excelente y magnánimo emperador de Bizancio por la gracia de Dios, mi señor padre Miguel —empecé a leer—, de la menor de sus hijas, Déspina Khatun, nacida María Paleologina, salud y victoria triunfal frente a los enemigos.»

—¿Déspina? —se sorprendió Abby.

—Tu abuela nos contó —le recordé— que Dokuz Khatun, la esposa principal de Hulagu, se llamaba en realidad Oroquina. Déspina es una palabra griega, *déspoina*, que significa «señora», «ama de la casa». Los mongoles debieron de llamarla así al escuchar a los servidores griegos que la acompañaban.

—¡Abby, deja continuar a Ottavia, por favor! —la regañó su abuela.

—Lo siento —se disculpó la heredera—. Sigue, Ottavia, te lo ruego.

Bajé la mirada al texto y tomé aire. Era un momento solemne.

—«Mi señor padre, os escribo para anunciaros mi regreso a Constantinopla con el deseo de que mi vuelta no os incomode y de que me recibáis de nuevo como a vuestra hija. Padre, mi vida peligra desde la muerte de mi señor esposo, el Ilkhan Abaqa, a quien Nuestro Señor haya perdonado sus muchos pecados. Mi señor esposo murió hace diez días, el primero de abril del presente año del Señor de 1282. Lo mató uno de sus hermanos, mi cuñado Tekuder, quien hace ya algún tiempo se convirtió al islam y se hace llamar sultán Ahmad, pues ha transformado el ilkhanato en sultanato. Tekuder ha dispuesto mi muerte pues conoce que soy la Khatun de los muchos cristianos que habitan en su imperio a los que quiere obligar a convertirse al islam. Si no lo hacen, los matará.»

Aquello me resultaba familiar. Las cosas no habían cambiado mucho en ocho siglos. Nunca podría entender (ni aceptar) la duradera relación entre religión y muerte, por más ejemplos violentos que la historia me pusiera delante.

En ese momento callé porque llamaron a la puerta. Abby dio un salto y se dirigió a toda prisa hacia el recibidor de la suite. Un camarero entró hasta el salón donde nos encontrábamos empujando un gran carrito lleno de comida escondida bajo cubreplatos.

—¿Quieren que les sirva la mesa? —nos preguntó amablemente en inglés.

—No, muchas gracias —le dijo Abby desde el recibidor manteniendo la puerta de la suite abierta para indicarle que debía marcharse cuanto antes. Pero, en lugar de salir el camarero, entraron Isabella y Linus, vestido ahora con pijama, zapatillas y una pequeña bata de color verde con la insignia del hotel bordada en oro.

Linus echó a correr hacia su padre y con habilidad escaló por sus piernas y se sentó cómodamente sobre él, mirando con desenvoltura a Becky y a Jake, que le sonrieron divertidos. Isabella tomó asiento a mi lado.

—¿Qué me he perdido? —me preguntó en voz baja.

—No mucho —le respondí, haciendo girar mis gafas en el aire por una de las patillas—. Lo más interesante viene ahora.

—Genial.

Abby ya había regresado al salón y, mientras se volvía a sentar, no dejaba de mirarme expectante, alentándome a continuar con la lectura de traducción simultánea.

—¿Sigo o cenamos? —pregunté con la esperanza de que todos optaran por la segunda opción. No tuve suerte.

—¡Continúa leyendo! —me ordenó rotundamente la Roca mientras con las dos manos sacudía a Linus por la cintura de un lado a otro para regocijo del niño.

—No queda mucho —exclamé mientras me ponía de nuevo las gafas—. «Partiré de inmediato hacia Constantinopla, mi señor padre, pues un día más aquí, en Tabriz, es un día más para morir a manos de Tekuder. No os preocupéis por los osarios perdidos. Llevaré conmigo a Constantinopla toda la información que poseo. Y, si os alcanzara la triste noticia de que mi cuñado ha conseguido matarme, buscad mi cuerpo, mi señor, y desenterradlo, pues en él hallaréis lo necesario para continuar. Ya he dado instrucciones al respecto. Hasta hoy no he vuelto a saber nada de aquellos emisarios venecianos enviados por el Papa latino. Si os parece bien, padre mío, os suplico que mandéis una escolta que se una a mí en el camino para que me proteja hasta Constantinopla, pues voy a partir sólo con algunos soldados tártaros cristianos. Bendecidme, padre, y quedad en el amor de Dios.»

Tras unos instantes de silencio, Jake y Becky Simonson se removieron en sus asientos en el otro lado del mundo. También nosotros despertamos como de un sueño.

—¿Qué ocultaba María en su cuerpo? —preguntó Kaspar—. Dice claramente que su padre podría encontrar en su cuerpo lo necesario para continuar.

—¿Continuar qué? —inquirí yo—. Es lo que llevo preguntándome desde que leí la carta esta tarde. Está hablando la Khatun de Persia, la nuera de Hulagu y Dokuz, la hija de Miguel VIII Paleólogo, emperador de Bizancio, y, encima, menciona al Papa de Roma y a unos extraños emisarios enviados a no se sabe dónde ni para qué.

—Me resulta extraña la mezcla de personajes históricos —declaró Farag—. Pero no cabe duda de que los osarios no pasaron de Dokuz Khatun a Déspina Khatun. Algo grave ocurrió entre la muerte de una y la llegada de la otra para que tanto el emperador de Bizancio como, extrañamente, el Papa de Roma y no el Patriarca de Constantinopla, estuvieran involucrados en el asunto.

—Creo que tenemos que hacer dos cosas —propuso Kaspar—. La primera, investigar la vida de María Paleologina como Déspina Khatun.

—Dadlo por hecho —nos dijo Jake tomando nota en un papel que quedaba fuera de cámara.

—¿Y qué otra cosa debemos hacer? —preguntó Farag a Kaspar.

—Averiguar dónde está enterrada María —zanjó éste, muy serio— y encontrar su cuerpo.

CAPÍTULO 11

El teléfono de la habitación estaba sonando pero seguí durmiendo. Luego reconocí la voz rota de Etta James cantando a todo pulmón en mitad de la noche «I just want to make love to you», que era la sintonía del móvil de Farag, pero me mantuve firme y seguí durmiendo. Y a esos dos molestos sonidos se unió, finalmente, el de mi propio móvil, con el timbre de un teléfono clásico de los de toda la vida. En ese momento ya no pude más y empecé a despertarme. Me sentía tan extenuada que no tenía ni idea de dónde me encontraba pero, fuera donde fuese, estaba, como siempre, en el borde de la cama, ocupando sólo un tercio del colchón mientras que Farag invadía los otros dos. Y total para nada, me dije rabiosa, porque, como siempre, lo tenía medio derrumbado sobre mí.

Los tres timbres seguían sonando insistentemente pero, ahora, además, se oía también el de una puerta, que no era el de mi casa, eso seguro. Y golpes. Alguien golpeaba furiosamente una madera.

Aturdida, le propiné un empujón al amor de mi vida, que seguía roncando tan felizmente en mi oído y, haciendo fuerza con las piernas, lo separé de mí y me liberé de su abrazo para poder salir de la cama. Tenía que conseguir que dejaran de sonar todos aquellos ruidos aunque no sabía cómo. Aún no me funcionaba el cerebro.

Me senté sin abrir los ojos, metí los pies en las zapatillas, que tampoco eran las mías sino unas extrañas, de toalla, y me levanté para dirigirme hacia la puerta. Tropecé con la esquina de la mesilla de noche y solté una exclamación de dolor que, por supuesto, no despertó a mi héroe. Si hay algo que tengo absolutamente claro es que, si alguna noche me pasara algo, moriría sola, con Farag a mi lado sin enterarse.

Llegué hasta la puerta y la abrí a tientas. La luz del pasillo me deslumbró.

¡Mongolia!, recordé de pronto. ¡Estábamos en Mongolia! Y aquella horrorosa cara que me miraba angustiada era la de Abby, la heredera. Y las otras eran las de Kaspar, Isabella y Linus, que también estaban allí, despiertos, vestidos y mirándome.

—¿Qué pasa? —balbucí frotándome los ojos. Me di cuenta de que no me había puesto la bata y de que iba con mi pijama rojo de ositos navideños.

—¿Y Farag? —preguntó Kaspar echando un vistazo por encima de mí, hacia la oscuridad.

—Durmiendo —repuse aún atontada, pero la adrenalina me estaba despertando a bofetones. Ahí estaba pasando algo raro y no parecía bueno.

—Tenemos que marcharnos, tía —dijo Isabella, apartándome y entrando en la habitación—. Yo despierto a tío Farag. Tú, vístete.

—Pero ¿quiere alguien decirme qué demonios pasa? —me enfurecí.

—Acaban de llamar mis abuelos —me explicó Abby—. Un equipo de arqueólogos del Vaticano, a través del Patriarcado Ecuménico de Constantinopla, acaba de pedir una licencia a las autoridades de Estambul para realizar excavaciones en la iglesia de Santa María de los Mongoles.

Farag y yo habíamos vivido ocho años en Estambul por el descubrimiento del mausoleo de Constantino y conocía perfectamente la pequeña iglesita ortodoxa de Santa María de los Mongoles, llamada *Panagía Mujliótissa* en griego bizantino. Estaba en el barrio del Fener, al lado del Colegio Ortodoxo Griego, muy cerca del Patriarcado Ecuménico de Constantinopla y, pese a ser tan pequeñita e insignificante, tenía el gran honor de ser la única iglesia bizantina de todo Estambul que no había sido transformada en mezquita musulmana tras la ocupación turca de 1453.

Pero seguía sin comprender lo que me estaba diciendo Abby. ¿Que un equipo de arqueólogos del Vaticano quería escavar en Santa María de los Mongoles? ¿Y qué? ¿Qué tenía eso que ver con nosotros? Bueno, estaba la palabra mongoles de por medio, desde luego, pero...

—Santa María de los Mongoles fue construida por María Paleologina tras volver a Constantinopla. Se hizo monja y vivió allí, en su propio convento, hasta su muerte. Según dicen mis abuelos, se sospecha que también está enterrada allí, en alguna cripta subterránea que aún no ha sido descubierta.

Ni un golpe en la cabeza con un martillo me hubiera podido hacer más efecto. ¿Y cómo lo sabían en el Vaticano? ¿Qué buscaban? ¿Era casualidad o nos habían estado espiando? ¡Maldición! ¿De qué iba todo aquello? ¿El Vaticano? ¿Gottfried Spitteler? ¿Los osarios y el Vaticano?

Un súbito y agudo dolor de cabeza me obligó a llevarme la mano a la frente.

—Estaremos listos en seguida —prometí a Kaspar, Abby y Linus—. Esperadnos en algún sitio. Bueno, quizá... ¿Qué hora es?

—Las seis y veinte de la mañana —me respondió Kaspar.

—Las seis y veinte de la tarde de ayer en Toronto —añadió Abby, cogiendo de la mano a Linus, que parecía el más despejado y despierto de todos.

—Y, si no es mucha molestia —murmuré masajeándome las sienes—, ¿por qué tenemos que levantarnos tan temprano con el lío de sueño que llevamos?

—Porque nos vamos a Estambul, Ottavia —me respondió Kaspar con una voz impaciente y helada—. Los abuelos de Abby han puesto un avión a nuestra disposición para que salgamos ahora mismo hacia Turquía.

—Pero, exactamente, ¿para qué? —me desesperé—. Es que no entiendo qué podemos hacer allí.

—Encontrar el cuerpo de María Paleologina —me explicó el ex-Catón, molesto por mi ofuscación—. Y vosotros dos, Farag y tú, detener a los arqueólogos del Vaticano. Conocéis a todo el mundo en Estambul y podéis impedir que les den la licencia para excavar. Hay que pararles como sea.

—Necesito un café o dos —dije, dándoles la espalda para entrar de nuevo en mi habitación. No tenía muy claro que Farag y yo pudiéramos parar al Patriarcado ortodoxo y a la Iglesia Católica.

—Os esperamos abajo —me dijo Abby—. Desayunaremos en el avión.

Isabella pasó como una exhalación por mi lado, corriendo detrás de Kaspar, Abby y Linus.

—Tío Farag ya está despierto y sabe que nos vamos a Estambul —me informó a toda velocidad, cerrando descuidadamente la puerta al salir.

Además de un terrible dolor de cabeza tenía una fuerte sensación de *déjà vu*, de haber vivido todo aquello antes, ese saltar de un país a otro, de una ciudad a otra, con alguien persiguiéndonos o nosotros persiguiendo a alguien, todo contrarreloj, sin paradas ni descansos. Sí, no cabía duda: era un *déjà vu* muy, muy intenso. No podía creer que estuviera ocurriendo de nuevo, tantos años después.

Farag ya estaba en la ducha y la niña le había dejado preparada, encima de la cama, la ropa que debía ponerse. A mí, no, claro. A mí, que me zurcieran. Quizá Isabella también tenía un plan secreto de adiestramiento e instrucción para su tía como su tía (o sea, yo) lo tenía para ella. No me extrañaría nada, conociéndola. Bueno, conociéndome. Aunque, desde luego, yo fui una niña mucho más dulce, buena, responsable y obediente que ella. Con diferencia.

Necesitaba un café desesperadamente, me dije entrando en el cuarto de baño. En ese momento la puerta de cristal de la ducha se abrió y un Farag sonriente, encharcado y muy sexy asomó estirando el brazo para coger la toalla.

—Buenos días, cariño.

Qué lástima que tuviéramos que salir zumbando hacia Turquía, pensé mirándole detenidamente.

—No hay tiempo —objetó, poniendo cara de policía de la moralidad.

¡Por Dios, con el dolor de cabeza que tenía! Sólo estaba disfrutando de las vistas, nada más. Pero no quise quitarle la ilusión.

—Cuando lleguemos a Estambul, no te escaparás —le sonreí, sacando disimuladamente un analgésico de la bolsita de los medicamentos.

Mientras él hacía montones de planes en voz alta para cuando llegáramos a la ciudad en la que habíamos vivido tantos años (llamar a Enver y Beste, y también a Vahit, por supuesto; comprar nuestros panes favoritos...), yo me duché y me vestí a toda prisa, notando ya el suave alivio del analgésico. Pero seguía necesitando un café.

Cerramos las maletas, se las entregamos al botones que nos había enviado Abby para que nos diéramos prisa y, tras repasar los cajones de las mesillas de noche y el cuarto de baño por si nos habíamos dejado algo, salimos hacia el ascensor.

En menos de media hora estábamos de nuevo en el Aeropuerto Internacional Chinggis Khaan de Ulán Bator, pero no tuvimos que facturar el equipaje ni conseguir tarjetas de embarque ni pasar controles de seguridad. Entramos directamente a la zona VIP, donde ya nos esperaban el comandante del vuelo y una azafata para darnos la bienvenida y acompañarnos hasta un microbús con asientos laterales como los de una limusina que nos dejó delante mismo de la escalerilla de un precioso Falcon blanco pintado con tres líneas azules desde el morro hasta las turbinas. Hacía un frío espantoso aquella mañana y, aunque el cielo estaba cubierto, no llovía. Quizá por eso me dolía la cabeza, pensé.

Sin embargo, dentro del Falcon la temperatura estaba muchos grados por encima del exterior, así que todos empezamos a quitarnos capas de ropa hasta quedar en blusas o camisas. Los adultos nos sentamos en los cuatro asientos de la mesa principal, pegada al costado derecho de la nave, y los niños en los dos asientos de la mesa pequeña, a la izquierda. La puerta del avión se cerró y, al poco, los motores aceleraron y nos movimos por la pista. Eran las ocho y diez de la mañana. Teníamos seis horas por delante hasta Moscú, donde haríamos una escala para repostar.

—Necesito un café —insistí sin esperanza. Sin embargo, en esta ocasión obtuve respuesta a mi súplica. La azafata se acercó hasta nosotros y nos preguntó qué deseábamos para desayunar. A la pobre la hicimos trabajar bastante porque estábamos hambrientos y la falta de sueño aún nos provocaba más hambre. Despegamos de Mongolia en silencio, asomados a las ventanillas mirando cómo nos alejábamos del suelo y cruzábamos la espesa zona de nubes negras donde, por desgracia para Isabella, hubo algunas turbulencias. A mi sobrina no le hacía demasiada gracia volar, así que lo pasó un poco mal con el avión sacudiéndose arriba y abajo. Pero pronto todo terminó y el sol inundó la cabina. Parecía que habíamos cambiado de universo. En ese momento, nos sirvieron el desayuno y empezamos a sentirnos mucho más contentos y parlanchines.

—¿Cómo se han enterado tus abuelos de lo de los arqueólogos del Vaticano? —le pregunté a Abby.

Ella me miró y me di cuenta de lo cansada que estaba. Tenía unos horribles cercos negros alrededor de sus diminutos ojos azules. No sé, quizá me estaba acostumbrando a ella o quizá, en realidad, no era tan fea como yo la veía, el caso fue que, de repente, no la encontré tan horrorosa como de costumbre. Sí, era verdad que tenía la nariz un poco aguileña, pero tampoco tanto. Lo peor eran los dientes cuadrados y la ausencia de labios, que ella conseguía disimular bastante con el carmín, de manera que, siendo generosa, podía decir que lo único que tenía realmente feo eran los dientes. ¿Y cómo era posible, me pregunté, que una heredera que disponía de millones de dólares no hubiera ido a un buen dentista para que le arreglara este pequeño defecto? Quizá su madre había pasado de ella y no se había preocupado de llevarla a reparar, pero ¿y su abuela? Becky no parecía una mujer que desatendiera ni a sus hijos ni a sus nietos y, desde luego, siendo ella tan sumamente hermosa, era extraño que no hubiera obligado a la madre de Abby o a la propia Abby a ponerle solución a aquello. En fin, el caso era que, aquella mañana, a la pobre heredera se la veía agotada.

—Mis abuelos —dijo con una media sonrisa de cansancio— siempre saben todo lo que les interesa saber. Bueno, salvo en lo relativo a la hermandad —y miró a Kaspar, que sonrió con orgullo—. Pero, creedme, excepto en eso, pocas cosas se les escapan. ¿No veis que siempre hay alguien interesado en quedar bien con ellos o que trabaja para ellos?

—He estado dándole vueltas —comentó Kaspar jugando con su taza vacía de café con leche— y no creo que sea casualidad que el Vaticano pidiera excavar en Santa María de los Mongoles precisamente ayer.

—Hoy —le corrigió Abby—. Ahora estamos volviendo hacia atrás en el tiempo volando en la misma dirección que el sol. Nos vamos ajustando al horario europeo.

—Cierto —admitió Kaspar—. Pero insisto en lo que he dicho: no es casualidad. Hace muchos años que dejé el Vaticano pero sé cómo trabajan y me imagino perfectamente todo lo que pueden hacer ahora, con las nuevas tecnologías.

De manera instintiva, sin pensar, dudé mucho de que en el Vaticano hubieran oído hablar de las nuevas tecnologías.

—No pongas esa cara, Ottavia —me reprochó Kaspar—. ¿Ya no recuerdas cómo entraban en vuestros ordenadores desde el Vaticano cuando todavía los teléfonos móviles tenían el tamaño de un ladrillo? Aún vivíais en Alejandría y ya, desde Roma, controlaban todo lo que hacíais en internet, correo incluido.

Era totalmente cierto. De repente, acepté la idea de que, en estos últimos años, la Iglesia debía de haberse modernizado muchísimo y, con seguridad, disponía de algún departamento dentro del Vaticano en el que jóvenes sacerdotes expertos en informática (y esperaba que jóvenes monjas también, aunque no lo creía demasiado) trabajarían todos los días tanto para proteger los ordenadores de la Iglesia como para llevar a cabo trabajos no demasiado legales. A fin de cuentas, era una organización humana aunque el Espíritu de Dios estuviera detrás y no se podía negar que, en su jerarquía, había testosterona en abundancia.

—Creo que están espiando nuestras comunicaciones —sentenció Kaspar, dejando la taza sobre el platillo—. Creo que saben que estoy aquí.

Farag se enderezó en el asiento al tiempo que a mí se me encogía el estómago.

—Puedo ayudaros con eso —afirmó mi sobrina.

Isabella nos miraba tranquilamente desde el otro lado del pasillo mientras le quitaba de las manos a Linus el último cruasán con chocolate del cestillo. El niño tenía la boca rodeada por una perilla oscura.

—¿Cómo? —le preguntó Abby.

—Hay programas que te dicen si están entrando en tu ordenador y quién lo está haciendo. También pueden cerrar los puertos por donde se cuelan los intrusos.

—¿Y puedes saber si ya nos han espiado? —quiso saber la heredera abriendo la bolsa de su portátil.

—Sí, claro —dijo mi sobrina.

—Pues toma —y Abby le entregó su ordenador—. Compruébalo, por favor.

—¿Podéis haceros cargo de Linus? Se ha comido ya todo lo que nos han puesto para desayunar. Lo suyo y lo mío.

—¡Linus! —el vozarrón de Kaspar no asustó a su hijo, que le miró sonriendo.

—Ven aquí, Linus —le dijo Abby, tendiéndole la mano al niño—. Deja trabajar a Isabella.

Mi sobrina apartó los restos del desayuno, colocó el portátil, lo encendió y se puso a trastear en él.

—¿Sabíais que tengo veinticinco sobrinos? —pregunté con humor.

Farag y Kaspar sonrieron, asintiendo. Abby puso cara de horror.

—Pues, de los veinticinco, catorce han estudiado informática. ¿A que es raro?

—Lo raro, *Basíleia*, es que tú seas la tía de esos catorce —se rió Farag.

—¡Ajá! ¡Eso es! —la exclamación de triunfo de Isabella nos sobresaltó a todos—. Sí, mirad aquí —nos pidió mi sobrina señalando con el dedo una lista de algo que no se veía desde nuestros asientos—. Este ordenador está *hackeado*. No sólo ha sufrido varios accesos no permitidos por el sistema sino que, además, tiene instalado un software que envía al Vaticano todo lo que se teclea y se ve en la pantalla.

—¿Estás segura que es del Vaticano? —le preguntó Kaspar.

—Totalmente segura —afirmó ella volviéndose hacia nosotras—. La IP es de allí. Clarísimo.

—¿La IP? —me arrepentí inmediatamente de haber preguntado.

—Ottavia, cariño, hasta yo sé lo que es la IP.

—¡Pues yo no! —le solté, enfadada. En cuanto había algo de ordenadores que resultaba que sabía, a Farag le encantaba presumir.

—Como las matrículas de los coches, tía —me aclaró Isabella—. Cada ordenador, impresora, *tablet* o *smartphone* tiene su propia IP que le identifica y le localiza en cualquier lugar del planeta. Y esta IP es del estado del Vaticano. Y hay otra.

—¿Otra IP? —dije con tono experto.

—Sí, otra IP que no hace más que colarse dentro de este ordenador. Ahora mismo lo está haciendo. Desde Londres.

—¿Sabes quién es? —preguntó Abby.

—Puedo hacer un «Whois» —respondió mi sobrina.

—No preguntes —me advirtió Farag.

—Bueno, no es que sirva de mucho lo que veo —comentó Isabella—. ¿Alguien sabe qué o quién es AKDN? AKDN está *hackeando* desde Kensington Court, Londres.

—Isabella, por favor —dijo Abby visiblemente afectada—, bloquea totalmente mi ordenador. No dejes que entre nadie.

No me cupo la menor duda de que la heredera conocía al tal AKDN.

—No te preocupes, Abby —le aseguró Isabella con firmeza——. Pero, con la obsesión por la seguridad que tienen tus abuelos, espero que vigilen mejor sus sistemas informáticos, porque si no...

—Es mi ordenador personal y nunca pensé que me pudieran pasar estas cosas. Siempre intento mantener mi propio espacio al margen de mi familia. Veo que, en este caso, no ha sido buena idea.

—¡Isabella, espera! —exclamé de pronto movida por una súbita inspiración.

Isabella se paró en seco y me miró. Todos lo hicieron, un poco sorprendidos.

—Abby —dije—, envía un *mail* a tus abuelos con alguna información falsa. Vamos a engañar al Vaticano.

Farag y Kaspar soltaron, a la vez, fuertes risotadas masculinas.

—¿Y qué les digo? —me preguntó Abby, aguantándose la risa.

—No sé, lo que se te ocurra. Algo que los aleje de Estambul.

—Eso ya no es posible —sentenció mi marido.

—Pues otra cosa. ¡Diles que te hemos pedido doscientos millones de dólares canadienses por hacer este trabajo!

—¡Ottavia! —me regañó Farag. Los demás rieron más fuerte.

—Pongamos trescientos —bromeó Abby mientras tecleaba en su portátil—. Mis abuelos se lo van a tomar en serio. Voy a añadir algo que les haga entender que es una trampa para espías. Ya sé —rió—, les diré que se acuerden de pintar la mesa de la biblioteca pequeña.

—¡Dios mío! —solté, horrorizada. Aquello estaba yendo demasiado lejos.

—Toma, Isabella —dijo la heredera devolviéndole el portátil a mi sobrina—. Ya puedes cerrarlo todo.

Pero había algo que habíamos dejado en el tintero, algo que yo quería saber y que casi pasamos por alto.

—Conoces a ese *hacker* de Londres, ¿verdad, Abby? A ese tal AKDN.

Ella me miró con gesto preocupado.

—AKDN no es una persona —explicó—. AKDN es una entidad, la Aga Khan Development Network. Es del príncipe Karim, el amigo de mis abuelos. La AKDN lleva a cabo un montón de actividades buenas e importantes en todo el mundo, fundando hospitales, universidades, museos... Pero Karim no me espiaría ni espiaría a mis abuelos. Son amigos. Se ven con frecuencia. Y la AKDN trabaja con la Fundación Simonson. Además, Karim no está en Londres ahora mismo.

—¿Quieres decir que hay uno o varios ismailitas nizaríes que saben lo que estamos haciendo y que quieren saber aún más? —pregunté.

—Sí.

Había dicho lo de ismailitas nizaríes por no decir directamente Asesinos, que sonaba peor.

CAPÍTULO 12

Aterrizamos en Moscú después de seis horas de vuelo tranquilo y, aunque habíamos salido de Ulán Bator a las ocho de la mañana, resultó que allí sólo eran las nueve. Como había comentado Abby, volvíamos hacia atrás en el tiempo volando en la misma dirección que el sol. Ninguno quisimos bajar a tierra porque o estábamos dormidos o demasiado cansados. A las diez y media despegamos otra vez. En esta ocasión el vuelo sólo iba a durar cuatro horas y media pero se nos hizo cortísimo porque todos, hasta Linus, caímos en coma profundo. Ni siquiera utilizamos el aseo del avión.

Nos despertó la voz del capitán anunciándonos que iniciábamos la aproximación al Aeropuerto Internacional Atatürk y que la hora local era la una y media de la tarde. La una y media de la tarde en Turquía era la mejor hora para comer. Recuerdo que, mientras incorporábamos los respaldos de los asientos, nos arreglábamos un poco y nos poníamos los cinturones de seguridad, pensé que habíamos volado durante casi doce horas pero que, según el reloj, sólo habían pasado cinco horas y media. Ya dijo Einstein que todo era relativo, especialmente el tiempo, aunque debía de referirse a otra cosa.

Salimos del avión y subimos a otro microbús privado que nos acercó hasta la zona VIP. No hubiera podido contar las veces que había estado en el aeropuerto Atatürk, y, sin embargo, por más que me fijaba, no reconocía nada. Farag y yo nunca nos habíamos movido por esa parte tan exclusiva y lujosa. Estambul era un poco como nuestro hogar y, sin embargo, desde la cima del poderío económico las vistas eran completamente diferentes. Y, como me temía, el coche que nos recogió en la puerta tenía el anagrama del Çiragan Palace, el hotel más lujoso de todo Estambul que, como ahora sabía, era propiedad de los Simonson.

El corazón me latía con fuerza mientras avanzábamos por la autopista E-5 en dirección al centro de la ciudad y casi se me sale por la garganta cuando giramos en la rotonda de Topkapi y nos internamos en las conocidas calles y avenidas de la antigua Constantinopla. Realmente, me sentía en casa. No podía dejar de mirar por la ventanilla. Estambul formaba parte de mi vida de una forma intensamente especial. Pasamos bajo el acueducto de Valente y cruzamos el Bósforo, hacia la parte asiática de la ciudad, a través del puente Atatürk. Si hubiéramos torcido a la izquierda al salir del puente hubiéramos tomado la dirección que tomábamos antes para ir a nuestra casa, en el barrio de Nişantaşi. Pero torcimos a la derecha y rodeamos el barrio de Karaköy (Gálata) para, finalmente, tomar la gran avenida Beşiktaş que nos llevó hasta las puertas del impresionante hotel Çiragan.

En esta ocasión, no tuvimos ni que registrarnos. Todo estaba hecho y preparado antes de nuestra llegada. Nos subieron a nuestras habitaciones, nos entregaron las llaves y, de pronto, no sé bien cómo, nos encontrábamos todos reunidos, de pie, inmóviles, en el centro de una inmensa sala con sofás, alfombras, mesas y con tres maravillosos ventanales que daban al Bósforo por los que entraba una luz radiante. A la izquierda, una gigantesca mesa de comedor estaba ya preparada para que nos sentáramos directamente a comer. Era la suite de Abby, la suite Sultán, que contaba con mayordomo y personal de servicio propio. Una pantalla de televisión de no sé cuántas pulgadas (nunca he sabido calcular esas cosas) ocupaba la casi totalidad de la pared de la derecha.

La heredera se movía por la suite como pez en el agua, dejando sus cosas encima de un sillón, despidiendo al mayordomo y a los botones que nos habían acompañado, entrando en el cuarto de baño... Pero los demás, seres de la normal y cada vez más exigua clase media, acostumbrados a otro tipo de hoteles y alojamientos, no salíamos de nuestro asombro. Ni de nuestra muda inmovilidad. Kaspar y Linus, quizá por venir del gigantesco sistema de cuevas del Paraíso Terrenal, fueron los primeros en reaccionar. Linus se soltó de la mano de su padre y echó a correr hacia los ventanales.

—¡Cuántos barcos! —exclamó, admirado.

—Escucha, Farag —le dije a mi marido cuando pude volver a articular palabra—, esto no puede ser bueno. ¿Qué pasará cuando tengamos que volver a nuestra pequeña casa, con nuestros muebles, nuestra cocina diminuta y nuestros sueldos?

—¿Qué nos va a pasar? —se rió él, cogiéndome de la mano—. ¡Que nos sentiremos pobres! Ahora, eso sí, muy felices.

Isabella soltó una carcajada al oírle y yo también me reí. Estas cosas estaba bien conocerlas para saber que existían pero, en realidad, no las necesitábamos.

Finalmente, ya con Abby de regreso, nos sentamos a comer. Eran casi las tres de la tarde. Las tres de la tarde en Turquía era la peor hora posible para comer. Yo ya no sabía si tenía hambre o sueño o las dos cosas o ninguna de ellas, pero comí por si acaso. La vida me había enseñado que no te puedes fiar de lo que pasará en los siguientes quince minutos.

La heredera, que no había soltado el teléfono desde que habíamos aterrizado, apagó por fin su móvil y cogió el mando de la televisión, aunque no para amenizarnos la comida con alguna famosa telenovela turca, como me pareció en un principio, sino para hacer aparecer a sus abuelos en la monumental pantalla.

—¡Buenos días! —volvieron a exclamar a coro los viejos Simonson cuando alguna cámara que no pude ver nos enfocó.

—En Toronto son las ocho de la mañana de hoy —nos informó Abby, que había estado hablando con sus abuelos un buen rato por teléfono mientras veníamos hacia el hotel en el coche. ¿Es que aquellos archimillonarios de casi cien años no se levantaban tarde nunca? Siempre estaban frescos y despiertos como adolescentes. Y lo de Jake con la comida era tremendo, recordé. Desde luego, raritos sí eran.

—Para vuestra tranquilidad —empezó a decirnos Becky que, ese día, lucía unas preciosas y brillantes perlas australianas—, hemos pedido una revisión general de todos los servidores estratégicos y los ordenadores de las empresas y fundaciones Simonson en todo el mundo y no han sido *hackeados*. Por lo visto, siempre hay muchísimos intentos de acceso pero ninguno con éxito. También hemos hecho que nuestros expertos en seguridad comprobaran, a distancia, vuestros teléfonos móviles. ¡Pero, comed, por favor, comed! Podemos hablar mientras os reponéis un poquito. ¿A que está buena la comida? Nosotros estuvimos ahí hace dos meses y disfrutamos mucho.

—¿Y qué han descubierto? —les preguntó Kaspar.

—Dicen los técnicos —anunció Jake— que vuestros móviles están pinchados. Bueno, el de Abby no porque ya se lo dimos protegido, pero los vuestros son coladores. Creo que os escucha medio mundo.

—O sea, que saben que estoy aquí —gruñó Kaspar, soltando los cubiertos en el plato con un pequeño golpe de enfado.

—Lo siento, Catón —suspiró Becky.

—Hemos puesto una discreta vigilancia a vuestra casa en el campus —nos dijo Jake a Farag y a mí—. Espero que no os importe. Por si a alguien se le ocurriera la mala idea de entrar.

Farag puso esa mirada perdida que ponía cuando algo le desagradaba profundamente pero no estaba seguro de si debía enfadarse. Yo solté una carcajada. ¡A esas alturas! ¡Pero si lo raro hubiera sido que nadie estuviera vigilando nuestra casa!

—No nos importa, Jake. Gracias —dije—. Así me siento más tranquila.

—Abby, por favor —siguió diciendo Jake— debes conectarte a internet a través de las redes de la Fundación Simonson, que son seguras.

—No te preocupes, abuelo —replicó ella—. Isabella ha borrado los ficheros espía que tenía dentro de mi portátil y ha cerrado todos los puertos de acceso.

—He hecho algunas cosas más —indicó Isabella, muy orgullosa—. El ordenador personal de Abby es ahora completamente seguro.

—Gracias, jovencita —le sonrió Becky—. Verás, nuestra nieta es muy obstinada y nunca nos deja participar en nada ni intervenir en su vida, aunque sea por su bien. Nos gustaría cuidarla más pero ella...

—Abuela —la interrumpió Abby con una perfecta dulzura—. En otro momento.

Y eso bastó para que Becky Simonson cerrara la boca instantáneamente.

No había podido terminarme el plato de *tarama*, hecho con huevas de salmón, pero sí me había comido toda la salsa *tzatziki* de yogur y pepino y un poco del *kuru fasulye*, hecho con alubias blancas y carne, aunque más por gula que por hambre. Pero ya estaba llena y sólo quería una buena cama en la que tumbarme, a pesar de que tenía clarísimo que eso quedaba para otro año u otro país. Sin embargo, los ojos se me cerraban.

—¿Tía Ottavia? —me llamó una vocecilla tímida. Desde luego, no era Isabella.

Desde el más allá del sueño miré a Linus.

—No te duermas, tía Ottavia —me susurró en secreto, un poco intimidado.

Se salvó porque estaba muy llena, si no, me lo hubiera comido. A los niños hay que comérselos cuando son pequeños porque, luego, ya no se dejan y se vuelven adolescentes insoportables. Hay que aprovechar cuando están tan monos y graciosos y no se pueden defender de los achuchones. Y Linus se merecía un achuchón de los buenos. Lamenté mucho que la ocasión no me lo permitiera.

—¿Tú qué dices, Ottavia? —me preguntó Abby.

—¿Sobre qué? —salté, sin tener ni idea de por dónde había ido la conversación.

Todos me miraron de una forma rara.

—¿Podréis Farag y tú impedir que les den el permiso oficial de excavación a esos arqueólogos? —me preguntó el viejo Jake con inquietud.

—Bueno, supongo que algo podríamos hacer —musité.

—Podríamos entorpecer el asunto —explicó Farag— haciendo que la solicitud se traspapelara durante algún tiempo. Aunque viniendo del Patriarcado y del Vaticano, mucho me temo que ninguno de nuestros amigos lograría pararla.

—¿Y vosotros podréis entrar en Santa María de los Mongoles para buscar el cuerpo de Déspina Khatun? —quiso saber Becky.

—No —afirmé yo, rotundamente. Sin el permiso del Departamento de Arqueología de alguna universidad y el de la Dirección de Topografía y Monumentos del Ministerio de Cultura, excavar en cualquier parte de Estambul sería una auténtica locura. Con toda seguridad, terminaríamos en la cárcel por muy descubridores que fuéramos del mausoleo de Constantino.

—Podemos pedir la licencia, como ha hecho el Vaticano —agregó Farag para suavizar mi rotunda negativa—, pero, desde luego, el permiso de exploración y excavación nos lo darían sólo a condición de que no nos lleváramos nada y de que dejáramos todo en su sitio tal y como lo encontráramos. Probablemente, incluso, tendríamos que entrar en Santa María acompañados por inspectores del Ministerio de Cultura que vigilarían que no efectuásemos ninguna modificación en la estructura de la iglesia o de la tumba, si la halláramos, lo que es lo mismo que decir que examinar el cuerpo de María Paleologina sería misión imposible... a corto plazo —matizó—. Sin embargo, para el Patriarcado de Constantinopla y para el Vaticano de Roma no habrá ningún problema. Seguramente obtendrán la licencia esta misma semana salvo que podamos detenerlo. Nosotros, por muy conocidos que seamos y por muchos contactos que tengamos, tardaríamos años.

—Bueno, eso no supone ningún problema —soltó el viejo Jake con una sonrisa maliciosa—. Ya contábamos con esa pequeña dificultad.

«Pequeña dificultad», dijo. Jake no tenía ni idea de las devastaciones y catástrofes que la burocracia turca podía causar en el cerebro. Su tonillo de voz indicaba, además, que a continuación iba a decir algo mucho más gracioso.

—Hemos contratado para vosotros un equipo de buceadores y espeleólogos urbanos que os llevarán hasta Santa María de los Mongoles por túneles subterráneos, canales ocultos, cisternas y pasajes secretos. Conocen muy bien el camino. Son aficionados que, sin permiso oficial de ninguna clase, se meten bajo tierra y saben moverse perfectamente por los estratos bizantinos de la ciudad.

—¡De ninguna manera! —salté hecha una furia—. ¡Esos lugares son asquerosos y están llenos de animales repugnantes!

—Nos han garantizado que son totalmente seguros —me dijo Becky, un tanto sorprendida.

—¡Sí, claro! ¡Seguros y sucios! —exclamé—. ¡A saber qué enfermedad podemos pillar ahí abajo! ¡No, gracias! Ya he visitado bastante en mi vida los estratos bizantinos de esta ciudad.

—*Basíleia...*

—¡Que no, Farag! ¡Tú también sabes lo que hay! ¡Porquería y más porquería!

—Pero, doctora —protestó el viejo Jake—, ¿crees que pondríamos en peligro a nuestra nieta? Si Abby va con vosotros es porque confiamos en la seguridad del proyecto y en el equipo que os llevará.

—¡Mira, Jake, tú no sabes cómo huele ahí abajo! —le dije sin pararme a mirar su edad y condición—. ¡El aire es irrespirable y hay basura de siglos acumulada, además de detritus humanos de origen más moderno! ¡Baja tú, si quieres!

—*Basíleia...*

—¡Farag! ¡Kaspar! ¡Tened un poco de cabeza, por favor!

—Yo voy a ir, doctora —me dijo el ex-Catón por fastidiar.

—Y a mí me gustaría —añadió el tonto de mi marido—. Escúchame, *basíleia*, no vengas si no quieres pero si el equipo de espeleólogos dice que es totalmente seguro, yo les creo. Ya conoces a esa gente. Les encanta meterse bajo tierra y transitar por las antiguas ruinas que hay bajo la ciudad. ¡Pero si cuelgan vídeos en internet! Y, ¿a quién recurren las autoridades cuando hay algún problema con el alcantarillado o las constructoras cuando tienen que poner los cimientos para sus nuevos edificios, eh? ¡Pero si hasta nuestro vecino Feza lo hacía!

—Sí, pero Feza tenía el estómago blindado y le daba lo mismo tropezar con una rata de un metro, con un cadáver o ducharse con lo que caía por las cañerías de las casas. Perdóname si no soy tan dura como Feza.

—¿En serio hay ratas de un metro y cadáveres bajo la ciudad? —se asombró Isabella.

—¡Y mucho más! —le dije asqueada—. Yo ya tuve suficiente.

—Pues, entonces, tía, si tú no quieres ir, ¿podrías cuidar de Linus y así voy yo en tu lugar? —propuso emocionada.

Mi sobrina era tonta y lo sería hasta el último día de su vida. ¿Es que no estaba oyendo lo que decía sobre la porquería, las ratas, los cadáveres y todo lo demás?

—No, Isabella, tú no vas a venir —le dijo su tío Farag con voz firme—. Tu tía protestará hasta que lleguemos a Santa María de los Mongoles pero es incapaz de quedarse si vamos Kaspar y yo. Mira, te lo voy a demostrar.

¿Para qué hacer caso a los tontos?, me dije mirándole con desprecio.

—Ottavia, sé que no quieres venir, pero Abby va a hacerlo y hasta Isabella está dispuesta a acompañarnos. ¿Y tú quieres quedarte? ¿Para qué? ¿Para estar consumiéndote hasta que volvamos? ¿Quieres que te contemos cómo encontramos el cuerpo de María Paleologina y que sea Kaspar el que traduzca del griego lo que sea que esa Khatun tenga en su cuerpo?

¡Vaya, sabía cómo golpear!

—Y, mira, cariño, por mucho asco que te dé, quizá descubrirías cosas de tu adorada Constantinopla que no ha visto ningún investigador en cientos o miles de años. Además, ¿me dejarías ir solo, sin ti? ¿Y si me pasara algo?

—¡No vayas por ahí, Farag! —le advertí.

—Yo sólo te digo que nosotros podríamos pasar junto al hallazgo paleográfico más grande de Bizancio sin darnos cuenta pero tú, con un poco de suerte, podrías encontrar algo que te hiciera ganar por tercera vez el Premio Getty.

¡Vale, era suficiente!

—¡Está bien! —rezongué enfadada—. Iré. Pero no voy a perdonaros nunca cada bicho, serpiente, rata, cadáver, esqueleto o vaca muerta que me encuentre. Nunca.

Farag se volvió hacia Isabella y la miró significativamente, como diciendo «¿Lo ves?».

—¡Muy bien! —exclamó satisfecho el viejo Jake desde la televisión—. ¡Solucionado! Ahora mismo avisamos a Nuran, el jefe del equipo. Estará ahí dentro de un momento, en la suite, porque es uno de los empleados del hotel.

¡Fantástico! Lo teníamos en la puerta.

—Jake, ¿nos puedes proporcionar teléfonos móviles seguros? —le pidió Kaspar al archimillonario—. Lo hecho, hecho está. Pero no tienen por qué seguir enterándose de todo.

Jake y Becky asintieron.

—Ya estaban preparados, Catón —le dijo Becky—. Antes de despedirnos os íbamos a pedir que los cambiarais. Nuran os los llevará.

—Una penúltima cosa —comenté—. Si nos pasara algo, ¿quién se encargaría de los niños?

—Mi hijo es cosa mía —la voz de Kaspar era puro hielo y nadie se atrevió a discrepar. En algún momento tendríamos que encontrar tiempo, él y yo, para hablar sobre sus tonos y sus maneras.

—No te preocupes, Ottavia —dijo Becky—. En primer lugar, no os va a pasar nada. Y en segundo, si os pasara, Isabella estaría totalmente segura. También Linus, por supuesto.

—Y la última cosa —concluí—. No me gustaría que dejarais de investigar el acceso al ordenador de Abby desde Londres. Hablad con vuestro amigo el príncipe y averiguad quién nos ha estado espiando desde la AKDN y por qué.

—En cuanto sea la hora adecuada para llamar a Karim —me aseguró Jake—, se lo pediremos.

—¡Buena inmersión! —nos deseó Becky, despidiéndose con la mano.

—Adiós, abuelos —dijo Abby, y apagó la televisión.

Sospeché que el tal Nuran llegaría antes de lo que la civilización humana consideraba adecuado así que, mientras Abby llamaba para que vinieran a recoger la mesa, me di prisa en ir al aseo de cortesía de la suite. No me apetecía nada volver a meterme bajo Estambul. Lo había hecho infinidad de veces y era algo que odiaba con toda mi alma. Seguro que me iba a arrepentir más de lo que podía sospechar.

Escuché el timbre de la puerta y el ruido de las ruedecillas de los carritos de servicio entrando y, luego, marchándose cargados con vasos y platos sucios. No quería salir del aseo. Con las manos apoyadas en el lavabo miraba el reflejo de mi cara en el espejo preguntándome qué demonios hacía yo en Turquía otra vez y por qué. Ni siquiera recordaba la tontería que se suponía que estábamos buscando. Sólo quería volver a casa, con Farag e Isabella, y tumbarme en el sofá con un libro. El timbre de la suite volvió a sonar y adiviné que, en esta ocasión, se trataba de Nuran. Suspiré profundamente sin dejar de mirarme a los ojos con lástima y regresé al salón.

Un hombre de mediana estatura, moreno y vestido de camarero estrechaba las manos de Farag y Kaspar y se inclinaba ligeramente ante Isabella. Tendría unos cuarenta años, más o menos.

—Ottavia —dijo Abby—, te presento a Nuran Arslan, jefe del equipo de espeleólogos urbanos más importante de Estambul.

—Encantada —le saludé en turco.

—Un placer —me respondió con una sonrisa. Era guapo, la verdad. Tenía unos ojos muy bonitos, aunque no tanto como los de Farag—. ¿Ottavia? ¿No será usted la doctora Salina, descubridora del mausoleo de Constantino?

—Algo así —admití.

—¡Y usted es, entonces, el profesor Farag Boswell! —dejó escapar al borde de un ataque al corazón, volviéndose hacia mi marido.

—Encantado de saludarle —le respondió Farag.

El pobre Nuran no sabía qué hacer ni dónde mirar ni si

marcharse o quedarse. Estaba claro que nuestra presencia le había provocado una especie de asfixia neuronal.

—¡Los descubridores del mausoleo de Constantino! ¡El profesor Farag Boswell y la doctora Ottavia Salina!

Había que ayudarle a salir del estado de éxtasis en el que había entrado así que le hice un gesto a Abby.

—Nuran, siéntese, por favor —le pidió ella, señalándole el sofá que daba la espalda al ventanal del centro y que tenía, delante, cuatro cómodas sillas y, entre ellas, una mesilla con un jarrón lleno de flores.

Nuran obedeció pero no apartó los ojos ni de Farag ni de mí. Abby, a propósito, se sentó junto a él pero en el lado contrario al que ocupábamos nosotros.

—Nuran —le dijo la heredera, obligándole a mirarla—, cuéntenos lo que vamos a hacer. Háblenos de cómo vamos a llegar hasta Santa María de los Mongoles.

El turco giró la cabeza de nuevo hacia nosotros.

—Mi equipo y yo conocemos el camino —nos dijo a Farag y a mí—. No hemos llegado nunca hasta allí porque queda lejos de las rutas normales, pero hemos pasado cerca muchas veces, no se preocupen de nada. Sólo necesito saber cuántos van a venir en total y sus tallas de ropa y zapatos.

Estuve a punto de abrir la boca pero me controlé.

—Seremos nosotros cuatro —le dijo Kaspar con la aridez de un desierto.

—¿Para qué quieren nuestras tallas? —le preguntó Abby. Nuran volvió a girar la cabeza hacia Farag y hacia mí.

—Para los trajes de neopreno, naturalmente —nos dijo.

Casi noté el sabor de sangre en la boca por morderme la lengua. ¿Neopreno?

—¿Vamos a tener que bucear? —volvió a preguntar Abby, sin conseguir que Nuran le hiciera ningún caso.

—No, bucear no —nos respondió a nosotros—, pero ahí abajo hace mucho frío y hay mucha humedad. Y, según donde llegue el nivel del agua, lo mismo nos vemos obligados a nadar. Los trajes de neopreno son lo mejor y necesitan calzado adecuado. En mi equipo tenemos mucho material, así que apúntenme sus tallas en un papel y esta noche les traeremos de todo.

Ya no pude guardar silencio ni un segundo más.

—¡Esta noche! —voceé—. ¿Vamos a ir esta noche?

Nuran me sonrió con adoración.

—¿Qué importa que sea de día o de noche, doctora Salina? Allá abajo siempre está oscuro. Tendremos que llevar potentes linternas. Si vamos de noche es porque así corremos menos peligro de ser descubiertos por la policía. Pero no se preocupe, doctora. No nos descubrirán. Mi equipo y yo no permitiremos que su marido y usted se encuentren en una situación comprometida con las autoridades.

Me sentí muy reconfortada por la idea.

—¿A qué hora saldremos? —quiso saber Kaspar.

—¿Les parece bien a la una de la madrugada? —nos propuso el turco—. Mi equipo se reunirá aquí, en el hotel, para disponerlo todo y a las doce en punto subiremos a esta suite para ayudarles a prepararse. Luego, saldremos en una furgoneta hacia el punto de entrada.

—¿Cuál es el punto de entrada? —preguntó mi marido.

Nuran se echó a reír.

—¡La vieja casa de mi madre! Entraremos por el pozo del patio. Todas nuestras expediciones parten de allí porque se encuentra justo encima de una antigua cisterna que aún no ha sido oficialmente descubierta. Esta cisterna se comunica con la red de túneles y canales que cruzan el viejo Estambul de norte a sur y de este a oeste. Sólo tardaremos una hora o dos en llegar, dependiendo de cómo encontremos el camino. A veces las vías se obstruyen por los desperdicios, ¿saben? Usted es arqueólogo, ¿verdad, profesor Boswell? ¿Dirigirá usted la entrada a la iglesia desde abajo? Los señores Simonson nos han pedido que llevemos herramientas por si hay que excavar. Nosotros haremos lo que nos digan. Somos cinco en total y somos amigos desde la infancia. Descubrimos la entrada del pozo cuando éramos unos críos.

Siguió riendo, de muy buen humor, como si todo aquello le encantase. Y le encantaba, no cabía ninguna duda. Estaba disfrutando de lo lindo. Sobre todo cuando, con un metro de costura que sacó de un bolsillo, nos midió el contorno de la cabeza.

Nuran Arslan se marchó por fin al cabo de poco y, en cuanto desapareció por la puerta, me puse en pie con decisión y seguí sus pasos.

—¿Adónde vas? —me preguntó Farag, sorprendido.

—A nuestra habitación. A dormir. Tengo tanto *jet lag* acumulado que, si me voy a jugar la vida esta noche en el sucio subsuelo de esta ciudad, quiero estar en condiciones para morir bien o, al menos, para saber dónde pongo los pies, cosa que ahora mismo no tengo muy clara.

Escuché voces de conformidad y aprobación, pero no me detuve.

Al poco de meterme en la cama noté que Farag se acostaba a mi lado. Se acercó hasta mí y me abrazó, pegando su cuerpo al mío. Nos quedamos profundamente dormidos.

CAPÍTULO 13

Salimos del hotel por una de las puertas de servicio, disfrazados ya de aguerridos espeleólogos urbanos con nuestros trajes de neopreno debajo de las chaquetas de forro polar, y subimos a dos furgonetas que olían a pescado. Empezábamos bien. Éramos nueve personas en total: nosotros cuatro y los cinco turcos con Nuran a la cabeza. Los niños ya dormían en el segundo dormitorio de la suite de Abby cuando los demás subimos para cambiarnos de ropa y escuchar algunas medidas de seguridad que debíamos adoptar una vez que nos halláramos en los túneles.

Las furgonetas avanzaron por Beşiktaş, Dolmabahçe y Meclis-i Mebusan en dirección a Europa. Cruzamos por el puente Gálata y entramos en Fatih, el viejo Estambul. El tráfico, que allí siempre era una locura, seguía siendo intenso por la noche, aunque disminuyó mucho cuando nos internamos por las callejuelas del barrio de Balat. Nos detuvimos frente a una casa de tres pisos que hacía esquina, con la fachada pintada de amarillo y naranja y, mientras Nuran abría la vieja puerta de madera, sacamos las grandes bolsas de material de las furgonetas y entramos en el edificio. O la madre de Nuran dormía profundamente o allí no vivía nadie, no me quedó del todo claro, porque, de pronto, al equipo le entraron las prisas y nos encaminamos con paso raudo hacia el patio, en cuyo centro había un viejo pozo cubierto apenas por unas pocas maderas atravesadas.

Aunque estaba oscuro como la boca de un lobo, ni encendieron las luces ni las linternas. En tinieblas nos entregaron unos cascos que, al tacto, parecían recios aunque no pesaban nada y unos rollos enormes de cuerda para que nos los colgáramos del cinturón del arnés que tampoco pesaban nada. Uno de los hombres de Nuran abrió la cremallera de la bolsa más voluminosa y sacó una escalera metálica enrollada como un pergamino.

—Añádele cinco metros más —dijo una voz en turco—. La doctora Salina no puede saltar como nosotros.

Estuve totalmente de acuerdo. El hombre trajinó en la escalera y, por fin, la dejó caer dentro del pozo desenrollándola lentamente. Me pareció que tardaba mucho tiempo en llegar al fondo.

—¿A qué profundidad está la cisterna? —pregunté.

—Doce o trece metros —me respondió Nuran—. Pero no se preocupe, no hay ningún peligro.

¿Iba a descender doce o trece metros por una raquítica escalera metálica colgando en el vacío...? Pensé que era pronto para empezar a gritar y me contuve, pero sentí ganas, verdaderas ganas, de salir corriendo. Me pegué a Farag como una lapa mientras le pedía a Dios que me diera fuerzas para jugarme la vida.

—¿Estás temblando? —me susurró mi marido, dándome un beso en la nariz para que nuestros cascos no chocaran.

—¡Qué va! Es que me aprietan las zapatillas.

—¿En serio? ¡Debiste pedir unas más anchas!

Dos hombres se subieron al brocal del pozo y, uno tras otro, desaparecieron por el agujero bajando por la escalerilla metálica.

—Ahora usted, doctora Salina —dijo Nuran.

—¿Yo? ¿Por qué yo? Que vaya Kaspar primero. Él pesa mucho. Así veremos si la escalerilla aguanta.

—¡Pues claro que aguanta! —se sorprendió el turco.

—Da igual. Primero, Kaspar y, después, yo.

Oí resollar al ex-Catón como si fuera un búfalo pero no dijo nada y su silueta saltó el brocal y descendió. La escalerilla aguantó su enorme tonelaje sin ningún problema, así que no me quedó más remedio que seguirle. Me puse unos guantes de

PVC que me dieron y me introduje en el pozo. Me temblaban las rodillas y, a pesar de estar sujeta por el arnés a una cuerda de seguridad, la sola idea de que me fallara un pie o una mano me provocaba sudores fríos por todo el cuerpo. No había nacido para estrella del *Cirque du Soleil*.

Al fondo, abajo, se veían las luces de las linternas frontales de los hombres enfocándome o, lo que era lo mismo, mirándome bajar por aquella ridícula escalera. Se oía un suave ruido de agua, pero hasta que no llegué abajo no me di cuenta de que, en realidad, flotábamos sobre balsas hinchables porque aquel enorme recinto era, de verdad, una gigantesca cisterna llena de agua.

En la antigüedad, el agua que necesitaba Constantinopla quedaba a una distancia de veinte kilómetros y los bizantinos construyeron el Acueducto de Valente para traerla hasta la ciudad pero, antes, al igual que en Alejandría, la hacían reposar en enormes cisternas para que los sedimentos se depositaran en el fondo y, en caso de guerra, para no quedarse sin suministro si la urbe resultaba sitiada. La vieja Constantinopla tenía cientos de cisternas, grandes y pequeñas, por las que el agua pasaba en su largo recorrido hacia las fuentes públicas y los jardines. La nueva Estambul ya no usaba las viejas cisternas, obviamente, pero el agua seguía fluyendo por aquel antiguo sistema del que hoy ya sólo se conocía una pequeña parte. Y el lugar donde nosotros nos encontrábamos era, concretamente, de los que no se conocían.

Abby bajó detrás de mí exhibiendo una gran destreza atlética, como si hiciera estas cosas todos los días y las hiciera, cómo no, perfectamente, y luego bajó Farag que, aunque sin gracia atlética de ningún tipo, descendió con la dignidad profesional de un afamado arqueólogo —ahora era yo la que miraba hacia arriba con mi potente lámpara del casco encendida y podía verlo todo—. Pronto los nueve nos encontramos abajo.

—Los remos —dijo Nuran, entregándonos una pala de mango corto—. Arrodíllense sobre el fondo de las balsas y remen.

Todo estaba negro a nuestro alrededor, salvo por las pequeñas secciones que iluminábamos con las luces de los cascos. Y, en verdad, la cisterna era muy grande, colosal, aunque no tanto como aquella de Alejandría que cruzamos andando, con el agua al cuello y de la que salimos... Bueno, mejor no recordar algo tan desagradable y, menos, estando en otra cisterna. A saber qué nadaría por aquellas aguas oscuras. El hedor aún no era muy fuerte pero sabía por experiencia que cuanto más nos alejáramos de la entrada más irrespirable se volvería el aire.

Nos introdujimos por un túnel de mampostería cubierto en parte por moho grasiento y gelatinoso y avanzamos en silencio, hundiendo rítmicamente los remos en el agua. Entre golpe y golpe de las palas, mi oído, que es tan fino como mi olfato, percibía leves chillidos y crujidos a nuestro alrededor que me ponían los pelos de punta. El túnel era muy largo y se me estaban durmiendo las piernas. Yo no tenía costumbre de arrodillarme así, sentada sobre mis talones, así que la sangre no me circulaba y tenía un horroroso hormigueo que sólo aliviaba moviéndome un poco de vez en cuando. Los chillidos y crujidos nos perseguían.

La red de túneles era impresionante. Constantemente el canal se bifurcaba o trifurcaba. Pasábamos por salas y cámaras con nichos en las paredes. Una de ellas estaba totalmente cubierta por centenares de cucarachas, escorpiones, escarabajos, gusanos, arañas... No sé. No quise mirar para no trastornarme y acabar, como la niña de la película *El exorcista*, girando la cabeza sobre el cuello como una peonza. Al tipo que iba sentado delante de mí en la balsa le cayó algo en el casco. Le dio un manotazo, riendo, y gastó una broma sobre quién se iba a comer a quién si nos quedábamos atrapados en aquellos túneles. No me hizo ninguna gracia y no me reí.

Al final, entramos de nuevo en otra cisterna. Ésta era aún más grande que la primera y el eco resultaba aterrador. Con seguridad, habría unos veinte metros desde la superficie del agua hasta las bóvedas.

—¡Cuidado! —exclamó Nuran, asustándonos a todos—. ¡Los remos!

Un cuerpo flotaba en el agua, boca abajo. Y no era el de un antiguo bizantino ni mucho menos. Sus pantalones vaqueros y su cazadora hablaban de tiempos un poco más modernos.

Kaspar, Nuran y alguno de los hombres, con los remos, empujaron el cuerpo del hombre lejos de nuestras lanchas de goma. Por desgracia, pasó cerca de mí, por la derecha. Tenía un enorme agujero en la nuca, con la carne de los bordes hinchada y verdosa (por la descomposición en el agua).

—¡A éste le han pegado un tiro! —dijo en turco el graciosillo que llevaba delante, el que se iba a comer los bichos. No sé qué me preocupó más, si el pobre cadáver a la deriva o el sociópata de mi barca. Recé por el muerto, fuera quien fuese, y recé con más fuerza aún para que no acabáramos como él, flotando en aquellas aguas negras.

Sorteamos las gruesas y altísimas columnas que salpicaban la cisterna, navegando en diagonal hacia uno de los extremos y, al llegar al final, encontramos unas escaleras de piedra.

—Aquí termina el agua —anunció Nuran.

Saltamos hasta los escalones y recogimos las barcas, vaciándolas de aire para poder plegarlas y llevarlas con nosotros. Si en el agua había pasado miedo y aprensión, caminando sobre aquellos escombros, con el casco casi chocando contra el techo, pasé verdadero asco. Pisábamos sobre una alfombra de bichos que se nos subían por las perneras del traje y que, al ser aplastados, crujían como cáscaras de frutos secos. Y si mi casco chocaba de vez en cuando con el techo, los pobres Farag y Kaspar caminaban totalmente inclinados hacia delante de cintura para arriba, igual que Abby, que era casi tan alta como ellos. Los turcos, como eran más o menos de mi estatura, sólo doblaban un poco el cuello. Las ratas chillaban a nuestro alrededor y se las oía mucho más cada vez que pasábamos junto a cámaras de las que no se veía el fondo pero que podían ser corredores o túneles que vaya usted a saber dónde terminarían (si es que terminaban). Aquello provocaba pavor. En una de esas cámaras se veían cadenas y argollas. Los restos de los pobres cuerpos que sujetaron formaban parte ahora del polvo del suelo que pisábamos y habrían alimentado a las anteriores generaciones de las asquerosas criaturas del Señor que se removían a nuestros pies. El olor era nauseabundo, a heces y podredumbre; se me revolvía el estómago y llegué a marearme en alguna ocasión.

Llegamos, por fin, al final del camino, que se hundía suavemente otra vez en el agua.

—No vale la pena hinchar las balsas —nos informó Nuran—. Sólo es fango y podemos caminar a través de él. Llega hasta las rodillas, nada más.

Farag y Kaspar me cegaron súbitamente con los focos de sus linternas frontales.

—¿Te vas a atrever a meter los pies ahí dentro? —me preguntó mi marido con voz preocupada.

Lo pensé detenidamente porque la primera respuesta, la sincera y visceral, era que no. ¿Cómo iba a meterme hasta las rodillas en fango bizantino si sólo de pensarlo y del olor que desprendía ya me quería morir?

—¿Cuánto tardaríamos en salir del lodo? —le pregunté a Nuran.

—Diez minutos nada más.

—Vale, entonces, Farag, tú cargarás conmigo cinco minutos y Kaspar me llevará los otros cinco.

—¿Que te llevaré? —se sorprendió el ex-Catón—. ¿Cómo? ¿A la espalda?

—Naturalmente —repuse.

—¡Ah, no, de eso nada! —se opuso—. No pienso cargar contigo. Que te lleve tu marido.

—Cariño, deberías caminar como todos —me rechazó también Farag—. No va a pasarte nada.

—¿Caminar por el fango? —pregunté, asqueada—. ¿Quieres que camine por el fango?

—*Basíleia*, no voy a llevarte en la espalda! ¡Pasa delante de mí! ¡Ahora!

—¡Pero, Farag...!

—¡Ni pero ni Farag! ¡Camina! —me ordenó.

No sé por qué le obedecí. Aquello era lo más asqueroso que había hecho en toda mi vida. Avancé despacio hacia donde ya estaban los turcos esperándonos y hundí el primer pie en aquella salsa grumosa y maloliente. Sentí que se me erizaba la piel de todo el cuerpo. ¿Por qué me tenían que pasar a mí ese tipo de cosas? ¡Pero si carecía por completo de afán aventurero! Yo había nacido para investigadora, para estudiosa, para llevar una maravillosa vida sedentaria rodeada de códices bizantinos en un cómodo y bonito despacho.

—¡Avanza, doctora! —me gruñó Kaspar pasando delante de mí con sus grandes zancadas.

—¡Así te caigas dentro de esta cosa y te embadurnes hasta las orejas! —le dije cariñosamente.

Farag se puso a mi lado y Abby nos adelantó siguiendo los pasos de Kaspar.

—Ven, vamos juntos, venga —me dijo mi héroe.

Me pasó el brazo sobre los hombros y me hizo caminar todo lo rápido que el viscoso lodo permitía. Entonces empezó a hablarme de Isabella, de lo mayor que se había hecho y de lo mucho que había madurado aquel año, y de que deberíamos animarla a marcharse de casa e instalarse en un piso con otros estudiantes.

Por supuesto, caí en la trampa. El instinto Salina me llevó a iniciar una terrible discusión sobre la obligación de Isabella de permanecer bajo nuestro techo hasta que cumpliera, como mínimo, cincuenta años. Farag me llevaba la contraria con firmeza, repitiendo una y otra vez lo del dichoso piso de estudiantes y así, cuando me vine a dar cuenta, habíamos dejado el fango atrás y mi marido sonreía con la satisfacción del trabajo bien hecho. Estaba claro que, cuando él tocaba la flauta, yo salía de la cesta bailando.

—¿Has visto las serpientes que nadaban a nuestro alrededor? —me preguntó el ex-Catón, cargado de malas intenciones.

—¿Por qué no te vas al Paraíso Terrenal un rato, eh? —le respondí.

Quince o veinte metros más adelante, nos detuvimos frente a una pared construida con apretadas hiladas horizontales de antiguos ladrillos bizantinos. Por el tamaño, el diseño y la argamasa utilizada, aquel muro era del siglo XII o XIII y estaba cubierto por espesas, sucias y largas telarañas.

—Hemos llegado —dijo Nuran, satisfecho—. Estamos exactamente debajo de *Kanlı Kilise.*

—¿Debajo de dónde? —se sorprendió Kaspar, levantando el extremo de su ceja izquierda de aquel modo tan raro que yo no le conocía.

—Los turcos llaman *Kanlı Kilise* a Santa María de los Mongoles —le expliqué—. Significa «iglesia de sangre», por los combates que tuvieron lugar en esta zona de la ciudad entre griegos y turcos durante la conquista de Constantinopla.

—Bueno —se impacientó el ex-Catón—, pero estamos en el lugar correcto, ¿no?

—Vengan a ver —nos invitó Nuran, que había sacado un plano de uno de los bolsillos de su pantalón y lo estaba desplegando. Todos nos acercamos pero, mientras nos colocábamos y nuestro guía empezaba a hablar, hubo un instante de silencio durante el cual se escucharon con total claridad voces y pasos que avanzaban en nuestra dirección. Nos quedamos helados, mirándonos unos a otros.

—¡Escondeos! —susurró Kaspar.

Nos dispersamos rápidamente por aquel mugriento y repugnante lugar, buscando la protección de las montañas de escombros y los derrumbamientos de los túneles. Yo acabé junto a Farag entre un montículo de cascotes y la pared de ladrillos de *Panagía Mujliótissa,* justo a la derecha del túnel. Kaspar y Abby estaban al otro lado, a la izquierda, incrustados contra la mampostería en una pequeña zona retranqueada. A Nuran y sus hombres no se les veía por ningún lado. Apagamos todas las luces de los cascos y el lugar quedó a oscuras y en silencio.

Aquella situación no tenía ninguna gracia. Seguramente

los que venían hacia allí eran también espeleólogos urbanos que, por pura coincidencia, habían elegido nuestra misma ruta aquella misma noche. Aunque podía tratarse, me dije notando la adrenalina corriendo a chorro por mis venas, del grupo de asesinos que habían matado al hombre que habíamos encontrado flotando en la segunda cisterna. Farag me pasó el brazo por la cintura para tirar de mí hacia abajo. No me había dado cuenta de que estaba de pie, agarrotada por el miedo.

Las voces se aproximaban poco a poco y, por lo que pude escuchar, no hablaban en turco. El brazo de Farag se apretó alrededor de mí ordenándome silencio absoluto. Las voces tampoco hablaban en inglés. Una de ellas me resultaba muy familiar. Desagradable pero familiar. Y, entonces, cuando menos de diez metros nos separaban de los visitantes y sus haces de luz iluminaban ya el muro de Santa María de los Mongoles, uno de ellos preguntó en italiano:

—Capitán, este tipo ¿sabe de verdad adónde nos lleva?

—¡Eh, *Herr professor!* —gritó en alemán la inolvidable e inconfundible voz de Gottfried Spitteler, el militar de la Guardia Suiza del Vaticano al que tanto queríamos.

—¡Déjeme en paz, *Herr* Spitteler! —gruñó alguien de muy malos modos.

Un pequeño movimiento a nuestra izquierda me hizo volver la cabeza. Con el leve resplandor que llegaba por el túnel pude ver el extraño gesto de la cara de Abby. Kaspar la sostenía por los hombros. Me giré hacia Farag, en busca de alguna explicación, pero mi marido miraba fijamente hacia las luces que venían por el túnel. Tampoco exhibía un gesto normal; parecía tremendamente furioso. Había reconocido, como yo, la voz de nuestro amigo. Empecé a notar los síntomas de la asfixia por cierre de laringe. La ansiedad estaba a punto de hacerme saltar por los aires. Era la peor de las situaciones imaginables: Gottfried Spitteler acercándose hacia nosotros en el lugar más insospechado del planeta y yo sin tener a mano un congelador en el que meter la cabeza. La sangre empezó a zumbarme en el interior de los oídos.

No podíamos divisarles bien porque sus focos nos deslumbraban. Apenas dos o tres metros les separaban ya de nosotros. Y, entonces, unas sombras vertiginosas arremetieron contra ellos. Gritos, golpes, exabruptos... Las luces de los cascos dieron contra el suelo, rompiéndose y devolviéndonos a la oscuridad. Sonó un disparo y vi brillar unas chispas en algún lugar del techo. Luego, sonó otro disparo y otro más, y continuaron los puñetazos y los insultos en varios idiomas que conocía. Farag y yo no nos atrevíamos a movernos ni siquiera un poco y yo luchaba en silencio por respirar pero, extrañamente, el remedio llegó con el siguiente disparo y con una bala que fue a dar contra el suelo justo a mi lado. Me llevé tal susto que la garganta se me abrió de golpe y el aire volvió a entrar libremente hasta el fondo de mi pecho. Bueno, ahora ya disponía de dos tratamientos: neveras y pistolas. Farag me atrajo con más fuerza hacia él para alejarme del borde del montículo de cascotes. Adiviné que también se había llevado un susto de muerte.

Al poco, los ruidos de la reyerta fueron cesando gradualmente hasta que se extinguieron del todo. Los focos de leds de los cascos de los vencedores se encendieron, pero ¿a quién pertenecían? ¿Quién había luchado contra quién? Y, sobre todo, lo más importante: ¿quién había ganado?

Cuatro o cinco hombres inconscientes se veían desplomados sobre el asqueroso suelo del túnel. Afortunadamente, ninguno era de los nuestros y, sin embargo, a uno de ellos lo reconocí de inmediato: era Gottfried Spitteler en persona. Su rostro, de piel muy blanca y llena de manchas rojas, me había perseguido en mis pesadillas durante años y, por lo visto, no había cambiado en absoluto: rayas verticales en las mejillas en plan tipo duro, pequeña mancha oscura bajo el labio inferior, cejas rubias un poco erizadas por los extremos y los ojos, ahora cerrados, de un gris tan claro que parecía cristal.

—¿Doctora Salina? —preguntó la voz de Nuran desde detrás de una luz cegadora—. ¿Profesor Boswell? ¿Están ustedes bien?

—¿Nuran? —inquirió mi marido, incorporándose—. ¿Qué ha pasado aquí?

—Los señores Simonson temían que algo así pudiera ocurrir —dijo el turco, encendiendo, además, una linterna—, por eso nos mandaron para protegerles.

—¿Temían que esto pudiera ocurrir? —pregunté avanzando hacia el inconsciente Gottfried Spitteler, que yacía en el suelo como un monigote de trapo.

—Sí. Y debíamos protegerles de ellos —la luz de la linterna enfocó a los cinco hombres derribados e inmóviles—. De los guardias del Vaticano.

Abby Simonson pasó lentamente junto a mí y se acercó hasta uno de los inconscientes esbirros de Gottfried. Con toda delicadeza se arrodilló a su lado y le retiró el pelo mugriento de la cara.

—Hartwig —susurró—. Hartwig, ¿qué haces tú aquí?

¿Hartwig...? ¿Hartwig Rau, su exmarido, el arqueólogo? Claro que Hartwig no le podía contestar pero, sin duda, era una buena pregunta: ¿qué hacía él allí? ¿Acaso no trabajaba en Egipto, en el Valle de los Reyes? Al menos, eso había dicho Farag. ¿Qué hacía Hartwig Rau con Gottfried Spitteler en el subsuelo bizantino de Estambul, delante de los cimientos de Santa María de los Mongoles? ¿Y por qué los abuelos de Abby habían adivinado que algo así podía suceder y nos habían mandado con unos espeleólogos que habían resultado ser, afortunadamente, unos feroces matones turcos?

El supuesto empleado del Çırağan Palace Hotel, conocido por nosotros hasta ese momento por Nuran Arslan, comenzó en ese momento a hacer las auténticas presentaciones:

—Pueden seguir llamándome Nuran, aunque no es mi verdadero nombre. Éstos son mis compañeros Yakut, Mehmet, Kemal y Basar. Trabajamos en servicios de seguridad y protección de personalidades para una empresa de los señores Simonson. Somos antiguos miembros del ejército turco, de los Cuerpos de Fuerzas Especiales. ¡Ah! Y sí, también somos espeleólogos urbanos de verdad en nuestros ratos libres —se rió.

Yakut, Mehmet, Kemal y Basar, que maniataban y amordazaban rápida y eficazmente a los cinco integrantes del equipo de Gottfried, no dijeron nada y tampoco se rieron. Qué poco me gustaba todo aquello, pensé. Abby contemplaba la escena de pie, sin alejarse mucho del cuerpo de su exmarido que, ahora, con los pies atados, las manos esposadas con bridas de seguridad en la espalda, los ojos vendados y un trozo de cinta adhesiva sobre la boca parecía uno de esos pobres e indefensos rehenes de los musulmanes yihadistas que, últimamente y por desgracia, salían casi todos los días en las noticias.

Los cinco exmilitares turcos acabaron de atar a los prisioneros y los dejaron apoyados —más bien desplomados— contra la pared del túnel. De algún lado habían hecho aparecer un montón de armas: cuchillos de larga hoja de sierra, pistolas y subfusiles automáticos que me pusieron los pelos de punta.

—¿Es éste de verdad tu exmarido? —le preguntó Kaspar a Abby, señalando al hombre grandote que permanecía sin sentido apoyado en el hombro de Gottfried Spitteler.

—Es Hartwig, sí —respondió Abby, con un nudo en la garganta que casi no la dejaba hablar. Se agachó despacio y recogió unas gafas rotas del suelo. Con mucho cuidado, se acercó hasta su exmarido y se las guardó en un bolsillo de la maltrecha chaqueta polar—. No sé qué hace aquí —el nudo de la garganta la estranguló un poco más—. Y no sé si quiero saberlo.

—Evidentemente, ha venido con los hombres del Vaticano —rezongó Farag bastante enfadado—, así que la única explicación posible es que el honorable profesor Rau está metido hasta el cuello en el asunto de los osarios. Y nuestro viejo amigo —dijo, agachándose para poner su cara a la altura de la de Gottfried— no ha podido esperar a tener el permiso de excavación. Seguramente, no quería que llegáramos antes y nos apoderásemos de lo que sea que tenga María Paleologina. El permiso lo habrán pedido por cubrir el expediente, por si pasaba algo. Al fin y al cabo, son el Vaticano y no se la pueden jugar.

—Si Hartwig está metido en el asunto de los osarios —murmuró Abby, a la que le resbalaban por las mejillas unas lágrimas silenciosas—, el Vaticano tiene la misma información que nosotros. Hartwig lo sabía todo pero decía que era una locura, una fantasía, que estaba harto... Por eso nos divorciamos. No comprendo... No puedo comprender por qué ahora está ayudando al Vaticano a buscar los osarios.

Me acerqué hasta la heredera y le puse una mano en el hombro. Me daba muchísima pena verla llorar. Era tan perfecta que las lágrimas no parecían formar parte de su naturaleza y, sin embargo, estaba claro que seguía enamorada de aquel estúpido cazafortunas alemán.

Nuran se nos acercó.

—No podemos perder tiempo —me susurró, haciendo un gesto hacia los hombres desvanecidos—. Tenemos que entrar ahora.

Kaspar se acercó hasta Abby y le tendió un pañuelo con gesto adusto. Fue un gesto nimio, pequeño, pero mi extraordinario sexto sentido me advirtió de que el ex-Catón no era inmune a las lágrimas de la heredera. Un pensamiento malévolo, retorcido, totalmente impropio de mí, se instaló en mi cerebro y tardé cero segundos en trazar las líneas maestras del plan. Era perfecto, me dije ocultando una perversa sonrisa.

Mientras Yakut se quedaba de guardia con el maldito subfusil apuntando a los prisioneros, los demás tomamos de una bolsa unas rasquetas con hoja en forma de rombo y empezamos a desprender la argamasa entre los ladrillos del muro subterráneo de Santa María de los Mongoles. No sabíamos qué había detrás de aquel muro y, para no provocar un derrumbe, sólo podíamos quitar el equivalente a un cuadrado de sesenta centímetros de las hiladas partiendo desde el suelo hacia arriba. La argamasa, por la humedad de siglos y el deterioro de sus componentes, se desmenuzaba como harina, sin ningún esfuerzo ni dificultad, y retirábamos los ladrillos con cuidado para no causarles ningún daño como si lo que estábamos haciendo fuese un crimen histórico descomunal (que lo era). Al poco, ya teníamos nuestro orificio de entrada en Santa María de los Mongoles.

Nuran echó cuerpo a tierra e introdujo la linterna y la cabeza por el agujero. Un expresivo silbido nos llegó desde el otro lado del muro.

—Hemos ido a dar con una cripta —exclamó con voz de asombro. No sabía lo mucho que eso significaba para nosotros. Era la mejor noticia posible.

—¿Hay alguna tumba o enterramiento? —pregunté, ansiosa.

—Bueno, hay un sarcófago —explicó—, y, por su aspecto, yo diría que está hecho de pórfido.

Nuran sacó la cabeza y se levantó del suelo sacudiéndose la ropa, y fue Farag quien se introdujo a continuación por la abertura, desapareciendo por completo de nuestra vista. Sentí una cierta inquietud.

—¡*Basíleia*, ven! —me llamó. No lo pensé dos veces: mejor morir con él que por separado.

En cuanto me incorporé en el interior de aquella cripta me di cuenta de que tenía forma de media bóveda de cañón, cortada longitudinalmente por el muro que habíamos perforado. Frente a la abertura, donde el suelo y la curva de la pared se tocaban, un estrado de piedra sostenía un largo sarcófago hecho, efectivamente, de brillante pórfido rojo cuya tapa exhibía un hermoso mosaico de estilo claramente bizantino en el que se veía a una mujer joven, aparentemente dormida, vestida con una túnica larga y negra y el pelo recogido por una toca del mismo color que se ceñía al cuello. Llevaba, además, una cruz entre las manos. Era un mosaico sencillo que no hubiera tenido nada destacable de no ser por dos detalles: representaba, sin duda, a una monja (aunque mucho más joven de lo que debía de ser María en el momento de su muerte) y exhibía en su parte superior, en oro y rojo heráldicos, el águila bicéfala del emblema familiar imperial de los *Palaiologoi*, los Paleólogo, con el monograma del linaje en el centro. El hecho de que el sarcófago fuera de pórfido tampoco era baladí, ya que tal material estaba reservado, como el color púrpura, a las familias imperiales de Bizancio. Habíamos tenido la inmensa suerte de ir a dar con la pequeña cripta perdida en la que, ochocientos años atrás, se guardó el cuerpo de la esposa de un Khan mongol que también era la hija de un emperador de Constantinopla, la noble María Paleologina.

—Mira esto —me señaló mi marido alumbrando las paredes de la cueva—. Es todo roca natural. Esta cripta no está comunicada con el edificio de arriba.

Era cierto. Aquel lugar era una gruta excavada en la roca sin más acceso que el que nosotros habíamos abierto en la pared de mampostería. Eso explicaba que no hubiera sido descubierta en ocho siglos.

—Tuvieron que bajar a María hasta aquí de alguna manera —dije.

—Sí. De la misma manera que hemos llegado nosotros. Por las cisternas. Y, luego, tapiaron la cueva y los siglos pasaron.

—Pero, ¿por qué? —me extrañé—. Como fundadora de Santa María de los Mongoles lo lógico hubiera sido que la enterraran bajo el suelo de la iglesia o, al menos, en algún lugar de fácil acceso para que las monjas del convento y los fieles le pudieran rezar. ¡Era hija de un emperador, por Dios!

—Quizá lo pidió la propia María.

El vozarrón de Kaspar me sobresaltó. No me había dado cuenta de que había entrado en la cripta detrás de nosotros. Y Abby también estaba allí, sacudiéndose el polvo del traje de neopreno.

—¿Ella quiso que la enterraran en un lugar tan horrible como éste? —farfullé—. Pues o tenía miedo de que profanaran su sepulcro las hordas turcas que llegaron tres siglos después o tenía algo que esconder.

—Tenía algo que esconder —convino Abby—. Algo que, literalmente, se llevó con ella a la tumba.

—A esta tumba —repuso Farag señalando el sarcófago de pórfido rojo—. ¿Lo abrimos?

El estómago se me revolvió un poco pero sabía que era inevitable. Habíamos venido para eso.

—Adelante —les animé. Sabía por experiencia lo mucho que pesaba el pórfido y aquella tapa sostenía, además, un precioso mosaico que, lo quieras o no, por pequeño que fuera, significaba más peso. Claramente, era trabajo de hombres.

—Abby, tú levantarás la esquina izquierda de la cabecera —dijo Kaspar—. Yo levantaré la derecha. Farag, vosotros dos las esquinas de los pies pero tú, Ottavia, ponte frente a mí, en el lado derecho. Así Farag y yo haremos más fuerza en diagonal.

—¡Eh, ahí afuera tenemos a un montón de fortachones que pueden encargarse de esto! —protesté—. ¿Por qué no les llamamos?

Kaspar me echó una mirada feroz, pero fue Farag, su enjuto álter ego y mi marido, quien me respondió:

—Cariño, no podemos dejar que entren y vean esto. ¿Es que no lo entiendes? Tenemos que hacerlo nosotros. Y rápido.

Tenía razón, claro. De modo que ocupé el lugar que me habían asignado y, a la de tres, todos hicimos fuerza para levantar la pesada tapa del sarcófago. No fue sencillo. El pórfido pesa como un muerto, y tiene una dureza y una resistencia superior a la del granito. Además, María debía de haber sido alta para una mujer de su época y su sarcófago era grande.

Lo intentamos dos o tres veces más pero no pudimos. Al final, Kaspar llamó a Nuran a voces y le pidió que trajera a un hombre más, al más fuerte, y Nuran entró en la cripta seguido por Basar, el comedor de insectos.

Entre los seis conseguimos, no sé cómo, levantar un poco la pesada tapa de pórfido con mosaico, lo suficiente para desencajarla de la parte inferior del ataúd al que estaba sólidamente adherida. En un segundo y atroz esfuerzo, logramos moverla otro poco más, haciéndola girar sobre el propio sarcófago de manera que pudimos atisbar algo de los pies de María y algo de la toca de su cabeza. Al final, conseguimos dejar la cubierta cruzada sobre la caja. Desde luego, resultaba totalmente imposible quitarla de allí y dejarla en el suelo, así que, con la fuerza que nos quedaba, la empujamos hacia el borde inferior, hacia los pies. Por suerte, los restos de María Paleologina eran de un tamaño muy inferior a su ataúd y toda ella —o lo que fue ella— quedó al descubierto.

A pesar de que Abby estaba como ausente y con la mirada perdida desde que había visto a su exmarido y de que parecía tener la cabeza más fuera de la cripta que dentro, cuando terminamos de mover la cubierta se volvió hacia Nuran y le dijo con voz autoritaria:

—Ahora, salgan los dos de aquí. Ustedes no han visto nada.

Nuran, para variar, nos miró a Farag y a mí y dijo:

—No se preocupen. Ni siquiera hemos entrado en este lugar.

Lo que había dentro del ataúd era simplemente espeluznante. Por supuesto, sobre aquellos pobres huesos no quedaba ni un poquito de carne, cosa muy lógica por otra parte, y por huesos hablo del cráneo, puesto que todo lo demás estaba cubierto por los restos de una siniestra túnica negra que, en tiempos, sin duda fue de calidad y buena factura pero que ahora parecía ir a desintegrarse si movíamos demasiado el aire a su alrededor. A la luz de los leds de los cascos y de las linternas, la calavera de María era aterradora, apenas cubierta por los despojos de la capucha que se había caído hacia atrás dejando al descubierto todo el hueso frontal y la mitad del parietal. La mandíbula estaba suelta y se había inclinado hacia un lado y ni en ella ni en el maxilar superior quedaba un solo diente, sólo sus agujeros. Parecía que le habían tapado las cavidades orbitales con un par de trocitos de tela vieja, sucia y agujereada, pero resultó que aquellos trocitos eran los restos secos de los ojos.

—¡Esto es espantoso! —murmuró Abby, cruzando los brazos sobre el pecho como si María fuera a levantarse de su tumba y a clavarle una estaca en el corazón.

—Terminaremos enseguida —le aseguró Kaspar, animándola.

—Hay que apartar la túnica —dijo mi marido sacando un pequeño estuche beige del interior de un bolsillo de su polar. Reconocí de inmediato sus delicadísimas herramientas de arqueología estratigráfica, uno de sus tesoros profesionales más preciados que no guardaba en un banco como si fueran diamantes porque yo me negaba en redondo.

El problema para apartar los trozos de túnica era que María tenía las manos cruzadas sobre el pecho sujetando un precioso crucifijo de oro y piedras preciosas. Tampoco de las manos quedaba otra cosa que huesos y, encima, trabados entre sí. Pero mi héroe no se lo pensó dos veces y utilizando unas finas pinzas y unos minúsculos escoplos, separó uno a uno aquellos dedos quebradizos liberando, al final, la preciosa cruz de oro, que dejó junto a la calavera de María sin prestarle demasiada atención. Luego, se dedicó, bajo nuestra atenta mirada, a buscar alguna costura en la tela de la negra túnica que había servido de sudario a aquella *basíleia* de Bizancio que tantos secretos parecía guardar y que tantas cosas había conocido cuando estaba viva. Por desgracia, la túnica no tenía costuras a la vista, así que Farag procedió a cortarla desde abajo hacia arriba por el centro con todo el cuidado que le fue posible.

Kaspar, Abby y yo conteníamos la respiración mientras mi marido ejercía de arqueólogo desalmado con el cadáver de una monja. Por eso, en aquel silencio espeso, podíamos escuchar, de vez en cuando, algún golpe seco y alguna ahogada exclamación de dolor que llegaban del exterior y, en cada ocasión, la pobre Abby daba un respingo adivinando que alguno de los prisioneros, quizá su amado Hartwig, había despertado y que Yakut le estaba administrando la dosis de culata de subfusil necesaria para volver a dormirlo.

Por fin, Farag terminó de cortar la mortaja. Todos soltamos el aire retenido en los pulmones y nos relajamos, a pesar de saber que ahora llegaba lo peor. Mi marido, usando dos pinzas a la vez, apartó hacia los costados del cadáver los dos lados de la tela, dejando al descubierto el esqueleto completo de la hija del emperador Miguel VIII Paleólogo. Su cuerpo, en vida, debió de ser proporcionado y bello. En el centro de su pecho, ocupando el hueco de las costillas —que aparecían cuidadosamente cortadas y ordenadas debajo—, se veía una hermosa cajita de oro purísimo, apenas manchada por los fluidos ya secos de la descomposición. Kaspar, que llevaba puestos los guantes de PVC, fue quien la cogió y la sacó del pecho de María.

—Alguien le serró las costillas después de morir para colocar este joyero en la caja torácica —dijo Farag, guardando sus queridas herramientas en el estuche.

—Seguro que fue ella quien lo organizó todo —comenté yo, observando cómo Kaspar buscaba la manera de abrir la arquilla de oro—. Ella mandó edificar la iglesita que tenemos encima y el pequeño convento, así que, con seguridad, ordenó también que construyeran esta cripta secreta y quiso ser enterrada con esa caja de oro en el pecho. María sabía que la descomposición de los órganos internos podía destruir el material orgánico pero que nada podría afectar al oro, un metal inalterable.

El ex-Catón seguía luchando sin éxito para abrir el joyero. Impaciente, me dirigí hacia él y se lo quité de las manos. No tenía decoración alguna. Era sencillo y liso, sin grabados ni marcas a la vista.

—Su secreto era importante —comenté, pulsando un cierre automático oculto muy usado en los joyeros de las ricas damas bizantinas. Una parte del antiguo mecanismo saltó dentro de la caja y la tapa se soltó. Me dejé caer al suelo y me senté con las piernas cruzadas, inmensamente intrigada por lo que podría encontrar dentro. Los demás me rodearon y se agacharon o arrodillaron para ver mejor.

Dentro de la arquilla había papeles antiguos de distinta tonalidad y materiales pero, tres de ellos, sorprendentemente, eran de un desconcertante color blanco, por completo inusual en los hallazgos de este tipo. Todos estaban cuidadosamente doblados para disminuir su tamaño. De no haber sido paleógrafa me hubiera dado miedo tocarlos o estropearlos, pero sabía manipular documentos antiguos y, siendo supuestamente bizantinos, era como si me pertenecieran. ¿Acaso no era yo la mayor experta mundial precisamente en eso?

Sujeté y desplegué con infinita paciencia, tan despacio como me fue posible en aquellas circunstancias, el primero de esos papeles inexplicablemente blancos de textura suave y fina. En los dobleces no se apreciaba ningún tipo de desgaste. Era increíblemente flexible y conservaba, por alguna enigmática razón, un precioso brillo glaseado. Nunca había visto un papel como aquél y, por extraño que pareciera, lo primero que me venía a la cabeza era que tenía que tratarse de papel de fabricación china, ya que era la única explicación posible si tenía ochocientos años de antigüedad.

Cuando lo terminé de desplegar, al tener ante mis ojos el texto, aún me sentí más desconcertada, porque estaba escrito en un elegante griego trazado sin duda alguna con pincel, no con pluma de ave o cálamo, de manera que presentaba un original y nunca visto estilo oriental. Como no tenía las gafas de leer y la luz era bastante pobre, mis ojos saltaron sobre las cursivas minúsculas buscando inconscientemente las letras más grandes y, así, tropezaron con la firma que rubricaba aquella carta y que, para mayor confusión, estaba garabateada en caracteres latinos.

Al punto, no fui capaz de admitir lo que acababa de leer. O quizá sí. No sé. El caso es que tardé en reaccionar porque no daba crédito a lo que veía. Fue Kaspar quien, de repente, dijo en voz alta:

—¿Marcus Paulus Venetus...?

—¿No lo reconoces, capitán? —le pregunté intentando tragar la inexistente saliva de una boca completamente seca.

—¡No puede ser! —soltó de pronto mi marido al darse cuenta—. ¡Imposible!

—¿Quién es? —preguntó Abby con ingenuidad.

—Marco Polo (7), el veneciano —le respondí.

(7) El apellido Polo deriva del latín Paulus en la lengua vernácula veneciana. *Marco Polo. De Venecia a Xanadú*, Laurence Bergreen, editorial Ariel, 2009.

CAPÍTULO 14

Con el joyero de oro guardado entre mi traje de neopreno y la chaqueta polar (mejor no recordar dónde había estado la dichosa cajita durante los últimos ochocientos años), remaba en uno de los lados de la balsa hinchable en la que Abby, Nuran y yo regresábamos hacia la salida para volver al hotel. Kaspar y los otros cuatro turcos del equipo de fortachones se habían quedado allí con los prisioneros, a los cuales, una vez que nosotros nos hubiéramos alejado lo suficiente, iban a someter a un dulce y cariñoso interrogatorio. Vamos que, conociendo a Kaspar —y dejando a un lado su dignidad espiritual, muy menguada por otra parte desde la muerte de su mujer—, ya veía a Gottfried Spitteler y a Hartwig Rau cantando a dúo *La Traviata* de Verdi con voces de *castrati*. Kaspar no se andaba con tonterías y en eso el Vaticano había hecho un gran trabajo con él. Y qué decir de los cuatro turcos de las Fuerzas Especiales (Yakut, Mehmet, Kemal y Basar), en cuyas manos no pondría yo ni una caja de cerillas no fuera que incendiaran el mundo.

Mi único temor era por mi marido, por Farag, que, como arqueólogo, erudito y académico de dimensiones físicas un tanto enclenques, no pegaba ni con cola en medio de aquel peligroso grupo de matones ni en aquella situación. En realidad, Farag se había quedado para recomponer el muro de mampostería de la cripta secreta de Santa María de los Mongoles ya que era el único que podía hacerlo con la habilidad necesaria como para no dejar una huella demasiado evidente de nuestro paso por allí. María Paleologina merecía ser respetada en su lugar de descanso final.

Abby y yo regresábamos en el bote con Nuran para llegar al hotel cuanto antes y poner a salvo el joyero, además de empezar a enviar el material de su interior a Jake y a Becky en Toronto. Ya no teníamos prisa por detener ninguna solicitud de excavación del Vaticano puesto que la habíamos neutralizado de manera radical pero convenía que una copia de seguridad de toda aquella nueva documentación quedara a buen recaudo en manos de los Simonson. ¿Quién podía asegurar que no hubiera otro comando del Vaticano dispuesto a robárnosla?

Llegamos al Çirağan Palace cuando el sol ya empezaba a pintar de oro las aguas del Bósforo. Nuran se despidió de nosotras en la misma puerta de servicio por la que habíamos salido horas antes, asegurándonos que en el hotel estábamos completamente seguras porque tenía hombres apostados en todas las plantas. Abby y yo, sin hablar, cogimos el ascensor más cercano y nos dirigimos directamente a la suite Sultán, donde Isabella y Linus dormían en el segundo dormitorio.

Nada más cerrar con cuidado la puerta detrás de nosotras sentí una debilidad agotadora que casi me hizo caer al suelo. La dichosa cajita de oro pesaba como un muerto y yo no podía con mi alma, así que me abrí la chaqueta y abandoné el joyero de María Paleologina sobre la primera superficie que vi, dirigiéndome inmediatamente a la habitación en la que dormían los niños. Antes de desmayarme debía cerciorarme de que Linus e Isabella estaban bien.

Abrí con cuidado la puerta del segundo (e increíblemente fastuoso) dormitorio de la suite y los vi a ambos en la gigantesca cama de matrimonio tranquilamente dormidos bajo la luz dorada que entraba por los grandes ventanales. Solté un largo suspiro de bienestar y retrocedí con cuidado para no hacer ruido.

—¿Duermen? —preguntó Abby en susurros.

Asentí con la cabeza.

—¿Quieres ir tú también a dormir, Ottavia? No tienes muy buena cara.

Un pelo me faltó para decirle que ella no tenía muy buena cara nunca, pero me contuve. Al fin y al cabo, la pobre no tenía la culpa y, en realidad, era muy buena persona. Allí, la bruja agotada era yo.

—Gracias, Abby, pero no. No voy a acostarme hasta que no regrese Farag.

—Entonces, ¿quieres ducharte y desayunar? Estos trajes de neopreno apestan y son muy incómodos después de tantas horas. En mi habitación hay dos cuartos de baño.

—Esa invitación sí te la acepto —le dije intentando recuperar el buen humor. Como la noche anterior nos habíamos cambiado en la suite de Abby, mi ropa estaba allí, de modo que podía ducharme y volver a ponérmela mientras esperaba a Farag. Aunque me estuviera muriendo de cansancio, sabía que no podría pegar ojo hasta que regresara sano y salvo de las cisternas pues, gracias a mis formidables habilidades, era capaz de imaginar unas trescientas cosas terribles que le podían ocurrir.

Me fui a la ducha arrastrando el peso de mi cuerpo y de mi alma mientras Abby descolgaba el teléfono y encargaba un desayuno sencillo para veinte minutos más tarde. Lo cierto es que me reanimé un poco después de pasar por el agua y el secador de pelo.

—Farag y tú formáis una pareja maravillosa —me soltó Abby en cuanto ambas volvimos a reunirnos en el enorme salón con vistas al Bósforo.

—No te voy a decir que no —repuse con orgullo, sentándome.

Y entonces caí en la cuenta de que Abby debía de encontrarse fatal. Había descubierto a su exmarido en el bando de los malos aprovechándose de toda la información que había sacado de ella y de su familia cuando estaban casados. No quería ni imaginar lo duro que tenía que ser aquello.

—¿Aún estás enamorada de Hartwig? —le pregunté.

Me miró de una manera indescifrable.

—Supongo que no —respondió, llegando hasta mí y sentándose a mi lado en el sofá—. No. Creo que ya no le quiero. Si me lo hubieras preguntado anoche no habría sabido qué responderte. Pero, después de lo que ha pasado hoy, algo se ha roto para siempre dentro de mí. Creía que era un hombre absolutamente maravilloso pero ha resultado no serlo.

—¿Pues sabes quién sí es un hombre maravilloso de verdad?

—¿Farag? —me preguntó con una sonrisilla maliciosa.

—¡Por supuesto! Pero ése es mío y no está en el mercado. No, yo te hablo de otro hombre tan maravilloso como Farag aunque bastante más bruto y con una faceta desagradable que puede llegar a tener su encanto.

—Kaspar —afirmó con rotundidad.

—Exacto, Kaspar. ¿No te has fijado un poco en él? Te lo digo porque me parece que le gustas.

Su fea cara no pudo expresar una sorpresa mayor.

—¿Lo estás diciendo en serio? —balbució—. Pero si... es Catón.

—Lo conozco desde hace quince años —dije llevándome la mano al corazón con un gesto dramático para impresionar a la romántica Abby—, y es el tipo más íntegro y honrado que conocerás en tu vida. Tiene un pasado turbio y siniestro del que es mejor no hablar, pero no fue elegido Catón por casualidad y, aunque no pueda verse ni con telescopio porque lo oculta detrás de un muro de varias toneladas de cemento, es un hombre dulce y encantador.

Vale, quizá lo estaba pintando demasiado bien, pero estaba vendiendo un producto y no iba a contarle a la posible compradora las muchas pifias y taras del objeto en cuestión.

—Y porque lo conozco —concluí—, estoy convencida de que le gustas.

Como Abby se había quedado estupefacta y con la boca abierta, fui yo quien abrió la puerta cuando llegó el desayuno.

La comida y el café nos reanimaron mucho, hasta el punto de que recuperé las fuerzas suficientes para trabajar un rato con los documentos de María Paleologina mientras volvían Farag y Kaspar. En realidad, no era trabajar porque sólo había seis papeles, tres de ellos blancos como la nieve, y, además, no hubiera sido capaz de leer ni una letra. Se trataba, simplemente, de sacar el contenido del joyero para tomar fotografías y enviarlas a Toronto. Sólo necesité mis gafas y unos guantes limpios de algodón que me subieron de la lencería y, en cuestión de un momento, la heredera y yo formamos un equipo de trabajo bastante eficaz. La verdad era que la caja de oro había protegido perfectamente el papel y las tintas de la humedad, las polillas y la luz. Era increíble el buen estado en el que se encontraba todo.

Ni Abby ni yo podíamos evitar entretenernos contemplando más de lo necesario las cartas firmadas por «Marcus Paulus Venetus» o, a veces, por «Μαρκο Πολο το Βενετικο», pronunciado *Marko Polo to Veneticó*. Había otros tres documentos, desde luego, pero las cartas de Marco Polo a María Paleologina resultaban un poderoso imán para nuestros ojos cansados. Eran increíblemente bellas y, además, únicas en el mundo: nunca se había encontrado ningún manuscrito original del veneciano, pues hasta su testamento quedó sin firmar.

Como buena italiana, educada en un buen colegio de monjas italianas, no sólo había tenido que sufrir horriblemente con las clases de literatura sobre la *Divina Comedia* de Dante Alighieri (que tanto significó más tarde para Kaspar, para Farag y para mí), sino también, por supuesto, con el *Libro de las maravillas del mundo* de Marco Polo y Rustichello da Pisa, su compañero de prisión a la vuelta de Oriente y redactor de la obra. El *Libro de las maravillas* era más llevadero que la *Divina Comedia*, sin duda, pero, con todo, especialmente entre los diez y los dieciocho años, resultaba soporífero. Bueno, luego también, pero la edad te hacía sentirte orgullosa de que Dante y Marco Polo fueran las grandes figuras universales que realmente eran. Ahora, eso sí, que te los hicieran estudiar en la infancia y en la adolescencia dejaba secuelas para siempre. En aquellos momentos, allí, en Estambul, no podía evitar preguntarme qué habría hecho yo de malo en esta vida como para merecer la persecución y el acoso de la literatura italiana de los siglos XIII y XIV. Alguna explicación, por absurda que fuera, tenía que haber para semejante maldición.

Ya estábamos acabando cuando sonó el teléfono de la suite. Abby descolgó y atendió la llamada en silencio. Luego, sin mirarme, colgó.

—Ottavia —me dijo con voz grave—, ha ocurrido algo. Era Nuran.

El mundo se hundió bajo mis pies. Todo se detuvo y yo dejé de respirar. Farag.

—Tenemos que ir al Hospital Académico Özel —siguió diciendo—. Han ingresado allí a Farag y a Kaspar.

Empecé a temblar de los pies a la cabeza, de manera incontrolable. Pero daba igual porque no sentía nada. Abby vino corriendo hacia mí y me sujetó las manos.

—Están bien, están bien... —repetía, buscando mi turbia mirada.

—¿Qué...? —susurré.

—¿... les ha pasado? —completó ella—. Les han disparado. Han muerto dos de los hombres de Nuran. El tercero fue el que dio aviso. Kaspar tiene una herida en una pierna y Farag en un hombro. Les están preparando para quirófano.

—¿Les...?

—Sí, les tienen que operar, pero no son heridas graves. No te preocupes. Se van a recuperar. Los dos. Farag está bastante mejor que Kaspar. Los esbirros de Gottfried Spitteler, Hartwig incluido, lograron escapar.

—¿Cómo?

—Gottfried logró soltarse de las bridas de seguridad y hacerse con un arma.

Gottfried. Un incendio desconocido prendió en mi pecho. Nunca antes lo había sentido pero sabía lo que era: deseo de venganza, deseo de matar a Gottfried. Antes de que acabara aquella historia, Gottfried Spitteler iba a pagar por dispararle a Farag, por intentar asesinarlo. Había cruzado la raya. Y había hecho que yo la cruzara.

No razonaba con mucha cordura, lo sé. Mi pensamiento era errático y apenas recuerdo el trayecto hasta el hospital en el vehículo que conducía Nuran. Menos mal que los niños aún dormían cuando salimos. Debían de ser las ocho o las nueve de la mañana. Mi marido, Farag, la otra mitad de mí, estaba herido, había podido morir, había podido perderle para siempre por culpa de Gottfried Spitteler. Y ahí estaba varada. En ese único pensamiento. Una, y otra, y otra vez. Farag había podido morir. Farag estaba herido. Por supuesto que me preocupaba Kaspar, pero no tenía mucho sitio para él en mi cabeza en ese momento. Sólo quería ver a Farag, ver que estaba bien, que estaba vivo, que respiraba.

—Ottavia, hemos llegado.

Conocía el Hospital Académico. Había estado antes allí cuando Beste dio a luz al pequeño Hüseyin. Estaba cerca de la Universidad de Mármara.

—Ven, Ottavia, vamos juntas.

La heredera me cogió tímidamente del brazo y me condujo por una rampa en pos de Nuran, que ya estaba entrando por una puerta automática. Urgencias. Estábamos entrando por Urgencias.

Cuando llegamos a la puerta automática Nuran ya regresaba.

—Acaban de entrar los dos en quirófano. Tenemos que esperar en la planta de cirugía. Allí nos informarán.

Llegamos a cirugía y nos sentamos en unas sillas rojas y yo miraba fijamente el suelo sin ver nada. Recuerdo que pensé que quizá debería llamar a Isabella pero me dije que no, que aún no, que después, cuando su tío saliera del quirófano y nos dijeran cómo estaba. Sé que Abby estuvo hablando con sus abuelos durante mucho rato, y no una vez sino varias. Nuran me trajo un vaso de agua en algún momento y lo dejé en el suelo, junto a la silla roja, sin tocarlo. Allí se quedó. También sé que Nuran nos contó lo que había ocurrido bajo Santa María de los Mongoles. Mehmet fue el único de sus hombres que se salvó.

—El militar del Vaticano logró cortar las bridas de seguridad —nos contó a Abby y a mí—, y tenía una pistola escondida que no vimos al maniatarle. Empezó a disparar a quemarropa, a sangre fría. Mató a Yakut y a Kemal. Luego, le disparó a su amigo Kaspar que se había tirado sobre él y le hirió en la pierna. Con un cuchillo cortó las bridas de los demás y, con todos libres, Mehmet y Basar no tenían ninguna oportunidad. El profesor Boswell, estando ya herido, consiguió refugiarse dentro de la cripta, aunque casi había terminado de cerrarla. El alemán al que usted llamó Hartwig —le dijo a Abby—, huyó, salió de allí corriendo. Y, entonces, uno de los tipos del Vaticano mató a Basar. Mehmet había caído y se había golpeado en la cabeza perdiendo el conocimiento. Por suerte, le dieron por muerto. Así pudo ayudar al profesor Boswell y a su amigo Kaspar, que estaba muy mal y, luego, buscó un sitio donde el móvil tuviera cobertura y me llamó pidiendo auxilio.

Oía la voz de Nuran y veía la escena en mi cabeza, pero no podía decir nada. Todo me daba igual menos Farag. Quería verlo, quería que saliera de aquel maldito quirófano de una vez. Quería abrazarlo. Quería recuperar nuestra vida, nuestra tranquila y feliz vida, y que los Simonson y toda su locura desaparecieran para siempre y nos dejaran en paz.

—Oye, Ottavia...

¡Cargante y pesada Abby Simonson! ¿Por qué no se iba a otra parte del mundo?

—Toma —dijo ofreciéndome un pañuelo de papel.

—No lo necesito, gracias —murmuré disgustada.

—Pues deberías secarte las lágrimas con algo. Tienes toda la cara mojada.

Ni lo había notado. Ni siquiera había sido consciente de estar llorando. Hacía tantísimos años que no lloraba que no recordaba que podía hacerlo. Cogí el pañuelo que me ofrecía y me sequé los ojos y las mejillas.

Pasó mucho tiempo. Horas. Por fin, a media mañana, un médico con traje de quirófano (no se había quitado ni las calzas ni el gorro, y la mascarilla le colgaba de una oreja) salió por una puerta mirando a derecha e izquierda.

—¿Familiares de Farag Boswell?

Salté de la maldita silla roja y me planté frente a él en menos de un latido.

—Soy su mujer —dije humildemente en turco. Aquel médico tenía a mi marido, sabía cómo estaba mi marido, podía devolverme a mi marido. Aquel médico era un dios para mí en aquel momento.

—¡Ah, doctora Salina! —sonrió—. Es un placer conocerla. Soy el doctor Akoğlu. No se preocupe por el profesor Boswell. Se encuentra perfectamente. La bala atravesó el hombro izquierdo, pasando entre la clavícula y el omóplato sin causar grandes daños. Sólo hemos tenido que coserle un poco. En un par de días estará como nuevo.

Suspiré tan profundamente, con tanto alivio, que el cirujano se rió. También yo me reí. De repente, la vida volvía a tener sentido y las cosas volvían a tener color. Aquel lugar olía a hospital y hacía mucho calor. No había notado nada hasta entonces. El tiempo se puso en marcha de nuevo.

—¿Y Kaspar Jensen? —pregunté, usando el apellido falso de la Roca.

—Es amigo suyo, ¿verdad? Su marido también ha preguntado por él. Verá, el señor Jensen está peor. La bala no rompió ninguna arteria pero, aun así, perdió mucha sangre y ha sufrido dos paradas cardiacas en quirófano. Ha habido que hacerle varias transfusiones. Por suerte, al final hemos conseguido estabilizarle. Saldrá de ésta, aunque tardará un poco más que el profesor Boswell. Es un hombre muy fuerte. Habría muerto si no lo fuera.

—¿Puedo ver a mi marido?

—Lo subirán ahora mismo por aquel ascensor de allá —dijo señalando unas puertas metálicas en el lado opuesto de la planta—. Lo estaban sacando de reanimación hace un momento.

—¿Y Kaspar Jensen? —preguntó Abby a mi lado.

—Todavía estamos con él —se lamentó el cirujano, que hablaba inglés y la había comprendido—. Pero acabaremos en una media hora, más o menos. Hay tejido que recomponer en el muslo izquierdo. Vuelvo a quirófano. Ha sido un placer conocerla, doctora Salina.

En cuanto el médico desapareció me volví hacia Abby muy despacio.

—Volvemos a casa —le comuniqué mirándola a los ojos con dureza—. Diles a tus abuelos que esta estúpida aventura se ha terminado. En cuanto Farag y Kaspar se recuperen, regresaremos a Canadá y no quiero que volváis a llenarles la cabeza con historias fantásticas. No quiero que los pongáis en peligro de nuevo. ¿Me has oído?

Abby asintió.

—No te preocupes, Ottavia —me dijo desolada—. Está todo preparado. Volvemos a Canadá en cuanto Kaspar salga de quirófano. Mis abuelos han contratado un avión medicalizado con personal sanitario y regresamos a Toronto directamente.

Me llevé una sorpresa mayúscula pero no protesté. Quería volver a casa. Con Farag e Isabella.

—Los niños —musité.

—Yo voy al hotel ahora a recogerlo todo y los llevaré conmigo al aeropuerto. Estaremos allí cuando lleguéis con las ambulancias. Nuran se queda contigo para encargarse de todo.

—Gracias —le dije con aspereza. Estaba enfadada con ella y con sus abuelos.

Abby se dio media vuelta y se alejó por el pasillo del hospital. Su perfecta melena rubia, su elegante forma de andar y ese glamour que irradiaba por los cuatro costados pregonaban a voces que era la exquisita heredera de una poderosa familia. No podía ocultarlo ni queriendo.

Me quedé allí, mirando la puerta del ascensor por el que tenía que aparecer Farag. Nuran no me molestó. Se colocó a un lado de las sillas y se quedó inmóvil. Cinco minutos después, las puertas se abrieron. Un celador maniobraba con dificultad para sacar la cama por la puerta mientras otro mantenía en alto el palo metálico con los sueros. Y en el centro, sonriente como un príncipe en el día de su coronación, mi héroe me miraba como si yo fuera la única estrella en el firmamento, la única persona sobre la tierra. Me dirigí hacia él con paso rápido y llegué a su lado justo cuando la cama abandonaba el ascensor.

—Apártese, señora, por favor —me dijo en turco el celador de los sueros—. ¿No ve que estamos intentando salir?

Me abracé a Farag y él me rodeó también con uno de sus brazos. Reconocí su olor y su calor, la forma de su cuerpo y su voz cuando exclamó:

—¡*Basíleia*, que me haces daño!

—¿Que te hago daño? —dije riéndome y soltándole—. Lo que voy es a matarte como vuelvas tú a hacerme algo así.

—¿Has llorado por mí? —preguntó encantado y feliz.

La cama avanzaba por el pasillo hacia una habitación y yo caminaba a su lado.

—¿Llorar por ti...? ¡Ya te gustaría!

—Pero ¿has llorado? —insistió, cogiéndome de la mano con su mano libre porque la otra estaba oculta bajo un montón de vendajes.

Pese a su piel morena de egipcio mestizo, se le veía muy pálido y estaba totalmente despeinado. Sin dejar de andar le arreglé un poco el pelo sucio.

—¡Pues claro que he llorado por ti! Y bastante, por cierto.

Rió, feliz como un niño cargado de regalos.

—Yo sólo podía pensar en ti cuando me dispararon. Pensaba que, si me moría, no volvería a verte. Y me parecía absurdo porque tenía muy claro que, aunque me muriera, yo seguiría contigo siempre. Es extraño, ¿verdad?

Me acerqué y le di un beso en los labios. Nunca se lo había dicho pero, desde que me enamoré de él, hacía ya muchísimo tiempo, a veces, cuando le miraba sin que se diera cuenta, pensaba que, aunque tuviera más de una vida, aún me faltaría tiempo para estar a su lado. Y no se lo había dicho porque era un engreído y un fatuo y porque me pediría que se lo repitiera continuamente. Pero lo sabía. Vaya si lo sabía. Igual que yo sabía que, aunque apóstata e impío, soñaba con un más allá juntos, con una eternidad nuestra tan imposible para él como hermosa.

—¡Qué ateo más original! —le dije, sujetando más fuerte su mano y sin dejar de andar—. ¡Pues claro que seguiremos juntos cuando nos muramos! Pero dentro de sesenta o setenta años, ¿eh? Que aún tenemos mucho por vivir.

CAPÍTULO 15

El vuelo directo hasta Toronto duró cerca de once horas. La cabina de pasajeros, sin asientos, parecía un hospital de campaña en tiempo de guerra. Abby, los niños y yo viajábamos en la parte delantera, en lo que hubiera sido primera clase de ser un avión normal. Linus lo pasó fatal, el pobrecito. Estaba asustado de ver a su padre inconsciente, con aquella cara demacrada y con tubos por todas partes. No le dejamos estar con él más que un momento antes de despegar, pero lloró muchas veces durante el vuelo y, al final, cuando ya ni Isabella ni Abby ni yo podíamos calmarle, opté por cogerlo en brazos y acunarlo como si fuera un bebé, a pesar de lo grande que era. Por suerte, funcionó. Se quedó dormido en mi regazo unas dos horas y, cuando despertó, estaba más tranquilo, aunque creo que fue entonces cuando me convertí para él en una especie de puerto seguro donde refugiarse. No dejó de mirarme para comprobar que yo seguía en mi asiento hasta que aterrizamos en Toronto y, luego, nunca volvió a alejarse de mí más allá de la distancia que le permitía confirmar que yo no había desaparecido. Se me partía el corazón de verlo tan desamparado sin su padre.

Los médicos del avión no estaban preocupados ni por Farag, que se encontraba totalmente bien aunque manco, ni por Kaspar, que estaba peor pero fuera de peligro. Abby se acercó varias veces para ver a los enfermos, aunque estoy segura de que no era por Farag, a quien oímos protestar repetidamente (la primera sobrevolando Budapest y la última ya en el espacio aéreo canadiense) para que le dejaran levantarse y venir con nosotros a primera clase. Por supuesto, no lo consiguió.

Los ingresaron en el Mount Sinai Hospital, en Hospital Row, la zona hospitalaria de la University Avenue. La verdad es que no teníamos nada que reprochar a los Simonson, más bien todo lo contrario, porque se estaban portando de una forma increíble. De no ser directamente responsables de lo ocurrido por su loca búsqueda de los malditos osarios, no habría palabras suficientes de gratitud en el mundo para corresponderles por lo que estaban haciendo. Claro que lo que estaban haciendo se debía, indudablemente, a que se sentían responsables de lo que había ocurrido. Inocentes no eran, aunque mala gente tampoco. Y, desde luego, listos sí, muy listos.

Esperaron con paciencia a que Isabella, Linus y yo regresáramos a casa y a una cierta rutina. A Farag le dieron el alta definitiva el miércoles, 4 de junio. Creo que fue porque ya no le soportaban más, aunque lo cierto era que se encontraba realmente bien salvo por el brazo inmovilizado. No se quejaba demasiado aunque abusaba de su condición de convaleciente para que todos giráramos a su alrededor como los planetas en torno al astro rey. Linus se relajó mucho cuando Farag volvió a casa. Esa primera noche durmió mejor, no se despertó tantas veces. Aunque para él el momento más importante del día era cuando íbamos al hospital a ver a su padre, que se recuperaba a ojos vista. Kaspar era fuerte como un toro y su naturaleza rocosa no se desmoronaba por un muslo hecho picadillo. Los Simonson, con Abby a la cabeza, le visitaron en dos ocasiones, aunque no coincidimos. Kaspar se mostraba tranquilo y hasta diría que feliz. Ambos, Farag y Kaspar, tenían que hacerse curas diarias pero, según nos dijo uno de los cirujanos que les atendían, las heridas estaban cicatrizando perfectamente.

Total que, cuando más contentos nos encontrábamos y más sensación teníamos de estar recuperando nuestras vidas, una mañana, al cabo de una semana de haber regresado a Toronto, el teléfono de casa volvió a sonar.

—Ésta va a ser tu madre —le advertí a Isabella antes de descolgar el auricular.

—No creo —replicó tan tranquila—. Hablé anoche con ella por Skype.

—¿Ottavia? —la voz de Abby Simonson al otro lado del hilo telefónico me torció el humor de golpe.

—Hola, Abby.

—Esto... Eh, no quisiera molestar, ¿sabes? Pero a mis abuelos les encantaría que vinierais a casa esta tarde, si no te parece mal.

—Abby, nosotros hemos terminado con la historia de los osarios, ¿vale? No queremos seguir y no hay nada más que hablar.

Farag se puso en pie de un salto al escucharme. La verdad era que no le había dicho nada sobre la decisión que había tomado sin contar con él y me pareció entender, sobre todo por sus furiosos gestos de protesta y oposición, que no estaba conforme. Pero no le hice caso.

—¿Recuerdas las cartas de Marco Polo?

Cómo la odiaba.

—No mucho —masculló. Farag, que se había puesto delante de mí, agitaba su brazo sano frente a mi cara haciéndome saber que él tenía voz y voto en aquel asunto.

—Mis abuelos han hecho traducir todos los documentos que mandamos desde Mongolia y los que encontramos en la caja de oro de María Paleologina, pero creen que tú deberías encargarte de los textos de Marco Polo. Dicen que por su enorme importancia histórica y paleográfica no debe tocarlos nadie más que tú.

—Ya... —musité. Farag seguía mirándome con cara de muy pocos amigos y ahora me hacía gestos amenazadores con su único brazo.

—Marco Polo, Ottavia —insistió Abby—. El más importante viajero de la historia. El autor del *Libro de las maravillas*. El hombre que conoció a Kublai Khan.

—Sé quien es Marco Polo.

—Marco Polo le escribió tres cartas en griego a María Paleologina y queremos que tú, y sólo tú, las traduzcas.

Me quedé pensativa. De repente, tuve una idea muy clara de lo que iba a pedir como pago por toda aquella historia de los osarios: las cartas de Marco Polo. Tenían que ser mías. Con ellas, desde luego, ganaría otro Premio Getty, seguro, y ya habían pasado casi veinte años desde que gané el último. Aún estaba viviendo en la nube de mi primer éxito, en 1992, cuando llegó el segundo en 1995. Pero es que el primero fue muy sonado. En 1992, al poco de convertirme en la primera mujer directora del Laboratorio de Restauración y Paleografía del Archivo Secreto Vaticano, tuve la inmensa suerte de descubrir, traspapelada y sin catalogar, una colección de manuscritos bizantinos datados entre los siglos v y xv que, gracias a mi trabajo paleográfico, devolvieron al mundo la inmensa y bellísima simbología astrológica y zodiacal del cristianismo oriental, destruida para siempre tras la caída de Constantinopla en 1453. Ahora, al recordar todo aquello, la posibilidad de ganar un tercer Premio Getty (algo que jamás había ocurrido) con los únicos documentos manuscritos originales del famoso viajero Marco Polo, unas cartas dirigidas a la hija del emperador bizantino Miguel VIII Paleólogo, empezaba a escocerme como una quemadura.

—Hemos dispuesto la biblioteca pequeña para que trabajes en ella, si te parece bien.

Jaque mate. Victoria para los Simonson. Marco Polo y la biblioteca pequeña, ni más ni menos. Sabían detectar los puntos flacos del adversario y dispararle el tiro de gracia en el momento adecuado. No por nada eran quienes eran. Pero, por no caer facilonamente en la tentación, aún trate de oponerme con el último clavo ardiendo que me quedaba:

—Pero es que esta tarde no puedo... no podemos. Tenemos que ir al hospital a recoger a Kaspar. Ya le han dado el alta.

—Bueno, sobre eso —titubeó Abby—, también quería decirte que hemos invitado a Kaspar a quedarse aquí, en casa.

Nosotros tenemos sitio de sobra y, además, un gimnasio para que haga rehabilitación.

Sentí la ira subiéndome por la garganta. ¡Nos estaban robando a Kaspar delante de nuestras propias narices! ¡A Kaspar y a Linus!

—¡De eso nada, Abby! —solté, enfadada. Le hice un gesto firme a Farag para que parara un momento de comportarse como un demente y escuchara—. ¡Kaspar se viene a nuestra casa! Linus está aquí y nosotros podemos cuidar de los dos perfectamente.

—¡Por supuesto, Ottavia! No me cabe ninguna duda sobre eso —replicó la heredera—. Pero, verás, ¿recuerdas lo que me dijiste en Estambul, en el hotel, cuando volvimos de las cisternas...?

¡Maldita Abby! Ahora me apuñalaba con el arma que yo misma le había dado.

—Pues he estado yendo a ver a Kaspar estos días... —añadió tímidamente.

—Nosotros también y no nos ha dicho nada.

—... y a él le parece una magnífica idea venirse a casa hoy, cuando salga del hospital. Si aceptas la oferta de las cartas de Marco Polo y vienes a trabajar a la biblioteca pequeña, Kaspar podría ayudarte y Linus estaría aquí, donde tiene muchísimo sitio para jugar.

¿Quién puede interponerse entre dos idiotas que se gustan? Ahora que, desde luego, Kaspar me iba a oír. ¡Vaya si me iba a oír! En varios idiomas y una lengua muerta, además. Si creía que Linus podía ir de un sitio a otro como un perro callejero estaba ejerciendo muy mal su papel de padre. Hasta yo, que sólo era tía, lo sabía.

Total, que aquella tarde, con todo el dolor de mi alma y la alegría de Farag, Isabella y Linus, nos dirigimos con nuestro coche hasta la mansión de los Simonson. La maletita de Linus iba en el suelo, detrás de mi asiento, el del conductor. Tío postizo y sobrino adoptivo iban gastando bromas y jugando y la risa feliz de Linus se me clavaba en el corazón como una daga porque, de algún modo, ahora iba a estar en las manos de Abby en lugar de en las mías. Nunca había sido especialmente posesiva, al menos no más de lo normal, pero ese pinchazo agudo que sentía no podía ser otra cosa que celos. Así me lo había hecho saber Farag en cuanto le conté lo que pensaba después de colgar a Abby. Él estaba a favor de dejar que Kaspar hiciera lo que le diera la gana y estaba seguro de que Linus no iba a sufrir más por otro cambio de vivienda mientras estuviera con su padre. Pero yo no podía evitar el pinchazo de los celos. Me sorprendí admitiéndolo y aceptándolo. Nada te hace madurar tanto como sufrir una variada ristra de sentimientos.

Serían las cuatro de la tarde cuando enfilamos por Stratford Crescent y tomamos la empinada carreterilla que llevaba directamente hasta las puertas automáticas de la residencia de los Simonson. No me dio tiempo a parar el coche porque, para cuando llegamos, las dichosas puertas ya se habían abierto para recibirnos. Como en esta ocasión era yo quien conducía, pude ver, a través del parabrisas, un sistema de cámaras que vigilaba la carretera y el muro de la finca. Me recordó a mi casa de Palermo (bueno, a la casa de mi madre), la colosal y vetusta Villa Salina, construida por mi bisabuelo Giuseppe a finales del siglo XIX.

—¡Cómo me recuerda esta casa a la de la abuela Filippa! —dejó escapar Isabella en ese momento.

Cuando yo era pequeña, la casa de Palermo no tenía muros de cemento, ni verjas correderas, ni puestos de control para los vigilantes, ni cámaras dispuestas a lo largo del perímetro de la villa. Ahora —o, al menos, la última vez que estuve allí más de diez años atrás—, era una especie de fortaleza protegida por incontables dispositivos de seguridad y alarma, no tanto para evitar improbables asaltos policiales como para desanimar a otros grupos *mafiosi* con ambiciones de sucesión al poder.

Atravesamos el hermoso bosque de abetos, cedros y pinos y llegamos frente a la residencia. Sorprendentemente, los tres Simonson nos estaban esperando en la puerta como si fuéramos viejos amigos. Desde luego, se equivocaban por completo porque no era una sensación compartida. Y entre ellos estaba, como uno más de tan importante familia, Kaspar Glauser-Röist, el ex-Catón, que se sostenía en pie con ayuda de unas muletas. No me gustaban nada los cambios que se estaban produciendo y sabía, por desgracia, que en eso de no gustarme los cambios me parecía a mi madre.

—¡Bienvenidos! —exclamó cariñosamente Becky, bajando la escalera para saludar a Farag quien, con ayuda de un criado que le había abierto la puerta, ya estaba fuera del vehículo. Linus había saltado literalmente del asiento en cuanto Isabella le desabrochó el cinturón de seguridad para correr hacia su padre como si hiciera miles de años que permanecían separados. Le tranquilizaba mucho verlo fuera del hospital. Mientras, otro criado abrió mi puerta. Dejé las llaves puestas para que pudieran mover el coche y, de pronto, al girarme, la vieja mano de dedos retorcidos de Jake Simonson apareció tendida ante mis ojos para ayudarme a salir. Con cierta aprensión (para qué negarlo), le di la mía.

—Ottavia, qué bien te veo. Estás maravillosa. En una semana te has recuperado por completo del cansancio del viaje.

¿Y qué esperaba? ¿Acaso creía que yo también era octogenaria o nonagenaria? Lo dicho: para ellos, nos habíamos convertido en amigos íntimos.

Nos reunimos todos en el inmenso recibidor de la vivienda mientras Kaspar dejaba sus muletas en manos de un sirviente y se dejaba caer en una silla de ruedas espectacular.

—¿Con marchas o automática? —le preguntó Farag, examinándola con admiración.

—Automática —le explicó, satisfecho y sonriente, el tonto número dos. A Kaspar siempre le habían encantado los cochazos de lujo.

Linus, experto en trepar sobre su padre, hizo el intento de subir a sus piernas pero Abby le detuvo.

—Lo siento, Linus —le dijo apenada—, pero papá tiene una herida en la pierna y no te puede llevar.

—Bueno, si me prometes estarte muy quieto —le sonrió su padre—, te llevo sobre la pierna buena.

A Linus, claro, le faltó el tiempo para prometer y para subir. Su padre puso en marcha la silla, acelerando un poco por un corredor, para que el niño viera cómo funcionaba.

—Da gusto verlos juntos —exclamó Becky, con una enorme sonrisa en su hermoso rostro.

O sea, que aprobaba el incipiente y aún no manifestado romance entre su nieta y el ex-Catón.

—¿Os apetece que vayamos al salón —preguntó Abby— o queréis bajar a la biblioteca pequeña?

—Mejor la biblioteca pequeña —respondí precipitadamente.

Los tres Simonson expresaron visiblemente su aprobación. O bien sabían que yo amaba su biblioteca o estaban muy orgullosos de ella. O las dos cosas.

Isabella, que no había estado nunca en la mansión Simonson, parecía haberse criado allí: no estaba sorprendida por nada y se movía con soltura y aplomo. Sin duda, la casa de mi madre era tanto o más grande que aquélla, pero ni de lejos se aproximaba en cuanto a lujo y sofisticación, cosas que, por lo visto, a mi sobrina no le impresionaban demasiado. Miraba a un lado y a otro buscando, supongo, ordenadores o el *router* de la conexión wifi.

Farag y yo, con Jake y Becky, hicimos un recorrido similar al de la primera vez, bajando la escalera hasta el luminoso atrio de la cúpula de cristal y siguiendo los pasillos del gimnasio y la sala de cine. Kaspar y Abby, con Isabella y Linus, desaparecieron tras una esquina para dejar a los niños en un parque de juegos que había en una zona del jardín y, luego, bajar hasta el piso inferior en ascensor porque Kaspar aún no podía con la escalera.

Nada más entrar en aquella maravillosa biblioteca, me transporté directamente al universo de los sentidos, los sentimientos y las sensaciones. No cabía ninguna duda de que una parte importante de mí añoraba mis años en el Archivo Secreto Vaticano, pero había sido expulsada del paraíso por amar a Farag y ya nunca podría volver. Bueno, siempre me quedaría aquella biblioteca, pensé, y, por ella, tendría que ser menos arisca con los Simonson.

En cuanto Kaspar y Abby se reunieron con nosotros, la heredera, que brillaba y sonreía con una nueva y desconocida luz, nos animó a tomar asiento en el círculo de sillones y sillas de terciopelo negro que ya había sido dispuesto alrededor de una mesita de café, bajo la misma ventana elevada que la primera vez. Todo había sido previamente preparado con tanto cuidado que incluso habían dejado un hueco vacío para que Kaspar pudiera ocuparlo con su silla de ruedas motorizada y automática.

Pero lo que más llamó mi atención una vez atravesado el arrobamiento sensorial y sentimental de los primeros instantes fue cómo se había preparado mi lugar de trabajo en la gran mesa central: tres atriles se habían dispuesto a lo largo del tablero y, sobre ellos, tres gruesos cristales cubrían las hojas de papel en las que Marco Polo había escrito sus cartas a María Paleologina. Las cartas se veían perfectamente a través de los vidrios protectores. Al otro lado de la mesa, un cómodo sillón ergonómico esperaba mis horas de trabajo y, frente a él, un precioso equipo de pinzas, espátulas y bisturíes paleográficos brillaban con reflejos irisados bajo la luz de los ventanales. Había, además, una caja de guantes de látex, un montoncito de carpetas clasificadoras vacías, un bote lleno de bolígrafos y lápices nuevos, libretas de notas, folios en blanco, papel de seda, una lámpara de mesa con una bombilla fría de leds y, lo más destacado, una antigua lupa de plata de brazo extensible y articulado que era una preciosidad. Claro que también había un ordenador con una pantalla enorme, una impresora y algo que parecía un aparato de dentista pero que resultó ser un microscopio electrónico conectado al ordenador.

—¿Qué te parece, Ottavia? —quiso saber Becky, poniéndose a mi lado—. ¿Necesitarás algo más?

Demasiado sabía ella que no, que aquello lo había organizado de manera muy profesional alguno de sus expertos, probablemente algún paleógrafo como yo (no de mi experiencia y nivel, por supuesto, pero paleógrafo).

—Es perfecto, Becky —repuse con amabilidad—. No podría encontrar un lugar mejor para trabajar.

—Gracias —declaró ella cogiéndome del brazo—. Queríamos que estuvieras cómoda. Entendimos perfectamente que te enfadaras tanto por lo que ocurrió en Estambul.

—¿Nos sentamos? —propuso Abby, apoyando una mano posesiva sobre el respaldo de una de las dos sillas colocadas a los lados del hueco destinado a Kaspar.

—Ahora mismo nos servirán el té —dijo Jake con cara de fruición. Deduje que el té iba a venir acompañado por algo que al anciano sibarita le encantaba.

Y, en efecto, no bien hubo cerrado la boca, la puerta se abrió silenciosamente y dos camareros entraron empujando un carrito en el que se veía un juego de té precioso y varios platos con dulces, galletas y pastas. Con Jake no te podías equivocar nunca.

Al poco, todos estábamos bebiendo un magnífico té Darjeeling que desprendía un aroma extraordinario y algunos, sobre todo Jake, entre sorbo y sorbo masticaban pastas y dulces a una velocidad vertiginosa. Becky, Abby y yo éramos las únicas que, por razones de báscula, sólo bebíamos y que, por lo tanto, podíamos sostener una conversación correcta mientras los demás se atiborraban.

—Hicimos traducir los documentos del Ilkhanato de Persia que enviasteis desde Mongolia —dijo Becky dejando su taza sobre la mesita—, y también los que había en el joyero de María Paleologina excepto las cartas de Marco Polo. Tuvimos mucha suerte, la verdad, porque entre la información que recopilamos encontramos fragmentos muy útiles.

—Sabemos por la carta que María escribió a su padre —recapituló Abby retirándose el pelo rubio de la cara— y que Ottavia tradujo para nosotros en Mongolia que, en abril de 1282, los osarios se habían perdido. No pasaron de Hulagu

Khan a su hijo Abaqa Khan. María habla sobre «osarios perdidos» y también menciona a unos misteriosos emisarios venecianos enviados por el Papa latino de los que no ha vuelto a saber nada.

—Sería lógico pensar —comenté conforme me vino a la cabeza— que esos misteriosos emisarios fueron los tres Polo: el padre de Marco, Niccolò, su tío Maffeo y el propio Marco. Los tres venecianos que hicieron el viaje más famoso de la historia.

—Absolutamente correcto —sentenció decididamente la anciana y hermosa Becky—. Los emisarios venecianos del Papa latino eran los Polo y, desde luego, entre otras razones, fueron a China en busca de los osarios.

A esas alturas, yo ya podía aceptar las mayores chifladuras sin desmelenarme. Farag y Kaspar, en cambio, se quedaron con los dulces inmovilizados en el aire, a medio camino entre el plato y la boca. Jake, impasible, siguió devorando a toda velocidad.

—Vayamos por partes, abuela. En primer lugar, entre los documentos de Mongolia encontramos muchas referencias a un hecho histórico muy importante ocurrido en 1261. Ese año los hermanos menores de Hulagu, Kublai y Arik Boke, se enfrentaron en una guerra feroz para decidir cuál de los dos sería el siguiente Gran Khan. El hermano mayor, Mongke Khan, había muerto en 1259 dejando el trono vacante.

—¿Le mataron los Asesinos? —preguntó Farag, morbosamente interesado.

—Algunos historiadores así lo afirman —admitió Abby—. Pero no todos.

—Yo apuesto por los Asesinos —dije muy convencida. Si habían matado a todos los Grandes Khanes desde Genghis, ¿por qué no iban a terminar también con Mongke, sobre todo después de que Hulagu casi los hubiera exterminado a ellos en Persia? Los Asesinos eran capaces de eso y de más.

—¡Nosotros también apostamos por los Asesinos! —soltó Jake, echándose a reír con gesto malicioso. El archimillonario sabía algo que no iba a contar.

—La cuestión es —atajó Becky rápidamente para desviar el tema— que Kublai y su hermano pequeño, Arik Boke, se enfrentaron por el trono en 1261 y que fue Kublai quien ganó, convirtiéndose en el Gran Khan del Imperio Mongol, el imperio más grande que ha conocido la historia.

—Encontramos una carta del secretario de Hulagu —añadió Abby— dando instrucciones al Patriarca Makkikha II, que residía en Bagdad, para que, y cito textualmente, «envíe las santas arquetas a Maraghe», porque el Ilkhan Hulagu se las quería a regalar a su hermano Kublai por su victoria y ascenso al trono.

—¿Y por qué iba a querer Kublai Khan los supuestos restos de Jesús y la Sagrada Familia? —me sorprendí. No recordaba haber leído nada sobre eso en los documentos de la doctora Oyun Shagdar que estudié en la Academia Mongola de Ciencias, en Ulán Bator. Claro que mis ojos pasaban a toda velocidad por los antiguos textos buscando únicamente la palabra «osarios» y me pude saltar «las santas arquetas» sin darme cuenta. Lo mismo le habría pasado a Kaspar ya que, además, por mucho que presumiera, no sabía tanto griego bizantino como afirmaba.

—Se trataba de un regalo, Ottavia —me explicó Becky pacientemente—. Un regalo importante para una ocasión importante. Los mongoles respetaban mucho la religión cristiana y creían, como los musulmanes, que Jesús había sido un destacado profeta. No le consideraban Dios, pero sí uno de los pilares religiosos sobre los que se asentaba su imperio. Los restos de Jesús y su familia hubieran sido un regalo digno de un Gran Khan.

—¿Por qué «hubieran sido»? ¿Es que no lo fueron? —preguntó Kaspar tras dejar su taza de té sobre la mesa.

—No pudieron serlo, Kaspar —le dije yo, asombrada de su ceguera.

—¿Por qué? —se extrañó.

—Porque en su carta, María Paleologina le hablaba a su padre en 1282 de unos osarios perdidos. Si Hulagu se los hubiera regalado a Kublai Khan no se hubieran considerado perdidos.

—Pero, entonces —inquirió mi marido sosteniendo una galleta en la mano—, ¿a qué fueron los Polo a China?

—Y, ¿cómo pudo Makkikha incumplir una orden directa de Hulagu? —preguntó Kaspar, siempre tan sensible a las cosas militares.

—No la incumplió —le aclaró Abby con una sonrisa seductoramente perfecta—. El Patriarca Makkikha envió los osarios a Maraghe para que Hulagu se los regalara a Kublai Khan, pero los osarios nunca llegaron. Hemos encontrado dos misivas más, de fechas inmediatamente posteriores a la petición de Hulagu, que hablan sobre el asalto a una caravana que viajaba desde Bagdad a Maraghe con importantes objetos que el Patriarca Makkikha mandaba al Ilkhan Hulagu. No se concretan los objetos, pero se armó un gran revuelo en la Cancillería. En una de las misivas se dice, incluso, que fue ordenada una gran investigación. Está muy claro que, en 1261, alguien robó los restos de Jesús y su familia en el camino entre Bagdad y Maraghe.

—¿Quién? —pregunté intrigada.

—No lo sabemos —respondió con pesar la dulce Becky—. No encontramos ninguna otra referencia a los osarios o a su destino en los documentos. Parece que, por aquí, hemos llegado, otra vez, a un punto muerto.

—Pero aún tenemos algo —añadió Abby, cruzando graciosamente las piernas y apoyando las palmas de las manos en el borde de su asiento para echarse un poco hacia delante—. Por un lado, tenemos los papeles de María Paleologina.

—¡Cierto! —asintió Jake sirviéndonos más té en nuestras olvidadas tazas.

—Y, por otro —continuó Abby—, tenemos las cartas de Marco Polo que Ottavia aún tiene que traducir. No está todo perdido.

—¿Qué papeles de María Paleologina son esos que mencionas? —le preguntó Kaspar a la heredera. ¿Fueron imaginaciones mías o los dos se miraron significativamente y sonrieron? No, no fueron imaginaciones más. Estaban tonteando.

—En el joyero de oro que descubrimos en la caja torácica de María —Abby estaba haciendo un esfuerzo enorme por aparentar normalidad y continuar con el relato—, había tres papeles más aparte de las tres cartas de Marco Polo. Uno de ellos era un mensaje del Patriarca ortodoxo de Constantinopla, José I Galesiotes, escrito a María en abril de 1267, en el que le pide que busque, entre los mongoles de los que ahora es Khatun, información sobre los osarios.

—O sea —concluyó mi marido—, que los ortodoxos griegos no sabían, en 1267, que los osarios habían sido robados en 1261, cuatro años antes de que María se convirtiera en Khatun.

—No, no lo sabían —concedió Abby—, y además el Patriarca de Constantinopla le explica a María por qué debe esforzarse en encontrarlos y por qué son unos objetos tan peligrosos: aun siendo claramente falsos, le dice, si llegara a saberse alguna vez de su existencia, pondrían en serio peligro la fe, pues atentaban contra la Gloriosa Resurrección de Jesucristo, Su Ascensión a los cielos, la Perpetua Virginidad de la Virgen María y Su Asunción también a los cielos en cuerpo y alma. Es decir, amenazarían directamente a los propios cimientos de la fe cristiana.

—Lo mismo que he dicho yo desde el principio —dejé caer como si nada.

—Pues yo siempre he creído que los cimientos de la fe cristiana —comentó Farag— eran las palabras y el mensaje de Jesús sobre el amor a los otros, la tolerancia, la caridad, etc.

—Sí, eso también, por supuesto —acepté.

—No, eso también no —soltó Kaspar fríamente—. Eso es lo principal. La Ascensión a los cielos, la Perpetua Virginidad de María y todas esas cosas tan raras quizá fueran esenciales para la fe de los primeros cristianos pero ahora nos resultan totalmente innecesarias. ¿Qué importa que Jesús ascendiera al cielo con su cuerpo de hombre o que María fuera virgen? Lo cierto es que a mí me da exactamente igual. Respeto a quienes quieran creerlo, pero no influye en mi fe.

Sentí la rabia creciendo en mi interior pero me dije que no iba a perder más tiempo contradiciendo a Farag y a Kaspar. Estaba cansada de sostener la misma discusión una y otra vez. ¿Tan difícil era aceptar lo que la Iglesia afirmaba como dogma? Jesús había fundado la Iglesia. La Iglesia decía a los fieles lo que había que creer. Punto.

—El segundo de los papeles de la caja de María Paleologina —atajó Abby viendo que mi cara se agriaba de forma peligrosa— es otra misiva. Ésta procedía de Viterbo, donde estaba entonces la sede papal de la Iglesia Católica. La escribió, en 1268, un tal Tedaldo Visconti de Piacenza, archidiácono de la catedral de Lieja. Este archidiácono, por lo que hemos podido averiguar, era un gran erudito que había estudiado Derecho Canónico en Italia y en París. No era sacerdote, pero sí un hombre de unas cualidades religiosas y académicas admirables. Al parecer, el Papa Clemente IV le llamó a Viterbo para encargarle secretamente el problema de los osarios. Debía encontrarlos y destruirlos. De algún modo, Tedaldo llegó a la misma conclusión que el Patriarca de Constantinopla: la Khatun de los mongoles, la esposa bizantina y cristiana de Abaqa Ilkhan, estaba en una posición inmejorable para averiguar el paradero de los osarios de los que Hulagu se había apoderado en Alamut.

—Si os dais cuenta —la interrumpió su abuelo—, esta carta del archidiácono de Lieja deja bien a las clara que la Iglesia Católica había seguido el periplo de los osarios desde que los perdió en Nazaret a manos de Saladino. Tedaldo Visconti le pide a María Paleologina que haga lo mismo que le había pedido el Patriarca de Constantinopla: que averigüe qué ha sido de ellos. Esto indica lo mucho que los osarios les seguían preocupando y lo mucho que ansiaban su destrucción.

—Y también deja bien a las claras —añadió Farag— que tampoco los católicos sabían en 1268 que los osarios habían sido robados en 1261. Por lo tanto, el robo no lo llevaron a cabo ni los católicos ni los ortodoxos. Sólo nos queda la Iglesia de Oriente.

—¿Y por qué los iba a robar el propio Makkikha II? —Kaspar frunció mucho el ceño mientras hacía esta pregunta, como si la respuesta fuera imposible.

—Quizá porque la misma persona que los dejó a su cuidado en Bagdad, Hulagu, se los reclamó para algo tan inadecuado como usarlos de regalo —declaré.

—¿Y fingió un robo? —Farag no parecía verlo claro.

—¿Por qué no? —aventuré.

—Porque con Hulagu Khan se jugaba la vida —me aclaró Abby— y, desde luego, el Patriarca no era un hombre valiente, ni de moralidad intachable o de elevados principios. Makkikha era bastante corrupto y se mantenía en el poder gracias a Hulagu Khan y a Dokuz Khatun. Si el todopoderoso Ilkhan de Persia le reclamó los osarios, ten por seguro que el Patriarca se los envió de inmediato, sin arriesgarse a perder la vida y el cargo por un robo fingido.

—Entonces tampoco fueron los cristianos de Oriente —razonó Farag.

—Al menos, los de Oriente no destruyeron los osarios —señaló el viejo Jake—. Makkikha los tuvo tres años y los conservó bien.

—Quizá porque los cristianos nestorianos son diofisitas —recordó Kaspar—, creen en una doble naturaleza de Jesús, divina y humana, totalmente separadas entre sí. María sólo es la madre del Jesús humano, no la madre de Dios porque Dios no puede tener madre. De manera que, para los nestorianos de entonces, los osarios no representaban ningún peligro teológico.

A veces me costaba un poco seguir los razonamientos básicos de las herejías. Para los católicos como yo y para los ortodoxos, Jesús era Dios y hombre al mismo tiempo de forma indisoluble, pero para los monofisitas como mi marido, Jesús era sólo Dios, sin cuerpo terrenal y para los diofisitas era Dios y hombre de una manera totalmente separada. Y, ¡oh, sorpresa!, todos cristianos de pura raza. Increíble.

—El tercer y último papel del joyero de María —dijo Abby volviendo a la historia— es una carta escrita en noviembre de 1271 por el mismo Tedaldo Visconti del que hablábamos antes. Tedaldo solicita a la Khatun de Persia que reciba en su corte de Tabriz a unos enviados papales que pasarán por allí en algún momento del siguiente año, 1272. Se trata, le dice, de una familia de mercaderes venecianos, los Polo, que viajan a la corte de Kublai Khan por negocios pero que, además, van en busca de los osarios desaparecidos. Hasta el nuevo Papa, recientemente elegido, habían llegado rumores que decían que los osarios habían sido regalados por Hulagu Khan a su hermano Kublai. Los Polo, que ya habían estado en la corte de Kublai años atrás...

—Ese primer viaje sólo lo hicieron los hermanos Niccolò y Maffeo Polo —especifiqué—. Marco nació poco después de su partida de Venecia.

—Así es —convino Abby—. Sólo los Polo mayores conocían a Kublai. El joven Marco Polo, que había nacido en 1254, tenía apenas diecisiete años cuando iniciaron el segundo viaje.

—Entonces, cuando Marco Polo conoce a María Paleologina en Tabriz en 1272 —reflexionó mi marido en voz alta—, tiene dieciocho años.

—Exacto.

—Por otra parte —agregó Abby—, conviene señalar que el nuevo Papa del que habla Tedaldo Visconti es, precisamente, él mismo, el propio Tedaldo Visconti, quien, estando en Tierra Santa, en Acre, como legado papal para investigar el asunto de los osarios, y sin ser sacerdote, acababa de ser elegido Papa por el cónclave.

—¿Fue elegido Papa sin ser sacerdote? —me sorprendí.

—Sí, Gregorio X —me confirmó Abby—. Pero, tranquila, fue ordenado en Roma antes de ser proclamado. Para entonces nuestros viajeros, los Polo, ya debían de encontrarse en Tabriz con la Khatun. Pero además del hecho de que el nuevo Papa fuera Tedaldo, el mismo a quien Clemente IV había encargado encontrar y destruir los osarios, se dio también la circunstancia de que era amigo personal de Niccolò y Maffeo, a quienes había conocido en Acre cuando regresaban de su primer viaje a la corte de Kublai. Todo esto está perfectamente detallado en el *Libro de las maravillas* de Marco Polo, en los primeros doce capítulos. Tedaldo Visconti sabía que conocían personalmente al Gran Khan y que le habían prometido volver. Y él, por su parte, había descubierto, no sabemos cómo, que Hulagu le había regalado los osarios a su hermano, aunque estando en Tierra Santa tanto tiempo era lógico que conociera todos los rumores. ¿Qué mejores agentes iba a poder encontrar en aquella época para mandar a China? ¿Cuánta gente iba a China en el siglo XIII? El viaje de los Polo era real pero, de paso, como buenos y piadosos católicos, aceptaron el encargo de su amigo Gregorio X.

—Farag preguntaba antes —recordó Becky— a qué fueron los Polo a China. Ya tienes la respuesta, Farag.

—Pero, cuando pasaron por Tabriz en 1272 —comenté yo—, la Khatun tuvo que informarles de que los osarios no habían sido regalados a Kublai, que habían sido robados por manos desconocidas en 1261.

—Lo extraño —comentó misteriosamente el viejo Jake— es que María no informara del robo al archidiácono Visconti cuando éste le escribió en 1268 pidiéndole que buscara información sobre los osarios. Si lo hubiera hecho, Tedaldo no habría necesitado enviar a los Polo.

—¿Y por qué Marco Polo —inquirió Farag— le escribe tres cartas a María desde China?

Los tres Simonson sonrieron con más o menos pesar en el rostro.

—Bueno, eso es lo que Ottavia tiene que averiguar —sentenció Becky.

Cinco pares de ojos se volvieron a mirarme.

CAPÍTULO 16

No fue Kaspar el único en mudarse a la mansión Simonson. Por una razón u otra, todos acabábamos pasando allí el día completo y, sólo porque yo me empeñaba, volvíamos a casa por la noche para dormir: no iba a dejar que los malvados archimillonarios acabaran succionando a mi familia y deglutiéndola con el encanto seductor de su inmensa simpatía, amabilidad y fortuna. Farag, Isabella y yo teníamos nuestra propia casa y, aunque yo estuviera obligada a acudir todas las mañanas para trabajar en la biblioteca pequeña e Isabella tuviera que cumplir con su compromiso veraniego de cuidar de Linus, eso no significaba que aquella boa constrictor que eran los Simonson pudiera devorarnos y acabar con nuestra vida. Claro que el atractivo de la piscina (la de verano, porque tenían otra cubierta para invierno), el jardín, la zona de parque para niños, la comida, los criados, la sauna, el gimnasio y no sé cuántas cosas más resultaba irresistible para los débiles de voluntad y, así, mientras trabajaba en la biblioteca pequeña, podía oír de vez en cuando los gritos alegres de Linus e Isabella y las sonoras carcajadas de Kaspar y Farag mientras permanecían tendidos como lagartos al sol en las tumbonas de la piscina con Abby, Becky y Jake, quienes pronto se acostumbraron a las extrañas cruces y letras griegas escarificadas en los cuerpos de ambos. A Isabella le costó un poco más, pero terminó aceptando con normalidad las cicatrices del cuerpo de su tío después de examinarlas de reojo durante varios días.

Sin embargo, todo esto dejó de preocuparme desde el mismo momento en que la voz de Marco Polo, la auténtica voz de Marco Polo, empezó a sonar sólo para mí dentro de mi cabeza. Habían transcurrido casi ocho siglos desde que el veneciano, con un pincel chino en la mano, había dibujado como si fueran pictogramas las letras griegas que yo ahora podía leer y las palabras que yo podía comprender. No resultó ser un tipo muy simpático, que digamos. Ni tampoco un gran escritor (resultaba fácil adivinar por qué había dejado en manos de Rustichello da Pisa la tarea de amanuense del *Libro de las maravillas del mundo*). Pero era un gran observador, muy detallista, metódico y cuadriculado.

La interpretación de las cartas implicaba mucho más trabajo que la mera traducción. Necesitaba un ayudante para la investigación histórica. Había que contextualizar en el lugar y en el tiempo lo que Marco le decía a María y adjudiqué la tarea (con gran satisfacción por mi parte, debo añadir) a mi marido, que tuvo que dejar el bañador y la toalla y meterse conmigo a trabajar en la biblioteca pequeña. ¿No era arqueólogo? Pues que arrimara el hombro. Luego descubrí que también necesitaba un ayudante para extraer y cotejar la información de las cartas con el *Libro de las maravillas* y —con una inmensa y retorcida alegría— arranqué a Kaspar de la piscina y le puse a bregar con Farag y conmigo, codo con codo, en el texto del libro de Marco Polo y Rustichello. ¿No era, acaso, licenciado en Literatura Italiana por la Universidad de Roma? Pues sobraban las palabras. Y, por último, para la parte técnica de mi trabajo, que consistía en utilizar el ordenador y el microscopio electrónico ampliando letras borrosas, palabras incompletas o fragmentos de difícil lectura, recabé la ayuda de Isabella que, aunque no protestó como los otros dos porque era más lista, sí comentó que ya tenía un trabajo y que no podía tener dos, de manera que mandó a Abby en su lugar —tras enseñarle los rudimentos del funcionamiento de los aparatos y de los programas—, ofreciéndose a echarle una mano cuando lo necesitara. Abby fue la única que no puso objeciones de ningún tipo con tal de estar cerca de su adorado Catón.

De este modo, Isabella y Linus continuaron bañándose en la piscina, jugando en el jardín y viendo películas en pantalla grande en la sala de cine con Jake, Becky y otros miembros de la numerosa familia Simonson que pasaban por allí de vez en cuando, mientras nosotros cuatro trabajábamos en la biblioteca.

Durante aquellos días recibimos, además, una noticia que nos conmocionó: el EI, o ISIS, el Estado Islámico terrorista recientemente aparecido y que ocupaba territorios de Irak y Siria, había destruido, en Mosul, de manera irracional y sin dar explicaciones, la tumba de Ibn al-Athir, el gran historiador árabe del siglo XII que había escrito *al-Kamil fi al-Tarïkh, La Historia Completa,* y que nos había contado las negociaciones entre Saladino y Sinan, el Viejo de la Montaña, para matar a Conrado de Montferrato y a Ricardo Corazón de León. Los brutales asesinatos perpetrados por los terroristas yihadistas no iban sólo contra los vivos. También contra la cultura y la historia. A veces, la estupidez, la ignorancia y la demencia se abanderan de religión para crear monstruos.

Nos costó dos semanas de duro trabajo completar la traducción y atar los cabos sueltos del lugar que Marco Polo había ocupado en la historia de los osarios pero, por fin, pudimos observar la imagen completa del cuadro y resultó realmente sorprendente. Jake y Becky, que no conseguían controlar su impaciencia, entraban discretamente cada noche, antes de la hora de cenar, para escuchar lo mucho o lo poco que hubiéramos descubierto aquel día y, así, durante las dos semanas que duró la febril actividad en la biblioteca pequeña. Debo admitir que aproveché al máximo el material que generaron mis perspicaces compañeros de investigación para dejar preparado lo que pensaba utilizar en el futuro con vistas a mi próximo Premio Getty.

Un martes por la tarde, Jake y Becky entraron en la biblioteca antes de lo normal y, asombrosamente, no sonreían. No sonreían nada. Es más, Jake parecía realmente enfadado. Farag, Kaspar, Abby y yo dejamos de inmediato lo que estábamos haciendo y nos acercamos hasta ellos. Abby, cariñosamente, cogió a su abuela por el brazo y la acompañó hasta el sillón de terciopelo negro mientras el viejo Jake las seguía al borde de una explosión termonuclear. Sin duda, algo había ocurrido.

—Jake, por favor, siéntate y respira hondo —le pedí, viendo su estado.

—Jake, la tensión —le advirtió su mujer.

—¿Qué pasa? —preguntó Abby, alarmada—. ¿Alguien de la familia...?

Becky sacudió la cabeza, negativamente.

—No, cariño —denegó—. La familia está bien. No ha pasado nada.

—¿Cómo que no ha pasado nada? —estalló el viejo Jake, echando rayos y truenos por los ojos—. ¡Claro que ha pasado! ¡Ese idiota de Tournier es lo que ha pasado!

Al punto, Kaspar y yo dimos un respingo y nos miramos. ¿Tournier...?, ¿monseñor François Tournier? Si era el Tournier que conocíamos, Kaspar había trabajado muchos años a sus órdenes y yo había tenido más de un encontronazo con él en el pasado. Farag cayó en la cuenta cuando vio nuestras caras de sorpresa. Entonces, abrió los ojos como si hubiera visto un fantasma.

—Disculpa, Jake —vaciló Kaspar—. ¿Estás hablando del antiguo arzobispo secretario de la Sección Segunda del Vaticano?

—¡Claro que estoy hablando de ese pavo real engreído! ¿Conoces algún otro Tournier que pueda ser un imbécil integral?

—¡Jake! —le regañó Becky.

Por unos instantes mi mente se retrotrajo hasta un inmenso y hermosísimo despacho decorado con frescos de Rafael en las dependencias de la poderosa Sección Segunda de la Santa Sede en Roma, la sección que se encarga de las relaciones diplomáticas con el resto del mundo. En aquel despacho conocí al entonces apuesto y principesco monseñor Tournier, un prelado de la línea dura de Su Santidad Juan Pablo II que, por el hecho de ser yo mujer, me consideraba ciudadana de segunda clase en este mundo e incapaz de realizar una investigación como la que llevamos a cabo Farag, Kaspar y yo con los *Ligna Crucis*. Tampoco le gustaba que fuera una monja sin hábito, vestida de seglar, pues era una señal para él del profundo deterioro y decadencia que había sufrido la Iglesia tras el Concilio Vaticano II, del que abominaba.

—¿Qué tiene que ver monseñor Tournier con vosotros? —pregunté, atónita.

—Fue Tournier quien envió a Gottfried Spitteler —dijo Becky con sencillez, mientras su piel, de por sí transparente, palidecía bajo la luz de la tarde.

—¿Tournier envió a Spitteler? —balbució Kaspar con un evidente fallo cerebral generalizado por sobrecarga. No podía entender nada.

—¡Ese mamarracho engreído y presuntuoso —voceó Jake—, ese vanidosoególatra es quien va detrás de los osarios!

—¡Un momento, por favor! —exclamó Farag en voz alta—. ¿Podemos callar y calmarnos un poco?

Todos callamos pero no nos calmamos. Se notaba en los rictus de nuestras caras. Jake, aún bastante enfadado, tragó saliva, se arregló la camisa y se sentó en el sillón cruzando las piernas.

—Por desgracia —empezó a contar el archimillonario—, conocemos a Tournier desde hace más de treinta años. Mantuvimos una buena relación con él hace tiempo.

Kaspar soltó un bufido. Seguía con el fallo por sobrecarga.

—¿Él fue vuestra fuente sobre los *Ligna Crucis* y los staurofílakes? —pregunté.

—Una de ellas —admitió Becky—. Conocemos a mucha gente en el Vaticano. Por aquel entonces manteníamos una buena amistad con monseñor Tournier. Luego, desde que murió Juan Pablo II, la relación se fue enfriando porque monseñor se radicalizó y se volvió un católico intolerante.

—Ya era un católico intolerante —comentó Farag.

—Sí, pero aún se volvió mucho más intolerante con Benedicto XVI —siguió diciendo Becky—. Benedicto intentó quitar

influencia a los radicales por los muchos escándalos que prota-
gonizaban, pero los radicales fueron más fuertes que él y le ganaron. Por eso se fue. Benedicto no se atrevió a plantarles cara
directamente. Eran... Son demasiado poderosos dentro de la
Iglesia. Ahora, el Papa Francisco les está arrinconando, aleján-
doles y quitándoles autoridad e importancia. Y están sumamente enfadados. Tan enfadados que se podrían volver muy
peligrosos.

Entendía y no entendía lo que estaba diciendo Becky. Era
cierto que, desde el pontificado de Juan Pablo II, había un sector laico y conservador tremendamente poderoso dentro de la
Iglesia y resultaba evidente que, desde que Francisco había llegado a la Santa Sede, ese sector estaba perdiendo autoridad a
marchas forzadas pero, ¿quién de ese sector estaba tan enfadado? ¿Quién podía ser tan peligroso? ¿Tournier?

—Tournier no pudo perdonar nunca —añadió Jake— que
Benedicto XVI le quitara no sólo la diplomacia exterior vaticana sino cualquier posibilidad de llegar a Cardenal y, en conse-
cuencia, a papable. Sus ambiciones de ascenso en la jerarquía
de la Iglesia se vieron dolorosamente truncadas. Por esa razón,
se fue acercando cada vez más a esos grupos católicos radicales
que tenían mucho dinero, mucho poder y mucha influencia.
Se convirtió en algo parecido a un nexo de unión entre todas
esas organizaciones conservadoras que prosperaron bajo el
manto protector de Juan Pablo II. Siguió ejerciendo como di-
plomático pero ahora para unir a las élites de esos grupos radicales.

—Y cuando dices grupos radicales, Jake, quieres decir...

—Quiero decir, querida doctora, Legionarios de Cristo,
Opus Dei, Schoenstatt, Comunión y Liberación, los Focolares,
los Kikos, Comunidad de San Egidio, etc. Son muchísimos y
tienen miles de seguidores por todo el mundo. En mayor o
menor medida, les persiguen los escándalos de todo tipo, pero
sus bases permanecen fieles más allá de la razón y de la lógica.
Son movimientos católicos ardorosos en el terreno doctrinal y
muy celosos de las formas, los ritos y las gigantescas exhibicio-

nes públicas, es decir, de todo lo que atrae a la gente. Para la Iglesia resultan imprescindibles porque aportan enormes cantidades de dinero, de vocaciones y de manifestantes en las calles cuando hacen falta.

—Bueno, mientras no hagan daño a nadie —reflexionó Farag—, pueden creer lo que quieran.

Si había alguien en este mundo que creyera de verdad en la libertad y el respeto a todos los niveles, era mi marido. Pero a Jake se le volvieron a hinchar las venas de su muy flaco cuello y las de su muy extensa frente.

—¡Claro que pueden creer lo que quieran! —voceó de nuevo—. ¡Pero ellos no conceden ese mismo derecho a los demás! Intentan imponer su ideología a la sociedad, quiera la sociedad o no, porque se consideran en posesión de la única verdad. Influyen en los gobiernos, en las leyes y en la opinión pública a través de sus propios medios de comunicación. Tienen colegios, universidades, fundaciones, seminarios, ONG, partidos políticos, bancos... Y en la Iglesia, influyen en los nombramientos de obispos, de arzobispos y, a veces, hasta de cardenales. Y ésta fue la razón por la que Tournier se acercó hasta ellos y se fue ganando el prestigio y la influencia entre sus dirigentes. Estas organizaciones son muy diversas y cumplen cometidos diferentes para la Iglesia. Son los ejércitos de tierra, mar y aire del Estado Vaticano. Y, en el centro de esas diferencias, apareciendo como el comandante supremo, se encuentra hoy día Tournier. Y, precisamente ahora, el Papa Francisco les está quitando poco a poco el poder que les dio el Papa Wojtyla.

—Francisco no quiere ejércitos —comenté pensativa.

—No —admitió Jake—. Quiere una Iglesia más cercana al mensaje de Jesús, a la palabra del Evangelio, a la parroquia y a los pobres.

—Me cae bien este Papa —dijo Abby—. Si le dejan, hará grandes cosas.

—Si le dejan, cariño, tú lo has dicho —puntualizó su abuela.

—Bueno, y al margen de lo bien o lo mal que nos caiga el Papa —atajó Kaspar que parecía estar recuperándose de la conmoción—, ¿qué sabe Tournier de los osarios? ¿Actúa en nombre del Vaticano o de esos grupos radicales?

—Saber, lo sabe todo —dijo Jake tajantemente—, y no sólo porque nos haya estado espiando. Lo sabe todo porque, además de utilizar al capitán Gottfried Spitteler, cuenta con la información que le habrá proporcionado ese idiota de Hartwig, el exmarido de Abby. Nunca me gustó ese chico. Se le veía el hambre en la cara y no de comida precisamente.

—¡Jake! —su mujer le iba a gastar el nombre, pero Jake estaba fuera de control.

—Tournier es tan poderoso como la suma de todas esas organizaciones católicas conservadoras que están detrás de él —concluyó el archimillonario—. Por supuesto, esas organizaciones no pueden permitir, ni remotamente, la aparición de los osarios con los restos mortales de Jesús de Nazaret, de sus padres y de sus hermanos, porque, como bien decía el Patriarca de Constantinopla en 1267, pondrían en serio peligro muchos y muy importantes dogmas de la Iglesia: la Resurrección, la Ascensión, la Virginidad de María...

—Francamente —soltó Kaspar, enfadado—, no me interesa nada la doctrina de la Iglesia. Sólo sirve para no tener que cumplir con el verdadero mensaje de Jesús.

—Mucha gente confunde la doctrina con la palabra de Dios —comentó Farag—. Y no son lo mismo. La doctrina es la forma exterior de la religión, los dogmas, lo que la Iglesia añadió; el fondo es el Evangelio, la palabra de Jesús, y Jesús no dijo nada ni remotamente parecido a lo que afirma la doctrina.

—Sin la doctrina —añadí con paciencia de Job—, nuestra fe estaría vacía.

—Eso es lo que la Iglesia te ha hecho creer —estaba muy crecido mi marido con toda esta historia de los osarios—. La Iglesia crea la doctrina y te dice que, sin ella, tu fe en Dios no vale nada, pero es completamente falso.

—Lo dijo san Pablo en los Hechos de los Apóstoles —insistí, controlando mi temperamento latino. Aunque empezaba a encallecerme, aguantar el sacrilegio y la profanación no era mi fuerte. Para mí estaba claro que el Espíritu Santo siempre había guiado a la Iglesia y, por lo tanto, todo cuanto la Iglesia afirmaba en su doctrina era la verdad. La pura y simple verdad.

—San Pablo lo dijo, en efecto —sonrió Becky, comprensiva—. Pero san Pablo fue el fundador de la Iglesia y de la doctrina.

—No —rechacé—, la Iglesia la fundó Jesús.

—¡Oh, vamos, Ottavia! —dejó escapar Abby, que había estado silenciosa hasta entonces—. Jesús dijo que el Reino de Dios y el final de los tiempos llegarían antes de que pasara una generación y afirmó que los propios Apóstoles lo verían (8). Él no tenía en mente crear nada a largo plazo porque el mundo se acababa y el Reino llegaba. A finales del siglo II había numerosos grupos cristianos por todo el Imperio Romano pero no había ni sombra de lo que hoy conocemos como Iglesias, Papas o Patriarcas (9). Sabes que los Evangelios de Mateo, Marcos, Lucas y Juan, cuyos verdaderos autores son desconocidos, tienen montones de añadidos posteriores a su redacción y que había otros cientos de evangelios que decían cosas muy distintas y fueron destruidos después del Concilio de Nicea, en el año 326.

—Lo ordenó el emperador Constantino, querida —me dijo Becky con una mirada significativa, refiriéndose, claramente, a que se trataba del mismo Constantino cuyo mausoleo Farag y yo habíamos descubierto en Estambul—. Necesitaba una religión que afianzara lo que quedaba del Imperio Romano que, en el siglo IV, se estaba desintegrando.

Emití un gruñido de asentimiento por toda respuesta.

—Bueno, entonces, ya sabemos quién está detrás de Hartwig y Spitteler —zanjó Farag, cambiando de tema para darme un respiro—. Ahora ya sabemos a quién nos enfrentamos.

(8) Mateo 10, 23; Mateo 23, 36; Marcos 13, 30; Lucas 11, 30-31; Mateo 24, 34.

(9) *Más allá de la fe*, Elaine Pagels, Ed. Crítica, 2004.

—Y no es enemigo pequeño —intentó bromear, sin éxito, el viejo Jake—. No nos van a permitir encontrar los osarios.

—O querrán encontrarlos antes que nosotros para destruirlos —expuso Becky—. Lo que, en cierto modo, nos obliga a movernos más rápido.

—No te preocupes, abuela —la animó Abby, cogiendo sus manos—. Tenemos las cartas de Marco Polo, y Hartwig ya no puede robarnos más información. Y, si Hartwig no puede, Tournier tampoco.

—Además, Becky —añadí yo—, ya sabemos quién robó los osarios a Hulagu y a Makkikha II en 1261 y lo que hizo después con ellos.

Sonreí ampliamente viendo la cara de pasmados que se les puso a todos. Bueno, yo me había enterado justo antes de que aparecieran Becky y Jake en la biblioteca pequeña. Tampoco es que lo hubiera ocultado, es que no había tenido tiempo de contarlo.

—¿Sabes quién robó los osarios, por qué los robó y dónde los escondió?

La voz de Jake vibraba de entusiasmo. Si ese día no le había dado ya un ataque al corazón, es que lo que tenía en realidad en el pecho era una válvula de avanzada fabricación alienígena. Que un octogenario o nonagenario aguantara aquella marcha emocional (claro que comía como un elefante) implicaba una naturaleza bien adaptada al medio terrestre.

En ese momento escuchamos unos pasos a la carrera que se acercaban velozmente por el pasillo hacia la biblioteca. Todos desviamos la mirada, un poco sorprendidos, a la espera de ver quién asomaba por la puerta. El pomo de bronce giró e Isabella se quedó en el umbral con la cara desencajada, buscándome con la mirada. En cuanto me vio, el rostro se le contrajo y las lágrimas empezaron a caerle de los ojos.

—Tía... —balbució, nerviosísima—. Tía... La abuela Filippa...

CAPÍTULO 17

Mi madre se estaba muriendo y, por lo visto, no era como en ocasiones anteriores, que parecía que sí, que se moría, pero luego no, no se moría y se recuperaba completamente. Le habían puesto un marcapasos años atrás, le habían cambiado las dos caderas por otras de titanio por necrosis de cabeza de fémur, había sufrido varias caídas en las cuales se había roto desde los huesos de la muñeca hasta un pie. Pero yo no había sabido nada de todo esto. No me lo habían contado. Ni siquiera Isabella. El ostracismo familiar había estado viviendo, incluso, dentro de mi propia casa sin que yo lo sospechara. La *Omertà*, el decreto de silencio de la mafia, se cumplía en la familia Salina como un voto sagrado y nadie podía esperar librarse de la *vendetta* si se saltaba las reglas como yo lo había hecho desobedeciendo a mi madre. No funcionaba así. Nunca había funcionado así.

Hablé con mi hermana Águeda por el móvil de Isabella y Águeda me fue poniendo al día sobre todas esas muchísimas cosas que le habían ocurrido a mi madre sin que nadie me lo hubiera contado. No daba crédito a lo que oía pero no porque una anciana de ochenta y nueve años sufriera accidentes o enfermedades, que era bastante normal, sino por el hecho de que había sido mi propia madre la que había prohibido a mis hermanos y sobrinos que me lo contaran. No quería volver a verme, sencillamente. Para ella yo estaba muerta y muerta debía seguir pasara lo que pase. Eso era lo que me sorprendía, lo que me dejaba sin habla, sin reacción. Águeda me lo decía llorando, casi pidiendo disculpas sin pedirlas, justificando a su hija para que yo no la tomara con Isabella por no habérmelo contado todo ya que había sido su propia abuela quien le había impuesto la *Omertà* antes de que viniera a vivir con nosotros.

¿Cómo encaja una hija semejante puñalada en el corazón? Mi madre, a la que yo había tenido toda la vida en un altar hasta que descubrí a qué se dedicaba mi familia, cuál era el origen de su riqueza y el papel que ella misma jugaba en todo eso, mi madre, digo, no sólo no quería saber nada de mí sino que tampoco quería que yo supiera nada de ella. ¿Eso era lo que hacía una madre? ¿Una madre podía vivir, de verdad, sin saber nada de una hija durante años y sin dar su brazo a torcer sólo porque la hija había tomado sus propias decisiones y había dejado el Vaticano, la vida de monja y se había casado con un egipcio de otra religión? ¿Hasta ese punto puede llegar una madre? No me entraba en la cabeza. Eso era lo que me desesperaba, lo que me consumía por dentro: que no lo entendía.

Si mi hermana Águeda no podía vivir sin hablar con Isabella al menos una vez a la semana, ¿cómo podía mi madre arrancarme de su vida y borrarme por completo como si yo jamás hubiera existido? ¿Tan grave era mi delito? ¿O es que el amor de mi madre dependía de cuánto la obedeciera y de cuánto dominio pudiera ejercer sobre mi vida? Sabía que mi situación era de destierro pero nunca hubiera imaginado que llegara tan lejos. Siempre creí que, el día que pasara algo importante de verdad, sería llamada y recibida de nuevo con toda normalidad. Pero no. Lo que Águeda me estaba diciendo era que no debía ir a Palermo, que no debía presentarme allí, pero que si, a pesar de todo, iba, que ni se me ocurriera llevar a Farag. Farag no iba a ser aceptado en Villa Salina bajo ningún concepto. Bastante daño le había hecho ya a la familia.

Todo resultaba delirante y, de no ser por lo mucho que dolía, también ridículo. Pero yo era una Salina y eso mi madre no lo podía cambiar: ¿la orgullosa Filippa Zafferano no quería verme? Pues, muy bien, perfecto, se iba a fastidiar porque yo sí que iba a ir a verla a ella.

—Escúchame, Ottavia —me imploraba Águeda por teléfono—, no vengas, por favor. ¡Sabrán que he sido yo quien te lo ha contado! Giacoma no me lo perdonará nunca.

—¿Y a ti qué te importa lo que diga Giacoma? —le pregunté con desprecio a mi hermana pequeña.

—¡Giacoma es ahora quien dirige la familia! —exclamó angustiada—. ¡Y ha dicho que, como aparezcas por aquí, lo vas a lamentar!

De los nueve hermanos Salina (yo era la octava, de ahí mi nombre, y Águeda era la novena, la pequeña), sólo quedábamos ocho. El mayor, Giuseppe, padre de cuatro hijos, murió en el año 2000 en un atentado en el que también perdió la vida nuestro padre, Giuseppe Salina. Los mataron los Sciarra de Catania, un clan mafioso rival, simulando un accidente de tráfico. Giacoma era la segunda, la más mandona y desesperante hermana mayor que nadie pueda tener. Acababa de cumplir sesenta y ocho años y estaba casada desde los dieciséis con Domenico, con el que había tenido cinco hijos y, más tarde, una buena tanda de nietos, a los que yo no conocía porque habían nacido durante los últimos catorce años. Giacoma fue la que peor se tomó mi matrimonio con Farag, supongo que por solidaridad con mi madre. Después de Giacoma iba Cesare, de sesenta y seis años, padre de cuatro hijos mayores que también le habían hecho abuelo. El cuarto era Pierantonio, el que fuera por un tiempo el importante Custodio de Tierra Santa y ahora sólo un sencillo franciscano en el convento de San Antonino de Padova, en Palermo. El quinto, Pierluigi, casado con Livia, me había dado cinco guapísimos e inteligentes sobrinos y, si no estaba mal informada, acababa de ser abuelo por tercera vez. La sexta era Lucía, monja dominica destinada en Londres desde hacía más de veinte años. Y el séptimo era Salvatore, sólo tres años mayor que yo y el más bruto de todos mis hermanos varones. Siempre que jugábamos juntos yo acababa con heridas y moratones. Era padre de cuatro hijos y aún no tenía nietos.

Todos ellos, salvo Pierantonio, Lucía y yo que habíamos sido encauzados por nuestra madre hacia la vida religiosa, trabajaban en los negocios de la familia. También todos mis sobrinos, salvo cinco o seis que, como Isabella, habían preferido alejarse y no ensuciarse las manos. Mi madre no se lo había tomado muy bien en ninguno de los casos, pero intentar explicarle a mi madre que ser de la *Cosa Nostra* era un delito y un pecado era como intentar explicárselo a una piedra: nuestras familias siempre habían sido de la *Cosa Nostra* y habían protegido, defendido y ayudado a los palermitanos y a los sicilianos durante siglos. Además, para eso había ofrecido ella tres de sus hijos al Señor —luego, sólo dos—, para que intercedieran por mi padre y por ella, y por eso mi delito era tan grave, porque la salvación de sus almas dependía de la entrega de esos tres hijos a la Iglesia. Lo tenía todo cuidadosamente calculado y yo le había estropeado los planes y la había traicionado.

—¡Ottavia, por favor, no vengas!

—¡También es mi madre, Águeda! ¿Cuándo le van a hacer el cateterismo?

—A primera hora de la tarde. En este momento, aquí, es la una de la madrugada.

—Nos veremos en casa.

—¡Ottavia, no! —gritó mi hermana mientras yo colgaba el teléfono.

Mi madre había sufrido una angina de pecho que no había dado la cara durante diez días por culpa del marcapasos. La pista fue que perdió la cabeza, que empezó a delirar y a decir tonterías sobre extraterrestres y a repetir como un disco rayado su fecha de nacimiento y los años que tenía. Al hacerle pruebas y más pruebas en el hospital, descubrieron por casualidad la dichosa angina de pecho, que era lo que había impedido que la sangre le llegara al cerebro. El marcapasos la había matado. Las probabilidades de que el cateterismo saliera bien eran prácticamente nulas, sobre todo porque tenía casi noventa años.

En el fondo de mí sabía que no iba a llegar a tiempo, que no volvería a ver a mi madre con vida, pero esa idea me azuzaba aún más para volar a Palermo en el primer avión que saliera de Toronto. Tenía que volver a casa. Debía volver a casa.

Cuando reaccioné descubrí que tenía el rostro apretado contra el pecho de Farag y que mi marido me estaba abrazando con todas sus fuerzas. Me sorprendí un poco porque no recordaba cómo habíamos acabado así hasta que escuché unos lamentos muy amargos y unos gemidos angustiosos y me di cuenta de que salían de mí, de que era yo quien estaba llorando desesperadamente. Eso aún me sorprendió más. Me estreché contra Farag y él me apretó más fuerte entre sus brazos. Traté de calmarme para que él no sufriera pero no lo conseguí. Oía voces de fondo, trozos de conversaciones. Farag también hablaba con alguien. No entendía nada y aún menos que alguien como yo pudiera llorar así por una madre que no la quería y que no se merecía todo ese amor.

Muy cerca, alguien más lloraba también. Isabella.

Me separé un poco de Farag para buscar a mi sobrina pero mi marido no me lo permitió.

—No llores, *basíleia* —me susurraba mientras me besaba y se mojaba los labios con mis lágrimas—. No llores, por favor. No puedo verte sufrir así. ¿Qué quieres que haga?

—Tengo que ir a casa, Farag.

—Nos vamos a casa ahora mismo, mi amor. Tranquila.

Entonces me di cuenta de que Farag había creído que yo quería ir a nuestra casa porque había llamado mi casa a la casa de mi madre. No, Villa Salina ya no era mi casa. Hacía muchos años que había dejado de serlo. Mi casa era Farag. Donde él estuviera, estaría mi casa.

—Tenemos que ir a Palermo —me corregí, extendiendo mi mano hacia Isabella para que viniera.

Me separé de Farag y abracé a mi sobrina, que se pegó a mí como cuando era pequeña. Bueno, con la diferencia de que ahora me sacaba una cabeza y media.

—¿Nos vamos a Palermo? —preguntó sollozando.

—Os vais ahora mismo —declaró la voz de Becky Simonson—. Nuestro avión os llevará.

—No es necesario, gracias —rechacé, quizá un poco secamente.

—No llegaréis a tiempo si no vais en nuestro avión —insistió.

—Lo sé, Becky, pero...

—No seas cabezota, doctora —el rostro granítico de Kaspar apareció por detrás de Isabella—. Es tu madre. Si no llegas a tiempo nunca te lo perdonarás.

—¡Oh, sí me lo perdonaré, capitán! —le respondí—. En realidad, mi madre no quiere verme.

—¡Tonterías! —exclamó Becky—. ¿De dónde has sacado una idea tan absurda? ¡Es tu madre, Ottavia! ¡Por supuesto que quiere verte! No se hable más. Jake ya ha ordenado que preparen el avión. No te preocupes por nada.

—¡Dentro de diez horas estaréis en Palermo! —exclamó el viejo Jake regresando a la biblioteca pequeña. Ni siquiera me había dado cuenta de que se había ido—. ¡Rápido! ¡El coche ya os está esperando para llevaros al aeropuerto!

—¿Diez horas? —me sorprendí.

—Vuelo directo. Sin escalas —se rió Jake—. ¡Venga, al coche!

No me gustaba deber favores a nadie pero, en aquella ocasión, ni se me pasó por la cabeza rechazar de nuevo la oferta. Kaspar tenía razón, si no llegaba a tiempo para despedirme de mi madre nunca podría perdonármelo.

Volamos toda la noche en el enorme Gulfstream de los Simonson. Era como un palacio volante, tan lujoso como las suites del Çirağan Palace de Estambul y con más auxiliares de vuelo que los aviones comerciales. Nosotros sólo éramos tres: Farag, Isabella y yo.

Isabella durmió cinco o seis horas, pero Farag y yo no pegamos ojo. Ambos estábamos preocupados por el recibimiento que podía esperarnos en Palermo. La última vez que estuvimos allí, nadie vino a despedirnos y nadie nos dijo adiós. Tampoco ahora esperábamos que nadie fuera a recogernos al aeropuerto, ni siquiera mi hermana Águeda. Isabella tendría que venir conmigo en el taxi hasta el hospital donde estaba ingresada su abuela.

Farag, previsor como siempre, le pidió al sobrecargo información sobre los hoteles de Palermo pero resultó que ya estábamos inscritos en el Grand Hotel, uno de los más céntricos y bonitos de la ciudad. Desde luego, no tenía palabras para agradecer a los Simonson lo que estaban haciendo. Les encontraría esos malditos osarios, le aseguré a Farag muy seria, por muy falsos que fueran y por mucho que me molestara buscarlos. Me sentía en deuda con ellos y, como no me gustaba sentirme en deuda con nadie, pagaría para quedarme tranquila.

Nos duchamos y desayunamos en el avión. No teníamos ropa limpia pero eso era lo de menos en aquellos momentos. Eran las once de la mañana, hora local, cuando el comandante anunció que iniciábamos la aproximación a Punta Raisi, el aeropuerto de Palermo que, en realidad, se llamaba aeropuerto Falcone-Borsellino (en memoria de los famosos jueces antimafia Giovanni Falcone y Paolo Borsellino, asesinados por la *Cosa Nostra* en 1992), aunque todo el mundo lo llamaba Punta Raisi por razones obvias. El comandante dijo también que la temperatura en Palermo era de veintiséis grados y que no había ni una sola nube en el cielo. Un precioso día de junio en el Mediterráneo.

Nos despedimos de Farag en la puerta del taxi que Isabella y yo cogimos para ir al *Ospedale Civico*, donde se encontraba mi madre. Él iría al hotel y nos esperaría allí. La rabia ardía en mi interior por tener que separarme de mi marido cuando seguramente mis hermanos y hermanas estarían acompañados por sus respectivos cónyuges y sus manadas de hijos. Pero yo no, claro, yo no podía ir con Farag salvo que quisiera encontrarlo luego en alguna cuneta con un tiro en la nuca. Volver a Palermo siendo una Salina era volver a entrar en un mundo peligroso y desquiciado que no comprendía y del que tanto Isabella como yo habíamos querido alejarnos para siempre.

Me temblaban las piernas mientras subíamos en el ascensor hacia la planta de cardiología. Volver a enfrentarme a mis hermanos cara a cara me hacía sudar sangre. Recé en silencio. Pedí fuerza, valor. Pedí por mi madre. Y las puertas del gran ascensor se abrieron. La planta estaba tomada. No cabía ni un Salina más, ni tampoco nadie más aunque no fuera Salina. Sencillamente, estaban todos los que eran y, desde luego, eran muchísimos. De pronto, se fue haciendo el silencio y todas las caras se volvieron hacia nosotras.

—Venga, tía —me susurró Isabella cogiéndose de mi brazo—. Vamos allá.

Tuvo que tirar de mí para cruzar juntas entre sus numerosos primos que guardaban un silencio total. No, no era dolor o pena lo que reflejaban esas caras jóvenes y sorprendidas. Era indignación por mi presencia. Ya les habían lavado el cerebro. Todos ellos eran mis sobrinos y sobrinas con sus esposas y maridos. Los había visto nacer y crecer, yo era su tía, pero ninguno me saludó. Ahora eran adultos y actuaban bajo el mando de la familia.

Al fondo del pasillo estaban los mayores, mis hermanos. Divisé el hábito franciscano de Pierantonio. Todos se volvieron a mirarnos mientras caminábamos hacia ellos con paso decidido. No, no sentía miedo, no sentía nada. Sólo rabia. Como Giacoma, que, al verme, entrecerró los ojos como lo haría un depredador frente a una presa. La ira la consumió en un instante. Fue a dar un paso en nuestra dirección, supongo que para interceptarnos, pero la mano de Pierantonio la detuvo.

Casi me echo a reír al darme cuenta de que Giacoma, con la edad que tenía y lo gruesa que estaba, seguía tiñéndose el pelo de color negro cuervo y llevándolo largo y suelto como una jovencita, además de lucir dos kilos de pintura en la cara (o más). Su aspecto era desagradable, tan desagradable como, seguramente, debía de ser ella por dentro a esas alturas. Yo había querido mucho a mi hermana mayor pero, por más que se dijera y se repitiera que la familia era para siempre, tenía claro que ya no la quería. Ni ella a mí. Era una enemiga conocida, nada más.

Ver a Pierantonio me afectó más. Mi hermano era un gran hombre, un buen sacerdote y un auténtico franciscano, por mucho que Farag y Kaspar sólo recordaran de él que se había dedicado a la venta de objetos arqueológicos en el mercado negro del arte. Mi hermano lo había hecho para financiar hospitales, escuelas y comedores para pobres en Tierra Santa. Si eso estaba mal que alguien me explicara por qué. Para mí era lo más evangélico que había visto hacer a nadie. Además, Pierantonio y yo teníamos el mismo carácter, le conocía bien, y, físicamente, nos parecíamos muchísimo, aunque él, ahora, estaba bastante calvo y exhibía un abdomen prominente. Era triste ver que aparentaba veinte años más de los que tenía, pero la vida no le había tratado bien.

Pierantonio me miró y dio algunos pasos hacia Isabella y hacia mí. Nosotras nos acercamos un poco más y nos detuvimos. Él hacía de parapeto entre ambos grupos contendientes. Águeda, la madre de Isabella, y Lucía, mi hermana dominica, tenían el rostro trastornado y lloraban en silencio. Pierantonio besó a Isabella en la mejilla y le propinó un pequeño tirón en el brazo para que le sobrepasara y fuera hacia su madre. Luego, me observó fijamente durante un rato, sin decir nada. Si creía que iba a asustarme, se equivocaba. De pronto, vi que una sonrisa rebelde luchaba por asomar a sus labios y que estaba intentando controlarla. Pero, para mi alegría, la sonrisa crecía y le ganaba la batalla.

Bajé los ojos y me reí.

—Creí que tú también me ibas a ignorar, Pierantonio —susurré.

A esas alturas, él ya no ocultaba la felicidad que sentía por verme ni el chispazo divertido de sus ojos.

—¡Ottavia, pequeña Ottavia...! —exclamó abrazándome de golpe—. ¡Cómo me alegro de que hayas venido! ¡Te he echado tanto de menos!

—Podías habernos visitado en Estambul —le reproché, sin soltarme del abrazo.

—Nunca me invitasteis —objetó, satisfecho de su réplica.

Por fin, nos separamos un poco. El silencio seguía siendo espeso a nuestro alrededor. Y eso que no cabía un alfiler en aquella planta hospitalaria.

—¿Y mamá? —le pregunté.

Su gesto se congeló.

—Acaban de llevársela ahora mismo —titubeó; estaba tan asustado por la muerte de nuestra madre como yo—. Le di la extremaunción hace dos días. Está en manos del Señor.

No, no volvería a ver a mi madre con vida.

—¿Qué hago? ¿Saludo o no saludo a los demás? —le pregunté en voz muy baja, para que me oyera el menor número posible de personas.

Un rayo de inseguridad cruzó sus ojos.

—Mejor no, Ottavia —balbució.

—¡Están todos a menos de dos metros de nosotros, Pierantonio! —protesté—. Sería ridículo haber venido hasta aquí, ¡hasta aquí! —y señalé el suelo bajo nuestros pies—, para marcharme y aparentar que no he estado.

—Ottavia —masculló—, ahora es Giacoma quien manda y Giacoma advirtió a la familia de que, si venías, todos debíamos ignorarte y darte la espalda. ¿Lo entiendes?

—No, no lo entiendo, Pierantonio —susurré con la sangre latiéndome en las sienes—. ¿Acaso no soy vuestra hermana? ¿No está agonizando nuestra madre, la madre de todos nosotros? ¡Tengo el mismo derecho que ellos a estar aquí!

—No pueden perdonarte el daño que le hiciste a mamá. Nunca te lo perdonarán.

¿El daño?, pensé. ¿Qué daño? ¿Enamorarme? ¿Desobedecerla?

—Esta gran familia —siguió explicándome mi hermano en voz baja, pese a que más de uno y más de dos se estaban enterando de todo y lo contarían después— gira alrededor de nuestra madre, y tú lo sabes. Mamá es el centro de todo, el centro de todos. Y tú le hiciste un daño terrible y te alejaste de nosotros diciendo que éramos *mafiosi* y que no podías aceptar el tipo de vida que llevábamos.

—¿Por qué hablas en primera persona del plural, Pierantonio? Tú no eres como ellos. Y Lucía tampoco. A nosotros tres, mamá nos hizo diferentes a propósito.

—No soy como ellos, es verdad —admitió—. Pero, con tal de no perderles, de no perder a mamá, acepto lo que son y lo que hacen. Igual que Lucía. Tú no. Tú te enfrentaste a la familia. Y, no contenta con eso, dejaste la Iglesia y el Vaticano, con lo orgullosa que estaba mamá de ti. Y, encima, te casaste con un musulmán.

—¡Farag no es musulmán! ¡Es cristiano copto! —en realidad era ateo, pero no venía al caso—. ¡Tú le conoces y lo sabes!

Farag y Pierantonio se habían visto en Jerusalén cuando corríamos detrás de los ladrones de *Ligna Crucis*. Mi hermano sacudió la cabeza con pesadumbre.

—¡Eso da igual, Ottavia! ¡Parece mentira que no conozcas a tu propia madre, que no sepas cómo es y cómo piensa! Mide el mundo según sus propias reglas.

—Mamá es irracional —afirmé.

—Irracional, de acuerdo, pero es tu madre al fin y al cabo. Y no te importó hacerle daño. Esta familia no puede perdonar eso.

—¡Estamos en el siglo XXI, por Dios! —solté, dejando caer unas lágrimas que ya no podía contener.

—Los Salina, no, Ottavia. Los Salina, para según qué, nunca estaremos en el siglo XXI. Ven —me dijo aferrándome por el brazo y llevándome de nuevo hacia el ascensor—. Hablemos fuera.

Me hice fuerte contra el suelo y me negué a retroceder.

—No voy a irme de aquí, Pierantonio. He venido a ver a mi madre y Giacoma no me lo va a impedir.

—Te prometo que verás a mamá después —silabeó tirando de mí con fuerza—. Ahora ven conmigo.

—¡No!

—¡Ottavia!

—¡Te digo que no, Pierantonio!

La familia se revolvía inquieta sin saber qué actitud adoptar. Muchos de mis sobrinos mayores me dieron la espalda, como había ordenado Giacoma.

—Vale —se rindió mi hermano, soltándome—. Y si te digo que tengo un mensaje de monseñor Tournier para ti, ¿me acompañarás?

¡Maldición!, pensé. ¿Tournier allí, en ese momento, a través de mi hermano?

Debí de poner cara de idiota o algo por el estilo porque Pierantonio sonrió y, con sus andares más principescos, que tanto le caracterizaron cuando tenía quince años menos y era el Custodio de Tierra Santa, se dirigió con seguridad hacia el ascensor.

Me quedé sola en medio de la jauría, que me enseñaba los colmillos en silencio. Qué cobardes mis hermanos y qué pena mis sobrinos. ¡Con lo orgullosa que había estado yo de ellos! Di un paso, un solo paso para seguir a Pierantonio y me detuve.

—Perdóname, Giacoma, por favor —pronuncié en voz bien alta para que todos me escucharan—. Y perdonadme todos los demás también. Lamento que, en estos momentos tan tristes, mi presencia os haya molestado. Me marcho. Espero que podáis disculparme.

Mi tono de voz era humilde y compungido. Mis disculpas, incluso sinceras. Mis intenciones, no. Mis intenciones eran perversas y retorcidas. Aquello era lo último que esperaban de mí. Estaban listos para el enfrentamiento y la pelea, no para escuchar mi sumisa petición de perdón. Los conocía. Acababa de ganarles. Al fin y al cabo, yo era una Salina y, para mí, el fin justificaba los medios.

Mientras los veía mirarme desconcertados e imaginaba las caras atónitas y confusas de Giacoma, Cesare, Pierluigi, Salvatore y los demás, caminé como una reina, con los mismos pasos principescos que mi hermano, hacia el ascensor en el que ya me esperaba.

—¿Te han dicho alguna vez lo endiabladamente lista que eres? —me preguntó Pierantonio en susurros mientras las puertas metálicas se cerraban delante de nosotros.

—Mi marido me lo dice muy a menudo —repuse sin mover un solo músculo de la cara—. Pero él me quiere, así que no cuenta.

—Entonces tampoco contará que te lo diga yo —afirmó mi hermano pasándome un brazo por los hombros y atrayéndome hacia él.

De repente, mientras el ascensor iniciaba el descenso, ambos empezamos a reír a carcajadas. Las dos o tres personas que nos acompañaban en aquella caja metálica se apartaron un poco de nosotros, como si nos tuvieran miedo. Y eso que Pierantonio iba vestido de humilde franciscano, con hábito marrón y zapatos negros gastados.

—¡Tenemos mucho de que hablar, pequeña Ottavia! —me dijo mi hermano pulsando el botón del tercer piso, que se iluminó—. De momento, vayamos a despedirnos de mamá.

Un nudo me cerró la garganta. Pierantonio iba a llevarme junto a mi madre. Por lo visto, era el confesor del jefe del servicio de cardiología, el doctor Agostino Martelli, y entre ambos lo habían preparado todo porque mi hermano no había dudado ni por un momento de que yo me iba a presentar en el hospital.

—¡Te conozco, pequeña Ottavia! —repetía mientras me guiaba por pasillos y salas de espera llenas de gente a esas horas del mediodía. Muchas personas, muchísimas, viéndole con el hábito, inclinaban respetuosamente la cabeza a su paso. Sicilia nunca dejaría de ser Sicilia. Y yo venía de otro planeta, no cabía duda.

Por fin, llegamos frente a unas puertas en las que se indicaba con toda claridad que el paso estaba prohibido y que sólo podía entrar personal sanitario, pero mi hermano no se detuvo. Al otro lado, un grupo de médicos vestidos de verde quirófano le sonrió.

—Ésta es mi hermana, Ottavia.

Los médicos me saludaron amablemente, con simpatía, y uno de ellos dijo:

—¡La descubridora del mausoleo de Constantino!

Si Isabella hubiera estado allí, habría soltado un bufido de desprecio, pero asentí complacida.

—Desea ver a su madre, ¿verdad? —me preguntó otro con cara de tristeza.

—Me gustaría mucho, sí —afirmé.

—No te preocupes, Agostino —dijo mi hermano—. Ya sabe cómo está. No va a asustarse.

Pero sí me asusté. Mi madre descansaba en una camilla que esperaba frente a la puerta de un quirófano. No parecía consciente. De hecho, no lo estaba. Ya la habían sedado. Mi hermano Pierantonio le cogió una de las manos lívidas y se la besó.

—Mamá, Ottavia ha venido a verte —le dijo, haciéndome señas para que me acercara. Las piernas no me sostenían. Allí estaba mi madre. Bueno, no. Allí estaba el cuerpo de mi madre, lo poquito que quedaba de ella. Mi madre, la mujer orgullosa, altiva y fuerte que yo recordaba ya no estaba allí. Bajo la sábana se adivinaba un cuerpo extremadamente flaco y consumido. Mi madre siempre había sido grande, perfecta, poderosa... Sin embargo, aquel rostro extenuado tenía que ser el de ella. Dormida, marchita, pero con esos rasgos tan hermosos y conocidos.

—No volverá a despertar, ¿verdad, Pierantonio? —le pregunté a mi hermano mientras rodeaba la camilla y cogía la otra mano de mi madre.

—No, Ottavia —declaró él—, ya no va a despertar. Agostino la ha sedado muy, muy profundamente. ¿Entiendes lo que quiero decir? La lesión cerebral por falta de riego ha sido demasiado prolongada y es irreversible, y su corazón no va a resistir el cateterismo. Sólo se lo hacen por callar a la familia y ahorrarse disgustos. Pero mamá ya no está aquí. Recemos juntos por ella.

Pero no recé.

—Mamá —la llamé, apretando su mano fría entre las mías—. ¡Mamá!

—Ottavia, no te oye.

—Mamá, soy Ottavia —lloré—. Mamá, perdóname, por favor. Nunca quise hacerte daño, te lo juro. Te quiero, mamá. ¡No me dejes, por favor, no te vayas!

—¡Ottavia! —me regañó mi hermano.

—Perdóname, mamá —seguí diciendo yo sin parar de llorar—. Perdóname.

—¡Ottavia, mira a mamá! —la voz de Pierantonio era imperiosa y me sobresaltó—. ¡Mira a mamá!

Le obedecí, claro. Mi madre tenía los ojos abiertos y me miraba. En realidad, por imposible que fuera, me estaba mirando y yo le sonreí tímidamente. Ella me sonrió también. Fue una sonrisa de reconocimiento. Sabía que yo estaba allí y sabía quién era yo, por mucho que mil médicos me certifiquen que aquello no pudo ocurrir. Me da igual lo que digan. Yo sé lo que pasó. Mi madre me reconoció, me sonrió y se despidió de mí. Entonces cerró los ojos de nuevo y ya no los volvió a abrir.

Al poco, noté la mano de Pierantonio sobre mi hombro.

—Me alegro de que mamá y tú hayáis hecho las paces —me dijo con la voz rota.

—Lo has visto, ¿verdad, Pierantonio?

—Lo he visto, pequeña Ottavia, lo he visto. Mamá no podía irse de este mundo sin arreglar las cosas contigo. Siempre fue muy suya para todo. Y muy cabezota.

Me incliné y le di un beso en la frente a mi madre.

—Adiós, mamá —le susurré—. Gracias por mi vida.

Dejé su mano sobre la sábana y lo mismo hizo Pierantonio, que también la besó.

—Dale un abrazo a Dios de nuestra parte, mamá —bromeó.

—¡Oh, por favor, Pierantonio! —le regañé—. ¿Cuándo vas a crecer?

—Quizá mañana —me dijo tomándome del brazo y tirando de mí hacia la puerta—. Sí, mañana sobre las cinco o las seis de la tarde.

CAPÍTULO 18

Por desgracia, mi madre murió poco después, durante el cateterismo. En esos momentos yo iba hacia el hotel en un taxi, llorando sin parar para desconcierto del pobre taxista que no paraba de mirarme con preocupación por el retrovisor. Quizá debería haber llamado a mi marido, como me dijo él después, pero ni se me pasó por la cabeza. Jamás recordaba que tenía un móvil como no fuera que sonara.

Farag y yo comimos en una pequeña y agradable *trattoria* cercana al hotel y, mientras lloraba y le contaba los detalles más dolorosos del encuentro con mis hermanos, el teléfono móvil de Farag no dejaba de piar. Cada vez que entraba un wasap, se oían trinos y gorjeos.

—Es Isabella —me decía invariablemente.

Nuestra sobrina nos iba poniendo al tanto de todos los cotilleos familiares. Fue ella quien informó a Farag de la muerte de su abuela en el quirófano. Era una reportera infiltrada que sólo quería escapar de donde estaba pero que no podía y que se consolaba mandándonos mensajes.

También los Simonson habían llamado para saber cómo estábamos y Kaspar no había parado de wasapear preguntando por mí hasta que Farag le dijo que yo había regresado de una pieza. Lo que no le dijo, porque él mismo aún no lo sabía, era que teníamos una cita esa tarde con mi hermano Pierantonio para recibir el misterioso mensaje del detestable monseñor Tournier. Cuando se lo conté, mi marido se quedó a cuadros y torció el gesto.

—¿Cómo sabía Tournier lo de tu madre y cómo estaba tan seguro de que íbamos a venir? —gruñó pensativo—. ¿Y qué relación tiene con tu hermano? Opino que deberíamos volver inmediatamente a Toronto. Esto no me gusta.

Esto era la excusa. La realidad era que Farag no tenía ganas de volver a ver a Pierantonio, y no sólo porque fuera un Salina o por su turbio pasado de mercader de objetos arqueológicos, sino porque, de alguna manera retorcida, metía a Tournier y a Pierantonio en el mismo saco sin darse cuenta de lo opuestos que eran.

—Seguro que se trata algo importante —objeté, secándome los ojos con un pañuelo de papel—. Y, además, no podemos irnos sin Isabella.

—¡Otro problema! Me temo que tu hermana Águeda nos lo va a poner difícil.

—Sí, yo también. Después de hoy, Águeda no va a querer que Isabella viva con nosotros.

—¡Dioses, qué familia! —gruñó ante la perspectiva de quedarse sin su adorada sobrina.

—¡No seas blasfemo!

—¿Por quejarme de tu familia?

—No. Por decir dioses, como los dioses paganos.

—Es que me refiero a los dioses paganos, precisamente.

—Pues eso. Blasfemia.

Intentaba aparentar normalidad y gastar bromas pero, por dentro, la pena que sentía era tan negra y tan profunda que mi corazón parecía una de aquellas antiguas cisternas de Constantinopla. La ausencia de mi madre era demasiado reciente y no estaba completamente segura de que Dios hubiera podido perdonarle sus muchísimos y graves pecados. Confiaba en la infinita misericordia divina. Confiaba en el amor de Dios. Confiaba en que, pese a todo, mi madre se hubiera arrepentido en el último momento de las cosas terribles que había hecho durante su vida. Sólo con que Jesús la amara la mitad de lo que la amaba yo, ya la habría perdonado, así que debía calmarme porque estaba segura de que Jesús la amaba mucho más. Menos mal que la Iglesia había declarado que el infierno no existía porque, de no ser así, no hubiera vuelto a dormir tranquila durante el resto de mi vida.

—Cariño, ¿me oyes?

—¿Qué?

—Estabas pensando en tu madre, ¿verdad?

—Sí, lo siento.

—No lo sientas. Es normal. ¿Estás segura de que quieres conocer el mensaje de Tournier? Lo que más le fastidiaría sería nuestra indiferencia.

—¿Acaso no te dije que les encontraría los osarios a los Simonson costara lo que costase?

Farag sonrió. Acababa de descubrir otro botón de mando en mi panel de control.

—Vale. Pues voy a llamar a Kaspar para informarle sobre lo de Pierantonio y Tournier.

Si Farag no soportaba a mi hermano, Kaspar lo despreciaba profundamente y Pierantonio despreciaba a Kaspar más allá de lo que un sacerdote debería despreciar a nadie. Bueno, en realidad, le temía. Kaspar, cuando ejercía de mano negra del Vaticano, había sido quien había descubierto las artimañas financieras de mi hermano para conseguir el dinero que la Iglesia no le daba y se había presentado ante él con aquel talante suyo tan encantador dejando caer con todas sus fuerzas la maza de hierro de su poder sobre la cabeza del pobre Pierantonio.

—Calma... —estaba diciendo mi marido por teléfono mientras yo, que no tenía hambre, terminaba a duras penas mi plato de pasta con carne—. ¡Maldita sea, Kaspar, deja de gritar!

—No grites tú —le susurré a mi marido. Todo el restaurante nos miraba.

—¡Que sí, hombre, que sí! —Farag me indicó por gestos que el ex-Catón se estaba subiendo en ese momento por las paredes y por los tejados—. Diles que estamos bien. Sí, seguro. Estamos bien. No, de ninguna manera. Sí. En cuanto vuelva

Isabella subiremos al avión. En serio. No, no voy a decirle eso a mi cuñado. Vale, venga. Exacto, buena idea, esperad mirando el móvil fijamente. Sí. Llamaremos después.

—No van a esperar mirando el móvil fijamente —le dije a Farag, sonriendo, cuando colgó.

—¡Apuéstate lo que quieras a que sí! —repuso, enfadado, dando rienda suelta a su acento árabe más acusado—. ¡Apuéstate lo que quieras a que la mitad de los comensales de este restaurante trabaja para los Simonson!

—O para Gottfried Spitteler y monseñor Tournier.

—¡Por los dioses paganos!

—¡Farag!

Mi hermano Pierantonio apareció a media tarde en el hotel con el rostro grave y congestionado de quien ha estado llorando. Su descollante barriga no nos impidió darnos un largo y triste abrazo en mitad de la cafetería. La muerte de nuestra madre, aunque lógica y previsible por la edad, había ocurrido apenas unas horas antes. De haber sido la vida diferente, Pierantonio y yo, en aquel momento, hubiéramos estado con todos nuestros hermanos y hermanas, sobrinos, sobrinas y demás parentela en torno a nuestra madre. Pero la vida no siempre es fácil. En realidad, lo normal es que sea bastante difícil.

Farag y Pierantonio se estrecharon las manos con cordialidad. A mi hermano le caía bien mi marido, todo lo bien que le podía caer un cactus espinoso, que era como él veía a cualquiera que fuera amigo de Kaspar. A mi marido, en cambio, no le caía bien mi hermano por su pasado arqueológico-delictivo. Pero se estrecharon la mano y nos sentamos. Sonaba una suave música de fondo.

—Nosotros hemos pedido *cappuccini* —dijo Farag—. ¿Tú qué quieres?

—*Espresso*, por favor.

—Bueno, cuéntanos —animé a mi hermano mientras Farag llamaba al camarero.

—¿Por dónde empiezo? —sonrió él con tristeza—. ¿Por Tournier o por Isabella?

Farag y yo dimos un respingo.

—¡Por Isabella! —exclamamos a la vez.

—Giacoma le ha prohibido volver con vosotros. Ha habido una pelea enorme en el tanatorio.

Farag, rápidamente, cogió su móvil, que estaba sobre la mesa, y empezó a wasapear.

—¿Qué le estás diciendo? —le pregunté, angustiada.

—La estoy calmando —repuso, controlando la furia que le salía por los ojos—. No necesita más presión.

—Dile que la esperamos —susurré. Tenía un dolor agudo en el estómago porque ya no me quedaban lágrimas para llorar—. Que no se preocupe. Que no haga caso a la estúpida de su tía Giacoma. Que se quite de su vista un rato y se le olvidará.

—A Giacoma no se le olvida nada —comentó mi hermano, recogiéndose el hábito para sentarse más cómodamente—. Tampoco perdona.

—Lo sé —admití—. Pero no se lo vamos a decir a la niña. No hay que asustarla.

—Isabella ni es tonta ni es de las que se asustan —murmuró mi marido sin parar de teclear con dos dedos.

Ya no podía más. El día estaba siendo realmente agotador, descorazonador y doloroso. El camarero le sirvió un humeante café *espresso* a Pierantonio, y éste, sin añadirle azúcar y sin temor a las quemaduras de lengua, cogió la tacita por el asa y se lo bebió de un trago. Pareció sentarle bien la cafeína.

—Pierantonio, cuéntanos lo de Tournier, por favor —dijo Farag, dejando el móvil otra vez sobre la mesa, junto a su taza.

Mi hermano resopló.

—Pues estaba yo ayer en el nuevo comedor de caridad que hemos abierto para los miles de pobres que ha creado esta maldita crisis económica —empezó a contar—, cuando me sonó el móvil. Era un número desconocido y yo tenía muchísimo trabajo, así que no contesté. Pero llamó dos veces más y, al final, me tocó responder. ¡Señor, qué relamidos y estúpidos son algunos!

—Al tema, Pierantonio —le ordené. No tenía el cuerpo para tonterías.

—Bueno, pues era monseñor Tournier «en persona», como dijo él. Me pidió que os hiciera llegar un mensaje —suspiró mi hermano—. Me dijo que vendríais a ver a mamá y que, como no podía contactar con vosotros por ningún medio, que me agradecería mucho...

—¡Al tema! —gruñí.

Pierantonio me echó una ojeada resignada y cruzó las manos sobre su barriga.

—Vale, pues que, por vuestro bien, os alejéis de los Simonson porque no son lo que aparentan. Supongo que no se tratará de los famosos y poderosos Simonson, claro, sino de otros Simonson más normales, pero, en cualquier caso, Tournier os ruega que, en el nombre y por el amor de Dios, dejéis de buscar lo que sea que estéis buscando para esos Simonson y que lo busquéis para la Iglesia y para él. A cambio, os ofrece trescientos cincuenta millones de dólares canadienses, es decir, casi doscientos cincuenta millones de euros, y no necesito deciros lo vergonzosa y obscena que me parece esa cifra habiendo tanta hambre y tanta necesidad en estos momentos de brutal crisis económica.

Me costó unos segundos atar cabos pero, para entonces, Farag ya se estaba riendo como un loco. Pierantonio, por supuesto, se lo tomó a mal:

—Si la miseria del prójimo te da tanta risa... —empezó a decir con un tono de voz cortante, gélido y muy familiar. Se me olvidaba cuánto nos parecíamos.

—No, no Pierantonio —balbuceé, aguantándome a duras penas las carcajadas—. Farag no se ríe de la pobreza de nadie. Es que hay muchas cosas que tú no sabes. Los millones que ofrece Tournier son el resultado de una trampa que tendimos a ciegas hace cosa de un mes, al darnos cuenta de que nos estaban espiando.

Mi hermano se relajó.

—O sea, que habéis pillado a Tournier con una treta.

—¡Exacto! —confirmé, echándome a reír como Farag, que no paraba.

Pierantonio, con una sonrisa astuta, nos miró a ambos.

—Pues ese dinero —declaró ladinamente—, siendo de la Iglesia, vendría muy bien para atender a la gente que ha perdido sus casas en estos últimos años y que no tiene para comer.

—No es dinero de la Iglesia —afirmó Farag, serenándose al fin—. Tournier, en teoría, ya no tiene acceso al dinero de la Iglesia. Esos millones que brinda tan generosamente proceden de organizaciones laicas.

—¿Opus Dei? —preguntó mi hermano, nada sorprendido.

—Sí, ésa es la más conocida —afirmé—, pero también Schoenstatt, Comunión y Liberación, Legionarios de Cristo, etc. Por lo que sabemos, Tournier se ha hecho con el control y las maneja a su antojo.

Farag miró disimuladamente su reloj.

—¿Y qué es lo que estáis buscando para esos Simonson que no son lo que aparentan? —curioseó Pierantonio con falsa inocencia.

—¡No seas cotilla! —le advertí.

—¿Cotilla? —se escandalizó—. ¡Si alguien paga doscientos cincuenta millones de euros para que dejes de buscar algo para unos y lo busques para otros, reconoce que la pregunta más prudente en este caso es *qué* estás buscando y no *cuánto* te pagan los unos y por qué te quieren pagar tanto los otros!

—Ya te he dicho que fue una trampa que tendimos —repetí, inclinándome hacia él para que la información le entrara más directamente en esa cabeza de piedra que tenía—. Nadie nos está pagando nada.

—De momento —añadió Farag, con la mirada perdida.

—De momento —admití—. Quizá ni siquiera pidamos dinero. Hay cosas mucho más importantes.

Mi hermano se hizo cruces, espantado.

—¿Más importantes que doscientos cincuenta millones de

euros? —dejó escapar con una extraña voz aflautada—. ¿Mucho más importantes? ¿Cómo de importantes? ¿Cuánto más importantes?

—¡Pero bueno, Pierantonio, ya está bien! —me indigné—. ¡No vamos a contarte nada!

Siendo un Salina, era previsible que esa frase careciera completamente de sentido para él. Con seguridad, lo que en realidad oyó fue «Te lo contaremos todo si insistes un poco más» porque eso fue lo que hizo a continuación usando todo tipo de subterfugios, rodeos, parábolas, apremios y argucias varias, e incluso, rogando o arrinconándonos con lo primero que le venía a la cabeza. Pero Farag, acostumbradísimo a estas batallas en su propio hogar, era una tumba impasible y yo, por solidaridad —y por gusto—, también.

Al cabo de un tiempo, aún en pleno fragor de la batalla, Farag dio un salto en su asiento.

—¡Isabella! —exclamó—. ¡Vamos, Ottavia, rápido! ¡Al aeropuerto!

Mi sobrina acababa de entrar como una exhalación en la cafetería con los ojos hinchados y enrojecidos por el llanto. Miraba a derecha e izquierda, buscándonos, pero nosotros ya íbamos hacia ella a toda velocidad.

—¿Le dijiste tú que se escapara, Farag? —le pregunté, temiéndome lo peor.

—¡Por supuesto!

Isabella me echó los brazos al cuello en cuanto me tuvo a tiro. Su tío se había frenado un poco para dejarme llegar antes. Me sorprendió descubrir, al abrazarla con fuerza, lo muy asustada que estaba. Temblaba. Traté de consolarla todo lo que pude. Hasta le di un beso. Luego, cuando la solté, mi hermano me preguntó:

—¿Qué le digo a Tournier cuando vuelva a llamarme?

Sí, claro, era lógico que Tournier esperara una respuesta.

Sin decir palabra, abracé estrechamente al ahora robusto Pierantonio. Me dolía mucho dejar a mi hermano de nuevo, alejarme otra vez de él. A saber cuándo volvería a verle. Mi vida estaba llena de pérdidas, de despedidas y de separaciones. Quizá estaba haciendo algo mal.

—Dile a Tournier que nosotros no trabajamos por menos de mil millones.

Pierantonio se rió bajito.

—Cuídate, pequeña Ottavia —me susurró, apretándome fuerte—. Siempre te echo mucho de menos.

Pierantonio iba a tener problemas serios con Giacoma aquella misma noche.

CAPÍTULO 19

Isabella y yo subimos al avión con tal cansancio que nos quedamos profundamente dormidas en cuanto despegamos. Soñé con mi madre, con mi padre, con mis hermanos cuando todos éramos pequeños. Soñé con un tiempo que quizá fue breve pero que simbolizaba toda mi infancia. Por fortuna, cuando soñé con la bruja de Giacoma tal y como la había visto el día anterior en el hospital, un beso de Farag me despertó para avisarme de que habíamos llegado a Toronto. Había dormido diez horas de un tirón, sin despertarme ni una sola vez, y me encontraba bien, muy bien, de hecho. Mi madre había muerto, es verdad, pero hacía tanto tiempo que mi madre no formaba parte de mi vida que la vuelta a la normalidad me devolvió también la calma y la paz. Además, aquel último momento con ella, cuando me reconoció y me sonrió, no sólo me pertenecía para siempre sino que me curaba, también para siempre, de la herida más dolorosa, la de que mi madre no me había querido lo suficiente. Aquello ya era historia y borraba todo lo anterior. Así que, sí, me sentía bien.

Un coche de los Simonson nos esperaba a pie de pista —otra amabilidad más— y nos condujo directamente hasta casa, hasta nuestra casita en el campus de la UofT. ¡Qué suspiro tan grande soltamos los tres cuando cruzamos el umbral! Luego, al escucharnos a nosotros mismos, nos echamos a reír y, con Farag pasándome un brazo sobre los hombros y estrechándome contra él, nos sentamos en los sofás del salón, aspiramos los olores familiares y nos relajamos, tomando posesión de nuestro espacio y de nuestro lugar en el mundo. Lo de Sicilia había sido una pesadilla, pero una pesadilla a siete mil kilómetros de distancia y encapsulada en cuarenta horas. Podíamos con ello.

Farag, además de hablar por teléfono con Kaspar y los Simonson desde el avión, también había podido dormir un poco, así que, tras darnos una ducha, cambiarnos de ropa, desayunar algo (¡café de casa, aunque fuera el de aquella horrorosa cafetera de cápsulas!) y después de volver a tirarnos otra vez en los sofás como unos holgazanes miserables, estábamos listos para empezar un día normal de nuestra vida normal. Pero, claro, ¿qué era nuestra vida normal? ¿Buscar los restos de Jesús de Nazaret y su familia por encargo de unos archimillonarios que no eran lo que parecían? ¿Y si cogíamos el coche, propuse, y nos íbamos de excursión a las cataratas del Niágara y, una vez allí, fingíamos nuestra muerte, desaparecíamos y empezábamos una nueva vida en mitad de alguna tribu africana? No, africana no, decidí, que acababa de desatarse una crisis de ébola con muy mala pinta. Mejor una tribu aborigen de Australia.

—Pero con wifi —exigió Isabella.

—Y habrá un montón de bichos y serpientes —agregó Farag.

—Sólo era una idea —cedí, desanimada, aunque por suerte ya tenía otra en la cabeza—. Isabella, busca en internet cualquier cosa rara sobre los Simonson.

—¿Cosa rara? —se extrañó—. ¿Qué cosa rara?

—No sé. Algo. El mensaje que monseñor Tournier le dio a tu tío Pierantonio decía que no eran de fiar, que nos alejáramos de ellos porque no eran lo que parecían.

—Ya sabemos que son extraterrestres, así que eso no sirve —comentó mi marido sin levantar la vista de su *tablet*.

—¡Claro que no! —protesté—. Tiene que ser algo relacionado con su fortuna.

—Quizá son pobres —comentó de nuevo Farag—. Quizá sólo fingen ser ricos.

Isabella se desternilló de risa.

—¡Algo relacionado con su fortuna, con su religión o con su familia! —me exasperé—. ¡Tournier lo diría por alguna razón!

—¡Exacto! —convino mi marido, mirándome con esos preciosos ojos azules que me hacían temblar las piernas—. Para preocuparte, para asustarte, para hacerte sospechar y desconfiar, para abrir una grieta entre nosotros y ellos. Tournier te conoce un poco y sabe que caes con facilidad en este tipo de trampas alarmistas.

—¿Como cayó él en la de los millones de euros?

Isabella seguía partiéndose de risa.

—Lo has comprendido —sonrió Farag.

—Bueno, es igual —concluí—. Haz lo que te pido, Isabella. Así me quedaré más tranquila.

—No te preocupes, tía. Te prepararé un dosier completo.

El timbre de la puerta nos sobresaltó. No esperábamos a nadie, ¿o sí? Farag se levantó a abrir y, al poco, un rubio y guapo Linus, muy peinado y oliendo a colonia, se abalanzó sobre mí. El niño estaba tan feliz de verme que me conmovió. Recordé las caras llenas de indignación y rencor de mis propios sobrinos el día anterior y me dije que, quizá, las familias podían formarse también por elección y no sólo por sangre, que quizá el cariño que el pobre y pequeño Linus sentía por mí superaba con creces la suma del cariño que parecían tenerme mis verdaderos y enormes sobrinos (exceptuando a Isabella, naturalmente). De repente, me vi abrazándole estrechamente y dándole muchos besos.

—¡Vaya, tía! —exclamó Isabella con retintín—. ¡Qué cariñosa te has vuelto de repente!

Solté a Linus, sorprendida, y, mientras el niño corría hacia mi sobrina, me quedé mirándola fijamente. ¿Eran celos aquello que había oído? Suspiré. Tendría que darle más besos a Isabella, aunque no sabía cómo. Intentaría recordarlo.

Kaspar y Farag entraron por la puerta.

—¡Bienvenidas! —exclamó el ex-Catón, que caminaba aún apoyándose en las muletas y lo golpeaba todo con ellas—. ¿Cómo te encuentras, doctora?

—Me encontraría mejor si no me destrozaras los muebles —le dije, señalando sus apoyos metálicos.

Él cayó entonces en la cuenta, muy sorprendido.

—Es que esta casa es muy pequeña —se justificó.

—¡Desde luego no es tu lujosa mansión Simonson! —me burlé.

Detrás de Kaspar apareció la feúcha cara de Abby. Sin duda, me había oído.

—¡Caramba, Abby —dije, exagerando la alegría—, no te había visto!

La heredera sonrió y, astuta como sus abuelos, se dio rápidamente cuenta de su ventajosa situación y se acercó veloz hasta mí para plantificarme un beso de saludo en la cara. ¡Por Dios! ¿Qué le pasaba aquel día a todo el mundo con los besos?

—¿Cómo estás, Ottavia? —me preguntó inocentemente mientras su rostro reflejaba la satisfacción por la victoria conquistada.

—Bien —repuse, abatida—. Bastante bien.

A esas alturas, sabía que Abby no tenía ninguna enfermedad contagiosa. En caso contrario, la habría visto tomar alguna medicación en algún momento de los muchos días que llevábamos viajando o trabajando juntas. Lo que me fastidiaba era que hubiera ganado. No llevaba bien las derrotas.

—Venimos a recogeros —anunció el ex-Catón sin rodeos—. El coche espera.

—Preferiríamos quedarnos hoy en casa, si no os importa —dije, arrellanándome cómodamente en mi sofá. No pensaba moverme ni aunque explotara el mundo.

—¿No has dicho que estabas bien? —se sorprendió Kaspar.

—Y estoy bien —confirmé con una sonrisa—, pero el viaje ha sido una paliza.

—Tenemos la nevera vacía, *basíleia* —comentó Farag.

—Pediremos comida por teléfono.

—No tenemos tiempo, doctora —gruñó agresivamente el ex-Catón—. ¿Crees que ha cambiado algo desde que os fuisteis? La oferta de Tournier tendría que haberte dejado muy clara cuál es la situación.

—Kaspar tiene razón, Ottavia —dijo mi marido, levantándose—. Si no queremos llegar al escondite de los osarios cinco minutos después de que se marche con ellos Gottfried Spitteler, no podemos perder el tiempo. Y te recuerdo que dejamos pendiente el tema de Marco Polo. No seamos descorteses. Jake y Becky deben de estar impacientes.

—Lo están —afirmó la heredera con una sonrisa—. Pero ni Kaspar ni yo les hemos contado nada. Mi pobre abuelo se pasó ayer todo el día bajando hasta la puerta de la biblioteca pequeña y volviendo a subir. Parecía un león enjaulado.

—Tu abuelo tiene demasiada energía —repuse, haciéndome a la idea de que iba a tener que volver otra vez a la mansión Simonson.

Pero antes de que acabara de hacerme a la idea, ya estábamos allí y todos parecían encantados menos yo. ¿Por qué siempre terminaba yendo a contrapelo del sentir general? Eso, o los demás estaban todos perturbados, lo que me parecía mucho más razonable. Claro que, como en ocasiones anteriores, en cuanto puse un pie en la biblioteca pequeña, mi vida entera dio un giro de ciento ochenta grados y la felicidad ahogó mi corazón.

Jake y Becky nos recibieron con mucho afecto y me dieron el pésame por la muerte de mi madre (no, no parecía ni remotamente que el asunto de la muerte fuera algo preocupante para ellos). En cuanto empezamos a agradecerles todo lo que habían hecho, se negaron en redondo a escucharnos y desviaron el tema hacia otro punto que les divertía mucho más: que Tournier hubiera descubierto su origen alienígena. Les parecía graciosísimo y yo me pregunté si estarían al tanto de que había un montón de libros y artículos publicados sobre ese tema en todo el mundo. Cierto que no eran precisamente de lectura recomendable pero, con todo, a mí me hubiera preocupado la insistencia de la gente sobre el asunto. Además, Tournier no había dicho que fueran alienígenas; sólo que no eran lo que aparentaban y como, desde luego, aparentaban ser extraterrestres, no debía de referirse a eso. Mi sobrina lo descubriría, me dije, porque, a diferencia de aquellos que escribían tonterías, ella conocía a los Simonson personalmente y sabía·qué tipo de cosas buscar.

Isabella y Linus se quedaron en el jardín porque hacía un día precioso y casi parecía que el apático sol canadiense se hubiera intercambiado con el pujante y maravilloso sol mediterráneo que tanto me gustaba. Cuatro biznietos pequeños de Jake y Becky habían llegado a la casa para pasar unos días y, como tenían aproximadamente la misma edad que Linus, se oía jaleo, risas y gritos por todas partes. Los mayores nos encerramos a trabajar en mi perfecta biblioteca del semisótano. Nadie había tocado nada. Ahí estaban mis papeles y mis notas, tal y como los había dejado tan sólo dos días atrás y, sin embargo, parecía que hubiera transcurrido una eternidad.

Jake y Becky estaban realmente impacientes por conocer lo que Marco Polo contaba sobre los osarios. Había sido un detalle por parte de Kaspar y de Abby no decirles nada durante nuestra ausencia y otro detalle por parte de los archimillonarios no entrar en la biblioteca pequeña a curiosear. Yo me hubiera abalanzado sobre las notas sin remilgos de ninguna clase y, luego, ya me habría inventado una excusa.

Mis tres compañeros de investigación —y ajenos colaboradores de mi futuro Premio Getty— también volvieron a sus lugares de trabajo en la gran mesa de la biblioteca, y Farag y Kaspar repasaron rápidamente sus libros, papeles y anotaciones. La ansiedad de los ancianos Simonson, que no paraban quietos en sus asientos de terciopelo y cuchicheaban nerviosos mirándonos de reojo, me molestaba un poco, la verdad, aunque podía comprenderlos. Lo cierto era que, releyendo mis propias traducciones, me daba cuenta de que lo que teníamos allí era una bomba histórica y, desde luego, también una bomba religiosa, aunque esa parte habría que trabajarla más.

De repente, tuve la fuerte impresión de que los dos días transcurridos desde que me había marchado no habían ocurrido en realidad. Sí, mi madre había muerto, no cabía duda, y eso le daba un tinte diferente a todas mis sensaciones, pero la vida se imponía y retomar las cartas de Marco Polo ayudaba mucho a difuminar gradualmente mis lazos con Sicilia, donde ya no me quedaba nada.

Pero si no quería que la válvula turborreactora que Jake tenía por corazón terminara reventando y borrando Canadá del mapa, debía poner rápidamente manos a la obra.

—Bueno, vamos a ver —empecé a decir, quitándome las gafas para mirar a todos desde la distancia—. En las tres cartas de Marco Polo hemos encontrado las respuestas que estábamos buscando: quién robó los osarios a Hulagu y a Makkikha II en 1261, por qué los robaron y dónde los escondieron después.

—Quizá deberíamos ponerles · en antecedentes, Ottavia —insinuó Abby.

—Hazlo tú si quieres —la invité.

—Claro —aceptó, contenta, tomando asiento junto a Kaspar—. A ver, abuelos, tenéis que dar otra vez un salto al siglo XIII y situaros de nuevo en 1272, cuando Marco Polo, su padre y su tío llegan a Tabriz y se entrevistan con María Paleologina, que en esos momentos es aún Déspina Khatun, una de las esposas principales de Abaqa Ilkhan.

—De acuerdo —asintió Becky.

—María les estaba esperando porque Tedaldo Visconti, ahora Gregorio X, le había escrito una carta anunciándole su llegada. Eran unos mercaderes venecianos que debían regresar a la corte de Kublai Khan, en Catay, es decir, en China, pero, además, eran también los enviados secretos del propio Gregorio X para encontrar los osarios que el Papa creía que Hulagu le había regalado a su hermano Kublai años atrás.

—Correcto —admitió Jake.

—El encuentro entre María y los Polo fue muy bien —siguió contando Abby—. Niccolò y Maffeo habían vivido siete años en Constantinopla, en Bizancio, donde otro hermano Polo regentaba una sucursal del negocio de la familia, así que hablaban griego perfectamente. Marco, el joven hijo de Niccolò, también lo hablaba con fluidez puesto que su destino era ser mercader como su padre y, en aquellos tiempos, todas las rutas hacia Oriente pasaban, ineludiblemente, por Constantinopla. Por eso, en el encuentro con María en su lujoso *Ordo* de Tabriz, no necesitaron intérprete y pudieron hablar con confianza.

—¿Pero María les contó lo del robo de los osarios en 1261? —se impacientó Jake.

—Sí —dije yo—. Sí se lo contó. Se lo contó a los Polo cuando estuvieron en Tabriz, aunque no se lo contó al Patriarca ortodoxo de Constantinopla, José I Galesiotes, cuando éste le escribió en 1267, ni tampoco al futuro Papa Tedaldo Visconti cuando éste le escribió en 1268 por el mismo motivo: averiguar dónde estaban los osarios. Por desgracia, Marco no entra en detalles, pero María les refirió de palabra todo lo ocurrido, que es mucho más de lo que nosotros conocemos. Lo que pasa es que Marco lo da por sabido entre María y él y no lo explica.

—Entonces —preguntó la hermosa Becky, perpleja—, ¿por qué María no se lo contó a los otros? Uno de ellos era su propio Patriarca de Constantinopla.

—Nos falta mucha información, Becky —le advertí—. Estamos trabajando con cosas que ocurrieron hace ochocientos años y de las que apenas quedan algunas referencias. Quizá lleguemos a saberlo o quizá no, no podemos estar seguros. A lo mejor María, sencillamente, no podía o no debía dejar constancia del robo por escrito.

—De acuerdo —convino ella—. Tienes razón, Ottavia. Continuad, por favor.

—La primera carta de Marco Polo a María —dije mirando mis notas— aparece fechada en la ciudad de Yangiú en octubre de 1282, diez años después del encuentro en Tabriz.

—¡Diez años! —exclamó Becky—. ¿Por qué tanto tiempo?

—¿Sabes cuánto duraba un viaje normal desde Constantinopla hasta China en el siglo XIII, abuela?

—Ni idea.

—Pues según los datos que poseemos —intervino Farag— y los manuales de comercio escritos por otros mercaderes, el viaje, con camellos, carros y bestias de carga duraba aproximadamente diez meses (10). Los Polo, que supuestamente viajaban con *paizas*, o salvoconductos que les había entregado el Gran Khan Kublai durante el primer viaje, tardaron entre tres años y tres años y medio en llegar. Y no se sabe por qué.

—No se sabía —puntualicé.

—Cierto —sonrió Farag—. Porque nosotros sí lo sabemos. El inexplicable retraso se debió a la búsqueda de los osarios.

—Así se lo cuenta Marco Polo a María —añadí yo— cuando le escribe desde la ciudad que él llama Yangiú pero que, en realidad, ha sido identificada como Yangzhou (11), en la provincia de Jiangsu Central, en la orilla norte del río Yangtsé. Marco dice en el *Libro de las maravillas* que fue gobernador de esta ciudad durante tres años y, aunque no hay la menor prueba de ello y no se ha encontrado ningún documento que lo avale, lo cierto es que escribe a María su primera carta desde allí en 1282.

—Pero no dice que fuera el gobernador —apuntó Abby.

—No, no lo dice —terció Kaspar, interviniendo por primera vez—. Lo que dice es que trabaja como recaudador de impuestos sobre la sal para el Gran Khan. La triste verdad es que el *Libro de las maravillas* está plagado de mentiras desde el principio hasta el final. Por eso, mejor centrémonos en las cartas, que parecen más sinceras.

—Como decía Farag —comentó Abby, reanudando el tema—, los Polo tardaron, inexplicablemente hasta ahora, tres años y medio en realizar un viaje que sólo duraba diez meses. Marco Polo le cuenta a María en 1282 que hicieron muchísimas pesquisas por el camino, que pasaron por incontables ciu-

(10) *Marco Polo*, de Jacques Heers. Biblioteca ABC, colección Protagonistas de la Historia, ediciones Folio, 2004.

(11) «Yangzhou, en el Gran Canal, provincia de Jiangsu», *Libro de las maravillas del mundo*, edición de Manuel Carrera Díaz, colección Letras Universales, ediciones Cátedra, 2010, nota 606.

dades para hacer averiguaciones y que, siguiendo pistas falsas, llegaron a desviarse de su ruta innumerables veces.

—Lo que explica también —declaró Kaspar, que había formado un dueto con Abby— por qué el camino que siguen los Polo desde Venecia hasta Pekín, ciudad a la que ellos llaman Kanbalik, nunca ha tenido sentido para los aventureros y exploradores que intentan utilizar el *Libro de las maravillas del mundo* como guía de viaje.

—¿Es que no siguieron la Ruta de la Seda? —se sorprendió Jake—. Siempre había creído que Marco Polo descubrió la famosa Ruta de la Seda.

—No existía ninguna Ruta de la Seda —le dijo Farag, consultando unos papeles que tenía sobre la mesa—. Por aquel entonces había varios caminos entre Asia y Europa trazados por los mongoles para que los comerciantes viajaran con sus mercancías. Esos caminos fueron llamados, en conjunto, Ruta de la Seda por el geógrafo alemán Ferdinand von Richthofen en el siglo xix.

—¡Caramba! —exclamó, decepcionado, el viejo Jake—. Me gustaba el nombre de Ruta de la Seda. Me parecía muy romántico y aventurero.

Ya sabíamos a quién había salido Abby.

—Hay otro dato que debería llamarnos la atención —murmuró Kaspar, pensativo—. Durante esos tres años y medio que pasaron viajando hacia Catay, se quedaron mucho tiempo en Rudbar, la zona de Persia, hoy Irán, donde se encontraban los restos calcinados del castillo de Alamut, el de los Asesinos. De hecho, Marco Polo fue el primero en hablar de ellos en Occidente. Nadie los conocía en Europa hasta que el *Libro de las maravillas* los convirtió en estrellas del rock.

—Bueno, pero, para entonces —comentó Becky—, ya habían sido oficialmente aniquilados por los mongoles.

—Sí, su leyenda nació cuando ellos ya habían desaparecido —afirmó Kaspar.

—¿Debo recordaros —rezongué— que *no* han desaparecido?

Todos me miraron como si hubiera dicho una tontería.

—O sea, que los Polo anduvieron por Alamut durante algún tiempo —comentó Jake, preocupado.

—Sí, así es —afirmó Kaspar—. Y estaban buscando los osarios, según afirma Marco Polo en su carta.

—¿Creían que los Asesinos habían tenido algo que ver con el robo de los osarios? —se sorprendió Becky—. No tuvieron nada que ver, de eso estamos seguros.

—Fue un error disculpable —murmuré yo, que sabía toda la verdad.

—Vamos a ignorar, por el momento, el comentario de mi mujer —dijo Farag con decisión— y vamos a seguir avanzando. Abby, por favor, continúa.

—En resumen —explicó la rubia Abby—, la primera carta de Marco Polo es una narración de lo que hicieron durante el viaje hasta China, es decir, buscar indicios infructuosamente. También habla de su llegada a Shang-tu, la capital de verano de Kublai Khan, más conocida en Occidente como Xanadú por el famoso poema de Coleridge (12), y sobre su llegada, por fin, a Kanbalik, la gran capital de Catay, en 1275.

—¿Y a dónde envía Marco esta carta? —inquirió Jake—. Porque si la escribió en octubre de 1282, María había huido a Constantinopla, si no recuerdo mal, en abril de ese mismo año, es decir, seis meses antes.

—No hay ninguna referencia, Jake —le respondí—. Marco se dirige a María como Εὐγενής μου κυρία (*Evgenís mu Kyría*), «Mi señora» o «Mi muy noble señora», pero no indica dónde reside María ni si la considera aún esposa de Abaqa o si cree que está en Tabriz. En cualquier caso, si Marco remitió la carta a Tabriz con el servicio postal mongol, que era terriblemente avanzado y eficaz para su época, y muy rápido, los mensajeros la harían llegar hasta Constantinopla sin problemas.

(12) Samuel Taylor Coleridge (1772-1834), poeta inglés fundador del movimiento romántico en Inglaterra. Escribió un famoso poema llamado *Kubla Khan*.

—Es decir —bromeó Jake—, que no era como mandar un *email* a una dirección equivocada.

La imagen de Marco Polo sentado delante de un ordenador mandando un correo electrónico a la hija del emperador bizantino Miguel VIII Paleólogo me descolocó.

—No, abuelo, no era como mandar un *email* —se rió Abby, apoyando una mano, de paso, en el cercano brazo de Kaspar.

—En cualquier caso —seguí diciendo, sin dejar de mirar fijamente aquella mano en aquel brazo—, María le contestó a Marco con una carta que no tenemos, porque, en la segunda de Marco Polo, éste ya sabe que María es viuda, que se encuentra en Constantinopla y que vive en *Panagía Mujliótissa*, en Santa María de los Mongoles.

—¡Segunda carta! —se relamió Jake como si se tratara de un pastel.

—¿Lo cuentas tú, Abby? —le pregunté, haciéndole una señal con los ojos para que apartara su mano del brazo de Kaspar y dejara de hacer el ridículo.

—¡Oh, por supuesto! —respondió. Se la veía azorada, pero ella se lo había buscado—. En su segunda carta, fechada en noviembre de 1287, cinco años después de la primera, Marco escribe desde Kanbalik, la capital de Catay.

—O sea, desde Pekín, capital de China —terció Becky.

—Eso es —confirmó su nieta—. Acaba de volver de un largo viaje a una remota isla que él llama Seilán y que se corresponde con la actual Sri Lanka, en el golfo de Bengala. Había ido hasta allí como mensajero del Gran Khan Kublai, que quería comprar al rey de Seilán un extraordinario rubí rojo de gran tamaño.

—El rey de Seilán —intervino Farag en plan erudito—, entre 1277 y 1301, fue Parakrama Bahu IV, hijo del rey Bhuvaneka Bahu II.

—Marco Polo le cuenta a María —siguió diciendo Abby— que, aparte del rubí, Kublai Khan deseaba también otros objetos que poseía el rey de Seilán: los dientes de Sagamoni Burkan (13), que era como los mongoles llamaban a Buda, y su escudilla mendicante, y que el rey de Seilán había accedido a regalárselos. Kublai hizo salir fuera de las murallas de Kanbalik a todos sus súbditos para que recibieran las reliquias con grandes honores.

—¿Ves, Ottavia, como Hulagu Ilkhan sabía que los restos de Jesús y su familia eran un regalo excelente para su hermano Kublai? —me preguntó Becky con retintín.

—Sí, y por eso se los robaron —le recordé—. Y yo sé quién.

Todos se removieron inquietos pero mantuve los labios sellados, haciéndome valer.

—Vamos a ignorar otra vez lo que ha dicho mi mujer —Farag siempre me hundía las mejores interpretaciones— y continuemos, por favor.

Abby se mostró encantada de seguir el consejo de Farag, supongo que por devolverme lo de la mano en el brazo.

—Lo más importante de esta segunda carta —dijo, retirándose el pelo de la cara y sujetándoselo detrás de la oreja con aquel gesto suyo tan perfecto (y sí, el tonto de Kaspar se quedó como deslumbrado)—, lo realmente importante, es que Marco le cuenta a María que, estando en Seilán, oyó hablar de los osarios.

Ambos nonagenarios dejaron escapar una exclamación de sorpresa.

—Creo que deberías leer tu traducción a Jake y a Becky —me animó Farag.

—Es un fragmento extraordinario —afirmé, sujetando con firmeza mi libreta de notas—. Escuchad: «Debéis saber, mi señora, que hay en Seilán una enorme y alta montaña cuyas rocas son tan abruptas y escabrosas que no se pueden escalar y la única forma de que los hombres suban hasta la cima es mediante gruesas y largas cadenas de hierro que cuelgan desde arriba. Hay allí un santuario en el que, a decir de los sarrace-

(13) Marco Polo. *Viajes. Libro de las cosas maravillosas del Oriente*, traducción de Juan Borja de Quiroga, ediciones Akal, 1983, nota 139.

nos y de los judíos, se guardan los restos de nuestro primer padre Adán, mas los budistas, mejor llamados idólatras porque adoran ídolos, sostienen que son los restos de Sagamoni Burkan. Uno de mis compañeros de viaje, un turco llamado Zuficar que es, a mi parecer, varón sabio y digno de todo crédito, viajó hasta el santuario que llaman, pues, Pico de Adán, y allí habló con unos judíos, mercaderes de pimienta, que venían de la ciudad de Kodungallur, en el gran reino de Malabar, al sur de la India Mayor. Estos judíos contaron que en Kodungallur había una gran comunidad de *nasarani*, de cristianos, y cuando Zuficar les preguntó por ellos, muy a disgusto le explicaron que el Apóstol Santo Tomás había llegado a Kodungallur pocos años después de la muerte del que ellos llamaban Yeshu, y que había fundado siete iglesias y media en el gran reino de Malabar, la primera y más importantes de las cuales era la de Kodungallur. Zuficar les preguntó qué querían decir con siete iglesias y media, pero los judíos no se lo quisieron explicar porque no era asunto de su religión. Lo que sí le contaron a Zuficar fue que los restos de Yeshu y su familia estuvieron durante mucho tiempo en Kodungallur al cuidado de los *nasarani*, pero que ya no lo estaban, sin que ellos conocieran las razones. Viajaré al reino de Malabar en cuanto obtenga licencia de mi señor el Gran Khan, que ya es muy viejo y no se encuentra bien de salud».

—¡Kodungallur! —exclamó Jake con ojos afiebrados por la excitación—. ¿Qué nombre tiene hoy día?

—Cranganore —replicó Farag—. Es su nombre en inglés.

Becky miró a su nieta con emoción contenida.

—Jamás habíamos estado tan cerca —musitó.

Su entusiasmo era casi material, palpable. Abby le devolvió la sonrisa.

—Comprobé todos los datos del texto de Marco Polo —siguió diciendo mi marido—, y son todos correctos: nombres, lugares, fechas... El Pico de Adán existe en Sri Lanka y, afortunadamente, los turistas que lo visitan ya no necesitan ascender por cadenas de hierro. Por otra parte, en la costa de Kerala, en la India, en lo que fue un día el reino de Malabar, es cierto que hubo desde épocas desconocidas una importante comunidad judía de la diáspora que se dedicaba fundamentalmente al comercio de las especias. También existen aún los llamados cristianos de santo Tomás, inscritos ahora dentro de varias Iglesias orientales, y, desde luego, la leyenda sobre las siete iglesias y media que fundó el Apóstol cuando llegó a la India, supuestamente en torno al año 52 de nuestra era, no sólo sigue siendo muy popular sino que está recogida en multitud de documentos. Allí, en Kerala, las llaman *Ezharapallikal*.

—¿Existe la media iglesia? —se rió Jake, incrédulo.

—Ya no existe ninguna de las siete iglesias y media originales, si es que existieron alguna vez —explicó Farag, el ateo—, pero sí el recuerdo de los lugares donde se levantaron. La media iglesia era, en realidad, la octava, totalmente normal aunque muy pequeña. La leyenda dice que fue fundada por el Apóstol Santo Tomás en el año 63 de nuestra era en un pueblecito llamado... —mi marido consultó sus notas— Thiruvithamkode, en Kerala. Aún existe un pequeño templo cristiano allí.

—Recapitulemos —proclamé con tono autoritario para atraer la dispersa atención—. Marco Polo le cuenta a María Paleologina en su segunda carta que los osarios robados en Persia en 1261 fueron llevados por los ladrones hasta la India y que durante mucho tiempo permanecieron en Kerala bajo la custodia de los cristianos de santo Tomás. Más tarde, según afirmaban aquellos mercaderes judíos, los osarios volvieron a desaparecer. ¿Es así?

El rostro de Becky expresaba ahora tristeza.

—Creí que Kodungallur sería la pista definitiva —murmuró con voz apagada.

—No te preocupes, Becky —la consolé—. La pista definitiva está en la tercera carta de Marco Polo.

Jake, que también parecía algo apesadumbrado, botó en su asiento de terciopelo negro con su inagotable vitalidad de nonagenario.

—¿Y a qué esperamos? —preguntó con una sonrisa contagiosa—. ¡A por ella!

—¿A por quién? —le pregunté, desconcertada por su enérgica reacción.

—¡A por la tercera carta de Marco Polo, doctora! —refunfuñó el ex-Catón.

Para quienes no le conocieran, los modales de Kaspar podían parecer bruscos e incomprensibles. Para mí, después de tantos años, era como leer en un libro abierto, así que no le hice el menor caso.

—La tercera carta de Marco Polo —empecé a decir, ojeando mi traducción y mis notas— está fechada en marzo de 1294, en Tabriz.

—¿En Tabriz otra vez? ¿En la ciudad de María? —se sorprendió Becky.

—Bueno, ya no era la ciudad de María —le explicó mi marido—. Ahora era la ciudad donde estaba la corte de Gaikhatu Ilkhan, nieto de Hulagu e hijo de Abaqa y de alguna de sus esposas principales.

—¿Y qué pasó con Tekuder —quiso saber Jake—, el cuñado musulmán de María que quería matarla y que asesinó a su hermano Abaqa para hacerse con el poder?

—Lo mató a su vez uno de sus sobrinos, el hermano de Gaikhatu, Arghun —dijo Farag—, que fue el cuarto Ilkhan de Persia. Gaikhatu fue el quinto.

—¿Y Arghun y Gaikhatu eran hijos de María? —preguntó Becky.

—No —respondí yo—. Al parecer, María no tuvo hijos. Pero Abaqa sí los tuvo con otras esposas y concubinas, aunque la madre no era importante en el linaje mongol.

—Bueno, vamos a ver —se quejó Kaspar de manera muy correcta—, estábamos con la carta de Marco Polo.

—Cierto —convino Farag—. Hay que tener en cuenta que los Polo no volvieron a casa por tierra sino por la hoy llamada Ruta de las Especias, otro camino de mercaderes que iba, por mar, desde Ormuz, en Persia, hasta China, bordeando las costas de la India, Malasia, Sumatra, Borneo y Vietnam. Obviamente, hicieron la ruta a la inversa, desde China hasta Persia, aprovechando el viaje de una comitiva que acompañaba a una joven princesa tártara que iba a casarse con Arghun, el asesino de Tekuder.

—En el *Libro de las Maravillas* —apuntó Kaspar—, Marco Polo ofrece mucha más información sobre la Ruta de las Especias que sobre la Ruta de la Seda. La conoce mucho mejor y sabe mucho más sobre barcos, navegación y comercio marítimo que sobre comercio terrestre, aunque esto es algo que, en general, pasa desapercibido. El asunto es que los Polo necesitan salir de Catay antes de que muera Kublai Khan, porque su muerte podría dejarlos a merced de las envidias de la corte provocadas por el gran afecto que Kublai les profesaba.

—Afecto que, según las pruebas históricas, es completamente falso —comentó Farag.

—Sí —admitió Kaspar—, pero eso no nos interesa para nuestra búsqueda de los osarios.

—Parece ser que la comitiva de la princesa tártara Kokachín —siguió explicando mi marido— llegó a Ormuz en marzo de 1294. Para entonces, Arghun ya había muerto, así que casaron a Kokachín con Ghazan, el hijo de Arghun.

—Los Polo acompañaron a la princesa hasta Jorasán —señaló Kaspar—, y, después de entregarla a Ghazan, se fueron a Tabriz, donde permanecieron nueve meses descansando. En 1295 emprendieron el viaje hacia Venecia, pero, antes, pasaron por Constantinopla.

—¿Y allí se encontraron con María Paleologina? —quiso saber Becky, más con curiosidad de revista del corazón que con interés histórico.

—De eso, precisamente, se habla en la tercera carta —admití, tomando ya el control del resto de la historia—. Marco le anuncia a María que le harán una visita en *Panagía Mujliótissa*, en Santa María de los Mongoles, durante el año de 1295. Recordad que él escribe desde Tabriz en 1294. Cuando estaba traduciendo este fragmento se me heló la sangre en las venas pensando que, si Marco Polo iba a hablar con ella en persona, no tenía por qué adelantarle nada en la carta.

Los archimillonarios contuvieron la respiración, horrorizados.

—Afortunadamente, me equivoqué —concluí, con una gran sonrisa.

Los archimillonarios soltaron el aire, aliviados.

—«Habéis de saber, mi noble señora —empecé a leer tras ponerme las gafas—, que, en mayo del 1293, los bajeles del séquito de la princesa Kokachín fondearon en el puerto de la ciudad de Kodungallur, en el reino de Malabar, a unas ciento cincuenta millas del cabo Comorín en dirección al poniente. Dispusimos, pues, de dos días completos antes de que las naves zarparan para internarse de nuevo en el gran mar de la India y, así, mi señor padre, Micer Niccolò, mi señor tío, Micer Maffeo, y yo mismo, Micer Marco, fuimos en busca de los *nasarani* del Apóstol Santo Tomás y dimos con ellos y con su obispo, Mar Sahda, al que preguntamos por el Santo Cuerpo de Nuestro Señor Jesús. Como los *nasarani* son cristianos honestos, pues nunca y en ningún caso dicen mentira, sino sólo la verdad aun a riesgo de perder la vida, nos contaron que los diez osarios con los Santos Restos de Jesús y de su Sagrada Familia permanecieron veinte años bajo su cuidado por petición de unos cristianos llamados *ebyonim*. Estos *ebyonim* aseguraron venir de Bagdad pero ser naturales de un lugar llamado Susya, en Judea, y, por causa de la guerra, suplicaban protección para los diez osarios. El obispo de los *nasarani*, Mar Sahda, que habló con los *ebyonim*, nos contó que viajaban escoltados por unos soldados mahometanos que se hacían llamar *sufat*, "los puros", pero que eran sarracenos de los que no siguen la ley de Mahoma sino la del Viejo de la Montaña. Los *ebyonim* se marcharon afirmando que volverían a recoger los osarios cuando encontraran un refugio seguro en el que guardarlos para siempre, y así lo hicieron hace doce años, hacia el 1282, de nuevo acompañados por soldados *sufat*.»

Me detuve en ese punto porque el resto de la carta carecía

de interés. Un pesado silencio y una completa inmovilidad reinaban en la biblioteca pequeña. Nadie respiraba, nadie se movía, nadie hablaba. Era cierto que el párrafo que había leído planteaba innumerables preguntas y abría abundantes y problemáticas cuestiones pero, que yo supiera, no tenía el poder mágico de congelar a quien lo oyera y allí estaban todos congelados. El viejo Jake fue el primero en resucitar y lo hizo para, desde mi punto de vista, meter el dedo en la llaga como santo Tomás:

—¿Los *nasarani* hablaron de diez osarios...? —balbució atropelladamente—. Pero..., ¿no eran nueve? ¿De quién es el décimo?

CAPÍTULO 20

No tuvimos tiempo de averiguar nada más. Los acontecimientos se precipitaron y, cuando el infierno acabó, todo había cambiado por completo. Monseñor Tournier y sus poderosos aliados decidieron que nuestra negativa a trabajar para ellos y la ausencia de información sobre los osarios y, por tanto, de caminos para seguir la búsqueda por su propia cuenta, suponía mucho más de lo que podían soportar. Supongo que decidieron que representábamos un peligro demasiado grande para la Iglesia, para la fe o para sus intereses y, así, al día siguiente, cuando Jake y Becky se dirigían en su coche hacia un almuerzo con unos amigos en Hampstead, un gigantesco camión maderero se les echó encima en el cruce de un ramal de entrada a la autopista desde una carretera comarcal. El tráiler del camión, tras el brutal impacto, se soltó y fue a dar de lleno contra el lateral posterior del Lincoln, dejando caer sobre el vehículo unos troncos enormes que, de no haberse tratado de un coche blindado, habrían aplastado a los Simonson como si fueran mosquitos. Seguramente, Gottfried y sus secuaces no tuvieron tiempo de informarse sobre el pequeño detalle del blindaje del coche —que salvó las vidas de Jake, Becky y su chofer— porque se encontraban demasiado ocupados con la infame operación a gran escala que estaban llevando a cabo en ese momento en varias partes del mundo.

Los Simonson fueron trasladados en helicóptero hasta Toronto por los servicios de urgencia e ingresados en la Unidad de Cuidados Intensivos del Mount Sinai Hospital, el mismo en el que habían estado Farag y Kaspar cuando regresamos de Estambul. El impacto del camión había sido tan brutal que, a pesar de la enorme protección blindada del Lincoln, los ancianos estaban al borde de la muerte.

Abby, junto con algunos primos y tíos, se marchó rápidamente al Mount Sinai Hospital pero nosotros no teníamos nada que hacer allí, además de molestar. Nos quedamos, pues, en la mansión Simonson porque Abby nos lo pidió y nos aseguró que no tardaría en llamarnos para darnos noticias sobre la situación de sus abuelos. Estaba destrozada. Parecía una zombi a punto de volver a morir. Se movía de un lado a otro como atontada y sin coordinación. Aquello había sido una impresión muy fuerte y todos nos sentíamos conmocionados, aturdidos y angustiados. Isabella, que por su edad era mucho más espontánea, luchaba por tragarse las lágrimas mientras entretenía a Linus en la piscina, pero eso no quería decir que nosotros no tuviéramos también un nudo en la garganta que se cerraba cada vez más. Kaspar y yo rezábamos en silencio por Jake y Becky, aunque, tras la muerte de mi madre, en mi interior albergaba serias dudas sobre la supervivencia de unas personas tan mayores.

Una extraña maquinaria de protección se puso en funcionamiento cuando Abby regresó del hospital al cabo de un par de horas. Sus abuelos seguían en el quirófano y el pronóstico era grave. La heredera, cuyo demacrado rostro parecía una triste máscara de *kabuki* japonés, nos pidió que nos reuniéramos en una salita con un equipo de gestores y abogados que nos informaron sobre la imperiosa necesidad de mantener en secreto lo ocurrido. Nada debía trascender a los medios de comunicación. La seguridad de todo el emporio Simonson estaba en juego y el silencio era fundamental. Ya se notificaría a los medios cuando llegara el momento. Desde luego, añadió Abby entre lágrimas (y para enojo de los asesores allí presentes), lo que les había pasado a sus abuelos no había sido en absoluto fortuito sino un claro intento de asesinato ya que la extraña velocidad y trayectoria del camión y, sobre todo, el hecho de que su conductor hubiera huido del lugar sin dejar huellas ni rastros en el vehículo, así lo demostraba.

A esas alturas aún no sospechábamos que Tournier pudiera estar detrás de todo aquello. Los Simonson eran una de las familias más poderosas del mundo y cualquier cosa resultaba posible. Pero las desgracias continuaron sin descanso a lo largo del día y la alerta máxima acabó declarándose en la familia y en sus muchos y muy importantes bufetes de abogados y despachos de gestores de crisis. Poco después del brutal choque del camión maderero contra el Lincoln, se supo que Nathan Simonson, el hijo mayor de Jake y Becky y heredero principal de los negocios familiares, acababa de morir en un accidente de esquí en Mount Hutt, en South Island, Nueva Zelanda, en la otra punta del mundo. Nat, de sesenta y cinco años y consumado esquiador, estaba probando las pistas de una estación de su propiedad que iba a abrir sus puertas ese mismo día inaugurando así la temporada de nieve en el hemisferio sur (en Nueva Zelanda era la mañana del sábado, 28 de junio, aunque para nosotros todavía era viernes). Un operario de mantenimiento estaba levantando un cable de acero de tres milímetros de grosor para poner una banderola de lado a lado de la pista cuando Nat, que descendía esquiando, pasó sin ver ni al operario ni el cable, que le segó el cuello limpiamente, decapitándole. El empleado había desaparecido, como el conductor del camión, sin dejar huellas ni indicios sobre su identidad. Ambos se habían esfumado en el aire. Las policías de Ontario y de Christchurch trabajaban en silencio y en el mayor de los secretos bajo la supervisión de un ejército de investigadores privados de los Simonson y, desde luego, calificaban ambos accidentes como intento de homicidio y homicidio, respectivamente, y eso sólo con las averiguaciones preliminares.

Pero las cosas no habían hecho más que empezar. La siguiente mala noticia llegó cuando aún nos hallábamos bajo la tremenda conmoción de las dos primeras. La mansión Simonson era un hervidero de desconocidos, algunos de los cuales eran miembros de la familia y, otros, empleados de todo género. Kaspar, para tristeza suya y de Abby, decidió que Linus y él se venían con nosotros esa noche pues, en realidad, no podían ayudar en nada y allí sólo importunaban, igual que Farag, Isabella y yo, así que, a media tarde, decidimos marcharnos a casa y esperar a que Abby se fuera poniendo en contacto con nosotros cuando pudiera. Aún no habíamos abandonado la mansión cuando alguien salió de un despacho voceando que varios pozos y plataformas petrolíferas de los Simonson en distintas partes del mundo estaban sufriendo grandes explosiones y ardían sin control. Las llamas y el humo negro subían hasta el cielo en el mar del Norte, en el golfo de México, en Alaska, en Rusia y en varios lugares de Estados Unidos.

Aquello ya no podía silenciarse ante los medios y mucho menos en las redes sociales. Los gabinetes de crisis pusieron manos a la obra y esa noche, en las noticias que vimos en la televisión de casa, sentados en los sofás de nuestro pequeño salón, oímos que un desconocido grupo de terroristas sirios cercanos a Al-Qaeda y al recientemente instaurado Estado Islámico había reivindicado los atentados en los yacimientos petrolíferos de los cuales en ningún momento se dijo que pertenecieran a los Simonson. No teníamos ni idea de si aquello era cierto o no, aunque el motivo aducido de hacer subir el precio del petróleo con el que se financiaban estos grupos y estados yihadistas parecía tener sentido. Sin embargo, también podía ser una excusa montada por los gabinetes de crisis para impedir la caída en picado de las acciones de las empresas petroleras de los Simonson en las bolsas mundiales. No sabíamos qué pensar. El secretario general y portavoz de la OPEP, la Organización de Países Exportadores de Petróleo, habló desde Viena para asegurar al mundo que los terroristas no conseguirían nunca sus propósitos y que todos los países contaban con suficientes reservas de crudo para mantener los precios en el mercado. Sobre la muerte en Nueva Zelanda de Nat Simonson, el famoso heredero de la familia, no se dijo ni media palabra en ninguno de los informativos de las diferentes cadenas por las que estuvimos zapeando, ni tampoco sobre el accidente y el ingreso en el Mount Sinai Hospital de Jake y Becky. La familia Simonson había escapado limpiamente y por los pelos, como dijo Isabella, de los medios de comunicación, las redes y los blogueros.

Aquella noche nos fuimos a dormir con la terrible sensación de que algo muy grave le estaba ocurriendo a la familia Simonson y que, por el momento, los osarios perdidos eran el menor de sus problemas. Recuerdo que, ya abrazada a Farag en la cama y entrando en la primera fase del sueño, mi marido me dijo algo sobre que Tournier y Gottfried Spitteler podían estar detrás de todo aquello. Le pasé la palma de la mano por la cara hirsuta y le tapé la boca para indicarle que era hora de dormir y no de pensar y mucho menos en tonterías. Qué poco me imaginaba yo que aquella intuición de Farag no sólo era completamente acertada sino que, además, iba a salvarnos la vida. Y es que Farag no se durmió dándole vueltas a la idea de que todo lo que había ocurrido aquel desgraciado día podía ser obra de Tournier y de sus socios porque, tal y como estaban las cosas, la búsqueda de los osarios se había terminado definitivamente. Su cabeza no dejaba de pensar en los pobres Jake y Becky, a los que habían operado varias veces en las últimas horas. Jake, además de sufrir fracturas múltiples, presentaba un traumatismo torácico grave y se mantenía con ventilación asistida. Milagrosamente, seguía vivo, y eso que, según nos contó Abby, tenía ochenta y ocho años. Becky, de ochenta y seis, también sufría de fracturas múltiples y conmoción cerebral. Le habían inducido el coma hasta que bajara la inflamación del cerebro. Sus médicos no tenían ninguna esperanza y así se lo comunicaron a la parte de la familia que llegó rápidamente desde los países más cercanos. El problema determinante era su avanzada edad, la fragilidad de sus huesos y órganos; si hubieran sido más jóvenes seguramente su estado no sería ni tan malo ni tan desesperado.

Abby llamó de nuevo a Kaspar al móvil desde el hospital cerca de las diez de la noche y Kaspar puso el manos libres para que también nosotros pudiéramos oírla. Por eso, quizá, la cabeza de mi marido era incapaz de conciliar el sueño y giraba como una peonza en torno a la idea de que, con todo aquello, Tournier había querido acabar con nuestra búsqueda de los osarios de manera definitiva y radical, recurriendo a las más sucias maniobras que, seguramente, estaría justificando ante sí mismo y ante sus aliados de los grupos religiosos radicales como obras de Dios para la protección de la Iglesia. Y porque estaba despierto, pensando, mientras yo dormía profundamente a su lado e Isabella, Kaspar y Linus dormían también profundamente en las habitaciones del piso de arriba, pudo notar de inmediato el olor a humo que entraba por debajo de la puerta de nuestra habitación.

Gracias a Dios, Farag actuó con rapidez, despertándome y llamando al 911, el teléfono de emergencias de Canadá, donde, al tiempo que avisaban al TFS, el *Toronto Fire Services*, le dieron las instrucciones básicas para que pudiéramos protegernos hasta que los bomberos llegaran porque, desgraciadamente, el fuego devoraba nuestra casa a una velocidad increíble y el aire se estaba volviendo irrespirable por el humo.

Como desde el 911 nos habían recomendado no abrir la puerta de la habitación porque, por lo visto, eso podía provocar no sé qué reacción que nos calcinaría o nos asfixiaría a Farag y a mí en un santiamén, y, como, además, parecía que el punto más caliente del incendio estaba precisamente en el salón (adonde daba nuestra puerta y, lo que era aún peor, lo que nos cerraba el paso hacia la salida de la casa), Farag me hizo llamar a Isabella por el móvil mientras él hacía lo mismo con Kaspar. Ambos aún dormían, agotados por el extraño y triste día que habíamos vivido, y no se habían enterado de las llamas que ya habían llegado hasta las puertas de sus cuartos subiendo por la escalera y avanzando por el pasillo.

Kaspar no necesitaba ayuda para proteger a su hijo y protegerse a sí mismo. Sabía perfectamente lo que debía hacer. Pero Isabella, como su tía, entró en pánico y tuvo que ser su tío quien la fuera guiando paso a paso por el teléfono. En el piso de arriba hacía cada vez más calor y todos estaban ya un poco mareados por el humo, incluso el pequeño Linus.

Estoy contando todo esto como si lo hubiera vivido tranquilamente y me hubiera limitado a ser una dócil espectadora, pero lo cierto fue que sufrí un terrible ataque de nervios y de ansiedad que no pienso describir. La dignidad de una es la dignidad de una y la imagen hay que cuidarla. Sólo admitiré que poco me faltó para ahogarme no en humo sino en culpabilidad cuando me di cuenta de que no podríamos escapar de ninguna manera saltando a través de la ventana de nuestro cuarto. Fui yo, por mi afán obsesivo de seguridad y porque la habitación quedaba al nivel de la calle, la que se empeñó en poner rejas en nuestra ventana por miedo a que algún ratero o yonqui desesperado entrara a matarnos. Ahora, esas rejas convertían nuestra casa en llamas en una ratonera mortal.

Farag empapó con abundante agua un par de toallas grandes en la bañera de nuestro cuarto de baño y, mientras me cubría la cabeza con una de ellas y me ponía boca abajo en el suelo, envuelta como si fuera un fardo, le pedía a Isabella que mojara una de sus blusas con el agua del vaso de su mesilla de noche (la habitación de Isabella no tenía baño interior) y que se cubriera con ella la nariz y la boca, tumbándose después en el suelo, boca abajo, lo más cerca de la ventana que pudiera. Noté que él también se envolvía en su toalla mojada y se tumbaba a mi lado cogiéndome de la mano, aunque en ningún momento dejó de hablar con la niña y de tranquilizarla.

No sé cuánto tiempo pasó. Guardo en mi memoria los crujidos y los chasquidos de los materiales de la casa y los rugidos y el crepitar del fuego al otro lado de la delgada puerta de madera que nos separaba del infierno. La mano y la débil voz de Farag eran para mí, en aquellos momentos, como el salvavidas de un náufrago: Farag me transmitía la esperanza en la salvación. Su mano húmeda y temblorosa apretaba la mía para hacerme saber que íbamos a salir de allí, que íbamos a vivir, que él me lo garantizaba. Y yo siempre creo lo que me dice Farag.

Los bomberos llegaron de inmediato. Oímos sus voces hablándonos a través de los megáfonos. Sabían cuántos éramos y dónde estábamos y nos iban a rescatar enseguida. Cortaron las rejas de hierro de nuestra ventana mientras rociaban la casa con agua y espuma. Sacaron a Linus por una ventana y lo bajaron por una escalera hasta el césped. Kaspar, con alguna dificultad por la torpeza de su pierna, bajó detrás, e Isabella, que llevaba una de sus blusas más bonitas cubriéndole la nariz y la boca a modo de pañuelo de bandolero, corrió hacia mí y se me abrazó como una loca, muerta de miedo. Afortunadamente, recordé aquello de los besos y le di muchos por toda la cara (que tenía manchada por una pasta de tizne negro y lágrimas). Los restos de la casa eran como una gigantesca barbacoa humeante cubiertos de espuma blanca. Si Farag no hubiera estado despierto, habríamos muerto todos sin enterarnos. Así nos lo aseguró el jefe de la brigada del TFS, que también nos hizo un montón de preguntas sobre la instalación eléctrica de la casa, el sistema de gas y lo que habíamos hecho aquella noche antes de acostarnos. Pero, sobre todo, le interesó especialmente el fallo de la alarma antiincendios. No pudimos darle ninguna explicación porque el técnico de mantenimiento del campus la había revisado hacía apenas un mes y estaba en perfectas condiciones, así que no sabíamos por qué no había funcionado.

Pero sí lo sabíamos, claro que lo sabíamos. Aquella noche, descalzos, en pijama, en mitad de la calle, rodeados por camiones de bomberos, envueltos en mantas y observados con lástima por los vecinos, descubrimos que lo que le había ocurrido a la familia Simonson estaba directamente relacionado con lo que nos acababa de pasar a nosotros. Y, si estaba todo relacionado, sólo una persona en el mundo podía ser la responsable: monseñor François Tournier.

Una furgoneta plateada de ésas para el reparto de mercancías se abrió paso por nuestra calle hasta llegar al bloqueo de los coches de bomberos. Allí se paró y de ella salió un hombrecillo vestido con un mono azul de trabajo. Tranquilamente se acercó hasta Kaspar y, después de saludarle con amabilidad y de hacernos una ligera inclinación de cabeza a los demás, le pasó un móvil al ex-Catón que lo cogió, escuchó y gruñó afirmativamente antes de devolverle el teléfono al señor del mono azul.

—Vamos —dijo levantando en brazos a Linus, que miraba aturdido a su alrededor con sus somnolientos ojazos grises—. Nos esperan.

Y echó a andar cojeando hacia la furgoneta.

En otro momento yo hubiera preguntado insistentemente adónde íbamos y quién nos esperaba pero aquella noche no, aquella noche estábamos demasiado exhaustos y asustados como para cuestionar ni siquiera algo tan cuestionable como una orden de Kaspar Glauser-Röist. El jefe de la brigada nos autorizó a marcharnos. Por lo visto le había llamado el propio presidente de la UofT, Stewart Macalister, indicándole que la universidad se haría cargo de todo y que no se preocupara por nosotros, que éramos profesores y que todo estaba bien. Yo no habría dicho que todo estaba bien porque, para empezar, habíamos perdido todas nuestras pertenencias: la ropa, los objetos personales, los ordenadores, los recuerdos... Todo menos los móviles, que nos habían ayudado a sobrevivir (bueno, el mío sí se perdió, pero fue el único y no lo eché en falta). Éramos como indefensas criaturas recién nacidas, salvo por el hecho de que teníamos pijamas y mantas del TFS. El fuego había hecho un borrado completo de nuestras vidas hasta ese día y la idea era demasiado terrible como para asumirla aquella noche. No dábamos para tanto.

Dentro de la furgoneta nos esperaban, preocupados y ansiosos, Su Eminencia el Cardenal Peter Hamilton, vestido de *clergyman* (aunque, desde luego, con su cruz pectoral de oro y sus enormes y gastados zapatones negros habituales), una mujer casi tan rubia como Kaspar y Linus y de unos cincuenta años que se presentó como Diane y que no dijo mucho más, y Abby quien, en lugar de estar en el hospital con sus abuelos, se había unido a aquella patrulla staurofílax para recogernos y tranquilizarnos.

—¡Eminencia! —exclamé sorprendida al ver allí al Cardenal Hamilton.

—Suba rápido, doctora —repuso él tendiéndome la mano.

Abby extendió los brazos para recoger a Linus, y Kaspar se dejó ayudar por Farag para entrar en el vehículo. Isabella saltó al interior como un canguro, literalmente. Dentro sólo había espacio para los estrechos asientos laterales y, como tampoco había ventanas, unas pequeñas luces blancas nos alumbraban desde el techo.

El Cardenal dio unos golpecitos en la mampara que nos separaba del conductor, el hombre del mono azul, y la furgoneta arrancó el motor para salir de nuestra calle marcha atrás.

—¿Adónde vamos? —quiso saber mi marido.

—Al aeropuerto —repuso Kaspar, tajante.

—¿Y tú cómo lo sabes? —me revolví.

—Porque lo preparamos todo ayer —respondió él, masajeándose el muslo dolorido.

El Cardenal Hamilton, staurofílax de pro, sonrió con amabilidad.

—Temíamos que esto pudiera ocurrir, doctora Salina —me explicó—. Ante las muchas desgracias que sufrió ayer la familia Simonson, Catón se puso en contacto con nosotros...

—Ya no soy el Catón —gruñó don simpatías.

Su Eminencia le ignoró educadamente.

—... y pensamos que, por si acaso, lo mejor sería organizar rápidamente un rescate. Por eso, cuando hemos recibido el mensaje urgente de Catón, ya estaba todo dispuesto. Tienen listos los billetes de avión y las nuevas documentaciones, y están preparadas las escalas en distintos países para frustrar posibles seguimientos por parte de Gottfried Spitteler. Diane viajará con ustedes —la aludida asintió levemente— para ayudarles en lo que haga falta y evitarles problemas. Mañana por la noche llegarán al Paraíso Terrenal.

Farag y yo intercambiamos una mirada de sorpresa.

—¿Nos vamos a esconder en el Paraíso? —balbució mi marido—. Pero... Pero nuestra sobrina Isabella no puede entrar.

—No, no puede —confirmó el Cardenal Hamilton—. Sin embargo, en este caso, vamos a hacer una excepción porque monseñor Tournier no parece tener problemas con el quinto mandamiento que dice «No matarás».

La furgoneta avanzaba a buena velocidad por las calles de Toronto, sin mucho tráfico a esas horas de la madrugada. Salvo Su Eminencia y la silenciosa Diane (que, desde luego, era también staurofílax), los demás formábamos un grupo patético en el reducido y apretado interior de aquel vehículo: Abby estaba agotada, más allá del límite de sus fuerzas físicas y mentales, y nosotros cinco dábamos lástima. Aunque no, eso no era del todo cierto. No éramos cinco los que dábamos lástima. Éramos sólo cuatro. Había una de diecinueve años que, súbitamente, había recuperado toda su energía, ímpetu y vitalidad. Los ojos de mi sobrina brillaban como estrellas y sus bonitos labios, aunque tiznados de hollín, esbozaban una sonrisilla de inmenso entusiasmo que no podía disimular. De pronto comprendí que la perspectiva de visitar el Paraíso Terrenal staurofílax acababa de provocarle un chute de adrenalina tan grande que se le salía por las orejas. Bueno, pensé, no le vendría mal una temporadita en un lugar tan curioso y de costumbres tan extrañas. Podría aprender muchas cosas aunque, claro, como no hablaba griego bizantino le iba a costar un poco entenderse con los lugareños. Bueno, ya la ayudaría Linus, que sería su caballero andante. Y, por otro lado, Farag y yo podríamos descansar, que falta nos hacía. Además, Kaspar tendría la oportunidad de terminar de curarse del todo la pierna, ya que sólo necesitaba rehabilitación y ejercicio, y ¿qué mejor lugar que el Paraíso Terrenal, con sus ríos, sus huertos, sus caballos de carreras y, sobre todo, su avanzado desarrollo de los cinco sentidos según el modelo de Leonardo da Vinci (14)? Era el sitio perfecto para escapar de Tournier y descansar.

—No, por favor, no os marchéis —musitó de pronto Abby con un acento de súplica tan acusado que nos sorprendió.

Kaspar la miró fijamente sin decir nada.

(14) *Pensar como Leonardo da Vinci*, Michael J. Gelb, ed. Planeta, 1999.

—¿Por qué no? —se alarmó Isabella, que ya se veía sin ir al Paraíso.

Abby tomó aire antes de hablar, con gesto de infinito cansancio.

—Por mis abuelos —repuso—. Cuando me ha llamado Su Eminencia...

—Así nos lo pidió Catón —se justificó el Cardenal Hamilton.

—... para decirme que habían incendiado vuestra casa, sospeché que la hermandad querría sacaros de Canadá inmediatamente y poneros a salvo. Por eso me empeñé en venir.

—Le aseguro, Catón, que hice todo lo que pude para impedirlo.

—He dicho —silabeó la Roca con voz afilada como un cuchillo— que ya no soy el Catón.

—Eso no es lo importante ahora, Kaspar —le calmó Farag.

—Creo que Linus e Isabella sí deben marcharse al Paraíso Terrenal —afirmó Abby, retirándose maravillosamente el pelo de la cara y sujetándolo tras las orejas—. Es necesario que estén seguros, de eso no cabe duda. Pero nosotros cuatro debemos continuar buscando los osarios. Os lo pido por favor, por mis abuelos, que han dedicado su vida entera a buscarlos y quizá no puedan verlos. Yo se lo debo, pero no conseguiré nada sin vosotros. Además, no podemos permitir que gane Tournier, y mucho menos después de todo el sufrimiento que ha provocado. Por favor, no os vayáis.

—¡De ninguna manera, señorita Simonson! —proclamó indignado Su Eminencia—. ¡Si llego a saber que ésa era su intención, no le hubiera permitido acompañarnos de ninguna de las maneras! Hay que sacar al Catón de aquí esta misma noche.

Kaspar abrió la boca pero, antes de que pronunciara una sola sílaba, y como sabíamos que se iba a repetir como un loro, Farag se interpuso:

—Desde luego, mandar a los niños al Paraíso queda fuera de toda discusión. El resto, tendríamos que hablarlo.

—Votemos —propuso Kaspar.

—¿Votemos...? —me sorprendí, recordando la escena de la cocina la noche que Kaspar y Linus llegaron a casa—. ¿Otra vez...? ¡Me niego a votar!

—¿Y cómo vamos a saber qué quieres hacer? —me preguntó Farag, sonriendo y cogiéndome de la mano.

—Porque lo voy a decir en voz alta: quiero ir al Paraíso Terrenal.

La mano de Farag soltó la mía para levantar el brazo.

—Yo quiero seguir buscando los osarios —declaró Judas—. No podemos abandonar ahora.

El brazo de Kaspar siguió al de Farag.

—Yo también —dijo la Roca sin mover un maldito músculo de la cara—. Dos a uno. Nos quedamos.

—Esto no es justo —exclamé, desolada.

—Se llama democracia, tía —declaró la listilla de Isabella.

—¡De eso nada! —me enfurecí—. Se llama oclocracia, gobierno de la plebe ignorante por injusta mayoría. Los griegos ya lo tenían claro hace siglos.

CAPÍTULO 21

Los niños se marcharon a las cinco de la madrugada en un avión de British Airways con destino a Londres. Antes de embarcar, Abby se encargó de conseguir, para ellos y para nosotros, ropas y zapatos en las tiendas *duty-free* del aeropuerto. De alguna parte salió una exquisita azafata de tierra que empezó a comportarse como una asistente personal de Abby y que la ayudó tanto a comprar con rapidez como a llevarnos sigilosamente hasta una sala privada donde, además de asearnos y vestirnos, pudimos descansar y preparar a Linus para el viaje. El niño debía recordar que ahora tenía otro nombre, Andreas Hoch, y que no podía soltarse de la mano de su *hermana* Isabella bajo ningún concepto, e Isabella, por su parte, debía recordar que ahora también ella tenía otro nombre, Gudrun Hoch, y que no podía separarse ni medio metro de su *madre* Diane, que ahora se llamaba Hanni Hoch. Todos ellos, los Hoch, eran ciudadanos del Principado de Liechtenstein, en Europa, según los falsos pasaportes que afirmaban que habían entrado en Canadá seis días atrás por vacaciones.

En la sala, antes de marcharse, y mientras Kaspar abrazaba a Linus como si no fuera a volver a verlo en la vida (en el fondo, como le había dicho a Abby en Estambul, era casi un sentimental), Isabella-Gudrun intentaba tranquilizarnos a su tío y a mí con palabras cariñosas. Se la veía tan exultante y emocionada por su viaje al Paraíso Terrenal que, sin duda, los que nos quedábamos allí le parecíamos unos pobres y desafortunados seres humanos. Prometió mandar un wasap a su tío cada vez que aterrizara en un nuevo aeropuerto para que supiéramos que todo iba bien. Ni Farag ni yo le dijimos nada, por supuesto. Ella no sabía que, en algún momento del viaje, cuando más distraída estuviera, alguien —probablemente Diane, aunque vaya usted a saber— la dormiría con alguna de aquellas drogas con las que nos dormían a nosotros después de cada prueba de los Círculos de Dante. Probablemente, no viajaría en avión más que en esa ocasión, hasta Londres. Después... Bueno, mil caminos llevaban hasta el Paraíso Terrenal pero ninguno de ellos los conocía quien no fuera staurofílax. Probablemente la despertarían cuando ya estuviera en Stauros, la capital de aquel hermoso mundo escondido en el interior de un colosal sistema de cavernas subterráneas, donde, por cierto, segura- mente no tendría cobertura de móvil ni wifi. Ya vería yo lo que hacía con mi hermana Águeda el día que llamara preguntando por su hija. Lo único importante era proteger a Isabella. Que- ríamos que estuviera segura, que su vida no corriera peligro y que pudiera volver con nosotros tan feliz como se estaba mar- chando.

Cuando Diane y los niños abandonaron la sala privada para embarcar, Su Eminencia y los cuatro maltrechos supervi- vientes de la horrible semana, del trágico día, de la noche y de aquella triste madrugada de separación, salimos del aeropuer- to utilizando pasillos y puertas para el uso exclusivo del perso- nal de las compañías aéreas y subimos a un taxi que nos espe- raba con el motor en marcha. El Cardenal Hamilton se bajó en la primera iglesia católica con la que tropezamos por el cami- no, un camino que en absoluto seguía la ruta más lógica hacia nuestro destino, y, cinco manzanas más adelante, la más gla- murosa —aunque no la más guapa— de los cuatro supervivien- tes se bajó del vehículo y subió a otro de su propiedad (y blin- dado) que la esperaba en una esquina para llevarla hasta el Mount Sinai Hospital. Los tres restantes nos dirigimos en silen- cio hacia la mansión Simonson, donde nos esperaban.

Tal cual cruzamos la verja y llegamos a la casa, el mayor- domo principal indicó a un par de robustos sirvientes que llevaran a Kaspar, que apenas podía ya caminar, hasta la que había sido su habitación durante los últimos veinte días, mientras que él mismo nos acompañó a Farag y a mí hasta la habitación de invitados en la que habíamos sido temporalmente instalados. Como he dicho en otras ocasiones, la vida me ha enseñado a bofetones que nunca te puedes fiar de lo que pasará en los siguientes quince minutos, de manera que, vestida con la ropa comprada en el aeropuerto (por si acaso había que salir corriendo), me dejé caer de bruces sobre la gran cama que ocupaba el centro del cuarto y me sumergí en un coma profundo sin mediar palabra con mi marido que, por lo visto, hizo exactamente lo mismo. Dormí tan profundamente que, cuando abrí los ojos a mediodía, estaba exactamente en la misma posición en la que me había dejado caer. Y aún tenía los zapatos puestos.

Nunca en toda mi vida me había emborrachado, así que desconocía el verdadero sentido de la palabra resaca pero, por lo que tenía oído, sin duda servía para describir cómo me encontraba yo en aquel momento. Cuando me despejé un poco, traté de ubicarme en el espacio-tiempo y busqué con la mano el siempre cercano cuerpo de Farag. Lo primero que toqué fueron sus gafas y, luego, a poca distancia, su barbilla áspera que pedía a gritos un afeitado. Bueno, si él estaba allí todo iba bien, el mundo funcionaba y la vida seguía.

Me encontraba como un faquir novato al levantarse de su lecho de púas: no quedaba en mi cuerpo ni un solo nervio, músculo, hueso, tendón o trozo de piel que no estuviera magullado. Y cuando el gran amor de mi vida se estiró en la cama cuan largo era con un gran bostezo, sus posteriores quejidos y lamentaciones me informaron de que estaba tan dolorido como yo.

Pero, por supuesto, en la mansión Simonson las cosas no funcionaban según los esquemas normales. Nos trajeron un abundante almuerzo a la habitación que nos fue servido como si estuviéramos en el restaurante del hotel Ritz de París. Luego, con las fuerzas repuestas, fuimos llevados a la sauna y al masajista. Después de una ducha con agua caliente y fría, y envueltos en albornoces y toallas de esos de los que nunca quieres salir, nos llevaron de vuelta a la habitación y descubrimos que tenía dos vestidores, uno para mí y otro para Farag. Una chica muy amable, que no recuerdo exactamente qué trabajo dijo que hacía, me ayudó a elegir la ropa viendo la pereza enorme que me daba pensar en lo que debía ponerme (y todo lo que había en los armarios de aquel vestidor era, misteriosamente, de mi talla). Me ofreció un precioso y cómodo conjunto de pantalón negro y blusa y zapatos beige que me encantó. Mi marido apareció vistiendo un juvenil polo blanco y unos vaqueros que le sentaban divinamente y que le hacían parecer un atractivo *playboy* hollywoodense. ¡Cómo mejoraba sin esa horrorosa pajarita que tanto le gustaba!

Finalmente, hechos un pincel, Farag y yo fuimos conducidos hasta la biblioteca pequeña donde otro pincel —éste de brocha gorda— ya nos estaba esperando en compañía de Abby, que tenía bastante mejor cara que cuando la habíamos dejado en mitad de la calle aquella mañana. Ambos, el pincel de brocha gorda y la heredera, parecían encontrarse muy a gusto en mi biblioteca, juntos y solos, muy próximos, hablando en voz baja y riendo como dos idiotas. En cuanto entramos, Abby dio un paso atrás para separarse de Kaspar.

—¿Molestamos? —pregunté con toda intención.

—Los niños han llegado bien a Inglaterra —anunció el ex-Catón sin inmutarse.

—¡Ah, menos mal! —repuso mi marido, llevándose la mano al bolsillo trasero del pantalón con un gesto inconsciente—. Estaba un poco preocupado porque no hemos recibido ningún wasap de Isabella desde Londres.

Kaspar sonrió.

—¿Acaso lo esperabas? —replicó, dándonos a entender que nuestra sobrina viajaba desde hacía tiempo en brazos de Morfeo hacia el Paraíso Terrenal.

—Yo no —reconocí tan tranquila, avanzando hacia ellos—. ¿Cómo están tus abuelos, Abby?

—Resisten, Ottavia —murmuró apenada—. Y ya es mucho.

—Rezo por ellos —le aseguré.

—Lo sé. Y te lo agradezco. Que sigan estables, en realidad, es buena señal.

Mi marido se acercó a la heredera y le puso una mano en el hombro.

—Tus abuelos son muy fuertes —la animó—. Saldrán de ésta.

Abby sonrió.

—Bueno, ya sabes: somos alienígenas. En este planeta no hay nada que pueda matarnos.

El tonto número uno y el tonto número dos se echaron a reír a carcajadas, pero yo me mantuve seria recordando que Isabella no había tenido tiempo de investigar a la familia Simonson y que ahora ya no podría hacerlo. Aquello me molestó. Puede que Tournier sólo hubiera tenido la intención de alarmarme, como dijo Farag, pero yo me hubiese quedado mucho más tranquila si Isabella hubiera podido averiguar algo.

—En fin —siguió diciendo Abby—, ahora que ya estamos aquí los cuatro, me gustaría presentaros a alguien. Disculpadme un momento, por favor. Vuelvo enseguida.

Con paso desenvuelto y una distinción perfecta, Abby se dirigió a la puerta y salió de mi biblioteca.

Farag y yo nos sentamos en las sillas que seguían formando un círculo bajo la ventana elevada y que tanto nos hacían recordar a Jake y a Becky. Kaspar se nos unió. Caminaba mejor ahora, sin ayuda de muletas. Podíamos haber hablado, pero no lo hicimos. Estábamos bien en silencio. Tendí mi mano a Farag y él la tomó. Y así seguimos los tres hasta que Abby regresó. Creo que descansé más en esos tres o cuatro minutos de paz acompañada que en las siete u ocho horas de sueño.

La puerta de la biblioteca pequeña se abrió dando paso a la heredera que venía seguida por un anciano extremadamente elegante, un poquito más bajo que ella y, desde luego, bastante más grueso. De nuevo, como me había ocurrido con los Simonson cuando se presentaron en casa por primera vez, la cara de aquel individuo me resultaba familiar sin saber la razón.

Detrás de ellos entraron varias personas más: un par de espigados caballeros de edad avanzada con aspecto de lores ingleses de toda la vida, dos sólidos guardaespaldas —llevaban audífonos con micrófono en las orejas— que se aposentaron marcialmente a cada lado de la puerta, y un par de muchachos jóvenes de largas y bien cuidadas melenas, también vestidos con traje de chaqueta aunque, por su aspecto, parecía que les habían obligado a dejar sus harapos habituales para enfundarse aquellos atavíos que no iban con ellos.

Kaspar, Farag y yo nos levantamos de nuestros asientos mientras la extraña comitiva se nos acercaba. Entonces, de pronto, Kaspar dio un paso adelante e inclinó respetuosamente la cabeza.

—Su Alteza... —murmuró.

El grueso anciano, que estaba prácticamente calvo salvo por un semicírculo de pelo gris que le iba de larga patilla blanca a larga patilla blanca, inclinó a su vez la cabeza ante Kaspar y dijo:

—Es un honor conocerle, Catón.

—Ya no soy el Catón de los staurofílakes, Su Alteza.

—Nunca dejará de serlo, Catón —le replicó el otro respetuosamente, tendiéndole la mano—, como yo nunca dejaré de ser el imán de los ismailíes.

La sangre se me congeló en las venas. ¿El imán de los ismailíes...? ¿De los ismailíes nizaríes...? Mis ojos se clavaron como flechas en la cara de aquel hombre.

—Ottavia, Farag... —dijo Abby, muy complacida—. Os presento a Su Alteza Real el príncipe Karim al-Hussayni, Aga Khan IV, imán de los musulmanes ismailíes. Karim, éstos son la doctora Ottavia Salina y el profesor Farag Boswell.

—¡Los descubridores del mausoleo de Constantino! —exclamó él, estrechando nuestras manos con entusiasmo. Se le veía muy campechano.

Farag le saludó con mucha simpatía y yo, que estaba petrificada, le di la mano sintiendo que la vida se me escapaba por ella. Aquel era el Viejo de la Montaña del siglo XXI, el líder de la secta de los Asesinos en la era de internet.

—¿Se encuentra bien, doctora? —me preguntó el príncipe Karim, mirándome extrañado con unos profundos ojos oscuros que aún me petrificaron más.

Mi marido se volvió hacia mí y, rápido como el rayo, adivinando lo que ocurría, me puso la mano en la espalda con toda naturalidad y empezó a darme golpecitos urgentes con los dedos para hacerme reaccionar.

—Perfectamente —proferí de golpe—. Es un placer.

—Gracias —dijo, satisfecho—. También para mí, no lo dude. Permítanme presentarles a mis acompañantes.

Los dos caballeros ingleses de toda la vida, de ojos claros y piel blanca como la nieve, resultaron ser un español llamado Luis Monreal, director general de la Fundación Aga Khan para la Cultura, y el príncipe Amyn Mohamed, hermano del príncipe Karim y presidente del Comité Ejecutivo del Fondo Aga Khan para el Desarrollo Económico. Al parecer, durante el próximo mes de septiembre se iban a inaugurar en Toronto tanto un centro ismailí para actividades culturales como un importantísimo museo de arte islámico, el Aga Khan Museum, y ambos supuestos lores estaban en Toronto desde hacía ya algunas semanas por esta razón. El príncipe Karim, en cambio, había acudido presuroso a Canadá con su avión particular por motivos bien distintos, el primero de los cuales era el estado de sus amigos Jake y Becky (él era de las pocas personas en el mundo que sabían lo ocurrido) y el segundo, al parecer, eran aquellos dos muchachos melenudos que permanecían taciturnos e inertes a cierta distancia del grupo.

Abby se sentó en el lugar que habitualmente ocupaba su abuela Becky cediéndole el sillón de Jake al grueso líder de la secta de los Asesinos. Cada vez que mis ojos le pasaban por encima, un escalofrío me subía por la columna vertebral, y eso que su aspecto no era desagradable en absoluto y que incluso se comportaba como un hombre normal, exquisitamente educado y tranquilo. ¿Dónde escondería la daga?, me pregunté examinando las arrugas que hacía su chaqueta en torno a su oronda cintura.

Los demás nos acomodamos en los asientos del círculo y, como faltaba una silla, uno de los guardaespaldas la acercó. Los muchachos permanecieron de pie, alejados de nosotros.

—Bien, aquí estamos —empezó a decir el Aga Khan con una agradable sonrisa—. No tenemos mucho tiempo, así que vayamos directos al grano. Jake y Becky me informaron de que uno de los servidores de la AKDN, en concreto el de Londres, estaba siendo utilizado para espiar a Abby y, por extensión, a todos ustedes. Ya saben que hemos colaborado en sus investigaciones desde el principio, así que este hecho nos sorprendió. Realizadas las oportunas averiguaciones descubrimos que los espías eran estos dos estudiantes de la Universidad Aga Khan, alumnos de Historia de las Civilizaciones Musulmanas. Resulta que estos chicos, con otros tres compañeros de clase, han rescatado de los libros una olvidada herejía de los tiempos en los que se nos consideraba una secta de asesinos consumidores de hachís —el Aga Khan sonrió divertido y, luego, suspiró—. En fin, todos tenemos un pasado. Así pues, permítanme presentarles —dijo extendiendo el brazo hacia los melenudos— a los recientemente autoproclamados nuevos *sufat*. «Los puros».

Y el Aga Khan estalló en unas sonoras carcajadas que mi mente silenció para escuchar en mi interior la potente voz de Marco Polo: «El obispo de los *nasarani*, Mar Sahda, que habló con los *ebyonim*, nos contó que viajaban escoltados por unos soldados mahometanos que se hacían llamar *sufat*, "los puros", pero que eran sarracenos de los que no siguen la ley de Mahoma sino la del Viejo de la Montaña. Los *ebyonim* se marcharon afirmando que volverían a recoger los osarios cuando encontraran un refugio seguro en el que guardarlos para siempre, y así lo hicieron hace doce años, de nuevo acompañados por soldados *sufat*».

Miré, totalmente desconcertada, a aquellos pobres y atemorizados veinteañeros, apenas un poco más mayores que Isabella, intentando descubrir en ellos rastros de aquellos soldados, de aquellos guerreros *sufat* que, en el siglo XIII, habían protegido los osarios tanto en el viaje desde Bagdad hasta la India como en el de vuelta hasta... hasta donde fuera que los hubieran escondido los *ebyonim*, pero no vi nada más que a unos jóvenes asustados por la presencia y las palabras de su imán. Si los habían traído desde Londres sólo para esto, era comprensible que no les llegara la camisa al cuerpo.

—Y, ¿por qué me espiaban estos nuevos *sufat*? —quiso saber Abby, ceñuda.

—Hablad —les dijo el imán a los chicos.

—Antes —ordenó súbitamente el príncipe Amyn—, acercaos y presentaos.

Los chicos dieron unos pocos pasos en nuestra dirección aunque, eso sí, siempre encarados hacia su imán y, a continuación, se miraron entre ellos hasta que uno, el de piel más morena y cara afilada con una pequeña perilla, se decidió a tomar la palabra:

—Mi nombre es Hussein Kasem y mi compañero es Malek Zanjani —hablaba un inglés británico perfecto con una voz clara y grave en la que se apreciaba el pánico que intentaba disimular—. Somos ismailíes *sufat*.

El príncipe Karim volvió a reír, aunque esta vez disimuladamente y pidiendo disculpas con la mano para que los chicos siguieran hablando.

—Investigando antiguos documentos —continuó explicando el joven Hussein—, hemos encontrado pruebas que demuestran que los mongoles no destruyeron los restos de nuestro maestro Hasan i-Sabbah cuando arrasaron su mausoleo en las montañas de Alamut en 1256. El visir del conquistador Hulagu Ilkhan, Alâ-Malik Yuwayni, metió sus huesos en un osario y se los entregó a Hulagu como botín de guerra junto con los nueve osarios que contenían los restos del profeta Al-Masïh Isa y su familia.

—¡El décimo osario era el de Hasan i-Sabbah! —exclamó Farag, impresionado.

—La cuestión es —dijo el príncipe Karim Aga Khan— que, gracias a estos nuevos *sufat*, ahora sabemos que los restos de nuestro maestro no fueron destruidos y que pueden hallarse con los nueve osarios que ustedes están buscando. Comprenderán la importancia que esto tiene para nosotros, los ismailíes.

—Tanta —añadió Kaspar— como tienen los restos de Jesús y su familia para nosotros, los cristianos.

Los melenudos se removieron inquietos.

—¿Cómo lo descubristeis? —les pregunté.

—Por casualidad —afirmó Hussein, bajando la cabeza y mirando hacia el suelo—. En la intranet de la universidad descubrimos una carpeta con unos antiguos trabajos realizados por algunos de nuestros profesores. En esos trabajos se explicaba el papel que los ismailíes habíamos tenido en la historia de los osarios cristianos, los del profeta Al-Masïh Isa y su familia.

Hussein se detuvo un momento y carraspeó.

—Todos esos trabajos se habían realizado a petición de la familia Simonson y eso aún nos llamó más la atención. Decidimos investigar y... Bueno —alzó la cabeza y miró a Abby avergonzado—, descubrimos que su ordenador no estaba protegido.

—Culpa mía —admitió la heredera, frunciendo aún más el ceño. No parecía la Abby de siempre. Tenía un aire duro y firme que no le había visto antes.

—Sigue, Hussein —dijo el príncipe Amyn, viendo que el chico estaba esperando tener suerte y ser succionado por la tierra.

—Luego, hace un mes —murmuró Hussein—, el 31 de mayo, los puertos por los que nos colábamos se cerraron de repente.

Sí, recordé orgullosa, Isabella había limpiado el ordenador de Abby de software espía y lo había protegido mientras estábamos en el avión, volando desde Ulán Bator a Estambul.

—Así que tuvimos que empezar a buscar en otros sitios —confesó el chico—. Sólo queríamos saber más, no intentábamos apropiarnos de nada ni perjudicar a nadie, y de ninguna manera nos imaginábamos lo que íbamos a encontrar. Los archivos históricos que teníamos a mano eran los de la Fundación Aga Khan para la Cultura. Por suerte, acababa de llegar a la Fundación una colección privada de documentos ismailíes que nadie había revisado aún.

—A veces aparecen joyas como ésta —destacó, muy satisfecho, Luis Monreal, el director general de la Fundación—. Los fondos documentales de los que disponemos son escasos.

Hussein tenía la mirada perdida en la ventana como si quisiera escapar por ella volando.

—El documento que encontramos —continuó diciendo— fue una carta que un rabino judío llamado Eliyahu le escribió en farsi al último líder *sufat* reconocido, Farhad Zakkar, en 1260. Eliyahu le decía a Zakkar que los osarios con los restos de nuestro maestro Hasan i-Sabbah y los del profeta Al-Masïh Isa y su familia se encontraban en Bagdad porque habían sido robados durante la destrucción de Alamut por Hulagu Ilkhan en 1256. Le proponía recuperarlos y ponerlos a salvo pues creía que los mongoles se iban a apoderar de toda la tierra y que su dominio iba a ser eterno. Fue en ese momento cuando descubrimos que los restos de nuestro maestro estaban con los del profeta Al-Masïh Isa y, por si fuera poco, descubrimos también la existencia del credo *sufat,* del que nadie nos había hablado nunca. Lo estamos estudiando a fondo, leyendo todo cuanto encontramos y creemos que ha llegado el momento de recuperar aquella antigua interpretación de los significados del Corán.

—Y todo esto —señaló el príncipe Karim Aga Khan muy serio— sólo en las últimas dos semanas. Quiero que este detalle quede bien claro.

—¿Han traído ustedes ese documento? —pregunté.

El moderno líder de la secta de los Asesinos extendió un brazo hacia uno de los escoltas de la puerta y éste se desabrochó la chaqueta y, de algún lugar, sacó una carpeta de plástico que, acercándose, entregó al imán.

—No es el original, por supuesto —me aclaró el príncipe Karim mientras se la pasaba a su hermano para que me la hiciera llegar—. Pero es una copia bastante buena. El original se encuentra en una cámara acorazada en Londres. ¿Puede usted leer farsi, doctora?

—Obviamente, no —repuse ojeando la hermosa fotografía—. Mi especialidad es el griego bizantino, como bien sabe.

—Bien, ya lo suponíamos. Verá que tiene la traducción en una hoja aparte.

Le pasé la fotografía a Farag y busqué la traducción dentro de la carpeta, donde había varios papeles más. Era un texto de poco menos de un folio y en él, como muy bien había explicado Hussein, un tal Eliyahu ben Shimeon, rabino de Susya, en Judea, informaba a Farhad Zakkar, guía espiritual y líder de los *sufat*, sobre la existencia de los restos de Hasan i-Sabbah en poder de Hulagu Ilkhan y se ofrecía a colaborar con él para rescatarlos si, a su vez, él le ayudaba a rescatar los restos de Yeshúa Hanotzri y su familia, también en poder de Hulagu.

—¿«Yeshúa Hanotzri»? —pregunté sin levantar la mirada del papel.

—«Jesús de Nazaret» en hebreo —me tradujo mi marido.

La carta, efectivamente, estaba fechada el 5 de mayo de 1260, pero no según nuestro calendario gregoriano sino conforme a los calendarios judío (16 *iyyar*, 5020) e islámico (15 *jumada al-ula*, 658). La fecha gregoriana había sido añadida por el traductor como nota a pie de página. Al parecer, Eliyahu creía que los *sufat* eran los últimos ismailíes vivos tras el exterminio realizado por los mongoles ya que, como herejes de la secta de los Asesinos, habían vivido lejos de ella y escondidos durante más de un siglo en las montañas de Siria, librándose así de la masacre. Eliyahu estaba realmente asustado por el poderío mongol y le anunciaba a Zakkar la llegada de largos tiempos de dolor y muerte, de sangre y fuego para la humanidad. Por eso resultaba imprescindible, decía Eliyahu, que los *sufat* de Siria y ellos, los *ebyonim* de Judea, se reunieran cuanto antes para buscar la forma de rescatar los osarios robados por Hulagu, no fuera que, por su negligencia, terminaran destruidos. Le proponía un encuentro secreto en Damasco en el mes de *dhu al-hijja* (*kislev* para ellos y noviembre para nosotros) y quedaba a la espera de su decisión y de los detalles del encuentro.

Levanté la cabeza del papel, enfadada como pocas veces en mi vida (es un decir, por supuesto) y exclamé con rabia:

—Pero, ¿quién demonios son estos judíos *ebyonim* que se hacen pasar por cristianos en la India y, encima, protegen desesperadamente los restos de Jesús de Nazaret de los mongoles?

—Herejes, doctora —me contestó el actual Viejo de la Montaña—. Pero, en este caso, sus herejes, no los nuestros.

—¿Herejes? —me sorprendí.

—Herejes cristianos —insistió, creyendo que era ese pequeño matiz el que yo no había pillado.

Pero sí lo había hecho y por eso precisamente me parecía un despropósito descomunal. La separación entre judíos y cristianos había sido casi absoluta desde el principio. San Pablo empezó a predicar a gentiles, es decir, a no judíos, apenas diez o doce años después de la muerte de Jesús, en torno al año 40, tras su propia conversión en el camino de Damasco (donde, por cierto, no se cayó de ningún caballo, se diga lo que se diga). Y en el año 50 tuvo ya un enfrentamiento importante con la iglesia de Jerusalén, narrado con pelos y señales en Hechos de los Apóstoles capítulo 15, porque, según él, si se le decía a un romano o a un griego adultos que para hacerse cristiano antes debía circuncidarse, como exigían tanto la Ley judía como los Apóstoles que aún vivían, de ninguna manera querrían convertirse al cristianismo. De modo que se enfrentó a los Apóstoles y ganó, librando de la circuncisión a los varones que deseaban seguir a Jesús (las mujeres sólo precisaban bautizarse en agua) y dando así una apertura universal a la Iglesia de Dios, que pasó a tener su nuevo centro en el corazón del imperio, en Roma.

Desde aquella primera época, el judaísmo y el cristianismo habían seguido caminos muy distintos y las únicas herejías cristianas conocidas, al menos que yo supiera, habían empezado en torno al siglo II, dando lugar a los cristianos coptos como mi marido o a los cristianos de Santo Tomás, o a los nestorianos, o a los ortodoxos griegos o, incluso, a los cátaros y los protestantes. Pero lo que no resultaba concebible en modo alguno era hablar de cristianos que, a la vez, eran judíos, es decir, no existía nada parecido a la figura de un rabino cristiano como ese que escribía la carta.

—Si busca en la carpeta —continuó diciendo el Aga Khan—, encontrará otra hoja con un texto de uno de los llamados Padres de la Iglesia, san Ireneo de Lyon, del siglo II, en el que explica quiénes son esos *ebyonim*, o ebionitas. *Ebyonim* es el nombre hebreo y significa «pobres».

—¿Ya existían en el siglo II? —pregunté perpleja, buscando en la carpeta.

—Por lo que hemos podido averiguar —declaró misteriosamente el príncipe Karim—, existían desde un poco antes.

¡Once siglos de supervivencia, ni más ni menos! Esos *ebyonim*, o ebionitas, debían de haber sido unos tipos muy listos para escapar a las persecuciones de la Iglesia durante tanto tiempo porque, admitámoslo, si los antiguos romanos —mis antepasados— habían perseguido al principio a los cristianos haciéndolos mártires, después fuimos los propios cristianos quienes perseguimos con saña a los herejes condenándolos a la hoguera y al infierno.

Encontré la hoja que decía el Aga Khan con el texto de san Ireneo de Lyon. Yo conocía muy por encima la obra de Ireneo y, desde luego, no hasta el punto de recordar que hablara de los ebionitas. Su trabajo principal, *Adversus haereses* (o *Contra las Herejías*) era el primer tratado de la historia sobre las discrepancias teológicas que empezaron a aparecer en el seno del cristianismo del siglo II. El texto era un fragmento del capítulo 26, libro I de esa obra, que decía:

«Aquellos a los que se llama ebionitas admiten que el mundo está hecho por el verdadero Dios, pero, por lo que respecta al Señor, profesan las mismas opiniones que Cerinto y Carpócrates. No utilizan más que el Evangelio de Mateo, rechazan al Apóstol Pablo, al que acusan de apostasía con respecto a la Ley. Se aplican a comentar las profecías con una minucia excesiva. Practican la circuncisión y perseveran en las costumbres legales y en las prácticas judías, hasta el punto de llegar a adorar a Jerusalén como la casa de Dios» (15).

Podía entenderlo todo, aunque necesitaría analizarlo detenidamente más tarde para hacerme una idea completa de quiénes eran esos dichosos *ebyonim*, pero, como desconocía a Cerinto y a Carpócrates, la idea fundamental, la opinión de los *ebyonim* sobre el Señor, es decir, sobre ese Jesús al que tanto protegían, se me escapaba.

—La información sobre Cerinto y Carpócrates la encontrará... —dijo en ese punto el Aga Khan.

—Sí, ya lo sé —le interrumpí—. En otra hoja dentro de la carpeta.

—En efecto —repuso muy orgulloso.

Conforme terminaba de hojear un documento, se lo pasaba a Farag y éste, a su vez, a Kaspar y a Abby, de manera que los cuatro nos pudiéramos enterar del asunto.

Al parecer, también según Ireneo, los herejes Cerinto y Carpócrates, uno de finales del siglo I y otro de principios del II, consideraban a Jesús sólo como un hombre. Por supuesto, no había nacido de una Virgen sino que había sido hijo de José y María y concebido como todos, aunque había predominado por su justicia, su prudencia y su sabiduría (16).

Sentí cómo el frío subía lentamente desde mis pies hasta mi espalda, mis manos y mi frente. No era un frío como el que podía producirme conocer al actual líder de la secta de los

(15) Mencionado en *Los judeocristianos: testigos olvidados*, Jean-Pierre Lémonon, Cuadernos bíblicos 135, ed. Verbo Divino, 2007, pág. 18.

(16) Ireneo, AH, 1, 26, 1. Mencionado en *Los judeocristianos: testigos olvidados*.

Asesinos, que tenía más que ver con el miedo. Era un frío interior, un frío desde dentro hacia fuera. El frío nacía en mí y me destemplaba como una enfermedad. Quizá la machacona repetición de la existencia de esos malditos osarios con los restos de Jesús de Nazaret y su familia había carcomido los fundamentos de mis más profundas creencias de tal manera que la idea de que Jesús había sido sólo un hombre, concebido como los demás hombres, hijo de José y María, justo, prudente y sabio, y no el Hijo de Dios, concebido por la Virgen María por obra del Espíritu Santo, encontró un sutil eco en mi interior, una sutil resonancia. Y de ahí procedía ese frío espantoso. No podía perder a mi Dios. Mi Dios era como el aire para mí, lo necesitaba para vivir, lo amaba tanto que había llegado a entregarle trece años de mi vida, mis años de vocación religiosa antes de enamorarme de Farag.

Necesitaba alejarme de aquello. Tenía que salvaguardar mi fe, que protegerla.

—Disponemos de más información sobre los ebionitas —estaba diciendo el Aga Khan cuando desperté— y se la podemos facilitar si lo desean.

—Por supuesto. Gracias, Karim —oí decir a Abby con voz firme.

—¿Tendrían algún inconveniente —preguntó Luis Monreal— en que uno de nuestros mejores arqueólogos participara con ustedes en la búsqueda de los osarios?

—Ningún inconveniente —afirmó el ex-Catón, tajante—. Nos será de gran ayuda.

—¡Estupendo, pues! —exclamó muy satisfecho el Aga Khan—. ¿Qué piensan hacer ahora?

Yo, emigrar, desaparecer, marcharme con Farag a la otra punta del mundo, lejos de aquellos locos peligrosos, destructores de vidas y creencias.

—En el punto en el que estamos —oí decir a mi marido—, se impone viajar a Israel, a Susya, la ciudad de origen de los *ebyonim*. No tenemos ni idea de a dónde fueron con los osarios después de regresar de la India pero lo que sí sabemos con seguridad es que, antes de robarlos, su hogar estaba en Susya, en Judea. De allí venían y allí vivían, allí estaban sus familias y allí tuvieron que volver después de esconderlos. Así que, en primer lugar, debemos localizar la ciudad de Susya, si es que aún existe y se llama así, y, luego, buscar en ella alguna pista, lo que sea, cualquier cosa que nos diga qué pudieron hacer con los osarios.

Entonces lo comprendí. Supe lo que me estaba pasando. Aquello era una prueba de fe. Dios me estaba poniendo a prueba, enfrentándome a la lógica y a la razón más crudas para ver si resistía la experiencia, si yo creía en Él con suficiente fuerza como para vencer tales desafíos. Oré en silencio. No sé cómo discurrió el resto de la conversación porque estaba rezando.

Iría a Susya.

CAPÍTULO 22

—Ojalá vivas en tiempos interesantes —murmuró Kaspar, mirando el amanecer por la ventanilla del avión.

Acabábamos de quedarnos solos en aquel lujoso salón volador.

—¿Qué has dicho? —le pregunté, alzando los ojos de mi *tablet*.

—Repetía una antigua maldición china: Ojalá vivas en tiempos interesantes.

—Creía que esa frase era una invención de Terry Pratchett, el autor de la saga *Mundodisco* —comenté sorprendida.

—Pues no —repuso él, sin volverse—. Es una antigua maldición china de verdad, y nosotros tres, Farag, tú y yo, tenemos la inmensa suerte de haber sido maldecidos con ella. Míranos, doctora. Mira todo lo que hacemos. Mira lo que ya hemos hecho y lo que hemos sido. Piensa en lo que aún haremos y seremos. Tenemos vidas extrañas y complicadas porque vivimos siempre en tiempos interesantes.

—Pues yo preferiría tiempos más aburridos, la verdad —afirmé, rotunda.

—Pues, para ti, los tiempos aburridos —dijo, y rió con esa risa suya que ni era risa ni era nada—, y, para nosotros, los tiempos interesantes.

Llevábamos ya siete horas volando hacia Tel Aviv y tanto Abby como Farag se acababan de ir a dormir, exhaustos. Para nosotros, que íbamos con la hora de Canadá, eran casi las once de la noche aunque pronto llegaríamos a Israel donde sería primera hora de la mañana del lunes 30 de junio. Aquellos cambios de horario tan desconcertantes me sentaban fatal pero, como el maldito ex-Catón no había querido acostarse, allí estaba yo, sin dormir y perdiendo la oportunidad de entrar a formar parte con Farag del *Mile High Club* porque era el momento perfecto para hablar con él a solas sobre Abby y lo que fuera que estuviera pasando entre ellos. En realidad, sólo quería ser buena amiga y darle la oportunidad de explicarse.

Aquel avión en el que viajábamos era propiedad del príncipe Karim. Estaba dotado con todas las medidas de seguridad imaginables y hasta emitía falsos códigos de vuelo comercial con pasajeros para los centros y radares de control aéreo internacional. Pero, como el de los Simonson, era un palacio flotante y, en este caso, además, de las mil y una noches orientales. La poderosa maquinaria Simonson se había puesto en marcha y había descubierto que el avión particular del Aga Khan era el más seguro del mundo. Por eso estábamos allí. Viajábamos, además, con identidades falsas de agregados comerciales por aquello de la inmunidad diplomática, de modo que ahora éramos legalmente belgas. Al parecer, estábamos protegidos veinticuatro horas al día de tantas maneras distintas que no quise conocer ninguna para no ponerme de los nervios.

Así pues, fingía leer en mi *tablet* la documentación sobre los ebionitas que nos habían pasado los ismailíes mientras que, en realidad, sólo estaba esperando el momento oportuno para lanzarme a la yugular de Kaspar y obligarle a contarme su historia con Abby.

—Y hablando de cosas interesantes... —empecé.

—¡No, no! —negó con la cabeza—. ¡No vayas por ahí!

—Pero, ¿qué dices? —pregunté aparentando sorpresa. Tenía una magnífica vena de actriz. Hubiera podido ser mi carrera de haber seguido haciendo teatro en el colegio.

—De Abby —repuso con su voz más catoniana y distante.

—¡No iba a hablarte de Abby! —mentí, mostrándome indignada.

El ex-Catón alzó el extremo de su ceja izquierda. Estaba claro que no me creía. Tuve que buscar a toda prisa algo con lo que salir airosa de aquella situación. Bueno, no era que me faltaran temas precisamente. Los tenía a patadas.

—¿A ti te parece normal cómo actúan los Simonson?

—¿A qué te refieres?

—Jake y Becky están muy graves en el hospital. Nat Simonson, su hijo mayor, ha sido asesinado. Les han destruido tantos pozos de petróleo que han bajado las bolsas mundiales. Y a nosotros nos han quemado la casa y hemos tenido que mandar a nuestros niños a la otra punta del mundo.

—¿Y...? —me animó a seguir.

—Y... ¿Dónde estamos? —pregunté enigmáticamente, entrecerrando los ojos para afilar mi mirada.

—¿En un avión? —aventuró, no muy seguro.

—¡Exacto! —exclamé, dejando mi *tablet* en el asiento que había ocupado Farag e inclinándome hacia Kaspar—. ¡En un avión! ¡En el avión de uno de sus mejores amigos y con su nieta favorita! ¡Seguimos buscando los osarios perdidos!

—No te comprendo —admitió, preocupado.

—Ante una lista de desgracias como ésa, lo lógico hubiera sido parar, ¿no? El asunto tendría que haber quedado detenido, en pausa, en *stand by*. Al menos hasta saber qué pasa con Jake y Becky.

—Abby dijo que debíamos seguir buscando por sus abuelos, porque ellos lo hubieran querido así. Además, detenernos era lo que Tournier pretendía. Abandonar es dejarle ganar.

—Yo no he dicho que deberíamos haber abandonado, he dicho que deberíamos habernos quedado en pausa al menos unos días... Un día. Pero, ¿tú has visto que haya habido un solo segundo de vacilación, de paréntesis? ¡Te estoy diciendo que hoy es domingo, que todas esas cosas pasaron antes de ayer y que ya estamos volando hacia Tel Aviv en el avión del líder de los Asesinos!

—En realidad —repuso, pensativo—, ya es lunes. Pero tienes razón en lo que dices.

—¡Ajá! —exclamé, satisfecha, echándome hacia atrás en el asiento.

—Supongo que este asunto se ha vuelto urgente por alguna razón —murmuró.

—¿Qué razón puede haber para que Abby no esté ahora mismo en el Mount Sinai Hospital de Toronto con sus abuelos?

—Quizá llegar a los osarios antes que Tournier, Gottfried Spitteler y Hartwig Rau, su exmarido.

—¡Ésos ya no saben nada! —solté despectivamente—. Se han quedado tan atrás que no podrían alcanzarnos ni queriendo. Quizá, incluso, estén convencidos de habernos ganado, de habernos detenido.

—Te olvidas de algo —apuntó.

Le sonreí con incredulidad y suficiencia desde mi atalaya de certezas.

—El Archivo Secreto Vaticano —dijo.

Me pinché como un globo y me hundí en la miseria. Le había comprendido antes de que terminara de hablar. No en vano, conocía perfectamente el Archivo.

—Podrían tener —comenzó a enumerar— la carta original que Heraclio de Auvernia, el Patriarca latino de Jerusalén, envió al Papa Urbano III en 1187 con la traducción de las inscripciones de los nueve osarios encontrados en Nazaret. Podrían tener copia de la carta que Urbano III envió a Jerusalén con las instrucciones para la destrucción de los osarios. Podrían tener cartas de las órdenes militares del Temple y del Hospital informando del fracaso de la misión y del enfrentamiento con los jinetes de Saladino. Podrían, incluso —dijo, saltándose un siglo para abreviar—, tener cartas de Marco Polo con la misma información sobre Kodungallur, Susya, los ebionitas y los *sufat* que tenemos nosotros. Al fin y al cabo, los Polo eran enviados papales. Lo extraño hubiera sido que no comunicaran al papado sus descubrimientos.

—Eso último es imposible —le contradije.

—¿Por qué?

—Porque Gottfried y Hartwig no hubieran intentado en-

315

trar en la cripta de María Paleologina en Estambul, donde nos atacaron y os hirieron a Farag y a ti. Si hubieran tenido la información, ¿para qué ir hasta allí y montar ese numerito?

—Porque no están sólo buscando los osarios, doctora —me gruñó en la cara—. Porque también los quieren destruir. Quieren cerrar este capítulo de la historia de la Iglesia de manera definitiva, eliminar todas las pruebas y limpiar completamente el camino para que nadie, nunca más, pueda encontrar una pista que vuelva a destapar el asunto.

—Pero, ¿y si fuera verdad que uno de esos osarios contiene los restos de Jesús de Nazaret? ¿Cómo iban a atreverse a destruirlo? ¡Sería una locura!

¿Había sido yo quien había dicho eso o había alguien más con nosotros? ¿Había sido mi voz la que había enunciado esas preguntas? ¿Me había vuelto loca?

—Tú también estás empezando a creerlo, ¿verdad? —murmuró él.

Empecé a verle tras una cortina borrosa de lágrimas.

—En cierta ocasión, hace muchos años y en una situación como ésta —declaró con una leve sonrisa y una voz que parecía querer consolarme—, te comenté algo que sabía sobre la vida. ¿Lo recuerdas?

Negué con la cabeza.

—Te dije que todo es relativo, todo es temporal y todo es mudable. Y que siempre, siempre, tenemos la oportunidad de cambiar. Nosotros dos somos el ejemplo.

—¡Pero yo no quiero cambiar mi fe! —susurré ahogadamente. Me sentía desconsolada y terriblemente culpable por mis dudas.

—En aquella ocasión que no recuerdas, tú me preguntaste: «¿Por qué creemos que vivimos nuestras vidas cuando son nuestras vidas las que nos viven a nosotros?». Hay cosas sobre las que no tenemos control, doctora. Aunque queramos con todas nuestras fuerzas. Si, como decían los *ebyonim*, Jesús era sólo un hombre, un hombre que desde luego predominaba sobre los demás por su justicia, su prudencia y su sabiduría, y probablemente también por su valiente interpretación, como judío que era, de la Ley de Moisés, ¿en qué puede eso dañar nuestra fe en Dios? No en Jesús como Dios, sino en Dios.

—Es complicado, capitán —las raras ocasiones en que Kaspar y yo hablábamos a solas, siempre nos llamábamos el uno al otro doctora y capitán, quizá porque ahora esos títulos expresaban cariño—. Yo siempre he creído que Jesús era Dios. Que es Dios. Un Dios encarnado por amor para salvarnos de nuestros pecados. He creído en la Santa Trinidad, el Padre, el Hijo y el Espíritu Santo. Y, ¿ahora voy a pensar que todo eso no era cierto? ¿Cómo? —exclamé con dolor—. ¿Cómo podría creerlo, capitán? Todo mi mundo se derrumbaría.

—No, eso no es cierto, doctora —rechazó categóricamente—. Tu mundo no se derrumbaría. Tú, quizá, sí, pero tu mundo, no. Escúchame. Jesús nunca fue cristiano porque el cristianismo aún no existía cuando Él vivió. Jesús fue judío. Jesús fue un rabino judío que hizo una nueva interpretación de la Ley judía, la Ley de Moisés (17). Jesús observaba el Sabbat, el descanso obligatorio del sábado que aún siguen guardando los judíos, Jesús estaba circuncidado como manda la Ley judía, Jesús cumplía las reglas alimentarias *kosher* del Levítico y celebraba la Pascua judía como la ha celebrado el pueblo judío durante miles de años. Jesús no conoció los Evangelios, ni a Pablo y sus cartas, ni los Hechos de los Apóstoles que son, más bien, los Hechos de Pablo porque a los verdaderos Apóstoles se les ignora. Jesús era un rabino que había estudiado la *Tanaj*, la Biblia hebrea, lo que nosotros llamamos Antiguo Testamento. Y lo que hizo, como rabino, fue una nueva interpretación de esa Ley contenida en la *Tanaj*: rechazó la tradición judía añadida al mensaje de Dios y fue directo a lo esencial, a lo importante, y eso le supuso enfrentarse al Sanedrín, a los sacerdotes del Templo, que basaban su autoridad, como hoy la Iglesia Ca-

(17) *El judaísmo de Jesús*, Mario Javier Saban, Buenos Aires, Saban, 2008. Varias conferencias del doctor Saban, abogado y doctor en Filosofía y Antropología, pueden encontrarse en YouTube.

tólica, en esas tradiciones o doctrinas añadidas al mensaje fundamental (18).

Aunque cierto, todo aquello me sonaba muy raro, sobre todo eso de que Jesús nunca había sido cristiano.

—Jesús de Nazaret —siguió diciendo Kaspar sin alterarse ni un ápice por el perverso contenido de sus palabras— era, ante todo, un buen judío que quería ser un judío mejor con planteamientos del tipo vayamos a lo importante, vayamos a lo esencial y dejémonos de liturgias y tonterías. Ése fue el Jesús histórico, y si sólo era un hombre y no un dios como afirmó san Pablo, que fue el primero en decirlo (19), ¿qué importa? Jesús acercó a Dios hasta nosotros, nos permitió hablar directamente con Él, tener una relación personal con Él, algo que era impensable para el judaísmo de su tiempo. ¿Qué hizo mal? ¿No resucitar de entre los muertos y ser hijo de José y María? Cálmate, doctora, e intenta darte cuenta de que encontrar un antiguo osario hebreo del siglo I con los restos mortales de Jesús de Nazaret significaría más una enorme alegría que una desgracia. Quizá sea una desgracia para la Iglesia Católica, para las Iglesias cristianas, pero, si tu fe en Dios es fuerte, encontrar el osario del Mesías sería un gran motivo de satisfacción. Puede que Pablo de Tarso fuera el vencedor, el que escribió la historia, pero quizá no escribió la verdad.

No podía estar menos de acuerdo. Yo me había formado en la Iglesia Católica, que siempre me había dicho claramente cómo debía ser mi fe y cuáles debían ser mis creencias y que, además, me había enseñado el lenguaje que yo comprendía para relacionarme con Dios, un Dios que se parecía más a Jesús que a..., bueno, a Dios.

—Hay un cuento escrito por el jesuita indio Anthony de Mello —comentó— que se llama «El gato del gurú». En ese cuento se narra cómo, cada día, cuando el gurú practicaba el

(18) Marcos 7, 1-23.
(19) Filipenses 2, 7-8.

culto, había un gato rondando por allí que distraía tanto a los fieles que, al final, tuvieron que atarlo. Mucho tiempo después de que hubiera muerto el gurú, seguían atando al gato durante el culto. Luego, murió el gato, y llevaron otro para poder atarlo. Por fin, siglos más tarde, se escribieron doctos tratados sobre el importante papel que desempeñaba el gato en la realización del culto.

Kaspar rió de esa forma suya tan sosa.

—Por cierto, la Inquisición o, como se llama ahora, la Congregación para la Doctrina de la Fe, bajo el mandato del Cardenal Ratzinger, es decir, de Benedicto XVI, calificó los cuentos de Anthony de Mello como incompatibles con la fe católica. Te he contado un cuento hereje.

Y volvió a reír.

Sí, bueno, la estrechez de miras de la Iglesia Católica era proverbial. Vaya novedad. Pero eso no implicaba que estuviera equivocada en todo. Claro que si la Iglesia Católica se había construido desde sus cimientos sobre premisas equivocadas, la cosa cambiaba bastante.

—¿Por qué los ebionitas utilizarían sólo el Evangelio de Mateo? —pregunté, recordando de pronto aquel extraño detalle—. ¿Por qué lo preferirían a otros? Había cientos de evangelios en el siglo II, cuando Ireneo de Lyon escribió *Adversus haereses.*

—Ésa es la única pregunta fácil de responder en esta historia —repuso—. El Evangelio de Mateo era el más cercano de todos a la tradición judía.

—¿A qué te refieres? ¿Acaso era un evangelio judío?

No podía sonarme ni más absurdo ni más ridículo.

—Como tú muy bien sabes —me explicó, cargándose de paciencia—, los primeros textos del Nuevo Testamento que se escribieron fueron las cartas de san Pablo, escritas en griego en torno al año 50 de nuestra era. A continuación, y recogiendo ya las ideas de Pablo y las tradiciones orales, se escribieron, entre otros, los cuatro Evangelios canónicos: primero el de Marcos, hacia el año 70; luego, Mateo, en los 80; después, Lucas, en los 90; y, por último, Juan, entre los años 90 y 100. Todos redactados originalmente en griego y, después, traducidos al latín. Ésta es la versión oficial a día de hoy.

—Conozco bien esos datos —confirmé, molesta.

—Sí, pero lo que veo que no conoces —añadió para hacer sangre— es que, según distintos testimonios de los primeros siglos (20), Mateo fue el único que compuso su evangelio en hebreo. Eusebio de Cesarea afirma, incluso, que Mateo escribió el evangelio en su lengua materna, es decir, en arameo, la lengua de Jesús y de los primeros Apóstoles. Y aquel texto en hebreo o arameo debía de ser muy diferente del que conocemos hoy, ya que hasta san Ireneo de Lyon, hablando por cierto de los ebionitas, menciona una importantísima diferencia entre aquel texto y los demás evangelios.

¡Un momento!, me dije. ¿Desde cuándo tenía Kaspar semejantes conocimientos por muy Catón de secta que hubiera sido durante un montón de años?

—¿Cómo sabes tú todas esas cosas? —le pregunté con enorme desconfianza.

Su rostro granítico expresó algo parecido a la candidez.

—Porque, a diferencia de ti —respondió—, yo he leído toda la documentación que nos han facilitado los ismailíes. Lo que te estoy contando lo tienes en tu *tablet*.

Odiaba cuando hacía esas cosas. Le hubiera matado, por supuesto.

—Vale, pues termina —le dije, apoyando la cabeza en el respaldo del sillón y levantando la mirada hacia el techo de la cabina. Cuando llegara mi turno, se iba a enterar.

—Bueno, sólo iba a añadir el pequeño detalle sobre la virginidad de María —di un respingo en el asiento—. Es sumamente interesante.

---

(20) Papías de Hierápolis (70 n. e.–150 n. e.): «Mateo compuso su discurso en hebreo y cada cual lo fue traduciendo como pudo». Citado por Eusebio de Cesarea (263 n. e.–339 n. e.) en su *Historia Eclesiástica* III, 39, 16. Ver también HE III, 24, 6.

—¿Qué tienen que ver los ebionitas y san Mateo con ese asunto? —protesté.

—Es lo que te iba a contar —replicó muy tranquilo—. ¿Conoces la Septuaginta?

No le ahogué con mis propias manos porque no hubiera podido abarcar aquella columna que tenía por cuello, pero no me faltaron ganas. ¡A mí, a una experta mundial en griego, le preguntaba si conocía la Septuaginta!

—¿Te refieres, acaso —silabeé—, a la traducción del Antiguo Testamento, Biblia hebrea o *Tanaj*, como quieras llamarlo, del hebreo y arameo al griego, realizada dos o tres siglos antes de Jesucristo en Alejandría, Egipto? ¿Esa Septuaginta?

—Esa misma, en efecto —convino—. El griego era entonces como el inglés de hoy, el idioma común para todo el mundo.

—¿En serio...? No lo sabía.

—Pues sí —tuvo la desvergüenza de responderme—. De hecho, la Septuaginta es la traducción utilizada en todos los textos del Nuevo Testamento. Es decir, cuando san Pablo o los evangelistas, que escribieron en griego, hacen referencia a las antiguas escrituras, esa cita está tomada directamente de la traducción griega de la Septuaginta. No de los textos judíos originales, que presentan grandes diferencias, sino de la Septuaginta, traducción que, aunque plagada de gravísimos errores y equivocaciones, utilizaron todos los escritores del Nuevo Testamento, excepto...

—Excepto Mateo —concluí.

—Exactamente, excepto el evangelista Mateo. Las citas del Antiguo Testamento que utiliza Mateo están tomadas de los textos hebreos o arameos originales, no de su traducción al griego. Ésa es otra de las importantes diferencias que lo hizo preferible a ojos de los ebionitas. De manera que, cuando en los Evangelios canónicos se lee que Jesús fue engendrado por el Espíritu Santo en cumplimiento de lo que había profetizado Isaías, «He aquí que una virgen concebirá en su seno y dará a luz un hijo» (21), se evidencia que eso lo escribió algún seguidor posterior de Pablo porque el profeta Isaías, en el texto original hebreo, lo que dice textualmente es «He aquí que una joven concebirá en su seno y dará a luz un hijo». Una joven, ¿te das cuenta?, no una virgen. ¿Y dónde encontramos ese error de traducción?

—En la Septuaginta.

—Así es. Los malísimos traductores de la Septuaginta, en la que se basa el Nuevo Testamento, al trasladar al griego al profeta Isaías, entendieron la palabra hebrea *almah*, que significa muchacha joven, como *betulá*, virgen, y, por tanto la tradujeron por *parthenos*, y cuando los escritores de la línea paulina (que, obviamente, no sabían hebreo ni arameo) estaban creando los nuevos textos de los Evangelios, al querer aplicarle a Jesús todas las profecías del Antiguo Testamento sobre el Mesías de Israel, se encontraron con que su madre, según el Isaías de la Septuaginta, tenía que ser virgen. Y de ahí viene todo.

Menos mal que, pese a ser monja tantos años, nunca había sido especialmente marianista, porque Kaspar y los dichosos *ebyonim* acababan de tirarme por tierra la virginidad de María. Aunque, al mismo tiempo, concordaba con la idea de que Jesús hubiera podido tener hermanos y hermanas. Vale, un punto más para los malditos osarios.

—Sin duda —añadí yo, dándole vueltas a la idea en plan masoquista—, la versión del Evangelio de Mateo que utilizaban los ebionitas no podía ser la versión griega que conocemos hoy y que consideramos la original.

—Eso está claro. Los ebionitas manejaban un Evangelio de Mateo más antiguo, más acorde con la realidad, escrito en hebreo o en arameo, sin añadidos y sin retocar. Tiene todo el sentido del mundo, pues, que rechazaran a Pablo por traidor. Debían de considerarlo el padre de la desviación del mensaje original de Jesús o el inventor de algo completamente nuevo y distinto a lo que había dicho Jesús.

(21) Isaías 7, 14.

Y María, si es que alguna importancia tuvo para ellos como mujer en aquella época, sólo era María de Nazaret, la madre de Jesús, no la Madre de Dios. ¡Me parecía tan raro todo aquello, tan extraño! ¿Cómo podía aceptar algo semejante si durante toda mi vida había creído que esas personas tenían realidad divina? Era como el hueco que hace la gota de agua en la piedra tras caer incesantemente durante mucho tiempo. Yo tenía ya hecho el hueco de la creencia, de la fe. No podía simplemente ignorarlo y pasar página como si tal cosa. Tenía una herida muy grande que cicatrizar.

—Y aún no sabes lo más impactante de todo —dijo Kaspar, arreglándose las perneras de su perfectamente planchado pantalón.

—¡No, por favor —supliqué muy en serio—, no me mortifiques más!

—Sé que es difícil, pero debes escucharlo. Luego, tú decides.

Solté un suspiro tan hondo y tan largo que me vacié como un odre.

—Como cristiana y católica —afirmó con seguridad—, tú siempre has creído que las herejías aparecieron *a posteriori* como una degeneración, o mala interpretación, del verdadero mensaje de Jesús (22), ¿no es verdad?

—Sí, así es —admití, ya absolutamente desarmada.

—Pero si analizas todo lo que hemos descubierto hasta ahora, te darás cuenta de un detalle importante. Como sabemos, en el Concilio de Jerusalén del año 50, Pablo se enfrenta a los Apóstoles, presididos por Santiago, el hermano del Señor, diciendo que para ser cristiano no es necesario convertirse antes al judaísmo y, por lo tanto, no hace falta circuncidarse, que era el problema principal con los gentiles.

(22) *Los cristianismos derrotados*, Antonio Piñero, Ed. EDAF, 2007. Imprescindible el blog del profesor Piñero, uno de los mayores expertos a nivel mundial sobre el Nuevo Testamento, http://blogs.periodistadigital.com/antoniopinero.php.

—Cierto —musité.

—Pero si eliminas a Pablo de la ecuación, lo que te queda es que los Apóstoles, presididos por Santiago, el hermano del Señor, sostenían que, para ser cristiano, antes había que ser judío o haberse convertido al judaísmo y circuncidarse, o bautizarse en el caso de las mujeres. Está todo en Hechos, capítulo 15. Lo puedes comprobar.

Aquello estaba tomando mal cariz.

—Los Apóstoles y Santiago, el hermano del Señor, habían estado con Jesús, habían hablado con Él, vivido con Él y escuchado su mensaje. Pablo nunca conoció a Jesús en persona y se pasó la vida defendiendo su condición de apóstol por nombramiento milagroso en el camino de Damasco. Saca tus propias conclusiones.

No quería sacarlas. Y no quería porque la postura de los Apóstoles se parecía mucho, muchísimo, a la de los ebionitas.

—Poco después del Concilio de Jerusalén, donde se llega con dificultad a un acuerdo de mínimos, Pablo decide ignorarlo todo e independizarse y hace una declaración, en el año 54, con la carta a los Gálatas, que no tiene desperdicio. Reniega totalmente de las ideas de los Apóstoles y de Santiago, el hermano del Señor, pero, como no puede criticarles abiertamente porque, a fin de cuentas, ellos son quienes son, les da otros nombres: a veces los llama judaizantes y, en otras ocasiones, pobres (23).

—¿Pobres...? —ahí estaba la miga.

—Exacto, los pobres de Jerusalén, que eran los miembros de la comunidad de Jerusalén, los que observaban las leyes judías y seguían fuertemente anclados a lo que había dicho y hecho Jesús. Pero, cuando les llama pobres lo escribe en griego. Si lo hubiera escrito en hebreo, los hubiera llamado *ebyonim*, ebionitas.

—Espera un momento —le interrumpí.

Sólo quería que se callara, que no siguiera hablando. Pero no lo hizo:

(23) Gálatas 2, 10; Romanos 15, 25-27.

—Santiago, el hermano del Señor, es, indudablemente, el *Yaakov ben Yehosef akhuy d'Yeshua ha-Mashiahh* de los osarios, porque el nombre de Santiago con el que aparece en el Nuevo Testamento es la derivación de *Sancti Iacob*, san Jacob en latín. Este Santiago-Jacob murió en el año 62, según el historiador judío Flavio Josefo, y le sucedió al frente de la Iglesia de Jerusalén otro pariente del Señor, Simeón, de quien Eusebio de Cesarea, tres siglos después, dice que era primo del Salvador (24) pero bien podría tratarse del *Shimeon ben Yehosef akhuy d'Yeshua ha-Mashiahh* de los osarios, ya que primos era el parentesco que se le daba a los hermanos de Jesús en la versión griega de Pablo, puesto que Jesús no podía tener hermanos porque era Dios e hijo de una mujer que siempre fue virgen. Sin embargo, si buscas en la lista oficial de papas de la Iglesia Católica, verás que ninguno de ellos aparece: después de Pedro, los primeros son todos discípulos de Pablo. Hasta ese punto llegaron borrando, cambiando y reescribiendo la historia.

Empezaba a sentir un horrible dolor de cabeza. No quería oír nada más ni saber nada más. Buscaría los osarios porque me había comprometido a ello, pero no estaba dispuesta a perder ni mi vida ni la fe que conformaba mi vida.

—Bueno, a ver —dije enfadadísima y dejando claro lo muy peligrosa que era en aquel momento—, ¿qué demonios hay entre Abby y tú? ¿Estáis juntos o qué?

La voz del comandante de la nave vino a fastidiarme la respuesta. ¡Con lo que me había costado! Prácticamente, toda una historia nueva del cristianismo. El muy idiota anunciaba que no faltaba nada para aterrizar en el aeropuerto Ben Gurión de Tel Aviv y que hacía un tiempo excelente.

—¡Respóndeme! —le exigí a la Roca, apoyando las manos en los reposabrazos para inclinarme amenazadoramente hacia él.

El ex-Catón sonrió (o algo así) y se arregló con cuidado el cuello de la chaqueta.

(24) Historia Eclesiástica (HE), 3,11.

—Bueno —repuso al fin, tras romperme los nervios en pedacitos varias veces—, Abby se está encargando de invertir mi dinero, el que yo tenía antes de ser Catón. Ya sabes, la herencia de mi familia en Suiza, las cuentas bancarias, el piso de Roma...

Si me hubieran pinchado, no habría salido ni gota de sangre.

—¿Abby está invirtiendo tu dinero? —exclamé con los ojos como platos, oyendo ya ruidos en las habitaciones de los que habían tenido la suerte de dormir.

—¿Cómo no voy a permitir —repuso muy tranquilo— que la presidenta del SFG, el Simonson Finance Group, que engloba a más de treinta bancos de inversión por todo el mundo, gestione mi patrimonio? Sería idiota si no lo hiciera, ¿no te parece?

CAPÍTULO 23

No pudimos poner el pie en Israel en peor momento. Bueno, quizá sí porque allí ya se sabe cómo están siempre las cosas, pero aquél fue bastante malo: poco después de comer (en el Hilton Tel Aviv, donde nos alojábamos, porque allí los Simonson no tenían hotel propio), los cadáveres de tres muchachos judíos que habían sido secuestrados en Cisjordania dieciocho días atrás fueron encontrados, escondidos bajo un montón de piedras, al noroeste de la ciudad de Hebrón. El gobierno israelí afirmaba que el secuestro y el asesinato habían sido llevados a cabo por la organización terrorista Hamás, el Movimiento de Resistencia Islámico, de manera que Israel estaba otra vez en pie de guerra y viajar, trasladarse o incluso salir a la calle era prácticamente imposible, y eso que no estábamos en Jerusalén sino en Tel Aviv, mucho más tranquila y segura. Tuvimos, pues, que quedarnos en el hotel y dejar el trabajo de campo para el día siguiente, aunque ni siquiera sabíamos si sería posible.

También se alojaba en el Hilton, y también con identidad falsa, el arqueólogo de la Fundación Aga Khan para la Cultura que iba a participar con nosotros en la búsqueda de los osarios. Sólo que no era un arqueólogo sino una arqueóloga, Sabira Tamir, una mujer de unos treinta y cinco o treinta y seis años, delgada, no demasiado alta, de melena suelta color castaño dorado, piel morena y, por contraste con la pobre Abby, bastante guapa. Llevaba un brillante muy pequeño en la aleta izquierda de la nariz, las cejas magníficamente depiladas dibujando un arco largo y delicado sobre los ojos negros y unos labios suavemente pintados enmarcando unos dientes blancos y perfectos. Además, por más señas, Sabira era de Turquía aunque de origen kurdo, nacida en Diyarbakir, la capital de la zona oriental de Anatolia. Y, por supuesto, era una Asesina, es decir... Bueno, que era ismailita nizarí. No sé por qué me despertaban tanta curiosidad los ismailitas aun sabiendo que no tenían nada que ver con sus antecesores medievales. Sabira era encantadora y, en cuanto se inició la conversación sobre el asunto de los osarios en el gran salón de la suite de Abby, demostró ser también un cerebro del alto nivel. Kaspar, Farag y los guardias de seguridad que llevábamos pegados como lapas no podían apartar la vista de ella ni un segundo, para escarnio mío y humillación de Abby. Ahora que, desde luego, las costillas de Farag se llevaron los codazos necesarios y oportunos. No eran celos, por supuesto. Era simple justicia.

También apareció por el Hilton aquella noche, con habitación reservada por la Fundación Simonson, un tal Gilad Abravanel, arqueólogo y académico, subdirector del Instituto de Arqueología de la Universidad Hebrea de Jerusalén, alumno y ahora colaborador de los famosos arqueólogos Israël Finkelstein y Neil Asher Silberman (25). Había sido contratado por la Fundación para trabajar con nosotros porque, buscando a un buen experto en arqueología bíblica, habían descubierto que Gilad tenía publicados numerosos trabajos sobre antiguos asentamientos judíos en Israel y Palestina, entre ellos uno doctísimo sobre los asentamientos en Susya durante los últimos tres mil años. Y Susya era lo que nosotros estábamos buscando, precisamente.

Gilad era alto y atlético, y debía de venir directamente de alguna excavación porque su piel blanquísima estaba quemada en la cara y en los brazos. Y cuando digo quemada no estoy diciendo bronceada, estoy diciendo literalmente quemada, roja.

(25) Autores de *La Biblia desenterrada: una nueva visión arqueológica del antiguo Israel y de los orígenes de sus textos sagrados*, Siglo XXI Editores, 2005 (versión española).

Con seguridad, no disponía de melanina suficiente en el cuerpo para ponerse moreno, lo que delataba unos orígenes genéticos europeos por mucha nariz judía que tuviera, mucho pelo corto y rizado tirando a pelirrojo y por muy oscuros que fueran sus ojos. También era bastante simpático, así que todos nos fuimos relajando conforme nos dimos cuenta de que el equipo, aunque ampliado con desconocidos, podía funcionar bien.

—Lo importante ahora —nos dijo Abby aquella noche mientras se oían los gritos de las manifestaciones de protesta en las calles por las muertes de los jóvenes de Cisjordania— es que compartamos la información que tenemos por separado y que establezcamos un plan de trabajo.

Abby ejercía, con naturalidad y elegancia, de coordinadora y directora ejecutiva del grupo. Desde el terrible atentado de sus abuelos se había producido en ella un cambio significativo: la buena, romántica y dulce Abby que habíamos conocido en la mansión Simonson se había transformado en la enérgica y resuelta directiva que, en realidad, siempre debía de haber sido puesto que, como había dicho Kaspar, su trabajo era el de presidenta del Simonson Finance Group, es decir, que dirigía un montón de bancos por todo el mundo, y no veía yo a la sensible Abby en ese papel aunque sí a la enérgica Abby que ahora teníamos delante. Lo que no me había quedado claro era si había o no había algo entre Kaspar y ella, porque el maldito ex-Catón se me había escurrido como arena entre los dedos justo cuando estábamos a punto de aterrizar.

—Creo que, antes —objetó Gilad, que vestía vaqueros gastados y una camiseta gris de algodón que le marcaba estupendamente todos los músculos del pecho—, deberíais explicarnos a Sabira y a mí la naturaleza de este trabajo.

—Sabira ya lo sabe —declaró Abby—. El único que aún no lo conoce eres tú. De todas formas, antes de entrar en materia, debería informar a los demás de que has firmado un contrato con una cláusula de confidencialidad, para que se sientan libres de hablar delante de ti.

Gilad sonrió y miró a Sabira decepcionado por no compartir con ella la categoría de novato. Claramente, como no sabía que era Asesina, le gustaba, pero Sabira parecía más pendiente de sus notas.

—Trabajar con los descubridores del mausoleo de Constantino —dijo lisonjero el arqueólogo israelí— es una oportunidad que no se puede despreciar, como tampoco trabajar para la Fundación Simonson.

Mucho mausoleo y mucha Fundación Simonson, sí, pero, en cuanto se enteró de qué iba la historia, en cuanto oyó hablar de los osarios, sus ojos brillaron como ónices y la emoción se le salía por las orejas. Claro que no se le contó todo. Se obviaron detalles menores como Marco Polo (que yo ya consideraba mío), la secta de los Asesinos y, sí, el resto de la historia también. Abby ni siquiera le dijo que Sabira era ismailita y que los restos de Hasan i-Sabbah estaban con los de Jesús. Sólo le informó del descubrimiento en Kerala, en una excavación de la Fundación, de un antiguo libro con una leyenda aún más antigua que hablaba sobre los osarios, según la cual habían sido escondidos en Susya por una extraña secta judía. En este punto, su rostro se ensombreció.

—En Susya no están. Eso puedo garantizarlo —declaró con rotundidad.

Nadie habló. Estábamos sorprendidos pero, sobre todo, preocupados.

—¿Por qué estás tan seguro? —le preguntó hoscamente el ex-Catón.

Gilad se sobresaltó un poco.

—Conozco Susya como la palma de mi mano —repuso—. Viví allí mientras excavábamos en la antigua sinagoga. Conozco cada trozo de terreno, los antiguos baños, las cuevas... No vi nada parecido y dado que ahora es imposible ir a Susya...

—¿Cómo dices? —exclamé.

—Bueno, doctora Salina, en este momento no podemos desplazarnos hasta Susya. ¿No sabe que está al sur de Hebrón, en plena Cisjordania?

Todos nos volvimos para mirar a Abby, a ver qué decía.

Pero ella, como Kaspar, ahora tenía la capacidad de no demostrar nada en su rostro.

—No os preocupéis —nos dijo, aunque me miraba a mí—. Ya está resuelto. Viajaremos mañana por la mañana.

—Abby, por el amor de Dios —le supliqué por no gritar ante desconocidos—, quieres meternos en plena guerra, en el territorio más peligroso del enfrentamiento entre judíos y palestinos. Esperemos unos días. Será mucho más prudente.

Ella sonrió, comprendiendo que me estaba controlando para no dar la nota.

—La guerra no está en Cisjordania aunque los secuestros y asesinatos hayan sido allí —me explicó—. La guerra está en la Franja de Gaza, territorio bajo control de Hamás. Son dos zonas distintas. Cisjordania está en manos de la Autoridad Nacional Palestina que no es un grupo terrorista como Hamás. Según me ha informado Moshé Yaalon, el ministro de Defensa israelí, Israel planea atacar Gaza, no Cisjordania, y, además, durante estas últimas semanas, hasta que se han encontrado los cuerpos de los muchachos, el ejército israelí, con ayuda de unidades de élite y antiterroristas, ya ha limpiado Cisjordania de miembros de Hamás. El ministro en persona nos ha garantizado protección absoluta.

Los Simonson eran omnímodamente todopoderosos, pensé sobrecogida. Una cosa era verlos en publicaciones más o menos frívolas o en conferencias económicas mundiales, y otra muy distinta tenerlos delante y comprobar de primera mano hasta dónde podían llegar sus influencias, que no conocían límite.

Aquella noche, en la cama, recostada sobre Farag, que miraba el techo desde su cómoda posición horizontal con un brazo bajo la cabeza, dejé salir, por fin, el miedo que sentía:

—Vamos a morir —afirmé, angustiada.

—No vamos a morir, *basíleia* —me tranquilizó.

—Si morimos, ¿cómo saldrá Isabella del Paraíso Terrenal? ¡No puede terminar convertida en staurofílax!

—Estás delirando —repuso, estrechándome más fuerte

con el brazo que me rodeaba los hombros—. No digas tonterías, anda.

—Pero, Farag, uno de esos cohetes que se disparan entre sí los judíos y los palestinos puede caer sobre nosotros por accidente. ¿No has visto las imágenes en la televisión? Son horribles.

—Bueno, pues si vamos a morir mañana —susurró en mi oído, como si hiciera falta—, deberíamos aprovechar nuestra última noche de vida. ¿Qué te parece?

—Me parece bien —admití, levantando la cabeza hacia él hasta dejar mis labios a la altura de los suyos—. Es más, me parece una idea excelente. No se me ocurre otra manera mejor para despedirme de la vida.

Lo cierto es que llevábamos un tiempo, desde que había empezado aquella historia, que prácticamente no podíamos hacer nunca el amor. Así que fue, ¿cómo lo diría para que nadie se sintiera humillado o hiciera tristes comparaciones...? Bien, pues fue insuperable, increíble y maravilloso. En las relaciones largas, cuando los años se han llevado la novedad y la sorpresa, el conocimiento mutuo y el amor obran su magia de igual manera... de vez en cuando. Y aquél fue uno de esos cuandos. No podía amar más a Farag ni desearle más, ni disfrutar más de aquel cuerpo que era sólo mío desde hacía tanto tiempo. Así que sí, me despedí de la vida a gusto, muy a gusto, pero no morimos al día siguiente, ni tampoco durante los días siguientes, aunque poco faltó en más de una ocasión por culpa de los malditos ebionitas. Pero debo admitir que valió la pena la despedida.

A las cinco de la madrugada del primero de julio despegamos desde el aeropuerto de Tel Aviv en un helicóptero enorme, con pinta de helicóptero militar camuflado de civil, idéntico a otros siete u ocho que se despegaron del suelo al mismo tiempo que el nuestro y que nos rodearon, volando con nosotros en dirección a la ciudad ebionita de Susya. Mientras volábamos por un cielo profundamente azul cruzado por jirones alargados y mansos de nubles muy blancas, recordé lo que Gilad nos había contado la tarde anterior con su cierta carga de incomodidad e indignación: siendo cierto, admitía, que la importante sinagoga judía de Susya, una de las más antiguas del mundo, del siglo IV, albergaba un mosaico en el suelo con un texto en arameo que hablaba sobre «Yeshúa, el mártir», se trataba sólo de una mera casualidad y no significaba, ni muchísimo menos, que la sinagoga hubiera sido una iglesia cristiana, sino que, por el contrario, evidenciaba de forma incuestionable la presencia judía (y sólo judía) en aquellas tierras desde el siglo III. A fin de cuentas se trataba de una sinagoga, ¿no era cierto? Aquel Yeshúa mencionado en el mosaico no podía ser, de ninguna manera, Jesús de Nazaret, y los muy importantes arqueólogos judíos que habían estudiado el mosaico desde 1937, cuando se descubrió la sinagoga, no habían visto nada cristiano en él.

¿Un texto en arameo hablando de Jesús en la sinagoga de Susya...? Nos quedamos aturdidos durante unos segundos. ¡Allí estaba nuestra pista! ¿Qué decía aquel texto?, le preguntamos con avidez a Gilad. Pero Gilad ya no lo recordaba bien porque no era un detalle importante; algo sobre que aquel Yeshúa había sido un mártir o alguien que había dado testimonio con su vida. Pero, bueno, lo íbamos a ver al día siguiente, así que tranquilos. Nos lo traduciría fácilmente.

De manera que allí estábamos, viajando hacia la antigua Susya en helicóptero y sobrevolando territorios en permanente conflicto armado entre judíos y palestinos. Mejor no pensar en muertos ni en muerte ni en conflictos mortales mientras mi vida dependiera de una máquina que podía ser borrada del cielo por un misil antiaéreo en menos de lo que cuesta decir amén. Sí, aquello era Tierra Santa y, cada vez que la visitaba, me sorprendía la idea de que un lugar tan sagrado para tres religiones distintas fuera, precisamente, el más empapado en sangre, odio y rencor del mundo. No lo entendía por más vueltas que le diera. Donde se juntaban religión y política siempre había muertes y dolor, como allí, en Israel, o en Tíbet, por ejemplo. Mejor mantener ambas cosas todo lo separadas que fuera posible.

Viajábamos sin poder hablar por el espantoso ruido que hacían las hélices del helicóptero y sólo Kaspar, que volaba junto al piloto, mantenía con éste una amena conversación a través del micrófono del casco que llevaba en la cabeza. En un momento dado, Kaspar se volvió hacia nosotros y, señalando hacia abajo, nos mostró una pequeña pizarra donde se leía: «Hebrón. Tumba de los Patriarcas». Volábamos sobre el corazón del antiguo reino de Judea aunque, al asomarnos por las ventanillas, sólo vimos una ciudad normal y corriente. Pero no, no lo era, porque, como muy bien había escrito Kaspar, allá abajo se encontraban, con bastante seguridad histórica y arqueológica, las tumbas de Abraham y Sara, de Isaac y Rebeca, y de Jacob y Lea. Los tres Patriarcas de Israel y sus mujeres, ni más ni menos. En el Antiguo Testamento (26) se narraba con todo detalle cómo Abraham había comprado a un hitita llamado Efrón un campo en Hebrón con una cueva que quería utilizar a modo de mausoleo familiar. El lugar estaba perfectamente localizado y las referencias bíblicas eran muy precisas, así que allá abajo se encontraba, sin duda, la famosa tumba de Abraham, Isaac y Jacob, un lugar que los cristianos, a diferencia de judíos y musulmanes, raramente visitábamos.

Y de allí, de Hebrón y de sus cercanías, eran los tres chicos judíos asesinados por Hamás que iban a ser enterrados aquel mismo martes, 1 de julio. Sin embargo, lo más triste de todo fue que, al día siguiente, otro chico, un palestino, fue asesinado en Jerusalén como venganza. Ojo por ojo y diente por diente. ¡Qué absurdo! Aquella no era la manera. Nunca lo sería porque así jamás se pondría fin a la espiral de odio. Alguien tendría que ser el primero en quitar el dedo del gatillo para que tantas personas dejaran de sufrir y el rencor llegara a su final. Con el argumento de que hay otra vida después de ésta, a ésta no se le ha dado nunca el respeto y el cuidado que merece. ¡Y la vida es sagrada, por Dios!

Por fin, aquella batería de helicópteros gigantescos entre

(26) Génesis 23.

los que nos camuflábamos empezó a descender con gran estrépito, levantando grandes masas de polvo hasta posar los pati-
nes en tierra, en un descampado dentro del espacio protegido
de la zona arqueológica cuyo centro era la famosa sinagoga.
Cerca de allí se encontraba la moderna Susya, un pueblecito
de reciente creación que, por su aspecto desde el aire (una de
esas grandes urbanizaciones de chalets idénticos levantados a
ambos lados de una carretera serpenteante), sólo podía ser un
asentamiento judío.

Notamos la sacudida cuando nuestro helicóptero tocó tierra y escuchamos apagarse los motores pero, como por las ventanillas no se veía nada, los cinco que viajábamos en la cabina
posterior —Farag, Abby, Sabira, Gilad y yo— nos quedamos inmóviles y con cara de tontos hasta que, aún con las paletas del
rotor girando, alguien no demasiado listo abrió la puerta de
golpe y fuimos embestidos por una enorme cantidad de polvo
y de piedrecitas volantes. Además, nos golpeó con saña un
puño de aire tórridamente caliente.

—¡Kaspar! —aullé cuando distinguí al culpable entre las
sombras.

—¡Oh, vaya, lo siento! —dijo tendiéndole la mano a Abby
para que fuera la primera en bajar. O sea, que las señoras de
mediana edad ya no teníamos derecho a ciertas deferencias.
Eso, o que Abby gestionaba muy bien los fondos de Kaspar,
pensé con malhumor.

Por fin, se disipó la polvareda y pude mirar a mi alrededor
sin quedar cegada por la metralla. Bueno, en realidad no había mucho que ver ya que aquel lugar recordaba, como un grano de arena a otro, al planeta Tatooine, el mundo desértico de
La Guerra de las Galaxias. Es decir, un sol abrasador sobre una
tierra abrasada llena de restos arqueológicos abrasados y todo
de un mismo color, ese beige claro de las dunas que te seca las
mucosas del cuerpo con sólo mirarlo. Aquello era Susya y, una
vez vista, lo que yo deseaba era montar otra vez en el helicóptero, regresar al Hilton Tel Aviv y beberme hasta el agua de los
floreros.

—¿Cómo pudo prosperar aquí, durante siglos, una ciudad? —pregunté sintiendo la boca pastosa por la tierra que había tragado y llevándome la mano a la frente a modo de visera—. ¡No hay quien resista este calor!

Nos rodeaba un silencio sepulcral roto únicamente por el canto monótono de los grillos y por nuestras voces. De los otros helicópteros no descendió nadie y el piloto del nuestro se quedó en su asiento mirándonos a través del parabrisas y de sus gafas oscuras. Eran todos del ejército, seguro. Aquella disciplina no dejaba mucho lugar a dudas. Probablemente iban armados hasta los dientes.

Una figura se interpuso súbitamente entre la luz radiante y yo, clavándome en las orejas y la nariz unas gafas de sol.

—Despistada —me dijo mi marido, que sin las suyas, con esos preciosos ojos claros que tenía, se cegaba enseguida como un topo.

Seamos sinceros. A Farag le encantaba tener la oportunidad de demostrar lo terrible y amarga que sería mi vida si él no estuviera a mi lado. Y, como era verdad, yo me despreocupaba totalmente de un montón de cosas.

Me coloqué bien mis bonitas y elegantes gafas y, en ese momento, Gilad, que caminaba ya en dirección a un extraño recinto de sillares de piedra cubierto por una enorme carpa negra y situado sobre una distante elevación del terreno, exclamó:

—Se calcula que la población media de Susya estuvo siempre en torno a los tres mil habitantes. Vivían en casas de piedra bajo las cuales había cuevas subterráneas muy frescas que utilizaban como almacén, dormitorios o zonas de baño ritual.

La imagen de una piscina de aguas azules y heladas me vino a la mente como el deseo más urgente de mi vida. Pero allí sólo había pedruscos y grillos incansables bajo un sol de justicia.

Conforme ascendíamos y nos acercábamos al recinto de sillares, sus diferentes partes empezaron a distinguirse. Se trataba de la importante sinagoga de Susya, desde luego. Lo que más destacaba, por supuesto, era la moderna carpa negra que la protegía del sol. Debíamos llegar cuanto antes y guarecernos bajo aquella carpa o pillaríamos una insolación de órdago. Apreté el paso. El muro de sillares se abría ya frente a nosotros y, detrás de él, a la izquierda, había una enorme piedra circular, más alta que una persona, puesta en vertical como una rueda y con un extraño agujerillo en el centro.

—¿Qué es esa piedra? —preguntó mi marido.

—La puerta —respondió Gilad, sin detenerse—. El muro es doble y la piedra giraba por el centro para clausurar la entrada en caso de peligro. Era el sistema utilizado tanto en las sinagogas, como en los sepulcros y en los almacenes. Introducían un palo por ese agujero del centro para hacerla rodar. Como veis, una forma totalmente segura de proteger lo importante.

—Según los Evangelios —comentó Abby—, el sepulcro de Jesús tenía una puerta como ésta.

Me fijé en la posición del sol y en la hora que marcaba mi reloj y me di cuenta de que la sinagoga estaba orientada hacia el este, hacia Oriente, como las iglesias cristianas, que habían heredado esa tradición del judaísmo. Atravesamos el hueco del muro subiendo unos modernos peldaños de madera (Kaspar, el pobre, los subió renqueando un poco), pasamos bajo un arco de medio punto perfectamente conservado —había otros dos adosados por columnas, también en buen estado— y, cuando ya tenía la sombra de la carpa al alcance de mi mano y de mi calcinada cabeza, Gilad ascendió a saltos cinco grandes escalones de piedra y torció a la derecha en lo que en algún momento fue el atrio de aquella sinagoga, arrodillándose delante de un mosaico en el suelo que representaba una cenefa de hojas rojas y tallos negros en volutas.

—Aquí —dijo señalando con el dedo—. Aquí se menciona al tal Yeshúa.

Los cinco restantes, desdeñando ya cualquier molestia, nos abalanzamos hacia Gilad y el mosaico y nos apiñamos delante, en cuclillas o de rodillas como el arqueólogo israelí. En la parte superior de la cenefa de hojas rojas con forma de corazón, en un pequeño ribete, se veían unas extrañas letras apretujadas que parecían alfabeto hebreo. Pero era arameo, la lengua que hablaba Jesús. Y lo iba a escuchar a continuación por primera vez en mi vida:

—*Dachiram latav* —empezó a leer Gilad en voz alta—, *menechama Yeshua sahada, u'menechama Shim...* Se puede asumir que la última palabra, la que está cortada, es Simeón.

—¿Qué dice el texto? —la impaciencia en la voz de Abby me hizo girar la cabeza para mirarla. Nunca la había visto tan nerviosa. Sabira, por su parte, tomaba notas en un cuaderno como si supiera escribir arameo o hubiera entendido lo que había dicho Gilad.

—«Recordado para bien es el confortador Yeshúa —tradujo Gilad—, quien murió como mártir, y el confortador Simeón...» No habla de Jesús de Nazaret, como podéis ver, habla de dos confortadores, Yeshúa y Simeón, dos judíos de la comunidad de Susya, quizá dos rabinos importantes.

—Eso es pura especulación —le cortó Sabira, poniéndose en pie para tomar fotografías del mosaico—. La palabra cortada podría ser cualquier palabra aramea. No hay mayúsculas ni nada que indique que se trata de un nombre propio. El texto podría seguir hablando sobre Yeshúa.

Gilad, que estaba totalmente deslumbrado por la atractiva Sabira, luchó durante algunos segundos entre su nacionalismo judío y su imperioso deseo de agradar a la arqueóloga Asesina. Por supuesto, ganó la arqueóloga.

—Sí, bueno —titubeó, alzándose también—, podría ser cualquier palabra. En realidad nunca lo sabremos. Los arqueólogos tendemos a ver una vasija completa en un trozo de cerámica.

—Es cierto —admitió Farag—. Pero eso no nos ayuda a encontrar los osarios.

—Seguimos sin saber dónde están —gruñó la Roca.

Mientras los demás parloteaban, yo miraba la hermosa cenefa de hojas y el texto en arameo. Desconocía la datación del mosaico pero, en cualquier caso, transmitía muy claramente, al menos para los que éramos conscientes de la existencia de los ebionitas, que aquella sinagoga había sido el templo de una comunidad de judíos que creían en Jesús, que creían que Jesús era el Mesías, «el confortador», con su mensaje de justicia y su muerte testimonial (en el mosaico no se le atribuía ningún tipo de condición divina ni tampoco se hablaba de resurrección). No era una iglesia, de acuerdo, pero allí habían orado judíos cristianos durante siglos, aunque para el actual Israel sólo fueran judíos y para la Iglesia Católica no fueran nada porque los había borrado de la historia y los había olvidado. Unos judíos cristianos despreciados por los judíos y despreciados por los cristianos. Es lo que tiene ser diferente, no sumarse a las corrientes mayoritarias y a los pensamientos únicos que siempre ganan.

—¡Piensa, Gilad! —le estaba exigiendo Abby al arqueólogo cuando me incorporé para unirme al grupo, que permanecía bajo el sol y sobre las piedras calientes sin notarlo y sin buscar la sombra.

—¡Claro que hay inscripciones en las cuevas! —se defendía él—. Pero son dibujos sin sentido. Las judíos que vivieron aquí eran humildes agricultores. ¿Qué esperabas? ¿Una biblioteca? Sólo los rabinos sabían leer y escribir.

—Quiero ver esos dibujos —rezongó Kaspar, cojeando hacia los escalones.

—¡Sólo son garabatos! —protestó Gilad, que lucía unas manchas de sudor cada vez más grandes en su camiseta. Los demás sudábamos igual pero no llevábamos la ropa ceñida para marcar la tableta abdominal—. Además, quedan lejos de aquí. Deberíamos esperar a que cayera el sol.

—No tenemos tiempo —murmuró Abby, sacando el móvil del bolsillo de su pantalón vaquero que se ajustaba como un guante a sus caderas y sus piernas perfectas.

—Pero aún no hemos visto la sinagoga por dentro —objetó Sabira, sujetando con fuerza su carpeta de notas contra el pecho.

—Pues vamos —dijo Kaspar, entrando, por fin, bajo la carpa.

Si aquello había sido una sinagoga, yo había visto contenedores de escombros bastante más grandes. Claro que para una comunidad tan pequeña como la de Susya tampoco hacía falta mucho más. Era de planta rectangular, de unos diez por quince metros aproximadamente, pero, en lugar de tener el *bimah* (la plataforma para la lectura de la Torá) en el centro del recinto, lo tenía a la derecha, en la cara norte del edificio, y las gradas de los asientos estaban construidas en piedra en torno a las paredes. En el suelo se veían paneles de mosaico bastante deteriorados y con muchas zonas perdidas, representando menorás —las típicas lámparas judías de siete brazos—, ciervos, carneros, unas preciosas ruedas zodiacales y algunos motivos florales y frutales.

Aún estábamos disfrutando de la sombra de la carpa y recorriendo la sinagoga cuando, levantando una gran polvareda, un par de vehículos militares se acercaron ruidosamente por un camino de tierra dando tumbos sobre el suelo irregular. Se detuvieron delante de la entrada y un soldado israelí salió a buscarnos con un fusil automático en la mano derecha, apuntando hacia abajo, y un chaleco con bolsillos repletos de munición y del que salían antenas y micrófonos como si fuera un astronauta.

Abby se adelantó para hablar con él y el soldado, tras escucharla atentamente, asintió con la cabeza volviendo al vehículo que, visto más de cerca, era un todoterreno blindado y con artillería. Abby nos hizo gestos para que todos menos Gilad subiéramos en el segundo de los coches. El arqueólogo y ella irían en el primero. Desde luego, estábamos conociendo a una presidenta ejecutiva que sabía utilizar perfectamente su autoridad. Mandaba incluso sobre el ejército israelí. Aunque a mí, tanta arma y tanta munición por todos lados me ponía mal cuerpo.

Después de un rato de avanzar por caminos solitarios, abandonamos la zona arqueológica cruzando una gran verja de hierro y nos internamos, por senderos sin señalizar, entre campos de cultivo en los que abundaba el forraje y los olivos. ¿De dónde demonios salía el agua para aquel nuevo verdor que contemplaban mis ojos? Deduje que debía de haber algún acuífero subterráneo en toda aquella zona porque de algún lado tenía que salir el agua para los baños rituales en las cuevas halladas bajo las antiguas casas de Susya.

Al poco, los blindados se detuvieron en seco, de golpe, zarandeándonos como sacos hacia los cuatro puntos cardinales. El brazo de Farag me sujetó por los hombros para evitar que me cayera. El sendero terminaba allí. Abandonamos los vehículos y, escoltados por aquellos soldados y guiados por Gilad, nos internamos en un bosque de pinos de tronco delgado y copa en forma de punta de flecha. El arqueólogo judío caminaba con resolución, como si conociera muy bien la zona.

Unos doscientos metros adelante llegamos a un claro. El suelo no parecía muy firme ya que estaba formado por enormes lajas de piedra que dejaban ver la entrada a varias cuevas oscuras.

—No pienso meterme ahí dentro —le susurré a Farag, cogiéndome de su mano.

Gilad y Abby, seguidos por dos soldados con grandes linternas, se agacharon para pasar por debajo de una de las lajas, la más grande y gruesa. Kaspar no se lo pensó dos veces y les siguió, acompañado también por un soldado que miraba en todas direcciones como si nos fueran a atacar en cualquier momento. Sabira entró después, encogida sobre su cuaderno y ayudada por otro soldado que parecía encantado con la protegida que le había tocado. «¡Si supieras que es una Asesina!», pensé sonriendo. Y, de pronto, la mano de Farag tiró de mí, pillándome desprevenida, y me arrastró hacia la cueva.

—¡Que no, Farag! —exclamé, oponiéndome con todas mis fuerzas—. ¡Que no voy a entrar! Seguro que hay montones de bichos.

—Probablemente —dijo mi marido poniéndome una mano en la nuca y agachándome para que pudiera cruzar la entrada. Luché y me debatí, pero no logré zafarme de Farag. Tampoco es que él hiciera mucha fuerza ni que yo me defendiera demasiado, ésa es la verdad. Los protocolos de conocimiento mutuo.

Aquel lugar olía mal y estaba horriblemente sucio, además de ser tenebroso y horrible.

—Creemos que podría tratarse de otra sinagoga —explicaba Gilad—, la que utilizaban cuando estaban en peligro y se refugiaban en las cuevas. A lo largo de los siglos, esta zona fue atacada por romanos, bizantinos, cruzados y musulmanes. En realidad no lo sabemos a ciencia cierta porque no existe ninguna referencia sobre Susya en la literatura judía ni quedó registro alguno en ningún texto, judío o no. Todo lo que sabemos es por las excavaciones y por los datos históricos de las localidades cercanas.

El techo estaba lleno de unas horribles manchas negras que tanto podían ser colonias de hongos como restos de humo de antorchas. A mí me daba igual, el asco que sentía era el mismo. Y el suelo era de tierra, mezclado con ramas, hojas secas, excrementos de animales, agujas de pino y piedras. Había telarañas extensas como sábanas que iban de pared a pared, y eso que aquella cueva circular era más grande que la propia sinagoga del recinto arqueológico, además de fría y húmeda, muy húmeda. Enseguida empecé a sentirme pringosa y pegajosa, y no era por mi propio sudor sino por aquella humedad maloliente.

—¿Y los dibujos? —preguntó secamente Kaspar.

—Aquí —indicó Gilad, dirigiéndose hacia un extremo de la cueva—, en la pared norte.

Menos mal que las potentes linternas de los soldados iluminaban como focos televisivos y me permitieron comprobar que no había ningún peligro real a la vista y que podía seguir a mi marido hacia la pared de los dibujos.

Sí, allí estaban, grabados en la roca y bien visibles bajo la luz, pero no se trataba de garabatos, como los había descrito Gilad. Eran unos dibujos preciosos y bastante bien trazados a pesar de sus lógicas deficiencias. De un simple vistazo descubrí la narración, el relato de los hechos, y eso que estaban ordenados al revés, como la escritura hebrea, pero cuando has leído a Marco Polo y sabes lo que dijo sobre los ebionitas, el enigma se resolvía por sí solo. Claro que no podía ser lo mismo para unos arqueólogos israelíes ofuscados por demostrar la presencia judía en Israel desde el principio de los tiempos. Para ellos, aquello no tenía sentido. Pero para nosotros sí lo tenía. De hecho, me acerqué hasta la pared y, sin recordar el asco, la mugre y el miedo a pincharme o cortarme y pillar alguna enfermedad, fui pasando un dedo por debajo de los dibujos siguiendo la línea argumental. Escuché exclamaciones detrás de mí, conforme mis compañeros se iban dando cuenta de lo que intentaba mostrarles.

Y lo que intentaba mostrarles era un primer grabado de ocho rectángulos pequeños formando un círculo en torno a otro un poco mayor que destacaba en el centro, y también que los ebionitas de Susya habían estado en la India, en Kerala, como podía verse en el siguiente dibujo que representaba un elefante con su trompa, sus colmillos torcidos hacia dentro y su larga cola. Después, desde Kerala habían hecho un gran viaje por mar, afrontando enormes peligros, y así lo contaba el tallado de una nave con su mástil, su vela y su caña, que aparecía casi en vertical sobre unas olas muy altas. A continuación, habían cruzado el desierto con una larga caravana de camellos, que podían distinguirse por sus jorobas y sus cabezas perrunas. Había una fila muy extensa de ellos, atados unos a otros. Y, por fin, el viaje terminaba en un sitio muy raro, tan raro que realmente parecía un auténtico garabato, pero uno muy grande, grandísimo según las proporciones del grabado, con forma de suaves olas marinas de largas patas en los extremos y abiertas hacia fuera como las de una mosca. Y, entre ambas patas, conteniéndolo, se repetía el grabado circular de ocho pequeños rectángulos en torno a otro un poco mayor. Es decir, que una mosca monstruosa se había tragado los osarios. Pero había un detalle curioso más: al final de la pata descendente de la derecha podía verse una especie de iglú. Bueno, obviamente no era un iglú, pero tenía exactamente ese aspecto, es decir, un semi-círculo cortado en horizontal con un cuadradito muy pequeño a modo de puerta. Parecía ser el punto de acceso hacia los osarios.

—¿Qué es esto, Gilad? —le pregunté volviéndome hacia él y señalando el dibujo.

—¿Qué es eso? —repitió, extrañado—. Ya les dije que aquí no había nada que tuviera sentido.

—Todo tiene sentido —objeté con paciencia—, y esto es algo realmente importante. ¿Reconoces la forma? ¿Es algún símbolo judío?

Gilad empezó a fijarse atentamente en el grabado, buscando algo similar en su base de datos mental.

—Yo sé lo que es —murmuró alguien, en inglés, a nuestra espalda.

El que había hablado era uno de los soldados del ejército israelí que nos acompañaban. Todos nos giramos hacia él aunque no pudimos verle porque nos cegaron las linternas.

—Es Har Meron —dijo la voz—, la montaña más alta de Israel. Está en el norte, en la Alta Galilea. ¿Ven la cima ondulada? Y eso pequeño que hay al pie, a la derecha, es la tumba de Hillel el Anciano, el sabio que organizó la Mishná y el Talmud. La entrada a la tumba real es idéntica. Yo soy de Safed, un pueblo cercano a Merón, y conozco bien esa montaña y esa tumba.

Me costó un poco comprender la idea: ¿los osarios con los restos de Jesús de Nazaret y su familia estaban en el interior de una montaña?

CAPÍTULO 24

Farag, en la salita de la suite, no cesaba de parlotear con Isabella mientras yo intentaba seguir durmiendo a pesar de las risas y el alboroto que armaban. Habíamos regresado tarde de Susya el día anterior y, después de cenar rápidamente un sándwich en el bar del hotel, nos retiramos de inmediato a nuestras habitaciones con la idea de dormir lo suficiente para recuperar las horas de sueño perdidas desde Toronto y poder afrontar adecuadamente la visita al monte Merón, que se preveía complicada. Quizá necesitáramos la ayuda de espeleólogos o escaladores, era imposible de prever, por eso primero debíamos visitar nosotros el lugar. En fin, la cuestión era que teníamos que descansar, de manera que no pusimos el despertador. ¿Para qué? Aquel día, por fin, no teníamos prisa.

Entonces, ¿por qué estaban Farag e Isabella riéndose a carcajadas al otro lado de la puerta del dormitorio? Iba a matarlos a los dos. Yo sólo quería dormir y esos dos idiotas me estaban arrancando a la fuerza bruta de los dulces brazos del sueño. Además, ¿qué hacía allí Isabella?

Abrí los ojos de golpe.

¿Isabella...? ¿Farag hablando con Isabella? ¡Cómo...! ¿Y yo en la cama?

La habitación estaba a oscuras, salvo por la fina raya de luz que entraba por la puerta entornada. Me puse en pie de un salto y miré la hora. Las nueve de la mañana en Israel. Descalza, corrí hacia la salita.

—¡Hombre! —exclamó Farag al verme—. ¡Tu tía se ha despertado!

Esto último se lo dijo a su *tablet*, que descansaba sobre la mesa de café, en vertical como una televisión, apoyada contra un vaso lleno de agua.

—¡Tía! —exclamó la *tablet*.

—¿Isabella? —tartamudeé, encaminándome hacia el sofá en el que estaba sentado Farag hablando con nuestra sobrina. Pero nuestra sobrina estaba en el Paraíso Terrenal, a no sé cuantísimos metros bajo tierra en el sistema de cavernas más grande del mundo. Era imposible que hiciera una videoconferencia por internet. En el Paraíso no había wifi.

—¡Tía, siéntate, que no te veo la cara! —protestó mi sobrina, desde la pantalla de la *tablet* de Farag.

¡Qué guapa estaba! Tenía la sonrisa más bonita del mundo. ¡Dios mío, cómo la añoraba! Con el ajetreo, no me había dado cuenta hasta ese momento. Si la hubiera tenido delante, la habría gastado a besos. Pero mejor que ella no lo supiera o los reclamaría.

—¿Dónde estás, Isabella? —le pregunté con desconfianza.

—¿Dónde voy a estar, tía? —replicó, muy contenta—. ¡En Stauros, por supuesto! ¡En la capital del Paraíso Terrenal! ¿Es que no ves cómo voy vestida? —y se pellizcó la tela de su himatión, la túnica blanca que se sujetaba con fíbulas en los hombros.

—¿Y desde cuándo hay wifi en el Paraíso? —inquirí con el mayor recelo. Ni borracha me hubiera tragado que los staurofílakes tuvieran internet.

—Lo puso Kaspar hace un año —me explicó Farag con buen humor—. Cuando dispusieron de gente preparada y seguridad suficiente. Tienen repetidores y antenas a lo largo del Nilo, en casas particulares.

—Y amplificadores de señal —apuntó Isabella—, para conseguir potencia a estas profundidades.

—¡Y yo que creía —dejé escapar, indignada— que allí no ibas a poder usar tus *gadgets*!

—Bueno, las comunicaciones con el exterior están supervisadas, desde luego —me aclaró mi sobrina, llevándose las manos a la cabeza para recogerse el pelo con ese gesto suyo tan familiar que me provocó un pinchazo de añoranza—. Es por seguridad. Para no ser detectados. Pero como llegamos hace ya tres días...

—Cuatro —puntualizó mi marido, colocando bien la *tablet* para que la cámara nos enfocara perfectamente a los dos.

—¿Y Linus? —pregunté.

—¡Pues como en casa! —se rió Isabella—. De hecho vive aquí, en el *basíleion*, el palacio del Catón, conmigo, donde ha vivido siempre. Va a volver al colegio y se pasa el día por ahí jugando con sus amigos.

—¿No te ayuda con el griego? —de repente me angustió la idea de que Isabella estuviera sola y aislada en mitad de aquella sociedad de fanáticos religiosos—. ¿Cómo te entiendes con la gente?

—Tía... —soltó con un gesto de cansancio—, aquí casi todos hablan inglés.

—¡Pero si hablaban griego bizantino cuando nosotros estuvimos allí! —protesté.

—Y lo hablan —asintió Isabella—. Entre ellos. Conmigo, hablan en inglés.

—Eso también lo ha cambiado Kaspar —apuntó Farag.

—¿Y quién se encarga de ti? —vale, estaba muy preocupada, de acuerdo.

—¡Oh, bueno, muchas personas!

—¿Muchas personas...? ¿Quiénes? —quería nombres.

Mi sobrina alzó los ojos al cielo, pidiendo paciencia ante la incomprensible demencia de su tía.

—A ver —dijo haciendo memoria—. Haidé os manda recuerdos. Y también Ufa, que ha prometido enseñarme a montar a caballo. ¡Ah, y Candace y Ahmose! Y que no se me olvide tampoco saludaros en nombre de Gete y Mirsgana, quien, por cierto, está empeñada en que tengo que aprender a remar y no sé cómo decirle que no me apetece nada.

—No vas a poder escapar —le advertí—. Cuando Mirsgana se propone algo, lo consigue. Además, en el Paraíso, todos los jóvenes reman por diversión. Es como el deporte nacional.

—Ya me lo han explicado —se lamentó—. Pero es que de verdad de verdad de verdad que no me apetece.

Si había dicho de verdad tres veces, la guerra entre Mirsgana e Isabella estaba declarada. ¡Qué pena perdérmela! Aunque sabía quién iba a ganar, desde luego.

—Hay un chico aquí —dijo de pronto— que ha prometido que me va a ayudar a librarme de lo del remo.

¿Qué le vi en la cara y qué escuché en su voz que pulsó todas mis alarmas?

—¿Un chico...? —repetí con la voz más neutra que pude—. ¿Cómo se llama?

Si nos decía su nombre, no habría ningún problema. Si se resistía, era que le gustaba.

—¿Para qué quieres saberlo si no lo conoces? —protestó. Le gustaba.

—¡Sólo es curiosidad! —me ofendí—. ¿Conocemos a sus padres?

—No.

—¿Cómo has dicho que se llama?

—No lo he dicho.

—¿Por qué?

—Porque da igual.

—¿Cómo va a dar igual? Si es un amigo...

—Es un amigo.

—¡Se acabó! —voceó Farag, interrumpiéndonos—. ¡Me importa un pito cómo se llame! ¿Qué conversación es ésta? Tenemos poco tiempo para estar juntos y os ponéis a discutir por el nombre de un chico.

Farag se iba a enterar en cuanto cortáramos la videoconferencia, y la niña también, en cuanto volviera a casa, que iba a ser a la velocidad del rayo.

—¿Cómo se llama tu amigo? —insistí, ceñuda.

—¡Tío Farag! —protestó la ingrata, buscando ayuda.

—¡Basíleia! —me recriminó mi marido, dándome un pellizco en la pierna, fuera de cámara—. Ignora a tu tía, por favor —le pidió a Isabella—. Habla conmigo.

Isabella me lanzó, a escondidas, una rápida sonrisa de victoria.

—Pues nada, que estoy muy bien y que me gusta mucho este sitio —concluyó Isabella, subiéndose una de las fíbulas de la túnica que le resbalaba por el hombro. Aún no le habían cosido su propia ropa, estaba claro—. Se come genial. Y, por cierto, aquí todo el mundo cree que Kaspar volverá.

—Quizá vaya a recoger a su hijo —asentí.

—No. Que volverá para ser el Catón de nuevo —se impacientó ella—. De hecho, creen que sólo necesita un poco de tiempo. No le dan importancia ni se plantean buscar a otro para el cargo.

—¡Caramba! Eso puede ser un problema —dijo Farag, pesaroso.

—Quizá vuelva —comenté, aunque no estaba muy segura de eso.

—Que no, Ottavia. Que Kaspar no va a volver, te lo digo yo.

—Isabella, tú ve diciendo por ahí —le sugerí— que mejor que vayan buscando a otro Catón, por si acaso.

—¿Ha llamado mi madre? —nos preguntó mi sobrina a bocajarro, como si ya no pudiera aguantar más para saberlo.

Farag y yo enmudecimos.

—No, cariño, no ha llamado —le dijo su tío con pena.

—Es que mi móvil aquí no funciona, por eso os lo pregunto.

Isabella se ahogaba de tristeza por el silencio de su madre. Y eso que era una despegada. Sentí la necesidad casi física de abrazar estrechamente a mi sobrina y de consolarla. Si hubiera podido matar a mi hermana Águeda en aquel momento lo habría hecho. ¡Cobarde! Sentía más miedo de Giacoma que amor por su hija.

—Bueno, no pasa nada —murmuró ella, mintiendo y volviendo a subirse la túnica, que se le caía por el hombro—. Si llamara, decídmelo, ¿vale?

—Por supuesto.

Por suerte, el detalle de la túnica resbaladiza me sacó de los pensamientos tristes y me centró en el problema real:

—Y volviendo a tu amigo, ése del que no quieres hablarnos —comenté—. ¿Cuántos años tiene?

—¡Ottavia! —me regañó Farag.

—¡Me despido! —exclamó la niña despectivamente, buscando el botón de apagado debajo de la cámara—. Tía Ottavia ha entrado en modo obsesivo-compulsivo.

—Cuídate, Isabella —le dijo su tío—, y disfruta de tu estancia en el Paraíso. Y si no te apetece practicar remo, no lo hagas. No te dejes mangonear por Mirsgana.

—¡Cuidadito con lo que haces, Isabella! —le advertí, apuntándola con el dedo Salina—. Me voy a enterar de todo. ¿Lo tienes claro?

—Lo tengo clarísimo —repuso—. Y, por eso, lo que haga, lo haré a escondidas.

—¡Isabella! —voceé.

—Adiós, Isabella.

—Adiós, tío. Llevad cuidado en el monte Merón. Llamadme, ¿vale? El móvil de Kaspar tiene el número autorizado.

—¡Isabella! —exclamé de nuevo, pero ya había cortado la videoconferencia.

Mi marido se volvió para mirarme con reproche.

—¡Ottavia, tiene diecinueve años! Si quiere acostarse con alguien, lo hará. ¡Pero si está en el Paraíso Terrenal, por favor, donde todo el mundo la vigila con curiosidad!

—¡Sí, claro, menudo lugar de pureza! ¿Recuerdas dónde hicimos el amor tú y yo por primera vez?

—Por supuesto —sonrió—. Allí.

—¡Allí, exacto! —exclamé—. ¡Tiene diecinueve años y está allí!

—Isabella estaba en lo cierto —confirmó mi marido, abrazándome—. Has entrado en modo obsesivo-compulsivo. Tienes que volver a la normalidad. Estás atascada.

—¡No quiero volver a la normalidad! ¡Quiero que mi sobrina salga del Paraíso y regrese a casa inmediatamente!

—Pero si no tenemos casa, cariño. Y, además, estamos en Israel.

En aquel momento llamaron a la puerta con golpes tan fuertes que, además de darnos un susto de muerte, me quitaron el atasco obsesivo de repente. Como el hipo.

—Es Kaspar —le susurré a mi marido; no podía ser otro, con esos golpes—. No abras.

Él me besó con tristeza. Ambos sabíamos, sin decirlo, que había pasado algo.

—Si no abro, tirará la puerta abajo y entrará a la fuerza.

Tenía razón. Por desgracia, tenía razón. Y por cómo sonaban los golpes, faltaban exactamente dos segundos para que eso ocurriera.

Farag se levantó del sofá y se dirigió hacia la entrada de la suite. Yo resolví que era el momento de quitarme rápidamente de en medio y me encaminé a toda prisa hacia el baño para ducharme. Algo me decía que mejor estar duchada cuanto antes porque a saber lo que iba a pasar en los siguientes quince minutos. Desde el baño, mientras me quitaba el pijama, oía las voces de Kaspar y de Farag, pero sin entender lo que decían, y, cuando me metí bajo el agua, ya ni eso. Al poco, la puerta se abrió y mi marido entró. A pesar de traer gesto de contradicción, sonrió al verme a través del cristal y dijo con voz fuerte para que le escuchara:

—¡Gottfried Spitteler y Hartwig Rau están en Merón, en el pueblo de Merón, al pie del monte! ¡Acaban de llegar y se han alojado en una casa particular con un grupo de sicarios! ¡Voy a pedir el desayuno para que lo suban ya! ¡Nos vamos!

Aquél no era mi día, pensé viendo cómo el alma se me escapaba por el desagüe. A mi sobrina le gustaba un staurofílax y los esbirros de Tournier se nos habían adelantado en llegar a Merón. Me estaba cansando de Tournier, Spitteler y Rau. Y como a Isabella se le ocurriera acostarse con el staurofílax iba a arder Troya y sería yo quien blandiera la antorcha. Menos mal que estaba bajo el agua porque ya me sentía peligrosamente incendiaria.

Desayuné a solas aunque tenía enfrente a mi marido, pero como no paró de hablar por el móvil con Kaspar mientras comía, me convertí en una convidada de piedra que se limitaba a escuchar y a barruntar en silencio terribles presagios.

Mi mosqueo alcanzó la cumbre cuando, colgando el teléfono, mi marido me dijo:

—Tenemos que vestirnos con ropa de montaña y llevárnoslo todo. Dejamos el hotel. Hay que hacer las maletas.

—¡Qué! ¿Por qué? —exclamé abriendo mucho los ojos.

—Porque dice Kaspar que como no tenemos ni idea de cómo llegar hasta los osarios ni de lo que nos podemos encontrar, nos conviene ir preparados y que es mejor alojarnos en un hotel cerca del monte Merón, en Safed, para no perder tiempo.

—¿Y qué pasa con Spitteler y Rau? Nos descubrirán.

—Nosotros viajamos con identidades falsas y a ellos los vigila el Shin Bet, la agencia de seguridad interior israelí. Están siendo espiados desde que llegaron ayer a Israel. Entraron con pasaporte vaticano, incluso los esbirros que les acompañan, algunos de los cuales son técnicos en radares terrestres, así que podemos conjeturar que no tienen ni idea de cómo entrar en la montaña.

—Vale —repliqué, molesta—, pero ¿cómo saben lo del Merón? Nosotros lo averiguamos ayer gracias a unos grabados en el interior de una cueva cerca de Susya. ¿Por qué ellos ya estaban al corriente un día antes, cuando subieron al avión?

—No lo sé —suspiró Farag, sacudiendo la cabeza y limpiándose los labios con la servilleta arrugada—. Y Kaspar y Abby tampoco lo saben. Se están escuchando todas las conversaciones de Spitteler y Rau pero, de momento, no han dicho nada que nos dé una pista en ese sentido.

—¿Podía saber Marco Polo algo sobre el monte Merón que no le contó a María Paleologina en sus cartas?

—Quizá, pero ¿por qué ocultárselo a María y contárselo al papado? —me preguntó él, a su vez.

—Los Polo, como me recordó Kaspar, eran enviados papales, además de devotos cristianos latinos, es decir, católicos. Y María no dejaba de ser una hereje ortodoxa, una Khatun mongola perteneciente a la Iglesia griega cismática.

Farag, poniéndose en pie, parecía reflexionar sobre lo que le había dicho.

—Es posible, no podemos saberlo —dijo, inclinándose para darme un beso en los labios—. Vamos, *basíleia*. Hay que ponerse en marcha.

—No quiero ir.

—Lo sé —asintió, tirando de mí hacia arriba para arrancarme de la silla.

No es que tuviéramos mucho equipaje, básicamente porque todas nuestras cosas habían ardido con nuestra casa de Toronto, pero los Simonson nos habían provisto de lo necesario antes de salir hacia Israel, así que algo sí que había que guardar en la única maleta que Farag y yo compartíamos. Como yo ya estaba duchada, me tocó a mí recoger la habitación (después de cambiarme de ropa, obviamente, y de disfrazarme de aguerrida senderista, botas de montaña incluidas), aunque la verdad era que Farag hacía las maletas muchísimo mejor. Él lo plegaba todo bien y lo encajaba sin dobleces en los huecos más inverosímiles. Yo iba echando las cosas dentro hasta que, de pronto, ya no cabía nada más y terminaba pidiendo auxilio a Farag, que fue exactamente lo que volvió a pasar aquel día.

Viajamos en tres coches del Shin Bet, protegidos por otros tres coches de escolta. En el primero de los nuestros iban Kaspar y Abby, en el segundo Farag y yo, y en el tercero Sabira y Gilad (no nos pareció un problema juntar a una musulmana y a un judío que parecían atraerse un poco). Tardamos dos horas en llegar a Safed por una autopista magnífica cuyos peajes nos saltábamos a toda velocidad abriendo las barreras con un mando a distancia que tenían los conductores de nuestros coches. Era increíble. Durante el viaje, Farag y yo mantuvimos una tensa discusión sobre la edad sexual de nuestra sobrina y no estuvimos de acuerdo en nada porque él era un modernillo progre, un liberal consentidor que creía que era inevitable que ocurriera lo que no debía ocurrir e, incluso, apostaba porque ya había ocurrido, que fue cuando quise ahogarle con mis propias manos mientras pasábamos junto a la desviación hacia Nazaret. Isabella era siciliana como yo, católica como yo, y una Salina como yo. La idea no sólo era inaceptable sino que resultaba inapropiada. Farag me llamó carca, antigua, pasada de moda, estrecha e ignorante, y me aconsejó que me fuera haciendo a la idea de que lo de Isabella, si no había ocurrido ya, no iba a tardar en ocurrir pero que no era asunto nuestro y que no debíamos meternos.

Menos mal que llegamos a Safed. Lo digo en serio. Menos mal que llegamos porque la bronca fue mayúscula. Intenté rezar antes de bajar del coche pero estaba sufriendo una crisis de identidad, aunque no sobre mí. Sin querer confesármelo, trataba de entablar una nueva relación con Dios, directamente con Dios, el único Dios, no un miembro de la Trinidad. Y me costaba muchísimo. «Mamá, ayúdame», recé. Ella, ahora, estaba allí, con Él, y sabía la verdad. Tras su muerte, mi madre había ganado muchos puntos porque se había convertido en la madre que me hubiera gustado que fuera. Ya había olvidado todo lo malo, encarnado ahora por Giacoma, y sólo quedaba aquella hermosa imagen de la madre a la que tanto amé.

La ciudad de Safed se encaramaba en lo alto de otra montaña. De hecho, estábamos en los Altos del Golán, la zona más montañosa de Israel, en la llamada Alta Galilea. Sus calles, por tanto, eran angostas, empinadas y laberínticas. Nuestros coches debían circular a poca velocidad mientras los espejos retrovisores del exterior pasaban a escasa distancia de las puertas de antiguas sinagogas, casas de piedra con la entrada pintada de color turquesa, galerías de arte, talleres de artistas, restaurantes, locales para conciertos, cafeterías... La ciudad estaba llena de turistas en aquel segundo día del mes de julio. Por lo visto, Safed era algo así como el centro mundial de la bohemia artística y la Cábala, esa extraña rama del misticismo judío. Gilad nos contó más tarde, muy orgulloso, que sus antepasados eran también de allí. Al parecer, durante los siglos xv y xvi,

Safed, que ya era una ciudad importante, se había llenado con los judíos sefardíes expulsados de España en 1492, el mismo año del descubrimiento de América. Por lo visto, entre aquellos judíos españoles expulsados se encontraban algunos de los cabalistas más importantes de la época que fueron los que llevaron esos estudios místicos hasta Safed. Según afirmaba Gilad, él descendía directamente de un tal Isaac Abravanel, un teólogo sefardí que había sido tesorero de los Reyes Católicos de España y que había negociado y obtenido el dinero para pagar el viaje del descubrimiento de América de Cristóbal Colón.

No llegamos a quedarnos en el hotel. Abby se empeñó en que debíamos salir cuanto antes hacia el monte Merón, que ya podíamos divisar en toda su inmensidad, así que, apenas dejamos los equipajes y comimos algo, volvimos a montar en los coches y nos pusimos en marcha de nuevo.

No esquivamos la población de Merón, donde se alojaba el equipo de Spitteler y Rau. Es más, nos dirigimos directamente hacia allí siguiendo al coche de Abby y Kaspar. No eran más de veinte kilómetros los que separaban ambas poblaciones pero yo los hice sudando, y eso que teníamos aire acondicionado. Encontrarnos cara a cara otra vez con esos asesinos me enfermaba. Farag me tranquilizó —pasados ya los tormentosos desencuentros por Isabella— y me aseguró que, si estaban vigilados veinticuatro horas al día por el Shin Bet, con escuchas telefónicas incluidas, Abby debía de estar muy segura de que no corríamos ningún peligro llegando a Merón tan abiertamente.

Los coches se detuvieron justo al final de la carretera, pasado el lugar más importante de la pequeña población de Merón: la tumba del rabino Shimon bar Yochai, de finales del siglo I. Por lo visto, una vez al año, durante una festividad llamada *Lag Ba'omer*, decenas de miles de judíos ortodoxos —esos que llevan sombreros negros, abrigos largos y tirabuzones en las patillas— venidos de todo Israel se reunían en torno a la tumba para hacer hogueras, disparar flechas en los bosques y rezar. Por suerte, *Lag Ba'omer* caía en primavera y ahora el pueblecito de Merón, que era una cooperativa agrícola, estaba casi desierto. En el lugar donde salimos de los vehículos no había ni un alma y las pocas casas cercanas estaban cerradas a cal y canto, como abandonadas.

Aún estaba contemplando aquel silencioso paisaje rural cuando una mano grosera dejó caer sobre mis hombros los tirantes de un peso muerto.

—¡Eh! —protesté, enfrentándome a Kaspar—. ¿Qué demonios es esto?

—Tu mochila.

—¿Para qué quiero una mochila? —pregunté, sujetándola con las dos manos—. Y, además, ¿por qué está llena de piedras?

Pero Kaspar ya estaba entregando las suyas a Farag, Sabira y Gilad. Eran unas mochilas enormes, que sobresalían por encima de nuestras cabezas y debían de contener, como poco, las piedras para reconstruir el Coliseo de Roma. Abby ya se la había puesto y se ajustaba y abrochaba el cinturón perfectamente, como si hiciera aquello todos los días.

—No quiero una mochila —afirmé, tratando de devolvérsela a Kaspar—. Yo soy de ciudad y no me gustan las excursiones ni el senderismo.

—Me da igual —repuso sin hacerme caso—. La vas a llevar porque no sabemos qué podemos encontrar en la tumba de Hillel. ¿Ya no recuerdas cómo suplicabas por un trozo de mis sándwiches cuando pasábamos las pruebas de los Círculos de Dante?

—¡Eso no es cierto! —me indigné; era asombroso cómo la gente alteraba la historia a su gusto— ¡Yo no supliqué jamás! ¡Y mucho menos por un trozo de aquella bazofia de salami y queso!

¡Dios, no había podido volver a probar el salami después de aquello! Acabé harta para toda la vida. Pero aún me molestó más ver la sonrisa cómplice que intercambiaron Farag y Kaspar. Algo tramaban. Aún estaba disgustada con Farag, así que más le valía tener cuidado.

Cargados con las mochilas y con gorras para protegernos del sol —alguien había pensado que hacer publicidad de la Fundación Simonson en las viseras era una buena idea—, iniciamos una caminata dirigida por Gilad Abravanel que pronto nos llevó por un sendero en mitad del campo que descendía la colina sobre la que se hallaba el pueblo de Merón. Llegamos abajo en menos de diez minutos y, tras cruzar un ancho camino de tierra, iniciamos un suave ascenso que, de pronto, nos dejó frente a la entrada de la tumba de Hillel el Anciano, el feo iglú de nuestro grabado en la cueva de Susya, y que, como dijo el soldado, era idéntico al dibujo del iglú: un semicírculo retranqueado en la roca de la ladera con una oscura entrada en forma de cuadrado. Claro que había algunas variaciones añadidas a lo que habían visto los ebionitas cuando llegaron allí ocho siglos atrás: al semicírculo en la roca se le había añadido por arriba —dibujando una especie de pipa invertida— un extraño rectángulo alargado hacia la derecha formando una especie de mostrador o de barra de bar; también se había añadido una estructura de hierro y alambre en la que encajaban dos planchas de uralita a modo de puertas. La imagen resultaba bastante patética, la verdad.

—Y ésta es —murmuró apenado Gilad mientras contemplaba el hierro oxidado y la uralita envejecida— la tumba del gran rabino que dijo: «No hagas a tu prójimo lo que no quieras que te hagan a ti. Esto es la Torá» (27).

—¿Eso no lo dijo Jesús? —salté, pero inmediatamente me di cuenta de que la formulación no era exactamente la misma. Jesús, en Mateo 7, 12, había dicho: «Todo cuanto deseéis que os hagan los hombres, hacedlo igualmente vosotros con ellos. Porque ésta es la ley y los profetas». Aunque el parecido era asombroso, sin duda.

—Bueno —titubeó Gilad—. Yo no sé si lo dijo vuestro Jesús, para nosotros lo dijo Hillel, este gran rabino judío de principios del siglo I que creó la línea compasiva de interpretación de la Torá que ha seguido el judaísmo desde entonces.

(27) Talmud, Shabbat 31a.

—Principios del siglo I —farfulló Kaspar, atando cabos y fechas—. Línea compasiva. ¿Y qué más dijo ese Hillel?

—Ahora no es momento para eso —le atajé secamente—. Tenemos que entrar ahí, aunque no me haga especial ilusión.

Abby sonrió.

—No sabes cómo te comprendo, Ottavia —aseguró, enganchando los pulgares en los tirantes de su mochila—. Sería más fácil si no fuera una tumba.

Creí que Kaspar se iba a lanzar como un búfalo contra las planchas de uralita pero, para mi sorpresa, simplemente las zarandeó un poco y cedieron como hojas de papel.

—Aquí no hay mucha seguridad —comentó Farag, sorprendido.

—Bueno, venga, no esperemos más —declaró Abby—. Sacad las linternas de vuestras mochilas y entremos.

Mi marido se puso a mi espalda y abrió mi mochila, sacó mi linterna y me la dio. Estaba tan incómodo como yo por la discusión que habíamos tenido. El problema era que nos rodeaba demasiada gente como para hacer las paces adecuadamente. Con todo, al darme la linterna, me dio también un beso en la mejilla. Yo fui más rápida y, girando la cabeza, se lo di en los labios. Necesitaba que estuviéramos bien o me daría algo. Nos miramos y sonreímos y, sin decir nada, nos incorporamos a la comitiva que ya entraba en la tumba de Hillel. Incluso yo tuve que agacharme para pasar por la puertecilla.

La tumba de Hillel era también, según nos explicó Gilad, la tumba de muchos de sus discípulos que habían deseado ser enterrados con su maestro. Y así debía de ser, puesto que el recinto consistía en una cámara central alargada como un túnel y excavada en la roca, en cuyo suelo de tierra podían verse rectángulos de las dimensiones de un cuerpo humano y como de veinte e, incluso, treinta centímetros de profundidad. Las paredes estaban cubiertas por una desastrosa capa de pintura blanca o de cal que había goteado hasta el interior de los rectángulos más cercanos. Avanzamos en fila entre aquellos enterramientos hasta llegar al fondo de la cueva a cuya derecha se abría una profunda cavidad, un nicho, en cuyo suelo, en otro rectángulo en el suelo, estaba enterrado el propio Hillel. Hornacinas con restos de gruesas velas amontonadas y a medio consumir, con los regueros de cera seca pegados entre sí, se veían a derecha e izquierda, pero se notaba que nadie había encendido ninguna recientemente. La humedad era terrible y el intenso olor a moho y a huevos podridos era tan fuerte que mareaba, como si faltara oxígeno. La puertecilla de entrada, al parecer, no permitía que aquel lugar se aireara lo suficiente.

Nuestras seis potentes linternas iluminaron el nicho de Hillel pero, además de las hornacinas llenas de velas de las paredes laterales y del rectángulo hundido del suelo, aquello no era más que otra cavidad de la cueva excavada en la roca del Merón. Si allí estaba la entrada al corazón de la montaña, desde luego no se veía por ninguna parte.

—Bueno —murmuró Farag, desanimado—. ¿Y ahora qué?

CAPÍTULO 25

—¡Aquí tiene que haber una puerta! —bramó la Roca, agitando el foco de su linterna de un lado a otro como un loco.

Farag, Kaspar, Abby y yo habíamos caminado en torno a la tumba de Hillel durante más de quince minutos empujando las tres paredes del nicho palmo a palmo desde el suelo hasta el techo, y habíamos quitado todas las sucias velas y los pegotes de cera de las hornacinas para ver si había algo detrás. Pero, por desgracia, las paredes eran de roca sólida y en las hornacinas no había nada más que porquería. Nos estábamos equivocando en algo.

A Gilad tuvimos que sacarlo de la tumba de Hillel porque, en cuanto Kaspar empezó a pisar con sus botazas el interior del nicho, pareció que iba a sufrir un infarto o algo peor, así que Abby le susurró unas palabras al oído a Sabira y ésta, utilizando encantadoras artimañas (que se había mareado por el mal olor y que no se encontraba bien) se lo llevó afuera para recibir sus cuidados. Gilad no era tonto y por esa razón se dio cuenta de la treta pero la aceptó encantado por la parte que le interesaba. Así que allí estábamos nosotros cuatro, cometiendo un terrible sacrilegio al profanar la tumba de uno de los rabinos y hombres santos más importantes de toda la historia de Israel. Claro que los judíos tampoco se habían preocupado demasiado por aquel lugar abandonado. Con todo, intentábamos respetar el rectángulo de tierra bajo el que descansaban los restos de Hillel, pero el espacio a su alrededor no era muy grande, apenas tres o cuatro palmos hasta las paredes así que, aunque habíamos dejado las mochilas fuera con los discípulos del rabino, nos movíamos con bastante dificultad.

Fue entonces cuando Kaspar exclamó enfurecido que allí tenía que haber una puerta porque sí, porque él lo decía, mientras agitaba su linterna con rabia.

—¡Ay! —dejó escapar la heredera cuando recibió en la cara el fuerte golpe que le propinó Kaspar.

—¡Abby! —se asustó él, volviéndose a mirarla, con la inquietud pintada en cada célula de su enorme corpachón.

Los dos estaban a un lado del nicho y Farag y yo en el opuesto, así que nosotros nos quedamos inmóviles mientras Kaspar, en su giro hacia Abby, perdía el equilibrio en el borde del escalón del enterramiento y, para no caer, ponía la suela de su bota de la talla cuarenta y ocho sobre la tierra húmeda de la tumba de Hillel.

—¡Kaspar! —exclamó Farag horrorizado, estirando el brazo hacia él.

Abby y yo nos quedamos paralizadas de espanto. Aquello era un tremendo ultraje religioso, seguramente incluso un delito de varias clases (contra el patrimonio nacional, arqueológico, histórico...), y, por si faltaba algo, cuando la Roca se incorporó, la huella de su bota estaba perfectamente marcada en la tierra sucia del enterramiento. En fin, más que marcada, yo hubiera dicho estampada por un martillo hidráulico.

Enmudecimos y nos miramos, pensando en cómo arreglar aquel desastre sin que se notara demasiado. No bastaba con rellenar el hueco: el color de la tierra cambiaba de la superficie, más seca, hasta un tono oscuro en las húmedas capas inferiores. Por eso era tan blanda.

Pero, además, cuando Kaspar había pisado la tumba, y si no me había vuelto loca por el susto, hubiera jurado que había oído algo, un chasquido prolongado como cuando friccionas una piedra contra otra. Pero no podría decir de dónde había venido ese sonido si es que, acaso, lo había oído de verdad. Por eso no dije nada.

Para asombro de mis compañeros y por aquello de que ya

no teníamos nada que perder, salté el escalón del enterramiento y pisoteé la tierra para aplanarla (y para ver si se repetía el ruido). Pero no oí nada y sólo conseguí paralizar los corazones de mis compañeros, que no cayeron fulminados de puro milagro.

—¡*Basíleia*! —balbució mi marido con voz de muerto—. ¿Qué haces?

—Lo único que podemos hacer: igualar el suelo del enterramiento. ¿O preferís dejar la marca de la bota de Kaspar? No creo que Hillel el Anciano se moleste con nosotros porque, a fin de cuentas, debe de saber el enorme respeto que nos inspira, algo que nunca pasaría por la cabeza de esos judíos ultraortodoxos que vienen por aquí en *Lag Ba'omer* una vez al año. Para la próxima primavera, no se notará nada. Pero si dejamos la huella, se verá.

Sabían que tenía razón, así que los tres bajaron al enterramiento conmigo y empezaron a alisar la superficie. Y entonces sí que ocurrió algo. No sólo volví a escuchar el chasquido sino que, además, el techo del nicho empezó a izarse como una placa de piedra levantada por una grúa. Era el peso sobre la tumba de Hillel lo que ponía en marcha el mecanismo. Yo no pesaba bastante y por eso conmigo no se había movido, aunque sí con Kaspar. Y, obviamente, con los cuatro a la vez, el dispositivo se había disparado a lo loco.

La perplejidad detuvo nuestro trabajo. Los cuatro alzamos la cabeza para ver cómo ascendía la placa del techo y se internaba en la oscuridad hasta desaparecer. Por supuesto, una lluvia de polvo mohoso, telarañas y tierra cayó sobre nuestras caras y nuestro pelo limpio, ya que tampoco llevábamos puestas las gorras en ese momento. A Abby, incluso, se le metió en la boca, por tenerla abierta, así que empezó a toser y a escupir con asco. Kaspar le pasó un pañuelo por los labios y la barbilla, como haría un padre con una hija que ha comido tierra en el parque. O como haría un tipo que estuviera loco por ella y hubiera perdido el sentido del ridículo, que me cuadraba más.

Allí teníamos la entrada. Los ebionitas no nos habían engañado. Aunque tampoco nos lo habían puesto fácil, desde luego.

—Me preocupa —murmuró Farag— que su intención fuera obligarnos a pisotear la tumba de Hillel. Quizá para ellos era un gesto de desprecio o humillación.

—Pues lo que a mí me preocupa —comentó Kaspar— es cómo subir hasta allí arriba. Necesitamos una escalera.

Tampoco era para tanto, pensé. La altura sería de dos metros y algo, como mucho, de manera que Kaspar, Abby y Farag podían meter la mano por el hueco. La única que tendría problemas era yo por ser la más bajita pero, ¿para qué estaban los hombres? Ésa era la función que la naturaleza les había concedido: la fuerza física. Que me levantaran. Ahora, eso sí, no estaba dispuesta a ser la primera en asomar la cara por aquel agujero.

Abby salió afuera para, con toda la delicadeza posible, explicarle a Gilad lo que había sucedido. Pese a su profundo judaísmo, Gilad era un hombre práctico que, cuando debía elegir entre dos opciones, se quedaba con la más científica (véase el malestar de Sabira). De modo que superó sus reparos religiosos y regresó al interior de la tumba, dispuesto a pisar la tierra que cubría los restos del gran rabino Hillel.

Por lógica, la Roca, aunque todavía con la pierna un poco torpe, debía ser el primero en subir con ayuda de Farag pero, para mi sorpresa, fue Abby quien, con gesto resuelto, puso el pie en las manos cruzadas de Kaspar y se izó hacia el agujero del techo. Esta nueva Abby, tan decidida, ganaba no sólo en firmeza de carácter sino, increíblemente, también en atractivo. No es que, de repente, fuera una belleza, ni mucho menos, pero, por alguna misteriosa metamorfosis que ya venía produciéndose desde tiempo atrás y que ahora culminaba con este cambio de carácter, ya no era fea. ¿Acaso no tenía los ojos demasiado pequeños, los dientes demasiado grandes, la nariz aguileña y carecía de labios? Pues no. En realidad, sí tenía labios, no gruesos y sensuales, pero normales; la nariz seguía siendo aguileña pero le daba estilo y distinción (¡como si le hiciera falta!); los dientes también eran grandes y cuadrados pero, de nuevo, dentro de la más absoluta normalidad, no de caballo como yo se los había visto; y los ojos azules, sin ser grandes, no eran tan pequeños.

—Farag —susurré, tirando del brazo de mi marido para que se agachara—. ¿A ti te parece que Abby está menos fea que antes?

—¿Menos fea? —se sorprendió, susurrando también en mi oído—. ¡Abby nunca ha sido fea!

—¿Cómo que no? —me enfadé—. ¿Tú te has fijado bien?

—Cariño, un hombre siempre se fija en esas cosas. Abby no es tan guapa como tú, desde luego, pero es bastante atractiva. Comprendo que le guste a Kaspar.

—¡Pero era fea! —volví a susurrarle a mi marido.

Él se rió.

—¡Anda, sube! —dijo empujándome hacia Kaspar, que me esperaba con las manos cruzadas y cara de pocos amigos.

Tendría que pensar en todo aquello, pero ahora no tenía tiempo. El techo se había abierto sobre nuestras cabezas invitándonos a subir y Abby ya estaba allí arriba tendiéndome la mano para ayudarme. Kaspar me empujó desde abajo y la heredera tiró desde arriba, de manera que no me costó nada llegar al nuevo nicho iluminado por la linterna abandonada de Abby. Mientras subían los demás y nos pasaban las mochilas, observé aquel lugar: era una cámara cuadrada, un cubo perfecto en realidad, y, puesto que nos adentrábamos en la montaña, también excavada en la roca. La humedad había disminuido aunque no el mal olor, que me pareció, incluso, más intenso, como a muerto o a huevos podridos.

Pronto estuvimos todos arriba y, para nuestra sorpresa, aunque aún más para sorpresa de Gilad Abravanel, en una esquina de la cámara había un nuevo enterramiento con los auténticos restos de Hillel el Anciano. Su nombre estaba cincelado en la pared en hebreo y arameo.

—¿Ves, Farag? —le dije a mi marido señalando la tumba—. Los ebionitas no querían que fuera pisoteada. Escondieron el resorte en el único lugar que nadie profanaría jamás.

Farag asintió, pero Kaspar estaba enfadado.

—¿Y los osarios? —repetía mirando en todas direcciones, techo incluido.

Allí no estaban, eso era evidente. Aquella cámara se hallaba totalmente vacía a excepción de la tumba de Hillel, la placa de piedra que se balanceaba a media altura sobre el agujero de acceso y una abertura rectangular a modo de puerta, situada junto a la tumba, que daba a unas oscuras escaleras cuyo final se perdía en la profundidad de la tierra. También había, en la pared de la derecha, el grabado de una enorme espiral formada por pequeños símbolos hebreos.

—¿Qué dice, Gilad? —le preguntó Sabira, tomando fotografías.

Farag me miró. Él hubiera podido leer la inscripción hebrea, pero me sonrió y me hizo un gesto para que me diera cuenta de la actitud de la arqueóloga Asesina hacia el arqueólogo judío.

Gilad pidió más luz y se la dimos. La única sombra sobre el extraño grabado era la de su propio cuerpo y él la iba esquivando para estudiar el texto.

—«Dichosos los pobres —empezó a traducir, señalando las palabras con los dedos y empezando desde el centro de la espiral hacia fuera—, porque de ellos será el reino. Dichosos los que lloran, porque serán consolados.»

—¿Las Bienaventuranzas...? —inquirí, asombrada.

Kaspar y Farag asintieron, con tanta perplejidad en el rostro como yo.

—¿Qué son las Bienaventuranzas? —preguntó Gilad.

La ignorancia de los judíos sobre temas cristianos era tan sangrante como la de los cristianos sobre temas judíos. Cuando se lo dije, Gilad saltó como si le hubiera picado un escorpión:

—¿Sabes que, entre nosotros, Jesús de Nazaret está considerado como enemigo de Israel? —soltó con rabia—. ¿Sabes cómo le llamamos? No Yeshúa, no, sino Yeshu.

El rostro de mi marido se ensombreció. Los demás no habíamos comprendido lo que había querido decir Gilad, pero él sí.

—Sabrás —continuó explicando el musculoso arqueólogo— que, en hebreo, los acrónimos, las palabras formadas por las letras iniciales de otras palabras, han sido siempre una práctica habitual, una costumbre de siglos. Pues bien, ¿sabes por qué le llamamos Yeshu? Porque es el acrónimo de la expresión «Sean su nombre y memoria borrados». Ningún judío lee nunca vuestro Nuevo Testamento porque está lleno de mentiras. Ningún judío cree que Yeshu fuera Dios, ¡menuda barbaridad!, y mucho menos que fuera el Mesías, el salvador del pueblo de Israel. ¿Y sabes por qué? Porque murió, porque no salvó a nadie, porque no era así como nuestra Biblia, la *Tanaj*, describía la figura salvadora del Mesías y, para nosotros, un mesías muerto era un mesías fracasado. Por eso los cristianos os inventasteis la Resurrección. Y, ¿sabes por qué le despreciamos tanto? —su voz, cargada de rencor, sonaba también muy dolorida—. Porque, en nombre de Yeshu, uno más de los veinticuatro aspirantes a mesías que, según el historiador Flavio Josefo, Roma crucificó en el siglo I, el mundo cristiano ha perseguido, marginado, maltratado y asesinado al pueblo judío durante dos mil años. ¿Nunca has oído la bonita frase «Los judíos mataron a Jesús»?

Sí, claro que la había oído. Sobre todo cuando era pequeña. De boca de mi madre y de las monjas del colegio. Pero hacía muchos años que ya nadie la decía porque ahora había mucho más respeto hacia esas cosas y porque, más o menos, se
aceptaba la idea de que Jesús había sido judío, un pequeño detalle que durante siglos había pasado inadvertido dentro del
cristianismo. Jesús sólo había sido Dios y los judíos lo habían
matado. Claro que, pensándolo fríamente, matar a Dios era
imposible.

—Pero lo que yo me pregunto —siguió diciendo Gilad—
es por qué nadie acusó nunca a los romanos de matar a Yeshu,
cuando fueron ellos quienes le crucificaron. ¿A la Inquisición,
por ejemplo, no se le pasó nunca por la cabeza que los italia-
nos eran tan culpables como los judíos?

Cerré la boca por si las moscas. Gilad estaba demasiado enfadado y yo era italiana. Además, podía entender su rabia. Realmente, el pueblo judío había sufrido lo indecible a lo largo de
los siglos por prejuicios sin sentido, alimentados, quizá, por el
propio cristianismo para levantar esa barrera infranqueable
que lo separaba del judaísmo. Pero, ¿por qué? ¿Qué peligro
entrañaba el judaísmo para el cristianismo? ¿Por qué el judaísmo asustaba tanto al cristianismo?

—Por eso no conozco vuestras Bienaventuranzas, Ottavia
—terminó Gilad, cambiando por completo de tono de voz,
como si se arrepintiera profundamente de su explosivo arreba-
to—. Nunca he oído hablar de ellas, aunque reconozco el estilo porque tanto en los *Tehilim*, lo que vosotros llamáis Salmos,
como en los *Nevlim*, los Profetas, numerosas oraciones empie-
zan por *eh'sher*, «Dichosos» o «Felices». ¿Podrías hablarme de
ellas, por favor?

Tardé unos segundos en recuperarme lo suficiente como
para retomar el hilo de la conversación, unos segundos durante los cuales el silencio fue total en aquella silenciosa cámara
de piedra. Nunca había pensado en el punto de vista judío y las
palabras de Gilad me habían sorprendido tanto como todo lo
que estaba descubriendo desde el día en que Jake y Becky ha-

bían aparecido en la puerta de mi casa de Toronto con el presidente Macalister. Pero tampoco ahora tenía tiempo para rezar y meditar. ¿Qué eran las Bienaventuranzas?, me pregunté a mí misma respirando profundamente.

—Las Bienaventuranzas —se me adelantó mi marido— eran los puntos básicos del programa electoral de Jesús de Nazaret.

—¿Del programa electoral? —me escandalicé—. ¡Ni que Jesús hubiera sido un partido político!

Farag me ignoró, para variar.

—Cuando Jesús dio comienzo a su vida pública —explicó—, lo primero que hizo fue subirse a una montaña (28) y pronunciar el sermón de las Bienaventuranzas, un resumen de lo que sería su mensaje posterior, es decir, que Dios iba a venir muy pronto para librar al mundo de la pobreza, el dolor, el hambre y la injusticia y había que estar preparado. Por eso he dicho que eran su programa electoral porque, como todo programa electoral, no sólo no se ha cumplido sino que no parece que se vaya a cumplir nunca.

—¡Por el amor de Dios, Farag! —solté, horrorizada—. ¡Qué manera de hablar!

Kaspar sonreía, divertido. Abby, Sabira y Gilad nos miraban como si estuviéramos locos.

—Me gustaría añadir —dijo la Roca—, como detalle significativo, que las Bienaventuranzas sólo aparecen mencionadas en el Evangelio de Mateo (29).

—Eso no es cierto —le rebatí—. También Lucas las menciona.

—Perdona, Ottavia —objetó el ex-Catón—, pero Lucas sólo señala tres de las ocho Bienaventuranzas y las mezcla con tres maldiciones que Mateo no menciona. Además, afirma que el Sermón de la Montaña se pronunció en un llano, en una ex-

(28) El Sermón de la Montaña, Mateo 5-7.
(29) Mateo 5.

planada al pie de un monte. Compruébalo (30). Los otros evangelistas ni siquiera hablan de ellas. Por lo tanto, las Bienaventuranzas, o lo que conocemos por ese nombre, sólo aparecen como tales en el Evangelio de Mateo.

—El único que usaban los ebionitas —destacó Abby.

—En efecto.

—Y para exponer su programa electoral —añadió Gilad mirándome de reojo—, recurre a la fórmula literaria judía del *eh'sher*, los «dichosos» o «felices».

—Si sigues traduciendo la inscripción de la espiral —le indiqué con aspereza—, sabremos cómo eran las Bienaventuranzas de Mateo que leían los ebionitas porque lo que antes dijiste no se ajusta exactamente al texto del Nuevo Testamento.

—Tampoco se ajustan Mateo y Lucas entre sí —insistió Kaspar, que había sacado de su mochila una pequeña Biblia y pasaba las hojas a toda velocidad. ¿Llevaba una Biblia en su mochila?

Gilad regresó al grabado de la pared y todos, excepto Kaspar, le iluminamos de nuevo con nuestras linternas.

—«Dichosos los pobres —volvió a leer, empezando de nuevo por el centro de la espiral—, porque de ellos será el reino. Dichosos los que lloran, porque serán consolados.»

—Lucas dice «Bienaventurados los que ahora lloráis, porque reiréis» —le interrumpió Kaspar, leyendo en su Biblia.

—Lucas no nos interesa, Kaspar —le cortó Farag—. Mejor que no nos liemos.

Kaspar guardó dócilmente su Biblia de nuevo en la mochila mientras Gilad retomaba la traducción:

—«Dichosos los humildes, porque heredarán la tierra.»

—¿La tercera Bienaventuranza —me sorprendí— no decía «Dichosos los que sufren»? ¿Seguro que ahí pone «los humildes», Gilad? Farag, ¿tú qué dices?

Los dos arqueólogos, el musculoso judío y el guapísimo egipcio, comprobaron la inscripción y, luego, se volvieron ha-

(30) Lucas 6, 20-26.

cia los focos, guiñaron los ojos cegados por la luz —sobre todo Farag— y asintieron.

—El *Mizmor* 37 —comentó Gilad que, de inmediato, se detuvo y, luego, se corrigió—, es decir, el Salmo 37 afirmaba ya que los humildes heredarían la tierra. Quizá los ebionitas utilizaban una versión de Mateo más basada en nuestra Biblia hebrea.

No íbamos a admitir allí, y menos aún delante de él, que tenía razón, que el Evangelio de Mateo era el más judío y original de los cuatro canónicos y que todos ellos estaban llenos de errores de traducción e, incluso, de modificaciones y añadidos intencionados. Sería como echar leña al fuego. O gasolina, para ser más modernos.

—Sigue con la cuarta Bienaventuranza —le pidió Kaspar.

—«Dichosos los que tienen hambre, porque serán saciados.»

«Hambre y sed de justicia», murmuré para mí, advirtiendo otra diferencia más. Al parecer, Jesús había hablado concretamente de los pobres, los afligidos, los humildes y los hambrientos de verdad, no de los simbólicos, que debieron de ser otro apaño de los primeros Padres de la Iglesia.

—«Dichosos los misericordiosos, porque alcanzarán misericordia —siguió traduciendo Gilad a buen ritmo, sin tanto titubeo como al principio—. Dichosos los limpios de corazón, porque verán a Dios. Dichosos los pacíficos, porque serán hijos de Dios. Y dichosos los justos perseguidos, porque de ellos será el reino.»

Gilad había llegado al final de la espiral. Se volvió hacia nosotros al tiempo que bajábamos nuestras linternas hacia el suelo.

—No sabía que Yeshu había dicho estas cosas —murmuró—. Todo esto es judaísmo en estado puro. Torá al cien por cien. Y, desde luego, en la línea de interpretación compasiva de Hillel.

Estuve a punto de aclararle que ni muchísimo menos era judaísmo sino la esencia misma del cristianismo, el mensaje de amor y compasión de Jesús de Nazaret, pero algo me detuvo. Quizá no hubiera tanta diferencia entre unos y otros. Quizá sólo nos lo habían hecho creer. Opté por callar y anotarlo en mi lista de asuntos a pensar e investigar cuando tuviera tiempo.

—Muy bien —dijo Kaspar, recogiendo su mochila del suelo—, pues ya hemos leído las Bienaventuranzas, o las Dichas y Felicidades del Evangelio original de Mateo. Bajemos esas escaleras a ver adónde nos llevan.

—¡Un momento! —discrepé alzando una mano—. No son horas ya para meternos en las tripas de una montaña. Mejor volvemos al hotel, nos duchamos, cenamos, dormimos bien y regresamos mañana.

Todos me miraron como si me hubiera trastornado.

—¿Por qué? —me preguntó Abby, sorprendida—. Quizá los osarios se encuentren al final de esa escalera.

Kaspar echó a andar sin molestarse en decir nada, y los demás le siguieron. Farag se me acercó.

—Venga, cariño, aguanta un poco más —me dijo—. Aún es pronto. Comprobemos adónde llevan las escaleras y, si no hay nada allá abajo, regresamos al hotel y seguimos mañana, ¿vale?

Asentí porque me lo pedía él, aunque no lo hice demasiado convencida. Mi natural desconfianza me hacía sospechar que allí había gato encerrado. ¿Acaso los ebionitas no habían pasado veinte malditos años preparando aquel escondite en el monte Merón? ¿Y todo lo que habían hecho era una cámara para enterrar a Hillel con un grabado en espiral de las Bienaventuranzas? No, allí había mucho más de lo que se veía pero, como los demás parecían tontos (en especial Kaspar), no se daban cuenta de que nos estábamos metiendo en la boca del lobo como un grupo de candorosas ovejas.

Cuando se lo dije a Farag, me sonrió con paciencia, admitiendo aquello como uno más de mis miedos y manías.

—¡Vamos, *basíleia*! —repuso, recogiendo con esfuerzo nuestras dos mochilas del suelo, las últimas que quedaban, y dándome la otra mano—. Aunque fuera como dices, ¿no te parece una experiencia apasionante?

—No.

Bajé el primer escalón llena de reparos, temiendo que una afilada cuchilla cayera sobre mí cortándome por la mitad. Miré hacia el suelo por si había sangre de los que nos habían precedido, pero no, no la había. De hecho, se veía luz allá abajo. Es decir, que seguían vivos y descendiendo. Pues qué bien, pensé. Bueno, a lo mejor tenían razón y los osarios estaban al final de aquella empinada y tortuosa escalera de piedra con techo abovedado. De un momento a otro, me dije, escucharía las exclamaciones de Kaspar celebrando el hallazgo (o sus gritos de agonía y muerte).

Pero lo que escuché fue un traqueteo metálico detrás del muro de la izquierda, como el de una cadena que se enrolla o desenrolla de un eje y el susurro de una gran cantidad de arena deslizándose por algún lado. A continuación, el vozarrón grave de Kaspar, nos advirtió a todo pulmón:

—¡Atención! ¡El último escalón es un resorte!

No hubo transición ni pausa. En cuanto terminó de hablar, oímos de nuevo el chasquido prolongado de la fricción de una piedra contra otra. Me giré hacia atrás a toda velocidad para darme de bruces con la espalda de mi marido que también se había girado hacia atrás. Me incliné a un lado y miré por su costado. El foco de su linterna apuntaba a lo que antes era el vano que unía la escalera con la cámara de la espiral. Pero ya no había vano: un enorme disco de piedra como el que habíamos visto en el muro de la sinagoga de Susya lo había clausurado. De algún modo, al pisar Kaspar el último escalón había activado algún mecanismo que había soltado el disco de piedra haciéndolo rodar hasta tapar la abertura. Moverlo era imposible: debía de pesar más de una tonelada, seguro.

Mi marido se volvió para mirarme apuntando al suelo con la linterna.

—¿Todo bien ahí arriba? —preguntó a voces el ex-Catón. Había un poco de reverberación del sonido.

—¡Estamos encerrados! —voceó Farag, sin dejar de mirarme fijamente.

—¿Qué has dicho? —aulló Kaspar.

—¡Que la puerta de la cámara se ha cerrado! —voceó mi marido con más fuerza—. ¡Que estamos atrapados!

Mientras escuchábamos la loca carrera del grupo subiendo la escalera, mi marido me acarició la mejilla.

—Tenías razón —me dijo pesaroso—. Había gato encerrado.

—Sí —asentí—. Y éramos nosotros.

CAPÍTULO 26

—¿Tenéis cobertura en los móviles? —nos preguntó Kaspar, mirando el suyo con irritación.

Todos sacudimos las cabezas diciendo que no. Estábamos incomunicados, no podíamos ni pedir ayuda ni informar sobre nuestra situación. La falta de señal de nuestros móviles no era algo que los ebionitas hubieran podido prever ocho siglos atrás pero parecía que la montaña se confabulaba con ellos para ayudarles a proteger su secreto. Por si acaso, decidimos que lo mejor sería mantener los teléfonos apagados para conservar las baterías, e ir buscando conexión con alguno de ellos por la empinada y larga escalera y por todos los rincones de aquella nueva cueva, clausurada en su muro este por otra rueda de piedra que debía de llevar siglos tapiando la salida.

Nos encontrábamos a bastante profundidad por debajo del nivel del suelo. Una vez pasada la tumba oficial de Hillel y sus discípulos, habíamos descendido otros veinticinco metros, según afirmaron Kaspar y Sabira, que tenían buen ojo para esas cosas, y habíamos llegado a una caverna bastante grande, obviamente excavada a mano y con el suelo salpicado por unos extraños agujeros llenos de agua. No teníamos ni idea de para qué habrían podido utilizarlos los ebionitas, pero no desprendían precisamente buen olor, así que nos sentamos a una cierta distancia usando las mochilas como apoyo. También apagamos algunas linternas para no gastar tontamente las pilas, aunque por ser de leds no consumían mucho. Como la cueva tenía unos cuatro metros de altura, nos rodeó súbitamente la penumbra y, por si nos faltaba algo, hacía un frío húmedo que calaba hasta los huesos. La temperatura había bajado drásticamente durante el descenso y debíamos de estar a unos ocho o diez grados como mucho, por eso todos nos habíamos puesto más ropa y guantes de PVC. Suerte de las mochilas preparadas por Kaspar y Abby, que no habían dejado ningún detalle al azar, ropa térmica incluida.

—¿Qué hora es? —preguntó Sabira, que no usaba reloj y no podía mirar su móvil.

—Las siete —respondió Gilad—. Deberíamos cenar.

El rostro granítico del ex-Catón se volvió hacia mí y esbozó una siniestra sonrisa.

—¿Qué problema tienes? —le desafié.

—¿Me dices a mí? —fingió sorprenderse, pero lo hizo fatal, sin gracia. No hubiera sido un actor ni medianamente aceptable.

—Olvídame —respondí, cogiendo entre las manos la cajita de plástico transparente que me pasó Farag con un envoltorio de servilletas en el interior. Los demás estaban también ocupados buscando y sacando la cena. Cuando retiré la última servilleta de papel que protegía aquel... lo-que-fuera, solté una exclamación de horror.

—Pero, ¿qué demonios es esto? —gruñí.

—Pan de pita con hamburguesas *kosher* —explicó Kaspar muy divertido, antes de meterse en la boca, encantado de la vida, la mitad de uno de aquellos saquitos redondos hechos de pan.

—¡Quiero salir de aquí! —exclamé, recordando el fantástico hotel de Tel Aviv—. ¡No pienso cenar esta porquería!

Un pellizco discreto me hizo dar un brinco en el suelo. Farag me advertía de la inutilidad de mis quejas. Me volví a mirarlo y su cara inocente sólo reflejaba el placer que sentía masticando y saboreando aquellas horribles cosas rellenas de carne seca.

Todos llevábamos, además, un par de cantimploras de aluminio llenas de agua y eso sí me vino bien porque estaba sedienta aunque, al beber, desgraciadamente, me entró muchísima hambre. Pero no quería aquel maldito pan de pita con esa carne rara y esa papilla blanca indescifrable que rebosaba por los bordes y que parecía pasta de dientes. No soportaba ni el olor.

—¿No hay otra clase de comida? —le pregunté en voz baja a Farag, aprovechando que se había iniciado una conversación de grupo.

—Cómete ahora mismo esas hamburguesas sin protestar —me advirtió muy serio—. Eres peor que Isabella en plena adolescencia. Peor que un colegio de niños malcriados. Peor que...

—Vale, lo pillo —le interrumpí—. Soy lo peor. De acuerdo.

—¡Come! —masculló.

—¡Ya voy! No hace falta que me grites.

—Te grito en voz baja —susurró.

—Ya, pero me gritas —protesté, dando un mordisco al maldito pan. Bueno, no estaba tan malo. Sólo raro, seco y muy especiado. Como tenían que desangrar a los animales para seguir las normas *kosher*, la carne se volvía un poco correosa. Y la pasta blanca que asomaba por el ojal del pan era un queso muy salado y áspero, de textura viscosa. Por desgracia, como tenía bastante hambre, me vi obligada a comer los dos panes de pita bajo la siniestra sonrisa de la Roca, que estaba disfrutando de lo lindo desde el otro lado del corro. No sé por qué la vida me llevaba siempre a relacionarme con chusma de la peor calaña, pero era una desgracia que tenía asumida.

—¿Cuántos agujeros de ésos hay? —escuché preguntar a Abby entre pan y pan. Claramente, se refería a los hoyos del suelo.

—Voy a contarlos —dijo Gilad, poniéndose en pie ágilmente y tomando una de las linternas. Sabira y él ya se habían terminado la cena e, incluso, ambos habían comentado que las hamburguesas preparadas por el hotel de Safer estaban buenísimas. Luego supe que los musulmanes siguen unas reglas alimenticias muy parecidas a las judías. Aunque, extrañamente, a

Abby, una canadiense rubia de exquisito paladar, también le encantaron. No pude hacer ningún inocente comentario al respecto porque, como siempre, adelantándose a mí, Farag me lo impidió con su habitual violencia.

Seguimos a Gilad con la mirada mientras se movía por la caverna con la luz apuntando hacia el suelo. Era como cenar viendo la tele, sólo que en plan cutre.

—Creo que son doce —exclamó desde el fondo.

—¿Para qué servirían? —preguntó Farag—. Alguna utilidad tenían que tener ya que, obviamente, los hicieron a propósito.

Los doce agujeros del suelo eran todos idénticos: perfectamente redondos, de unos treinta centímetros de diámetro y llenos de agua oscura y maloliente hasta casi el borde. Si no ibas con cuidado podías meter el pie en uno de ellos y a saber en qué estado lo sacabas.

—Supongamos que el agua hubiera estado limpia cuando excavaron esta cueva —reflexionó el ex-Catón—. ¿Quizá la utilizaban los obreros para beber o lavarse? ¿Quizá practicaban algún rito religioso?

—No conozco ningún rito cristiano que utilice agujeros en el suelo —comenté, limpiándome los labios con las servilletas de papel.

—Pues judío tampoco, que yo sepa —dijo Gilad.

—Ni musulmán —añadió Sabira.

La piel blanca de Gilad enrojeció de golpe como si tuviera fiebre. Acababa de descubrir que aquella chica tan mona era musulmana. Claro que seguía sin saber que era Asesina.

—Entonces usarían el agua para beber o lavarse —afirmó Kaspar.

—Quizá los osarios estén escondidos dentro —propuso Farag—. Al fondo.

—¡No cabrían! —rechazó Sabira, asustada por la idea.

—No sabemos su tamaño exacto —objetó mi marido.

—Todos los osarios judíos del siglo I —balbució Gilad, intentando ocultar la fuerte impresión bajo la que aún se encontraba— tenían forma de ortoedro, o prisma rectangular, y medían entre cincuenta y sesenta centímetros de largo por entre veinte y treinta de alto y ancho.

Deduje que ortoedro y prisma rectangular (yo era de griego bizantino) definían una especie de caja alargada que era como aparecían representados los osarios en la gruesa placa de oro que poseían los Simonson en la que Hulagu Khan, Dokuz Khatun y Makkikha adoraban los ortoedros prismáticos rectangulares con los restos de Jesús y su familia.

—Pues, entonces, no —admitió mi marido—. Si miden eso, no caben. A no ser que estén puestos en vertical y los agujeros tengan un metro de profundidad.

Gilad, todavía muy afectado por el hecho de que Sabira fuera musulmana (lo que, al parecer, levantaba una muralla insalvable entre ellos), se alejó otra vez de nosotros y recorrió de nuevo los hoyos iluminándolos mejor con su linterna para intentar ver a través del agua. Menos mal que las linternas que teníamos eran modernas y sumergibles porque, en más de una ocasión estuvo a punto de meter la suya en el agua.

—¿Y si morimos aquí encerrados? —le pregunté a Farag en voz baja observando la enorme rueda de piedra cubierta de tierra apelmazada que obstruía la única salida de aquella caverna—. No podemos pedir auxilio.

—No te preocupes, *basíleia* —me dijo muy tranquilo—. Si no saben nada de nosotros en unos días entrarán a buscarnos. El ejército israelí es muy eficaz y no te digo nada de la poderosa Fundación Simonson.

Le miré con desconfianza y, mientras él sonreía en silencio y bebía de su botella de agua, me puse en pie y me dirigí hacia donde estaba Gilad. Quería examinar los agujeros del suelo. Algo tenía que hacer para calmar la angustia, ¿no? Y siempre hay que enfrentarse a los miedos porque, si no, te paralizan. Así que, como la suerte favorece a los audaces y yo, indiscutiblemente, acababa de demostrar una vez más que lo era, en el primer agujero al que me asomé ya me encontré con algo extraño.

El agua hedía ligeramente a huevo podrido o a alcantarilla pero, a pesar de lo turbia y sucia que estaba, algo respondió a mi luz desde el fondo del hoyo con un centelleo brillante. Un bicho, sin duda. Algún tipo de gusano acuático o de pez que había mutado genéticamente por algún componente venenoso del agua y se había convertido en reflectante. Aun así, venciendo mis aprensiones, me incliné más sobre el agujero y lo enfoqué de cerca con mi linterna.

—Ottavia, ¿qué haces? —me preguntó mi marido, extrañado.

—He visto algo —murmuré antes de taparme la boca y la nariz con la mano izquierda porque el olor me estaba provocando náuseas.

Oí pasos acercándose mientras escrutaba inútilmente el fondo del agua turbia.

—¿Qué has visto? —preguntó la voz grave de Kaspar.

—No lo sé —admití con sinceridad sin destaparme del todo la boca—. Algo ha brillado por un momento bajo la luz pero no he vuelto a verlo. Quizá nada.

—Déjame a mí —ordenó la Roca.

—¿Tu vista y tu linterna son mejores que las mías? —mascullé desde debajo de la palma de mi mano.

—Mi linterna no, pero mi vista sí —respondió, arrodillándose a mi lado—. Yo no necesito gafas como tú.

Y al apuntar hacia el agua con los dos focos, reapareció el centelleo. Algo brilló intensamente por un segundo antes de volver a desaparecer.

—¡Farag, ven! —le llamó Kaspar—. ¡Aquí hay algo! ¡Abby, Sabira, Gilad, traed un palo largo!

Yo me levanté y me alejé un poco porque estaba a una décima de segundo de vomitar en el agua la maravillosa cena *kosher*.

Mientras luchaba por asentar el estómago y la cabeza, los demás removían el lodo del hoyo con la varilla de una tienda de campaña que habían sacado de la mochila de Kaspar. No pude evitar preguntarme si aquellas mochilas no serían como el bolso mágico de Mary Poppins, del que salía incluso un largo perchero. Recordaba aquella escena vivamente por lo mucho que me había impresionado cuando vi la película de pequeña en Palermo.

—¡Necesitamos algo para cogerlo! —bramó la Roca, incorporándose—. ¡Está como a medio metro de profundidad!

—¿Qué es? —pregunté.

—¡No lo sabemos! —repuso—. El agua cenagosa no nos deja verlo pero, sea lo que sea, está suelto porque se mueve y resbala cuando lo tocamos.

—¿Y si atamos una cuchara a la varilla? —propuso Abby.

Y entonces se produjo la escena más extraña que yo había visto en mi vida (incluyendo la del perchero de Mary Poppins): Kaspar sonrió y, cogiendo a Abby por la cintura, la levantó en el aire y le dio un largo beso en los labios. Abby, por lo que pude ver, respondió con entusiasmo, poniendo sus brazos alrededor del cuello de Kaspar. Vamos que, de haber durado un poco más, les habría pedido que se buscaran un rincón oscuro y alejado (allí no había habitaciones).

—Cariño, cierra la boca —me susurró mi marido.

Pero no podía, me había quedado de piedra. Como tampoco podía devolver mis ojos a sus órbitas ni reanudar el pulso de mis venas.

—*Basíleia...* —me reconvino Farag—. No mires tan fijamente, por favor.

¿Que no mirara fijamente? ¿Que me perdiera aquel momento histórico en el que el ex-Catón, la Roca más dura, el tipo más desagradable y desesperante del mundo le estaba dando un largo beso de amor en los labios a Abby Simonson, la heredera de una familia alienígena que dominaba el mundo? ¡Venga ya! ¡Que se lo perdiera otra, no yo!

Y, de pronto, no pude contener la risa. Estallé en unas sonoras carcajadas que reverberaron en la caverna con un toque siniestro, aunque no eran siniestras sino divertidas: el muy tonto de Kaspar se había negado a contarme nada durante el vuelo a Israel y, ahora, él mismo descubría su secreto por un torpe arranque de entusiasmo que no había podido controlar. Como yo tampoco podía controlar mis carcajadas por muchos pisotones, pellizcos y golpecitos que me propinara Farag. Me partía de la risa, lo juro, me partía. Era lo mejor que había visto en mucho tiempo. ¡Kaspar y Abby! ¡Por el amor de Dios! Me dolía la cintura de tanto reírme y las lágrimas me rodaban por la cara como cataratas por más que me secara con las mangas una y otra vez. Mi plan había funcionado, pensé ahogándome de tanto reír.

Tuve suerte porque, como dice Farag, mi risa es muy contagiosa y, todos los demás, al cabo de un momento, empezaron a reírse tanto como yo, provocando la vergüenza de Abby y el cabreo monumental de Kaspar, que dejó a su chica en el suelo y se dirigió hacia mí como un *bulldozer*. Pero no me asustó, le veía tan gracioso con esos nuevos sentimientos cursis y románticos por Abby que sólo consiguió que me riera más. Cuando llegó frente a mí, su rostro había cambiado.

—Vale —suplicó tímidamente—. Ya puedes parar. Ahora ya sabes lo que hay entre Abby y yo.

Y bueno, ahí ya no pude más y tuve que apoyarme en el pecho de Farag porque creía que me moría. Me hubiera gustado responderle pero es que no podía, en serio. Hasta mi marido se estaba riendo porque lo noté. Todos se reían ruidosamente.

Cuando me calmé un poco —no mucho— y separé la cara del pecho de Farag vi que Abby sonreía junto a Kaspar, al que cogía de la mano. ¡Por Dios!, pensé, ¡esto me va a matar! Y volví a esconder la cara rápidamente, antes de que me diera algo. Aquello era lo que Isabella llamaba un momentazo. ¡Inolvidable!

Los pobres Kaspar y Abby resistieron estoicamente la situación hasta que, poco a poco, nos fuimos sosegando. A mí me costó más recuperar la compostura porque no tenía ningún interés en recuperarla. Estaba disfrutando y resarciéndome de un montón de cosas al mismo tiempo.

Farag, finalmente, me apartó y le tendió la mano a Kaspar.

—Me alegro mucho por vosotros —oí que decía mientras me secaba los ojos.

—No habíamos dicho nada —le respondió la Roca— porque sabíamos que Ottavia montaría una escenita como ésta.

—Tenía que ocurrir antes o después —farfullé entre sofocos—. Y siempre es mejor antes.

—¡Eres temible, Ottavia! —me soltó, molesto.

—Te aguantas —le respondí—. Nadie dijo que la vida fuera una fiesta. Pero, en fin, Kaspar, me alegro por los dos. Aunque no sé si Abby sabe dónde se está metiendo.

Sabira se acercó a besar a Abby para felicitarla y Gilad esperó a que se alejara para aproximarse también y dar la enhorabuena. Desde que sabía que Sabira era musulmana, la rehuía. Allá él y sus extraños prejuicios. Hubiera jurado que a la arqueóloga Asesina no le habían molestado sus primeras atenciones.

—Atemos una cuchara a la varilla de la tienda —volvió a decir Abby— para intentar sacar eso que hay en el hoyo.

Kaspar salió disparado hacia las mochilas para alejarse del círculo de escarnio y Farag y yo nos miramos con una sonrisa, satisfechos de ver feliz a nuestro ex-Catón. Su tristeza de los últimos años nos había inquietado mucho y por eso estábamos contentos.

—No entiendo por qué necesitamos sacar del agua eso que brilla —comentó Sabira, poniéndose a mi lado—. Será un trozo de cristal o de metal. ¿De qué nos sirve para encontrar los osarios o salir de aquí?

Mi marido la miró con la condescendencia del arqueólogo experto hacia el arqueólogo novato.

—Escucha, Sabira —le dijo mientras Kaspar se afanaba a mil por hora uniendo con un alambre una cuchara de plástico a la varilla de la tienda—, quizá no haya ninguna razón lógica para hacerlo, pero nosotros sabemos por experiencia que, cuando alguien quiere esconder y proteger algo, no puede hacerlo desaparecer para siempre. Debe dejar una puerta trasera porque podría ocurrir que tuviera que volver por necesidad.

—Los antiguos reyes y nobles —añadí yo— no se hacían enterrar en tumbas discretas construidas en lugares secretos para ser olvidados con el tiempo y que sus nombres se borraran de la historia. Lo que hacían era proteger sus fastuosos y megalómanos mausoleos con trampas contra ladrones conocidas por sus familiares y hombres de confianza.

—Siempre se dejan llaves escondidas por lo que pueda ocurrir —concluyó Farag—. Y, como no sabemos qué llaves dejaron los ebionitas, debemos comprobarlo todo, por absurdo que parezca.

—¡Vamos allá! —dijo el hiperactivo Kaspar que se movía por la caverna como una bola de *pinball*, a riesgo de caer dentro de un agujero como en el juego de verdad.

Se arrodilló y, con él, lo hicimos todos en torno al hoyo, iluminándolo con las linternas de Abby y Farag. Empezó a remover el agua fangosa buscando el objeto brillante, que se le escurría una y otra vez como si estuviera vivo hasta que, al final, quedó atrapado entre la cuchara de plástico y la pared del agujero. Kaspar lo subió despacio para que no se le resbalara de nuevo y, cuando lo trajo hasta la superficie, vimos una bola perfectamente redonda, del tamaño de una pelota de golf, y roja como la sangre debajo de la porquería que arrastraba del agua.

Pero no era una bola normal. En cuanto Kaspar la puso en la palma de su mano y Gilad le echó por encima un poco de agua limpia de su botella, la bola roja de golf se transformó en una gema preciosa, en un bruñido rubí de color sangre, sin facetas de ninguna clase, perfectamente liso y que emitía sin cesar chispas de luz y destellos brillantes.

—Es un cabujón —murmuró Sabira—, un rubí cabujón que debe de valer una fortuna.

—¿Qué es un cabujón? —pregunté.

—Es el nombre de la forma de la talla —me explicó—. O, mejor aún, de la no talla, porque las piedras preciosas que se pulimentan y redondean se dice que tienen forma de cabujón.

—¡Qué nombre más feo para algo tan hermoso! —comenté, tocándolo levemente, como si quemara, con la yema del dedo índice—. Pero sí que debe de valer una fortuna, sí.

—Sin duda —confirmó Abby, con la confusión pintada en el rostro—. ¿Habrá más en los otros agujeros?

—Vamos a averiguarlo —repuso Kaspar levantándose y entregándole el rubí.

Avanzando en procesión, nos dirigimos todos al hoyo más cercano y, una vez allí, repetimos la operación de pesca y captura escurridiza. Al final, efectivamente, salió otra bola de golf pero ésta era realmente espectacular: una vez lavada con agua limpia, bajo la fría luz blanca de leds, aquel cabujón transparente fulguraba con resplandores iridiscentes que parecían nacer de su interior y resbalar por su pulida superficie.

—¡Es el diamante más bello que he visto jamás! —exclamó Sabira, perpleja.

—¿Por qué nunca me regalas joyas, Farag? —le pregunté a mi marido en un aparte sin dejar de mirar aquella preciosidad.

—Porque no te las pones —me respondió él—. Te regalé una gargantilla de perlas hace muchos años y ni la sacaste de la caja.

Sí, bueno, pero es que las joyas nunca me habían llamado la atención, nunca había sentido la necesidad de poseerlas o usarlas pero, en aquel momento, viendo a Sabira y a Abby con esos conocimientos sobre piedras preciosas y su valor, me sentía un poco acomplejada. Me dolió el alma por aquella gargantilla de perlas perdida en el incendio de nuestra casa de Toronto porque recordé la ilusión con la que me la había regalado Farag en nuestro primer aniversario y el poco —o nulo— caso que yo le había hecho.

Durante más de dos horas estuvimos pescando, con bastante dificultad, bolas de golf de diferentes colores en los doce agujeros del suelo. Al final, teníamos una colección incomparable de gemas valiosísimas, aunque algunas de ellas ni Abby ni Sabira pudieron identificarlas y eso que a ambas se les notaba a la legua su familiaridad con la pedrería de lujo. Conforme las sacábamos del agua, las íbamos guardando en una bolsa de

plástico porque cada vez eran más y pesaban mucho, y no podíamos cargar con ellas mientras seguíamos expectantes la ex-
tracción de la siguiente.

Por fin, una vez convencidos todos de que ya no quedaba
nada en ninguno de los agujeros, regresamos a nuestro im-
provisado campamento de mochilas y volvimos a sentarnos en
círculo en el silencio más absoluto. ¿Qué podíamos decir? Teníamos doce piedras preciosas de un valor incalculable y no
sabíamos por qué estaban allí ni qué hacer con ellas, aparte
de dejarlas en el centro para que todos pudiéramos contem-
plarlas.

—Sabira —dijo de pronto Farag—, ¿no decías que no en-
tendías por qué teníamos que sacar del agua eso que brillaba?

Sabira sonrió, adivinando el pensamiento de Farag.

—¿Las piedras son las llaves para abrir la puerta? —preguntó con sencillez.

—Apostaría mi vida —afirmó Farag.

—Pues no apuestes lo que no es tuyo —repliqué rápidamente. Supongo que Kaspar y los demás creyeron que me refería al hecho de que todas las vidas pertenecían a Dios (lo que,
sin duda, era cierto), pero la sonrisa de Farag indicó que me
había comprendido perfectamente: su vida era mía como la
mía era suya, y no podía apostar algo mío sin, al menos, preguntarme primero.

Tomé entre mis manos la bola de amatista, la de color violeta, que se acercó rodando hasta detenerse frente a mí y la
examiné con cuidado, buscando en ella alguna marca o señal
que nos indicara algo. Pero estaba tan perfectamente bruñida
como las otras, con una delicadeza y maestría que parecía imposible de creer.

Por lo que sabíamos, en aquel montón de piedras preciosas teníamos un rubí rojo, un diamante transparente, una ágata de color mostaza, una amatista violeta, una esmeralda verde
intenso, un zafiro de un profundo color azul oscuro, un jaspe
rojo, un ónice negro, un topacio amarillo y un berilo verdemar. Pero, además, teníamos otras dos bolas que no sabíamos

con seguridad qué eran: una de color verde, probablemente malaquita, y otra de color rojizo intenso aunque opaca que podía ser (o no ser, según las expertas) un ópalo. Desde algún lugar muy profundo y oscuro de mi cerebro, un recuerdo pugnaba por abrirse paso hacia la superficie y regresar a mi conciencia pero, era algo tan remoto y débil, que no le presté atención.

—¿Y qué hacemos con esto? —preguntó la Roca, reuniéndolas otra vez en el centro con sus largos brazos—. ¿Qué demonios significan? ¿Por qué estaban escondidas en los agujeros con agua?

—Mira, Kaspar —le dije con firmeza—, si lo que pretendes es desvelar el enigma por la vía rápida, ya te puedes ir despidiendo. Ahora no lo vamos a averiguar. Son más de las once de la noche y estamos agotados.

—Se me ocurre... —empezó a decir Abby—. Pero, no. No estoy segura.

—Di lo que sea —la animó dulcemente el ex-Catón mirándola con amor.

—¡Dios mío! —exclamé—. ¡No voy a poder soportarlo! ¡Cortaos un poco!

—¡*Basíleia*, déjales en paz! —me regañó Farag, enojado.

—¡Pero si son ellos! ¿Es que no lo ves? —me defendí.

Abby optó por zanjar el asunto soltando la idea que tenía en la cabeza.

—¿Y si las piedras fueran las del *Jóshen Mishpat* del *Kohen Gadol*?

Antes de que nadie pudiera pedirle que dejara de hablar en el idioma vulcano de *Star Trek*, Gilad Abravanel voceó entusiasmado:

—¡Pues claro! ¡El *Jóshen Mishpat*! ¿Cómo no me había dado cuenta? Lo que pasa es que las piedras del *Jóshen Mishpat* son cuadradas o rectangulares. Nunca las he visto esféricas.

—¿Qué es el *Jóshen Mishpat*? —preguntamos Sabira y yo a la vez.

Pero nadie nos hizo caso. Todos parecían convencidos de

que aquellas palabras en vulcano eran la verdad revelada. En realidad, debía de ser hebreo porque Gilad y Farag lo habían comprendido. Que Abby hablara hebreo ya era bastante extraño pero que la Roca también pareciera saber de lo que estaban hablando era mucho más raro aún.

Farag se dio cuenta de que me había quedado fuera de la conversación y vino rápidamente en mi auxilio y en el de Sabira:

—*Jóshen Mishpat* es el nombre judío del pectoral del juicio que el *Kohen Gadol*, el Sumo Sacerdote del Tabernáculo, lucía sobre las vestiduras rituales.

—El segundo libro de la Torá, el *Shemot* —inquirió Gilad, nervioso—, ¿está recogido en vuestro Antiguo Testamento cristiano?

—No —respondí. Los libros del Antiguo Testamento no eran exactamente los mismos que recogía la Biblia hebrea, algunos sí coincidían pero otros no, y yo no había oído jamás la palabra *Shemot*.

—Sí, sí que está —me rebatió Abby que, de repente, y por si no había cambiado lo suficiente, ahora se revelaba como una experta en hebreo y en Sagradas Escrituras—, pero se llama libro del Éxodo.

—¡Ah, perfecto! —profirió el arqueólogo aliviado—. Kaspar, por favor, ¿me dejas tu Biblia cristiana?

Kaspar, sin decir ni media, abrió su mochila, la sacó y se la pasó a Gilad, que la cogió con manos temblorosas.

—Libro del Éxodo, ¿verdad, Abby? —quiso asegurarse mientras consultaba el índice.

—Sé lo que estás buscando —replicó ella, sonriente—. Y la distribución de los capítulos es la misma. Mira en Éxodo 28, 15. ¿Quieres que te ayude?

Gilad se rió.

—Si sobreviví en la escuela talmúdica hasta los diecinueve años —dijo—, creo que podré defenderme con una Biblia cristiana aunque sea la primera vez que tengo una entre las manos. ¡Menos mal que mis padres no pueden verme!

Y volvió a reír sin ninguna malicia, aunque con algo de preocupación.

—Espero que no haya demasiadas modificaciones en el texto —añadió, pasando hojas con seguridad.

—Los cambios que se hicieron en el Antiguo Testamento fueron, en general, pequeños —le tranquilizó Abby—. Lo que convenía o molestaba a la naciente teología cristiana. Nada que nos afecte ahora.

La miré con ojos nuevos porque yo no conocía a aquella Abby que tenía delante. Y creo que lo mismo le pasaba a Farag, que me hizo señas disimuladas para llamar mi atención. Kaspar, por el contrario, estaba totalmente concentrado en el asunto del Éxodo-*Shemot* y del pectoral-*Jóshen*.

—¡Lo encontré! —exclamó Gilad, golpeando con la palma de la mano las hojas por las que tenía abierta la Biblia—. «Harás el pectoral del juicio, artísticamente entretejido, de hechura igual que la del *efod* —empezó a leer—. Lo harás de oro, de púrpura violeta y escarlata, de carmesí y de lino fino torzal. Será cuadrado, doble, de un palmo de largo y de uno de ancho. Lo adornarás de piedras engastadas, dispuestas en cuatro filas. Un rubí, un topacio y una esmeralda en la primera fila; una malaquita, un zafiro y un diamante en la segunda; un ópalo, un ágata y una amatista en la tercera; y un crisólito, un ónice y un jaspe en la cuarta. Todas estas piedras irán engastadas en oro.»

Los ojos se me cerraban de sueño. ¿Por qué no podíamos dejar todo aquello para el día siguiente? Estábamos cansados y dormir nos sentaría bien.

—¿Qué es el *efod*? —preguntó Sabira.

—La vestidura sin mangas que se ponía sobre la túnica —le explicó Gilad, volviendo a·dirigirle la palabra por primera vez—. Se ceñía con un cinto ancho de la misma tela. Sobre el *efod*, en el pecho, como un colgante, iba el pectoral con las doce piedras preciosas que representaban a las doce tribus de Israel. Pero no estoy seguro de que las piedras que menciona la Biblia cristiana sean las mismas que menciona el libro del *Shemot*.

—Si tuviéramos cobertura —comentó Kaspar— podríamos consultar el *Shemot* de la Torá en internet.

Abby lo miró con adoración y Farag me puso rápidamente una mano sobre la boca. Lo fulminé con la mirada pero no se inmutó. Cuando, por fin, me liberó de la mordaza, y mientras Sabira bostezaba disimuladamente, pude decir, no lo que me hubiera gustado de verdad, pero sí lo que me había pasado por la cabeza sobre el asunto:

—En caso de que tengáis razón sobre las piedras —murmuré—, ¿dónde está el dichoso pectoral de oro, de púrpura violeta y de fino lino torzal en el que debemos engastarlas? Porque yo no he visto ninguno por aquí.

CAPÍTULO 27

«En ocasiones veo muertos», decía el niño protagonista de la película *El sexto sentido*. Pues bien, en ocasiones yo debería cortarme la lengua y coserme los labios, y no me estoy refiriendo a mis comentarios sobre Kaspar y Abby precisamente.

En cuanto mencioné lo de que no había ningún pectoral de oro y púrpura a la vista, una corriente eléctrica sacudió al grupo —a mí, no—, y les entró a todos como una especie de fiebre y de locura que les llevó a organizarse y a repartir por zonas la caverna en la que estábamos prisioneros. Todo debía ser comprobado, limpiado, raspado, palpado, empujado y frotado para descubrir el maldito pectoral.

Por más que protesté y apelé a la cordura y a la hora tardía, nadie me hizo el menor caso, así que, de pronto, y contra mi voluntad, me encontré de rodillas, a las doce de la noche, rascando y fregando el suelo del cuadrante sudeste de la caverna con una navaja multiusos, un rollo de papel higiénico y una de mis cantimploras de agua. Aquello era lo más idiota que habíamos hecho en mucho tiempo y si la adrenalina mantenía vigorosamente activos a los demás, yo estaba hecha una piltrafa de sueño y extenuación.

Pero como hay justicia en el cielo —aunque no en la tierra—, alrededor de las dos de la madrugada Sabira se rindió. Y, luego, Abby. Los siguientes fueron Farag y Gilad. Y, por último, un vencido Kaspar tiró la toalla y se metió en el saco de dormir que, en adelante, compartiría con la heredera (uniendo las cremalleras de sus dos sacos para formar uno grande).

Yo fui la última en retirarme, ganando a todos los demás en resistencia y productividad. Me quité las botas y los calcetines antes de entrar en el saco en el que Farag ya roncaba suavemente, y me acurruqué junto a su cuerpo quedándome dormida en medio de una grata sensación de victoria. Mi cuadrante estaba como los chorros del oro y no había encontrado ningún pectoral. Los demás tendrían que acabar al día siguiente.

Me despertaron los susurros y los pequeños ruidos de movimientos humanos, pero lo que más me espabiló fue el olor a café caliente y la ausencia de Farag a mi lado. Nada había cambiado desde que cerré los ojos y me dormí: la misma luz de linterna, el mismo desorden de mochilas... Allí no había noche ni día, ni nada que marcara la diferencia.

—¡Arriba, perezosa! —me dijo mi marido acercándome una taza de café y dándome un beso rápido—. Ya son las nueve de la mañana y tenemos que terminar el trabajo.

—Yo, el mío, lo acabé anoche —respondí, dando un sorbo al café caliente. Le faltaba azúcar pero no debíamos gastar más de la necesaria por si las moscas. No terminaba yo de fiarme del rescate del ejército israelí y de la Fundación Simonson.

—¿Limpiaste toda tu zona? —se sorprendió Farag.

—Por supuesto —repuse—. Si me pongo, me pongo. No como otros.

—Te faltan las paredes —gruñó desde el hornillo el recién estrenado Romeo.

—Y a ti también —repliqué—. Además, tú sólo tienes una pared. A mí, como me tocó una esquina, tengo, además, la dichosa rueda de piedra.

—El que acabe primero te ayudará —resolvió el autonombrado jefe supremo de las Fuerzas de Exploración de Ortoedros Prismáticos Rectangulares (FEOPR, por su acrónimo, conforme a la tradición judía).

Tomamos el café y unas galletas energéticas de cereales y miel que encajaban bien con todas las peculiaridades culinarias del grupo y, luego, volvimos a ponernos manos a la obra. El primer problema del día se presentó cuando descubrimos que no alcanzábamos para limpiar los cuatro metros de altura de las paredes de la cueva. Se optó por dejarlo para el final y que cada uno limpiara, de momento, hasta donde llegara. El segundo problema fue el de la iluminación, porque como debíamos examinar los muros no podíamos dejar las linternas en el suelo como la noche anterior y no teníamos lámparas frontales. Fue Kaspar quien tuvo la idea de usar los cordones de las botas para sujetárnoslas a la cabeza. Al tener que anudarlos bajo la barbilla, parecíamos unos extraños monjes sintoístas japoneses intensamente brillantes.

Como rascar y fregar era una tarea aburrida y sucia, me distraje con los tres graves asuntos que había dejado aparcados en algún momento por falta de tiempo. A saber: reconstruir mi nueva relación con Dios, a quien no sabía ni siquiera cómo dirigirme, porque llamarle Dios me parecía frío, muy diferente a cuando podía llamarle Jesús, que era alguien cercano, una persona con una vida y un mensaje conocidos, pero, ¿qué sabía yo de Dios? Y, sin embargo, tenía la sensación de que Él sí me conocía a mí, pero que todavía nos quedaba un largo camino a ambos por recorrer en nuestra nueva relación. Los otros dos asuntos fueron igual de sencillos: rezar a mi madre y, por supuesto, angustiarme por la vida sexual de mi sobrina Isabella. Con todo eso tuve entretenimiento de sobra mientras limpiaba la pared de mi sector desde el suelo hasta donde me alcanzaba el brazo.

Pero, como no me cansaré de repetir, la fortuna siempre favorece a los audaces y, en cuanto empecé a rascar con la navaja la parte superior de la rueda de piedra que cegaba la salida, un pegote seco de barro saltó hacia mi cara golpeándome en la mejilla derecha y dejando a la vista una preciosa cavidad semiesférica del tamaño perfecto para introducir la mitad de una pelota de golf. O de una joya carísima.

—¡Lo encontré! —voceé, levantando los brazos y agitándolos en señal de triunfo—. ¡Encontré el pectoral!

Al punto me vi rodeada por los demás, que estallaban de excitación.

—¡Falta el resto! —profirió la Roca, rociando con el agua de su botella y rascando toda la zona de la rueda de piedra alrededor de la cavidad semiesférica. ¡Allí estaba! Era cuadrangular, contenía doce semiesferas huecas para las gemas y...

—Esto no es un *Jóshen Mishpat* —soltó de pronto Gilad, decepcionado.

—¿Cómo que no? —me enfadé.

—No, Ottavia, no lo es —confirmó Abby, pasando una mano por la superficie del grabado—. ¿No recuerdas lo que leímos ayer? El pectoral debía estar adornado con cuatro filas de tres piedras cada una. ¿Me vas a decir que esto —y le dio un golpecito con la palma— responde a esa descripción?

Bueno, no exactamente. No había cuatro filas de tres cavidades cada una al estilo de las cajas para las docenas de huevos. Lo que se veía era, en el centro, la talla cincelada de un rectángulo en vertical con otro rectángulo más pequeño dentro, en su extremo inferior, y, alrededor del rectángulo externo, tres cavidades semiesféricas a la derecha enmarcadas por cuadraditos, tres a la izquierda, tres arriba y tres abajo, formando un marco. Resultaba un dibujo muy extraño. De lo que no cabía ninguna duda era de que las cavidades estaban hechas a propósito para las doce joyas que permanecían en la bolsa de plástico, pero, ¿en qué orden? ¿O eso no tenía importancia?

—Volvamos sobre las piedras preciosas —ordenó el jefe supremo de las FEOPR con el peor de sus malos humores. Pobre Abby, pensé. Podía dirigir un montón de bancos financieros en todo el mundo, pero aguantar a la Roca seguramente terminaría con ella en dos días.

Nos sentamos pacientemente en las esterillas sobre las que habíamos puesto por la noche los sacos de dormir y contemplamos la bolsa de plástico abierta con las doce pelotas de golf de distintos materiales, colores y precios.

—Separémoslas por filas como dice la Biblia cristiana —propuso Gilad.

—Espera —le detuvo Sabira—. Usemos las cajitas de plástico de la cena de anoche. Necesitaremos cuatro, una para cada fila.

Rescatamos cuatro cajitas de la bolsa que usábamos para los desperdicios y las pusimos en el centro.

—A ver, Kaspar... —empezó a decir Farag.

—Llámale Romeo —murmuré.

La Roca inició el gesto de levantarse para embestirme mientras Abby, aguantándose la risa, le sujetaba por un brazo y le detenía, y Farag me propinaba un pellizco en el muslo que, pese a la tela del pantalón, me dolió un montón.

—¡Ottavia, ya está bien! —me regañó Farag—. ¡Deja en paz a Kaspar!

—Vale, no diré nada más —mentí.

—¡No necesito que me defiendas de tu mujer! —le soltó la Roca a Farag—. ¡Sé defenderme yo solo!

Farag se rió.

—¡Eso es lo que tú te crees! —repuso, y, luego, mirando a Abby, suspiró—. Vamos a tener muchísimo trabajo tú y yo conteniendo a estos dos.

—Lo sé —asintió Abby, aguantándose la risa, mientras sus dedos acariciaban, al tiempo que sujetaban, la manaza de la Roca—. Pero lograremos que no se maten, no te preocupes.

—Kaspar, por favor —pidió Sabira, tratando de calmar a la fiera—, ¿podrías volver a leer el texto del Éxodo?

Resollando como Sauron, el Señor Oscuro de Mordor, el ex-Catón tomó su pequeña Biblia y buscó la página donde estaba el fragmento sobre el pectoral del juicio.

—«Lo adornarás de piedras engastadas —leyó, aparentando calma—, dispuestas en cuatro filas. Un rubí, un topacio y una esmeralda en la primera fila; una malaquita, un zafiro y un diamante en la segunda; un ópalo, un ágata y una amatista en la tercera; y un crisólito, un ónice y un jaspe en la cuarta.»

—Muy bien —repuso Sabira, inclinándose hacia la bolsa que contenía las gemas—. Aquí tenemos el rubí rojo —y lo dejó caer dentro de una de las cajitas de plástico que habían contenido las fabulosas hamburguesas *kosher*—, aquí el topacio amarillo y la esmeralda verde.

—«Una malaquita, un zafiro y un diamante en la segunda» —repitió Kaspar.

—Perfecto —asintió Sabira, cogiendo otra cajita—. Pues aquí ponemos la malaquita verde, el zafiro azul oscuro y este precioso diamante.

—«Un ópalo, un ágata y una amatista en la tercera.»

Sabira cogió otra caja de plástico.

—Aquí colocamos el ópalo rojizo, el ágata color mostaza y la amatista violeta.

—«Y un crisólito, un ónice y un jaspe en la cuarta» —terminó Kaspar.

Sabira repitió la operación y cogió las tres piedras restantes a la vez.

—El crisólito es el berilo de color verdemar —explicó Abby, muy atenta a la tarea de Sabira.

—Y añadimos, para terminar, el ónice negro y el jaspe rojo.

Farag puso los cuatro envases en fila, de arriba abajo, siguiendo el orden dictado por Yahvé a Moisés en el desierto. Los cristales de sus gafas, reflejando el brillo de las piedras, producían centelleos de colores.

—Seguimos sin poder relacionar esto —indicó mi marido señalando las cajas— con el diseño de la rueda. Tiene que existir alguna conexión, algo que ponga cada una de estas piedras en su hueco correcto.

—A lo mejor eso no tiene importancia —conjeturé—. Pongámoslas como queramos, a ver qué pasa.

—¿Y por dónde empezamos? —ironizó Gilad—. ¿Por los agujeros de arriba, por los de abajo, por los de la derecha o por los de la izquierda de ese rectángulo central?

—Tú dijiste algo anoche que me llamó la atención —le respondí—. Comentaste, de pasada, que las doce piedras del pectoral representaban a las doce tribus de Israel.

—Sí, es verdad —asintió—, pero hay un lío tremendo con este asunto. Si te diste cuenta, en el trozo del *Shemot* que hemos leído, no se menciona para nada qué piedra representa a cada tribu. Es más, si me haces el favor, Kaspar, y sigues leyendo donde lo dejamos, podréis entender todos a lo que me estoy refiriendo.

Kaspar bajó la vista de nuevo a las páginas abiertas de su Biblia y leyó:

—«Las piedras corresponderán a los nombres de los hijos de Israel. Serán, pues, doce, según sus nombres, y estarán grabadas como los sellos, cada una con el nombre de una de las doce tribus.»

—Exacto —le atajó Gilad—. Pues, bien, la cuestión es que nadie se pone de acuerdo en qué piedra va con qué tribu. Así de sencillo.

—Estas piedras no llevan nada grabado —añadió Sabira.

—Por eso creo —le dijo un renovado Gilad, más dispuesto, por fin, a las relaciones árabe-israelíes— que no tienen nada que ver con las doce tribus de Israel.

—Pero, ¿qué perdemos por intentarlo? —insistí—. No tenemos otra cosa.

—Créeme, Ottavia —replicó el obstinado arqueólogo—, no hay ninguna posibilidad de encontrar esa relación. No puedes ni imaginarte la cantidad de profundos y sabios tratados rabínicos que han abordado la cuestión desde hace siglos sin llegar a ninguna parte.

—Pero, a ver —me empeñé como buena Salina—, los hijos de Israel, es decir, los doce hijos de Jacob que se convirtieron en los patriarcas de las doce tribus de Israel, tuvieron que nacer en un orden determinado.

—Sí, pero como eran de distintas madres —me explicó él, armado de paciencia—, algunos nacieron casi al mismo tiempo, otros pudieron ser gemelos o mellizos y luego tenemos el caso de Yosef, José, el penúltimo, al que sus hermanos vendieron como esclavo a los egipcios y que, en las doce tribus, está representado por dos de sus hijos, Efraím y Manasés. Y hay que sacar de la cuenta a la tribu de Leví, probablemente el tercero de los hijos de Jacob, porque esta tribu, los levitas, no entraron en el reparto de tierras ni pelearon contra otros pueblos durante los cuarenta años de travesía por el desierto hasta la Tierra Prometida. Los levitas eran los sacerdotes, los que cuidaban del...

Gilad enmudeció de golpe, sorprendiéndonos a todos.

—¿De qué cuidaban los levitas, Gilad? —le preguntó Sabira, aprovechando la reanudación de relaciones.

—Del Tabernáculo —respondió en su lugar Abby, a la que se veía muy conmovida—, el templo en el que viajaba por el desierto el Arca de la Alianza, la Casa de Dios.

—El *Kohen Gadol* —agregó mi marido—, el Gran Sacerdote del Tabernáculo que llevaba el *Jóshen Mishpat*, el pectoral del juicio, siempre era un levita, un descendiente de Leví.

Pero Gilad se había levantado del suelo y caminaba como un zombi hacia la rueda de piedra. Sin comprender nada, pero movidos por la curiosidad, los demás le seguimos y, cuando llegó frente al grabado puso un dedo sobre el rectángulo central, el que tenía otro rectángulo dentro.

—El *Mishkan* —murmuró—. El Tabernáculo.

—¿Eso es el Tabernáculo? —pregunté.

Mi marido me pasó el brazo por los hombros. En realidad, y más que por amor, por apoyarse en mí.

—El Tabernáculo era un espacio rectangular —empezó a explicar de repente Abby—, delimitado por grandes y lujosos cortinajes, dentro del cual había una tienda cubierta con pieles exquisitas y, en esa tienda, estaban tanto el lugar santo, con los objetos sagrados (31), como, al fondo, el lugar santísimo, el sanctasanctórum, separado por un velo que lo mantenía siempre a oscuras porque era la Morada de Dios, de Adonay, donde se guardaba el Arca de la Alianza. Eso era el *Mishkan*, el Tabernáculo, y ésta era su forma —dijo señalando los dos rectángulos cincelados en la piedra de la rueda.

—Y, por lo tanto —le dijo Gilad a la heredera, impresionado y satisfecho por los conocimientos que ésta había demostrado—, ya sabemos qué representa el grabado y para qué son esas semiesferas huecas, ¿verdad, Abby?

(31) Éxodo 25-26.

Abby, sonriendo a Gilad con satisfacción, asintió.

—Bueno —dijo Kaspar, un poco molesto (o, quizá, celoso)—, los demás también sabemos para qué sirven los huecos. Ahí es donde debemos insertar las doce piedras preciosas.

—Sí, cariño, es cierto —admitió Abby aproximándose hasta él y cogiéndole de la mano—. Pero hay una peculiaridad más: este grabado representa, en realidad, el orden de acampada, avance y ataque de las doce tribus de Israel en torno al Tabernáculo durante los cuarenta años de travesía por el desierto. Así viajaba el pueblo de Israel hacia la Tierra Prometida, la tierra de Canaán. No se trataba de un grupo de exesclavos desorganizados. Era una nación completa de cientos de miles de personas marchando ordenadamente, siempre con esta formación —y puso la mano sobre el grabado—, una formación dictada por Yahvé.

—Y sabemos el lugar que ocupaba cada tribu en esa formación —añadió Gilad—. Cualquier niño israelí lo sabe. Se estudia desde el colegio.

—Pero, aunque conozcamos dónde se situaba cada tribu —rebatió mi marido—, seguimos sin tener ni idea de qué piedra preciosa las representa. De modo que estamos igual.

—No, igual no, Farag —dijo Abby, muy satisfecha—. Hemos resuelto la mitad del problema. Nos queda resolver la otra mitad, que es la que tú mencionas. Pero será mucho más fácil probar variaciones con las piedras sobre una plantilla conocida que sobre una plantilla de la que no sabemos nada, que era lo que proponía Ottavia.

¡Vaya por Dios! Ya me había tocado a mí la peor parte. Suerte de mi gran memoria y de mis muchos años de monja en la orden de la Venturosa Virgen María.

—Te equivocas, Abby —salté rápidamente—. No era eso lo que yo proponía. Mi idea, en realidad, era utilizar ese fragmento del Génesis en el que Jacob, antes de morir, se despide de sus hijos. Si no recuerdo mal, creo que los menciona a todos en orden, empezado por el primogénito.

Farag me besó en el pelo con entusiasmo.

—¿Veis por qué tengo que quererla? —dijo de broma a los demás—. Siempre encuentra la forma de quedar bien y decir la última palabra.

—Las bendiciones de Jacob están al final del primer libro de la Torá —comentó Gilad—, en el *Bereshit*.

—Significa «En el comienzo» —me tradujo Farag.

—Es el libro del Génesis —afirmé yo—, y también es el primer libro de nuestro Antiguo Testamento. Génesis es la palabra griega γέννησις, que significa «nacimiento».

—Como el *Bereshit* termina con la muerte de Jacob —a Gilad no le interesaban en absoluto las modificaciones cristianas de los nombres de sus libros sagrados—, las Bendiciones deben de estar cerca del final.

—Voy a tomar fotografías del grabado antes de empezar a introducir las gemas —comentó Sabira, muy en su línea. Ella estaba allí por un motivo muy concreto y, salvo que Gilad la hiciera cambiar de opinión (cosa bastante improbable), el trabajo era lo único que le importaba.

Kaspar volvió a coger la Biblia y estuvo un rato pasando páginas hasta que, por fin, exclamó:

—Encontré esas bendiciones.

—¿Podrías leérnoslas? —le pidió Abby.

—¡No, no, no! ¡De eso nada! —dejó escapar Farag, sobresaltándonos a todos—. Necesitamos organización.

—¿Qué tipo de organización? —me extrañé, preguntándome si se habría vuelto loco.

—Debemos coger las cajas con las piedras y la Biblia —explicó—, e ir leyendo el texto delante del grabado por si se nos ocurre algo. Mejor nos trasladamos junto a la puerta y nos instalamos allí.

De modo que, como el pueblo errante por el desierto —en este caso por la caverna—, recogimos nuestro campamento y nos lo llevamos frente a la enorme piedra redonda que clausuraba la salida. Esta vez, en lugar de un anillo formamos un semicírculo y, con las cosas ya dispuestas, todos, excepto Sabira y

Farag, nos sentamos en el suelo mirando hacia la rueda; Sabira porque quería ir tomando fotografías y Farag porque deseaba poner las piedras preciosas en los huecos y dirigir el cotarro, es decir, autonombrarse también jefe supremo de las FEOPR.

—Empieza, Kaspar —dijo el nuevo jefe, retirándose su precioso y suave pelo greñudo de la cara y adoptando una postura de espera bastante atractiva.

—Bendiciones de Jacob —comenzó a leer el jefe anterior—. «Jacob llamó a sus hijos y les dijo: Reuníos, y os anunciaré lo que sucederá en los tiempos venideros. Reuníos y escuchad, hijos de Jacob; escuchad a Israel, vuestro padre. Rubén, eres tú mi primogénito, mi fuerza y primicias de mi vigor, henchido de orgullo y pletórico de fuerza, desbordante como las aguas: no tendrás la primacía porque subiste al lecho de tu padre; y, al hacerlo, profanaste mi tálamo.»

—¿Se acostó con su madre? —salté, horrorizada, antes de darme cuenta de mi estupidez.

—Con una de las concubinas de su padre —me aclaró Gilad—. Eran polígamos y, además, tenían concubinas.

—Bueno, pues, Rubén, el primogénito —declaró mi marido, volviéndose hacia el grabado—, perdió la primacía por idiota, por no conformarse con su propio harén.

—Es lo que iba a contaros ahora mismo —añadió Gilad—. En esa disposición de las doce tribus en torno al Tabernáculo, la hilera principal no era la del campamento de *Reuben*. Cada una de las cuatro hileras de tres tribus formaba un campamento, que llevaba el nombre del hermano principal. Como la entrada del Tabernáculo estaba orientada hacia el este, como las sinagogas...

—Y como las iglesias cristianas —dije.

—... pues el campamento principal —continuó Gilad, sin inmutarse— era el que estaba al este, al Oriente, y ése era el de *Judah*, el cuarto hermano.

—Entonces, ¿dónde estaban las tres tribus del campamento de Rubén? —preguntó Abby.

—Al sur, que sería esta hilera de la derecha.

—¿Y qué piedra preciosa le iría bien a Rubén? —conjeturó Sabira—. Por lo que dice su padre, Rubén era fuerte y orgulloso, y desbordante como las aguas. ¿Quizá el zafiro azul, o la malaquita verde?

—La esmeralda y el crisólito también son verdes —le recordó Abby.

—Ya os avisé de que no había solución —rezongó Gilad—. Nadie lo sabe. Las reconstrucciones actuales de los pectorales siempre son especulativas y no coinciden unas con otras.

—Pues los ebionitas sí lo sabían —manifesté en voz bien alta para que todos recordaran dónde estábamos y por qué.

—Recapitulemos —dictaminó la Roca—. Por un lado tenemos a los doce hijos de Jacob que dieron lugar a las doce tribus de Israel. Por otro lado tenemos la distribución de las doce tribus en torno al Tabernáculo durante la travesía por el desierto. Y, por último, las doce piedras preciosas que, supuestamente, representan a esos doce hijos de Jacob. Y el punto débil está en que, aunque conocemos la distribución de las tribus en torno al Tabernáculo, desconocemos qué piedra preciosa representa a cada hijo. Pero nuestros anfitriones en esta montaña, los ebionitas, unos buenos judíos que también eran unos buenos cristianos, sí sabían qué piedra representaba a cada tribu. ¿Por qué?

Se hizo el silencio en la caverna. Todos le dábamos vueltas a las palabras del ex-Catón.

Y, entonces, lo comprendí. De repente, la solución vino sola a mi cabeza. La pista eran ellos, los ebionitas. ¿Cómo no lo había visto antes?

—Por los doce Apóstoles, Kaspar —dije respondiendo a su pregunta—. La solución son los doce Apóstoles de Jesús.

CAPÍTULO 28

No tuve tiempo de explicar mi maravilloso descubrimiento porque el teléfono móvil de Kaspar, el único que estaba encendido, emitió un pitido agudo y prolongado que nos llevó de Saturno a la Tierra en décimas de segundo, desubicándonos totalmente.

—¿Qué demonios...? —bramó la Roca echándose la mano al bolsillo de su cortavientos negro y azul.

Sacó su *smartphone* con la pantalla iluminada y, tras ojearlo, abrió los ojos como platos.

—¡Encended vuestros móviles! —nos ordenó a todos—. ¡Rápido!

—Pero, Kaspar, si no hay cobertura... —empezó a decir Abby.

—Debe de haberla porque su móvil funciona —le rebatió Farag, obedeciendo la orden del ex-Catón—. Pero no comprendo cómo es posible.

—Tu sobrina —gruñó la Roca, pasando revista con la mirada a todos nuestros teléfonos, que se iban encendiendo poco a poco.

—¿Mi sobrina? —soltamos, a la vez, Farag y yo. ¿Dónde estaba esa niña ahora y cómo demonios lograba comunicarse con nosotros a través de las toneladas de piedra del monte Merón?

—El mensaje que he recibido es de una tal Isabella —explicó Kaspar—. ¿No es vuestra sobrina?

Yo no entendía nada pero, claro, mis conocimientos tec-

402

nológicos eran un poco deficitarios. Sin embargo, sabía con total seguridad que si no tenía ninguna de esas tres pequeñas rayitas que informaban sobre la cobertura significaba que no había señal. Y no la había. Tampoco tenía internet. Mi móvil estaba muerto para el mundo, no podía comunicarse con el exterior de ninguna de las maneras.

«Hola, tía», apareció de pronto en mi pantalla, dándome un susto de muerte.

—¡Es Isabella! —exclamé, aturdida.

—Ya te lo dije —soltó el ex-Catón.

—¿Cómo es posible? —preguntaba una y otra vez un sorprendido Gilad.

—Se lo voy a preguntar —dijo la Roca. Y empezó a teclear con sus enormes pulgares en la pequeña pantallita. Otro misterio más: ¿Cómo conseguía escribir correctamente sin marcar cinco letras a la vez?

Desbloqueé la pantalla de inicio y entré en la de los iconos. Tenía un aviso en el WhatsApp. Era el mensaje que había leído en la pantalla bloqueada. Todos nuestros teléfonos pitaron a la vez y todos inclinamos las cabezas sobre nuestros móviles. Aquello era una locura. ¡Si no había cobertura, por Dios!

El mensaje común que recibimos al mismo tiempo era la explicación al misterio. Yo lo leí como los demás, pero no comprendí nada. Y no fui la única.

—¿Qué quiere decir «protocolo descentralizado»? —preguntó Sabira.

—¿Y qué significa «red de nodos»? —pregunté yo.

—¿Y «malla de redes»? —quiso saber Gilad.

Kaspar volvió a teclear y, por lo visto, lo volvió a hacer bien porque Isabella nos respondió inmediatamente a todos.

—A ver, calma —dijo Kaspar, a quien siempre le habían gustado mucho los ordenadores (además de ser el Catón que había llevado internet al Paraíso Terrenal)—. Isabella y nuestros ingenieros están utilizando un sistema que no necesita ni wifi ni cobertura telefónica. Usan los móviles que están encendidos desde... desde allí hasta aquí para formar una red propia de *Bluetooth* con una potencia de mil kilovatios, lo que es una barbaridad. No puede ser detectada y los nodos, es decir, los móviles a través de los cuales viajan los mensajes no avisan a sus propietarios. Sólo se necesitan muchos móviles encendidos para que la señal alcance el máximo de la potencia y se mueva rápidamente.

—¿Tanta potencia como para atravesar la roca de esta montaña? —preguntó el tío de la delincuente. Y es que Isabella estaba robando cobertura a miles de personas sin que éstas lo supieran o le hubieran dado permiso. No sólo me preocupaba ya la vida sexual de mi sobrina sino también su futuro. Con lo lista que era esa niña, ¿se convertiría en la emperatriz del mal y acabaría dominando el mundo como los Simonson?

Kaspar volvió a teclear la pregunta.

Y la respuesta también nos llegó a todos: «Sí, puede atravesar la roca siempre y cuando haya muchos móviles operativos tanto fuera de la montaña como dentro, por eso debéis mantener encendidos los vuestros».

—Seguro que está utilizando los del ejército israelí —murmuré, temblando. A fin de cuentas, era mi sobrina, y estaba cometiendo un delito internacional.

—Pero eso no es lo peor —susurró mi marido con el rostro desencajado—. También debe de estar usando los teléfonos de Spitteler, Rau y su equipo.

¡Madre santísima!

—Pero si el *Bluetooth* tiene una señal muy débil —objetó Gilad— y un alcance máximo como el del mando a distancia de una televisión.

—¿Es que no has entendido lo de la malla de redes de nodos y lo de los mil kilovatios de la radiofrecuencia? —le gruñó el ex-Catón, mirándole como si Gilad fuera tonto de remate. El eminente arqueólogo tragó saliva y guardó silencio. Los demás hicimos lo mismo, por si acaso.

—En cualquier caso —suspiró resignadamente Farag—, esta conexión con el exterior nos viene muy bien. Pero, Kaspar, dile a Isabella, por favor, que no podemos mantener los móviles encendidos porque nos quedaríamos sin batería. Que ya los encenderemos cuando necesitemos algo.

Kaspar se puso a teclear pero se paró de repente y levantó la cabeza.

—¡Oye, díselo tú! —protestó—. ¡Todos estamos comunicados!

Farag sonrió.

—Es verdad —replicó, y le mandó el mensaje a Isabella.

Ésa era la razón por la cual un tipo tan desagradable como Kaspar Glauser-Röist podía tener un amigo que le apreciara y que no le mandara a paseo con cajas destempladas: mientras que yo le hubiera contestado con algunas palabras a la altura de su estupidez, Farag era demasiado inteligente como para no conocer perfectamente y comprender la carencia absoluta de habilidades sociales del ex-Catón y su profundo déficit de diplomacia. Quizá Abby, pensé, fuera tan lista como Farag. El tiempo lo diría.

—Volvamos a los doce Apóstoles, por favor —pidió Sabira, sentándose de nuevo.

—¡Espera! —la detuve—. Quiero despedirme de mi sobrina.

Y empecé a escribir: «Como se te ocurra acostarte con ese chico del que no quisiste decirme el nombre, vete despidiendo de la vida. Un beso». Su respuesta llegó casi de inmediato: «Entonces, ¿puedo acostarme con otro?». Rápidamente tecleé: «¡No, con ninguno!». Y ella: «¿Y con una chica?». Casi me dio un ataque al corazón, no sé cómo fui capaz de acertar con las letras: «¡CON NADIE!». Y apagué el móvil para que viera que la conversación se había terminado.

El móvil de Farag trinó como los pájaros.

—Dice Isabella que te diga que va a buscar a alguien que se llame Nadie.

—Dile que... ¡Dile que la mataré! ¡Y hablo en serio! ¡Soy una Salina!

—¿Qué le pasa? —le preguntó Abby en susurros a Kaspar, haciendo una señal hacia mí con la barbilla.

—Nada —respondió él, muy tranquilo—. Isabella sabe cómo provocar a su tía y le encanta hacerlo. Son las dos iguales. En este momento debe de estar partiéndose de risa.

Quizá ella estuviera partiéndose de risa pero yo estaba tan furiosa que necesitaba salir inmediatamente de aquella caverna o iba a explotar, así que me agaché, recogí la bolsa de plástico con las malditas doce piedras preciosas de las tribus de Israel y me dirigí hacia el grabado de la puerta. Iba a ponerlas en sus sitios para que aquel estúpido disco de piedra, que tenía hasta el agujero en el centro como los viejos vinilos, rodara y nos dejara salir. Ya estaba harta.

—¡Ottavia! ¿Qué haces? —me chilló Abby.

—¡Acabar con este asunto de una vez para que podamos volver a casa! —le dije, rebuscando con la mano dentro de la bolsa de piedras.

—¡Espera! —insistió ella, muy pesada—. ¡Antes nos lo tienes que explicar!

Todos se arremolinaron a mi alrededor con caras preocupadas y mi marido, sin contemplaciones, de un tirón me quitó la bolsa.

—*Basíleia* —me dijo con voz sosegada—, cálmate. Me puedo imaginar tu discusión con Isabella, pero, como no tiene ningún sentido, te pido que bajes esos humos y te relajes.

—¿Que no tiene ningún sentido? —exploté.

—¿Quieres discutirlo aquí, delante de todos, para que todos te digan lo que ya te he dicho yo? —me amenazó.

Apagué las llamas de golpe y me serené.

—Bien, así me gusta —dijo Farag con la voz del domador de leones cuando entra en la jaula—. Ahora, siéntate —lo dicho, el domador de leones.

—Ya estoy sentada —repuse, dejándome caer sobre la esterilla del suelo con las piernas cruzadas.

Los demás también se sentaron, uno detrás de otro, y Farag, antes de hacerlo, me devolvió la bolsa con las joyas esféricas.

—Toma. Volvamos al momento exacto en que sonó el móvil de Kaspar.

—¡Sí, cuando dijiste —exclamó la Asesina, emocionada— que la solución eran los doce Apóstoles de Jesús!

Suspiré profundamente.

—¿Os acordáis de los mosaicos que había en el suelo de la sinagoga de Susya? —empecé—. ¿Y de sus motivos decorativos?

Todos dijeron que sí, y empezaron a mencionar menorás, motivos florales, avecillas, ciervos... Entonces, Kaspar dijo:

—Ruedas zodiacales.

—Exacto —repuse, mirándole enconadamente—. En la sinagoga ebionita de Susya había varias ruedas zodiacales.

—Estaban muy deterioradas —comentó Abby.

—Hicimos lo que pudimos durante la restauración —se disculpó Gilad.

—La cuestión era que había ruedas zodiacales —¡Qué pesados! No me dejaban hablar—. Zodiacos con sus doce símbolos. No recuerdo si representaban los meses, las estaciones o las constelaciones. El caso es que había zodiacos.

—Sí, los *mazzaroth* —asintió Gilad—. Eran muy comunes en la cultura judía, heredados probablemente de Asiria y Babilonia. De hecho, aparecen mencionados, incluso, en el libro de Job (32). No nos extrañó en absoluto encontrarlos en una de las sinagogas más antiguas del mundo. Era un motivo decorativo muy judío.

—Y muy cristiano también, Gilad —le repliqué—. En la Edad Media, el arte románico y el gótico heredaron esta tradición y son innumerables los zodiacos que aparecen representados en catedrales, iglesias y monasterios. En general, se preferían los motivos relacionados con los trabajos agrícolas, pero había de todo: mitología griega y romana, escudos y emblemas, escenas de caza o de guerra, etcétera. Sin embargo, en menor medida, hubo también una simbología zodiacal con las figuras de los doce Apóstoles —me detuve un instante para tomar aliento—. Mi primer Premio Getty de Paleografía lo gané gracias a unos manuscritos bizantinos que redescubrieron la

(32) Job 38, 31-33.

astrología zodiacal cristiana en la antigua Constantinopla, y esa astrología nos puede ayudar ahora a comprender la retorcida visión de los ebionitas, que mezclan en un todo judaísmo y cristianismo.

—De manera —dijo Kaspar, tratando de situarse— que los ebionitas usaban el zodiaco. Genial. ¿Y cómo llegamos hasta las doce tribus de Israel y las doce piedras preciosas del pectoral de los Sumos Sacerdotes del Tabernáculo?

—Por las equivalencias, Kaspar —le dije; ahora que estaba tranquila y que era capaz de pronunciar una disertación coherente, no iba a permitir que la Roca me distrajera—. Podemos olvidarnos de las Biblias cristianas y hebreas, de los Génesis y los Éxodos. Todo va sobre equivalencias, que es de lo que tratan, en definitiva, los zodiacos o *mazzaroth*.

Sin levantarme del suelo, extraje de la bolsa las doce piedras preciosas esféricas y las distribuí sin orden delante de mí.

—Si la memoria no me falla —dije sabiendo que no me fallaba nunca—, y tengo una memoria muy buena, los zodiacos, tal y como los conocemos, se basan en constelaciones griegas: Ariel, Toro, Gemelos, Cangrejo, León, Virgen, Balanza, Escorpión, Arquero, Cabra, Aguador y Peces.

Me las sabía en griego, así que las tuve que ir traduciendo en mi cabeza conforme las iba diciendo.

—Estas constelaciones griegas que aparecen en los zodiacos a veces eran sustituidas, como he dicho, por los trabajos agrícolas o por los dioses mitológicos o, de vez en cuando, por los Apóstoles. En muchas iglesias constantinopolitanas, hoy convertidas en mezquitas y de las que, por tanto, ha desaparecido toda esa iconografía, se representaron zodiacos con las figuras de los Apóstoles.

—Pero los Apóstoles no son los mismos en todos los Evangelios —comentó la Roca.

—Sí, pero sólo son cambios de nombres —le expliqué, quitándole importancia—. La cuestión es que, si no recuerdo mal, como he dicho, cada apóstol sustituía a una constelación por sus especiales relaciones con ella, bien porque había sido martirizado en esas fechas o por el parecido de sus nombres o por cualquier otra causa. De esta manera, en algún momento quedó establecido que Aries era Simón el cananeo, Tauro era Tadeo, Géminis era Mateo el publicano, Cáncer era Felipe, Leo era Jacob o Santiago el Mayor, etcétera. Y así, los doce ocupaban cada zona de la rueda zodiacal. Pero, lo que recordé de pronto antes de que llegara el mensaje de Isabella fue que cada signo zodiacal tenía asignada o atribuida también una piedra preciosa: a Aries le correspondía el rubí; a Tauro el topacio; a Géminis la esmeralda; a Cáncer...

—No dirás malaquita, ¿verdad? —se pasmó Kaspar.

—Pues, sí —respondí muy sonriente—. Al signo de Cáncer, representado por el Apóstol Felipe, le correspondía la malaquita.

—¿Las mismas piedras que representan a las tribus de Israel? —Gilad no daba crédito a lo que estaba oyendo pero un brillo especial en sus ojos me dijo que nuestras mentes se habían conectado y que lo que yo estaba contando de las representaciones cristianas sobre los zodiacos y las piedras preciosas encajaba perfectamente con algo que él sabía de sus años de estudio en la escuela talmúdica y de sus trabajos como arqueólogo en antiguos asentamientos judíos de los primeros siglos.

—Las mismas piedras y en el mismo orden que las constelaciones —asentí, dándole la palabra.

—En los *mazzaroth* judíos —empezó él—, también se han sustituido muchas veces las constelaciones por las doce tribus de Israel. Es algo bastante común, incluso hoy en día. Si podemos establecer una conexión entre las constelaciones como signos zodiacales, las doce tribus de Israel y los doce Apóstoles de Yeshu...

—Te agradecería mucho, Gilad, que dejaras de llamarle así —le pedí con amabilidad—. Llámale Yeshúa o Jesús, pero ahora que sé que Yeshu es un acrónimo ofensivo, me molesta un poco oírlo de tu boca.

Gilad sonrió. Cuando sonreía su rostro se transformaba y adquiría rasgos infantiles, de niño pequeño.

—Discúlpame —me pidió—. No lo repetiré. Pero yo también os agradecería mucho a todos que no pronunciarais delante de mí el nombre del Creador. En el judaísmo existe una estricta prohibición de usar el verdadero nombre de Dios, que es el tetragrámaton de cuatro letras que tan alegremente representáis en la decoración de vuestras iglesias cristianas.

—¿El nombre de Yah..? —empecé a decir, para asegurarme, pero me callé de golpe al ver la cara de Gilad.

—Exacto —asintió—. Ése es el nombre sagrado que no se debe pronunciar. Cuando vayáis a hacerlo, sustituidlo por Adonay. Es más fácil.

—Resumiendo —¿quién iba a resumir sino Kaspar, el impaciente?—. Los ebionitas, siguiendo sus dos tradiciones, la judía y la cristiana, fusionaron las doce tribus de Israel con los doce Apóstoles.

—Bueno, no sólo lo hicieron ellos —objetó Abby—. El propio Jesús, en el Evangelio de Mateo...

—¿Seguro que fue en el de Mateo? —bromeó Farag—. ¿No sería en el de cualquier otro?

La cara de Abby mostró, tan rápido como el rayo e igual de fugaz, un gesto de temor. ¿O sólo me lo pareció? Debieron ser imaginaciones mías porque, cuando la volví a mirar, reía de buena gana.

—¡Puedes estar seguro! —le dijo a Farag—. Mis abuelos han sido concienzudos en mi preparación para la búsqueda de los osarios.

Sus abuelos, Jake y Becky. ¿Por qué Abby no le había preguntado a Isabella si sabía algo sobre el estado de sus abuelos? ¿Por qué Jake y Becky habían preparado tan meticulosamente a Abby para buscar los osarios? Sacudí la cabeza para despejarla de extraños pensamientos. Me estaba volviendo paranoica. Mi colosal desconfianza me llevaba, a veces, a extremos verdaderamente disparatados.

—¿Qué decía Jesús en el Evangelio de Mateo? —preguntó Sabira que, extrañamente, quizá por su superdiscreta fe ismailita, no había tomado parte en ninguna de las conversaciones que sobre materia religiosa habíamos mantenido desde que nos conocimos en Tel Aviv.

—Jesús dijo (33) —explicó Abby, adoptando una postura aún más perfecta y elegante sobre el suelo— que los Apóstoles se sentarían en doce tronos para juzgar a las doce tribus de Israel.

—Hagamos un esquema con todo esto, Ottavia —me pidió Gilad, a quien la frase de Jesús no había gustado nada.

—De acuerdo —admití—. Así iremos más rápidos.

Sobre una hoja de papel que nos dio Sabira y que sacó de su misteriosa carpeta de apuntes, y con el bonito portaminas dorado que usaba para tomar sus notas y hacer sus dibujos, trazamos doce filas horizontales divididas por cuatro columnas: la primera columna, con los nombres de los doce signos zodiacales; la segunda, con los de los doce Apóstoles; la tercera, con los de las piedras preciosas que correspondían a los signos zodiacales y que coincidían con las del pectoral del Sumo Sacerdote; y la cuarta y última, que sólo podía completar Gilad, con los nombres de los doce hijos de Jacob en el orden señalado por el signo zodiacal que, según los *mazzaroth* judíos, le correspondía a cada uno. Gilad había visto muchos zodiacos en sinagogas y había hecho trabajos durante la carrera en los que había tenido que trabajar con *mazzaroth*, de manera que, aunque dudó y se corrigió a sí mismo algunas veces, al final, completó la lista.

—Muy bien, señoras y señores —dije levantando la hoja de papel en el aire—. Aquí tenemos nuestra llave hacia la salida.

—¡Pero qué obsesión con salir! —gruñó la Roca—. ¡Lo que queremos es llegar a los osarios! Con un poco suerte, quizá estén al otro lado de esa rueda de piedra.

—Venga, *basíleia* —me animó mi marido—. Prueba esa extraña combinación. Veamos si Gilad y tú estáis tan locos como los ebionitas.

El musculoso arqueólogo, más parecido en aquel momen-

(33) Mateo 19, 28.

to a un tímido muchachito en su fiesta de *Bar Mitzvah*, me ayudó a incorporarme del suelo ofreciéndome su mano y ambos, con el papel por delante, nos acercamos hasta el grabado y sus doce huecos semiesféricos.

—Empecemos por la fila de arriba, la que representa el Oriente —me propuso.

—Adelante —convine—. Tú dime la tribu y yo te doy la piedra.

—Tribu de *Judah* —empezó.

—El rubí.

Él lo cogió de mi mano y lo puso en el primer agujero superior de la izquierda.

—Tribu de *Issachar*.

—Topacio amarillo.

Lo colocó a continuación, a la derecha de Judá.

—Tribu de *Zevulun*.

—¿Zabulón?

—Sí.

—La esmeralda.

Y la puso a la derecha de Isacar.

—Ya tenemos el campamento de Oriente, el de *Judah* —anunció—. Vamos con el del sur, a la derecha del Tabernáculo del grabado —se le veía emocionado, radiante, incluso feliz—. Tribu de *Reuven*.

—Rubén, la malaquita.

Y Gilad hundió la esfera en el hueco superior de la columna de la derecha.

—Tribu de *Shimon*.

—Simeón, el zafiro azul.

—Tribu de *Gad*.

—Diamante.

—El campamento de *Reuven*, al sur, está completado —dijo—. Empecemos ahora con el campamento del oeste, el de la fila inferior de este Tabernáculo.

—Adelante —le animé.

—Tribu de *Ephraim*.

—Ópalo.

—Tribu de *Menashe*.

—Ágata.

—Tribu de *Benjamin*.

—Amatista.

—Campamento de *Ephraim* acabado. Sólo nos queda el último, el campamento de *Dan*, al norte del Tabernáculo auténtico y a la izquierda de éste —dijo con cierta sorpresa en la voz, como si no pudiera creer lo que hacíamos ni que estuviéramos terminando.

—Pues, venga —le apremié, nerviosa. ¿Y si nos habíamos equivocado?

Los otros cuatro mantenían un silencio sobrecogedor. Yo, incluso, había olvidado que estaban allí, detrás de nosotros, sentados en el suelo, mirándonos y escuchándonos.

—Tribu de *Dan* —dijo Gilad.

—Berilo, o crisólito, verdemar.

El arqueólogo lo incrustó en el agujero de abajo de la columna de la izquierda.

—Tribu de *Asher*.

—El ónice.

—Y, por fin —suspiró—, tribu de *Naftali*.

A mí sólo me quedaba una piedra en la bolsa. Gilad se volvió a mirarme.

—¿Ottavia?

—¿Sí?

—¿Me das la última piedra, por favor?

—¡Oh, sí, claro, por supuesto! La esfera de jaspe.

Pero como no se la daba, la cogió él con una sonrisa y la hundió en el agujero superior de la fila. Hecho. Ya estaban todas en sus lugares correspondientes.

Al principio no pasó nada, o eso nos pareció, pero, en realidad, sí que estaba pasando aunque nosotros, absortos, no nos dimos cuenta. Empezó como un murmullo, como un siseo lejano.

—¡La arena! —exclamé cuando por fin lo escuché.

Estaba claro que los viejos mecanismos de aquella montaña debían de funcionar con cargas, poleas, cadenas, balancines y palancas movidas por el peso de algo tan abundante y escurridizo como la arena, que se desplazaba entre los muros dobles de las paredes. Los ebionitas debían de haber sido unos fanáticos porque sólo así se podía explicar que hubieran perforado una montaña y transportado hasta su interior un pedazo de desierto.

El siseo arenoso se hizo mucho más intenso y poco después se escuchó el traqueteo metálico de varias cadenas pasando por poleas o, quizá, soltándose a gran velocidad de ejes o largueros para, acto seguido, ver cómo el pesado disco de piedra que cegaba la abertura rectangular empezaba a rodar hacia la derecha trabajosamente, muy poco a poco, con ese desagradable chirrido que provocaba la fricción entre las rocas. Nuestro Tabernáculo enmarcado en piedras preciosas también fue virando en el sentido de las agujas del reloj hasta quedar boca abajo para, luego, seguir ascendiendo lentamente hacia la izquierda mientras la rueda de piedra de varias toneladas de peso desaparecía, al fin, dentro del muro, dejando al descubierto una nueva escalera estrecha y empinada con techo abovedado que descendía hacia la oscuridad.

—¿Cómo es posible —rugió Romeo— que estando dentro de una montaña no hagamos más que descender hacia las entrañas de la tierra?

El pobre, cegado por el amor, no comprendía que daba igual dónde estuviéramos porque el plan de los ebionitas, trazado en el siglo XIII, respondía al equivalente actual de una maquinaria de nanotecnología avanzada y que, por lo tanto, como ya habíamos caído en la trampa, nos iban a llevar adonde quisieran e iban a hacer con nosotros lo que les diera la gana.

CAPÍTULO 29

El hambre nos recordó que hacía mucho tiempo que habíamos dejado atrás la hora de comer. En realidad, era casi la hora de cenar y llevábamos todo el día descendiendo por aquella maldita escalera que no se terminaba nunca. El hecho de bajar de uno en uno, cargados con las enormes mochilas, iluminados sólo por dos linternas y arrancando telarañas tan grandes y densas como sábanas, convertía en un peligro mortal cada estrecho e irregular escalón de aquella terrible pendiente casi vertical, por mucho que nos ayudáramos apoyando las manos en las paredes de piedra.

Al principio, como Farag y yo íbamos los primeros, Kaspar nos advirtió de que lleváramos cuidado con el último escalón cuando alcanzáramos el final por si volvía a tratarse de un resorte que hacía girar la rueda de piedra del Tabernáculo dejándonos otra vez encerrados. Tras cinco horas de descenso, la advertencia se había convertido en una tontería porque daba lo mismo que se cerrara o no, dado que no valía la pena regresar a la caverna de las piedras preciosas después de haber llegado tan lejos. Con todo, no resultó difícil adivinar que estábamos de nuevo atrapados como ratones porque cuando Farag puso el pie sobre uno de los últimos escalones, éste se hundió ligeramente con un chasquido. Claramente, el resorte no estaba siempre en el último peldaño y, desde luego, eso era algo hecho a propósito.

En esta ocasión, la escalera por la que habíamos descendido unos quinientos metros aproximadamente, según dijeron Kaspar y Sabira, terminaba no en una espaciosa caverna llena de comodidades sino en un estrecho pasillo —tan estrecho como la propia escalera o más— cubierto por medio metro de agua helada. Decir que allí hacía frío era quedarse muy corto: vaciamos las mochilas en busca de ropa de abrigo, ropa térmica, y nos la pusimos toda, prenda sobre prenda. El problema era que nos íbamos a mojar las botas, los calcetines y los pantalones —que sólo tenían impermeables los bolsillos, para que no se mojaran cosas como los móviles o la comida, en caso de llevarla allí—, pero desprotegernos los pies y las piernas era una locura porque aquella agua turbia debía de estar muy cerca del punto de congelación, a falta sólo de unas décimas.

De modo que, sentados en los últimos escalones secos por encima del nivel del agua y con aspecto de gruesos y torpes osos polares, devoramos la cena (que también era la comida de aquel día) y que, ¡oh, maravilla de las maravillas!, consistía en pan de pita con hamburguesa *kosher* acompañada por pasta de dientes con sabor a queso salado.

Hacía tanto frío que de nuestras bocas brotaban nubes de vaho cada vez que hablábamos o respirábamos. Aquello era el Polo Norte debajo de una montaña en el cálido Israel. ¿Qué íbamos a hacer con el agua? Los pies se nos iban a congelar, sin lugar a dudas. Sólo teníamos una opción, decidimos mientras terminábamos de cenar, y era lanzarnos al pasillo sin pensarlo dos veces y recorrerlo a toda velocidad, lo más rápidamente que pudiéramos porque dormir allí, en aquellas empinadas escaleras de piedra, era imposible salvo que quisiéramos amanecer al día siguiente descoyuntados y muertos por hipotermia. La solución no era sencilla y no teníamos muchas alternativas entre las que escoger: o correr o morir. Así que mejor correr, naturalmente, ya que eso, al menos, nos ayudaría a mantener el calor.

Fuimos unos locos actuando así, pero en aquel momento aún no podíamos saberlo. En cualquier caso, las consecuencias de nuestra decisión fueron las mejores posibles, y eso hay que reconocerlo. Es decir, que lo que hicimos fue lo que, según los ebionitas, se debía hacer. Lo que no significó poco.

Cenados, bien abrigados y cargados con nuestras mochilas —ahora más ligeras de peso—, entramos en el agua uno detrás de otro. Esta vez era Kaspar quien iba delante con la primera linterna y quien marcó el ritmo de la marcha, que fue muy rápido desde el principio pese a la resistencia del agua, agua que pronto se coló dentro de nuestras botas, nos empapó los calcetines y nos provocó un dolor tremendo en los pies y en los músculos de las pantorrillas. Yo sentía agujas de hielo en la carne y pinchazos dentro de los huesos, como si el tuétano se me estuviera congelando. Los ojos me lagrimeaban sin poderlo evitar, tanto por el frío como por el dolor insoportable. Y es que, sin duda, lo peor era el dolor, ese dolor interno que no cesó hasta que, del propio frío, primero perdí la sensibilidad de los dedos y, luego, de ambos pies completos.

Un paso, otro, otro... No hablábamos, sólo avanzábamos bajo la tenue luz de las dos linternas habituales. Podía ver cómo Kaspar, Abby y Farag, que iban delante de mí, se secaban los ojos con las manos y las mangas. Sus ojos también lloraban de frío. O de dolor, como los míos. Después de diez kilómetros, en los que invertimos unas tres horas, y ya casi al límite de nuestra resistencia física, el agua empezó a cambiar. Gradualmente, para nuestra sorpresa, fue variando de color y temperatura. Cada vez marchábamos más cómodamente, metiendo los pies en un líquido menos frío que, al principio, era de color ocre y que, luego, un poco más tarde, se tornó cobre rojizo y más cálido, devolviéndonos lentamente la sensibilidad en los pies con agudos pinchazos provocados por el regreso de la sangre a esa parte de su sistema circulatorio habitual.

—¿Por qué tiene el agua este color tan raro? —oí preguntar a Sabira, que iba detrás de mí. Después de tantas horas de silencio, su voz nos sobresaltó a todos.

—No le pasa nada —le respondió tranquilamente Gilad, el último de la fila y quien llevaba la segunda linterna—. Estas aguas subterráneas proceden de acuíferos con niveles muy altos de concentración de hierro. Las hemos encontrado en muchas excavaciones porque, como sabréis, Israel se encuentra justo encima de la falla donde colisionan las placas tectónicas Arábiga y Africana. El hierro procede de antiguas cenizas volcánicas y se oxida en contacto con el oxígeno del aire y con las sales minerales de las aguas. Es un fenómeno totalmente natural.

—¿Eso fue lo que pasó en el Nilo durante la primera plaga bíblica? —ironicé.

—Nadie lo sabe —me contestó de manera ambigua.

Yo empezaba a sentirme un poco débil y mareada, pero lo achaqué al cansancio y no dije nada, de manera que seguimos avanzando. Sin embargo, aunque el agua era cada vez más caliente y de color más anaranjado, la velocidad de nuestro paso descendía alarmantemente. Caminábamos como ancianos achacosos. Estábamos agotando nuestras últimas fuerzas, me dije. Con todo, lo más extraño estaba aún por llegar porque, un par de kilómetros más adelante, vimos sorprendidos cómo aquel líquido anaranjado se volvía totalmente rojo, de un rojo escarlata brillante, y que estaba muy caliente, como si fuera agua termal. Los pinchazos en las plantas de los pies eran terribles. Si no me hubiera encontrado tan mal, hubiera jurado que transitábamos por un río de sangre.

Y, tras este emocionante pensamiento, empezaron a zumbarme los oídos con notas agudas y discordantes, se me nubló la vista y perdí el equilibrio. Oí chillar a Sabira y noté que Farag me sujetaba porque reconocí su olor y su voz, que sonó muy lejana aunque me estaba gritando al oído y, luego, perdí el conocimiento.

No sé cuánto tiempo pasó. No mucho, al parecer. Pero, cuando me recuperé y entreabrí los ojos, creí que flotaba por encima de mi cuerpo, de lo muy aturdida que me encontraba. Estaba tumbada sobre algo, una superficie dura y seca, así que deduje con alivio que habíamos salido del agua. No oía nada. Nadie hablaba. ¿Dónde estaba Farag? Mis alarmas se dispararon. Giré la cabeza buscándole y me llevé el susto de mi vida:

mi marido y todos los demás estaban derrumbados sin sentido sobre aquella superficie seca, exactamente igual que lo estaba yo, aunque yo, al menos, había recuperado el conocimiento. La adrenalina se me disparó y, de un impulso, me puse en pie... para volver a caer al suelo aullando de dolor.

—¡Dios mío! —chillé, llevándome las manos a los pies. Algo malo tenía ahí pero no lo veía.

Una de las linternas permanecía encendida en el suelo, entre Kaspar y Abby, como si a Kaspar se le hubiera escapado de entre las manos antes de desmoronarse. Era un foco potente pero las tinieblas eran más potentes aún, de forma que me arrastré como pude gastando las poquísimas fuerzas que me quedaban y logré alcanzarla estirando mucho uno de los brazos. Luego, con un último esfuerzo, me senté e iluminé a Farag con la luz. Estaba a mi lado, en la otra dirección, caído boca abajo, exangüe, como muerto. No me pareció que respirara. Un nudo doloroso empezó a cerrarse en torno a mi garganta.

—No —dije en voz alta con decisión—. Ahora no.

Me arrastré hasta él y le tomé el pulso. Estaba vivo. Las lágrimas empezaron a caer de mis ojos sin que pudiera evitarlo, pero eran lágrimas de alegría, de consuelo. Me incliné sobre Farag y empecé a besarle en la frente, en los ojos, en los labios y hasta en las ásperas mejillas. Pero no se despertó. Fue entonces cuando el foco de luz pasó por encima de mis pies. Una exclamación de horror se me escapó del pecho.

De lo que habían sido unas recias botas de montaña con punteras reforzadas y unas gruesas y resistentes suelas de goma con tacos, ahora sólo quedaban unos ridículos jirones de piel sujetos a los tobillos por los cordones; de lo que fueron unos gruesos calcetines de algodón con almohadillados de refuerzo sólo quedaban algunos hilos sueltos; y de lo que habían sido mis bonitos pies, pequeños, sin durezas y con las uñas perfectamente recortadas... Bueno, mis pies ahora sólo eran unos inflados odres amoratados, con las plantas y los talones llenos de cortes por los que debía de haber sangrado abundantemente antes de que se formaran aquellas placas negras y secas. De hecho, todo el suelo de aquella extraña meseta de piedra áspera sobre la que nos encontrábamos estaba lleno de grandes manchas de sangre seca.

Con la linterna busqué y examiné los pies de los demás. Todos los tenían igual que yo. «Ha sido el agua», pensé. Pero, ¿cómo? ¿Cómo un agua helada y, luego, caliente, había podido destrozarnos las botas y cortarnos la carne hasta hacernos sangrar de aquella manera? No podía comprenderlo pero daba igual; tenía cosas mucho más urgentes que hacer.

A gatas y de rodillas me fui desplazando hasta las mochilas y sacando las botellas de agua. El primero en padecer mis inmisericordes sopapos iba a ser mi marido, que para eso era lo más importante de mi vida. Si a él le pasaba algo, yo... no quería ni pensarlo. «¡Dios mío, devuélvemelo, por favor! ¡No te lo lleves!», supliqué en silencio. Con la angustia más desesperada llenándome el corazón, le propiné bofetadas a diestra y siniestra mientras le llamaba a gritos por su nombre. No fueron golpes muy fuertes porque no me encontraba precisamente robusta, pero, por fin, abrió un poco los ojos. Daba miedo verle tan demacrado. Hasta su incipiente barba rubia parecía oscura de lo pálido que él estaba. Sus labios se curvaron en una pequeña sonrisa.

—*Basíleia*—murmuró.

Le pasé el brazo bajo la cabeza y se la incorporé, al tiempo que le ponía la cantimplora en los labios.

—Bebe, cariño, por favor —le supliqué, aterrada de que volviera a perder el conocimiento—. Bebe, Farag.

Torpemente, a sorbitos minúsculos, empezó a beber el agua que yo le daba. Estaba como dormido, como sin vida.

—Bebe, Farag, por favor, por favor. Sigue bebiendo, mi amor.

Con una pérdida de sangre tan grande, tenía que reponer líquidos rápidamente o entraría en *shock*. ¿Habrían incluido Kaspar y Abby bebidas isotónicas en las mochilas además de las cantimploras de agua? Dejé la cabeza de Farag de nuevo sobre el suelo y, a punto de volver a perder yo el conocimiento, revolví como una loca el contenido de mi mochila, que era la más cercana. ¡Sí, allí estaban, al fondo! Un par. No es que conociera la marca ni que fuera capaz de traducir el nombre hebreo, pero se veían claramente las palabras «Isotonic drink» en la parte inferior de la etiqueta. Con manos temblorosas y sin fuerza, intenté abrir la primera de las dos, pero no pude.

—Bebe tú —susurró Farag, que parecía adivinar mis problemas aun con los ojos cerrados—. Bebe o no podrás ayudarnos.

Su voz me dio fuerzas y también se las pedí a Dios con todo mi corazón. Giré el maldito tapón como si estuviera luchando contra la muerte y logré abrir la botella. Sentí cierta culpabilidad cuando di el primer trago, pero Farag tenía razón: si yo no me recuperaba y volvía a desmayarme, estábamos listos. Después de tragar la mitad del líquido empecé a sentirme mucho mejor. El mareo desapareció y mis ojos se centraron más en los objetos, así que regresé con la bebida isotónica junto a Farag. Le incorporé de nuevo la cabeza y, echando mano de una infinita paciencia, le obligué a dar pequeños sorbos intentando que no se atragantara. Aquel refresco obraba milagros. Al poco, los preciosos ojos de mi marido estaban abiertos de par en par y me sonreía con los labios un poco menos blancos que antes.

—Creo que ya puedo levantarme —musitó, haciendo amago de incorporarse.

—Ni lo sueñes —repliqué, poniéndole una mano en el pecho—. No tienes pies para andar.

Me miró extrañado.

—Bebe un poco más —me dijo—. Aún no estás bien.

—Bebe tú un poco más mientras te explico lo que nos ha pasado.

El aspecto de sus pies era igual o peor que el de los míos. Curiosamente, cuando se los vio fue cuando empezaron a dolerle. Hasta ese momento no los notaba. Yo sólo tenía ligeras molestias cuando rozaba el suelo sin querer.

Nos acabamos la botella y aún bebimos un poco más de agua de nuestras cantimploras antes de separarnos para reanimar a los demás. Fue un trabajo duro e incómodo. En un momento dado recuerdo que sentí una terrible hipoglucemia y tuve que parar para comer un trozo pequeño de ese único y asqueroso menú disponible que, en esta ocasión, me supo a gloria bendita. Quién lo hubiera dicho de una carne *kosher*.

Por fin, conseguimos reanimar a los demás y les obligamos a beber y a comer porque ninguno quería. Su propio malestar no les dejaba darse cuenta de lo importante que era para ellos recuperarse de la pérdida de sangre.

Fue Kaspar quien, una vez vuelto en sí y pasado un rato, anunció, aún débil, que debíamos curarnos las heridas antes de que se infectaran. A mí ya me parecían bastante infectadas, la verdad, pero él dijo que no, que no lo estaban, que los cortes sólo habían dejado de sangrar y que había que darse prisa. Como Farag se empeñó en curarme a mí y Kaspar en curar a Abby, a Gilad Abravanel no le quedó más remedio que ofrecerse voluntario para curar a Sabira, pero ésta, muy digna, se negó:

—Yo te curaré primero a ti —le dijo, cogiendo su pequeño botiquín con firmeza entre las manos—. Tus pies tienen mucho peor aspecto que los míos.

—¡Porque son más grandes! —objetó él, tratando de zafarse.

La voz de Abby, a quien Kaspar ya le había quitado con la navaja los restos de botas y calcetines y empezaba a lavarle delicadamente los pies con agua limpia y jabón, sonó como la voz de una presidenta ejecutiva en una junta general:

—Sabira tiene razón, Gilad. Deja que te cure ella a ti primero.

Y se acabó la discusión.

Farag, tras lavar bien mis heridas, levantó mis pies por los aires para enseñárselos a los demás:

—Son cortes irregulares —dijo a modo de explicación—, laceraciones de diferentes tamaños y, afortunadamente, bastante superficiales.

Kaspar, de rodillas, se incorporó un poco para responderle, sin dejar de mirar los pies de Abby.

—Sí. Eso explica por qué caminar resultaba tan doloroso. Pero, ¿qué clase de filo despedazaría las suelas de nuestras botas y produciría estos cortes tan extraños?

—Lo que está claro —dije yo, que me apoyaba con los codos en el suelo porque Farag seguía exhibiendo mis pies por las alturas— es que, aunque los cortes no sean profundos, esas aguas termales rojas nos hicieron perder muchísima sangre. Como cuando uno se corta las venas en una bañera de agua caliente para impedir la coagulación y desangrarse más rápido.

—Y el fuerte color rojo del agua —añadió Gilad, con gesto contraído por el dolor—, nos impidió darnos cuenta de que estábamos sangrando.

—Sólo sentíamos dolor —asintió Abby.

—Sí, pero yo creí —resollé aguantando el escozor del antiséptico de clorhexidina que Farag me estaba aplicando a litros con un *spray*— que nos dolía tanto porque, después del agua congelada, la sangre estaba volviendo a circular por las venas.

Todos dijeron que habían pensado lo mismo y Sabira añadió que por eso ninguno había sospechado que, en realidad, ya no teníamos suelas en las botas y que caminábamos descalzos.

—No —le rebatió Farag, recogiendo con una gasa los restos de antiséptico que me goteaban desde los talones—, eso fue por el agua fría. Recordad que caminamos muchas horas con los pies dentro de agua congelada. Yo llegué a perder totalmente la sensibilidad. Caminaba moviendo las piernas, pero no notaba los pies, los tenía totalmente entumecidos por el frío. Ahí fue cuando sufrimos los primeros cortes, los que nos destrozaron las suelas y los calcetines sin que nos diéramos cuenta.

—Y, cuando entramos en el agua roja —agregó Abby, comprobando el montón de suturas adhesivas que Kaspar le había puesto en el primero de sus pies—, fue cuando empezamos a cortarnos de verdad, pero como teníamos los pies insensibilizados y el agua estaba caliente, achacamos los pinchazos y los agudos dolores al cambio de temperatura y a la vuelta de la sangre.

—Debían de dolernos por ambas razones —añadí yo, asintiendo—. Y, por cierto, ¿qué sitio es éste y cómo hemos llegado hasta aquí?

Kaspar soltó el pie de Abby y cogió su linterna, al tiempo que Farag dejaba suavemente mis piernas sobre el suelo y cogía otra linterna. Gilad, desde su posición en decúbito supino, encendió la suya. Con aquellos tres focos potentes iluminando el lugar, todos pudimos ver claramente dónde nos encontrábamos. Y el descubrimiento no fue agradable.

El pasillo de sangre se hallaba delante de nuestras narices, no es que se hubiera terminado ni muchísimo menos. Los ebionitas, calculando los tiempos Dios sabe cómo, habían abierto una especie de cavidad a la izquierda del cauce por encima del nivel del agua para permitir a los kamikazes como nosotros un descanso en el camino. Era un nicho grande, una especie de hornacina de tres metros de altura por una superficie de unos treinta metros cuadrados, una tercera parte, más o menos, de la caverna de las piedras preciosas. Suficiente para nosotros y nuestras mochilas.

Pero eso no era todo. En la pared del fondo, en el centro y a media altura, aparecía grabado en la roca un relieve aterrador mucho mejor tallado que la espiral de las Bienaventuranzas. Representaba una extraña cruz latina formada por ramas de espinos en lugar de travesaños de madera, y, encima, un gran círculo, o nimbo, con una cruz patada en el centro entre cuyos brazos, ligeramente girados hasta casi formar una X, en los espacios laterales, se veían dos letras hebreas.

Los tres focos se quedaron paralizados sobre el grabado.

—¿Qué significa eso? —preguntó Sabira, desconcertada.

—Es una cruz —repuso agriamente el ex-Catón, como si alguien le hubiera robado algo de su exclusiva propiedad.

—Pero una cruz muy extraña, Kaspar —repuse—. Hecha

de puntiagudas espinas. Da escalofríos mirarla, sobre todo teniendo los pies heridos. Y el nimbo superior es un anacronismo porque, hasta el siglo xv, más o menos, los nimbos sólo se representaban detrás de la cabeza de Jesús, si era crucífero como éste, y si no lo era, detrás de las cabezas de los santos.

—Las letras hebreas —comentó Gilad— son álef (א), la primera del alfabeto hebreo, y tau (ת), la última.

—La fórmula bíblica hebrea álef-tau —nos aclaró Farag— es la equivalente al alfa y omega griego.

—«Yo soy el alfa y la omega, dice el Señor Dios» (34) —recité de memoria, acordándome del Apocalipsis, pero entonces sentí punzadas agudas en las plantas de los pies—. Dejad de iluminar esa imagen, por favor. Mirarla hace que me duelan más las heridas.

Los litros de antiséptico que me había echado Farag ya se habían secado de sobra pero mi marido, en lugar de volver a preocuparse por mí y por mis pies (estaba claro que ya no me quería como antes), se quedó mirando fijamente la pavorosa cruz de espinas. Me pareció escuchar los engranajes de su cerebro funcionando a pleno rendimiento.

—Con el calzado que se usaba en el siglo xiii —declaró en ese momento, poniendo los brazos en jarras (y seguía de rodillas)—, nadie hubiera podido llegar vivo hasta aquí.

Deberíamos habernos hecho una *selfi* en aquel momento.

—Cierto —afirmó Gilad—, las suelas de cuero no hubieran resistido los cortes y en el siglo xiii aún no se habían inventado los zapatos metálicos, los escarpes de las armaduras, de modo que los ebionitas hubieran muerto mucho antes de llegar aquí.

—¡Bastante nos costó llegar a nosotros y, encima, cargando con vosotras tres y con todas las mochilas! —exclamó la Roca, con gesto ofuscado.

—¿Tú también te desmayaste, Abby? —me sorprendí.

La heredera me miró y asintió.

(34) Apocalipsis 1, 8.

—¿Y tú también, Sabira?

Sabira también asintió.

—Casi inmediatamente después que tú, Ottavia —me dijo la Asesina.

O sea, las mujeres habíamos sido derrotadas en una competición de desangramientos. Alguna razón científica tenía que haber. Ya lo averiguaría.

—Yo cargué con Abby y nuestras mochilas —me explicó la Roca—, Farag contigo y vuestras mochilas, y Gilad con Sabira y sus mochilas. Pero tu marido se desmayó también mientras trepábamos medio muertos a esta plataforma, así que, al final, entre Gilad y yo os subimos a todos antes de perder el conocimiento.

—Fue muy duro —admitió el atlético Gilad—. Creo que no me había encontrado peor en toda mi vida.

—Pues si no se podía llegar hasta aquí con un calzado del siglo XIII —insistió, insensible, ajeno a la conversación y a su aire, mi arqueólogo favorito—, entonces es que hay otra manera de llegar y, por lo tanto, de salir.

Se hizo el silencio en el grupo. Si aquello era verdad, significaba que existía otro camino para poder abandonar sin peligro aquel pasillo mortal.

Sabira terminó de vendar los pies de Gilad en silencio, después de llenárselos de suturas cutáneas, y éste comenzó entonces a curar los de ella. Abby, ya perfectamente vendada, se sentó en el suelo y Kaspar la ayudó a llegar hasta una de las paredes para que se apoyara, poniéndole la mochila debajo de las pantorrillas para mantenerle los pies en alto. Luego, colocándose en perpendicular a ella, le entregó sus gigantescos y destrozados pies. Abby tenía trabajo para rato. Farag sujetó mis vendajes con los ganchos metálicos y me ayudó a incorporarme para que pudiera encargarme de sus propias heridas. Daba miedo verle los pies, casi tanto miedo como mirar la cruz de espinas, de tan hinchados, amoratados y llenos de costras secas de sangre como los tenía.

Al cabo de un largo rato de silencio, todos estábamos curados y sentados con los pies en alto. Eran las dos de la madrugada y no podíamos con nuestra alma, pero creímos que sería mejor volver a comer y a beber antes de dormir. Nos aguardaban al menos dos días de paciente espera en aquel lugar antes de que pudiéramos poner los pies en el suelo de nuevo, así que dispusimos el campamento desde esta perspectiva, formando cuatro espacios: uno para Farag y para mí, con nuestro saco de dormir, nuestras mochilas y nuestras ropas, objetos y mantas; otro a nuestra izquierda para Gilad; otro a nuestra derecha, para Kaspar y Abby; y otro a la derecha de Kaspar y Abby para Sabira. De esta forma Gilad y Sabira estaban separados por nosotros cuatro y pegados cada uno a una pared.

Después de cenar y beber en abundancia, agradecimos al ex-Catón y a la heredera lo bien que habían preparado las mochilas. Parecían estar pensadas hasta el último detalle.

—No las preparamos nosotros —dijo Abby, muy sorprendida.

—¡Ah! ¿No? —repuso mi marido, más sorprendido aún.

—No —afirmó ella—. Las preparó el ejército israelí. La Fundación guardaba los datos sobre vuestras tallas desde Estambul, cuando Nuran Arslan os las pidió para proporcionaros los cascos, las zapatillas y los trajes de neopreno que usamos en las cisternas. Nos vino muy bien tenerlas después del incendio de vuestra casa.

—¡Vaya! —ahora entendía tantos milagros inexplicables de ropero.

—A Sabira y a Gilad les pedimos sus tallas en el hotel —siguió explicando Abby—. Por eso son unas mochilas tan fantásticas, porque son equipos militares adaptados para uso civil. ¿Cómo hubiéramos podido organizarlo todo Kaspar y yo en menos de dos horas?

Y se rió con ganas por lo absurdo de la idea. Lo cierto es que no imaginábamos hasta qué punto nos hacía falta aquella risa. Era la primera que se escuchaba desde hacía muchísimo tiempo, muchísimas horas, y nos alegró el corazón como una fogata caliente en una noche helada. Sin saberlo, la habíamos estado necesitando tanto como comer o beber. Tanto como una bebida isotónica. De modo que los demás también nos echamos a reír como niños en un parque, sintiendo una absurda alegría sin ningún motivo aparente, aunque quizá su motivo era que nos sentíamos felices por estar vivos y por la esperanza, al parecer fundada, de llegar a encontrar una salida de aquel agujero que no implicara más pérdida de sangre.

CAPÍTULO 30

Una voz indignada y sorprendida exclamó desde su incómodo asiento contra la pared:

—¿Sílex? ¿Lascas de sílex como en la Edad de Piedra?

—Así es, doctora —me respondió la Roca—. Y, además, con unos filos tremendamente agudos.

—En Israel hay muchos yacimientos con grandes cantidades de herramientas de sílex —comentó Gilad, que estaba sentado frente a mí—. En la cuenca del río Habesor, en el desierto del Negev, se halló la herramienta de sílex más grande de todo Oriente Próximo. Desgraciadamente, nadie sabe para qué servía.

Sabira, Farag y yo habíamos permanecido todo el día dócilmente sentados con los pies en alto y lo mismo habían hecho Gilad y Abby, que se apoyaban en la pared contraria. Pero, claro, pedir que Kaspar se quedara quieto era como pedir la luna y, como ya no le molestaba la vieja herida del muslo, no iba a permitir que las nuevas heridas de sus pies le inmovilizaran. Y, ¿qué hizo? Pues, contra la voluntad de todos, incluida la de su Julieta, gateó hasta el borde de la plataforma, descolgó medio cuerpo sobre el agua roja y, metiendo cuidadosamente los brazos, consiguió arrancar del suelo de barro dos trozos de sílex de los que nos habían destrozado las botas y cortado las plantas de los pies.

—Todo el fondo del cauce está sembrado de estas cosas —nos dijo, mostrándonoslas—. Ya podéis comprender por qué tenemos los pies como los tenemos.

Aquellas cuchillas de sílex, del tamaño de una tarjeta de crédito, exhibían una forma más o menos almendrada y eran de un color marrón claro, aunque se apreciaban dos tonos diferentes entre la parte que había estado hundida en el barro, que era casi toda, y la que había quedado expuesta al agua, de menos de un centímetro y de color marrón oscuro. Sus dos caras estaban perfectamente talladas y sus aristas eran tan afiladas que podían seccionar una pluma que cayera suavemente por el aire. Sí, ya comprendíamos por qué teníamos los pies como los teníamos.

—Habrá miles de esas cosas bajo el agua —comentó Abby.

—Un trabajo impresionante —se admiró Sabira.

—Pero no tenemos nada metálico para protegernos los pies y salir de aquí —se lamentó Gilad—. Además, tampoco serviría cualquier metal. Esas cosas acabarían en segundos con la uralita, por ejemplo.

Kaspar, de rodillas por tener las manos ocupadas con las lascas, regresó como un penitente hasta su asiento junto a Abby, se acomodó, puso los pies sobre su mochila y suspiró profundamente.

—Tiene que haber otra manera —gruñó.

—Quizá la respuesta esté en el grabado —insinuó Farag.

—¿En esa cruz espantosa? —me preocupé. No tenía ganas de ponerme a examinarla buscando alguna pista. De hecho, la había estado esquivando con la mirada desde la noche anterior y, cuando nos fuimos a dormir, puse nuestro saco de manera que la pared nos quedara detrás de las cabezas, para no verla ni por casualidad y, mucho menos, al despertarme.

—Deberíamos estudiarlo —insistió mi marido.

—De momento, los grabados que hemos encontrado no nos han servido para nada —objeté.

—El único que no nos ha servido para nada es el de la espiral de las Bienaventuranzas —rezongó Kaspar—. El del Tabernáculo nos fue muy útil.

Gilad puso cara de bobo, expresando una enorme sorpresa.

—¡Caramba, pues qué equivocado estaba! —comentó.

Le miramos extrañados, sin comprenderle.

—No, bueno... —empezó a decir, inseguro—. En fin, es que yo había relacionado las dos primeras Bienaventuranzas con la caverna de las piedras preciosas y con este lugar.

Ahora sí que había conseguido confundirme del todo. ¿Qué demonios estaba diciendo? Seguro que, por ser judío, se había hecho un lío con las palabras de Jesús.

—Explícate —le ordenó la Roca sin contemplaciones. Como estaban uno al lado del otro, la voz de Kaspar le debió de sonar a Gilad como las trompetas del Juicio Final.

—La primera Bienaventuranza —se apresuró a explicar la víctima— decía algo así como que los pobres debían sentirse dichosos porque de ellos sería el reino. En la primera caverna encontramos doce piedras preciosas de un valor incalculable. Si nos hubiéramos quedado con ellas no hubiéramos resuelto el enigma. Sin embargo, renunciando a ellas, ganamos el reino y salimos de allí.

—¿Qué reino? —salté yo. La Bienaventuranza verdadera declaraba que el reino de los cielos sería para los pobres de espíritu.

—El reino de Israel, naturalmente —indicó Gilad.

—¡Estás completamente equivocado! —le advertí.

—Pero, Ottavia —replicó—, en todos los textos de la Biblia hebrea, cuando se habla del reino o de heredar el reino, sin especificar más, se está hablando del reino de Israel, y es eso lo que decía la inscripción de la espiral.

Sabira cogió su cámara del suelo y, tras encenderla y pulsar un montón de botones, me la pasó. En una pantallita pequeña se veía perfectamente el texto curvo de las Bienaventuranzas de la primera cueva en la que estuvimos. Había ampliado la imagen para que se distinguiera bien el centro.

—¿Se la puedes pasar a Farag para que traduzca la primera Bienaventuranza en voz alta? —me rogó con amabilidad.

La cogí de malos modos y se la entregué a mi marido. Todavía me molestaban las cosas que contradecían aquello en lo que yo había creído ciegamente.

—«Dichosos los pobres —leyó Farag—, porque de ellos será el reino.»

—¿Lo ves, Ottavia? —exclamó Gilad—. Los pobres o los que, como nosotros, renuncian a las riquezas y se vuelven pobres, ganan el reino. Y el reino que aparecía en el grabado del Tabernáculo era, obviamente, el reino de Israel al completo, con sus doce tribus. Me pareció que ése podía ser el sentido de la Bienaventuranza y de la prueba.

—¿Y el sentido de ésta? —me enfadé.

—«Dichosos los que lloran, porque serán consolados.» —tradujo Farag de *motu proprio*.

—¡Si no recuerdo mal —continué, irritada—, ninguno de nosotros hemos llorado por nuestras heridas o por haber estado a punto de morir!

—Pues yo sí que lloré —se apresuró a decir Abby—. Lloré muchísimo mientras caminábamos por el agua helada, tanto por el frío como por el dolor de los pies.

—Yo también —admitió Kaspar sin ambages.

—Y yo —confirmó Gilad.

—Sí, yo también —añadió Sabira.

—Y yo, desde luego —declaró Farag—. Y tú, *basíleia*, lloraste como una Magdalena porque te vi. Así que todos lloramos y, por lo tanto, se nos puede aplicar también la segunda Bienaventuranza. Explícalo, Gilad.

—Sólo había llegado hasta aquí —se disculpó el musculoso embaucador—. Lo que aún no sé es cómo vamos a ser consolados pero espero que sea con algo muy bueno porque la Bienaventuranza afirma claramente que seremos dichosos por haber llorado.

—¡Me gusta el punto de vista de este tipo! —rió Kaspar—. Como no le han imbuido desde la infancia lo que debía creer de cada Bienaventuranza, hace un análisis totalmente racional, histórico y bien contextualizado.

—¡No creo que nunca me sienta dichosa por haber llorado! —rebatí.

—Pues si lo que debemos esperar es consuelo —anunció

mi marido, absolutamente encantando—, quizá deberíamos examinar más a fondo el grabado de la pared a la luz de este importante descubrimiento.

—¿Qué descubrimiento? —pregunté secamente.

—¡Cariño! —se sorprendió—. ¡La espiral de las Bienaventuranzas no era sólo un grabado decorativo! Los ebionitas nos estaban avisando de que, para llegar hasta los osarios, debíamos superar los requisitos básicos del programa electoral que Jesús presentó en el Sermón de la Montaña o del llano.

Le hubiera matado. ¿Se daba cuenta de lo que estaba diciendo? Blasfemias aparte, aún teníamos que «ser consolados» y salir de allí. Pero, además, significaba que, si aquella locura era cierta, todavía teníamos por delante seis Bienaventuranzas más, alguna de las cuales ahora me parecía realmente amenazadora, como la cuarta, por ejemplo, «Dichosos los que tienen hambre». Y el estado de nuestros pies no era como para dar saltos de alegría precisamente, y menos teniendo un camino tan largo por delante y unas mochilas que se vaciaban de alimentos a pasos agigantados.

Pero aquel miserable grupo de inconscientes, en lugar de preocuparse por la realidad, sólo quería analizar y estudiar atentamente el relieve de la cruz espantosa y resolver rápidamente el enigma de manera que el supuesto consuelo que tenía que venir nos llegara cuanto antes. Como si pudiéramos salir de allí corriendo y felizmente consolados.

—Mujer de poca fe —me susurró Farag al ver que yo, al contrario que los demás, no me arrastraba velozmente culebreando hacia el relieve.

—Te equivocas —le rectifiqué, apenada—. Soy una mujer de mucha fe y, por eso, aunque no lo sepas, estoy viviendo una gran lucha interior.

—¿Crees de verdad que no lo sé? —inquirió, dándome un beso—. Percibo, minuto a minuto, lo que estás viviendo dentro de ti desde que empezamos esta aventura y, porque te conozco, sé que es una lucha que debes librar tú sola. Yo no te puedo ayudar. Pero, por tu fe y por tu amor hacia ese Dios en el que crees, darás lo mejor de ti misma y saldrás victoriosa. Siempre lo haces, mi amor.

—Gracias —le respondí, con una sonrisa.

—¿No ves que eres terca como una mula —concluyó, riéndose— y que antes que perder un desafío te dejarías cortar un brazo, o los dos?

—¡Farag! —aullé, propinándole un manotazo en la espalda, que fue la única parte de él que pillé porque, el muy cobarde, muerto de risa, se alejaba de rodillas a toda velocidad impulsándose con los brazos como un corredor de marcha atlética.

Yo no necesitaba volver a mirar el grabado como una idiota durante horas porque lo recordaba perfectamente, con todo lujo de detalles. Por algo tenía memoria eidética. ¿Para qué iba a perder el tiempo observándolo otra vez? Podía reflexionar sobre sus imágenes mientras me ocupaba de comprobar nuestras reservas de comida y agua, y, sobre todo, de buscar calzado de repuesto en aquellos bolsos de Mary Poppins del ejército israelí. Ya no teníamos botas y aunque, en poco más de veinticuatro horas, los pies se nos estaban deshinchado y las heridas nos estaban cicatrizando bastante bien (maravillas de la medicina moderna), no resolvíamos nada si debíamos caminar descalzos.

Una duda me rondaba la cabeza mientras llevaba a cabo estos menesteres: si con un calzado de los siglos XIII, XIV e, incluso, XV, no se hubiera podido llegar vivo hasta aquella plataforma, ¿para qué demonios la habían construido los ebionitas y habían tallado esa horrorosa cruz de espinas y ese anacrónico nimbo crucífero sin cabeza de Cristo? Si ningún vivo iba a llegar hasta allí salvo ellos, que debían de conocer otro camino libre de sílex, ¿qué sentido tenía el grabado? A nosotros nos habían salvado nuestras botas, pero cualquier desprevenido intruso de los siglos anteriores hubiera muerto desangrado o ahogado mucho antes de llegar hasta aquella meseta artificial.

Por otra parte, pensándolo bien, aquel lugar se encontraba a la distancia adecuada para que quienes viniesen andando normalmente desde la caverna de las piedras preciosas pudieran detenerse y descansar antes de continuar su viaje. Era como una estación de servicio o un hotel de carretera. Conclusión: la plataforma era para ellos, para los ebionitas que conocían el camino seguro. Por lo tanto, tenía que haber, a la fuerza, una puerta secreta en algún lugar de aquella cavidad. No podía ser de otro modo, salvo que los ebionitas volaran, cosa que dudaba mucho.

Según mis cálculos, después de comprobarlo todo, teníamos agua y comida para un par de días más. Tema diferente era el calzado, que encontré, bien plegadito, en un rincón del fondo de las mochilas.

—¿Qué demonios es esto? —exclamé levantando en el aire aquel par de babuchas de chicle color beige.

Todos los demás, sentados frente al grabado y absortos en sus profundas elucubraciones, me ignoraron, salvo Abby, que se volvió hacia mí y sonrió al ver mi cara de repulsión.

—Son pies de gato —me informó, acercándose hacia mí de rodillas—. Se llaman así porque son zapatillas de escalada que permiten sujetarse también con los pies en superficies verticales.

—Pues es todo el calzado que nos queda —le dije, apesadumbrada—. No creo que nos sirva para andar.

Ella me quitó aquellas babuchas de las manos y me enseñó las suelas.

—Mira —me dijo—, estas suelas de goma blanda son tan seguras como las suelas de las botas de montaña que llevábamos.

—Pues no lo parece.

—Están hechas con nuevos materiales fabricados en laboratorio —añadió para convencerme—. Son unos pies de gato de mucha calidad, créeme. Recuerda que son para uso militar. Probablemente, no podrías comprar unos mejores en ninguna tienda del mundo. Con esto caminaremos tan seguros y cómodos como con las botas. Puede que incluso más porque, encima, no pesan.

—¿Habéis llegado a alguna conclusión sobre el grabado? —le pregunté mientras recuperaba las patas de felino y las volvía a plegar para guardarlas.

—Le estábamos dando vueltas a la cruz de espinas —me contó, ayudándome a recoger—. Todos coincidíamos en que representa el camino que hemos hecho para llegar hasta aquí. Y, cuando has preguntado por los pies de gato, estábamos relacionando el camino del Calvario de Jesús con las lágrimas que derramamos mientras nos desangrábamos, convirtiéndonos en «los que lloran».

—Pues, ¿sabes qué he descubierto yo? —le dije en voz baja—. Que aquí, en esta cueva, tiene que haber una puerta secreta.

Como vi que se quedaba de piedra, me apresuré a darle todas las explicaciones necesarias para que entendiera cómo había llegado a esa conclusión. Sus ojos azules se agrandaron muchísimo y eso le sentaba bien, estaba más guapa. En realidad, tenía unos ojos bonitos. No tanto como los de Farag, que eran insuperables, pero bastante agraciados. ¿Qué me habría llevado a vérselos antes tan pequeños y juntos? La vida era una caja de sorpresas mentales.

—¡Tenemos que contárselo a los demás! —murmuró con una sonrisa brillante.

—No, aún no —la detuve—. Mira qué quietos están. Incluso tratan de mantener los pies en alto sobre líos de ropa. ¡Y no te digo nada de Kaspar, ahí sentadito como un niño bueno sin protestar, ni gruñir, ni intentar tirarse al agua para sacar cuchillas de sílex!

Abby no pudo evitar soltar una carcajada perfecta que, aunque alegremente ruidosa, no inmutó a las criaturas aplicadas que teníamos reunidas frente al relieve.

—Déjalos ahí —le pedí—. Ya es casi la hora de cenar. Luego, nos haremos las curas y, después, a dormir. Nuestros pies estarán muchísimo mejor mañana. Cuando nos levantemos, se lo contaremos todo durante el desayuno y estoy bastante segura de que podremos buscar la puerta secreta como bípedos humanos, sin gatear ni andar de rodillas.

Los investigadores se resistieron a abandonar sus puestos de control incluso para cenar y curarse las heridas, pero Abby y yo, convertidas de repente en las autoritarias profesoras de aquellos díscolos alumnos, les arrancamos del relieve y conseguimos mantener una agradable conversación durante la cena totalmente alejada de antipáticas interpretaciones sobre cruces de espinas. Luego, cuando nos quitamos los vendajes, ya casi sueltos porque los pies se habían deshinchado por completo, comprobamos que, bajo la gruesa capa de suturas adhesivas, la cicatrización marchaba viento en popa. Esta vez decidimos lavar las heridas y las suturas con un buen chorro de solución salina y, luego, cuando se secaron, volvimos a ponerles antiséptico y decidimos que ya no nos vendaríamos más los pies, que esa noche los dejaríamos al aire porque a las lesiones les vendría bien.

Tras otro rato de charla, en el que, entre otras cosas, estuvimos hablando sobre la preocupante cantidad de comida y bebida que nos quedaba y la necesidad de establecer un racionamiento estricto, decidimos irnos a dormir. Yo me acurruqué en el saco y, al poco, ya tenía a Farag roncando en mi oído y desplomado sobre la mitad derecha de mi cuerpo. Aunque en aquella caverna la temperatura era bastante agradable por el calor que desprendía el agua, me costó mucho coger el sueño porque estaba sudando y me sobraba el saco y, cuando por fin me dormí, lo hice incómoda, de manera que entré en ese extraño mundo onírico que provoca el duermevela. Y, claro, empecé a soñar con la dichosa cruz de espinas, lo que aún me inquietó más y terminó por despertarme ligeramente, aunque me volví a quedar dormida enseguida, si es que a ese sueño ligero y fatigoso se le podía llamar dormir.

Pero lo que mejor recuerdo de aquella noche es que, de pronto, creí estar despierta aunque no lo estaba, y que en esa fantasía salía del saco, me incorporaba sin dificultad porque no tenía heridas en los pies y, cogiendo una linterna, me acercaba hasta el grabado de la pared. Pero el grabado, ahora, era diferente: lo único que se veía era el nimbo crucífero (estaba claro que mi mente, incluso dormida, rechazaba la cruz), pero era un nimbo un poco más grande que el real y colocado justo en el centro del muro. Además, en ese nimbo de mi sueño la cruz patada del interior estaba bien colocada, recta, y la cabeza de un Cristo pantocrátor de estilo bizantino, con gesto huraño y poblada barba, la tapaba desde abajo hasta la intersección de los brazos. Las letras hebreas álef y tau (א y ת) habían desaparecido y en su lugar se veían las griegas alfa y omega (A y Ω). Yo iluminaba con mi linterna la cara del Cristo porque quería decirle algo pero, cuanto más le daba la luz, más se difuminaba la figura y más quería yo decirle algo que no recuerdo qué era, hasta que, al final, el rostro del pantocrátor desaparecía por completo y en la pared sólo quedaba el nimbo.

—«Yo soy el alfa y la omega, dice el Señor Dios» —exclamé en mi sueño, y el nimbo creció y se hizo un poco más grande—. «Yo soy el álef y la tau, dice el Señor Dios» —exclamé otra vez, y el nimbo volvió a aumentar de tamaño. Comprendí que las dos lenguas, el hebreo y el griego, surtían el mismo efecto.

Me giré para contarles a los demás lo que estaba pasando, pero en la cueva no había nadie ni nada. Sólo estaba yo, descalza, con la linterna en la mano. Y el nimbo.

—¡Alfa y omega! —grité—. ¡Álef y tau!

Cada vez que yo pronunciaba el nombre de esas letras en griego y en hebreo el nimbo crecía, y si las decía más rápidamente, el nimbo también crecía más rápidamente. Al final, el nimbo se hizo enorme y ocupó casi toda la pared desde el suelo hasta el techo de la cueva, dejando delante de mi cara la intersección de la cruz patada donde ahora podía ver algo que no había visto antes porque lo tapaba el pantocrátor: un pequeño círculo tallado, un anillo que, al mirarlo me hizo saber con toda claridad que nos estábamos equivocando, que los osarios con los restos de Jesús de Nazaret y de su familia no estaban allí, en aquella montaña, que todo era una trampa monstruosa y una enorme atrocidad contra la fe y contra la Iglesia.

Y, entonces, justo antes de despertar de aquella pesadilla, le dije al nimbo:

—Si eres el alfa y la omega, el principio y el fin (35), ¿por qué estás en un círculo? En los círculos no hay ni principio ni fin. Tú no eres el alfa y la omega porque Dios no tiene principio ni tiene fin y, si los tiene, no es Dios.

Abrí los ojos de golpe, bañada en sudor, y, naturalmente, no vi nada, sólo la más completa oscuridad. Todos dormían, especialmente Farag, cuyos familiares ronquidos formaban parte de mi habitual entorno nocturno.

Abrí la cremallera del saco y, sin destapar a mi marido, salí de él y me puse encima, quedándome muy quieta. Poco a poco el calor se me fue pasando y notaba los pies descalzos más frescos y, cuanto más me enfriaba, más sueño tenía. Al final, conseguí dormir aquella noche aunque no descansé demasiado. Pero no olvidé mi sueño.

Por la mañana, cuando sonó la alarma del reloj de Kaspar, nos despertamos y encendimos las linternas y, para nuestra satisfacción, descubrimos que teníamos los pies prácticamente curados. Los cicatrizantes y antiinflamatorios que llevaban tanto el antiséptico como las suturas adhesivas, habían hecho su trabajo. Con grandes sonrisas y aspavientos nos fuimos levantando y apoyándonos cuidadosamente sobre nuestros propios pies, que resistieron bien la prueba. Aun así, volvimos a lavarlos con solución salina y a secarlos bien con toallas antes de rociarlos una vez más con antiséptico. Aquellas heridas, ahora húmedas bajo las gruesas suturas, iban a estar más secas que un palo en menos de una hora, tiempo que empleamos en lavarnos y desayunar.

Afortunadamente, todos los días podíamos cambiarnos la ropa interior, pero, por desgracia, no la exterior, que ya empezaba a estar bastante sucia y sudada. Nuestra higiene personal la hacíamos con toallitas húmedas (más bien sábanas húmedas, porque eran enormes), pero ya empezábamos a necesitar

(35) Apocalipsis 21, 6.

algunos lujos como una buena ducha y una muda de ropa limpia. Por suerte, aún teníamos muchos sobrecitos de café soluble y bolsitas de té, pero el agua era lo que más falta nos hacía.

Entre Abby y yo empezamos a relatar a nuestros atentos oyentes la teoría y los argumentos de la existencia de una puerta secreta en aquella cueva y los oyentes reaccionaron como si les hubiéramos pinchado adrenalina en vena: se les fue la cabeza por completo, Farag incluido y hasta la prudente Sabira. Todos querían ser los primeros en encontrar la puerta, ya que nadie impugnó la teoría dada la aplastante lógica del razonamiento. De este modo, el desayuno fue rapidísimo y, en menos que canta un gallo, ya estábamos listos y preparados para explorar minuciosamente cada centímetro cuadrado de la cavidad. Pero en esta ocasión me puse terca sobre el reparto de zonas: se dividiese como se dividiese, la franja del grabado era mía y no admitía discusión. Les dije que ellos ya lo habían examinado bastante el día anterior y que yo quería echarle un buen vistazo. Protestaron pero terminaron aceptando. Al fin y al cabo, yo había descubierto la existencia de la puerta secreta.

De modo que, convertidos nuevamente en brillantes monjes sintoístas japoneses con las linternas en la cabeza sujetas por los cordones de nuestras viejas y destrozadas botas, y armados otra vez con rollos de papel higiénico (de ésos teníamos bastantes), navajas multiusos y botellas de refrescos isotónicos rellenadas con el agua roja del canal, empezamos la búsqueda de la puerta. Pero a mí, de momento, la puerta no me interesaba nada. Yo, lo que quería, era el nimbo.

Aunque ya nos habíamos puesto calcetines (limpios) y los dichosos pies de gato, pisábamos con mucho cuidado y nos movíamos despacio. El problema era que yo quería tener el nimbo a la altura de la cara y no por encima de la cabeza, que era donde me quedaba, así que monté una estructura con la mochila de Farag y la mía a la que añadí, además, nuestro saco plegado y varias capas de ropa y, con muchísimo cuidado porque aún llevaba los pies llenos de suturas, me subí encima. Hubiera necesitado un par de centímetros más, pero aquello era todo lo que había.

Pues sí, ahí estábamos otra vez el nimbo y yo. Después de pasar una noche juntos, se había establecido una relación especial e íntima entre nosotros. Claro que este nimbo no era exactamente como el de mi sueño porque era más pequeño, no tenía las letras griegas y la cruz patada de su interior estaba un poco girada, como una X algo torcida. Además, en la intersección de los travesaños no había ningún círculo tallado, ningún anillo y eso, no sé por qué, me desconcertó, como si me hubiese creído mi propio sueño.

Por si acaso, arranqué un trozo de papel higiénico, le eché un poco de agua roja y empecé a limpiar la intersección de la cruz patada. Pero no, allí no había nada. Muy bien, pues el anillo que vi en mi sueño era una fantasía, de acuerdo. Y, ahora, ¿qué? ¿Pulsaba igualmente el lugar donde debería haber estado el círculo o pronunciaba las palabras del Apocalipsis como si fueran un conjuro mágico? No parecían existir razones suficientes para llevar a cabo ninguna de esas dos tonterías, sin embargo, pulsé el anillo imaginario con bastante fuerza, pero lo hice por rabia, porque me sentía como una verdadera idiota que se había creído un sueño. Como era de esperar, no pasó nada.

Sin embargo, al estar tan cerca de la pared, me pareció escuchar algo por ahí detrás. De nuevo, sonidos de engranajes, cadenas o lo que fuera. Esperé un poco, pero todo permanecía en silencio salvo por los ruidos de las navajas y los resuellos de mis compañeros. ¿Y si volvía a apretar para comprobar si se repetían los sonidos? Lo hice, claro. Por supuesto, el nimbo crucífero no creció milagrosamente como en mi sueño, pero lo que sí ocurrió fue que todo el nimbo pasó de círculo a tambor en cuanto empezó a emerger de la pared entre crujidos y chirridos.

Me llevé tal susto que, sin darme cuenta, instintivamente, salté al suelo desde lo alto de nuestras mochilas para que aquel grueso cilindro de piedra no me diera en la cara. ¡Cómo me dolieron las plantas de los pies, por Dios! Fue un dolor tan espantoso que casi se me saltaron las lágrimas. Recuerdo que caí de espaldas y que me llevé las manos a los pies al tiempo que oía a Farag gritar mi nombre:

—¡Ottavia!

—¡La pared! —exclamó Gilad.

Mi marido me abrazó, me besó y, con la mayor delicadeza me soltó los velcros de los pies de gato y me los quitó con todo cuidado. Mientras los demás contemplaban como una columna de piedra emergía horizontalmente de la pared, Farag inspeccionó las plantas de mis calcetines buscando manchas de sangre, por si alguna de las heridas se hubiera abierto y, luego, me los quitó para comprobar las cicatrices y las suturas.

—Está todo bien, cariño —me informó con una gran sonrisa de tranquilidad.

Los ruidos habían cesado y el tubo de piedra había terminado de salir. El dolor de mis pies se iba mitigando y volví a calzarme las patas de felino. Farag me ayudó a levantarme del suelo. Todas las linternas de las cabezas apuntaban al cilindro de piedra, que aparecía cubierto por una mugre seca que, sin embargo, siglos atrás, debió de ser algún tipo de grasa lubrificante.

—Es miel —dijo la Roca levantando un dedo en el aire con una muestra tomada del cilindro.

—¿Miel? —se sorprendió Abby.

—La miel dura miles de años —le explicó su amado—, a veces en perfectas condiciones. Ésta está cristalizada, seca, pero debido a la humedad que hay aquí por el agua caliente, aún permite el buen deslizamiento del tubo de piedra.

—De otro modo, con los siglos —añadió Gilad—, probablemente el cilindro hubiera quedado adherido a la pared por una argamasa de polvo y humedad. Y si hubieran usado grasa animal, ésta se habría estropeado y el cilindro, igualmente, se hubiera adherido a la pared. Con la miel, lo peor que podía pasar era que se secara un poco pero, aun así, como hemos visto, sigue permitiendo que el tubo resbale. Ingenioso.

—¿Y éste es nuestro consuelo? —ironicé.

Los demás me miraron de forma rara.

—¿Descubres la puerta secreta y te burlas? —se mosqueó Kaspar.

—Eso no es una puerta —dije despectivamente, señalando al cilindro.

—Aún no —replicó, enfadado—. Pero lo será. ¿O acaso que un tubo como ése salga de una pared no es un fenómeno suficientemente raro para ti?

—Ottavia, ¿qué dijiste el otro día —me preguntó Gilad—, cuando vimos el grabado, y yo te dije que las letras que se veían en el nimbo eran el álef y la tau?

—«Yo soy el alfa y la omega, dice el Señor Dios» —repetí, no dando crédito a lo que intuía que estaba a punto de pasar.

—Sí, exacto. Pues si el Señor Dios de vuestra Biblia dice que es el alfa y la omega, el de la mía dice en varias ocasiones que Él es el álef y la tau. Y, ¿no os ha llamado la atención el hecho de que la cruz del nimbo esté girada y se parezca muchísimo a la letra álef hebrea?

¿A la letra álef hebrea? Observé la talla del nimbo y, en efecto, la letra א (álef) se asemejaba mucho a la cruz patada y, además, aparecía tallada en él con toda claridad. Girada, sí, torcida respecto a su eje, sí, como todo el nimbo.

Y el equipo entero de las Fuerzas de Exploración de Ortoedros Prismáticos Rectangulares (FEOPR, por su acrónimo) adivinó la solución al mismo tiempo.

—Creo que vamos a pringarnos de miel hasta las cejas —advirtió mi marido—. Deberíamos ponernos esos chubasqueros de plástico ligero que llevamos en las mochilas.

Nos los pusimos pero, salvo para protegernos la ropa, no sirvieron para mucho más. Mientras entre todos girábamos el cilindro de piedra para llevar el nimbo y la letra álef a su posición correcta, la supuesta miel vieja y cristalizada se nos pegó a trozos enteros en las manos, la cara, las pestañas, las cejas y el pelo. Pero resultó muy útil para que aquella columna de piedra rotara sin demasiado esfuerzo casi ocho siglos después de haber sido puesta allí. Cuando, por fin, el cilindro llegó al tope que marcaba su posición correcta —y a partir del cual ya no giraba más—, se escuchó con toda claridad cómo se iniciaba el familiar siseo de la arena desplazándose velozmente entre los muros dobles, las paredes y los techos. Parecía que gigantescas cantidades de arena se precipitaban por todas partes a nuestro alrededor, deslizándose a través de canales ocultos a nuestra vista. Y, entonces, ocurrió.

El siseo de la arena se convirtió en atronador y rápidamente se concentró sobre nosotros y, cuando yo ya me veía muerta y aplastada bajo una tonelada de desierto, del techo del pasillo de agua roja empezaron a descender estrechas planchas de piedra de unos dos metros de longitud que, aunque me recordaron a esas luces de neón que cuelgan sobre las mesas de billar, en realidad, eran las compuertas de unos enormes silos de arena que, una vez liberada, empezó a caer en monumentales cascadas sobre el agua caliente y roja.

Pronto el aire de la cueva se nubló como durante una tormenta en el desierto, y noté los brazos de Farag rodeándome y bajándome la capucha del chubasquero pegajoso. Pasó mucho tiempo pero, por fin, todo se detuvo. El polvo del aire se fue posando sobre el suelo y lentamente pudimos quitarnos de las caras las capuchas, pañuelos y camisetas que nos había permitido respirar. El río de sangre con sus cuchillas de sílex había desaparecido. La arena se había bebido el agua y había ocupado el canal hasta la altura de la cueva, dejando un sendero de color rojizo que se prolongaba liso y recto hasta donde se perdía la vista.

Y no era sólo que se pudiera transitar sobre este sendero, es que, además, resultaba elástico y esponjoso como la arena húmeda de la orilla de una playa, perfecto para nuestros magullados pies. Me sentí muy dichosa cuando recogimos nuestros bártulos y abandonamos la cueva, y caminar sobre aquel sendero resultó, efectivamente, un auténtico consuelo.

CAPÍTULO 31

No habríamos avanzado ni un par de kilómetros a velocidad de tortuga cuando el color de la arena del suelo empezó a cambiar gradualmente, pasando de rojizo a grisáceo, para, muy poco después, encontrarnos abruptamente fuera del pasillo frente a una amplia explanada circular cuyos muros y techo formaban una cúpula bastante elevada. Aún era pronto para comer y apenas habíamos dejado atrás la cavidad del nimbo, pero aquel lugar parecía perfecto para detenernos un rato y descansar los pies. Además, por si le faltaba algo a aquella plaza, en el extremo opuesto, al lado de otra abertura en la pared, brotaba un pequeño manantial de agua limpia y se vertía en un recipiente tallado en la misma roca.

—¡Agua, menos mal! —exclamó Farag—. Podremos rellenar las cantimploras, que falta nos hace.

—Estos ebionitas —observó Kaspar, muy satisfecho— no se olvidaron de los detalles importantes.

—Era gente cuidadosa —admitió Abby, muy sonriente.

Y, con nuestros pasos precavidos, lentos y cuidadosos nos internamos en la explanada para llegar hasta la fuente. El suelo era también de arena pero, al contrario que la del pasillo, ésta estaba seca y ofrecía una superficie más dura para nuestros delicados pies. Sin embargo, aun antes de llegar al centro de la explanada, recuerdo haber notado, al pisar, una ligera ondulación en el terreno, como cuando rozas levemente el agua y se forman suaves ondas.

No lo vimos venir. Habíamos bajado la guardia porque

no lo esperábamos tan pronto, porque entre la prueba de las piedras preciosas y la caverna del nimbo los ebionitas habían dejado bastante distancia y no recordamos que en aquella montaña nada era casualidad y todo estaba rigurosamente calculado para acabar con los ladrones de tumbas o, lo que era lo mismo, con los buscadores ilegítimos de osarios como nosotros.

La delgada capa de arena seca y apelmazada cedió bajo nuestro peso justo cuando alcanzamos el centro, rompiéndose en terrones como cuando estrellas una vasija contra el suelo, y, antes de que tuviéramos tiempo de bajar la cabeza para mirar qué estaba pasando, nuestros pies ya habían quedado atrapados en un gran lago de arenas movedizas.

Tardamos unos segundos en reaccionar. Nos habíamos quedado tan asombrados, tan sorprendidos, que nuestro instinto de supervivencia se despertó tarde y, cuando lo hizo, estábamos hundidos hasta las rodillas.

—¡Arenas movedizas! —gritó Farag, intentando llegar hasta mí, mientras Kaspar, que también se había dado cuenta, le tendía una mano a Abby para tirar de ella, consiguiendo hundirse los tres hasta los muslos. Aquel fango convertía cada uno de nuestros movimiento en una tremenda succión.

—¡Quietos, por favor! —les grité—. ¡Farag, no te muevas! No os mováis ninguno. ¡No os mováis!

—¡Quietos, quietos todos! —gritó también Abby.

Los seis nos convertimos en estatuas de cera cuyo único signo de vida era la agitación de los ojos, que iban angustiosamente de unos a otros. Incluso los focos de luz de las linternas se quedaron fijos apuntando a un mismo lugar. La absoluta inmovilidad detuvo la succión hacia abajo, aunque despacio, muy lentamente, milímetro a milímetro, seguíamos hundiéndonos en las arenas. Y, como estábamos en el mismo centro de la explanada, las paredes nos quedaban muy lejos, a unos diez metros. No había nadie que pudiera lanzarnos una cuerda o el extremo de una larga pértiga y tirar de nosotros, ni tampoco había nada a qué sujetarse. Ni siquiera podíamos pedir auxilio ni auxiliarnos entre nosotros, separados unos de otros por apenas un metro o metro y medio.

—Kaspar, llama a la sobrina de Ottavia y Farag —propuso Gilad con los dientes apretados y sin mover apenas los labios—. Dile que envíe ayuda.

—Si Kaspar busca su móvil —masculló Sabira—, la arena se lo tragará.

—¡No intentes buscar el móvil, Kaspar! —le suplicó Abby angustiada.

—No lo haré, cariño. Tranquila —musitó la Roca, girando la cabeza muy despacio para mirarla. Estaban a metro y medio de distancia pero hubiera dado lo mismo que se hubieran encontrado a miles de kilómetros: no podían hacer el menor intento por acercarse.

También Farag estaba muy cerca de mí, a mi izquierda, pero la supervivencia nos separaba como un muro infranqueable. Detrás, invisibles porque no podíamos verlos, Sabira y Gilad también estaban relativamente cerca entre sí, aunque luego supimos que no uno al lado de otro sino uno detrás de otro.

Mientras las arenas movedizas nos tragaban inexorablemente, empecé a buscar a la desesperada en mis registros mentales cualquier información sobre cómo se salvaba la gente de una muerte como aquélla. Algo tenía que haber leído alguna vez, o visto en algún programa de televisión o en alguna película. Pero todas las imágenes que me venían a la cabeza eran las de alguien tirando una cuerda o un palo a la víctima para arrastrarla fuera de la trampa mortal.

—Seamos racionales —dijo de pronto mi marido—. Usemos la cabeza que para eso la tenemos. No debemos pasar por alto el pequeño detalle de que estamos en la prueba de la tercera Bienaventuranza.

¡Dios mío, tenía razón! El miedo nos había bloqueado la capacidad de pensar con lógica.

—¿Cuál era la tercera Bienaventuranza según san Mateo? —bromeó mi marido parodiando las lecturas de la misa católica. Farag, además de ser el hombre más inteligente que yo conocía, era especialista en disfrazar siempre la fatalidad con alguna gansada.

—«Dichosos los humildes, porque heredarán la tierra» —recité de memoria, no era el momento de hacerse la tonta desmemoriada—, pero en la versión moderna de Mateo, la tercera Bienaventuranza habla de «los que sufren», no de «los humildes».

—¿Y qué diferencia hay —me preguntó irónicamente Kaspar— entre «los que lloran» de la segunda y «los que sufren» de la tercera? Las Bienaventuranzas antiguas de Mateo son más razonables que las actuales.

—¡Por favor, capitán —protesté—, dejemos estas discusiones para los aviones! ¡Nos estamos hundiendo en arenas movedizas!

—Tenemos que encontrar la relación entre las arenas —susurró Sabira a mi espalda— y los humildes que heredarán la tierra.

—Yo, desde luego —masculló la voz del arqueólogo judío desde un poco más atrás—, quiero heredar la tierra, una tierra firme que no me trague.

—¡Ésa ha sido buena, Gilad! —le felicitó mi marido—. Estoy de acuerdo contigo en que el sentido de esta prueba es precisamente ése: si somos humildes, saldremos de las arenas movedizas y alcanzaremos el suelo estable, la tierra firme.

—Vale —gruñí—, ya soy humilde. ¿Por qué no estoy a salvo junto a la fuente?

—¡*Basíleia*, por favor, no empieces! Búscale a la humildad un sentido religioso que pueda servirnos en esta situación.

—De momento —dijo Abby— creo que deberíamos quitarnos lentamente, pero muy, muy lentamente, las mochilas de la espalda. Nos están hundiendo.

Era cierto. El peso de las mochilas era una de las razones por las cuales yo ya estaba hundida hasta los muslos mientras Farag, Kaspar y Abby lo estaban hasta la cintura. A los otros dos no los veía, pero daba por sentado que estarían más o menos como yo, puesto que no habían hecho, que yo supiera, ningún gesto urgente para acercarse el uno a la otra o viceversa.

A esas alturas, yo ya tenía una taquicardia que iba a hacerme explotar el corazón. Las manos me sudaban y me temblaban tanto que, cuando moví la derecha para hacerla llegar muy despacio hasta el cinturón de la mochila, Farag lo notó:

—Relájate, cariño —susurró con ternura—. Intenta respirar tranquila y profundamente. Vamos a salir de ésta. Siempre salimos, ¿no es verdad?

—Algún día se nos tenía que terminar la suerte, Farag —le respondí, angustiada.

—Nosotros no creemos en la suerte, ¿recuerdas? —declaró, muy sereno—. Nosotros creemos en el estudio, en el trabajo duro y en nosotros mismos. Y eso no se gasta como el sabor de un chicle ni se pierde ante los problemas. Al contrario, cuanto mayores son las dificultades, aunque nos caigamos, más nos levantamos y más nos crecemos. Recuerda las cosas que hemos hecho en nuestra vida.

—Sé que intentas ayudarnos a todos, Farag —le dijo Abby, con las manos dentro del barro intentando desabrocharse el cinturón—, no sólo a Ottavia. Pero estamos asustados y el miedo es el sentimiento más fuerte e incontrolable.

—Por eso hay que ignorarlo —le respondió él firmemente—. Si dejamos que el miedo nos domine, no seremos capaces de hacer nada ni por nosotros ni por los demás. Lo que tenga que pasar, que pase. Pero lo que tengamos que hacer para evitar que pase, también hay que hacerlo, sin dejarnos bloquear por el miedo.

—Vale, de acuerdo —gruñó el ex-Catón—. Todo precioso, amigo. Pero nosotros ya nos estamos desabrochando los cierres y quitándonos las cintas de las mochilas y tú aún no has empezado. Así que, espabila.

—¡Date prisa, Farag! —le supliqué. Teníamos que desembarazarnos de aquellos kilos sobrantes o estaríamos más perdidos de lo que ya lo estábamos. Pero las palabras de Farag me habían tranquilizado bastante. Teníamos que usar el cerebro.

—¡No tratéis de dar impulso a las mochilas para alejarlas! —nos recomendó la voz de Gilad—. Simplemente, quitáoslas y dejadlas caer sobre la arena sin moveros. Pero sacad antes las linternas. Sólo faltaría que nos quedáramos a oscuras. Y deberíamos quitarnos también cualquier otro peso innecesario como relojes o adornos.

Tardamos muchísimo tiempo (o eso me pareció) en desembarazarnos de todo, especialmente porque se podía notar en los pies y en las piernas la succión que las arenas movedizas ejercían sobre nosotros en cuanto hacíamos algún leve movimiento que sobrepasaba lo que la débil viscosidad de aquel barro estaba dispuesta a soportar. Y tenía una sensibilidad delicadísima.

Sin el peso de las mochilas, pudimos realmente notar cómo disminuía la fuerza de la succión. Acabábamos de ganar tiempo y, si no nos movíamos nada de nada, podríamos aguantar bastante más. Todos llevábamos nuestras linternas, apagadas o encendidas (sólo dos, como siempre), en una de las manos. Los móviles estaban protegidos en los bolsillos impermeables y Sabira se guardó también ahí un puñado de hojas de papel plegadas que arrancó de su carpeta antes de deshacerse de ella.

—Vale, vamos a pensar —dictaminó la Roca en cuanto los seis estuvimos libres de las mochilas—. ¿Alguien ve algún grabado por alguna parte?

Descartado el suelo de arenas movedizas, en toda la superficie de la cúpula de piedra, incluso en su cénit, no había ningún grabado ni ninguna flecha que nos diera una pista. Podía ocurrir que aquellas arenas no nos tragaran al final. Supuse que, permaneciendo inmóvil, el aire de los pulmones podría mantenernos a flote e impedir que nos ahogáramos, al fin y al cabo aquel fango estaba formado en su mayor parte por agua. Pero moriríamos igualmente de hambre y sed al cabo de unos días.

—Analicemos la situación —volvió a decir la Roca—. Los ebionitas debían de dar por sentado que, si habías llegado hasta aquí, a estas alturas tenías que tener claro que todos los peligros con los que ibas a encontrarte estaban relacionados con las Bienaventuranzas.

—O no —replicó Gilad.

—¡Bueno, digamos que sí! —se molestó el ex-Catón—. Digamos que sí y que aquí la prueba es precisamente ésa: comprobar si has comprendido el mensaje porque, si no lo has comprendido, no tienes nada con que salvarte, pero, si lo has comprendido, tienes la tercera Bienaventuranza.

—«Dichosos los humildes, porque heredarán la tierra.» —repitió Abby.

—La palabra clave es humildad —destacó Farag.

—Pero ¿de qué nos sirve la humildad para salir de unas arenas movedizas? —preguntó Sabira con un dejo angustioso en la voz.

—Eso es lo que tenemos que averiguar —apuntó Abby.

«Dios, oye —recé, cerrando los ojos—. No sé tu nombre ni tampoco te conozco demasiado porque era a Jesús a quien yo siempre me dirigía. Pero a través de Jesús te entregué muchos años de mi vida porque Tú, como el Espíritu Santo, siempre estabas ahí como el Dios supremo de ese extraño concepto llamado Trinidad. Me dirijo a ti, Dios, porque necesitamos tu ayuda. No pretendo hacer negocios contigo prometiéndote cosas a cambio de que nos saques de ésta. Quizá sepas que nunca he sido partidaria de esa clase de intercambios comerciales porque no concibo la idea de que Dios acepte las monedas de un dolor, un esfuerzo, una renuncia o un sacrificio a cambio de conceder una petición razonable que cualquier padre o madre humanos daría por amor a su hijo. Por eso no te ofrezco nada, sólo te suplico ayuda. Ayúdanos, Dios. Yo creo en Ti.»

—¡Tengo una idea! —exclamó Gilad en ese momento—. ¡Acabo de recordar algo que quizá sirva!

Una sonrisa de felicidad se dibujó en mis labios. «Gracias», musité.

—La víspera de *Pésaj*, la Pascua judía —empezó a explicar Gilad—, en la noche del *Séder*, la cena pascual, uno de los ritos consiste en la lectura de las alabanzas del *Halel*, los milagros que tuvieron lugar durante la salida de Egipto. Y, entre otros, durante lo que llamamos el *pequeño Halel*, todos los años se lee el *Mizmor...* el Salmo 113, que dice: «¿Quién como el Señor nuestro Dios, que se sienta en las alturas y se humilla para mirar los cielos y la tierra?».

Mientras yo intentaba desbrozar de palabras hebreas incomprensibles lo que había dicho Gilad, quienes le habían entendido empezaron a discutir a toda velocidad la relación entre los humildes, la humildad y la humillación de Dios. Cuando, por fin, capté la idea (no me costó tanto), me di cuenta de que no significaba que Dios se humillara por mirar hacia abajo, sino que se humillaba porque se inclinaba hacia abajo para mirar. De hecho, el verbo humillar, además de tener en sentido de vapulear el orgullo de alguien, también expresaba la acción de inclinar o doblar una parte del cuerpo. Según el Salmo 113, al menos en su versión judía, Dios se *inclinaba* desde las alturas para mirar los cielos y la tierra.

—En resumen —declaró oficialmente Kaspar, el impaciente—, que tenemos que ser humildes inclinándonos hacia delante.

—Pero, ¿en qué nos ayuda eso? —preguntó Sabira—. Yo ya estoy hundida hasta las caderas y no puedo moverme ni un milímetro sin hundirme más.

—Y expondríamos todo el pecho y la cara a la succión de las arenas —expliqué, segura de morir de la forma más horrible mientras veía ahogarse a Farag.

—Tienes razón en lo que has dicho Ottavia —señaló Abby—. Expondríamos todo el pecho y la cara a la succión de la arena, lo que también significa que eliminaríamos ese peso de la parte de nuestro cuerpo que ya se está hundiendo y que lo distribuiríamos por una superficie mayor, y eso nos impediría hundirnos.

—¿Física aplicada, Abby? —se rió Farag.

—Me gustaba la física en el colegio —dijo ella, riendo también.

—Muy bien, pues adelante —soltó Kaspar, inclinándose hacia delante muy despacio y con muchísima humildad, como si lo hiciera ante una cruz o ante el propio Dios y, apoyando con cuidado su enorme torso sobre el blando fango. Él sí que tenía una enorme superficie para distribuir. A la distancia de sus brazos extendidos aún quedaban terrones sueltos de arena seca sobre los que puso las manos y apoyó la linterna. De hecho, la mayor parte de la capa del antiguo suelo de la explanada aún existía a nuestro alrededor, a una cierta distancia, y, salvo los trozos que se habían hundido, los otros flotaban en la zona de fango. La mejilla izquierda fue lo último que apoyó suavemente sobre las húmedas arenas movedizas. Luego, se quedó completamente quieto.

—Venga, los demás también —nos animó Farag, repitiendo el gesto humilde o, lo que era lo mismo, la inclinación a cámara lenta.

No dejó de mirarme con una sonrisa mientras yo le imitaba y me apoyaba lenta y cuidadosamente sobre la superficie de las arenas.

—No nos hundimos, ¿veis? —exclamó Abby desde su posición recostada.

—Es verdad —admití yo, sorprendida—. Eso de distribuir el peso sobre una superficie mayor, funciona.

—Y no sólo funciona —añadió Kaspar, que había sido el primero en comportarse humildemente—. Mirad la cintura de mis pantalones. Bueno, los que podáis. Los demás no, por supuesto.

Abby volvió a reír de una manera divinamente refinada.

—¡Has sacado medio cuerpo de las arenas movedizas, Kaspar! —exclamó entre feliz y pasmada, mirando aquellos pantalones mojados y cargados con varios kilos de barro.

—Ha salido solo —le aclaró su Romeo con la comisura de los labios pegada al fango—. Yo estaba aquí, inmóvil, mirando cómo os humillabais, y, de repente, la succión ha disminuido y he notado que tenía medio cuerpo fuera.

—Al reducir el peso y el movimiento, las arenas movedizas se han vuelto densas otra vez —explicó Abby.

—Creo que deberíamos tratar de sacar poco a poco alguna de las piernas —propuso Gilad.

—¿Para qué? —le pregunté, notando el frío húmedo del barro en mi mejilla derecha. Aquello daba una grima para morirse.

—¡Yo sé por qué! —se adelantó Farag, al que siempre le gustaba matar los buenos finales ajenos—. Porque si conseguimos sacar las piernas de la arena, quedaremos tumbados boca abajo sobre ellas, ofreciendo mucha más superficie de resistencia sin provocar succión, de forma que podríamos avanzar poco a poco hasta tierra firme flotando e impulsándonos con las manos.

—Muy bien —repuse— pues explícame cómo demonios saco las piernas del barro sin que esta cosa vuelva a ponerse líquida y a intentar tragarme.

—No, *basíleia*, no las dos piernas. La pierna. De momento, sólo una pierna.

—Creo que la forma más segura de hacerlo —comentó Abby— sería poniéndonos un poco de lado, pero sólo un poco y con mucha paciencia, de manera que sacáramos la pierna con un giro de cadera.

Tardamos horas en conseguirlo. Más que una prueba de humildad aquello parecía una prueba de resistencia física y mental. Era cierto que flotábamos sin hundirnos y que, muy despacio, ayudándonos con las manos o con los terrones secos que algunos encontramos en nuestro camino, pudimos recuperar una pierna y, más tarde —mucho más tarde—, la otra, pero también era cierto que estábamos exhaustos, que nuestros músculos estaban agarrotados y doloridos y que todos, de un modo u otro, resoplábamos como viejos motores gripados. Y lo que aún era peor: seguíamos en el mismo sitio. Sólo habíamos logrado sacar el cuerpo, pero no nos habíamos desplazado ni medio metro hacia tierra firme. Y no íbamos a poder. No estando tan cansados como estábamos. Y tan hambrientos. Pero nuestra comida junto con todas nuestras cosas se hallaban en el fondo de aquel pozo de arenas movedizas dentro de aquellas pobres mochilas desaparecidas para siempre. Las habíamos visto hundirse pesadamente y, aunque ninguno dijo nada, todos supimos que nuestras posibilidades de supervivencia se habían reducido a cero. Si salíamos de las arenas, tendríamos que abandonar la montaña.

—Deberíamos dormir —propuso Sabira. La arqueóloga Asesina se había estado comportando como una auténtica valiente en todas las malas situaciones por las que habíamos pasado y, además, sin pronunciar ni una queja, pero la pobre era una flor de invernadero, una rata de biblioteca como yo por muy arqueóloga que fuera (desde luego no debía de haber hecho muchos trabajos de campo en excavaciones, como Gilad, al que se le notaba que se pasaba media vida al aire libre), y, por desgracia, había perdido aquella belleza exuberante que había exhibido en los salones del hotel de Tel Aviv. Cada día que habíamos pasado dentro de aquella montaña, que ya no sabía cuántos eran, se había ido convirtiendo más y más en una jovencita que perdía años hasta llegar a la adolescencia, casi a la prepubertad, que era la edad que ahora, sin pintar, despeinada y sucia, aparentaba. Sólo le faltaba el acné. Otras, aunque no quisiéramos ni pensarlo, por los mismos motivos realizábamos el camino cronológico contrario.

—Pero, ¿y si nos dormimos y nos hundimos sin enterarnos? —me agobié.

—No vamos a hundirnos, Ottavia —me tranquilizó Abby—. Piensa que estás en una colchoneta de playa flotando sobre el mar. ¿Te hundirías?

—No es lo mismo —protesté—. Lo que tenemos debajo son arenas movedizas y cualquier movimiento inconsciente durante el sueño puede hacer que se licúen otra vez y que nos traguen.

Realmente, el aspecto que debíamos de ofrecer a alguien que mirara desde arriba tenía que ser patético: seis ranas embadurnadas de barro puestas boca abajo sobre una superficie húmeda de arena inestable. Aunque, bien mirado, también podía considerarse una posición de humildad. En muchas religiones y culturas antiguas y actuales, la gente adoptaba esa misma disposición en el suelo ante la deidad o el monarca cuando pedía piedad o manifestaba sumisión o humillación. Volvía a ser, pues, un concepto cercano a la humildad el que nos proporcionaba la salvación en aquel momento. Y, desde luego, humildes nos sentíamos, y asustados también.

—Haremos turnos de guardia —decidió el ex-Catón y ex-capitán de la Guardia Suiza del Vaticano—. Tres dormirán y los otros tres vigilarán. Luego, cambiaremos. Supongo que con cuatro horas de sueño por turno tendremos bastante.

—Te olvidas de que aún debemos salir de las arenas —le recordó Farag, dando por sentado que todos éramos conscientes del infinito cansancio que sentíamos.

El primer turno lo hicimos Kaspar, Gilad y yo. Farag estaba agotado y a mí los nervios no me hubieran dejado dormir por muy cansada que estuviera. Pronto, las respiraciones acompasadas (y los suaves y familiares ronquidos) de nuestros compañeros llenaron el silencio de la caverna. De vez en cuando, Kaspar nos preguntaba en voz baja si seguíamos despiertos e, invariablemente, Gilad y yo respondíamos que sí, que allí seguíamos como ranas despanzurradas. No sé qué pensarían Kaspar y Gilad, pero yo tenía la cabeza llena de ruidos, de imágenes de todo lo sucedido hasta entonces, de trozos de conversaciones sobre tribus de Israel, cuchillas de sílex, nimbos, piedras preciosas... Y, de pronto, quise saber la hora que era y quise ver el sol, y también quise tomar un buen café y mirar una película tirada en el sofá de mi casa. No sé por qué quise todo eso. Seguramente porque no podía tenerlo (y a saber si lo volvería a tener), pero pensar en esas cosas tan insignificantes, a las que no daba ninguna importancia cuando las podía disfrutar, me relajó. Cosas pequeñas, cosas banales, cosas que hacía todos los días sin fijarme. Su recuerdo fue lo que realmente me tranquilizó. Aflojé los músculos, solté la mandíbula, relajé los hombros y respiré profundamente pensando en el color verde de las hierbas del jardín de casa y en el color azul de mar en una playa del Mediterráneo. ¿Ésas eran las cosas que me importaban de verdad estando al borde de la muerte? Por lo visto, sí.

—Hay que despertarles —dijo Kaspar—. Ahora nos toca dormir a nosotros.

Y dormí, por increíble que pueda parecer. Dormí a pierna suelta durante cuatro horas sobre aquel abismo de arenas movedizas. Lo que mi mente había hecho por mí sin yo pretenderlo fue sacarme del miedo de la realidad y llevarme hasta la segura vida cotidiana en la que podría descansar. Y menos mal que lo hizo y que descansé porque si sacar el cuerpo de las arenas había sido una pesadilla, cuando emprendimos el regreso «a nado» en dirección a la misma puerta por la que habíamos llegado con la intención de salir de la montaña, nos dimos cuenta de lo dura que podía ser la vida: ¿nadar diez metros en arenas movedizas? Mejor correr un kilómetro cargando con una vaca.

Tardamos horas, muchas horas en deslizarnos sobre aquella peligrosa superficie a suaves impulsos de los brazos. Parecía que no servía para nada, que no nos movíamos, pero horas después descubrías que estabas más cerca del pasillo. Cada poco tiempo, los brazos se nos quedaban como muertos en medio de agudos pinchazos. Estábamos destrozándonos los músculos (bueno, total sólo teníamos destrozados los pies, así que aún nos quedaban más partes del cuerpo por machacar), aunque resultó más fácil a partir del momento en que alcanzamos la capa de arena seca que fingía ser un suelo firme y que, incluso, había aguantado nuestro peso hasta que llegamos al centro de la explanada, quizá porque caminábamos con pasos muy lentos y cuidadosos. Una vez que alcanzamos la arena apelmazada, los impulsos, aunque debían seguir siendo suaves para no despertar al monstruo de la licuefacción inestable, se volvieron más eficaces y menos dolorosos para nuestros tendones y ligamentos. Debíamos romper la capa poco a poco, y apartar los trozos para que no nos impidieran avanzar. Si hubiera sido posible subirse a ella sin provocar de nuevo el desastre, lo hubiéramos hecho, pero no queríamos correr riesgos innecesarios sabiendo que el intento resultaría inútil.

Por fin, cuando parecía que llevábamos toda la vida flotando en aquella gacha fangosa, alcanzamos el borde del foso. Porque era un foso, un foso de profundidad desconocida hecho a propósito por los ebionitas en el que habían mezclado arena, sal y arcilla en la proporción justa para fabricar esas arenas movedizas aprovechando los acuíferos de la montaña, de los cuales procedía, sin duda, el agua de la fuente tentadora que nos llevó al desastre.

El primero en salir fue Kaspar, que trató de sacudirse inútilmente los kilos de barro que llevaba en la ropa agitándose como un perro después del baño. Parecía el yeti de los bosques canadienses. A continuación, salió Abby, que se negó a recibir ayuda de Kaspar porque dijo que ambos tenían los brazos muy cansados y que podían volver a caer, y que, además, dado el peso del barro que ella llevaba encima, no era imposible que el ex-Catón se descoyuntara un hombro. Luego salí yo, pero no tenía fuerzas para impulsarme, de modo que acepté humildemente la ayuda de Kaspar y Abby. Kaspar y yo ayudamos después a Farag, aunque, para entonces, ya teníamos las palmas de las manos quemadas por la fricción de la arena. Gilad salió por su cuenta, negándose a recibir nuestra ayuda y, después, entre él y Farag ayudaron a Sabira.

Estábamos fuera.

CAPÍTULO 32

—«Dichosos los humildes, porque heredarán la tierra» —murmuré con alegría, dejándome caer sobre suelo del sendero, dentro del pasillo.

Varias piernas con un par de toneladas de arenas movedizas pegadas a la tela de los pantalones me sobrepasaron con cuidado para, como yo, derrumbarse sobre el camino unos pasos más allá. Nadie dijo nada. Todos nos quedamos profundamente dormidos y, cuando, por fin, al cabo de unas horas, volvimos a despertar, el móvil de Kaspar (porque ya no teníamos relojes) nos informó de que eran las seis de la mañana del lunes, 7 de julio. Habíamos permanecido un día y medio dentro del foso de arenas movedizas. ¡Un día y medio! El barro, ya seco, se desprendía a grandes trozos de nuestra ropa.

No teníamos agua para beber, tampoco comida ni botiquín para curarnos los pies. No teníamos nada salvo las linternas y los móviles, así que, derrotados, emprendimos el camino de regreso hacia la caverna del nimbo para, desde allí, tratar de pedir ayuda a través de Isabella.

Retrocedíamos como almas en pena, cabizbajos, hambrientos, doloridos, agotados y con irritaciones cada vez más grandes en la piel por las rozaduras que nos provocaba la ropa, llena de arena. Sin embargo, no teníamos ni idea de que todo aquello sólo era una insignificante minucia comparado con lo que nos esperaba:

—¡No me lo puedo creer! —exclamó de pronto Kaspar, enfurecido—. ¡Es que no me lo puedo creer!

Su tono de voz dinamitó nuestro abatimiento, poniéndonos otra vez en alerta, pero no hizo falta que dijera nada, podíamos verlo con claridad aunque casi hubiéramos llegado delante sin darnos cuenta. A Gilad le entró la risa nerviosa y empezó a carcajearse como un loco mientras daba unos pasos más y apoyaba sus dos manos en aquel muro de roca —salido de quién sabe dónde— que interrumpía el sendero impidiéndonos totalmente el paso justo donde empezaban las arenas rojizas. En algún momento, sin saberlo, habíamos pisado o pulsado algún resorte que había hecho subir desde el suelo hasta el techo aquel enorme bloque de piedra.

Sabira empezó a llorar silenciosamente, cayendo al suelo, mientras Kaspar daba pasos furiosos a derecha e izquierda como un león enjaulado y Abby trataba de calmarlo. Farag y yo nos abrazamos en silencio sin dejar de escuchar las carcajadas de Gilad, que no paraba de reír como si de verdad hubiera perdido la cabeza.

—¿Vienes conmigo? —me susurró Farag al oído.

—¿Adónde? —le pregunté, tragándome las lágrimas.

—Al foso de arenas movedizas.

—¿Quieres que muramos juntos?

Después de todo, no era tan mala idea. En aquellos momentos sonaba incluso romántica y atractiva. Pero Farag se rió.

—No, no vamos a morir, *basíleia*, te lo garantizo.

—Entonces, ¿para qué quieres ir?

—Quiero comprobar una cosa y los demás están demasiado agotados como para obligarlos a caminar de nuevo sin saber si tengo razón o no.

—Razón, ¿en qué? —le pregunté.

—¿Vienes? —insistió sin responderme, mirándome a los ojos.

—Claro.

Encendimos una linterna y nos alejamos del grupo con pasos cansados y lentos (a nadie pareció importarle que nos fuéramos), regresando hasta la explanada de las arenas. Dolía volver a ver aquel espantoso lugar. Daban ganas de echar a correr lo más lejos posible de allí.

—No querrás que nos metamos otra vez, ¿verdad? —pregunté cuando nos detuvimos en la entrada.

—No —me aseguró, terriblemente fatigado—. Sólo quiero que no te muevas de aquí y que me ilumines.

—¿Qué vas a hacer? —me alarmé.

—Creo que este foso —y lo señaló con la mano— tiene un borde, un margen hasta la pared, algo así como el brocal de un pozo o la orilla de una maceta, y creo que podemos llegar andando hasta la fuente de allí enfrente.

—¿Y por qué crees eso?

Farag volvió a sonreír y, agachándose dolorosamente, hundió una mano en el barro y tocó el borde real del foso mientras que ponía el dorso de la otra en la esquina donde comenzaba el pasillo. Entre sus dos manos la separación era de unos treinta centímetros. Como la arena del pasillo y la arena seca de la explanada estaban a la misma altura, no se notaba que, en realidad, el borde del foso estaba unos dos o tres centímetros más abajo, y que las arenas movedizas rebosaban precisamente para permitir la formación de la capa seca hasta las paredes. Es decir que, aparentemente, caminando con la espalda pegada a la piedra, disponíamos de un angosto pasillo semicircular de unos treinta centímetros de ancho, ligeramente inclinado y peligrosamente resbaladizo que podía llevarnos hasta el otro lado. Qué gran suerte llevar aquel calzado llamado pies de gato porque, deslizarse desde aquel borde significaba volver a hundirse en el foso y no había espacio ni sujeción para que los demás pudieran echar una mano, un pie o lo que fuera a quien se hubiera caído. Más bien todo lo contrario.

—No quiero que vayas por ahí tú solo, Farag —le dije.

—Pero, *basíleia*, debo comprobarlo, entiéndelo —me pidió—. Si lo consigo, tú avisas a los demás y me seguís. Yo, mientras, os esperaré bebiendo el agua de aquella fuente antes que nadie.

Terminó la frase riéndose pero yo veía su cara demacrada a la luz de la linterna y sabía que estaba más allá del agotamiento y que sus pies estaban tan débiles como los míos y que, si resbalaba, moriría en el intento. No iba a dejarlo solo por muy terco y cabezota que se pusiera.

—Te voy a explicar lo que vamos a hacer —le advertí con mucha paciencia—. Vamos a volver con los demás y les vamos a contar lo de la pasarela hasta el otro lado. Luego, venimos todos hasta aquí y emprendemos la marcha juntos.

—Pero, ¿y si no existe tal pasarela? ¿Y si el brocal que imagino está roto o partido en algún lugar y no podemos seguir?

—Pues ya veremos lo que decidimos entre todos. No me gustan los héroes vanidosos que se sacrifican por el grupo. Ya sabes lo que digo cuando sale alguno así en las películas: que intenta destacar demostrando que es el más generoso y abnegado, pero que, en realidad, busca ser el centro de atención y el más admirado.

Tenía que manipularlo como fuera para que no se lanzara solo a aquella peligrosa aventura. Me negaba a verle morir. Pareció reflexionar sobre lo que le había dicho.

—De acuerdo —admitió, al final—. Hagámoslo a tu manera.

—Si sabes que siempre tengo razón —repliqué caminando de nuevo hacia el interior del pasillo—, ¿por qué te molestas en llevarme la contraria?

—Porque me gusta.

Le oí reír y me sentí feliz.

Para cuando regresamos, Kaspar se había calmado bastante pero Sabira aún lloraba y a Gilad se le veía desesperado. Sólo Abby, dentro de su inmenso cansancio, parecía entera.

Les contamos lo que había descubierto Farag y una chispa de esperanza brilló en los cuatro pares de ojos que nos contemplaron con asombro. La idea de llegar hasta la fuente resultaba increíblemente tentadora, porque cuando la sed aprieta, que se quiten de en medio otras tonterías. Pero también era una esperanza y por la esperanza hacemos cosas que pueden parecer muy tontas, pero las hacemos igual.

Regresamos a la explanada algo más animados. Supongo que, en el fondo, todos temíamos que aquella última oportunidad no saliera bien, pero había que intentarlo. Antes de que

Farag abriera el camino por el supuesto brocal, Kaspar le dijo:

—Asegúrate de apartar el barro con el pie al pisar porque, aunque vuelva a cubrirse enseguida de fango, al menos podrás ver si hay borde debajo.

—Y cuando llegues a la zona seca —le dije yo—, no te fíes. No la pises creyendo que está pegada al borde. Rómpela para asegurarte de que no hay arenas movedizas debajo ni, como dice Kaspar, un hueco que te haga caer.

Farag asintió y sonrió. Creo que estaba tan cansado que nos decía que sí a todo con tal de que le permitiéramos empezar de una vez. Caminó hasta la esquina del pasillo, pegó la espalda a la pared y empezó a apartar hacia un lado el barro húmedo del brocal para despejar el suelo donde debía pisar a continuación. Kaspar, Gilad y yo le iluminábamos para que se sintiera seguro y para que viera con claridad. Cuando estaba a punto de llegar a la zona seca, en la que parecía que paredes y suelo eran sólidos y uniformes, yo le di también la espalda a la pared de la explanada y seguí el camino emprendido por Farag. Hasta donde él estaba había borde, así que sólo tenía que apartar un poco la arena mojada para no resbalar. Los pies de gato funcionaban de maravilla y daban mucha seguridad. Gilad nos siguió, y luego Abby y Sabira. Kaspar fue el último.

Las linternas no nos molestaban demasiado porque no podíamos usar las manos para sujetarnos a la pared, hasta que, en un momento dado, Sabira descubrió un pequeño borde en el muro que teníamos en la espalda en el que podíamos encajar las puntas de los dedos. También aquello estaba hecho a propósito, no cabía ninguna duda. Entonces nos pusimos las linternas bajo las axilas, como los viejos termómetros de mercurio. Total, para sujetarnos teníamos que llevar los brazos absolutamente pegados al cuerpo.

Farag, desobedeciendo lo que yo le había aconsejado, no rompió en terrones el suelo de arena seca cuando llegó hasta allí. Siguió avanzando, asiéndose al muro con los dedos y, por suerte para él (y para mí), el suelo resistió. Si caminando despacio y cuidadosamente habíamos conseguido llegar hasta el centro de la explanada, me dije intentando calmarme, seguramente Farag había pensado que, como avanzábamos de la misma forma, la capa de arena apelmazada aguantaría.

Y aguantó. Mi marido alcanzó la fuente de agua tan feliz y orgulloso como un estudiante que ha obtenido una matrícula de honor pero, en lugar de pararse a beber, la sobrepasó y se detuvo en la abertura que daba al nuevo pasillo y que era idéntica a la del otro lado. Una vez allí, se quedó quieto, tendiéndome la mano para hacerme saber que me esperaba.

Todos llegamos sanos y salvos. Todos bebimos hasta hartarnos, lo que nos reanimó mucho, y, a continuación, de uno en uno o de dos en dos (dependiendo de la relación de intimidad) nos quedamos en la fuente para lavarnos y lavar nuestras ropas con aquella agua fresca, suave y deliciosa. Teníamos rozaduras y quemaduras por todo el cuerpo pero el agua nos calmó el dolor y no nos importó volver a ponernos la ropa mojada porque estaba libre de arena y de sudor y nos refrescaba las abrasiones. Bien es verdad que no teníamos jabón, pero con el agua, en aquel momento, nos parecía suficiente. Cuando la ropa se secara nos sentiríamos limpios y, eso, no tenía precio.

Nuestros pies heridos, que conservaban las capas de suturas y que por la forma de esas babuchas de pies de gato habían permanecido a salvo de las arenas movedizas, estaban bastante bien, curados casi por completo. Las cicatrices aún se veían un poco tiernas pero no teníamos solución salina para secarlas ni podíamos dejarlas al aire libre porque debíamos continuar. De todas maneras, estábamos bastante seguros de que su aspecto era bueno y de que no iban a darnos problemas mientras no tuviéramos que saltar o correr.

Afortunadamente, la temperatura en aquel nuevo pasillo era cálida, a pesar de no existir canales de agua caliente. Seguramente, dijo Sabira (y Kaspar se mostró de acuerdo), debíamos de encontrarnos a la altura de la misma falda de la montaña, ya que, como habíamos entrado por la tumba de Hillel, que se encontraba a unos seiscientos metros sobre el nivel del mar y a, más o menos, la mitad de la altura del propio monte

Merón, que medía mil doscientos ocho metros, lo lógico era pensar que, aunque nos halláramos rodeados por kilómetros de roca a nuestro alrededor, sólo teníamos esos mil doscientos ocho metros de montaña sobre nosotros y, de alguna manera, el enorme calor que hacía en el exterior, en pleno julio israelí, era recogido por la tierra y llevado hasta donde nos encontrábamos.

Kaspar intentó establecer comunicación con Isabella para hacerle saber nuestra situación y posición aproximada, pero no pudo. La señal, por muchos miles de kilovatios que tuviera y por muchos nodos y mallas de redes de nodos de los que dispusiera, no atravesaba la inmensa anchura de la falda de la montaña.

De modo que, al cabo de unas horas y de varios litros más de agua —ingeridos y también eliminados—, rehidratados, limpios y sintiéndonos descansados aunque hambrientos, emprendimos el camino que nos marcaba el nuevo pasillo. No era muy largo, un par de kilómetros a lo sumo y allí, al final, una abertura diminuta nos obligó a entrar en un sinuoso y estrecho pasadizo bastante claustrofóbico —cosa que a mí, en particular, no me hizo ninguna gracia— en el que, encorvados y golpeándonos los hombros contra las paredes y las cabezas contra el techo, dimos unas vueltas muy raras sin aparente sentido que nos hicieron temer lo peor: nos habíamos metido en un laberinto e íbamos a perdernos. Empecé a notar la falta de aire y a ponerme bastante nerviosa, pero, afortunadamente, no era un laberinto. El minúsculo pasadizo terminó en el lugar más grande en el que habíamos estado hasta entonces, incluso más grande, en superficie, que la explanada de las arenas movedizas y también redondo, pero en lugar de una cúpula, sencillamente no tenía techo. Era un tubo. Literalmente, un tubo altísimo al que, por algún lugar muy lejano, llegaba luz del exterior. Una luz escasa, mezquina, pero que, una vez que apagamos las linternas y nos acostumbramos, nos permitió vernos unos a otros bastante bien.

Sin embargo, no era la luz el detalle más destacado de

aquel lugar. A la altura del suelo daba inicio una extraña escalera tallada en los muros del tubo para lo cual éstos habían sido cuidadosamente retranqueados. Los escalones ascendían hacia lo más alto girando como una espiral en la pared sin que pudiéramos ver dónde terminaban. El problema era que resultaban muy estrechos, de medio metro como mucho y no tenían barandilla. Es decir, que si te caías, te matabas.

—Si conserváramos las mochilas —se lamentó Kaspar— podríamos atarnos unos a otros con las cuerdas y, si alguien resbalara, sujetarle entre todos.

—Olvida las mochilas, Kaspar —le advirtió mi marido, dándole un golpecito en el hombro—. No las tenemos y ya está. Al menos conservamos las linternas.

—Entonces, ¿empezamos a subir? —pregunté, dirigiéndome hacia la escalinata.

—Adelante —me animó Gilad—. Toda tuya.

—Déjame pasar primero —me pidió Farag reteniéndome por la cintura.

—¡Así me gusta! —se rió Kaspar, que aprovechó para tomar a Abby de la mano y empezar ellos el ascenso—. Vosotros ya fuisteis delante en el foso de arena. Ahora nos toca a nosotros.

—¡Judas! —le insulté, pero le dio igual.

Farag y yo les seguimos y Sabira y Gilad nos siguieron a nosotros. Obviamente, resultaba imposible subir de dos en dos, así que, al poco, la fila de hormigas se alargó y se estiró.

Tres horas después, y aunque los escalones se subían cómodamente porque no eran muy altos, hubiera cambiado aquella maldita escalera por la otra empinada de techo abovedado por la que habíamos bajado hasta el pasillo de agua fría desde la cueva de las piedras preciosas. Subir no era lo mismo que bajar, ni muchísimo menos, y, además, no había que olvidar que, desde que bajamos, habíamos estado a punto de desangrarnos, habíamos pasado casi dos días luchando en arenas movedizas y llevábamos tres días sin comer, desde el desayuno del viernes en la caverna del nimbo. Y ya era lunes, cerca del mediodía.

Otras tres horas después no podía con mi alma. Me dolían los músculos de las piernas una barbaridad y estaba mareada de cansancio y debilidad. No quise decir nada para no preocupar a Farag ni a los demás, a pesar de que sabía que me estaba comportando irresponsablemente al no decirlo. La altura a la que nos encontrábamos era impresionante, ya no se veía el suelo, y si me mareaba más y perdía el conocimiento, caería y me mataría porque el medio metro de anchura de aquellos escalones no daba para desmayarse teatralmente como en las películas.

Por suerte, minutos después Abby nos preguntó si podíamos parar un rato. No se encontraba bien. Tenía dolor de estómago y de cabeza.

—Eso es hambre —diagnosticó Farag, y su voz rebotó contra las extrañas paredes de aquel tubo—. Porque yo estoy igual.

Tratando de no mirar hacia abajo para evitar el vértigo, me giré hacia atrás, hacia Sabira, que estaba pálida como una muerta, y me senté en un escalón absolutamente convencida de que por fin habíamos llegado al lugar en el que íbamos a morir. Cerré los ojos y vi muchos fuegos artificiales de colores disparándose en todas direcciones. Tenía una hipoglucemia terrible, la fatiga y la náusea me dominaban, pero no había nada que llevarse a la boca.

—Creo que, de manera oficial —anunció Kaspar con voz potente, jugando con el eco del tubo—, ya estamos en la cuarta Bienaventuranza, la de los hambrientos. ¿Alguien la recuerda exactamente?

—«Dichosos los que tienen hambre, porque serán saciados» —susurré, apoyando la frente en las manos.

—No esperemos ser saciados fácilmente —se lamentó mi marido, sentándose detrás de mí y poniéndome las manos en los hombros—. Supongo que esto no ha hecho más que empezar.

—Pues yo no voy a aguantar —dijo la débil voz de Abby.

—¿Quién se encuentra con fuerzas para continuar subiendo un poco más? —preguntó Kaspar.

—Yo —escuché decir a Gilad.

—Y yo también —escuché decir a mi marido.

—No, Farag, tú no —le rechazó Kaspar—. Tú quédate con ellas. Estás demasiado cansado. Iremos Gilad y yo.

—Kaspar, no puedo llegar hasta donde tú estás —avisó Gilad.

Se hizo un pequeño silencio.

—Los que nos quedamos —ordenó mi marido— vamos a tumbarnos con mucho cuidado boca abajo sobre los escalones, pegándonos todo lo que podamos a la pared para dejar paso a Gilad.

A mí también me dolía el estómago, como si una garra de tigre me lo estuviera desgarrando desde dentro hacia fuera. La idea de enderezarme, girarme hacia la pared y tumbarme sobrepasaba mis capacidades en ese momento, pero no había alternativa. Las quejas, para los buenos momentos. En los malos hay que apechugar. Levanté la cabeza de las manos y, antes de darme la vuelta, miré hacia arriba, hacia la parte alta del tubo iluminada por esa extraña luz de origen incierto. Y entonces vi la abertura, la puerta. Estaba a mi derecha, dos giros de espiral más arriba.

—¡Mirad! —dije, señalándola—. ¡Allí!

Todos alzaron la mirada, buscando.

—¡Una puerta! —exclamó Kaspar—. ¡Abby, mira, una puerta!

—Tenemos que llegar hasta allí —propuso Farag.

—Espera un momento —le pidió la Roca—. Deja que vaya yo primero, no sea cosa que...

—¡No me gustan los héroes! —exclamé, llevándome las manos al estómago. Hubiera necesitado otras dos para llevármelas también a la cabeza, y otras dos para taparme los ojos—. ¡Vamos todos! Sólo hay que hacer un último esfuerzo. ¡Venga, Sabira, levántate! Abby, venga, demuestra que no eres una debilucha.

Kaspar continuó la subida llevando a la pobre Abby de la mano. Farag, en cambio, se pegó a la pared y me cogió por los brazos.

468

—Pasa delante de mí —me ordenó—. Quiero verte subir.

Sentía náuseas y no sabía por qué, puesto que mi estómago estaba vacío. Necesitaba vomitar una comida que no había comido y la garra de tigre, una vez desgarrado el estómago, ahora atacaba hacia adentro llegando hasta la espalda. Recuerdo que me sorprendió que un dolor de estómago pudiera convertirse también en un terrible dolor de espalda. Me sentía peor que mal. Hubiera dado lo que fuera por tirarme en el suelo y no moverme.

—¡Venga, *basíleia*, venga! Un pequeño esfuerzo, amor mío.

No sé cómo realicé aquel giro de baile para ponerme delante de Farag, y casi mejor no saberlo porque debí de pasar el cuerpo entero sobre el abismo, menos los pies, que apoyaba contra el suelo, y los brazos que Farag me sujetaba fuertemente.

Aquellas dos últimas vueltas en la escalinata fueron uno de esos hitos de la vida que recuerdas para siempre. Cuando el sitio en el que deberías estar es una cama de hospital y, en cambio, tienes que subir escalón tras escalón sin fuerzas, con angustia, mareo, intensos dolores musculares, de estómago y de espalda, y sin saber si ese esfuerzo tiene algún sentido sino que sólo te mueve la esperanza de poder dejarte caer en algún lugar para perder a gusto el conocimiento sin precipitarte desde una altura de casi quinientos metros, no puedes olvidarlo nunca, por muchos años que pasen.

Kaspar llegó a la puerta con Abby y encendió la linterna. Ambos desaparecieron en el interior. Luego llegué yo seguida por Farag, que también encendió su linterna. Antes de entrar por la abertura en la roca vi que allí terminaban los escalones, que ya no se podía subir más por aquel tubo que, aunque seguía hacia arriba, se iba cerrando sobre sí mismo en forma de cono. De allí procedía la luz. La parte derecha de ese cono debía de coincidir con alguna ladera de la montaña y allí formaba una especie de celosía, de rejilla de piedra desde la que caían largas raíces y plantas que habían crecido hacia abajo pero que dejaban pasar resquicios de luz y de aire. De inmediato, tuve la absoluta certeza de que esa parte de la montaña, en el exterior, coincidía con alguna zona boscosa e impracticable que nadie había pisado jamás. Quizá desde aquel nuevo lugar pudiéramos conectar con Isabella.

Sólo recuerdo que Farag y yo entramos detrás de Kaspar y Abby y que aquel lugar era otra cueva, igual de espaciosa que la de las piedras preciosas pero con una fuente a la izquierda, una fuente idéntica a la de las arenas movedizas, y que el techo, el suelo y las paredes tenían un color grisáceo. Y también me llamó la atención que no hubiera salida, que no hubiera otra abertura clausurada por una rueda de piedra. Pero ya no recuerdo nada más. Farag me ayudó a tumbarme en el suelo y perdí el conocimiento.

CAPÍTULO 33

Si dormir no te alimenta, al menos te quita el malestar del hambre. Aquella noche, la del lunes al martes, 8 de julio, dormimos todos de un tirón durante casi diez horas. Nos despertamos débiles y sedientos, pero enteros. Las angustias y demás síntomas habían desaparecido (por el momento), y beber el agua de aquella fuente nos reanimó. Pero que nadie nos pidiera que camináramos muchos kilómetros o que subiéramos una escalera como la del día anterior porque no hubiéramos podido. La sensación era la del decaimiento de la convalecencia, como cuando has estado enferma en la cama durante mucho tiempo y empiezas a mejorar. Sólo que nosotros no íbamos a mejorar. Esa debilidad empeoraría con el paso de los días porque lo que necesitábamos era comer y no teníamos comida.

—Nunca antes había pasado hambre —murmuró Abby, apoyándose en el regazo de Kaspar, que se inclinaba para protegerla con todo su corpachón como si eso sirviera de algo.

—Ninguno de nosotros había pasado hambre jamás, Abby —le expliqué débilmente a la heredera.

Una cosa era estar un día sin comer o hacer el ayuno de la Cuaresma, pero hambre, lo que se dice hambre, esa hambre que veías en los niños desnutridos del Tercer Mundo o en los campesinos de las zonas con largas sequías en países pobres, esa hambre no la habíamos conocido ninguno de los que estábamos allí porque todos procedíamos de países privilegiados y de familias que habían podido alimentarnos.

—Kaspar —musitó Farag, tumbado a mi lado—, intenta contactar con Isabella.

Kaspar no respondió, pero levantó a Abby entre sus brazos con todo cuidado y la dejó sobre el suelo, con la cabeza apoyada sobre una suave elevación del terreno que le servía muy bien de almohada. Claro que también había otra que le levantaba un poco los pies retorciéndola un poco, pero el ex-Catón pareció no darse cuenta de ese pequeño detalle. Después de dejarla, se incorporó, se estiró como si fuera un acordeón y sacó su móvil del bolsillo.

—Deberíais encender todos vuestros móviles —nos dijo con voz tremendamente cansada.

Si pedirle que contactara con el Paraíso Terrenal nos iba a suponer un esfuerzo tan grande, dudé que valiera la pena. Con todo, y en medio de nuevos mareos y náuseas que aparecían al moverte, empezamos a buscar nuestros teléfonos por los bolsillos de los pantalones. Yo no recordaba en cuál lo había guardado, pero tenerlo, lo tenía seguro.

—Gilad —dijo de pronto Kaspar con un tono de voz más vivo—. Trae todas las linternas.

—¿Qué pasa? —preguntó mi marido, que ya estaba encendiendo su móvil.

—Hay algo raro en el suelo —explicó el ex-Catón volviendo a coger a Abby y a levantarla delicadamente. Abby se dejaba manipular como una muñeca de trapo, sin quejarse pero sin prestar tampoco demasiada atención. Kaspar la dejó junto a Sabira.

—¿Raro? —se extrañó Farag avanzando hacia el ex-Catón—. ¿Raro como un objeto raro o raro como un bicho raro?

—Como una forma rara —intentó explicarse la Roca, alejándose y acercándose del lugar donde había estado tumbada Abby—. Traed todas las linternas, por favor.

Algunos, pero sólo los que tenían barba de varios días sin afeitar, aún podían moverse y llevar las seis linternas hasta donde estaba el ex-Catón.

—El suelo —decía éste—, iluminad el suelo. ¿Lo veis? ¿Veis esas formas extrañas en el terreno?

—Son deformaciones de la roca, Kaspar —se indignó Farag, que estaba muy cansado—. Estamos dentro de una montaña.

—¡No, no! —exclamó la voz sorprendida de Gilad—. ¡Son letras!

Con eso captó la completa atención de mi marido que, arrastrando sus pies aún heridos, se acercó hasta él como atraído por un imán. Kaspar se les unió también y los tres juntos fueron moviendo los focos de luz para que las sombras les permitieran descifrar las grandes letras que apenas se distinguían porque parecían desgastadas por el paso del tiempo y por un supuesto tránsito incesante de personas durante siglos, aunque eso fuera tan falso como todo lo que había en aquella montaña.

—Creo que son dos —afirmó Farag—. Y son letras hebreas.

Sabira y yo, sentadas en el suelo, seguíamos sus evoluciones con interés pese al malestar físico. Abby, en cambio, seguía tumbada y parecía dormida.

—La primera es la letra vav —afirmó Gilad.

—¿Estás seguro? —inquirió Farag con el ceño fruncido.

—Completamente. Observa la forma alargada. Es una vav, sin duda.

Sabira, apoyándose en mi hombro, se puso en pie y se añadió al grupo para dibujar —en una de las hojas de papel que había salvado antes de tirar su carpeta a las arenas movedizas— el trazo de la letra vav que ellos resaltaban con las luces de las linternas. Luego, amablemente, se acercó hasta mí y me la enseñó:

ו

Bueno, no me pareció gran cosa, la verdad. Sonreí a Sabira para agradecerle el detalle pero creo que lo que entendió fue que se largara y me dejara tranquila. Los otros tres seguían enfrascados en la segunda letra.

—La grafía es antigua —decía Gilad, que había perdido

mucho del cuerpazo que exhibía en el hotel de Tel Aviv y se estaba quedando como enclenque—, pero estoy seguro de que se trata de la letra mem.

—Sí, estoy de acuerdo contigo —asintió mi marido—. Es una mem.

Sabira dibujaba sin parar con su portaminas dorado y, ahora que había perdido su cámara fotográfica (aunque no la tarjeta de memoria, que había guardado en uno de los bolsillos impermeables), los dibujos eran lo único que tenía para documentar las pruebas.

—O sea, una vav y una mem —resumió Kaspar, como si supiera lo que estaba diciendo. Aunque a lo mejor lo sabía. Yo ya no tenía claras muchas cosas y menos en esos momentos.

Cuando terminó, Sabira volvió a acercarse hasta mí para enseñarme su nuevo bosquejo de la letra hebrea mem:

Se lo agradecí, pero ¿a mí qué más me daba? No entendía hebreo y no entendía por qué esas dos letras parecían estar poniendo tan nerviosos a los tres barbudos, e incluso a Abby que, llena de curiosidad, había abierto los ojos.

—*Man hu* —dijo Farag.

—No, no, profesor Boswell —exclamó un sonriente Gilad—. No se lee *Man hu*. Se lee *Man hu?*, «¿Qué es esto?».

—«¿Qué es esto?» —repitió Kaspar como un loro—. ¡Eso digo yo! ¿Qué demonios es esto?

—*Man hu*, Kaspar —le aclaró muy divertido Farag—. Maná. El maná con el que se alimentó el pueblo de Israel durante los cuarenta años de travesía por el desierto.

Mi hambre pudo más que mi indiferencia y que mi absoluta convicción sobre la inexistencia del maná. De repente, me interesaba muchísimo lo que aquellos tres sabiondos estaban diciendo. Y también Sabira mostraba un enorme interés. Y hasta Abby se incorporó sobre un codo y, luego, se sentó muy recta y con los ojos como platos de comida ante la idea del maná.

Sí, vale, pero yo ahora quería verlo. ¿O nos íbamos a zampar las letras del suelo de roca? El estómago me dolía de nuevo. El tigre sacaba las zarpas y desgarraba sin piedad intentando llegar hasta mi espalda. Que no me hablaran de maná si no me iban a dar un buen trozo.

—Cuando los hijos de Israel —murmuró Abby, haciendo que todos la miráramos desconcertados por su repentina resurrección— empezaron a pasar hambre en el desierto al poco de escapar de Egipto, comenzaron a murmurar contra Moisés por haberlos llevado hasta allí para hacerlos morir. Entonces, Adonay le dijo a Moisés que comunicara a los hijos de Israel que había oído sus murmuraciones y que haría llover pan del cielo.

—Y dijo claramente pan —señaló Gilad—, es decir, *lejem*. Pan.

—A la mañana siguiente —continuó Kaspar para que Abby no se cansara, adoptando una actitud de sumo sacerdote o, bueno, de Catón en funciones—, los judíos vieron, alrededor del campamento, una extraña capa de rocío sobre la arena del desierto que, cuando se evaporó, dejó una costra fina, escamosa y tenue como la escarcha. Entonces, se miraron confundidos unos a otros y se preguntaron: «¿Qué es esto?». Pero Moisés les dijo que recogieran aquella costra porque era el pan que Dios les había prometido (36).

—No es así como lo cuenta el *Shemot* —protestó Gilad, enfadado, mirando a Kaspar—. El segundo libro de la Torá, el *Shemot*, dice que, cuando cesó de caer el rocío desde el cielo, el desierto estaba cubierto de una cosa redonda y menuda como la escarcha. Entonces, los hijos de Israel se dijeron unos a otros: «*Man hu?*», «¿Qué es esto?», porque no sabían lo que era. Y *Moshéh* les dijo que era el pan, el *lejem*, que Adonay les daba para comer (37).

—Pero no lo llamaron *lejem* —comentó Farag, sentándose

(36) Éxodo 16, 13-15.
(37) *Shemot* 16:13-15.

de nuevo en el suelo y cruzando sus largas piernas como un indio—. Lo llamaron *man*.

—Exacto —convino Gilad—. *Man*, no *lejem*, porque era una cosa redonda y menuda, no una costra fina y escamosa como dice la mala traducción de la Biblia cristiana. Ni tampoco era trigo, ni cualquier otro cereal que conocieran y con el que se pudiera hornear el *lejem*.

Pero, mientras Gilad se empeñaba en establecer las diferencias entre la versión hebrea y la versión cristiana del *man*, o maná, y en demostrar, por la autoridad que le confería la mayor antigüedad y la fidelidad de su libro sagrado, que el *man* tenía forma de pequeñas bolitas y no de costra delgada, Farag, con las uñas, estaba arrancando a su alrededor pequeños trozos de suelo y apilándolos delante de él. El arqueólogo judío enmudeció de golpe al verlo y todos nos quedamos como petrificados.

—Me temo, Gilad —le sonrió mi marido, levantando la vista hacia él—, que los ebionitas optaron en este caso por la mala traducción de la Biblia cristiana porque lo que cubre el suelo, las paredes, el techo y, probablemente, la salida de esta cueva, es una costra de *man*. Aunque no demasiado delgada, debo añadir.

Kaspar se acercó hasta Farag y se sentó frente a él, dejando entre ambos los trozos de, supuestamente, roca del suelo, de color ceniza clara (quizá a eso se refería lo de la escarcha), que mi marido había arrancado sin grandes dificultades con las uñas y los dedos de las manos. El ex-Catón cogió uno de los trozos más grandes, del tamaño de su pequeña y perdida Biblia de viaje, y lo examinó cuidadosamente a la luz de la linterna.

—¡Necesitamos una navaja! —gruñó.

—¿Podría verlo, por favor? —pidió Sabira, tendiendo una mano hacia Kaspar.

Éste le pasó el trozo de suelo creyendo, como todos, que Sabira querría dibujarlo para guardar registro de la prueba pero, para nuestra sorpresa, Sabira se agachó hasta que la luz enfocó perfectamente el fragmento, le dio un par de vueltas en las manos y, ni corta ni perezosa, arrancó un pedacito de una esquina y se lo llevó a la boca con toda tranquilidad, empezando a masticarlo con cara de estar comprobando algo que ya sabía de antemano.

—¡No comas eso! —exclamó, asustado, Gilad, agachándose hasta ella y quitándole el trozo de suelo de las manos—. ¡Escupe lo que tienes en la boca, Sabira! ¡Podría ser venenoso!

Pero Sabira la Asesina, sin dejar de sonreírle afectuosamente, siguió masticando y, luego, ostensiblemente, se tragó el pedacito de suelo.

—Yo sé lo que es esto —dijo con suavidad—. De niña, en mi ciudad natal de Diyarbakir, en Anatolia, lo comíamos muy a menudo. Pero antes de contaros la extraña historia de esta comida, os ruego que no esperéis más. Comed tranquilamente, no os hará ningún mal. Es un liquen muy nutritivo.

—¿Un liquen? —pregunté con asco. Sabía que los líquenes eran unos organismos vivos que procedían de la unión entre hongos y algas unicelulares, y también sabía que, donde había líquenes, no había contaminación de fábricas o coches ni productos tóxicos peligrosos porque eran muy sensibles a todo lo que perjudicaba a la naturaleza en general. Pero, aunque fueran el canario del grisú medioambiental, el semáforo verde de la pureza y la higiene, los líquenes no habían formado jamás parte de mi dieta y la idea comerme un organismo vivo de ese tipo no despertaba mis pasiones.

—Resultaría más sabroso —comentó Sabira, arrancando otro pedacito del fragmento que sujetaba el tembloroso Gilad— si pudiéramos convertirlo en harina y usarlo para cocinar, pero creo que, dada nuestra situación, no podemos pedir tanto, así que nos tendremos que conformar con los trozos y el agua de la fuente.

Verla comer me produjo tanta envidia y tanta hambre que se me pasaron los remilgos. Si aquello, liquen o piedra, era comestible, me lo comería. Tenía que alimentar al tigre para que me dejara vivir, porque el dolor de estómago resultaba ya insoportable y la hipoglucemia me anulaba como persona.

Farag y Kaspar repartieron trozos de aquello entre todos y yo cerré los ojos antes de llevarme a la boca el pedacito minúsculo que partí con la pinza del índice y el pulgar. La textura era recia y dura, y parecía dejarse romper por sequedad más que por cualquier otra razón (como la de ser un ser vivo). Con los ojos cerrados me llevé a la boca el pedacito y, sintiendo el dolor de estómago como urgente motivación, empecé a masticarlo. Sabía a harina de trigo, exactamente a harina de trigo con un punto ácido. Es decir, que no era ningún manjar pero le daría trabajo a mis jugos gástricos y éstos me lo agradecerían dejándome en paz. Y eso era lo único que quería.

No sabía cómo era el hambre de los que realmente no tenían nada para comer. No sabía si se parecía a lo que yo sentía porque lo suyo era de largo recorrido y para mí era la primera vez y había durado sólo unos días. Sin embargo, no hay sensación más horrible, dolorosa e incapacitante que el hambre. Algo cambió para siempre dentro de mí después de aquella experiencia. No volví a ver ciertas cosas de la misma manera.

El liquen pedía agua para ser masticado, tragado y digerido. Al final, acabamos todos junto a la fuente sujetando nuestros pedazos de *man* como si fueran una exquisitez, y dando bocados después de beber un trago de agua. Comíamos despacio, sin prisas, controlando el hambre y la ansiedad para que aquel alimento no nos sentara mal. No hablábamos. Comíamos y bebíamos, despacio, en silencio, demasiado exhaustos como para entablar una agradable charla de sobremesa. Y, cuando terminamos, cuando ya estábamos saciados, volvimos a tumbarnos en el suelo para dormir, un suelo que, aunque a todos los efectos parecía de piedra, ahora sabíamos que estaba cubierto por una capa de liquen de diez o quince centímetros de grosor con apariencia y tacto de piedra, pero tan vivo como nosotros mismos. Resultaba un poco espeluznante pensarlo.

Cuando desperté de nuevo, horas después, me encontraba mucho mejor. Los síntomas de náuseas, mareos, angustia, etc., habían desaparecido. El dolor de estómago también. El tigre se había marchado sin despedirse, con gran alegría por mi parte. Pero sentí que necesitaba comer un poco más.

Abby y Kaspar estaban junto a la fuente, con mejor aspecto y comiendo y bebiendo una segunda ración (que era, exactamente, lo que iba a hacer yo). En realidad, debía de ser tarde, así que aquello, más que un desayuno matinal era una cena.

—¿Cómo estás, doctora? —me preguntó el ex-Catón, ofreciéndome otro, llamémosle bocadillo, de liquen.

Cogí el trozo y mordí, sabiendo ya lo que iba a encontrar en aquel extraño alimento.

—Mucho mejor —repuse, formando un cuenco con la mano derecha y llenándolo de agua para beber un sorbito—. La verdad, mucho, mucho mejor.

—Sí, nosotros también —sonrió Abby—. Creo que, por fin, podremos dar por terminada esta prueba y seguir adelante con el resto de Bienaventuranzas.

Aquello me desconcertó.

—¿No habíamos quedado en llamar a Isabella y pedir que nos sacaran de aquí?

—Eso fue antes de encontrar alimento —rezongó Kaspar, bebiendo agua en el cuenco de sus manos.

—Lo estamos haciendo todo bien, Ottavia —me aclaró Abby—. Es duro, lo sé, pero estamos superando todas las Bienaventuranzas y estamos ganándonos el derecho de encontrar los osarios con los restos de Jesús de Nazaret y su familia. Cuando lleguemos al final, no sentiré que he hecho el descubrimiento arqueológico más importante de la historia. Sentiré que me he convertido en digna de hacer el descubrimiento arqueológico más importante de la historia. De algún modo, estas pruebas nos preparan para merecer lo que queremos hallar.

—Te entiendo perfectamente, Abby —dijo la voz de Farag a mi espalda. Él también se había despertado y se había acercado a la fuente para comer un poco más.

Si Farag el ateo entendía a Abby, es que algo ateo había en Abby, pero Abby había demostrado repetidamente su gran conocimiento de las Sagradas Escrituras, tanto cristianas como judías, y su infinito respeto por cualquier clase de fe, incluida la musulmana, aunque ni ella ni sus abuelos habían manifestado en ningún momento, que yo recordara, que profesaran alguna religión. Eran muy amigos del príncipe Karim, el imán de los nizaríes, pero también tenían grandes relaciones en el Vaticano. Sin embargo, realmente, parecían tan ateos como Farag.

—Hola, cariño —me dijo mi marido al acercarse para darme un beso en la mejilla—. ¿Has dormido bien? ¿Cómo te encuentras?

—Muchísimo mejor —respondí—. Y tú también tienes mejor aspecto. Si pudieras afeitarte, se te vería hasta buen color de cara.

Farag cogió el trozo de liquen que Kaspar le tendió pero, antes de morderlo, metió la cara bajo el agua de la fuente para mojársela y, luego, bebió un largo trago.

—No puedo sentir aún una desbordante alegría —exclamó, pasándose una mano seca por el rostro mojado— porque estamos destrozados, machacados y necesitaríamos una semana en un balneario para recuperar parte de las fuerzas que hemos perdido. Pero me siento inmensamente orgulloso de lo que hemos conseguido hasta ahora. Por eso comparto la opinión de Abby.

—O sea, que quieres seguir adelante —suspiré resignadamente.

—Y tú también, *basíleia* —dijo, pasándome el brazo sobre los hombros y atrayéndome hacia él, mientras que con la otra mano iba llevándose a la boca el pedazo de liquen y dándole bocaditos—. Tú también. Te conozco lo suficiente para saber que jamás has dejado sin terminar nada de lo que has empezado.

De pronto, apareció Gilad por mi derecha. Tenía una cara de sueño que daba pena, pero se le apreciaban de nuevo algunos de sus mejores músculos. Kaspar el panadero le entregó un pedazo de *man*, pero el israelí, como todos, prefirió antes beber un buen trago de agua. Y aún estaba bebiendo cuando apareció Sabira. Sonreía ampliamente, y era, de lejos, la que mejor aspecto presentaba. El panadero volvió a cumplir con su función entregándole un trozo de liquen que ella cogió ávidamente y empezó a mordisquear con fruición, como si se tratara de una golosina.

—Mi madre y las mujeres de Diyarbakir —explicó después de tragar el primer pedazo— recogían los fragmentos de este liquen en el campo, hacían harina y fabricaban un pan al que llamábamos *schirsad* y que estaba realmente bueno (38).

—¿Entonces no cae del cielo? —preguntó Gilad, decepcionado.

—¡Oh, sí! ¡Por supuesto que cae del cielo! —exclamó Sabira, contenta.

Nos quedamos atónitos. ¿Caía del cielo como el maná? Pues, ¿cómo había llegado hasta aquella cueva dentro de una montaña?

—Nunca llegué a saber —continuó diciendo Sabira— el nombre o la especie a la que pertenece este liquen, pero lo arrastra el viento o cae con la lluvia. Se forma entonces una capa de pequeñas esferas de color amarillo por fuera y blanco por dentro. Eso es lo que recogían antiguamente las mujeres de Diyarbakir y de otras muchas regiones de Anatolia, Irak y Asia Central. Si no se recoge, entonces se acumula formando una costra como la de esta cueva, de unos diez o quince centímetros de grosor, con la que también puede hacerse harina y hornear pan.

—¿Y cómo pudo llegar hasta aquí dentro y acumularse de esta forma? —quiso saber Abby, extrañada.

—No lo sé —repuso Sabira, encogiéndose de hombros—. Pero lo hicieron los ebionitas, ¿no? Seguro que conocían alguna técnica para cultivar el liquen en los frescos y oscuros sótanos de sus casas de Susya. Como ya os he dicho, es un alimento muy bueno.

(38) *Líquenes comestibles*, por Carlos Illana-Esteban, 2009. Boletín Sociedad Micológica de Madrid, 33:273-282. Se trata del liquen *Aspicilia jussufii*.

—Y que debía de recordarles bastante —añadió Gilad— al *man hu* que Adonay les dio a los hijos de Israel en el desierto.

—Quizá creían que era de verdad el maná —apunté yo—. Lo que cuenta Sabira es realmente inquietante por su semejanza con las dos versiones bíblicas.

—Creo que tendré que visitar tu ciudad, Sabira —se rió Gilad—. No me costará conseguir patrocinio para estudiar el posible origen del *man*. Es un asunto de gran relevancia para el pueblo de Israel.

—Mi madre estará encantada de prepararte sus mejores guisos hechos con *schirsad*.

—Pero... ¿Aceptarán a un judío? —preguntó con inquietud.

Farag, Kaspar, Abby y yo comíamos en silencio escuchando con absoluta atención la conversación árabe-israelí. Era, de nuevo, como cenar viendo de la tele.

—Como casi todo el mundo en Diyarbakir —le explicó Sabira—, mi familia es kurda. No somos exactamente ni turcos ni tampoco árabes. Y, además, tampoco somos suníes. Somos chiíes. Concretamente ismailitas nizaríes.

¡Ahí estaba el meollo de la cuestión!, me dije con la boca llena de maná. ¡Sabira acababa de reconocer ante Gilad que era una Asesina!

—¿Ismailitas como los seguidores del Aga Khan? —se extrañó Gilad, haciendo memoria rápidamente de todo lo que sabía sobre el tema.

—Exacto —sonrió dulcemente Sabira—. El Aga Khan es nuestro imán.

Gilad esbozó una gran sonrisa.

—Pues tendrás que contarme algo sobre tu religión —le dijo—, porque no sé nada de nada.

¡No tenía ni idea de que se trataba de la secta de los Asesinos! Aunque, claro, lo mismo le pasaba a muchísima gente. Sabira también sonrió, asintiendo. Acababa de firmarse un importante tratado de amistad asesino-israelí.

Bueno, vale, ismailita-israelí. Odio tener que ser políticamente correcta.

—¿Cuál es la siguiente Bienaventuranza? —preguntó de pronto la Roca antes de seguir comiendo.

—¿Por qué te interesa tanto? —le preguntó Abby-Julieta apoyando con amor su perfecta barbilla en el hombro cuadrado del ex-Catón.

—Porque tengo un hijo —respondió él suavemente— y quiero recuperarlo cuanto antes. Sé que está bien, pero le echo de menos. Si podemos salir zumbando hacia la siguiente prueba, salimos ya. Sin embargo, si va a ser tan espantosa como las anteriores, quizá debamos quedarnos más tiempo aquí, descansando y comiendo.

—Tú das muy pronto por acabada la prueba del hambre —objetó Farag—. ¿Has mirado a tu alrededor? ¿Acaso ves alguna salida? Porque yo, amigo mío, sólo veo una enorme cueva cubierta uniformemente por una costra gris de grueso liquen que no me permite adivinar dónde se encuentra esa salida, si es que está en alguna parte.

—Tardaremos muchísimo tiempo en arrancar todo el liquen con nuestras manos —se horrorizó Abby—. Será un trabajo de semanas.

—¿Creéis que, si la salida fuera hacia abajo y estuviera en el suelo, la costra de liquen aguantaría nuestro peso? —pregunté con idea de eliminar de una tacada una amplia superficie.

—Sí —me respondió Sabira—, aguantaría perfectamente si la abertura no es muy grande. Es posible, incluso, que la hayamos pisado varias veces sin notar nada.

—¡Pues estamos listos! —se quejó Gilad—. Por lo menos tenemos comida y agua para aguantar una temporada.

—Ése es otro punto importante —señalé—. Salgamos por donde salgamos, tenemos que llevarnos una buena reserva de liquen para poder comer cuando nos marchemos de aquí.

—Pero, bueno —bramó la Roca—, ¿quiere alguien recordarme, por favor, cuál era la siguiente Bienaventuranza mortal a la que deberemos enfrentarnos?

—«Dichosos los misericordiosos, porque alcanzarán misericordia» —recité.

Se hizo el silencio durante unos segundos.

—No parece muy peligrosa —murmuró, al fin, Sabira.

—¡Fíate de los ebionitas! —gruñó el ex-Catón.

—¡Hombre, Kaspar —le reprochó Farag—, habla de misericordia!

—¡No he visto ni un ápice de misericordia desde que entramos en esta maldita montaña! —exclamó Kaspar ofuscado.

Abby le puso una mano tranquilizadora sobre el hombro.

—Si me permitís —empezó a decir Sabira—, creo que deberíamos empezar a cosechar ya el liquen que queramos llevarnos. Podemos utilizar las camisas de los hombres como bolsas.

—¿Por qué? —le preguntó Abby.

—Porque son trozos grandes de tela que...

—¡No, no! —rechazó la heredera, que ese punto parecía tenerlo claro—. Me refiero a por qué deberíamos empezar a cosechar ya el liquen.

—Son las siete de la tarde del martes 8 de julio —indicó Kaspar mirando su móvil. Era suizo de nacimiento y tendía a comportarse como un reloj suizo. Incluso dando la hora en modo máquina.

—Porque si lo cosechamos hoy —dijo la arqueóloga—, podemos cenar, dormir aquí esta noche y mañana a primera hora marcharnos para seguir hasta la siguiente Bienaventuranza.

—¿Y la salida? —le recordó Farag.

—Bueno, hay una manera muy sencilla de encontrarla —repuso ella con una sonrisa enigmática.

Y era cierto, la había. Sabira tenía recursos insospechados.

Lo hicimos todo como estaba previsto. Llenamos de liquen comestible los sacos que fabricamos con las camisas de Farag, Kaspar y Gilad —que estaban mucho más atractivos así, en plan playero, a pecho descubierto—, luego comimos más liquen y nos fuimos otra vez a dormir, sin que ninguno tuviera problemas para volver a conciliar el sueño por el enorme cansancio acumulado que llevábamos. Cuando nos despertamos a la mañana siguiente nos encontrábamos totalmente recuperados y, tras desayunar maná, nos dispusimos a marcharnos, para lo cual tuvimos que regresar momentáneamente a las escaleras del tubo por donde entraba la luz y el aire.

Sabira conservaba dos pequeños trocitos de sílex del pasillo de las aguas rojas que había guardado por la misma razón que sus dibujos y la tarjeta de memoria de su cámara. Cuando todos estuvimos en los estrechos escalones, varios metros por debajo de la entrada a la caverna, ella permaneció dentro y, al poco, regresó con nosotros seguida por una pequeña columna de humo negro que ascendió hacia las rejillas del cono del tubo como si éstas fueran un aspirador. El humo negro que salía por la puerta se fue haciendo más y más denso hasta que dio paso a unas llamaradas de color rojo intenso que tardaron mucho en extinguirse.

Por suerte, ni la humareda ni las llamas se dirigieron hacia abajo, hacia nosotros, que contemplábamos atónitos el incendio provocado por Sabira en la caverna del liquen.

—Es lo que se hacía en el campo —se justificó con sencillez—. Cuando la costra era muy gruesa y había que limpiar la tierra para poder sembrar, los hombres prendían fuego al liquen. Y eso es lo que yo he hecho provocando chispas con las dos piedras de sílex.

La caverna ardió durante más de tres horas.

CAPÍTULO 34

El pitido agudo y prolongado del teléfono móvil de Kaspar sonó mientras esperábamos que, una vez apagado el incendio y consumido el liquen, la temperatura dentro de la caverna bajara hasta ser humanamente soportable para no convertirnos en carne asada en su jugo.

—¡Isabella! —exclamé.

De algún modo extraño e incomprensible, saber que mi sobrina nos llamaba y que estaba ahí me hacía sentir oleadas de amor hacia ella.

—¡Farag, es Isabella! —le dije a mi marido, que también sonreía.

Permanecíamos sentados en los escalones de la parte superior del tubo porque, a pesar de que ya no salía humo de la cueva, la roca debía de haber alcanzado temperaturas tan enormes durante el incendio que no había quien se acercara a un metro de la puerta.

—No es Isabella —gruñó Kaspar—. Encended todos vuestros móviles.

—Y, si no es Isabella, ¿quién te llama? —pregunté.

Curiosamente, en aquel lugar, mi teléfono lucía un puntito de cobertura. Pero si Kaspar nos pedía que encendiéramos los móviles, significaba que el mensaje llegaba a través de la malla de nodos establecida por el Paraíso Terrenal.

—Es Navil, uno de los ingenieros —repuso la Roca—. Los servicios forestales israelíes han detectado una columna de humo en la cara norte del monte Merón, a unos cuatrocientos metros de la cima, en una cresta estrecha y abrupta cerrada al público. Me da las coordenadas y quiere saber si somos nosotros y si necesitamos ayuda.

—Claro que somos nosotros —afirmé—. Y claro que queremos que nos rescaten y nos saquen de aquí.

—¿Esos servicios forestales van a mandar bomberos o algún equipo de observación? —se preocupó Farag. Andábamos un poco descoordinados esos días en cuanto a seguridad personal y calidad de vida.

Kaspar, que seguía recibiendo mensajes y leyéndolos en silencio, asintió.

—Ya lo han hecho, pero no han visto llamas. De todos modos, me dice Navil que van a seguir patrullando desde el aire, con helicópteros, por si el humo se convirtiera en incendio.

—Bueno, pues no tardarán en marcharse —comentó Sabira—. Ya no sale humo.

—Es increíble que, desde el exterior —se admiró Gilad—, no vean las rejillas de piedra. Deben de estar perfectamente camufladas por la vegetación o las rocas.

—Pregúntale a ese tal Navil por Isabella —le pedí a Kaspar.

—Isabella está bien —refunfuñó el ex-Catón—. No voy a preguntar nada.

Contuve mi ira porque, en el fondo, sabía que Isabella se encontraba perfectamente y porque tenía otra pregunta mucho más importante que hacer:

—Y tú, Abby, ¿no quieres preguntar por Jake y Becky?

Y sí, lo vi, vi de nuevo aquel fugaz gesto de temor que desapareció instantáneamente disolviéndose en una perfecta y amable sonrisa.

—¿Y cómo iban a saber en el Paraíso Terrenal cómo se encuentran mis abuelos?

—Voy a pedir que lo averigüen —murmuró Kaspar tecleando sin parar y sin esperar a que Abby se lo pidiera.

—¿No estás preocupada? —insistí.

—Estoy muy preocupada, Ottavia —me dijo con tal sinceridad en el rostro y en la voz, y con tanta extrañeza por mis preguntas, que me sentí idiota. Realmente, me dije, Farag tenía razón cuando me acusaba de ser insoportablemente desconfiada—. Pienso en ellos continuamente y sólo deseo que se estén recuperando para poder abrazarles cuando salgamos de aquí y darles la buena noticia que llevan esperando toda su vida.

—Nos informarán en cuanto lo averigüen —anunció Kaspar, levantando la cabeza y mirando a Abby.

Abby sonrió con tanto agradecimiento que, para no sentirme más vil y despreciable, borré cualquier duda de mi cabeza.

—Isabella y Linus están bien —concluyó el ex-Catón, apagando la pantalla de su móvil. La conexión había terminado.

Pasamos casi todo el día en la dichosa escalera, aburridos y en silencio, esperando que la caverna se enfriara y, cerca ya del anochecer, cuando apenas entraba un resto de luz por las rejillas del cono, Sabira, que se había hecho responsable de ir controlando la temperatura de la cueva al ser la que estaba más cerca de la puerta, nos avisó de que ya podíamos entrar.

Encendimos las linternas y, siguiéndola, atravesamos aquel siniestro lugar antes recubierto por completo de liquen y ahora negro como la noche por el hollín del incendio. El hueco de la salida estaba al otro lado, justo enfrente de la entrada. Si nos hubiéramos molestado un poco en pensar con lógica quizá no hubiera sido necesario quemar tanta comida, pensé, porque, por mi educación, destruir comida era tan horrible para mí como destruir libros: algo espantoso, irresponsable y criminal.

La nueva abertura daba paso a una escalera ascendente que giraba con suavidad hacia la izquierda para introducirse otra vez en el interior de la montaña y alejarnos de la ladera. Como en ocasiones anteriores, se trataba de una escalera de piedra entre dos muros con un feo techo abovedado.

Estuvimos subiendo y girando como unos diez o quince minutos hasta que llegamos a una nueva caverna, el lugar donde, sin duda, tendríamos que sudarnos duramente la misericordia (si no la misericordia divina, al menos la misericordia ebionita). Se trataba de otra cueva redonda, también con techo en forma de cúpula y una fuentecilla de agua fresca en el lado izquierdo. En esta ocasión, sin embargo, había dos diferencias significativas respecto a las cuevas anteriores: la primera de ellas era que, no sólo una enorme rueda de piedra clausuraba la salida que se encontraba enfrente, sino que había, además, otras cuatro ruedas más pequeñas llenas de símbolos situadas a su izquierda e incrustadas en un rectángulo tallado en la pared de unos cinco metros de largo por uno de alto. El diámetro de cada una de estas cuatro ruedas de piedra sería como de medio metro y su ancho sería el mismo que la profundidad del rectángulo, es decir, unos veinte o treinta centímetros. A saber qué se suponía que debíamos hacer.

La segunda diferencia era que el suelo de la caverna estaba cubierto por restos de lo que parecían haber sido unas esbeltas columnas decorativas de estilo egipcio con capiteles campaniformes, columnas que habían terminado por desmoronarse dejando pesados trozos de fustes, zócalos y adornos de piedra por todas partes. Seguramente, como Israel estaba justo encima de esa falla donde colisionaban las placas tectónicas Arábiga y Africana, se habían venido abajo durante algún pequeño movimiento sísmico que había tenido lugar en los últimos ochocientos años.

—«Dichosos los misericordiosos, porque alcanzarán misericordia» —recordó Farag cuando los seis nos quedamos parados en el centro de aquel círculo mirando las cuatro ruedas pequeñas.

Como una de esas bandadas de pájaros que giran a la vez en el cielo o uno de esos bancos de peces que cambian simultáneamente de rumbo en el agua, los seis dimos el primer paso al mismo tiempo en dirección a las ruedas y seguimos avanzando hasta colocarnos frente a ellas. Parecían estar sujetas al fondo del rectángulo por un eje central fijo, como si fueran volantes de coche que tuvieran que mover, detrás de la pared, algún tipo de engranaje.

—¿Qué demonios tiene que ver todo esto con la misericordia? —bramó Kaspar hecho una furia.

Cada una de las cuatro ruedecillas tenía grabados ocho radios, es decir, que estaba dividida en ocho partes u ocho porciones si hubieran sido gráficos circulares, y en cada una de dichas porciones había un símbolo que, finalmente y mirando más de cerca, resultó no ser símbolo sino letra, unas bonitas letras grabadas delicadamente que así, a primera vista, parecían pertenecer a muchos alfabetos diferentes. Reconocí letras hebreas y latinas y, además, vi, en la primera de las ruedecillas, una preciosa letra Pi mayúscula griega (Π) que me aceleró el corazón. Resultaba evidente que había también letras griegas, el problema era que, precisamente por estar en mayúscula, se confundían con las latinas, al ser ambos alfabetos bastante parecidos. Si hubieran estado en minúscula hubiera sido mucho más fácil distinguirlas. Y, luego, había también otras letras que, para mí, eran puro galimatías hasta que Gilad, que sabía arameo, las reconoció:

—Son siríacas —afirmó rotundamente—. Ésta es, sin duda, una waw siríaca.

Y señaló, en la primera ruedecilla, este símbolo:

Abby dio un paso atrás para mirar con perspectiva (porque todos nos habíamos echado hacia delante, hacia la primera rueda, para mirar la waw siríaca) y nos preguntó con humor y de manera retórica:

—¿Queréis saber en qué consiste esta prueba?

Nos volvimos a mirarla con gesto de niños aplicados que atienden a la profesora durante una visita escolar a un museo.

—En marcar el número secreto en un cajero automático —dijo con una alegre sonrisa de orgullo—. Hay que encontrar los cuatro dígitos correctos para que el cajero te entregue el dinero o, en este caso, para que el enorme disco que cierra la salida se aparte y nos deje salir.

—Y esos cuatro dígitos, o letras de distintos alfabetos —añadió Farag, pensativo—, están, de algún modo, relacionados con la misericordia.

—Esto va a ser una locura —dijo Gilad, volviendo a examinar las cuatro ruedecillas de piedra—. Veo tres alfabetos diferentes...

—Cuatro —señalé yo, poniendo un dedo sobre la letra pi griega. Sabía que se estaba confundiendo con las letras mayúsculas latinas.

—Pues cuatro; aún peor —se lamentó.

—Ocho letras por cuatro ruedas —calculó Kaspar—. Eso nos da treinta y dos letras de cuatro alfabetos diferentes. ¿Y hay que encontrar una única combinación de cuatro dígitos para superar la Bienaventuranza de la misericordia? Creo que vamos a pasar aquí mucho tiempo.

Farag suspiró con paciencia y yo le leí el pensamiento. Es lo que tiene la fusión de dos en uno al cabo de tantos años.

—Te equivocas, Kaspar —dije apresuradamente—. Ésta va a ser la prueba más fácil. Es nuestro territorio. Las lenguas clásicas son nuestra especialidad. Y estas cuatro, el hebreo, el siríaco, el griego y el latín tienen en común la característica de ser, hasta el día de hoy, las lenguas más usadas por el cristianismo durante dos mil años. Yo domino el griego...

—Yo también —me cortó el ex-Catón, obligándome a morderme la lengua para no decirle que, comparado conmigo, él sabía de griego lo que yo de informática.

—Yo domino el griego —repetí pronunciando cuidadosamente cada sílaba para que le quedara clarito el concepto—. Farag, además del hebreo, también sabe latín y un poquito de siríaco. Gilad no sólo tiene el hebreo como lengua materna sino que domina el arameo.

—Pero, Ottavia —objetó Gilad—, el arameo y el siríaco no son exactamente iguales. El siríaco es un dialecto del arameo, es verdad, y puedo reconocer las letras e, incluso, leerlo un poco. Pero el siríaco no es mi especialidad.

—Pues Farag y tú trabajaréis juntos en el siríaco —decreté, asumiendo con gran placer la jefatura suprema de las FEOPR. Las mujeres también teníamos derecho a deleitarnos con el dulce sabor del poder y de la autoridad suprema. A mí, en concreto, me encantaba.

—Yo trabajaré contigo en el griego, Ottavia —repitió Kaspar, amargándome el momento. Volví a morderme la lengua. ¡Lo llevaba claro!

—Entonces, Sabira y yo no podemos hacer nada —se quejó Abby, aunque le vi en la cara que le costaba guardar por más tiempo su secreto.

—¡Oh, vaya! —repuse muy sorprendida—. ¡Y yo que te iba a encomendar el hebreo! Durante estos días me había parecido que lo dominabas bastante bien.

Sus ojos cruzaron una mirada de inteligencia con los míos y sonrió.

—Creí que se lo encargarías a Gilad —se excusó inteligentemente—, por eso no me había ofrecido.

—Gilad trabajará con Farag en el siríaco —concedí desde mi trono victorioso—, pero también puede echarte una mano si lo necesitas.

—Pues, entonces, yo trabajaré con Abby en el hebreo —anunció raudamente el mudable y celoso ex-Catón—. También lo he estudiado durante estos años en el Paraíso Terrenal.

«¡Uff, menos mal!», pensé, aliviada por habérmelo quitado de encima.

—Yo estudié latín durante la carrera —dijo Sabira con un cierto pesar—, pero lo cierto es que ya no recuerdo nada. No he vuelto a tocarlo desde entonces.

—Tranquila —le dije—. Yo también recuerdo un poco y algo haré, sobre todo porque, de momento, las letras latinas son indistinguibles de las griegas y es bueno que trabaje con las dos lenguas. Además, cuando Farag termine con el siríaco, le pasaré el latín.

—Bien, pues entonces —repuso, aliviada—, yo me encargaré de dibujar las ruedas y las letras. Haré una copia para cada uno y así podréis trabajar con mayor comodidad.

La idea nos pareció fantástica. Nos concentraríamos mejor si trabajábamos sobre croquis de los grabados que permaneciendo todos de pie delante de ellos queriendo girar las ruedas a la vez en distintas direcciones.

—Es tarde —dijo Abby—. Cenemos y descansemos. Luego, nos pondremos con el código hasta que tengamos sueño.

—Llevamos todo el día sentados en las escaleras del tubo, Abby —le reprochó la Roca—. No me dirás que estás cansada.

—Pues sí, Kaspar —replicó ella, empezando a enfadarse. «¿Problemas en el paraíso?», me pregunté sorprendida—, estoy cansada. Hoy hace exactamente una semana que entramos en el monte Merón. ¡Una semana! Y no creo necesario recordarte todo lo que nos ha pasado durante esta semana.

Kaspar arrió velas rápidamente. Me encantaba verlo tan dócil y sumiso. Por supuesto, lo usaría en su contra en cuanto se me presentara la primera ocasión.

—De acuerdo —admitió él—. Si a los demás les parece bien, por mí no hay problema.

—Los demás estamos encantados con la propuesta de Abby —declaré, sentándome con las piernas cruzadas en el mismo sitio en el que nos encontrábamos. ¿Para qué buscar otro lugar si no teníamos nada más que tres bultos de comida? Pero mi marido, que cargaba con uno de esos bultos, se agachó un poco, me cogió por el brazo y tiró de mí hacia arriba.

—Vayamos más cerca de la fuente —propuso—. Podemos utilizar algunos de esos trozos desperdigados de columnas rotas para fabricar asientos.

De modo que, al final, acampamos. No con el lujo oriental de los primeros días en el Merón pero, dentro de nuestra miseria, con una cierta comodidad. Entre todos, arrastramos o rodamos trozos de fuste y los pusimos en pie, de forma que, aunque sentados en el suelo, disponíamos de respaldos. Los trozos más pequeños y finos de los capiteles campaniformes rotos nos servirían luego para apoyar las cabezas a la hora de dormir. Le dimos a todo un aspecto acogedor alrededor de la fuente (aunque nos hubieran hecho falta unas flores para que resultara realmente hogareño) y, una vez acabados los preparativos, por turnos, nos descalzamos y nos lavamos bien los pies, que, felizmente, conservaban aún las suturas cutáneas bajo las cuales las heridas tenían un aspecto excelente. Luego, apoyamos las piernas sobre fragmentos de columna para que tanto pies como suturas se secaran al aire y sacamos los pedazos de maná de la cena. Tuvimos que volver a calzarnos para llegar hasta la fuente y beber la tan necesaria agua que ayudaba a tragar el liquen.

—Misericordia. Cuatro letras —bromeó Farag mientras volvía a mi lado después de beber.

—¡Ojalá fuera un crucigrama! —exclamé, tragando en seco mi propio pedazo.

Sabira se dio mucha prisa con la cena, de forma que terminó la primera y, llevando su linterna y sus hojas en blanco, se encaminó hacia las cuatro ruedas de piedra para empezar a dibujar. El resto, no sin cierta culpabilidad, continuamos cenando y bromeando como si aquello fuera una divertida acampada de fin de semana en lugar de lo que era en realidad: una tortura maquiavélica pensada por un grupo de ebionitas fanáticos para proteger lo más sagrado e importante que tenían de los ladrones de tumbas. Pero, pensándolo bien, ¿qué ladrón de tumbas aguantaría todos aquellos tormentos por robar los restos de Jesús de Nazaret y su familia? Sí, bueno, como dijo Kaspar, cualquier ladrón y también cualquiera que no fuera ladrón como por ejemplo, nosotros mismos, es decir, académicos, investigadores y arqueólogos. De hecho, la impresión que teníamos era la de ser los primeros (y los únicos en ocho siglos) que estaban superando aquellas pruebas. No parecía que nadie hubiera pasado antes por allí.

Sabira regresó al grupo con un primer croquis de las ruedas y sus letras pero se negó a enseñárnoslo porque, dijo, tenía papel suficiente y quería hacer una copia para cada uno. Y sí, las copias fueron pasando de mano en mano poco a poco y sin que ninguno abriera la boca para comentar nada. Al final, como la pobre Sabira casi había llegado a memorizar el dibujo, lo ejecutaba ya a toda velocidad. Cuando me tocó el turno, y conste que fui la última, me entregó mi hoja:

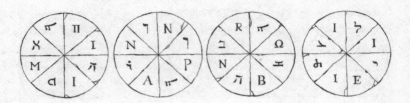

—Me he fijado —dijo ella en ese momento— que, encima del hueco rectangular, en la parte de afuera y coincidiendo con el eje vertical de cada rueda, hay cuatro pequeñas marcas casi imperceptibles. Creo que indican que debemos poner arriba la letra correcta de cada rueda, coincidiendo con la marca, para formar el código.

No teníamos bolígrafos para hacer anotaciones o probar combinaciones de letras. Sólo estaba el lápiz de Sabira, el precioso portaminas dorado, y aunque ella dijo que tenía minas suficientes y que no nos preocupáramos porque no se iban a gastar, éramos tres equipos de trabajo para un único lápiz. La solución no parecía sencilla. Al final se decidió que lo iríamos pidiendo conforme lo necesitáramos y que Sabira nos lo iría dejando y controlando los tiempos de uso de cada grupo. Claro que en mi grupo sólo estaba yo y trabajaba con dos lenguas, mientras que los otros eran dos por grupo para una sola lengua. Se consideró justo que yo tuviera derecho a usar el lápiz el doble de tiempo que el resto de equipos.

—¿Tienes goma de borrar? —le pregunté a la arqueóloga Asesina.

—Sí, el portaminas tiene su propio borrador —me respondió, entregándomelo a mí la primera—. Quita el tapón metálico de arriba y lo encontrarás.

Hice lo que me decía y encontré el minúsculo trocito de goma de borrar. A toda velocidad (porque sabía que Sabira había empezado a contar el tiempo y que era sumamente metódica), borré de mi croquis las letras de los alfabetos hebreo y siríaco. No sólo no me interesaban sino que me distraían, así que mis ruedas conservaron sólo las letras griegas y latinas:

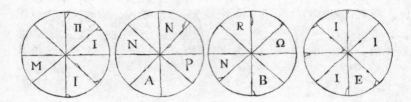

Tenía cuatro letras por rueda, todas en mayúscula, dieciséis en total, de las cuales sólo dos (la letra Π —Pi— de la primera rueda y la letra Ω —Omega— de la tercera) eran claramente griegas. También tenía una letra R en la tercera rueda que era indudablemente latina. Las trece restantes podían ser tanto griegas como latinas aunque no debía olvidar que, por definición, dos de las cuatro letras de cada rueda eran griegas y las otras dos latinas.

Parecía un problema complejo, pero sabía que se trataba de una simple cuestión de probabilidades estadísticas. Además, me di cuenta de que tenía otras ventajas en las que no había caído hasta ese momento: en la primera rueda había dos letras iguales, que tanto podían ser la I latina como la I —Iota— griega. En la segunda rueda pasaba exactamente lo mismo: tenía una N latina que podía ser también una N —Ny— griega. Y en la cuarta rueda, para rematar mi gran suerte, tenía tres letras I latinas o Iotas que podía utilizar indistintamente.

El lápiz estaba ahora en poder de los siríacos, así que tuve que esperar un poco hasta que Sabira se lo quitó y me lo dio a mí con el doble de tiempo que a los demás, de modo que empecé a combinar letras rápidamente en la parte vacía de la hoja de papel.

Tenía que empezar dando por sentado que todas las letras (menos la R) eran griegas, ya que sólo así podría formar el código (si es que era tal, si es que existía en griego y si es que estaba relacionado con la misericordia). De esta manera, la primera letra sólo podía ser alguna las tres diferentes de la primera rueda: Π —Pi—, I —Iota—, o M —My.

Si empezaba por la primera, la Π —Pi—, las tres letras diferentes de la segunda rueda formaban ΠΝ —Pi-Ny— o ΠΡ —Pi-Rho— o ΠΑ —Pi-Alfa—. Muchas palabras griegas empezaban por esas tres combinaciones de dos letras, de modo que las tres seguían siendo válidas. Continué por la primera combinación, ΠΝ, y le añadí las tres letras de la tercera rueda: ΠΝΩ —Pi-Ny-Omega—, ΠΝΒ —Pi-Ny-Beta— y ΠΝΝ —Pi-Ny-Ny—. Y ahí se terminaba todo. Que yo supiera, ninguna palabra griega empezaba por esas tres combinaciones, así que retrocedí. Pero era mi turno de devolver el portaminas, de manera que traté de continuar sin notas, haciendo las construcciones en mi cabeza.

La primera letra tenía que ser otra vez la Π —Pi—, pero ahora debía añadirle la letra Ρ —Rho— de la segunda rueda y las tres de la tercera. Ésta era muy fácil, porque las combinaciones ΠΡΒ —Pi-Rho-Beta— y ΠΡΝ —Pi-Rho-Ny—, no existían en griego, así que sólo me quedaba ΠΡΩ —Pi-Rho-Omega—. En la cuarta rueda, según la premisa de «todo en griego» sobre la que trabajaba, tenía tres I —Iota— y una E —Épsilon—, de modo que sólo tenía dos combinaciones posibles ΠΡΩΙ y ΠΡΩΕ, y la última no significaba nada, no existía en griego. La primera, en cambio, sí. ΠΡΩΙ significaba «temprano» o «pronto». No le vi ninguna relación con la misericordia, pero tomé nota mental de que había encontrado mi primera palabra griega con sentido.

Ya sólo me quedaba combinar Π —Pi— con A —Alfa— y, luego, seguir el ciclo de asociaciones con las letras de la tercera y la cuarta ruedas. Sólo una de las seis posibilidades dio resultado: ΠΑΝΙ —Pi-Alfa-Ny-Iota—, que significaba «paño». Pero tampoco le vi ninguna relación con la misericordia. De todas formas, volví a tomar nota mental para contarlo cuando pusiéramos en común nuestros descubrimientos. ¿Quién sabía...? Quizá alguien le encontrara algo misericordioso al «temprano» o al «paño». Pero bueno, sólo habían sido las combinaciones de la primera letra de la primera rueda. Debía continuar con la siguiente y, dado que tenía dos I —Iotas— y una M —My—, opté por la I —Iota—, ya que las probabilidades eran dobles.

Tuve la suerte de que en ese momento el lápiz quedó libre y pedí mi turno de uso. De modo que, a toda velocidad, y sin intención de encontrar aún sentido a ninguna palabra que apareciera, empecé a dibujar un diagrama escribiendo las letras y dibujando las flechas que salían de cada una de ellas con todas sus combinaciones posibles. De la primera I —Iota—, salían tres flechas, al final de las cuales anoté N —Ny—, P —Rho— y A —Alfa—. De cada una de ella salían también otras tres flechas (nueve combinaciones en total), con la repetición de las tres letras de la tercera rueda (Ω —Omega—, B —Beta— y N —Ny—). Y terminé haciendo lo mismo con las dos letras posibles de la cuarta y última rueda, la I —Iota— y la E —Épsilon—. Dieciocho posibilidades de cuatro letras. Y, sin duda, alguna de ella tendría sentido en griego. Pero, en ese momento, Sabira me reclamó el portaminas entre las protestas y las quejas tanto de los siríacos como de los hebreos, que reclamaban de malos modos sus tiempos de lápiz acusándome de abuso e injusticia.

Entregué el lápiz a regañadientes y, cuando se calmaron las aguas, me quedé a solas con mi hoja y mi diagrama. Y, entonces, lo vi.

Ahí estaba, tan claro como la luz del sol, tan evidente como el mar y el cielo. La línea de flechas de una de las dieciocho posibilidades, concretamente la tercera, se iluminó por sí sola ante mis alucinados ojos como el filamento de una vieja bombilla incandescente. Ahí estaba el código del cajero automático del siglo XIII, ahí el símbolo del mayor acto de amor y misericordia de la historia del mundo. Los ebionitas no podían haber encontrado, no una palabra (porque no lo era), sino un acrónimo que representara mejor para todos los cristianos de cualquier época y lugar la misericordia divina. Y no sólo lo vi en griego, que a mí ya me hubiera bastado, sino que también lo vi en latín, dándole sentido, así, a esa letra latina, la R, de la tercera rueda de piedra.

No dije nada. Un nudo me apretaba la garganta mientras los ojos se me llenaban de lágrimas y la vista se me nublaba, a pesar de lo cual, seguía viendo con total claridad la combinación de cuatro letras que, en cierta ocasión, cambió el mundo para siempre.

El código era, en griego, INBI *(Ἰησοῦς ὁ Ναζωραῖος ὁ Βασιλεὺς τῶν Ἰουδαίων),* pero su versión más conocida en Occidente era en latín: INRI, *Iesus Nazarenus Rex Iudaeorum,* «Jesús de Nazaret, Rey de los Judíos».

CAPÍTULO 35

—¿INRI? —gritó Farag a pleno pulmón cuando, discretamente, le pasé mi hoja de papel y le señalé con el dedo el conocido acrónimo que podía verse en casi todos los crucifijos del mundo y en casi todas las pinturas o esculturas que, durante los últimos dos mil años, habían representado la Crucifixión.

Los demás, sobresaltados, levantaron las cabezas de sus respectivos papeles mientras el significado del grito de Farag iba calando lentamente en sus mentes.

—¿INRI? —exclamó Abby, entre extrañada y sorprendida, como si no hubiera terminado de pillar la idea.

—INRI —repetí yo, asintiendo—. *Iesus Nazarenus Rex Iudaeorum*, «Jesús de Nazaret, Rey de los Judíos». Era lo que aparecía en el *titulus*, la tablilla que había en la cruz sobre la cabeza de Jesús. En esas tablillas se escribía el delito del reo y, en este caso, el delito fue declararse rey de Israel. Era algo tremendamente osado en la Judea del siglo I ocupada por el Imperio Romano, que estaba hasta el gorro de las insurrecciones judías. Sólo le faltaba que viniera un rey revoltoso para levantar a las masas en plena Pascua en Jerusalén y os recuerdo que Jesús, nada más llegar a la ciudad, había echado, con gran escándalo, a los mercaderes del Templo. Los romanos no necesitaban más.

—Pero Jesús nunca dijo que fuera rey de Israel, ni rey de los judíos —objetó Kaspar—. Eso se lo achacaron los sacerdotes del Sanedrín para que los romanos lo crucificaran.

—Bueno —repuso Gilad a la defensiva—, según tengo entendido, Yeshúa había admitido que era el Mesías de Israel. Y, como os dije, sólo fue uno de los veinticuatro supuestos mesías que Roma crucificó durante el siglo I, porque si los romanos no querían un rey de los judíos, tampoco querían, por las mismas razones que ha dicho Ottavia, un Mesías de Israel.

Sólo hacía cinco o seis horas que habíamos llegado a aquella cueva de las ruedas y ya habíamos resuelto el enigma. Me sentía muy orgullosa.

—¿Recuerdas que te dije, Kaspar —le pregunté con un puntito de vanidad—, que ésta iba a ser la prueba más fácil porque entraba dentro de nuestra especialidad, las lenguas clásicas?

Él asintió.

—Pero no podemos resolverla ahora —dijo.

—¿Por qué no? —le preguntó Abby muy sorprendida.

—Porque son las dos de la madrugada y no nos vamos a poner en marcha hacia la siguiente Bienaventuranza sin haber descansado antes.

Era cierto. Debíamos dormir. Pero a mí me escocía en las manos mi hoja de papel con la solución. Quería comprobarlo.

—Propongo —dije— que introduzcamos la clave ahora para ver si funciona y, luego, aunque la puerta se haya abierto, que durmamos aquí esta noche antes de seguir.

Hubo unanimidad. No se escuchó ni una sola voz discrepante y eso que estaba segura de que Kaspar iba a negarse en redondo según su costumbre como el aguafiestas que era. Pero, por suerte, le picaba tanto la curiosidad como a los demás. Así que nos pusimos en pie y, con un par de linternas encendidas, nos dirigimos hacia las cuatro ruedas de piedra.

—Todo tuyo, Ottavia —me invitó el ex-Catón con una de sus sonrisas descafeinadas—. Mueve las ruedas.

Me temblaban un poco las manos por la emoción. Me dirigí hacia la rueda de la izquierda y, sujetándola con fuerza como si fuera el volante de un coche, la giré hasta dejar arriba, bajo esa breve marca en la piedra fuera del rectángulo, la letra I. Luego, giré la segunda rueda hasta colocar la N. Después hice lo mismo con la tercera y la cuarta ruedas hasta dejar bien a la vista el código INRI.

Guardamos silencio esperando escuchar, de un momento a otro, el susurro de la arena y los golpes de cadenas que moverían el gigantesco disco de piedra que cerraba la puerta. Pero no pasó nada. No escuchamos nada. Nada sucedió.

—¿Nos habremos equivocado? —preguntó pesarosa Sabira.

No, no era posible. La evidencia resultaba demasiado clara y dudaba mucho de que los ebionitas hubieran puesto el código en griego, tal y como aparecía en los crucifijos de las iglesias orientales.

—¡Ya sé lo que pasa! —exclamé, aliviada—. He mezclado letras griegas y letras latinas. Las he usado sin recordar que, como parecen iguales, están mezcladas. Posiblemente esta primera I mayúscula sea una Iota griega. Voy a girar la rueda de nuevo.

Pero tampoco pasó nada después de varios minutos de silenciosa espera.

—Hay dos I mayúsculas en la primera rueda —comentó Farag, acercándose a mí—, dos N mayúsculas en la segunda, una única R en la tercera y, por si no era suficiente y querías un poco más, tres I mayúsculas en la cuarta rueda. Y todas las letras repetidas son iguales en griego y en latín. La trampa es evidente.

—Hay que volver a hacer combinaciones —contesté mosqueada—. Dejar una I mayúscula fija en la primera rueda y probar a cambiar todas las demás, dejando fija alguna de las letras de las otras tres ruedas.

—Hay doce combinaciones posibles —calculó rápidamente Kaspar—. Yo me voy a dormir.

—¿Cómo dices? —salté.

—¡Que me voy a dormir! —respondió alejándose en dirección al miserable campamento—. Que no son horas de ponerse a jugar con las ruedas. Que mañana será otro día.

—Creo que... —empecé a decir, pero Farag no me dejó terminar.

—Ottavia, Kaspar tiene razón. Mañana será otro día.

Total, que mi gozo en un pozo. Había resuelto el misterio pero los malditos ebionitas me habían chafado la fiesta con su estupidez y terquedad. ¿Por qué no habían puesto alguna señal que distinguiera las mayúsculas griegas de las latinas? ¡Por Dios, hay que ser zoquete y, además, tener muy mala idea! Código sobre código, por fastidiar.

Dormir con la cabeza apoyada en un trozo de capitel campaniforme no es recomendable bajo ninguna circunstancia: di mil millones de vueltas y desperté un par de veces a Farag con mis movimientos y, al final, decidí que no quería el capitel, que prefería mil veces el suelo. No podía comprender a las mujeres de la antigua China que dormían con la cabeza apoyada sobre un soporte cóncavo de piedra o madera para no estropear sus elaboradísimos peinados. No recuerdo cuándo me dormí ni cómo pero, al despertar, tenía la cabeza cómodamente reclinada sobre el pecho de Farag y me felicité grandemente por ello (y por ser tan lista incluso durmiendo).

Había estado soñando toda la noche con exquisitos platos de comida y, en mi sueño, o bien cenábamos en torno a la mesa de los Simonson en Toronto o bien en torno a nuestra pequeña mesa de comedor de la casa de Estambul. No recordaba haber soñado ni por un instante con la casa del campus de la UofT. Ahora, eso sí, las comidas eran exquisitas: carnes, pescados, pastas, verduras, dulces... Todo sabroso y riquísimo. El sueño era tan intenso y tan realista que notaba los sabores en la boca y me empeñaba tercamente en que Farag probara los mismos platos que probaba yo, aunque él, tozudo, se negaba porque decía que ya estaba lleno y que no quería más.

Por eso, cuando me desperté recostada sobre él, con el brazo izquierdo cruzado sobre su estómago, me sentía tan ofendida por sus negativas que no quería verle ni en pintura. Estaba realmente enfadada. Entonces él me dio un beso suave en el pelo.

—Buenos días, mi amor —me susurró, sin saber que, en

ese momento, hubiera querido mandarle al infierno. Menos mal que su beso me devolvió a la realidad.

—Buenos días, cariño —musité yo, levantando la cara hacia él para darle un beso en los labios. Echaba de menos nuestra intimidad. Echaba de menos su cuerpo. Pero, ¿qué intimidad se puede tener cuando convives todo el día, todos los días, con cuatro personas extrañas en el interior de una montaña? Y no es que fueran extrañas porque no pertenecieran a nuestra pequeña familia o porque no las conociéramos. Es que eran extrañas de verdad, raritas. Al menos, tres de ellas. El cuarto, Gilad, parecía no enterarse de nada ni sospechar en lo más mínimo las malas compañías con las que andaba.

—¿Ya estáis despiertos? —preguntó la voz de Kaspar desde no muy lejos y, sin esperar respuesta, encendió su móvil y su linterna—. Son las nueve de la mañana. Arriba.

¿Cómo enfrentarme a la terrible realidad del liquen después de haber tenido un sueño tan maravilloso como el mío? Aquella mañana, el maldito maná no me pasaba por la garganta por muchos litros de agua que bebiera. Los demás desayunaban tan a gusto (o tan resignados) mientras mi estómago pedía comida, pero comida de verdad, como la de mi sueño.

—Abby, en caso de que no pudiéramos salir de aquí... —solté de golpe.

La amena conversación de grupo se detuvo en seco.

—Eso no pasará, Ottavia —me tranquilizó ella.

—Ya, bueno, pero si no pudiéramos salir de aquí...

—Saldremos —dijo el optimista de mi marido.

—Tú fuiste quien me aseguró —le acusé— que tanto el ejército israelí como la Fundación Simonson entrarían a buscarnos si no salíamos en unos pocos días.

—Eso ni lo dudes —me aseguró Abby con firmeza—. Quizá no en unos pocos días, no fue eso lo que acordamos, pero...

—¡Ajá! —exclamé, señalándola con el dedo Salina—. ¡Acabas de admitir que, cuando entramos en el monte Merón, sa-

bías que esto podía alargarse más de un día, que era lo que nosotros creíamos, y más de una semana, que es el tiempo que
llevamos aquí dentro sin que nos hayan rescatado!

—Yo lo sabía —reconoció Kaspar. Le miré con tanto desprecio que tuvo que apartar los ojos—. Y Gilad y Sabira también habían sido advertidos.

—¿Y a nosotros no nos dijisteis nada? —se sorprendió
Farag.

—Fue por Ottavia —se excusó la Roca—. No habría querido entrar de haberlo sabido.

—¡Naturalmente! —proferí indignada.

—Pero en ningún momento os hemos mentido —siguió
excusándose el cobarde ex-Catón con mi marido—. Sólo nos
hemos callado. Fui yo quien le propuso a Abby no deciros
nada. Sabía con seguridad que tú ibas a querer venir, pero no
sin ella, y no teníamos tres meses para andar convenciendo a
Ottavia, que, al final, hubiera venido igualmente porque no se
lo hubiera querido perder, pero antes, en su línea, se habría
hecho de rogar hasta el infinito.

—¡Tú eres tonto, Kaspar!

No, no fui yo quien lo dijo aunque lo pensaba. Fue Farag.

—¡Tú eres tonto de remate, Kaspar! —le soltó por segunda vez mi marido—. Ottavia habría venido. Sólo hubiera tenido que explicarle la situación dándole seguridad y confianza.
¡Sólo eso! Pero preferiste engañarnos.

—Me disculpo —dijo la Roca con un extraño tono sincero.

—¡No acepto tus disculpas! —le espetó Farag, realmente
enfadado—. Te has portado como un imbécil y esto no se arregla con unas disculpas —terminó, poniéndose en pie y yendo
hacia las ruedas con su linterna.

Yo también me levanté y le seguí con mi hoja de papel. Curiosamente, tanto Gilad como Sabira nos siguieron, dejando a
Kaspar y a Abby solos en el campamento de la fuente. Pero
Abby tampoco aguantó mucho tiempo allí. De reojo vi que le
dio un beso a Kaspar en los labios, se puso en pie y vino directa
hacia mí.

—Perdóname, Ottavia —me pidió con humildad—. De verdad que lo siento.

—Ya, Abby, pero las cosas no se hacen así —le respondí, sin mirarla.

—Lo sé, por eso te pido perdón. Y también voy a pedirle perdón a Farag. Lo lamento muchísimo. No volverá a ocurrir.

—Esto te pasa por juntarte con malas compañías —a diferencia de Farag, yo me ablandaba en cuanto me pedían perdón—. Rompe con ese idiota y no te volverá a pasar, ya lo verás.

Ella sonrió agradecida viendo que yo bromeaba. Nos íbamos conociendo.

—Bueno, no voy a romper con ese idiota —repuso—, pero le mantendré a raya.

—Necesita mucho más que eso —la avisé—. Por cierto, ¿cómo sabíais que íbamos a pasar tanto tiempo aquí dentro?

—Bueno, la probabilidad era muy alta —me respondió con remordimientos—. Si los ebionitas tardaron veinte años en preparar el lugar seguro para los osarios y durante milenios todas las culturas habían llenado los enterramientos importantes con trampas contra ladrones de tumbas, era absurdo esperar que encontraríamos los osarios en la tumba de Hillel, nada más llegar.

—¡Ottavia! —me llamó Farag desde las ruedas.

Dejé a Abby y pasé entre Sabira y Gilad para ponerme al lado de mi marido, que estaba de un humor de perros.

—¡Venga, empieza a probar las doce combinaciones posibles! —me soltó de malos modos. No se lo tuve en cuenta. Estaba dolido con su amigo.

Girando las ruedas, introduje el código INRI doce veces, esperando que, en alguna de ellas, las cuatro letras fueran latinas y el mecanismo se pusiera en marcha. Pero, lamentablemente, eso no ocurrió. Algo fallaba y yo estaba segura de que no era el código. Estaba completamente segura de que el acrónimo INRI era correcto porque ningún otro representaba mejor la misericordia de Jesús hacia la humanidad, la entrega de su propia vida para hacernos llegar su mensaje de amor y compasión. Pero la maquinaria montada por los ebionitas en el siglo XIII debía de estar rota y no respondía a la combinación correcta. De todos modos, Farag insistió para repetir toda la operación con INBI, la versión griega de INRI. Por suerte, en la tercera rueda sólo había una Beta, igual que sólo había una R mayúscula, así que las combinaciones volvían a ser las mismas.

Estaba a punto de introducir la primera clave en griego cuando Gilad, poniéndome una mano en el brazo derecho, me detuvo.

—Para, Ottavia —me dijo con voz triste—. El código no está en griego.

—¿Cómo lo sabes? —le preguntó Farag, aún enfadado.

—Porque soy judío y hablo y escribo hebreo todos los días de mi vida.

—¿El código es la versión hebrea de INRI? —me sorprendí.

—Los ebionitas eran judíos, ¿no es verdad? —repuso él—. Y, además, judíos que seguían las enseñanzas de la Torá además de seguir a Yeshúa, ¿no es cierto? Por si no te has dado cuenta, a menudo mezclan judaísmo con cristianismo en los resultados de las pruebas.

—De hecho, el texto del *titulus* —comentó Farag, pensativo y un poco menos enfadado— estaba escrito en tres de las lenguas dominantes de la época: latín por los romanos, griego porque era la lengua internacional, y hebreo por estar en Judea. Al menos eso dice uno de los evangelistas, no recuerdo cuál.

—Juan —afirmé rápidamente—. Juan es el único que lo dice (39), los demás, incluido Mateo, sólo mencionan que en el *titulus* ponía «Jesús de Nazaret, Rey de los Judíos» sin especificar en qué lengua.

—¿Y no dice vuestro Juan —preguntó Gilad con gesto fúnebre— si los sacerdotes del Sanedrín o los judíos cultos que leían el *titulus* se enojaban cuando lo veían?

(39) Juan 19, 19-22.

¿De qué demonios estaba hablando? ¿Los judíos enfadados por leer en el *titulus* el cargo por el cual se condenaba a Jesús a morir en la cruz? La pregunta y esa cara de sudario que lucía me hicieron pensar que Gilad estaba muy afectado por algo grave.

—Pues no lo recuerdo —respondió Farag.

—Me parece que sí —dije yo, haciendo memoria—. Me parece que algo pasó con los sacerdotes. Creo que le pidieron a Pilatos, el prefecto romano que condenó a Jesús, que cambiara lo que decía el *titulus*. Pero era una tontería. Querían que quitara «Jesús de Nazaret, Rey de los Judíos» y que pusiera «Yo soy el rey de los judíos».

Gilad asintió repetidamente, como si ahora todo tuviera sentido y pudiera comprender mejor lo que había ocurrido en la Crucifixión.

—¿Qué pasa, Gilad? —le preguntó Sabira, tan preocupada como nosotros.

—Pues que si Pilatos hubiera cambiado el texto del *titulus* —le respondió él con una sonrisa triste—, el Sanedrín se hubiera sentido mucho menos ofendido porque, al traducir el nuevo texto al hebreo, el acrónimo hubiera sido diferente.

—Te juro que no entiendo nada de lo que dices, Gilad —le reprochó mi marido, que no estaba teniendo un buen día—. ¿Quieres explicarte mejor, por favor?

Kaspar seguía toda la conversación desde la distancia, sin acercarse pero sin perderse ni una coma. Abby estaba junto a Farag, a quien ya había pedido disculpas en voz baja, en un aparte.

Gilad, con pasos contenidos, se dirigió, no hacia la primera rueda, no, sino hacia la cuarta, la última, y empezó a girarla como si luchara firmemente contra sí mismo y contra su voluntad. Recordé entonces que el hebreo se escribía al revés, de ahí que hubiera empezado por lo que, para nosotros, era el final. Un letra hebrea quedó arriba.

—Yod —dijo Farag, nombrándola.

Gilad dio un paso lateral hacia la izquierda y empezó a mover la tercera rueda.

—Hei —indicó Farag cuando Gilad se detuvo y se movió para ponerse delante de la segunda rueda y volver a empezar. Una tercera letra quedó en su lugar.

—Vav —la voz de mi marido empezó a sonarme insegura, perpleja.

Gilad, por fin, llegó a la primera rueda y la sujetó con fuerza con las dos manos, pero sin moverla. Una fuerza invisible le detenía.

—Si tú no lo haces, lo haré yo —le amenazó mi marido quien, por lo visto, ya sabía qué letra había que poner.

La cara de Abby había cambiado, su gesto era de estupor, de absoluta incredulidad. Incluso Kaspar fue incapaz de quedarse al margen y descubrí, de pronto, que se había levantado y que estaba a mi lado, contemplando, atónito, la escena.

—*Yeshua Hanotzri Vemelej Hayehudim* —musitó Abby con tanta reverencia que parecía estar rezando.

—¿Qué has dicho? —le pregunté, al mismo tiempo que Farag, con firmeza y decisión, se colocaba al lado de Gilad y le quitaba de las manos la primera rueda para tomarla entre las suyas. Gilad se apartó.

—He dicho, en hebreo —explicó Abby sin mirarme y sin apartar los ojos de las manos de Farag—, «Jesús de Nazaret, Rey de los Judíos». Lo mismo que significa INRI en latín.

Farag, con resolución, giró la primera rueda (la última letra en hebreo) y, cuando al fin se detuvo, dijo:

—Hei.

Lo que todos podíamos ver en aquel momento era el acrónimo de la frase que había dicho Abby, *Yeshua Hanotzri Vemelej Hayehudim*, se escribiera ésta como se escribiera en hebreo:

יהוה

Pero lo que no podía entender era por qué aquel acrónimo, el gemelo hebreo de INRI, afectaba tanto a Gilad, a Farag, a Abby e incluso a Kaspar, cuyo rostro, siempre rocoso e imperturbable, expresaba ahora un sentimiento profundamente reverente que yo no le había visto nunca.

Por primera vez el siseo arenoso y el traqueteo metálico de las cadenas del mecanismo ebionita escondido tras los muros me pillaron por sorpresa. No los estaba esperando. El código hebreo era el correcto, y así se evidenciaba en el torpe y pesado giro del enorme disco de piedra que cegaba la abertura rectangular que nos dejaría pasar a la siguiente Bienaventuranza. El ruido se hizo cada vez más y más grande, llegando, también súbitamente el chirrido de las rocas arañándose entre sí.

—¿Quiere alguien decirme, por favor —grité para hacerme oír por encima del estruendo—, qué problema hay con este acrónimo hebreo?

—¿Puedes leerlo como lees INRI o INBI? —me preguntó Kaspar al oído con toda la potencia de su vozarrón.

Yo negué con la cabeza.

—Pues ese acrónimo hebreo se lee YAHVÉ.

Me giré para mirarlo muy sorprendida. ¿Me estaba diciendo que el INRI hebreo se leía YAHVÉ, como el nombre impronunciable e inescribible del Dios judío? ¿Me decía de verdad que el acrónimo hebreo de «Jesús de Nazaret, Rey de los Judíos» era Yahvé? ¡Por Dios!

CAPÍTULO 36

Aún bajo la fuerte impresión de lo que acabábamos de descubrir, recogimos nuestros sacos de maná y nuestras linternas y cruzamos en silencio la abertura hacia la siguiente prueba.

De nuevo, nos encontramos con una escalera de piedra, que ascendía entre dos muros bajo un techo abovedado y que giraba de manera casi imperceptible hacia la izquierda. Tampoco en esta ocasión tardamos mucho en subirla, apenas diez minutos, aunque sí era más empinada que las anteriores, de manera que Kaspar calculó, cuando llegamos a la nueva caverna, que debíamos de encontrarnos a unos cincuenta metros por encima de la cueva del liquen porque las dos últimas escalinatas habían girado, según él, trescientos sesenta grados exactamente, devolviéndonos a la misma ubicación, aunque más arriba y más cerca de la cumbre del monte Merón.

También allí había una fuente de agua fresca a la izquierda y también el suelo estaba cubierto por trozos de fustes, zócalos y fragmentos de adornos de piedra procedentes de finas columnas de estilo egipcio con capiteles campaniformes que se habían venido abajo. Pero, en esta ocasión, además, mezclados con los restos de columnas, había también viejos restos de carros o carromatos que parecían antiguos vehículos de transporte de mercancías, por el aspecto macizo y pesado de sus ruedas, hechas de una única pieza de madera gruesa, y por los recios varales desperdigados por el suelo que debían de haber sostenido las cargas.

—¿Cómo demonios han llegado hasta aquí unos carros?

—bramó la Roca, que estaba de peor humor que Farag (lo que tampoco era de extrañar). Ambos se rehuían como los polos idénticos de dos imanes. Desde luego, yo no pensaba meterme por en medio, no fuera que terminara chamuscada.

—¿Qué más da, Kaspar? —le respondió Abby, dirigiéndose hacia la fuente de agua—. Ya les encontraremos alguna utilidad para dormir o hacer fuego. Relájate, anda.

—Ottavia, por favor —me pidió mi marido—, ¿puedes recordarnos la Bienaventuranza a la que nos enfrentamos en esta ocasión?

—«Dichosos los limpios de corazón, porque verán a Dios» —recité, acercándome también a la fuente. De lejos, como desde otra parte de la montaña, llegaba hasta nosotros un rumor extraño, una especie de rugido apagado al que no hice mucho caso.

—Limpios de corazón... —repitió Gilad pensativo y, echando una mirada a la caverna con indiferencia, suspiró—. No veo nada aquí que pueda limpiarnos el corazón.

—El mío que no lo toquen —advertí, llenando de agua el hueco de la mano—. Mi corazón está limpísimo, así que mejor que no me abran la caja torácica.

—Bueno, ya es la sexta Bienaventuranza —añadió Abby con alegría—. Hemos superado cinco y, si superamos ésta también, veremos a Dios.

Sabira se rió.

—Yo no me haría muchas ilusiones —comentó divertida—. Me conformaría con que «ver a Dios» no significara que vamos a morir.

Gilad, Abby y Farag se echaron a reír. A mí no me hizo ninguna gracia. ¿Y si lo que significaba era precisamente eso?

—No, lo que dice —intentó aclarar mi marido— es que si somos de corazón limpio veremos a Dios.

—Pues eso —afirmé—, que si superamos la prueba, moriremos. Es la única manera de ver a Dios.

—O quizá que tendremos la oportunidad de verlo —me rebatió Farag el ateo, el no creyente— cuando muramos de viejos, oportunidad que quizá ahora mismo no tenemos porque aún no nos hemos vuelto puros ni limpios de corazón.

—No veo nada peligroso en esta cueva —objeté.

—No, no parece haber nada importante —convino conmigo Gilad.

—¿Es que no os habéis fijado en que la salida está abierta? —preguntó Sabira.

Como un cuerpo militar, todos a una, nos giramos buscando la abertura en el lado opuesto por el que habíamos entrado. Y era cierto, no había disco de piedra cerrándonos el paso. De hecho, a la luz de las dos linternas que teníamos encendidas, se divisaban los primeros peldaños de otra escalera ascendente. ¿Qué estaba pasando allí?

—Tendremos que continuar subiendo —dijo mi marido—. No parece que hayamos llegado al sitio definitivo.

Recogimos de nuevo las bolsas de maná, bebimos un poco más de agua, y emprendimos otra vez la marcha escaleras arriba. Este tramo era exactamente igual a los anteriores, muy corto, entre muros y con una suave curvatura hacia la izquierda. Extrañamente, cuanto más ascendíamos, aquel rugido apagado que me había parecido escuchar mientras bebía se iba haciendo más y más fuerte y, con el rugido, oleadas de aire caliente nos empujaban hacia atrás, mientras que una temblorosa y oscilante luz azulada iba inundando el túnel de la escalinata.

—Eso es fuego —concluyó Farag, que iba el primero.

Yo me escondía detrás de él para esquivar los golpes de aire caliente.

—No creo que podamos subir mucho más —declaró Sabira, poniéndose el brazo delante de la cara.

—Yo subiré —anunció el ex-Catón que, como un penitente que purga sus pecados, iba el último de la fila ignorado por todos menos por Abby. También aquello de ofrecerse a subir era una manera de purgar su falta. Buscaba sacrificarse por el grupo, ser el héroe y, de esta manera, estaríamos, de algún modo, en deuda con él.

—Te quemarás, Kaspar —se angustió Abby, cogiéndole por el brazo.

—No —rechazó él—. Pondré el saco de liquen delante de mi cara y llegaré hasta donde pueda.

Nos hicimos a un lado para dejarle pasar y, cuando adelantó a Farag, ambos se pegaron tanto a las paredes para no rozarse que debieron de clavarse todos los bultos y picos que aquéllas tenían.

De hecho, el ex-Catón sólo necesitó subir un pequeño tramo más para llegar hasta la siguiente caverna. De algún modo, con su enorme y cuadrado corpachón frenaba el aire caliente que llegaba hasta nosotros.

—¡Podéis subir! —nos gritó—. ¡Ésta sí es la cueva donde debemos purificarnos!

Llegamos rápidamente hasta donde Kaspar esperaba con el saco de liquen delante de la cara y el pecho y lo que vimos nos dejó... iba a decir helados, pero no podría ser menos acertado; más bien cocidos y acalorados.

La abertura, en esta ocasión, era el triple de grande que en las otras cavernas y, de este modo, pudimos observar que aquella cueva ni era redonda ni tenía el techo en forma de cúpula. Se parecía mucho más a la cámara cuadrada donde se encontraba el verdadero enterramiento de Hillel el Anciano, sólo que, en lugar de ser un cubo perfecto, era un largo rectángulo perfecto de unos quince metros de largo que hubiera podido definirse como el pasillo de la muerte: del techo, que no estaba muy alto, caía una lluvia de fuego que empezaba unos pasos delante de nosotros y terminaba delante de la siguiente abertura, al otro extremo de la cámara. La lluvia de fuego, en realidad, era una incesante descarga de potentes llamaradas que salían desde incontables orificios practicados en el techo y que tenían diferentes colores que iban desde el azul intenso hasta el azul claro y desde el naranja hasta el amarillo. Pero no había ni un solo resquicio por el que pasar sin quemarse. Las marcas negras en la piedra del suelo lo dejaban bastante claro. Si querías cruzar la cámara para llegar al otro lado debías dejarte la piel por el camino y parte de la grasa y la carne del cuerpo. No había forma humana de cruzar aquel infierno rugiente supuestamente purificador.

—Volvamos —gritó Abby—. No podemos pasar.

No tuvo que repetirlo dos veces. Como almas que lleva el diablo echamos a correr hacia la caverna inferior bajando los escalones de dos en dos e, incluso, de tres en tres, apoyando las manos en los muros para no matarnos en la huida. Aun así nos dimos bastantes golpes contra las paredes hasta que, por fin, entramos de nuevo en la caverna llena de cascotes y trozos de madera.

Nos dejamos caer en el suelo alrededor de la fuente respirando afanosamente, más por el susto que por la desbocada carrera. Si limpiarnos el corazón significaba cruzar aquel infierno, a mí ya me podían dar el boleto de salida del Merón, porque ni loca pensaba entrar en aquel pasillo.

—¿De dónde demonios sale ese fuego? —bramó la Roca, metiendo toda la cabeza bajo el chorro de agua fresca.

—Del mismo lugar que sale todo en esta montaña —le dijo Gilad—. De la condición sísmica de Israel. Tenemos bolsas de gas natural por todo el país, por todo Oriente Medio.

—¿Ese fuego es de gas natural? —pregunté confundida—. ¿El mismo gas natural que se usa en las casas para el agua caliente o para cocinar?

Gilad asintió, sonriente.

—Exacto. ¿No has visto los colores de las llamas? El azul es el color del gas natural y el naranja también, sólo que, además, está mezclado con monóxido de carbono. Bueno, no sé si es monóxido o dióxido. Creo que dióxido —dudó—. En cualquier caso, son gases venenosos.

No voy a repetir la sarta de palabrotas que salió por la boca del ex-Catón mientras los demás sentíamos caer una losa de varias toneladas sobre nuestro ya desgastado estado de ánimo.

—Seamos prácticos —dijo Farag, en cuyo rostro barbudo adiviné la chispa de una súbita inspiración—. Se trata de una prueba de los ebionitas. Se tiene que poder superar.

—¡Oh, venga, por favor! —gritó el ofuscado ex-Catón—. ¡Es imposible! ¿Acaso no lo has visto? ¡Hicieron subir el gas natural más de setecientos metros desde algún depósito subterráneo para fabricar un horno crematorio que lleva ochocientos años funcionando!

Farag le ignoró fríamente.

—El fuego tiene un sentido purificador en casi todas las culturas —siguió diciendo mi marido, apoyando un codo en mi rodilla—. Es lógico, hasta cierto punto, que la idea de limpieza del corazón implique cruzar un fuego.

—¿Cómo? —preguntó una inquieta Sabira, que cruzaba los brazos sobre el pecho como un náufrago se abrazaría a un flotador—. ¿Cómo podríamos cruzar ese fuego? Hay unos quince metros hasta la salida. Nos abrasaríamos.

—Deberíamos comer —opinó Abby—. Es casi mediodía. Quizá comiendo se nos ocurra cómo resolver el problema. Yo estoy con Farag en que la solución existe porque, si no fuera así, no sería la prueba de una Bienaventuranza. Sólo tenemos que calmarnos y pensar.

Los trozos de liquen de la bolsa de Kaspar estaban calientes. No habían ardido de milagro pero, a cambio, habían adquirido un sabor más agradable y dulce, y una textura más suave. Por increíble que parezca, todos repetimos, pero sólo de la bolsa de Kaspar. El liquen seco y frío de las otras no nos apetecía nada.

Tras terminar de comer, algunos se tiraron en el suelo, apoyando la cabeza sobre trozos de madera (menos dura que la piedra de los capiteles), mientras que otros nos pusimos a pasear en silencio por la cueva, examinando con curiosidad y aburrimiento los restos de columnas de estilo egipcio y los de los extraños carros destrozados que a saber qué hacían allí y para qué los habían usado los ebionitas. ¿Qué tipo de carga podían haber acarreado hasta el interior del monte Merón? Además, había otra cosa muy clara y era que, viendo el ancho de los ejes de las ruedas, esos carros no cabían por las escaleras que nosotros utilizábamos. Sin embargo, por alguna razón habían sido abandonados precisamente allí, en aquella caverna, como si aquél hubiera sido el final de su viaje. ¿Por qué? Mi cabeza empezó a girar como un molinillo en torno a aquellas preguntas absurdas para las que nunca tendría una respuesta.

Sabira se sentó en el suelo y se puso a dibujar los restos, abstrayéndose en su propio mundo y marchándose, en espíritu, muy lejos de nosotros. Sentí envidia de su gran capacidad para el dibujo. Yo sólo sabía pintar caritas redondas sonrientes y, aun así, jamás me salían bien.

Farag y Gilad se enzarzaron en una discusión sobre la forma y fabricación de los carros. Ambos estaban de acuerdo en que presentaban rasgos muy sencillos y pesados, parecidos a las *raeda* romanas de cuatro ruedas que eran tiradas por bueyes o mulas y que se utilizaban para el comercio entre poblaciones cercanas porque no aguantaban los viajes largos. Esas ruedas macizas, confeccionadas con una sola pieza de madera cortada en el sentido vertical de la veta del árbol, aguantaban bien en los caminos embarrados o de tierra, incluso en calzadas de adoquines como las romanas, pero no resistían el campo abierto, con sus agujeros y piedras en el terreno. Además, iban sujetas a ejes fijos que giraban con ellas y que se desgastaban rápidamente por lo que había que cambiarlos con frecuencia.

Yo oía todo aquello mientras levantaba del polvo del suelo una de aquellas ruedas tan extrañas, sin radios, con forma de disco, de unos ochenta o noventa centímetros de diámetro y con un agujero en el centro para el eje. Me dio por pensar que se parecía muchísimo a los grandes discos de piedra que sellaban las puertas y de los cuales ya llevábamos vistos unos cuantos en aquella montaña, siempre cerrándose o abriéndose detrás y delante de nosotros para hacernos avanzar en la dirección deseada por los ebionitas o para impedirnos regresar hacia la entrada y mantenernos prisioneros de las pruebas de las Bienaventuranzas. Sí, de hecho, el concepto era el mismo que habíamos visto repetido una y otra vez desde que habíamos entrado en el monte Merón: círculos, ruedas, discos de piedra... Quizá fueran también la puerta, pensé de repente, o quizá la llave de la puerta. El corazón se me aceleró. ¡Claro, naturalmente! ¿Para qué, si no, iban a dejar allí aquellos carros? No eran los carros, eran las ruedas, como siempre.

Me puse en pie de un salto.

—¡Farag! —exclamé, haciéndole un gesto con la mano para que se acercara a mí—. ¡Gilad, tú también!

Ambos dejaron su erudita conversación sobre la historia de los carros a través de los tiempos para llegar hasta donde yo me encontraba, agachada, con una parte de la rueda entre las manos.

—¿Qué veis aquí? —les pregunté con una sonrisa.

—Una rueda —me respondió mi marido, confuso—. Una de las ruedas de los carros abandonados en esta caverna.

—Pues te equivocas —le dije muy contenta, empujando la rueda hacia arriba para que la cogiera él y, así, poder levantarme y sacudirme el polvo de las manos en el pantalón—. No es una rueda.

—¿Ah, no? —se extrañó Gilad, que me miró de forma rara. Pero Farag sonreía.

—¿Qué es, *basíleia*? —me preguntó. Apoyada en su posición vertical, a Farag apenas le llegaba hasta la cadera.

—Un paraguas —respondí—. O, si lo prefieres, un parafuegos.

Sólo tardaron unos instantes en pillar la idea.

—¡Es brillante! —exclamó Gilad, con una sonrisa de oreja a oreja.

—Tenemos que averiguar cuántas ruedas hay —les dije— y encontrar maderas que puedan encajar en los agujeros de los ejes para que podamos usarlas como si fueran paraguas.

—Si conseguimos pegarlas contra el techo por encima de nosotros —comentó mi marido—, impediremos que salgan las llamaradas y podremos avanzar.

—Y si lo hacemos los seis a la vez —añadió Gilad, entusiasmado—, prácticamente dejaremos un pasillo libre para avanzar sin quemarnos.

—El primero y el último deberían llevar delante y detrás

otros paraguas como éstos —dije yo— para protegerse del intenso aire caliente.

Reunimos al grupo para comentarles la idea y Sabira dijo que los restos que había visto eran de tres carros de cuatro ruedas, de las cuales sólo tres estaban rotas y nueve en perfectas condiciones para lo que queríamos. Afortunadamente, casi todas estaban aún sujetas de dos en dos por sus ejes, por lo que sólo había que cortar éstos por la mitad para tener listos nuestros paraguas contra el fuego. Lamentablemente, había un pequeño problema: no teníamos herramientas para cortar los ejes.

—Sí tenemos —dijo Kaspar, cuya incomodidad dentro del grupo aumentaba con cada hora que pasaba—. Tenemos los dos trocitos de sílex que conserva Sabira y varios fragmentos de capitel de bordes afilados. Podemos hacer cortes profundos en el centro de los ejes y, luego, ejerciendo fuerza, terminar de romperlos.

—No deberíamos hacer los cortes en el centro —añadí—. No todos somos altos. Sabira y yo no llegaríamos hasta el techo con nuestros paraguas si cortamos los ejes por la mitad, mientras que a Farag y a Kaspar, que miden casi dos metros, les sobraría. Es mejor cortarlos en función de la altura de cada uno.

Dicho y hecho. Pusimos manos a la obra y empezamos reuniendo las nueve ruedas en buen estado cerca de la fuente. El primer eje que empezamos a serrar fue el que tenía una rueda buena y otra rota, para deshacernos de ella. De modo que marcamos el corte con el sílex casi en el borde con la rueda mala. Luego, lo ampliamos con un trozo afilado de capitel que, aunque no era muy fuerte por ser de caliza, cortó bien la madera vieja y seca. A continuación, y como aún no podíamos dar golpes con nuestros pies llenos de suturas, Kaspar se subió sobre el eje para fracturarlo con su peso. Y funcionó. El palo de madera crujió y se partió por donde nosotros habíamos cortado.

Kaspar lo cogió del suelo y lo levantó sin ningún esfuerzo.

—Toma, Ottavia —me dijo humildemente, acercándose y entregándome el paraguas de madera de bastón largo—. Con esto llegarás hasta el techo sin ninguna dificultad. Y, por favor, perdóname por haberte engañado para que entraras en el Merón con nosotros. Farag tenía razón. Debería haber confiado en ti.

Me quedé absolutamente paralizada. La cara de Abby, desde detrás de Kaspar, me hizo un gesto de súplica. Farag, serio, asintió levemente con la cabeza, animándome a aceptar el perdón. Y, además, como ya he dicho, no soy capaz de negarme ante unas disculpas sinceras. El problema era que tenía una ocasión de oro y no podía desaprovecharla.

—Con una condición —le exigí, muy seria—. Que hagas todo lo que yo te ordene hasta que salgamos de aquí. Lo tomas o lo dejas.

La cara marmórea del ex-Catón se puso roja como el rojo de un semáforo y le vi contener las ganas de matarme con el paraguas de madera que aún sujetaba entre las manos. La verdad era que no pensaba convertirlo en mi esclavo ni nada por el estilo, no era ésa mi intención, pero con un tipo como él siempre resultaba conveniente guardarse un as en la manga.

El silencio en la caverna podía cortarse con un trozo de sílex, de lo espeso que se había vuelto. Abby bajó la cabeza con pesar, Farag levantó los ojos al cielo con un gesto desesperado y Sabira y Gilad permanecieron tan inmóviles que casi se hicieron invisibles. El ex-Catón, por su parte, se retorcía imperceptiblemente como alguien a quien estuvieran matando y no quisiera mostrar dolor.

Yo sonreí. Con aquello ya estaba más que satisfecha.

—Venga, acepta el trato —le animé—. Deberías confiar en mí, como tú has dicho. No voy a ser una tirana demasiado exigente.

Mi sonrisa calmó a todos y especialmente a la Roca, que adivinó que ya estaba perdonado. Su rostro volvió al color granítico normal y dejó de retorcerse en el potro de tortura.

—De acuerdo —asintió—. Acepto el trato.

—Hala, pues ya está —le dije sonriendo—. Dame mi paraguas.

—¿Seguro que le has perdonado? —no pudo evitar preguntarme Abby, llena de dudas.

—¡Pues claro! —afirmé—. Y voy a darle mi primera orden.

Kaspar retrocedió un paso.

—Haz las paces ahora mismo con Farag —le ordené.

Mi marido empezó a sacudir la cabeza diciendo que no pero me dio igual.

—Arregla ahora mismo las cosas con él —seguí diciéndole al ex-Catón—. Me tenéis harta los dos con tanta tontería. Ya sois mayorcitos, ¿no crees?

—Si os parece bien a todos —propuso Abby, siempre tan buena diplomática—, sigamos con las ruedas y los ejes. La orden de Ottavia se cumplirá a su debido tiempo, pero no podemos parar el trabajo ahora. Queda mucho por hacer.

Nos resultó imposible terminar aquella tarde con los nueve paraguas, así que, cuando llegó la hora de cenar, y a falta sólo de dos para tenerlos todos hechos, no nos quedó más remedio que dejar lo que faltaba para el día siguiente. Estábamos agotados y no era que pudiéramos reponer fuerzas con una suculenta cena y un cómodo sueño reparador. Recuerdo que, mientras me estaba quedando dormida recostada sobre Farag, pensé que, si al día siguiente conseguíamos cruzar el pasillo de fuego que, en teoría, nos iba a purificar el corazón, sólo nos quedarían dos Bienaventuranzas por superar. Sólo dos. Y esa idea me reconfortó tanto que me dormí con una sonrisa en los labios. Bueno, por esa idea y por el hecho de que mi esclavo había cumplido correctamente la orden que le había dado. En algún momento de la tarde, los dos tontos, el número uno y el número dos, reanudaron su amistad con un abrazo masculino de esos con grandes palmadas en la espalda para gran satisfacción y alivio de todos.

A la mañana siguiente, tras desayunar agua y liquen calentado en la puerta del pasillo de fuego por Gilad, que se ofreció voluntario, volvimos a poner manos a la obra con los paraguas de madera y, a eso de las once, ya estábamos listos para lanzarnos de cabeza al horno. El plan consistía en crear una barrera con las ruedas sobre nuestras cabezas de manera que las llamaradas o bien no pudieran salir o bien chocaran contra la madera y se dispersaran hacia los lados, permitiéndonos avanzar esos mortales quince metros hasta el otro lado.

Subimos la escalera con grandes dificultades por culpa de los paraguas, pero, por fin, llegó el momento de ponernos en formación. Kaspar, por ser el más alto y voluminoso iba el primero, de manera que sujetaba dos ruedas por sus ejes, una sobre su cabeza y otra delante, a modo de ariete, para apartar en lo posible el aire caliente. Detrás iba Sabira, que, como yo, cargaba con uno de los dos sacos de liquen que nos quedaban. Detrás de Sabira, Abby. Luego, yo. Detrás de mí, Gilad. Y, cerrando la fila, Farag, quien también llevaba dos paraguas, uno sobre la cabeza y otro para proteger la retaguardia.

Sabira y yo nos atamos los sacos de liquen a la cintura del pantalón de manera que no nos hicieran perder el equilibrio al andar pero pudiéramos sujetar el paraguas con ambas manos a la altura convenida, ya que si todos los paraguas conseguían apoyarse contra el techo y avanzar sin separarse, taponando la salida de las llamas, correríamos menos peligro de quemarnos.

Noté que me sudaban las palmas de las manos y no sólo por el calor. Meterse en aquel pasillo era la cosa más aterradora que habíamos hecho desde las arenas movedizas y no me hacía ni pizca de gracia cocerme en mi propia grasa, morir o salir de allí llena de quemaduras. Estaba realmente asustada, de manera que me puse a rezar. Busqué consuelo y fuerza en Dios, en ese nuevo Dios al que estaba conociendo poco a poco y día a día, y hasta le pedí ayuda a mi madre, que si lo estaba viendo todo desde el cielo, sólo ahora tendría una idea aproximada de cómo era la extraña vida de su hija Ottavia, a la que ella había querido venerable monja para siempre.

Kaspar dio la orden de avanzar y fue el primero en poner un pie dentro del maldito pasillo de fuego. Algo ocurrió, no supe qué en aquel momento, pero Kaspar, como si hubiera enloquecido, empezó a gritar como un poseso:

—¡Corred, corred, corred! ¡Deprisa, no os detengáis! ¡Rápido!

Nuestra formación en fila y con aspecto de serpiente de madera aceleró el paso y me vi de pronto empujando con una mano el paraguas contra el techo de la caverna y, al mismo tiempo, sujetando el saco de liquen para que no se me cayera. Pero todos corríamos como locos, corríamos como si nos fuera la vida en ello porque, realmente, nos iba la vida en ello. Lo supimos en cuanto pisamos aquel suelo de piedra candente que, a lo largo del recorrido de quince metros, terminó por abrasarnos y calcinarnos tanto las suelas de los pies de gato como los gruesos calcetines con refuerzos. No habíamos pensado en el calor del suelo. Ni se nos había pasado por la cabeza que ochocientos años de llamaradas de gas natural habían convertido aquella piedra en la cocina perfecta para freír cualquier cosa que se pusiera encima. Y lo que estaba encima éramos nosotros y, más concretamente, nuestros pies heridos.

Quince metros no son muchos pero cuando notas que el tuétano de los huesos de tus pies ha comenzado a hervir se convierten en kilómetros. Todos corríamos como podíamos pero, aun sin quererlo, las distintas partes de la serpiente de madera corrían con diferentes velocidades, de modo que terminamos separándonos. Delante de mí cayeron un par de llamaradas que me golpearon en la cara como si la hubiera metido en lava, despeinándome y cegándome temporalmente. Tampoco sabía cómo estaba Farag y eso aún me angustiaba más. En aquellos cortos quince metros, en algún punto cerca del final, tuve la certeza de que no lo íbamos a conseguir, de que íbamos a morir con total seguridad y fue cuando Abby, que iba delante de mí, se detuvo para ayudar a Sabira, que había caído al suelo. En realidad, afortunadamente, no terminó de caer porque Abby fue rapidísima y la sujetó a tiempo, de modo que fue el saco de liquen el que tocó la piedra candente, ahorrándole a Sabira graves quemaduras, pero aquel instante, aquel medio segundo en que frenamos la loca carrera hacia la salida (quizá ni la llegamos a frenar pero a mí me lo pareció), la certeza de que íbamos a morir se apoderó de mí.

Supongo que, a fin de cuentas, el poder del miedo consiste en la parte que tiene de anticipación, de antelación, porque, por suerte, no todos los miedos se convierten en realidad. Objetivamente, son pocos los que tienen una base real, de manera que, aunque estuve segura de que íbamos a morir, fue el miedo el que puso ese horrible pensamiento en mi cabeza. Es verdad que la serpiente de madera se dispersó, dejando huecos por los que cayeron llamaradas, pero también es verdad que si no hubiera sido así, Abby habría tropezado con Sabira y yo habría caído sobre ambas y Gilad y Farag, que iban detrás, hubieran tenido que detenerse o tropezar. Y nada de eso ocurrió. De repente, di un salto y noté un frío tremendo en las plantas de los pies. Había salido del pasillo.

Delante de mí, todos seguían corriendo, así que corrí sobre la piedra helada sin soltar ni el paraguas ni el saco de liquen porque, sencillamente, no pensaba, me dejaba llevar por la inercia y porque, además, correr sobre aquel suelo frío era un alivio inmenso, sobre todo porque ya no tenía zapatos ni calcetines. No quería ni imaginar cómo iban a doler las quemaduras en cuanto nos detuviésemos.

Entonces escuché un ruido extraño, y luego lo escuché otra vez y, después, otra. Cuando fui capaz de relacionar el sonido con la realidad, ya era tarde: yo misma había caído de golpe al agua oscura y helada de una cisterna.

CAPÍTULO 37

Caímos unos encima de otros y nos golpeamos con las ruedas de madera que nos habían salvado de las llamas. Formamos un batiburrillo de piernas, brazos, cabezas, ruedas, ejes y bolsas de liquen que tardó un poco en deshacerse y, desde luego, no con facilidad.

Tuve que soltar el paraguas de madera para poder emerger y respirar. Por suerte, las luces de las linternas de Kaspar y Farag servían como puntos de referencia en aquella negra oscuridad acuática. Qué suerte que fueran sumergibles porque, si no, se habrían estropeado y nos hubiéramos quedado sin ellas. Pero, para mi desgracia, el maldito liquen me lastraba hacia el fondo como si fuera una piedra ya que, al parecer, absorbía demasiada agua. Grité y me hundí, braceando desesperadamente y sacudiendo los pies para ascender pero sin conseguirlo. Noté unas manos en mi cintura que tanteaban buscando el nudo que sujetaba el saco. Cuando lo deshicieron, subí rápidamente hacia la superficie y tomé grandes bocanadas de aire porque tenía los pulmones a punto de reventar. Las voces me llegaban enredadas unas con otras por culpa de un gran ruido de fondo, de manera que no entendía nada. Sólo pensaba en respirar y seguir braceando y pataleando. ¿Cómo podía estar tan fría aquella agua? Parecía que acababa de deshelarse. Entonces me di cuenta de que, desde uno de los lados de aquella cámara, me llegaba el ruido de varios manantiales que caían desde lo alto. Aquello me horrorizó: si la cisterna se rellenaba con agua helada, sin duda existía también un desaguadero en el fondo que podía tragarnos.

¿Y Farag? No veía nada. Sólo distinguía los reflejos de las linternas debajo del agua, muy al fondo. Entonces pensé que Farag se estaba ahogando. Tomé aire y me sumergí, buceando hacia la primera luz, pero una mano me sujetó con fuerza y tiró de mí hacia arriba. Peleé, desde luego, pero Gilad tenía mucha más fuerza que yo, así que acabó sacándome.

—¡No, Ottavia! ¡Déjales! —me dijo, con su cabeza junto a la mía.

—¡Pero Farag está ahí abajo! —exclamé angustiada.

—¡Están sacando a Kaspar y a Sabira! Las ruedas les han golpeado en la cabeza y han perdido el conocimiento. Tengo que ir a ayudarles. Tú, quédate aquí.

Gilad se sumergió con rapidez y me quedé sola en aquella cisterna oscura, viendo extraños reflejos de luz a varios metros por debajo de mí y escuchando caer los chorros de agua. ¿Y el borde? ¿Debía nadar en alguna dirección para encontrar el borde de la cisterna o quedarme quieta? Porque si me quedaba quieta acabaría congelándome. Pero los demás subieron enseguida. Farag y Abby aparecieron arrastrando entre los dos a un Kaspar inconsciente mientras que Gilad sacaba a flote a una Sabira atontada pero consciente, lo que le había permitido aguantar la respiración. Quien necesitaba ayuda de verdad era Kaspar.

—¡Ottavia! —gritó Farag.

—¡Aquí! —exclamé para que supiera que estaba viva y que estaba bien.

—¡Hacia allí! —vociferó mi marido señalando con la luz hacia una abertura al otro lado de la cisterna—. ¡Los que podáis, nadad hacia allí!

Ayudando a Gilad con Sabira, nos dirigimos, a oscuras, hacia donde había señalado Farag, alejándonos todo lo posible de los ruidosos surtidores, y pronto tropezamos con el borde de la cisterna.

—Sujeta a Sabira, por favor —me pidió Gilad, impulsándose con los brazos para salir del agua. Una vez fuera, se puso de pie y extendió un brazo—. ¡Pásamela!

La empujé por debajo de los hombros y la icé lo suficiente para que Gilad pudiera cogerla y sacarla.

—Espera a que la tumbe —me dijo él—. Ahora mismo te ayudo.

Pronto estuvimos los tres sobre la húmeda piedra del borde de la cisterna. Gilad y yo sacamos nuestras linternas de los bolsillos de los pantalones y las encendimos pero mientras que él se inclinaba sobre la arqueóloga Asesina yo iluminé el extremo opuesto de la cisterna, buscando a Farag, a Kaspar y a Abby. Mi marido y la heredera le estaban practicando la reanimación cardiopulmonar a Kaspar quien, por alguna razón desconocida, siempre acababa llevándose la peor parte en todos los accidentes. Aunque tenía claro que Farag conocía la técnica de la reanimación, me pareció que era Abby quien dirigía la maniobra y Farag quien ayudaba. De pronto, Kaspar levantó la cabeza, la giró y vomitó un montón de agua que, en realidad, no salía de su estómago sino de sus pulmones. Si Kaspar y Sabira habían sido los primeros de la fila cuando cruzamos el pasillo de fuego y caímos al agua, estaba claro que había sido mi rueda y la de Abby las que les habían golpeado.

Sabira, por fortuna, no había tragado agua. Cuando, más tranquila por Kaspar, me volví hacia mis compañeros de zona, la pobre arqueóloga estaba sentada en el suelo, con un gesto de dolor en la cara y un chichón enorme en la cabeza que se cubría con la mano. Me incliné hacia ella y le levanté la cara sujetándole la barbilla. Quería verle los ojos, ver cómo reaccionaban sus pupilas a la luz de la linterna. Sabía que si no se contraían o se contraía sólo una, tendría un problema muy serio. Pero sus pupilas reaccionaron con normalidad, así que solté un suspiro de alivio y la dejé en manos de Gilad para ver qué hacían los otros.

Farag, Kaspar y Abby nadaban hacia nosotros. Kaspar parecía un poco aturdido y Abby le iba animando y ayudando como una socorrista profesional. ¿Había algo que aquella perfecta heredera no supiera hacer bien? Bueno, sí, una cosa: enamorarse de los tipos adecuados (aunque debía admitir que, en su última elección, yo había jugado un pequeño pero malvado papel).

Entre Gilad y yo no podíamos con el peso de Kaspar de modo que Farag subió al borde para ayudarnos y Abby se quedó para empujar desde abajo. Al final, conseguimos sacarle y le pusimos junto a Sabira, que se iba recuperando del golpe.

—No os preocupéis por mí —dijo con una vocecilla débil—. Sólo tengo un horrible dolor de cabeza. Atended a Kaspar.

Pero Kaspar estaba bien. Tenía la cabeza mucho más dura que Sabira y apenas se le apreciaba un pequeño bultito en la frente que se le iba poniendo morado pero no crecía. Pronto nos alejó con cajas destempladas.

—¡Que estoy bien! —bramó, apartándonos a todos menos a Abby—. ¡Dejadme respirar!

Éramos un grupo derrotado. Seis personas sentadas en un suelo de piedra frío y húmedo, con las ropas mojadas de agua helada, agotadas y descalzas.

—¿Y vuestros pies? —nos preguntó Farag—. ¿Tenéis quemaduras?

Con las linternas nos examinamos las plantas de los pies en los que apenas teníamos sensibilidad por culpa del frío y, aunque estábamos tiritando y nos castañeteaban los dientes, todos soltamos grandes exclamaciones de sorpresa: ninguno se había quemado, la gruesa capa de suturas quirúrgicas, un poco chamuscadas, habían terminado de protegernos hasta el final, cuando ya no nos quedaban suelas ni calcetines.

—¡Increíble! —exclamó Abby, mirando las suyas—. ¡No hemos podido tener más suerte!

—Las suelas de los pies de gato aguantaron bastante —musitó Kaspar—, y de algo servirían también los calcetines antes de carbonizarse. Supongo que apenas dimos un paso o dos con las suturas. Por eso no nos hemos quemado. ¡Qué idiotas fuimos al no pensar en el suelo! ¡Podíamos habernos fabricado unos zuecos de madera o algo así!

Como ya era tarde para eso, no le hice ni caso. Sólo era

capaz de sentir un profundo agradecimiento por las suturas cutáneas. Habían perdido su transparencia para pasar a un marrón oscuro desagradable, pero nos habían salvado los pies.

—Deberíamos quitarnos estos tristes restos de zapatillas y calcetines mojados —propuse—. Ya no nos sirven de nada.

Todos asintieron y empezaron a quitarse lo que les quedaba de sus pies de gato.

—¿Y el liquen? —preguntó de pronto Sabira, alarmada.

—Lo hemos perdido —se lamentó Farag—. Tuve que quitaros las bolsas porque os hundían como si fueran de plomo.

—Es decir —murmuré entre escalofríos—, que ya no tenemos ni comida ni zapatos.

—Ya no tenemos nada —gruñó la Roca, escurriéndose los pantalones con las manos.

—Quizá estamos superando la siguiente Bienaventuranza —comentó Gilad.

Yo negué con la cabeza.

—No, y bien que lo siento —dije—. La séptima Bienaventuranza es la de los pacíficos. «Dichosos los pacíficos, porque serán hijos de Dios.»

Un silencio pesado y triste nos aprisionó. Aún debíamos superar dos Bienaventuranzas y, por no tener, no teníamos ni zapatos ni comida y, además, estábamos al límite de nuestras fuerzas. Los ebionitas deberían sentirse muy felices de haber desaparecido siglos atrás de la faz de la tierra, porque mis instintos asesinos hacia ellos se afilaron como navajas. Si hubiera pillado al último ebionita vivo, no creo que hubiera sido capaz de controlar esa vena Salina que se inclinaba hacia el asesinato.

—Debemos ponernos en marcha —farfulló Kaspar, haciendo esfuerzos por levantarse.

—No nos queda mucho tiempo —advirtió Abby, refiriéndose, como nos quedó claro a todos, a que realmente no nos quedaba mucho tiempo para morir de frío, de hambre o de lo que fuera.

Nos alejamos de la cisterna y de su ruido caminando lentamente por aquel pasillo helado, aunque casi de inmediato empezamos a notar que subía la temperatura. El pasillo terminaba en otra escalera ascendente y, descalzos como íbamos, nos metimos en aquel tubo y empezamos a subir mientras nos dábamos cuenta de que el calor aumentaba por momentos hasta que, al cabo de una media hora, sencillamente, no sólo no hacía nada de frío sino que, por suerte, tampoco parecía que avanzáramos hacia ningún otro horno crematorio. Nuestras ropas se secaron, dejamos de temblar y el cuerpo se nos atemperó agradablemente. Lo único molesto era que aquellas escaleras —que, como siempre, giraban suavemente hacia la izquierda— no se terminaban nunca.

Pero sí se terminaron. A eso de las dos de la tarde llegamos a un rellano en el que había una abertura con una enorme rueda de piedra dispuesta para cerrarse a nuestras espaldas en cuanto entráramos en aquella sala cuadrada de apariencia inofensiva. El instinto nos hizo detenernos a pesar de saber que no teníamos más opción que entrar y dejarnos encerrar.

—¿Cómo era la séptima Bienaventuranza, Ottavia? —me preguntó Gilad, inseguro.

—«Dichosos los pacíficos, porque serán hijos de Dios.»

—Si la cosa va de pacifismo —dijo Farag, animoso—, no creo que debamos temer ninguna catástrofe.

Le miré con amor porque de verdad que le quería mucho, pero no pude evitar pensar que esa confianza suya en todo lo bueno y positivo del mundo a veces tenía un punto de peligrosa inconsciencia. Menos mal que había ido a dar conmigo, me dije, la desconfiada por excelencia, ya que no quería ni pensar lo que hubiera sido de él sin mí.

—Venga, entremos en la jaula —masculló el ex-Catón avanzando con paso decidido.

Al fondo de la caverna, perfectamente cúbica y de superficies pulidas —aunque sucias de polvo de siglos—, otra puerta clausurada por una pesada rueda de piedra parecía ser la salida si resolvíamos la Bienaventuranza de los pacíficos. Todos seguimos a Kaspar como si fuéramos ovejas camino del matadero. Íbamos a necesitar mucha ayuda de Dios para no morir allí dentro. Yo, por si acaso, empecé a rezar.

Nada más entrar descubrimos que la pared de la izquierda, además de tener, como siempre, una fuente de agua fresca, tenía en sus esquinas dos tumbas, dos antiguos enterramientos de aspecto muy diferente. Nos dirigimos hacia el primero de ellos como atraídos por un imán. Se parecía mucho al de Hillel el Anciano y unas letras hebreas talladas en la pared apuntaban claramente a un enterramiento judío.

—Rabí Eliyahu ben Shimeon —leyó Gilad en voz alta.

—¡Eliyahu ben Shimeon! —exclamó Abby, emocionada—. ¡El rabino de Susya que rescató los restos de Jesús de Nazaret y su familia y los escondió aquí, en el monte Merón!

—Es decir —bromeó Farag de una forma un tanto irrespetuosa—, el organizador de estos festejos de los que tanto estamos disfrutando. Tendríamos que darle las gracias.

Sabira, que estaba blanca como la nieve y con unas ojeras tan negras como la noche, se encaminó con paso lento hacia el otro enterramiento. Su dolor de cabeza debía de ser terrible aunque no se quejara.

—Está escrito en farsi —comentó desde allí con una voz apenas audible y con una leve sonrisa—. Es la tumba de Farhad Zakkar, líder de los *sufat* en la segunda mitad del siglo XIII.

—¡Caramba! —dejó escapar Kaspar—. ¡Los dos organizadores de los festejos!

—Sí, y enterrados juntos aquí —recalcó Abby con tono de reproche hacia Kaspar—, en el monte Merón y en la prueba de los pacíficos.

—Lo que nos viene a demostrar —comenté yo— que musulmanes y judíos no siempre se llevaron tan mal como ahora. Estos dos hombres trabajaron juntos por una causa común y se respetaban mutuamente.

Gilad, que no conocía la historia completa de los osarios y que probablemente no sabía quiénes eran los *sufat* ni por qué colaboraban con los ebionitas, se mordió los labios para no decir nada sobre mi afirmación acerca de las antiguas buenas relaciones entre judíos y musulmanes.

—Esta prueba debe de ser importante —afirmó Farag, mucho más comedido—. Que el rabino Eliyahu, líder de los ebionitas de Susya, y Zakkar, líder de los *sufat*, estén aquí juntos, es impresionante.

Para cuando Sabira volvió lentamente a nuestro lado ya habíamos descubierto el objeto de nuestra prueba: la pared opuesta a la de la fuente y los enterramientos no era de piedra pulida como el resto de la cámara, sino de mampostería. Como si la hubieran derribado a golpes, luego hubieran machacado los trozos y, con ellos, hubieran vuelto a levantar la pared. Y eso era todo. Bueno, todo, no. También había un pequeño resorte en el suelo que Farag pisó desapercibidamente y que, tal y como habíamos sospechado, hizo rodar el disco de piedra de la entrada dejándonos encerrados.

—Quizá sólo haya que sentarse pacíficamente en este suelo y esperar —comentó Abby con una sonrisa.

—Me temo que esa pared de mampostería —bromeó Gilad— te está diciendo que no. En esta caverna cúbica todo está perfectamente pulido y liso salvo las tumbas y esa pared. Ahí tienes tu prueba pacifista.

—¿Y qué se supone que debemos hacer? —preguntó la pobre Sabira, que ya no podía tener un aspecto más débil—. ¿Derribarla?

—Tú deberías sentarte —le respondió Abby—. Necesitas descansar, Sabira.

—La verdad es que estoy un poco mareada —admitió, dejándose conducir por Abby hasta la fuente para sentarse en el suelo y apoyarse contra la pared. La heredera se mojó las manos con el agua y se las pasó a Sabira por la cara, para reanimarla un poco. Yo no entendía muy bien cómo una rueda de madera, por pesada que fuera, podía haberla golpeado con tanta fuerza dentro del agua. A Kaspar ya se le veía completamente restablecido y se había llevado un golpe similar. Está claro que cada uno reacciona de manera distinta frente a las mismas cosas.

Algunos aprovechamos ese momento para beber y descansar alrededor a Sabira. No teníamos comida, así que era mejor no pensar en ello. De todos modos, me dije mientras me sentaba, los ebionitas debían de saber que, a esas alturas, si alguien había conseguido llegar hasta allí se encontraría tan mal como nosotros, o incluso peor, de modo que, si tenían intención de matar a los ladrones de tumbas, no debía de quedarnos mucho tiempo, pero si, en realidad, como buenos judeocristianos, no querían matar a nadie, quizá hubieran preparado dos últimas pruebas rápidas y fáciles para echar una mano a los valientes y osados como nosotros que habían superado todo lo anterior.

Farag y Kaspar, en lugar de beber y descansar, se quedaron plantados frente a la pared de mampostería, examinándola cuidadosamente.

—No tiene nada especial —oímos decir a Kaspar.

Mi marido apoyó la mano sobre uno de los mampuestos, es decir, sobre uno de los fragmentos de piedra que componían la pared, y lo tanteó con cuidado.

—Está suelto —comentó.

—Bueno, así se hacía antiguamente la mampostería —le respondió Kaspar—, colocando a mano trozos de material y encajándolos unos con otros sin utilizar ningún tipo de argamasa para sujetarlos entre sí.

—Lo que quiere decir —añadió Farag— que, si quitásemos algunos fragmentos de la parte de abajo, toda la pared se desmoronaría.

—¡Cuidadito con lo que hacéis! —les advertí a ambos—. A ver si vamos a tener un disgusto.

Gilad asintió.

—No creo que superar la prueba —dijo— consista en derribar una pared tan cuidadosamente elaborada. Ahí hay una trampa y aquí hay dos tumbas. Pensemos un poco más antes de tocar nada.

¿Cuál era el truco, siempre eficaz, para conseguir que Kaspar hiciera algo? Decirle que hiciera todo lo contrario.

—Sólo quiero comprobar si todos los trozos están sueltos

—masculló, y antes de que nadie pudiera impedírselo, ya había empujado hacia atrás uno de los fragmentos de piedra de la parte superior de la pared. El resto de la estructura se mantuvo intacta.

El fragmento se hundió con facilidad y escuchamos el golpe que dio contra el suelo al otro lado.

—¡Kaspar! —le regañó Abby.

Kaspar se volvió hacia ella y se encogió de hombros.

—No he derribado la pared —se excusó—. Sólo quería saber si se podía.

—¡Pues ya lo sabes! —le sermoneé yo—. Te hago responsable de lo que nos ocurra a partir de ahora.

Farag y él sonrieron como si hubieran escuchado algo divertido.

—No tocaremos nada más, palabra —dijo el ex-Catón girándose de nuevo hacia la pared de mampostería.

Abby, Gilad y yo, sentados en el suelo junto a una Sabira que apoyaba la cabeza contra la pared con los ojos cerrados, nos abstuvimos de hacer ningún comentario desagradable y comenzamos a darle vueltas a la idea de aquel extraño trabajo de construcción. Lo más acertado que se nos ocurrió antes de empezar a marearnos fue que podía tratarse de una especie de puzle pero, a partir de ahí, ya no fuimos capaces de pensar más. Yo comencé a sentir un sudor frío por todo el cuerpo que coincidió con el principio de los mareos, pero intenté no hacer demasiado caso de una simple sensación corporal. El problema era que iba en aumento y que, además, el mareo daba paso a un extraño dolor de cabeza y a un más extraño hormigueo en las manos y en los pies que ascendía por los brazos y las piernas. Cuando se me disparó el corazón poniéndose a mil por hora tuve que admitir que algo estaba pasando.

—Yo también me encuentro mal, Ottavia —balbució Abby con dificultad, al tiempo que contenía una arcada y se dejaba caer al suelo como muerta.

—¡Kaspar! —le llamó Gilad al mismo tiempo que yo llamaba a mi marido.

Ambos se giraron y muy mal nos tuvieron que ver porque se lanzaron hacia nosotros con gesto alarmado.

—¿Qué pasa? —me preguntó Farag, preocupadísimo, viendo que yo me caía al suelo como Abby, sin fuerzas.

—Creo que nos estamos envenenando —susurró Gilad, entre náuseas y arcadas.

—¿Envenenando? —Kaspar, a veces, parecía tonto.

—¿Vosotros dos estáis bien? —preguntó Gilad, cerrando los ojos.

Farag y Kaspar dijeron que sí.

—Entonces nos estamos envenenando con dióxido de carbono —murmuró el arqueólogo judío haciendo un enorme esfuerzo—. Tapad ese agujero de la pared, el gas debe de estar entrando por ahí. Pesa más que el aire, por eso nos ha afectado antes a los que estábamos en el suelo. Tenéis que poneros de pie y mantenernos así, lejos del veneno. ¡Rápido!

Farag me levantó en medio segundo y Kaspar se quitó los pantalones a toda velocidad para cegar con ellos el agujero que había dejado al empujar la piedra.

—¡Apóyate en la fuente, cariño! —me dijo Farag—. ¡Tengo que levantar a los demás!

—Las piernas no me aguantan, Farag —susurré entre arcadas, dejándome hacer.

—¡El gas está en el suelo, Ottavia! De pie respirarás aire limpio y te recuperarás.

No pude oponer nada porque ya me había abandonado y estaba tratando de levantar a Gilad con un enorme esfuerzo. Por suerte, Kaspar ya había tapado el agujero de la pared y, vistiendo sólo unos horribles calzoncillos bóxer de color gris, comenzó a ayudar a Farag a levantar a Gilad, a Abby y a Sabira.

—¿No lo veis? —nos preguntó Sabira de repente. La pobre estaba realmente mal. Al dolor de cabeza había que sumarle ahora el envenenamiento—. ¿De verdad que no lo veis?

—No, Sabira, no lo vemos —le dijo Farag, mojándole la cara con agua fresca.

—Es el gas —intentó explicarnos Gilad, a quien le resbalaba de los labios un hilillo de saliva—. El gas que os dije antes. El de las llamaradas del pasillo de fuego.

—¿Lo han subido hasta aquí? —se sorprendió Kaspar, que sujetaba a una Abby casi inconsciente.

Gilad vomitó el agua que había bebido. No tenía otra cosa en el estómago.

—¿No lo veis? —seguía preguntando machaconamente Sabira. Algo terrible le estaba pasando. Tenía los ojos cerrados.

—Sí, lo han subido hasta aquí —explicó Gilad, que parecía encontrarse un poco mejor tras vomitar— y está acumulado detrás de esa pared de mampostería. Si quitamos las piedras, moriremos.

Cuanto más aire limpio respirábamos, mejor nos íbamos encontrando. Hasta Abby abrió los ojos y quiso meter la cara debajo del agua. Kaspar se lo permitió e, incluso, le mojó el pelo para refrescarla.

—Aquí no podemos dormir —comentó Gilad, bastante más repuesto—. El gas debe de haber alcanzado una altura superior a un metro desde el suelo. Si nos tumbáramos a dormir o nos sentáramos, moriríamos.

—Vamos a morir de todas formas —dije yo—, porque si no podemos comer, ni dormir...

—¡Tenemos que inspeccionar más a fondo esa maldita pared! —bramó Kaspar, abrazando fuertemente a Abby, que le pasó los brazos alrededor del cuello.

—¿Es que no lo veis? —insistió la pobre Sabira.

Farag, compasivo, decidió seguirle la corriente.

—¿Qué es lo que no vemos, Sabira? —le preguntó.

—El dibujo —respondió ella sin abrir los ojos—. En la pared.

—¿Qué dibujo en la pared? —inquirió Gilad, que ya había ganado fuerzas suficientes como para sujetarla. Sólo entonces mi marido dejó a Sabira y volvió a mi lado. Quizá él no se lo imaginara, pero yo había tomado nota del detalle.

—La cruz —balbució Sabira—. La estrella.

¡Por Dios! Pero, ¿de qué demonios hablaba? Mi preocupación por su estado creció enormemente. Necesitaba asistencia médica urgente.

—¿La cruz y la estrella? —repitió Gilad, sorprendido.

—Sí, mirad —y, ya con los ojos abiertos, levantó un brazo y, como si hubiera recuperado fuerzas de repente, señaló con seguridad la pared de mampostería—. La cruz en el centro de la estrella.

Juro que miré y remiré buscando aquella cruz y aquella estrella, pero no vi nada. Sólo mampostería, fragmentos irregulares de piedra encajados perfectamente unos con otros pero sin ninguna forma reconocible.

—No veo nada —murmuró Abby que, como yo, se estaba esforzando por encontrar lo que decía Sabira.

Los demás también sacudieron mustiamente las cabezas. Ninguno veía la cruz y la estrella. Había demasiados fragmentos (y todos demasiado irregulares) formando un enorme caos en el supuesto diseño de la pared.

—Vale, supongamos que Sabira tiene razón —dijo el casi desnudo Kaspar—. Nosotros no somos capaces de verlo pero ella es una artista, una dibujante. ¿Por qué no podría estar reconociendo unas formas que nosotros no distinguimos?

—Están ahí —murmuró Sabira—. La cruz y la estrella.

—Admitiendo que de verdad estuvieran ahí —dije yo, mirando a Kaspar—. ¿Qué se supone que deberíamos hacer? ¿Quitar las piedras que forman ese dibujo y terminar muriendo envenenados pacíficamente?

—Quizá es el riesgo que debemos correr —observó Farag con preocupación.

—Sabira —dijo Abby—, ¿la piedra que quitó Kaspar forma parte del diseño de la cruz y la estrella?

La arqueóloga Asesina negó suavemente con la cabeza.

—Perdonadme —murmuró—. El gas venenoso me ha aumentado el dolor de cabeza. Por eso me cuesta hablar.

—¿Estás segura, entonces, de que la piedra que quitó Kaspar no es una de las del diseño? —insistí yo, que seguía buscando desesperadamente la supuesta cruz y la supuesta estrella en la pared. Quizá el gas sólo saliera por las piedras que no formaban parte del diseño.

—Estoy segura, Ottavia —musitó ella—. Por favor, Gilad, ayúdame a mojarme la cabeza con el agua de la fuente. Eso me despejará.

Con muchísima delicadeza, Gilad la ayudó a inclinarse poco a poco hasta que el agua cayó sobre el pelo castaño (y sucio) de Sabira y, supongo que a propósito, la colocó de forma que el chorro frío incidiera directamente sobre el bulto que sobresalía entre los mechones mojados. La arqueóloga Asesina se frotó la cara varias veces con el agua y pareció que se encontraba mucho mejor cuando con ambas manos se recogió el pelo en la nuca, apartándoselo de la cara. Continuaba muy pálida y ojerosa, pero todos vimos una chispa de vida en sus ojos oscuros cuando se incorporó.

—Id hacia la pared —murmuró—. Yo os diré desde aquí qué piedras hay que quitar.

Kaspar y Farag se alejaron de nosotros y se colocaron frente al muro. Ellos no habían sufrido los efectos del veneno y se encontraban bien. Era curioso ver a mi marido en pantalones y a Kaspar en calzoncillos. Farag, incluso en un momento tan malo como aquél, aún podía robarme el aliento. Kaspar, para mi gusto, resultaba demasiado prismático ortogonal.

—Señalad alguna piedra y yo os diré lo que debéis hacer —dijo Sabira cuando los vio preparados.

Fue sorprendente. Conforme iban empujando piedras a toda velocidad según las indicaciones de Sabira, empecé a ver la cruz y la estrella. En realidad, se trataba de una extraña combinación de dos importantes símbolos que, aunque supuestamente hostiles y enemigos hasta el enfrentamiento durante dos mil años, los ebionitas habían unido en un nuevo y único símbolo de paz. De ahí la Bienaventuranza de los pacíficos, los hijos de Dios, los que no luchaban entre sí. La estrella era la estrella de seis puntas de David o, como nos corrigió Gilad, del escudo de David: dos triángulos equiláteros colocados uno sobre otro en direcciones opuestas en cuyo eje estaba ahora la cruz de Jesús, más concretamente el madero vertical de la misma, que iba de arriba abajo del hexágono central, ocupando el corazón de la estrella.

Lo empecé a ver y a comprender con total claridad al mismo tiempo que empecé a sentir de nuevo los síntomas del dióxido de carbono. No quise angustiarme ni angustiar a los demás pero el mareo, la taquicardia, el sudor frío, las náuseas, el zumbido en los oídos y las arcadas eran cada vez más fuertes. El gas estaba entrando en grandes cantidades en la cámara y hasta que Farag y Kaspar no terminaran de empujar la última piedra para dejar a la vista el símbolo ebionita, el disco de piedra que cerraba la salida no rodaría para permitirnos escapar.

—Kaspar, date prisa —le pidió Abby con voz débil.

Me volví para mirarla y, en medio de un vértigo descomunal, descubrí que también ella estaba empezando a notar los síntomas del gas y que Gilad, el más alto, adivinando lo que ocurría, había cogido en brazos a Sabira y la mantenía por encima de nuestras cabezas para que pudiera continuar señalando piedras.

Yo ya no podía más. Vomité bilis y, aunque quise limpiarme en la fuente, no lo conseguí. Miré la cara angustiada de Farag, que también me miraba, y, completamente envenenada, me desplomé sobre el suelo.

CAPÍTULO 38

Una brisa fresca hizo que un mechón de pelo me hiciera cosquillas en la frente. «No puede ser una brisa —recuerdo que pensé—, porque estamos dentro de una montaña.» Pero la brisa continuaba soplando, agitándome el pelo y haciéndome cosquillas.
Tenía que ser Farag, soplándome en la cara para despertarme.

—Para, por favor —le pedí.

—¡*Basíleia!* —exclamó desde algún lugar lejano.

Quise abrir los ojos pero no pude. Entonces recordé la estrella de David y la cruz unidas en una sola figura y me pareció
una imagen hermosa, muy hermosa. El escudo de David protegiendo... Me gustaba la idea del escudo de David, como le llamaba Gilad. El escudo de David protegiendo la cruz de Jesús
de Nazaret. Si de verdad Jesús había sido sólo un hombre, un
gran hombre, y sus restos se encontraban ahora cerca de mí,
quería arrodillarme ante ellos y venerarlos.

—¡*Basíleia!* —volvió a exclamar Farag un poco más cerca.

Si él no estaba a mi lado, ¿dónde estaba y quién me sopla-
ba en la cara? Podía notar la brisa aunque no pudiera abrir los
ojos. Tampoco podía moverme. ¿Por qué no podía moverme?
¿Por qué mi cuerpo no me obedecía? Empecé a ponerme nerviosa. Recordé el gas. Pero debía de poder hablar porque le
había pedido a Farag que parara.

—Puedo hablar —mascullé. Sentía los labios y la boca hinchados y torpes.

—¿Qué ha dicho? —preguntó alguien a mucha distancia
de mí.

—Ha inhalado más veneno que nosotros —dijo otra voz lejana—. Es lógico que le cueste más recuperarse.

Sí, lo recordaba. Había respirado gas venenoso procedente de la combustión del gas natural del pasillo de fuego. Pero no reconocía las voces, no sabía quién hablaba. Sólo reconocía la voz de Farag. En ese momento mi corazón dio un salto, un brinco dentro del pecho. «Una extrasístole», pensé, asustándome. Las extrasístoles me asustaban siempre. No quería morir, eso lo tenía clarísimo, así que ese cuerpo mío que no me respondía debía empezar ya a eliminar en serio el maldito veneno. La brisa. La brisa me ayudaría. Tenía que respirar aire limpio y el aire de la brisa olía bien, a campo, a madera y a hierba. Respirar aire limpio, eso era lo que debía hacer.

—Yo me quedaré contigo, Farag —dijo una voz gélida con tono marcial—. Los demás, id a dormir. Es tarde. Ottavia aún tardará en recuperarse.

No, no iba a tardar en recuperarme porque mi cerebro funcionaba a la perfección. Era mi cuerpo lo que no terminaba de arrancar pero, vamos, que sólo era cuestión de tiempo, porque los labios ya podía moverlos. Incluso las voces empezaban a resultarme familiares. Estaba casi segura de que conocía al tipo de la voz militar.

—Ottavia, cariño, si me oyes —me dijo mi marido—, haz alguna señal.

Abrí la boca todo lo que pude.

—Creo que ha movido los labios —dijo el militar.

—Sí, yo también lo he visto —convino Farag—. *Basíleia*, escúchame. Te has intoxicado con dióxido de carbono pero ahora estás debajo de un gran tubo en la montaña por el que baja aire limpio. También hay una rejilla en esta cámara que da al exterior, así que hay corriente de aire. ¿Has entendido lo que te he dicho?

Volví a abrir la boca (o a mover los labios, según afirmaban ellos).

—Te vas a curar —me dijo mi marido con seguridad—. Sólo deja que el aire limpio elimine el gas venenoso de tu cuerpo. Intenta dormir. Es tarde, así que no te pongas nerviosa y no te preocupes por nada. Duérmete y deja que el aire te cure. ¿De acuerdo? Yo voy a estar aquí, a tu lado, hasta que te repongas.

Eso me tranquilizó mucho. Si Farag decía que iba a estar a mi lado, es que no se iba a mover ni un milímetro. Me sentí muy orgullosa de nosotros, de él y de mí. Lo que Farag y yo habíamos construido juntos era algo que casi todas las personas del mundo se pasaban la vida buscando: un amor que duraba y evolucionaba, una relación cómplice, estable y cálida. Dios debía de amarme mucho si me había hecho un regalo tan grande por difícil que fuera todo lo demás y por poco que me quisiera mi familia. No quise pensar en mi familia y me dormí.

Horas después me desperté lentamente. Abrí los ojos. Todo estaba oscuro. Moví los dedos de las manos y de los pies y supe que me había desintoxicado lo suficiente como para poder mover el cuerpo.

—¿Ottavia? —susurró la voz de mi marido.

—Estoy bien —le susurré a mi vez.

—¡Menos mal! —me puso una mano en la mejilla y me besó en los labios—. ¡Menos mal!

—Anda, di «Gracias a Dios» por una vez en tu vida —le reproché.

Él se rió bajito.

—Duérmete —me pidió en susurros—. Es medianoche todavía.

—¿Ottavia se ha despertado? —preguntó la voz somnolienta de Kaspar. ¡El militar de antes era él! Caramba, sí que debía de haber estado intoxicada para no haberle reconocido. Lo cierto era que, realmente, ahora me sentía más lúcida.

—Sí, Kaspar —le dijo Farag—. Gracias por quedarte. Ve con Abby.

—De acuerdo —repuso, medio dormido—. Buenas noches.

—¿Dónde estamos? —le pregunté a Farag.

—En una especie de sanatorio para envenenados por

dióxido de carbono. Mañana lo verás. Ahora, vuelve a dormirte.

No tuvo que repetírmelo. Como si mi cuerpo aún necesitara más horas de sueño reparador (algo completamente lógico dadas las circunstancias de los últimos nueve días), me quedé profundamente dormida en un instante.

Me despertó la luz de la mañana, por raro que parezca. Cuando abrí los ojos, lo primero que llamó mi atención fue que había luz y que, desde luego, no procedía de las linternas de leds. Era luz de día, de sol. Claro que tampoco era como para echar cohetes, pero me emocionó porque llegaba desde el exterior, de eso no cabía ninguna duda, y, además, llegaba por dos sitios. El primero estaba exactamente encima de mí: en el techo, como a unos tres metros de altura, se abría un agujero perfectamente redondo que se convertía en un largo tubo cuyo final no alcanzaba a distinguir. Por allí bajaba aire y un poquito de aquella luz escasa y cicatera. El segundo punto de entrada lo vi al girar la cabeza hacia la derecha: en la pared, una rejilla tallada en la piedra, de agujeros tan pequeños como los de la celosía de una ventana árabe, se abría al exterior de la montaña, lo que sin duda indicaba que, al otro lado, había una escarpada pared vertical. Por eso había sentido toda la noche esa brisa en la cara. Me habían puesto justo donde más circulaba la corriente, entre el aire que entraba por el tubo y el que entraba por la rejilla.

En ese momento, el vozarrón de Kaspar, nuestro despertador diario, sonó a plena potencia:

—¿Estáis despiertos? —preguntó rudamente—. Son las nueve de la mañana. En pie.

Él ya se había levantado tras darle un rápido beso a Abby y venía hacia mí como un tren de alta velocidad. ¡Y llevaba pantalones! Me sentí en extremo agradecida (y conmigo toda la humanidad) por aquel detalle de buen gusto. Por suerte, había tenido tiempo de recuperarlos antes de abandonar la caverna de la cruz y la estrella, lo que no dejaba de representar un gran alivio.

—Buenos días, doctora. ¿Cómo te encuentras?

Estaba aún un poco aturdida y no atiné a responderle con bastante celeridad.

—Farag —dijo la Roca—. Tu mujer no se encuentra bien.

Farag dio un salto y se quedó sentado en el suelo mirándome fijamente.

—¿Qué te pasa, cariño?

Se le veía tan preocupado que reaccioné de golpe.

—Estoy perfectamente —le sonreí—. Vuelvo a ser persona.

—¡Menudo susto me has dado, Kaspar! —protestó mi marido.

El ex-Catón se encogió de hombros y empezó a alejarse para volver con Abby.

—Me había parecido que no se encontraba bien —comentó con indiferencia.

—¿Y Sabira? —pregunté yo, recordando lo mal que estaba la arqueóloga Asesina en la caverna de la cruz y la estrella.

—Mucho mejor, Ottavia, gracias —me respondió ella desde un rincón de aquel aireado lugar—. Ya no me duele la cabeza y, gracias a Gilad, me libré de volver a envenenarme con el gas, como te pasó a ti. Sólo tengo un enorme chichón que, si lo toco, sí que me duele. Pero nada más.

—Kaspar —le dije a la Roca—, deberíamos pedir ayuda ahora. Seguro que aquí tenemos cobertura. Podrían sacarnos con helicópteros si rompen la rejilla de la pared.

Todos, incluido Kaspar, me ignoraron.

—Ottavia —me reprochó mi marido en voz baja—, sólo nos queda una Bienaventuranza. Sólo una. ¿Lo entiendes? No podemos abandonar ahora. Estamos a punto de conseguirlo.

Entonces recordé lo que había pensado, o soñado, cuando aún estaba bajo los efectos del gas: si, de verdad, los restos de Jesús de Nazaret se encontraban ahora tan cerca de mí, quería arrodillarme ante ellos, quería honrarlos, sentir esa fuerte impresión de estar delante del hombre que había cambiado el mundo defendiendo a los pobres, a los hambrientos, a los humildes, y que nos había permitido conocer a Dios, tener una relación personal con Dios. No podía renunciar a ello aunque tuviera que cruzar corriendo una jaula de leones hambrientos. Nadie había hecho nunca nada tan grande.

—Tienes razón —admití—. La última Bienaventuranza. Vale la pena.

—¿Cuál es? —me preguntó Sabira, que me había oído.

—«Dichosos los justos perseguidos, porque de ellos será el reino» —murmuré.

Los justos perseguidos. A saber qué espantoso peligro se escondía detrás de esas inocentes y bellas palabras. Pero encontrar a Jesús, estar delante del mismísimo Jesús de Nazaret... Eso podía con todo. Sería, sin duda, el momento más importante de mi vida.

—Venga, pues vamos —ordenó el ex-Catón, echando una mirada alrededor como si tuviéramos algo que recoger—. No podemos perder más tiempo.

Unas gruesas argollas de hierro sujetas a la pared, que empezaban a poca altura del suelo justo debajo del agujero por el que llegaba aire y un poco de luz, eran la única salida aparente de aquella cámara. Estaban dispuestas de forma que facilitaban el ascenso, de manera discontinua e intercaladas a derecha e izquierda con una escasa separación. Cuando vi a Kaspar dirigirse hacia ellas y me di cuenta de que eran el nuevo tipo de escalera al que debíamos enfrentarnos, se me heló la sangre en las venas. El tubo era lo bastante ancho como para caer hasta abajo si alguna de aquellas anillas se soltaba o si fallabas al sujetarte. Y lo peor era que podías arrastrar contigo a los que vinieran detrás.

—¡Madre mía! —exclamé, mirando como Kaspar ponía un pie en la primera argolla de hierro.

—Esperad aquí —ordenó Kaspar—. Cuando llegue arriba os avisaré.

¡Ya se estaba haciendo el héroe otra vez!

—De eso nada —repliqué—. No vamos a quedarnos quietos esperando verte caer por el tubo y matarte delante de nuestros ojos. Sube el primero si quieres, pero yo voy detrás.

Escuché un murmulló de aprobación a mis espaldas.

—Y yo te seguiré a ti —dijo Farag colocándose a mi lado.

A la Roca le fastidiaba que siempre le impidiera hacer el papel de John Wayne, pero lo que más le fastidiaba era que nunca podía quitarme la razón porque todos estaban de acuerdo conmigo.

Iniciamos el ascenso por las argollas uno detrás de otro a lo largo del tubo de piedra. Era como hacer escalada vertical sólo que sujetándonos a unas viejas anillas de hierro por las que yo no hubiera apostado en cuanto a seguridad, sobre todo porque algunas de ellas, cuando las cogías con la mano, se movían un poco. Un escalofrío me recorría entonces la columna vertebral. Jamás he presumido de valiente, pero una vez que te encuentras a veinte o treinta metros del suelo, ¿qué más da seguir adelante? No hay alternativa. Sólo dejas de pensar y repites mecánicamente los movimientos tratando de no matarte en el intento.

No quise mirar abajo ni una sola vez para no desmayarme del susto pero, cuando por fin llegamos arriba y pusimos los pies en suelo firme, Kaspar dijo que habíamos ascendido unos cincuenta metros.

—Eso significa —comentó Gilad, con gesto de sorpresa— que ya no podemos estar muy lejos de la cima del monte Merón. Llevamos ascendiendo sin parar desde que salimos de la caverna de las arenas movedizas.

—No puedo creer que los osarios que estamos buscando —observó Abby— se encuentren tan cerca de la superficie que con una simple excavación hubiéramos podido llegar hasta ellos.

—Eso era lo que Spitteler y Rau sabían —comentó Farag, enfadándose por momentos—. Por eso vinieron al monte Merón con radares terrestres. Puede que ya tengan los osarios.

Habíamos salido del tubo justo en el centro de otra de esas cavernas circulares con el techo en forma de cúpula y una fuentecilla de agua en un lado. Pero la luz que llegaba hasta la cueva de abajo no procedía de allí sino de una abertura que me quedaba justo enfrente y por donde se colaba lo que para nosotros, después de tantos días de linternas, era una radiante luminosidad.

Abby, tras escuchar a Farag, se puso muy seria.

—No, eso es imposible —aseguró—. El Shin Bet y la Fundación los han tenido bajo vigilancia desde que llegaron a Israel. Si hubieran encontrado los osarios, los habrían detenido y nos hubieran avisado.

Farag se sorprendió mucho.

—¿Y cómo nos hubieran avisado, Abby? —le preguntó.

La heredera titubeó pero, finalmente, tras sopesar lo que fuera que sopesara, decidió que lo mejor era hablar. De todas formas, el ex-Catón se le adelantó:

—Usando la red de nodos del Paraíso Terrenal —dijo Kaspar—, la que inventó Isabella con nuestros ingenieros. Puse inmediatamente la red a disposición de la Fundación y les pedí que trabajaran juntos. Mi móvil se quedó sin batería hace algunos días. Ahora estamos usando el de Abby.

—¿Isabella ha escrito? —quise saber, molesta.

—Sabemos lo mismo que vosotros, Ottavia —explicó Abby—. No hemos tenido más comunicaciones. Lo que Kaspar hizo fue pedir a los staurofílakes que trabajaran con la Fundación y yo pedir a la Fundación que trabajara con los staurofílakes. No sabemos más, pero era importante que esa red pudiera usarla también la Fundación en caso necesario. Por eso he dicho que, si hubieran detenido a Hartwig y a Spitteler, nos hubiéramos enterado.

Kaspar y Abby sufrían algún síndrome secretista común que les llevaba a guardarse para ellos cosas que no tenían necesidad de callar. Quizá es que a ambos les gustaba el poder y el control o sentirse importantes o responsables o vaya usted a saber qué. Lo que estaba claro era que se habían juntado el hambre con la gana de comer.

—«Dichosos los justos perseguidos, porque de ellos será el reino» —nos recordó Sabira señalando la abertura por la que entraba la luz. Fue un cambio de tema muy oportuno.

—Sí, mejor será que nos enfrentemos de una vez a la última Bienaventuranza —dijo Kaspar.

Sólo en aquel momento fui consciente de verdad de que nos enfrentábamos a la última Bienaventuranza y la adrenalina se me disparó. Recuerdo que cogí la mano de Farag y le sonreí.

—Lo vamos a conseguir, *basíleia* —me dijo muy orgulloso.

Y, siguiendo a los demás, entramos en aquel último túnel que nos llevaría hasta la última de las pruebas. La luz se volvía cada vez más intensa, como si avanzáramos hacia el exterior. Entonces oímos gruñir a Kaspar:

—¡No me lo puedo creer! ¡De verdad que no me lo puedo creer!

Fue un tremendo *déjà vu*. Era la segunda vez que oía esas palabras saliendo de la boca de Kaspar desde que estábamos dentro del Merón, y en la ocasión anterior fueron el preludio de una desgracia. El corazón se me aceleró más y Farag apretó el paso tirando de mí para llegar cuanto antes al lugar donde el ex-Catón había visto algo que no se podía creer. Conforme nos acercábamos a la salida del túnel se notaba un creciente calor húmedo y pegajoso.

La verdad, yo tampoco pude creerlo cuando llegamos. Era exactamente como si hubiéramos regresado al gigantesco tubo de piedra con la escalera en espiral que terminaba en la prueba del hambre, sólo que habíamos salido por el lugar donde estaba la entrada de la cueva del liquen y que ya nos encontrábamos en la parte más alta, es decir, en el lugar donde el tubo se iba cerrando sobre sí mismo formando un cono. También allí, en la parte derecha del cono, había una gran rejilla de piedra desde la que caían plantas y largas raíces que dejaba pasar la luz y el bochornoso aire del exterior. Sólo encontré algunas pequeñas diferencias, además de la temperatura: de la rejilla colgaban cadenas al final de las cuales se veían antiguas tinajas y vasijas que parecían servir para recoger el agua de la lluvia (lo que no tenía mucho sentido), y, por otra parte, no había ninguna escalera, ni hacia arriba ni hacia abajo. Lo que sí había era un larguísimo puente de piedra suspendido sobre el vacío que iba desde donde nos encontrábamos nosotros hasta la pared de enfrente, en la que se veía otra abertura. Pero lo que resultaba realmente gracioso del puente era que, aunque larguísimo, se veía ridículamente estrecho y, encima, no tenía barandillas.

—Hay más de cien metros de caída —murmuró Sabira asustada, asomándose al precipicio.

—Sí —gruñó Kaspar—, y la maldita pasarela, que debe de medir unos sesenta metros desde aquí hasta allí, no tiene ni un metro de ancho.

—Tampoco márgenes o pasamanos —añadió Abby.

Volvimos a quedarnos en silencio, contemplando aquel peligroso camino de piedra sobre el abismo por el que, sin duda, debíamos pasar. Sentí un súbito picor en el brazo y comencé a rascarme con fuerza. Un mosquito zumbaba por allí y me había picado. A perro flaco, todo son pulgas.

—Bueno, ¿qué hacemos? —preguntó Gilad, asomándose al vacío. Al fondo se veía (aunque no se oía) una especie de riachuelo que fluía entre grandes piedras. No resultaba alentador en absoluto: nada más fácil que perder pie en el estrecho pasadizo y acabar hecho puré contra las rocas de allá abajo.

—Bueno, por suerte —observó el ex-Catón—, ninguno sufrimos de vértigo.

—Yo sí —avisé.

—Tú no, *basíleia* —negó Farag—. Tú sólo eres muy cobardica, pero no tienes vértigo.

—El sufrimiento es el mismo —me justifiqué.

—Para cruzar ese maldito puente —siguió diciendo el ex-Catón—, será mejor que tomemos algunas precauciones puesto que no tenemos cuerdas ni material de escalada.

—Podemos echarnos al suelo —se me ocurrió— y avanzar boca abajo arrastrándonos con las manos.

—Tardaríamos horas en cruzarlo —observó Gilad, tras un breve silencio.

—Ya, pero todo nuestro cuerpo sería un punto de apoyo —insistí—. No correríamos el riesgo de perder el equilibrio y matarnos.

—Te olvidas —me dijo mi marido— que ni Kaspar, ni Gilad ni yo tenemos camisas porque las usamos para hacer los sacos de liquen. Nos quemaríamos el pecho y el abdomen al rozarnos contra la piedra. Y eso, te lo aseguro, dolería un montón.

Las caras de los tres expresaron el daño que sentían al pensarlo.

—Seamos sensatos —exclamó Abby con decisión—. Podemos cruzar ese puente si vamos despacio y llevamos mucho cuidado. No tenemos ninguna prisa. Cuanto más despacio avancemos asegurando bien los pies, menos peligro correremos.

—Y que nadie mire hacia abajo —recalcó Kaspar—. La vista al frente. Todos tranquilos, respirando profundamente, pisando con seguridad y avanzando despacio y sin miedo. Y nada de sujetarse al que va delante en caso de caída. Si alguien pierde pie, que no arrastre a otro. ¿De acuerdo?

—¿Y el que va detrás tampoco puede cogerte si ve que vas a caer? —pregunté.

—¡No! —tronó la Roca, mirándome peligrosamente para hacerme callar. Ni me inmuté. Él no tenía ese poder sobre mí. Si yo veía dar un traspié a quien tuviera delante, pensaba sujetarle con todas mis fuerzas. No iba a permitir que nadie se matara pudiendo evitarlo. Y la cantidad de peligro que supusiera para mí, ya la valoraría yo si llegaba el momento.

—¿Listos? —preguntó el ex-Catón a todo el grupo—. Pues, venga. Yo iré delante.

¡Qué afán de protagonismo, por Dios! Aquel hombre era insufrible.

Otro mosquito me picó en la pierna, a través de la tela del pantalón. Me rasqué como pude y me dispuse a entrar en el puente. Delante de mí iban, por ese orden, Kaspar, Abby, Sabira y Gilad; detrás, Farag. No me gustaba que él fuera el último, pero los demás se habían adelantado y él se negaba a dejarme el sitio.

—Confía en mí, cariño —me dijo, tranquilo—. No me va a pasar nada.

Y, de repente, yo ya había puesto un pie en la peligrosa pasarela y trataba de calmar el ritmo acelerado de mi corazón respirando relajadamente y mirando al frente, como había dicho Kaspar. Supongo que era el sudor del miedo lo que me resbalaba por todo el cuerpo, unido, sin duda, a la asfixiante humedad de aquel lugar. Nuestros pasos eran lentos, pausados. La distancia entre cada uno de nosotros era amplia, como si, inconscientemente, nos rehuyéramos para no tener que tomar ninguna terrible decisión si llegaba el momento. La respiración se me aceleraba. Debía controlarla y no mirar abajo. Tranquilidad. Otro paso. Íbamos bien. La fila avanzaba poquito a poquito, sin prisa pero sin pausa.

Y, en ese momento, en el silencio del inmenso tubo, se oyó con claridad el sonido de un móvil. Todos nos detuvimos, espantados. Mi corazón iba al galope.

—No es nada —dijo Abby con voz tranquila y relajada—. Ha entrado un wasap en mi teléfono. Están intentando contactar con nosotros desde afuera.

—¡Pues no podían haber elegido peor momento! —se quejó Farag.

—No voy a contestar —repuso Abby, hablando pausadamente—, y el sonido no debe ponernos nerviosos. Cuando lleguemos al otro lado, veremos el mensaje.

Para llegar al otro lado aún nos faltaba mucho, pensé. Kaspar aún no había alcanzado ni la mitad del puente. Y teníamos más de cien metros de caída libre hasta el fondo de aquel barranco. Había que tranquilizarse porque no nos íbamos a matar por la musiquilla de un teléfono.

Otra picadura de mosquito me escoció en el tobillo. ¡Maldición! Y no podía rascarme. Pero, ¿por qué demonios había tanto bicho volador en aquel lugar? Desde luego, el calor y la humedad ayudaban. Tenía que bloquear ese picor con mi mente. ¿Qué prefería, rascarme o vivir?

Pero aquello sólo fue el principio. Al poco, una nube de mosquitos empezó a zumbar sobre nuestras cabezas y algunos de ellos se lanzaron como kamikazes sobre nosotros y nuestra sangre.

—¡Me están comiendo vivo! —exclamó Gilad, alarmado.

—¡Y a mí! —gimió Sabira.

A través de mis pies descalzos, noté los movimientos agitados de mis compañeros en la piedra del puente.

—¡Todos tranquilos, por favor! —bramó la Roca desde el principio de la fila—. No os pongáis nerviosos. Controlad. Dejad que os piquen y no os mováis.

La nube de mosquitos decidió en aquel momento que sí, que éramos comestibles, y se dejó caer en vertical y de manera fulminante sobre nosotros. Entendí entonces la función de las vasijas y tinajas que colgaban desde la rejilla: con el agua de lluvia que recogían, servían de criaderos para las larvas de mosquito. «Los justos perseguidos», pensé, aunque era más correcto decir hostigados y atosigados porque no era tanto el escozor de las picaduras como el hecho de estar rodeados por aquella masa de bichos voladores que zumbaban a nuestro alrededor obligándonos a sacudir los brazos poniendo así en peligro nuestro precario equilibrio. Se metían en los ojos, en la boca, en los oídos... Picaban a través de la ropa, en la espalda, las piernas, el cuero cabelludo... Era un infierno. No podíamos seguir o terminaríamos cayendo al precipicio.

Y entonces oí aullar Gilad.

—¡Sabiiira!

Después, un grito largo, agudo, pidiendo socorro. El grito de Sabira cayendo al vacío y perdiéndose en la distancia. Luego, nada.

—

CAPÍTULO 39

Totalmente horrorizados por lo que acababa de ocurrir, las sacudidas en el puente cesaron. Los mosquitos seguían atacándonos con furia, pero Sabira había caído al precipicio y eso nos había conmocionado.

—¿Y si aún está viva? —pregunté, desesperada, apartando a los bichos de mi boca con las manos—. ¡Tenemos que rescatarla!

Oí un gemido ahogado. Era Gilad. Pero también escuché un llanto y era de Abby.

—¡Tenemos que rescatarla! —repetí trastornada. No podía creer que Sabira hubiera caído al fondo del barranco y hubiera... No, Sabira nos necesitaba, teníamos que ayudarla.

—Cálmate, *basíleia* —me dijo mi marido desde atrás—. Ya no podemos hacer nada por ella. No mires hacia abajo, por favor.

No pensaba mirar. Pero no podía aceptar que Sabira, la arqueóloga Asesina, la buena y valiente Sabira, hubiera muerto. No, no podía. No lo aceptaba. La preciosa mujer con aspecto de niña, inteligente, artista, dulce, no podía haber muerto. Las lágrimas, esas que no solían brotar en mis ojos, empezaron a rodar por mis mejillas. No, Sabira no, por favor, recé. Los mosquitos seguían picándonos vorazmente pero, durante unos segundos, dejé de notarlo y eso debió de pasarnos a todos porque la pasarela de piedra, que había quedado inmovilizada, empezó a sacudirse de nuevo cuando el prurito de las picaduras se impuso otra vez en nuestros cerebros. Sólo que ahora las sacudidas eran más fuertes, como si todos quisiéramos caer al vacío como Sabira.

—¡Al suelo! —gritó Farag, detrás de mí—. ¡Todos al suelo! ¡Tumbaos y avanzad arrastrándoos como dijo antes Ottavia!

Estaba muerta de miedo. Me tumbé y mis hombros quedaron a escasa distancia de los bordes. Las lágrimas seguían cayendo de mis ojos por la pobre Sabira, pero ahora sólo quería salir de allí. Salir de una maldita vez y salir viva.

Una vez tumbados, la nube de mosquitos siguió picándonos, pero ahora, al menos, no nos picaban por la parte delantera del cuerpo, aunque seguían atacando los ojos, los oídos y la boca con verdadera saña. Magnífico símbolo el que habían ido a elegir los ebionitas con los justos perseguidos porque, al final, sus perversas trampas contra ladrones habían conseguido matar a una mujer admirable que tenía una larga vida por delante. Ellos eran los perseguidores y Sabira su injusta víctima. Sentí una rabia sorda hacia ellos, hacia los *ebyonim*.

Con el corazón angustiado y afligido, traté de sacar de mi cabeza esos negros pensamientos. Los mosquitos volvieron a centrar mi atención. Lo peor eran los nervios, la necesidad imperiosa, ordenada por el cerebro, de sacudirte aquellos malditos bichos de encima y echar a correr lejos de las picaduras. Y también el escozor, la urgencia por rascar aquel picor infernal que te bloqueaba hasta el instinto de supervivencia, como le había pasado a Sabira. Busqué un lugar profundo en mi mente, un lugar oscuro (me lo podía permitir puesto que tenía los ojos cerrados), un lugar tranquilo donde poder rezar. Y empecé a hablar con Dios, con ese Dios a quien todavía veía de forma difusa, con un cierto toque de Yahvé, otro toque del Padre de la Trinidad y un toque más de alguien nuevo a quien aún debía conocer pero que se parecía mucho a la idea del Jesús Dios que había tenido toda mi vida y que tan cercana me resultaba. Y mientras rezaba, mientras buscaba consuelo y tranquilidad en Dios, seguía avanzando, alargando los brazos todo lo que podía, sujetándome a los bordes del puente y arrastrándome hacia delante al tiempo que empujaba con los dedos de mis pobres pies, que también estaban siendo masacrados por los asquerosos insectos voladores.

De vez en cuando, me sacudía la cara contra el suelo (casi limpio después de haber pasado sobre él los tres cuerpos que iban delante del mío), en un intento inútil por apartar a los mosquitos de mis ojos y mi boca. Al menos, se iban de la nariz, lo cual ya era muy de agradecer.

No sé cuánto tiempo pasamos en aquel infierno. Una eternidad. En algún momento, oí la voz de Farag preguntándome cómo estaba. Mientras me hablaba, escupía, alejando a los bichos de su boca. Oírle me tranquilizó. Si él estaba bien, lo demás no importaba. Le respondí como pude y seguí avanzando. Choqué con los pies de Gilad casi al final del trayecto y eso que él era mucho más musculoso y fuerte que yo. Quizá Kaspar o Abby le habían frenado. Yo ya no notaba el picor. Notaba los picotazos, notaba que estaba cubierta por una capa de mosquitos desde la cabeza hasta los pies, pero ya no notaba nada en el cuerpo, como si se me hubiera dormido.

La última vez que estiré los brazos y mis manos chocaron contra los muros de la pared de roca del abismo, sentí unos deseos locos de ponerme en pie y correr, pero fui prudente y esperé hasta que Gilad salió del puente. Entonces me arrastré hasta el final, me incorporé y me quedé allí, sola, aguantando más picotazos hasta que Farag estuvo a mi lado. Sólo entonces echamos los dos a correr hacia la abertura en la pared por la que ya habían desaparecido nuestros compañeros. Era la entrada a otro túnel, un túnel estrecho y frío que giraba y ascendía sin cesar. Los mosquitos se quedaron atrás. No nos siguieron. Supongo que ya habían comido suficiente o que no les gustaba el frío. Pero nosotros necesitábamos alejarnos del lugar en el que habíamos perdido a Sabira. Por otra parte, el escozor del cuerpo se estaba volviendo más insoportable. El frío túnel seguía subiendo, con tramos en rampa y giros bruscos, tan bruscos como su final en otra caverna oscura que las linternas de Kaspar y Abby iluminaban. Una enorme cisterna de agua nos cortaba el paso. Cuando Farag y yo llegamos, Gilad estaba llorando.

Sólo entonces me di cuenta de que Kaspar, Gilad y Farag tenían el torso lleno de arañazos y quemaduras por haberse arrastrado contra el suelo y, encima, toda la parte superior del cuerpo, espalda incluida, llena de ronchas abultadas y puntos rojos. Uno de los párpados de Abby estaba espantosamente hinchado, cerrándole el ojo por completo, y los cinco, porque ahora Sabira no estaba, teníamos las caras enrojecidas y abotagadas.

Cuatro grandes fuentes de agua salían de la pared, alimentando la cisterna y enfriando el aire de la caverna.

—Supongo que el agua helada nos sentará bien —murmuró Farag.

—En cualquier caso —comentó Kaspar—, tenemos que nadar hasta el otro lado.

—Eso nos calmará el picor y nos bajará las inflamaciones —afirmó mi marido.

—¿La viste caer, Gilad? —preguntó Abby de pronto.

Todos enmudecimos. Sólo se oía el sonido de los chorros de agua.

—Sí, la vi caer —asintió él—. Se movía demasiado intentando apartar a los mosquitos. La sujeté por los brazos para que parara pero, en cuanto la solté, volvió a sacudir los brazos y el cuerpo intentando huir de las picaduras y, simplemente, cayó. Dejó de estar delante de mí antes de que me diera cuenta. No veía bien pero la seguí con la mirada hasta que se estrelló contra una roca del fondo y resbaló al cauce.

—¿El riachuelo la arrastró? —le pregunté yo, acariciándome los brazos para aliviar el picor.

—No, se quedó allí —me respondió, volviendo a llorar silenciosamente.

—Deberíamos echarnos al agua —nos urgió el ex-Catón.

—¡No creas que no tenemos ganas, Kaspar! —le reprochó Abby, sacando su móvil del bolsillo impermeable del pantalón—. Por favor, encended vuestros móviles.

Obedecí tragándome las lágrimas. Volveríamos a por Sabira. No íbamos a abandonarla allí. Su familia podría enterrarla adecuadamente.

—Es de la Fundación —dijo Abby, mirando la pantalla con el único ojo que tenía abierto—. Han localizado la señal del GPS de mi móvil muy cerca de la superficie de la montaña. Dicen que envían un equipo de rescate porque suponen que hemos llegado al final y que ya tenemos lo que buscábamos. Nos piden que dejemos los móviles encendidos para mayor seguridad.

—Pues les va a costar un poco rescatarnos aquí dentro —afirmé, echando una ojeada a la nueva cueva oscura.

—¡Insisto en que deberíamos meternos en la cisterna ya! —repitió Kaspar de mal talante.

Guardamos los móviles encendidos en los bolsillos de los pantalones y le obedecimos. En esta ocasión, en lugar de caer por sorpresa, cada uno fue entrando con el estilo que consideró más adecuado, desde el elegante y perfecto salto de Abby hasta mi prudente inmersión bajando poco a poco sin soltar las manos del borde porque no me fiaba ni un pelo de lo que pudiera haber en el agua.

Pero no había nada. Sólo era agua helada, gélida, que, como había dicho Farag, nos calmó muchísimo el picor y nos mejoró las ronchas inflamadas, deshinchando hasta el párpado de Abby. Las marcas rojas casi desaparecieron y las caras recuperaron su color y su aspecto normal. No es que resultara agradable estar allí dentro, pero notábamos un enorme alivio en las picaduras, así que aguantamos el frío todo lo que pudimos y, de paso, nos limpiamos algo de la mucha suciedad que llevábamos acumulada en el cuerpo.

Abby fue la primera en salir de la cisterna por el otro lado y, luego, salió Kaspar, y ambos se dejaron caer en el suelo, uno junto a otro, para descansar y entrar en calor. Farag, que parecía estar acompañando a Gilad, salió del agua con él pero, cuando salí yo, se sentó a mi lado apoyando la espalda contra la pared. Nadie dijo nada. A veces, el silencio en común es el mejor consuelo.

Con todo, no debía de haberme recuperado por completo de las picaduras porque noté un extraño calambre en la pierna. Me llevé la mano al muslo para masajearlo, sorprendiéndome al descubrir que lo que había confundido con un calambre era una vibración de mi móvil. Miré a los demás, esperando oír el pitido de sus teléfonos, pero todos permanecían muy quietos y con los ojos cerrados.

Saqué el móvil con cuidado del bolsillo del pantalón y miré la pantalla. «Tía, no digas nada.» ¡Isabella! ¡Mi querida, dulce y añorada Isabella! ¡Mi niña! ¿Por qué no podía decir nada? Bueno, en realidad, todos estaban descansando, así que me limité a quitarle el sonido al teléfono antes de que emitiera cualquier pitido delator. En cuanto lo hice, entraron seis silenciosos mensajes de WhatsApp. Abrí la aplicación y vi que Isabella seguía con esa manía tan rara de escribir los mensajes en trozos pequeños.

«Ante todo, no me respondas. Estoy ahora con Jake y Becky.»

«Averigüé algo raro sobre ellos, como me pediste.»

«La madre de Jake era italiana y se llamaba Gabriella Simonini.»

«Una de sus bisabuelas era polaca y se llamaba Janina Simowicz.»

«Becky nació en Noruega y su apellido de soltera era Simonsen.»

«No me respondas. Besos.»

Me quedé tan perpleja que volví a releer todos los mensajes una vez más antes de volver a guardar el teléfono. ¿Por qué había vuelto Isabella a Toronto si nosotros la habíamos enviado con Linus al Paraíso Terrenal para que estuvieran a salvo de los esbirros de Tournier? ¿Por qué estaba con Jake y Becky en el hospital? No entendía nada. Algo muy extraño estaba ocurriendo fuera del monte Merón, aunque mucho más extraño era lo de los apellidos del árbol genealógico de los Simonson. De acuerdo que, estadísticamente hablando, la cantidad de Simo-algo era pequeña y podía ser una mera coincidencia, pero dejando de lado la estadística, esa coincidencia resultaba verdaderamente asombrosa, sin tener en cuenta que los cuatro apellidos (Simonson, Simonini, Simowicz y Simonsen) significaban lo mismo, «hijo de Simón». La cabeza empezó a darme vueltas y no porque estuviera mareada.

Simón, Simeón, Shimeon, Shimon... Todos eran variaciones del mismo y antiguo nombre hebreo. De hecho, el verdadero origen de los cuatro apellidos sería «ben Shimeon», como el rabino de Susya, Eliyahu ben Shimeon. Pero, por sorprendente que todo esto pudiera parecerme (y me lo parecía mucho), lo que me atormentaba era que Isabella estaba fuera del Paraíso Terrenal. ¿Por qué? ¿Qué demonios hacía la niña en Toronto sin nuestro permiso? Al menos, Gottfried y Rau estaban aquí, en el monte Merón, pero eso no significaba que monseñor Tournier no tuviera capacidad para llevar a cabo cualquier otra barbaridad criminal en Toronto.

—Creo que deberíamos ponernos en marcha —oí decir a Abby.

Abby ben Shimeon, pensé sin poder evitarlo. Y, de pronto, me di cuenta de algo más. Abby era el diminutivo de Abigail. Su nombre auténtico era el nombre hebreo Abigail. Abigail ben Shimeon. Y Jake era el diminutivo de Jacob. Jacob ben Shimeon. ¿Y Becky? Becky era Rebeca, Rebeca Simonsen, Rebeca ben Shimeon. ¿Cómo se llamaba el hijo mayor de Jake y Becky, el que murió esquiando en Nueva Zelanda? ¡Nat, Nathan Simonson! Natán ben Shimeon. ¿Y el padre de Abby, el hijo pequeño de Jake y Becky...? ¡Dan! Daniel ben Shimeon. Los Simonson eran judíos, eran totalmente judíos aunque se hubieran empeñado en disimularlo muy bien. Además, conocían la Biblia y los Evangelios hasta el punto de que Jake, la primera noche que estuvo en casa, citó un versículo del Evangelio de... Mateo. El Evangelio de Mateo, el único que usaban los ebionitas.

Aquellos pensamientos me daban la loca sensación de que mi cabeza era el badajo de una inmensa campana que repicaba en el centro mismo de mi cerebro. ¿Los Simonson eran judíos y descendían del rabino ebionita Eliyahu ben Shimeon?

—¿No queréis encontrar los osarios? —insistió Abby, con

cierta alegría en la voz—. Hemos llegado al final. Los osarios nos esperan.

La miré pero no la reconocí. No era la Abby Simonson con la que llevaba conviviendo casi dos meses. Era Abigail ben Shimeon. Tendría que haberle enseñado a Farag los mensajes de Isabella pero ahora ya no teníamos tiempo ni oportunidad. Todos nos estábamos incorporando para ir en busca de los osarios y me hubieran visto entregarle el móvil para que leyera algo.

Encendimos las luces de nuestras linternas y sólo entonces vimos la puerta. Una puerta de verdad, no una abertura tallada en el muro. De hecho, para hablar con propiedad, más que una puerta era un arco, un arco de medio punto con sus dovelas y sus jambas. Había que subir un par de escalones para pasar bajo el arco y ver lo que había detrás, que permanecía en penumbra. Sobre la piedra clave del arco, el símbolo ebionita de la estrella de David con la cruz en su interior aparecía tallado como un escudo o una señal de lo que representaba el lugar en el que íbamos a entrar.

Abby fue la primera en subir los escalones e iluminar el interior. El resto entramos detrás. Sin duda, ahora comprendía la importancia que aquello tenía para ella y para sus abuelos. Todas las piezas encajaban en mi cabeza.

De repente, habíamos salido de una montaña y habíamos entrado en una pequeña iglesia románica perfectamente construida, con los muros cubiertos por sillares, el suelo adoquinado y tres naves abovedadas separadas por columnas de fuste liso y capiteles con motivos geométricos.

—¡Una sinagoga! —exclamó Gilad asombrado.

Supongo que él sabría por qué lo decía porque, para mí, aquello era una iglesia medieval, claro que más horizontal que vertical, pues su ancho era de unos ciento veinte metros mientras que su largo apenas alcanzaría los sesenta. Frente a nosotros, sobre una especie de altar no demasiado alto, un único osario de piedra caliza de color claro destacaba como lo más importante de aquel recinto. Detrás, había un altar más grande y, al fondo, unas viejas puertas de madera que cerraban un armario. En la nave de la derecha, un grupo de otros ocho osarios idénticos al anterior formaban un círculo sobre el suelo y, en la de la izquierda, un osario solitario, cubierto por una vistosa tela de ajado terciopelo verde decorado con letras árabes bordadas en oro, descansaba apoyado sobre el suelo y contra la pared de la entrada. De algún modo, por sus posiciones, número y lugares de ubicación, adiviné de inmediato de quién era el osario de piedra que tenía delante de mí, a menos de treinta metros. Pero no quise creerlo. No todavía. No así.

Avanzamos hacia el altarcillo con pasos lentos y tímidos. Supongo que cada uno viviría aquel momento de forma diferente, desde sus creencias o desde sus afinidades o enemistades. Para mí era una sensación tan potente, tan poderosa, que no sentía que caminaba, ni que avanzaba, ni que llegaba. Sólo era consciente de que allí, frente a mí, tenía los restos de la persona más importante de la historia del mundo, alguien a quien yo había amado inmensamente como Dios y al que seguía amando inmensamente como ser humano. Tenía un intenso sentimiento de amor y familiaridad, como el de quien se acerca a la tumba de un padre o un hermano. Jesús de Nazaret, si es que de verdad estaba allí, si es que de verdad era él, representaba una de las partes más importantes de mi vida, la que le daba sentido, la que lo explicaba todo.

Gilad se inclinó hacia el osario, que se nos mostraba por uno de sus lados largos con su tejadillo a dos aguas, y, sin reverencia alguna, aunque sí con experiencia de arqueólogo, pasó suavemente la mano sobre la caliza para desprender el polvo y la tierra que los siglos habían acumulado. De inmediato, salieron a la luz dos inscripciones cuidadosamente talladas, escritas con bellos caracteres en hebreo y arameo. Iluminando con su linterna y señalando las letras hebreas con el dedo, de derecha a izquierda, empezó a leer:

—*Yeshua ha-Mashiahh ben Yehosef.*

—«Jesús el Mesías hijo de José» —tradujo Farag, con voz de sorpresa, como si hasta ese momento no hubiera creído de verdad que habíamos encontrado los auténticos restos de Jesús de Nazaret.

—Dice lo mismo en arameo —añadió Gilad con un murmullo.

Un sollozo subió por mi garganta y caí de rodillas delante del osario, inclinando la cabeza. «Jesús, Jesús, Jesús...», empecé a repetir dentro de mí como una salmodia interminable, como una oración compuesta por una única palabra. Había sentido miedo desde el principio de que mi mundo se desmoronara si llegaba aquel momento, pero no se desmoronó. Fue como romper el cascarón y nacer a una vida nueva, más libre, más plena, más lógica.

No había notado que Kaspar también había caído de rodillas a mi lado y que todo su corpachón se inclinaba hasta el suelo en un extraordinario acto de humildad y devoción. Me di cuenta porque me rozó y, al volver la cabeza, vi que también él, casi desde el suelo, movía silenciosamente los labios como si rezara.

No podía creer que estuviera viviendo realmente aquel momento. Todo ocurría como un sueño, como si fuera una fiesta y estuviera recibiendo el mejor regalo que nadie pudiera recibir en su vida. Y, entonces, empecé a rezar. Empecé rezando a Dios, al único Dios y, sin darme cuenta, en mi diálogo introduje a Jesús, di gracias por haberle encontrado, por haber tenido la oportunidad de vivir aquel precioso momento que también iba a cambiar mi vida para siempre. Fue delante del osario de Jesús donde, por fin, conocí a mi Dios, al que me acompañaría durante el resto de mi vida y fue Jesús quien me lo dio, como hizo en vida para toda la humanidad aunque, luego, gente como Pablo de Tarso, el seudoapóstol, lo cambiara todo para crear una nueva religión hecha a su imagen y semejanza, no a la de Dios y no a la de Jesús.

Una mano se posó dulcemente en mi hombro para llamar mi atención y, al girarme, vi a Farag haciéndome señas para que mirara hacia la nave de la derecha. Me quedé de piedra cuando, siguiendo su indicación, vi a Abby Simonson, arrodillada como Kaspar y como yo frente a otra de las arquetas de piedra caliza. Farag se inclinó hacia mi oído:

—Le ha pedido a Gilad que buscara el osario de Simón, hijo de José y hermano de Jesús el Mesías.

Un destello luminoso y eléctrico cruzó mi cerebro dejándome sin respiración. Abigail ben Shimeon había buscado, en primer lugar, los restos de *Shimeon ben Yehosef akhuy d'Yeshua ha-Mashiahh.* No podía ser casualidad. No era casualidad.

Mientras Kaspar seguía rezando ante Jesús, Abby permanecía arrodillada ante los restos de *Shimeon,* el hermano de Jesús, y Gilad abría con infinito cuidado las puertas de vieja madera del armario de la pared del fondo, me incorporé y saqué mi móvil del bolsillo. Abrí el WhatsApp y le pasé a Farag los mensajes de Isabella sin decir nada. Él los leyó, me miró alucinado, volvió a leerlos, miró a Abby y me devolvió el móvil. Su cabeza echaba humo, como la mía.

—No puede ser —me dijo moviendo los labios pero sin emitir ningún sonido.

—Pensé que descendían del rabino Eliyahu ben Shimeon —musité en su oído con una voz casi inaudible—, pero me parece que descienden de *Shimeon akhuy d'Yeshua.* Farag, ¡son descendientes de Jesús!

—Indirectamente —susurró. Su rostro barbudo era la viva imagen de la confusión.

—¡Tan indirectamente como quieras, pero descienden de José y María, los padres de Jesús de Nazaret! —siseé con la excitación saliéndome por las orejas. O todo aquello era una irreverencia descomunal, una blasfemia y una abominación, o, desde el nuevo punto de vista que nos daba la realidad que nos envolvía, estábamos descubriendo secretos históricos religiosos de proporciones incalculables.

—Recuerda que Eusebio de Cesarea —me dijo Farag— afirma que Judas, *Yehuda,* el hermano de Jesús tuvo dos nietos (40). Y es evidente que, si Jesús tuvo hermanos y hermanas y muchos primos, la mayoría de ellos tendrían hijos y nietos. De

(40) Eusebio de Cesarea (263 n. e.–339 n. e), *Historia Eclesiástica* III, 11, 19-20.

hecho, hay constancia histórica de que hubo descendientes de la familia de Jesús en Nazaret hasta mediados del siglo III.

—¡Los Simonson! —afirmé con rotundidad (aunque en susurros).

—Posiblemente —admitió mi marido volviendo los ojos hacia Abby, que ahora se arrodillaba, juntaba las palmas de las manos e inclinaba la cabeza, ante cada uno de los otros siete osarios. Cuando terminó, se puso en pie y se encaminó hacia el osario de Jesús de Nazaret, pero, entonces, nos descubrió observándola. Se detuvo, nos miró, nos sonrió con afecto y siguió lentamente su camino hasta que llegó junto a Kaspar, a cuyo lado volvió a arrodillarse aunque, en esta ocasión, se inclinó hasta tocar el suelo con la frente.

—¿Qué hace Gilad? —me preguntó de pronto mi marido.

Busqué al arqueólogo judío con la mirada y lo encontré sacando unos fardos enormes del interior del armario. Farag y yo, rodeando el altar de Jesús y otro altar más grande que había detrás, nos apresuramos a ayudarle.

—Deja que te eche una mano —le dijo Farag.

Pero Gilad se negó.

—Son antiguos rollos de la Torá —nos dijo, dejándolos con cuidado sobre el altar grande que debía de ser el *bimah*, la plataforma para la lectura—. Este armario es el Arca, el *Aron Kodesh*, donde se guardan los rollos en todas las sinagogas del mundo.

—Entonces, ¿este lugar es de verdad una sinagoga? —pregunté. Para mí, aunque fuera una sinagoga, también era una iglesia. La presencia de los restos de Jesús de Nazaret, de María, su madre, y del resto de su familia, convertían aquel lugar en lo que yo entendía por una iglesia cristiana. Aunque, claro, como todo lo que hacían los ebionitas, la mezcla entre judaísmo y cristianismo era absoluta. Ya lo indicaba la cruz y la estrella sobre el arco de entrada.

—Una sinagoga del siglo XIII, Ottavia —afirmó—. Un hallazgo impresionante.

—¿Eres consciente, Gilad, de que ahí mismo están los restos de Jesús de Nazaret? —no pretendía incomodarlo, sólo me sorprendía que estuviera más impresionado por la sinagoga que por los osarios. Se detuvo en seco.

—¿Debería mostrar más respeto? —se preocupó. Para él Jesús no significaba nada y temía haber actuado inapropiadamente sin darse cuenta.

—No, no —le tranquilizó Farag—. No es necesario.

Gilad asintió con la cabeza y fue a por el quinto y último rollo de la Torá. Había cuatro rollos sobre el *bimah*, enfundados en sacos de terciopelo negro ricamente bordados en plata con letras hebreas y representaciones de las tablas de Moisés, las de los Diez Mandamientos. De los sacos, salían los extremos de unos rodillos de plata ennegrecida en torno a los cuales debían de estar enrollados los pergaminos con los textos de los cinco libros de la Torá, lo que nosotros llamábamos el Pentateuco (Génesis, Éxodo, Levítico, Números y Deuteronomio).

Y, entonces, escuché el clásico sonido de uno de aquellos resortes que habíamos pisado por toda la montaña durante once días y me volví rápidamente hacia su punto de origen: el *Aron Kodesh*, el Arca Santa, de donde Gilad acababa de coger el último rollo de la Torá. Él también se había quedado petrificado, convertido en una estatua con el enorme rollo entre los brazos.

—¡Oh, oh! —dejó escapar Farag esperando, como Gilad y yo, que ocurriera alguna catástrofe en aquel mismo momento.

Al punto, empecé a escuchar el siseo de la arena moviéndose por detrás de todas las paredes de aquella sinagoga cristiana. Enormes cantidades de arena se desplazaban a toda velocidad dando paso, a continuación, al ya conocido traqueteo metálico de numerosas cadenas enrollándose o desenrollándose. Kaspar, de un salto, se puso en pie y, con Abby, se acercó hasta nosotros.

—¿Qué ha pasado? —preguntó con su vozarrón grave. Tenía los ojos húmedos.

Farag y yo señalamos acusadoramente a Gilad, que seguía sin moverse con el monumental rollo de la Torá entre los brazos. Había que ser muy fuerte para soportar tanto tiempo el peso de aquel fardo.

En ese momento, el más espantoso de los ruidos, el de la fricción entre dos piedras, me puso los pelos de punta porque, además, vino acompañado por un terremoto en el techo y un ruido de cadenas soltándose de golpe. Pero la parte de techo que se desencajó con gran estrépito, entre chirridos, crujidos y chasquidos fue la del centro de la nave de la izquierda, donde, pegado a la pared de la puerta, permanecía el osario de Hasan i-Sabbah, el fundador de la secta de los Asesinos (o de los ismailitas nizaríes), al que no habíamos prestado la menor atención. Si Sabira hubiera estado aún con nosotros, seguramente hubiera sido el momento más importante de su vida, pero nosotros apenas nos habíamos fijado en su presencia más que para adivinar desde lejos a quién pertenecían aquellos restos.

La gruesa pasarela de piedra que cayó del techo como un tobogán, colgando de dos cadenas en el extremo que tocó suelo a unos cinco metros del osario de Hasan i-Sabbah, se abría al exterior, dejando pasar raudales de luz y de aire de montaña (además de una cantidad enorme de tierra, hojas, raíces, plantas y, probablemente, también una gran cantidad de bichos, que ensuciaron el adoquinado de la sinagoga).

Aún no nos habíamos repuesto de la impresión cuando un escuadrón paramilitar con trajes de camuflaje y provistos con todo tipo de armamento empezó a descender por la pasarela apuntándonos con sus fusiles.

CAPÍTULO 40

Abby dio un paso al frente.

—Soy Abby Simonson —dijo con la voz de la presidenta del Simonson Finance Group.

Uno de los paramilitares habló por un micrófono que llevaba en el hombro. Los demás, bajaron las armas. El que iba delante y que ya había pisado el suelo de adoquines se adelantó hasta ella.

—Capitán Roy Madden, escuadrón de seguridad de la Fundación Simonson.

Una figura alta y delgada como un alambre, que lucía una preciosa melena suelta de color castaño claro, bajó corriendo por la pasarela.

—¡Tía Ottavia! —gritó como una loca—. ¡Tío Farag!

Los paramilitares tuvieron que apartarse para dejar sitio a aquella demente que, con un salto acrobático, se me había tirado al cuello y me abrazaba como cuando era pequeña. Isabella, que no se destacaba precisamente por ser cariñosa, me abrazaba y me besaba como si hubiera perdido la cabeza y, antes de que me diera tiempo a reaccionar, ya me había soltado y abrazaba y besaba a su tío Farag, que parecía el hombre más feliz del mundo en aquel momento.

—¡Isabella! —balbuceé, incrédula. ¿Qué hacía allí, cómo había llegado, qué significaba aquello?

Pero Isabella ya había soltado a su tío y estaba saludando a Kaspar y a Abby.

—¿Cómo estáis? —nos preguntó a los cuatro.

—¡Abby! —exclamó en ese momento una voz desde lo alto de la pasarela.

Una estupenda y milagrosamente recuperada Becky Simonson, ataviada con una elegante y estilosa ropa deportiva de montaña que le sentaba como un guante, descendió mucho más rápido de lo que una mujer de su avanzada edad podía permitirse para llegar hasta su nieta y fundirse ambas en un abrazo tan largo que a Jake, también disfrazado de montañero y más lento en sus pasos a pesar de su magnífico aspecto, le dio tiempo de llegar hasta ellas y quedarse los tres así, unidos, por un tiempo que se me hizo eterno, a pesar de que tenía a Isabella otra vez colgada del cuello y pegada como una lapa.

—¿Qué demonios...? —empecé a preguntar.

—Tranquila, tía. Todo tiene su explicación. Ahora debemos salir de aquí cuanto antes. Estos mercenarios tienen que recorrer el monte Merón para encontrar al grupo de Spitteler y Rau, que están por alguna parte. Parece que iban detrás de vosotros.

—¡Qué! —exclamé horrorizada.

—En Tel Aviv os lo contaremos todo —zanjó mi sobrina, estrechándome más entre sus largos brazos. Estaba tan cariñosa que no la reconocía. Al menos, me dije aliviada, no le había dado por convertirse en staurofílax y quedarse en el Paraíso Terrenal con ese chico que le gustaba. En cuanto tuviera ocasión, le iba a dar un repaso de cuerpo entero para ver si tenía alguna escarificación que nos estuviera ocultando.

Gilad se había acercado hasta nosotros tres mientras que Kaspar, el Judas más grande de la historia de la humanidad después del verdadero Judas, seguía junto a Abby y saludaba, por fin, a Jake y a Becky como si no le sorprendiera en absoluto verlos allí, de una pieza y en perfecto estado.

El capitán Roy Madden se acercó a Jake.

—Señor —le dijo—, deben salir de aquí cuanto antes.

—¿Y el equipo de arqueólogos?

El soldado del micrófono en el hombro volvió a hablar con alguien en el exterior.

—Ya bajan —anunció.

—Los helicópteros para el transporte están listos —explicó el capitán—. Mis hombres y yo vamos a entrar en la montaña. Salgan y vuelvan a Tel Aviv. Les iremos informando.

Más paramilitares de la Fundación habían ido descendiendo por la pasarela equipados con todo tipo de material tanto guerrero como montañero. Serían unos veinte y, tras ellos, otras diez personas vestidas con monos blancos y cargando diez cajas de metal bajaron hasta la sinagoga para hacerse cargo de los osarios.

—¿Puedo quedarme? —preguntó Gilad a Jake Simonson—. Hay muchas cosas aquí que deben ser rescatadas y estudiadas.

—Todo lo que hay aquí, señor Abravanel —le respondió Jake, cortésmente—, va a ser trasladado a un lugar seguro donde le garantizo que será meticulosamente estudiado con tiempo, medios y tranquilidad. Pero, ahora, debemos marcharnos.

—No, Jake —me opuse—. Yo no me voy de aquí sin el cuerpo de Sabira Tamir.

Jake y Becky miraron a un lado y a otro, buscando a la arqueóloga Asesina.

—¿Qué ha pasado? —preguntó Becky, alarmada.

Les contamos el accidente y les dijimos dónde estaban sus restos y la dificultad que entrañaba recuperarlos.

—¡Capitán Madden! —llamó Jake—. Tengo otra misión para usted.

El paramilitar de la Fundación asintió sin mover un músculo de la cara. Me recordó a Kaspar, aunque Madden era mucho más guapo que el ex-Catón.

—No hay problema —nos indicó Jake con tristeza—. Rescatarán el cuerpo de Sabira Tamir en cuanto terminen con el grupo de Hartwig y Spitteler. Yo hablaré con el príncipe Karim y le explicaré lo ocurrido.

—Vámonos ya —nos urgió Becky, quien para haber sido arrollada por un gigantesco camión maderero y aplastada por unos troncos descomunales, lucía un aspecto espléndido y un vigor y una salud sorprendentes.

Mientras ascendíamos por la rampa para salir del monte Merón eché una última mirada al osario de Jesús de Nazaret. Dos personas, un hombre y una mujer con monos blancos, lo estaban izando cuidadosamente de su pequeño altar para introducirlo en una de aquellas cajas metálicas. Quería atesorar esa última imagen como el recuerdo más valioso de mi vida porque estaba segura de que no volvería a verlo nunca.

Cuando salimos al exterior, la luz del mediodía me cegó y no digo ya a Farag, que se puso el brazo sobre los ojos, incapaz de soportar tanta claridad. Pero los Simonson, los ben Shimeon hablando con propiedad, no hacían jamás las cosas a medias. Otro grupo de gente que parecía personal sanitario nos ofreció a todos gafas de sol completamente negras de esas que cubren hasta las sienes y botellines de agua que vaciamos con fruición. A los tres hombres se les ofrecieron, además, camisas limpias de sus tallas y a todos nos tomaron, allí mismo, la tensión, la temperatura y muestras de sangre y saliva. Isabella cabrioleaba como una cabritilla alrededor de su tío y de mí como cuando tenía once o doce años. Se la veía nerviosa como un pájaro pero es que era demasiado joven para las increíbles experiencias que estaba viviendo. Antes de salir de la sinagoga, se había soltado de mi cuello y se había acercado tímidamente al osario de Jesús, quedándose allí parada y silenciosa hasta que Becky nos pidió que nos marcháramos. No sabía qué había pasado por su cabeza pero, dada la malísima influencia que ejercía su tío sobre ella y el abandono de su familia de Palermo, iba a tener que esforzarme mucho para explicarle todo aquello de manera que lo comprendiera bien y no le causara una crisis de fe irreparable.

En el exterior hacía muchísimo calor y, aun así, el personal de la Fundación nos cubrió con unas telas muy finas de color azul celeste que, para mi sorpresa, estaban agradablemente frescas. Sentí un alivio inmediato. Jake y Becky, con la ayuda de dos sanitarios, iniciaron el corto ascenso hasta la cima, a escasos diez metros del lugar por donde habíamos salido. Abby y Kaspar, con sus gafas y sus mantas azules y acompañados por otros dos sanitarios, les siguieron. Isabella fue detrás de ellos dando saltos por el monte, y Gilad, Farag y yo fuimos los últimos, también acompañados por un amable personal que nos ayudó hasta que llegamos arriba, donde cinco enormes helicópteros pusieron los rotores en marcha en cuanto nos vieron llegar. Los ocho subimos a uno de aquellos monstruos voladores con capacidad no sólo para nosotros sino también para el personal que acompañaba a los Simonson y, en pocos minutos, nos despegamos del suelo e iniciamos el viaje de regreso hacia Tel Aviv. Supuse que el resto de helicópteros recogerían a los paramilitares y a sus prisioneros, así como al equipo de arqueólogos y su importantísima carga.

Estábamos fuera. No podía creerlo pero estábamos fuera. Habíamos salido, habíamos sobrevivido y habíamos encontrado los osarios. Una sonrisa de felicidad empezó a dibujarse en mi cara y, de repente, me sobraban las gafas negras y la manta fresca. Quería ver el mundo por las ventanillas del helicóptero. Quería ver el cielo, las nubes, la tierra, el verde de las montañas, las manchas de las ciudades, las líneas de las carreteras. ¡Quería volver al siglo XXI, por Dios, que ya estaba harta del siglo XIII! Me sentía exultante, feliz. Rabiosamente feliz. ¡Lo habíamos conseguido! ¡Éramos los mejores!

Farag me miró y sonrió, adivinando mis pensamientos. También él se quitó las gafas negras y la manta. Dentro de aquel aparato volador había aire acondicionado y la luz exterior entraba muy matizada por los cristales tintados. Los dos nos miramos y nos echamos a reír. Era una risa floja, de esas que no puedes parar ni queriendo aunque no se nos oyera por el ruido de las hélices. Me sentía estallar de felicidad. Isabella, sentada junto a Farag, empezó a reírse también, primero por contagio, al vernos a su tío y a mí, y, luego, supongo que por las mismas razones que nosotros, por haberlo conseguido todo, por encontrar a sus tíos sanos y salvos fuera del monte Merón y lejos de las trampas de las Bienaventuranzas, de los ebionitas... Al final, las catorce o quince personas que ocupábamos la gran cabina (contando al personal sanitario) terminamos riendo a carcajadas.

Pero, ¡un momento!, me dije entonces mirando a Jake, a Becky y a Abby. No, de eso nada, de los ebionitas no nos habíamos salvado. De ninguna manera. Los teníamos allí mismo, en los asientos de enfrente. Es más, éramos sus prisioneros. La vista se me nubló. ¡Éramos prisioneros de los ebionitas del siglo XXI! Además, me di cuenta de inmediato de que no volábamos solos: otros siete u ocho helicópteros militares, camuflados como los que nos acompañaron en el viaje hasta Susya, volaban alrededor nuestro. Debían de haber permanecido esperando en el aire hasta que despegamos. Estábamos atrapados y no sabíamos con seguridad hacia dónde nos dirigíamos. ¿Y si querían guardar su secreto hasta el punto de tener que silenciarnos... para siempre? Fingiendo cansancio, volví a ponerme las gafas oscuras de manera que no se me notara el instinto asesino de la fiera acorralada.

Menos de una hora después, nuestro helicóptero aterrizó en uno de los lujosos jardines del Hilton Tel Aviv mientras que la batería de helicópteros de escolta se perdía entre las nubes y desaparecía. Nadie nos preguntó nada. Todo lo que debía hacerse parecía estar completamente organizado de antemano.

Fuimos llevados discretamente hasta nuestras habitaciones, las que habíamos abandonado doce días atrás —a mí me parecían doce meses atrás o, incluso, doce años atrás—, y allí estaba nuestro equipaje con todas nuestras cosas. En el pequeño rincón del comedor de la suite la mesa rebosaba comida. Era casi la hora de cenar. Pero, antes, debíamos ducharnos, quitarnos las gruesas capas de suciedad que traíamos pegadas al cuerpo. Dejé a Farag con Isabella y me duché primero. Fue un placer salir limpia y ponerme ropa cómoda. Farag aprovechó su turno en el baño para quitarse la barba de dos semanas. Mientras se duchaba, traté de sonsacarle información a la niña, pero lo único que conseguí fue terminar contándole, por encima, todo lo que nos había pasado dentro del monte Merón. Farag apareció de pronto tan limpio y tan guapo que sólo me retuvo la presencia de Isabella. Y, para qué vamos a negarlo, el cansancio también.

A las seis y media nos sentamos a cenar. Recuerdo la hora porque la dijo la niña mientras empezaba a devorar aquella abundante y suculenta comida que de ninguna manera podía ser *kosher*, estaba segura. Entonces fuimos Farag y yo al mismo tiempo los que intentamos por todos los medios que Isabella nos explicara por qué estaba allí y no en el Paraíso Terrenal, adonde nosotros la habíamos mandado. Pero ella, terca como buena Salina, no soltó prenda. Se negó en redondo a decir ni media palabra escudándose en que ya lo sabríamos todo en su debido momento porque, ahora, no íbamos a entender nada. Sólo accedió a contarnos cómo había averiguado el asunto de los apellidos.

—Al principio no encontré nada anormal —nos explicó, pinchando con su tenedor un montón de ensalada— pero, como en Stauros tenía mucho tiempo libre, fui siguiendo pistas por aquí y por allá. Me sorprendí un poco cuando descubrí el apellido de soltera de Becky por lo mucho que se parecía al de Jake. Cuando averigüé que, en noruego, la terminación *ssen* significaba «hijo de», como *son* en inglés o *ini* en italiano, la cosa empezó a ponerse interesante. Busqué entre los antepasados conocidos de Jake y ya sabéis lo que descubrí. No me pareció que fuera casualidad.

—Cuando leí tus wasaps —comentó Farag, cortando su entrecot— recordé la costumbre de las casas reales de casarse entre ellas una y otra vez. Lo malo es que, por la consanguineidad, terminaban todos deformes o con enfermedades raras. Ahora se casan con plebeyos y ya no tienen ese problema.

—Sí —dijo Isabella—, pero los Simonson tienen muchas ramas diferentes y no siempre se casan entre sí. Ninguno de los nietos y biznietos de Jake y Becky que he conocido, incluida Abby, parece sufrir nada raro. Creo que lo hacen a propósito, de forma meticulosamente calculada.

Acabada la cena, sonaron unos golpecitos en la puerta e Isabella fue a abrir. Era uno de los médicos y uno de los enfermeros que nos habían acompañado desde el Merón hasta Tel Aviv en el helicóptero. El médico nos traía unas pastillas para

573

dormir. Isabella insistió en que nos las tomáramos mientras el enfermero curaba las quemaduras del torso de Farag y el médico me quitaba los restos chamuscados de las suturas quirúrgicas de los pies que seguían pegados como si ya formaran parte de mi cuerpo. Yo, por supuesto, me negué a tomarme la pastilla. No venía en ningún blíster en el que se identificara la marca o el compuesto del medicamento y lo enviaban unos ebionitas. Como para fiarse. Pero, cuando me volví hacia Farag con la intención de advertirle que no se tragara aquella píldora desconocida, el tonto de mi marido ya lo había hecho, y había vaciado un vaso de agua acusador que aún sostenía en la mano.

Isabella, como si fuera una adulta al cuidado de dos niños díscolos, nos dio un beso a cada uno (se le pasaría, lo tenía claro; en cuanto volviéramos a la normalidad, dejaría de dar besos a diestro y siniestro), nos deseó felices sueños y se marchó con el médico y el enfermero.

—Está rara, ¿verdad? —me preguntó Farag en cuanto se cerró la puerta.

—¿En qué sentido? —repliqué yo—. ¿Por estar tan cariñosa o porque se ha pasado al bando ebionita?

Farag se rió.

—¿No tenías miedo de que se hiciera staurofílax?

—¿Es que crees que se va a librar de un reconocimiento completo? —repliqué.

—Entonces, staurofílax y ebionita.

—Hasta que no pueda hablar tranquilamente con ella —repuse—, no sabré a qué atenerme. Tanto beso y tanto abrazo no son normales. Algún lavado de cerebro le han hecho o en el Paraíso Terrenal o los ben Shimeon.

—Pues a mí me gusta que dé besos y abrazos —admitió Farag, yendo hacia el dormitorio—. La pastilla que me he tomado debe de ser muy fuerte. Estoy quedándome dormido.

—¿Ya tienes sueño? —le pregunté sorprendida al tiempo que disimulaba un bostezo. No hay nada peor que tener el estómago lleno para caer en picado, pero me preocupó que él ya no despertara nunca de aquel sueño químico. De ser así, mataría a los Simonson.

—Espero poder ponerme el pijama —me respondió farfullando como si estuviera borracho.

Él sí pudo ponérselo. Quien no pudo fui yo que, sin pastilla ni nada, me desperté de madrugada tumbada en el sofá y me fui directa a la cama, dejándome caer como un bulto.

Dormimos trece horas, hasta las nueve en punto, cuando sonó el teléfono de la habitación y, naturalmente, era el maldito ex-Catón.

—Kaspar pregunta si ya estamos despiertos —repitió muy divertido Farag, recordando los despertares dentro de la montaña.

—Dile que no y que se vaya al Merón con viento fresco —masdullé con la boca torcida desde el borde de mi almohada.

—Estamos invitados a desayunar en la suite de los Simonson, en el último piso.

—Que se vayan todos al Merón —insistí.

—Dice que Gilad se marcha a Jerusalén y que le gustaría despedirse de nosotros.

Abrí los ojos de golpe.

—¿Que Gilad se marcha? —pregunté, despejada por completo.

—Eso ha dicho —repuso mi marido, colgando el teléfono—. Y que nos demos prisa.

—¡Para variar! —dije saltando de la cama vestida con la ropa que me había puesto la noche anterior. Aún tenía dolores y pinchazos varios en distintas partes del cuerpo, pero me sentía descansada y fuerte.

—¡*Basíleia*, al final te tomaste la pastilla! —se rió mi marido desde la cama al verme vestida.

—No me tomé nada —rezongué, corriendo al aseo—. Caí en coma yo solita.

Media hora después, duchados y arreglados como personas normales y no como expedicionarios, senderistas, exploradores o montañeros (Farag llevaba una camisa blanca de cuello mao, con pantalones y zapatos marrones, y yo un vestido con estampado de flores de color rojo), llamábamos al timbre de la suite presidencial en el piso decimoséptimo. Un tipo cuadrado como Kaspar y con un auricular dentro de la oreja nos abrió la puerta y nos invitó a pasar. En el salón, que tenía unas vistas impresionantes del Mediterráneo y del puerto de Jaffa, estaban ya reunidos Isabella, Jake, Becky, Abby, Kaspar y Gilad. Kaspar y Gilad, sin barba, me resultaron un poco extraños.

El arqueólogo israelí, vestido con unos elegantes pantalones negros y una bonita camisa azul, se acercó hasta nosotros, sonriente.

—Doctora Salina —dijo inclinándose ante mí—. Profesor Boswell —y le tendió la mano.

—Subdirector Abravanel —replicó mi marido, siguiendo la broma y estrechando la mano tendida.

—Ha sido un honor trabajar con vosotros —murmuró Gilad, emocionado. Su piel blanca se coloreó de un rojo desteñido parecido al de su pelo.

—Entonces —repuse, nerviosa—, ¿es verdad que te vas?

—He terminado el trabajo para el que fui contratado —me explicó con un cierto tono melancólico—. Ha sido la experiencia más importante de mi vida.

—De la que nunca podrá hablar con nadie —apuntó discretamente Jake Simonson desde su espalda.

Gilad se volvió hacia él.

—Por supuesto —afirmó—. Así lo estipula el contrato y así lo cumpliré. Además, han sido ustedes muy generosos, extraordinariamente generosos con todo. Por favor, cuenten conmigo para lo que necesiten.

—¡Pero si vas a trabajar para la Fundación Simonson, Gilad! —se rió Abby, que vestía un bonito pantalón beige y una blusa blanca sin mangas y corta de cintura, con una cenefa de piedrecitas brillantes en torno al cuello redondo.

Ahora la piel del arqueólogo judío sí que se tiñó de un rojo intenso.

—Me refería a... —empezó a decir, abarcándonos con los brazos a Kaspar, a la propia Abby, a Farag y a mí.

—Te hemos comprendido —asintió Kaspar, acercándose hasta él y dándole uno de sus abrazos de oso. Cuando Kaspar le soltó, fue Abby quien le abrazó y, después, Farag. O sea, que también me tocaba abrazarle si no quería quedar fatal. Intenté que me saliera de la forma más espontánea y natural posible y creo que lo conseguí.

Becky, que llevaba un veraniego vestido de color coral con un collar a juego, le tendió su mano de piel transparente —ahora sabíamos que era de origen noruego— y Gilad la tomó y se inclinó ante ella. Después estrechó la mano tendida de Jake.

—Gracias, muchacho —le dijo Jake por toda despedida. Aquella sencilla gratitud era sincera y muy grande, y se notó tanto en la voz como en el gesto.

La nueva Isabella, esa que ahora daba besos a cualquiera que se le pusiera por delante, le tendió tímidamente la mano y Gilad se la estrechó con una sonrisa de simpatía. Luego, se dirigió hacia la puerta.

—Llamadme si pasáis por Israel —susurró antes de salir de la suite. El tipo del auricular en la oreja salió tras él, cerrando la puerta. Sentí un hueco muy grande por dentro. Quién hubiera dicho que no hacía ni quince días que nos conocíamos. ¡Habían pasado tantas cosas! ¡Habíamos vivido juntos tantos peligros!

—¡Eh, despertad! —se rió Becky.

Isabella, Jake y Becky ya estaban sentados en los sofás y sillones. Sólo Kaspar, Abby, Farag y yo seguíamos de pie, mirando silenciosos la puerta por la que había salido Gilad.

Nos movimos como marionetas, aturdidos, y mientras tomábamos asiento, un silencioso y discreto ejército de camareros apareció desde la cocina de la suite empujando carritos llenos de platos y jarras para el desayuno. Como eran tantos, nos sirvieron en un santiamén y, a continuación, desaparecieron por la misma puerta por la que se había marchado Gilad.

—¡Bueno, al fin solos! —bromeó Jake—. Ahora podremos

hablar tranquilamente de todo lo que ha pasado y os contaremos muchas cosas que no sabéis.

Sentí la ira subiéndome por la garganta.

—¿Te refieres, Jake, al hecho de que vosotros tres —y les señalé con el dedo Salina— sois ebionitas y a que por vuestras venas corre la sangre de Jesús de Nazaret?

Jacob, Rebeca y Abigail se quedaron petrificados.

CAPÍTULO 41

—Y, además —proseguí, cada vez más enfadada—, ¿por qué habéis sacado a Isabella del Paraíso Terrenal sin nuestro permiso?

—¡Soy mayor de edad! —protestó la niña.

—¡Tú, a callar! —le ordené con un gesto en la cara que no admitía discusión.

—A ver, Ottavia... —empezó a decir el ex-Catón como si él fuera allí el mediador aceptado por ambas partes.

—¡Tú, también a callar! ¿O quién demonios te has creído que eres? —le espeté agresivamente—. Estamos hablando de nuestra sobrina.

—Vale —admitió, echándose hacia atrás en el sofá.

—De nuestra sobrina —repetí, encendida— y, por supuesto, de por qué nos han mentido y engañado vilmente desde el principio para meternos en esa maldita montaña en la que casi perdemos la vida varias veces.

—*Basíleia*, por favor —me rogó mi marido con tono conciliador—. Deja que se expliquen y, luego, te enfadas.

—¡Ya estoy enfadada!

—Por eso te lo digo —insistió él—. Cambia el orden de los factores, anda.

Traté de calmarme pero estaba tan alterada que hubiera podido hacer estallar el enorme edificio del hotel sólo con la mitad de la cólera que sentía. Debía de tener la tensión por las nubes. Respiré a fondo varias veces y miré acusadoramente a los ojos de los viejos Simonson.

—Dadme una buena explicación —les exigí con aspereza. Me daba lo mismo que fueran familiares lejanos de Jesús de Nazaret. No pensaba arrodillarme ante ellos por eso. Yo también descendía de una familia con la que no tenía nada que ver aunque compartiera la sangre.

El pesado silencio duró un tiempo muy largo. Y, como siempre, fue Becky quien, al final, tuvo el valor necesario para enfrentarse a la situación.

—Nosotros no sacamos a Isabella del Paraíso Terrenal —dijo con voz firme—. Isabella se ofreció a venir para ayudar a los informáticos de la Fundación a crear una malla de redes cerca del Merón mucho más potente que la otra. Necesitábamos poder seguiros y no perder vuestra señal. El Catón Glauser-Röist había dado orden a los ingenieros del Paraíso para que trabajaran conjuntamente con los de la Fundación. Tu sobrina Isabella vino con otros dos staurofílakes para crear la nueva malla.

—Nosotros no la sacamos de allí —insistió Jake, por si no me había quedado bastante claro que había sido la propia Isabella quien, actuando de *motu proprio*, se había largado del lugar en el que su tío y yo creíamos que iba a estar a salvo de monseñor Tournier y sus asesinos. Debía de sentirse muy impresionado por mi actitud porque, a pesar de la enorme cantidad de dulces y cosas exquisitas que tenía delante para desayunar, no había cogido nada.

—¿Y qué fue aquello del camión maderero y el accidente que casi acaba con vuestras vidas? —preguntó Farag, dando por terminado el asunto de Isabella.

Jake y Becky bajaron la mirada al suelo, terriblemente apenados. No parecían capaces de hablar.

—Los hechos de aquel 27 de junio —empezó a explicar Abby— no ocurrieron tal y como os los contamos.

—¡No hace falta que lo jures! —me indigné.

Abby me ignoró.

—Conocimos la muerte de mi tío Nat en Nueva Zelanda un par de horas antes de lo que se dijo. La diferencia horaria jugó a nuestro favor. Mis abuelos estaban destrozados, como podréis imaginar, y los gabinetes de crisis pronosticaron un ataque a gran escala por parte de los hombres de Tournier. Si habían asesinado a mi tío Nat, con toda probabilidad su muerte sólo era el principio. A continuación irían a por los negocios familiares o a por mis abuelos o a por cualquier Simonson. Todo era posible. La Fundación puso en marcha una gran operación de seguridad que demostró ser un acierto cuando el coche en el que se suponía que viajaban mis abuelos fue embestido por el camión maderero. Pero mis abuelos estaban en una especie de búnker, una habitación del pánico que tienen todas nuestras casas, completamente seguros. El chofer se salvó de milagro. Él sí fue hospitalizado. Menos mal que conducía uno de los coches blindados.

—Posiblemente —comentó Jake, triste y serio—, Tournier aún crea que estamos muertos como nuestro hijo Nat. Se va a sorprender mucho cuando descubra que no es así. Y pagará muy cara la vida de Nat.

—Luego vinieron los incendios en nuestros pozos petrolíferos —continuó Abby, casi tan enfadada y colérica como yo, aunque por distintos motivos—. Conseguimos mantener la información bajo control y el valor de las acciones de puro milagro. Aquel día resultó una pesadilla agotadora. Y el remate, como bien recordaréis, fue el incendio de vuestra casa por la noche. Tournier, Spitteler y Hartwig, mi exmarido, estaban decididos a mataros a todos: a Kaspar, al pequeño Linus, a Isabella y a vosotros dos.

—Si los políticos pierden sus ideologías cuando llegan al poder —comentó Becky, secándose una lágrima con los dedos—, a la jerarquía eclesiástica del más alto nivel le pasa algo parecido con su fe y sus creencias evangélicas. Nunca hay que generalizar, es cierto, pero suele ocurrir con frecuencia.

—Cualquier tipo de poder corrompe —murmuró Kaspar, adaptando la famosa frase del historiador británico John Acton—. Y cualquier tipo de poder absoluto, corrompe absolutamente. Eso es algo que nunca debemos olvidar.

—Por eso nos hemos mantenido escondidos hasta ahora —aprobó Jake, cruzando sus retorcidos dedos sobre el flaco abdomen—. Hemos dejado que Ben, nuestro segundo hijo...

—Benjamín ben Shimeon, supongo —dije con toda intención.

—Sí, en efecto —sonrió Jake—. Benjamín Simonson. Ben dirige ahora todos los negocios. De este modo, dejamos que Tournier crea que ha terminado con nosotros y, por otro lado, yo he aprovechado para jubilarme, que ya era hora.

—Muy bien, lo urgente ya está claro —acepté, cruzando las piernas con gesto tranquilo para que vieran que me había calmado—. Ahora, si no os importa (y si os importa me da igual), habladnos de por qué nos ocultasteis que erais ebionitas y descendientes de Jesús de Nazaret.

—No somos descendientes de Jesús de Nazaret —se indignó Becky—. Yeshúa no tuvo hijos. Descendemos de su hermano Shimeon. El segundo hermano, Jacob o Santiago, como ahora se le conoce, murió en el año 62, y fue nuestro antepasado Shimeon, el cuarto hermano, quien le sucedió al frente de la ahora llamada Iglesia de Jerusalén. Fue Shimeon quien sacó a la comunidad judeocristiana, o ebionita, de Jerusalén cuando los romanos destruyeron el templo en el año 70. Pero, para entonces, Pablo ya se había hecho con el control de la nueva religión que se extendía por el imperio. De pronto, nosotros, los descendientes de Shimeon, así como el resto de la amplia familia de Jesús y los muchos seguidores de sus verdaderas enseñanzas, nos habíamos convertido en herejes y comenzamos a ser despreciados y perseguidos por la Iglesia de Pablo. Pero sobrevivimos y por eso nosotros, los descendientes de Shimeon, conservamos el apellido a través de las generaciones. Por respeto y orgullo.

—Y vosotros tres sois ebionitas —añadí.

—Somos judíos —replicó Jake, atreviéndose a coger un pequeño cruasán de uno de los platos—, judíos de la casa de David, cumplimos los mandamientos judíos y adoramos a Dios. Circuncidamos a nuestros niños, respetamos el Sabbat y seguimos las reglas alimentarias *kosher*. Leemos y estudiamos la Torá.

¿La comida que habíamos tomado en su casa durante semanas, mientras estudiábamos a Marco Polo, era *kosher*? Imposible.

—Y somos cristianos —añadió Becky—. Creemos que Jesús de Nazaret fue el Mesías del pueblo de Israel y estamos bautizados por el agua en el nombre de Yeshúa. Creemos que él murió por nosotros para hacernos llegar su mensaje de verdad, amor y paz, enseñándonos a amar a todo el mundo por igual y acercándonos a un Dios que también nos ama.

—En resumen —observó Farag—. Sois ebionitas.

Se produjo un instante de silencio.

—Sí —dijo Abby, por fin—. Somos ebionitas.

—¿Y por eso —pregunté yo— queríais encontrar los osarios de Jesús y su familia, porque son vuestros antepasados?

Jake negó con la cabeza.

—No, no porque fueran nuestros antepasados —declaró, tragando rápidamente el dulce que tenía en la boca—, sino porque los ben Shimeon fuimos los guardianes, los protectores, de esos osarios hasta julio de 1187, cuando, como ya sabemos, uno de los emires de Saladino, Muzafar al-Din Kukburi, saqueó Nazaret y se los llevó.

—Pero la existencia de los osarios —objeté— era conocida desde principios de aquel año. La carta de Dositheos, Patriarca de Jerusalén, decía que el 6 de enero se había descubierto en una cueva un antiguo sepulcro judío con veinticuatro osarios llenos de varios cuerpos cada uno...

—Todos ellos —me interrumpió Becky— descendientes de *Yehosef ben Yaakov*, José hijo de Jacob, y de su mujer, *Miryam bat Yehoyakim*, María hija de Joaquín, nuestros antepasados y padres de Yeshúa, de Shimeon, etc. No estaban todos, por supuesto, sólo los que se quedaron en Nazaret después del siglo I que, básicamente, éramos los ben Shimeon.

—Bueno —seguí diciendo—, pero, cuando se encontró la cueva donde también estaban los nueve osarios de la familia original en una cavidad aparte, Letardo, el arzobispo latino de Nazaret, mandó clausurar el sepulcro para que la gente no fuera allí a rezar al cuerpo de Jesús. Me imagino que, desde ese momento, perdisteis el control sobre los osarios.

—No, aquello no fue un gran problema —me rectificó Jake, al tiempo que cogía una galleta; le daba lo mismo que los demás no hubiéramos empezado a desayunar. No era capaz de controlar su glotonería—. Los osarios seguían en su sitio y el sepulcro era de nuestra propiedad.

—La casa original de la familia en Nazaret —explicó Becky— se encontraba justo debajo del lugar que hoy ocupa el convento de las Damas de Nazaret. La casa, como todas por aquel entonces en aquella zona, era una cueva natural ampliada para hacer habitaciones con uno o dos muros delante que la cerraban y que también servían como estancias. Con el tiempo, como las familias que descendían de José y María eran familias de agricultores sin mucho dinero, se decidió convertir aquella cueva en el sepulcro, porque todos tenían ya sus propias casas. Así que, legalmente, la propiedad era nuestra aunque Letardo se empeñara en cerrarla al culto de los fieles de Yeshúa.

—Nuestros antepasados no sospecharon jamás —apuntó Jake con indignación— que la Iglesia latina, la católica, tramaba destruirlos. De haberlo sabido, los hubiéramos cambiado de lugar, pero nada hacía sospechar que algo así pudiera ocurrir.

—Lo que sí ocurrió —añadió Becky— fue que el emir de Saladino se llevó los osarios.

—Ahí fue cuando los perdimos —dijo Jake—. Shimeon, el hermano de Jesús, había encargado a sus descendientes la protección de los osarios por temor a los romanos. Luego, los siglos pasaron pero los ben Shimeon seguimos cumpliendo con nuestro compromiso. Hasta aquel terrible julio de 1187. Por supuesto, les seguimos la pista. No los abandonamos jamás. Siempre estuvimos cerca de ellos.

—Por eso sabíamos, más o menos —se rió Becky—, dónde y qué debíamos buscar. Porque conocíamos la historia que había llegado hasta nosotros a través de nuestras familias. Con el tiempo, los ben Shimeon se dividieron y, aunque algunas ramas se perdieron, al final quedaron cuatro familias principales.

—Los Simonson —dijo Farag—, los Simonini, los Simowicz y los Simonsen.

—¿Cómo sabéis eso? —se extrañó Abby.

—Está en internet —admitió Isabella.

Abby la miró, perpleja.

—La era de la información libre, abuelos —rió al final la heredera mirando a Isabella con afecto. Luego, se inclinó sobre la mesa y comenzó a servir tazas de té y de café a todos.

En ese momento me di cuenta de que Kaspar no preguntaba nada. ¿Conocía ya todo aquello de lo que estábamos hablando? Si era así, y parecía lógico dada su relación con Abby, el tipo había sabido cerrar la boca incluso con nosotros, sus amigos.

—¿Todos los miembros de las cuatro ramas de la familia —preguntó Farag— conocen la historia?

—No —rechazó Jake—, sólo los patriarcas...

—O las matriarcas —le atajó Becky

—... y sus cónyuges, por supuesto, y el hijo o nieto...

—O hija o nieta —volvió a intervenir Becky

—... elegido para continuar con la tradición y el antiguo compromiso.

—Que, en el caso de los Simonson —añadió una sonriente Abby, cogiendo la mano de Kaspar—, soy yo.

El ex-Catón abrió los ojos un poco de más y levantó las cejas levemente pero no movió un músculo de su cuerpo prismático ortogonal. ¿Estaba sorprendido? No me lo creía. Disimulaba. Seguro.

—Becky se empeñó en no elegir sucesor durante muchísimos años —comentó Jake con resignación—. Ya teníamos tres hijos y seis nietos varones cuando nació la primera niña de la familia. Y, de repente, Becky, tenía clarísimo que la sucesora debía ser la pequeña Abby. ¡Y no os podéis imaginar cómo es Becky cuando quiere algo!

—Vale, me parece muy bien que eligierais a Abby —asentí—. Pero, volviendo a nuestro asunto, contadnos por qué tuvimos que llevar a cabo aquella larga investigación sobre los mongoles, los Asesinos, María Paleologina y Marco Polo si ya sabíais que los osarios estaban en el monte Merón.

—Porque no lo sabíamos —repuso Jake—. Ésa era la información que habíamos perdido.

—De las cuatro familias ben Shimeon —nos explicó Abby la sucesora—, todas ellas, por cierto, descendientes del rabino Eliyahu ben Shimeon, el guardián que recuperó los osarios y los escondió en el monte Merón con ayuda de los *sufat* ismailíes, sólo dos conocían el lugar secreto donde nuestro antepasado Eliyahu los había escondido. Así se había acordado y así fue durante muchos siglos. Para que lo entendáis, y utilizando los apellidos posteriores para facilitar las cosas, a veces eran los Simonini quienes tenían esa información y a veces eran los Simowicz. A veces, los Simonsen y, a veces, los Simonson, que vivieron en Inglaterra antes de pasar a Canadá hace un par de siglos. De vez en cuando, el patriarca de cada familia, aunque nombrara su propio sucesor, podía considerar más adecuado al sucesor de alguna de las otras tres familias para darle a conocer el lugar donde estaban los osarios. Ya sabéis que los hijos no siempre salen como uno quiere o le gustaría. Pero siempre tenía que haber dos patriarcas en posesión de lo que ahora sabemos que era el dato del monte Merón. Puede que incluso conocieran la forma de esquivar las trampas para ladrones de tumbas y llegar directamente hasta los osarios. No lo sabremos nunca.

—Y no lo sabremos —continuó su abuelo— porque los dos patriarcas que tenían la información en 1628, Abraham Simonini y Naftali Simowicz, estaban reunidos por negocios en Brescia, en la Lombardía oriental, cuando se desató la terrible plaga de peste bubónica conocida como la gran plaga de Milán. Ambos murieron casi al mismo tiempo encerrados en Brescia por la cuarentena, de modo que el secreto murió con ellos. Y, por esa razón, durante los siguientes trescientos ochenta y seis años, las cuatro ramas de los ben Shimeon han intentado resolver el misterio para recuperar los osarios.

—Jake y yo supimos que, con vosotros, lo conseguiríamos —comentó Becky, emocionada—. Llevábamos toda la vida reuniendo documentos, objetos, leyendas, investigando a las Iglesias, a las distintas religiones, incluso a las sociedades o hermandades como la de Kaspar por si tenían algún dato que nos pudiera servir. Y cuando aparecisteis vosotros, consiguiendo lo que nosotros no habíamos podido conseguir con todos nuestros medios, supimos que erais las personas que necesitábamos.

—Sólo tengo una última cosa que añadir —dijo Abby, acariciando la manaza del dócil ex-Catón—. Aunque os cueste creerlo, yo no le había contado nada de todo esto a Kaspar.

—Es cierto —comenté enfadada—. Me cuesta creerlo.

Abby se rió de buena gana.

—Sabía que no te fiarías de mí, Ottavia —declaró.

No daba crédito a lo que estaba oyendo. ¿En serio aquella heredera y sucesora ebionita esperaba inocentemente que yo pudiera creer algo de lo que nos había dicho hasta ese momento? Historia de los osarios aparte, por supuesto, y sólo porque lo habían contado sus abuelos. Ella había estado con nosotros todo el tiempo y nos había engañado a conciencia.

—Yo no sabía nada —afirmó la Roca con cara de pocos amigos—. Lo único que Abby me dijo cuando... cuando...

—Lo único que le dije a Kaspar —dijo ella echándole un cable— cuando empezamos a salir fue que había un gran secreto en mi familia del que no podía contarle nada y le pedí que, si de verdad quería que continuáramos juntos, se preparara para admitir cualquier cosa descabellada que pudiera escuchar. Me prometió —y le miró a los ojos con tanta adoración que tuve que tragarme un bufido— que no me dejaría aunque resultara ser de la familia del Anticristo.

—¡Kaspar! —exclamé horrorizada. Pero, ¿cómo podía ser

tan idiota y decir tales barbaridades por un tonto impulso romántico?

—*Basíleia...* —me reconvino Farag, tomando mi mano y apretándola para que me callara.

Isabella se partía de la risa. Y también Jake y Becky.

—¿Qué os resulta tan gracioso? —les increpé a los tres, aguantando firmemente el enérgico apretón de mano que me estaba propinando Farag.

—Lo del Anticristo, tía —repuso Isabella sin dejar de reír.

—Es que, a fin de cuentas, Abby era de la familia de Cristo —me explicó mi marido, que siempre decía que a mí había que contarme los chistes con manual de instrucciones—. ¿No lo pillas? Él le dijo que no la dejaría ni aunque fuera de la familia del Anticristo y resulta que era de la familia de Cristo.

No le veía la gracia, pero a los demás les parecía divertidísimo. ¿He dicho ya que no entiendo a la humanidad y que nunca la entenderé? Pues eso.

—Sólo falta acordar el pago por vuestros servicios —concluyó Becky cuando se le pasó el ataque de risa.

—Quiero las cartas de Marco Polo —afirmé con rotundidad.

Jake y Becky se miraron, apurados.

—Eso es imposible, Ottavia —me dijo Becky—. Hablan de los osarios y nada relacionado con ellos puede salir de nuestra familia. Pídenos cualquier otra cosa, lo que sea, pero no las cartas.

Dudé si levantarme y tirar por los aires la mesa con todo el desayuno y luego ahogar a los Simonson con mis propias manos y terminar incendiando el hotel, o aceptar que Becky tenía razón y resignarme. Adiós a mi tercer Premio Getty. Eso era lo que más me iba a costar asimilar.

—Nos gustaría recuperar nuestra vida —dijo Farag, sirviéndose un cuenco pequeño de cereales—. Ahora mismo no tenemos nada, salvo nuestros trabajos y un poco de dinero en el banco, y nos gustaría tener una casa a la que volver, un hogar en el que poder empezar de nuevo.

Los ancianos Simonson se echaron a reír.

—Eso ya está resuelto —nos anunció Becky rebosando felicidad—. Os hemos comprado una casa cerca del campus de la UofT que ya está puesta a vuestro nombre. Me he permitido decorarla a mi gusto, Ottavia, aunque siempre podéis cambiarlo todo sin problemas.

¿Una casa?

—Y también os hemos ingresado algo de dinero en vuestra cuenta bancaria —añadió Jake, dando un sorbo a su té—. Para que no tengáis problemas cuando regreséis a Toronto.

—Me preocupa un poco —comentó Farag, nervioso— que os hayáis pasado con la casa y el dinero. Nosotros no necesitamos grandes cosas para vivir. Nos gusta nuestro trabajo.

—¿Para qué perder el tiempo con explicaciones? —sonrió Becky—. Cuando volvamos, lo veréis todo.

—Sí —agregó satisfecho Jake—, pero que quede claro que esas dos cosas no son el pago por cumplir la misión que os encargamos y aún no nos habéis dicho qué queréis. La casa y el dinero sólo son indemnizaciones o compensaciones por los daños sufridos. Falta lo que vosotros queráis de verdad.

Farag y yo nos miramos. ¿Qué más podíamos querer? Nos gustaba nuestra vida como era. Además, si no me iban a dar las cartas de Marco Polo, yo ya no quería nada más y él tampoco. De pronto, se me ocurrió una idea.

—Bueno —balbuceé, insegura—, quizá podríais destinar algunos de vuestros muchos millones a una buena obra en nuestro nombre.

—¿Quieres encargarte personalmente de eso, Ottavia? —me preguntó Abby—. Tenemos numerosas organizaciones trabajando en programas de desarrollo en el Tercer Mundo. Fomentamos especialmente la escolarización y la sanidad.

¡Caramba con los ebionitas, los pobres de Jerusalén!

—Me gustaría que entregarais una cantidad grande de dinero, pero grande de verdad —repuse muy seria—, a los franciscanos del convento de San Antonino de Padova, en Palermo. Mi hermano Pierantonio, que fue Custodio de Tierra

Santa hace algunos años, se encarga del comedor de caridad que han abierto para los pobres que ha creado la crisis económica, pero necesitan mucho más. También acogen a gente que ha perdido sus casas, así que, con vuestro dinero, abrirán albergues y ayudarán a muchas personas que están pasando por un mal momento.

—¡Hecho! —accedió Jake con otro cruasán en la mano camino de la boca—. Supongo que te parecerá bien una cifra de nueve dígitos. En euros, por supuesto.

—Creo que te acabas de meter en un bonito jardín —masculló por lo bajo el siempre simpático ex-Catón.

—Eso no es problema tuyo —repliqué.

—Y, ahora, Kaspar —empezó a decir Jake con una voz tan misteriosa que hizo que todos le mirásemos extrañados—, tenemos un último asunto que tratar contigo.

¡Oh, Dios mío! No irían a ponerse a hablar de peticiones de mano y fiestas de compromiso, ¿verdad? ¡Aj!

EPÍLOGO

Ha pasado más de un año desde aquel caluroso 13 de julio en Tel Aviv. Ahora estamos en otoño de 2015 y hace un frío terrible en Canadá, aunque ya nos vamos acostumbrando a este clima. Nuestra casa es una casa preciosa y yo estoy escribiendo en mi refugio preferido, mi lugar en el mundo: la biblioteca. ¡Tengo una biblioteca idéntica, hasta en sus menores detalles, a la biblioteca pequeña de la mansión Simonson! Es algo que nunca podré agradecer bastante a Becky, aunque no disponga, de momento, de tantos códices y volúmenes como tienen ellos. Tampoco están esas bonitas ventanas elevadas por la sencilla razón de que mi biblioteca no está en un semisótano, pero sí están los sillones tapizados en terciopelo negro delante de ventanas normales. Tengo, incluso, los globos terráqueos sobre las peanas altas.

Aquí soy feliz y me siento en paz. Oigo los pasos y las voces de Farag e Isabella por la casa. Están preparando las maletas porque nos vamos de viaje y Farag me ha echado de la habitación para que no le moleste desordenando cosas.

Nuestra nueva casa en Toronto es, verdaderamente, una preciosidad. Está muy cerca de la universidad y, sin ser enorme, es grande y luminosa, con un bonito jardín alrededor. Isabella, Farag y yo nos instalamos aquí entre las protestas de mi joven sobrina —que aborreció su habitación desde el mismo momento que la vio y empezó a quitar una cosa detrás de otra hasta dejarla hecha un desastre— y mis exclamaciones de admiración. De hecho, no he cambiado nada de la decoración de Becky porque me encanta.

Sobre Isabella hemos perdido el control absolutamente, aunque Farag no opina lo mismo. Con veinte años, hace lo que quiere, va y viene cuando quiere y ha establecido una especie de nave alienígena en su cuarto en el que ya no cabe un ordenador más ni un *gadget* informático más. Sabemos (por alguna cosa que se le escapa de vez en cuando) que sigue en contacto de alguna manera con el joven staurofílax del Paraíso Terrenal que le gusta, pero no suelta prenda por más trampas que le ponga o por más interrogatorios a los que la someta. Pero no tengo suficiente fuerza para presionarla porque va muy bien en los estudios (este semestre acaba ya la carrera porque el año pasado adelantó asignaturas) y su tío la protege de mí como un león salvaje. Sin exagerar. Dice que ya es mayor para hacer su vida y que yo sigo creyendo que tiene cinco años, lo cual no es cierto porque, si lo creyera, no me preocuparía tanto.

Por cierto, mi hermana Águeda me llamó un día por teléfono durante las navidades pasadas. No quería hablar conmigo, sólo prohibirme, literalmente, que siguiera teniendo a su hija en mi casa. Le dije que ella a mí no podía prohibirme nada, que hablara con su hija y que se arreglaran entre ellas y me dejara en paz. Antes de colgarme el teléfono me gritó, como si fuera una terrible amenaza, que rompíamos la relación para siempre. No sé si llegó a escuchar el «¡encantada!» que le solté. Supongo que sí porque lo dije dos veces. Tampoco sé si llegó a hablar con su hija. Isabella no ha dicho nada y nosotros no hemos querido preguntarle. Lo que quedó claro fue que no viajó a Palermo en Navidad. Ni tampoco después.

A mediados de agosto del año pasado asistimos al entierro de Sabira en Diyarbakir, en la Anatolia turca. Allí, con gran alegría, volvimos a ver a Gilad y nos sorprendió mucho que se saltara sus prejuicios religiosos para asistir a un entierro ismailita en un país musulmán. También asistió el príncipe Karim Aga Khan y otros importantes cargos de la moderna secta de los Asesinos. Los Simonson habían entregado, semanas atrás, el osario de Hasan i-Sabbah al príncipe Karim pero, como los ismailitas son tan reservados como los ben Shimeon, hasta el día de hoy no ha salido nada en los medios de comunicación sobre el descubrimiento de esos restos. Supongo que le habrán construido un precioso mausoleo en algún lugar perdido del mundo y quizá hayan puesto una pequeña placa con el nombre de Sabira Tamir, la arqueóloga que lo encontró.

Lo que sí salió en los medios de comunicación en mitad de un gran escándalo fue el asunto de monseñor Tournier. Creo que fue en febrero o marzo de este año cuando, una noche, Farag, Isabella y yo nos quedamos congelados delante de la televisión al ver en el informativo la increíble noticia sobre Tournier.

—Nunca te enfrentes a un Simonson —fue la conclusión de Farag.

Resulta que un periodista italiano que investigaba las finanzas de la Santa Sede tras la intervención de la Unión Europea exigiendo transparencia en las cuentas del Banco Vaticano —el IOR (el Instituto para las Obras de Religión)— descubrió cientos de millones de euros escondidos en cuentas a nombre de falsos departamentos del Vaticano y todas esas cuentas falsas llevaban directamente a monseñor François Tournier. El periodista se negó a explicar cómo había conseguido los documentos acusatorios pero allí, en Toronto, nosotros sí lo sabíamos. Las imágenes de la televisión mostraban a un monseñor Tournier mucho más viejo de lo que yo le recordaba entrando detenido en un coche de los *carabinieri* a los que el Vaticano del Papa Francisco lo había entregado sin pensárselo dos veces como ejemplo de transparencia y de lo mucho que estaban cambiando las cosas. De nada le sirvieron su pasaporte vaticano y su alto rango eclesial.

Su esbirro Gottfried Spitteler hacía mucho tiempo que había desaparecido junto con el famoso arqueólogo Hartwig Rau y el equipo de diez hombres que les acompañaban al entrar en el monte Merón. Al parecer, cuando quemamos la caverna del liquen y provocamos aquella columna de humo que alertó a los servicios forestales israelíes, también alertamos al equipo de Spitteler que adivinó de inmediato, tras escuchar las transmisiones por radio de los helicópteros de vigilancia, que aquello era obra nuestra y que estábamos allí. Por lo visto, descubrieron la rejilla de piedra, la rompieron y se descolgaron hasta la entrada de la caverna. Fueron siguiendo nuestros pasos hasta la cueva de la prueba de la misericordia, la de las cuatro ruedas pequeñas con las que había que introducir la clave INRI en hebreo que resultaba ser el nombre de Yahvé. Todas las puertas estaban ya abiertas por nosotros, de modo que continuaron avanzando hasta la caverna de los limpios de corazón, el pasillo de fuego. Y, como iban perfectamente equipados y tenían todos los recursos que necesitaban, consiguieron cruzar el maldito pasillo sin abrasarse. ¡Con lo que nos costó a nosotros!

Tuvieron que volar con explosivos la rueda de piedra que clausuraba la entrada a la prueba de los pacíficos porque no pudieron moverla. Y ahí fue donde la suerte, por fin, les dio la espalda. El equipo de mercenarios paramilitares de la Fundación Simonson que entró en el Merón en dirección contraria (y que también tuvo que volar algunas cosas) los encontró muertos allí, al pie de la cruz y la estrella, entre las tumbas de Eliyahu ben Shimeon y Farhad Zakkar, envenenados por el incoloro e inodoro dióxido de carbono, del que no se apercibieron hasta que fue demasiado tarde. Ninguno de los hombres del equipo de Spitteler y Rau era israelí y no tenían ni idea de la geodinámica de la zona y sus peligros. Los doce esbirros de Tournier murieron envenenados por el gas en la prueba de los pacíficos. Me pareció una metáfora muy adecuada para unos criminales.

Los paramilitares de la Fundación nos contaron que habían encontrado, entre las pertenencias de los muertos, teléfonos codificados además de los móviles normales. Eso explicaba por qué no había sido posible detectar ninguna conversación sospechosa entre ellos. Sabían que estaban siendo vigilados desde que llegaron a Israel y se habían protegido.

Con Gottfried Spitteler muerto y Tournier en la cárcel, mi

vida volvió a ser maravillosamente apacible. Mi ansiedad disminuyó y dejé de ver peligros detrás de todas las esquinas y de martirizar a Farag e Isabella con peticiones de seguridad. De todos modos no es que me hicieran caso, pero yo me quedaba más tranquila repitiéndoles una y otra vez que llevaran cuidado. Después de la detención de Tournier, no volví a decirles nada y conseguí dormir todas las noches de un tirón y sin pesadillas, lo que ya era un triunfo.

Nuestro avión sale dentro de tres horas e Isabella, naturalmente, no viene con nosotros. Ella saldrá esta noche y se desplazará hasta el Paraíso Terrenal acompañada por Diane, la mujer staurofílax que se hizo pasar por su madre en el viaje anterior. Ambas se convertirán de nuevo en Gudrun y Hanni Hoch, de Liechtenstein. Pero nos han asegurado que llegarán al mismo tiempo que nosotros.

No es un viaje ni corto ni cómodo, pero hace muchos años que Farag y yo no visitamos el Paraíso y nos apetece mucho volver. Además, estamos deseando ver de nuevo al pequeño Linus. Y, desde luego, no podríamos perdernos de ningún modo la increíble ceremonia que va a tener lugar allí pasado mañana: los osarios con los restos de Jesús de Nazaret, sus padres y sus hermanos van a ser entregados a la hermandad para que permanezcan a salvo en el Paraíso Terrenal de ahora en adelante. Los ancianos Simonson, que van a ser trasladados hasta Stauros al mismo tiempo y del mismo modo que Isabella —es decir, profundamente dormidos y pasando de mano en mano como fardos desde aviones a barcos, de barcos a camiones, de camiones a carros, de carros a falúas, etc.—, serán los encargados de hacer la entrega. Jake estaba tan emocionado la semana pasada, cuando se enteró, que le subió la tensión peligrosamente y tuvieron que bajársela con pastillas. La idea de visitar el Paraíso Terrenal le incendiaba la válvula turborreactora que tenía por corazón.

Aquella lejana mañana en el hotel de Tel Aviv, al día siguiente de salir del Merón, Jake le pidió a Kaspar que la hermandad se hiciera cargo de los osarios.

—Tenéis el lugar más seguro del mundo —le dijo—. Ni siquiera nosotros hemos podido encontrarlo después de tantos años. Becky y yo ya somos mayores y Abby es nuestra sucesora. Pronto será responsable de los osarios y me temo que se va a pasar buena parte de su vida protegiéndolos de las facciones más fanáticas y radicales de las Iglesias cristianas. ¿Qué mejor lugar para los restos de Yeshúa de Nazaret que el único escondite jamás descubierto por nadie? Ya lo hemos hablado con las otras tres familias ben Shimeon y están completamente de acuerdo.

Pero la cosa no era tan sencilla como Jake la veía. Primero había que explicarle a la hermandad que Jesús no había resucitado de entre los muertos, por ejemplo, entre otros pequeños detalles de similar cariz. Los staurofílakes podían resultar extraordinarios en muchos sentidos, pero no dejaban de ser una secta cristiana que veneraba ciegamente la Cruz, la reliquia en la que creían que había muerto su Dios.

—Bueno, Jesús sí que murió en la Cruz —señaló Becky con firmeza—. Pero Dios no puede morir. La idea de un Dios que muere es un concepto cristiano erróneo y sin sentido que, a base de repetición, ha terminado siendo aceptado como normal. La Cruz puede seguir teniendo el mismo valor para los staurofílakes si aceptan la realidad de los osarios.

De modo que Kaspar se puso en camino llevando consigo todas las pruebas y documentos que le proporcionaron los Simonson y regresó al Paraíso Terrenal con una complicada misión y unas ganas locas de volver a ver a Linus. Fue recibido con calor y alegría pero, inevitablemente, le llegó el momento de enfrentarse al consejo de sabios y contarles todo lo que habíamos hecho y lo que habíamos descubierto. Les habló de María Paleologina, de Marco Polo, de la secta de los Asesinos, de los *sufat*, de los ebionitas y de los ben Shimeon, descendientes de la familia de Jesús. Les contó todo sin saltarse una coma y, para su sorpresa, en lugar de escandalizarse y negarse en redondo a tomar siquiera en consideración lo que les había contado, el consejo decidió declarar un período de estudio para todos los staurofílakes (incluidos los del exterior) de modo que pudieran comprobar a través de los textos sagrados de la Biblia y los documentos aportados por Kaspar la hipotética veracidad de la historia.

El período de estudio se prolongó durante todo un año, hasta el verano pasado, y, durante ese tiempo, un poco antes de la Navidad, el consejo y muchos staurofílakes pidieron la presencia de algún ben Shimeon con quien poder hablar. No sabemos muy bien cómo sucedió la cosa, lo único que nos llegó a través de Jake y Becky fue que Abby, que no se despidió de nosotros, no sólo asumió la responsabilidad de viajar al Paraíso Terrenal para someterse a las preguntas de la hermandad sino que, además, se ofreció voluntariamente para pasar las nuevas pruebas de admisión que la hicieron merecedora de las escarificaciones rituales. Farag y yo nos quedamos petrificados por la noticia pero al final pensamos que, si lo había hecho, seguro que antes lo habría hablado con Kaspar y que éste, pensando mal, digamos que quizá le pasó los temas que iban a entrar en el examen. O quizá no. Abby era muy lista y estaba muy bien preparada.

En fin, que Abby llegó al Paraíso Terrenal con sus galones de staurofílax y, encima, llevando supuestamente en sus venas la sangre de Jesús de Nazaret y eso, para la hermandad, no era cualquier cosa.

Finalmente, este pasado agosto, hace apenas tres meses, el consejo de sabios dictaminó que se aceptaba la veracidad de la historia de los ben Shimeon y la realidad de los osarios. Desde que regresó al Paraíso Terrenal, Kaspar, poco a poco, había vuelto a asumir su papel de Catón, en parte por ejercer una mayor influencia pero también porque no se dio ni cuenta. Él es así. Retomó sus funciones gradualmente, con calma y serenidad, y, cuando Abby llegó en enero convertida en staurofílax y dispuesta a quedarse una buena temporada, Kaspar ya había descubierto por sí mismo que aquél era su lugar y que ser el Catón de los staurofílakes era su responsabilidad. De modo que allí se quedaron los tres, Kaspar, Abby y Linus, a la espera de que terminara el período de estudio y se conociera el dictamen definitivo.

Pasado mañana estaremos en Paraíso Terrenal, asistiremos a la ceremonia de traspaso de los osarios, que viajarán con Isabella, Jake y Becky, y, además de abrazar a Linus, que, según su padre, se acuerda mucho de nosotros y nos echa de menos, conoceremos a la pequeña Miryam Glauser-Röist, nacida hace apenas dos semanas. Sus bisabuelos también están locos por verla y, al parecer, en la hermandad hay una especie de alegría especial por el nacimiento de la niña por ser hija de su Catón y descendiente de la familia de Jesús. Espero que Linus no tenga celos y que se lleve bien con su hermana, que parece destinada a ser una estrella en el firmamento de las sectas religiosas raritas. Hablaré con él de esto cuando le vea. Me lo llevaré a dar un paseo por el río.

Sólo tengo un último e imperioso deseo por el que pienso rezar hasta el día de mi muerte: por favor, Dios, por favor, no permitas que Kaspar Glauser-Röist vuelva a salir nunca del Paraíso Terrenal ahora que ha regresado, porque cada vez que sale pasan cosas terribles y quiero vivir una vida tranquila con Farag.

OTRAS NOVELAS DE MATILDE ASENSI

El salón de ámbar

Aventuras, peligro y amor en la impresionante primera obra de Matilde Asensi.

España, a finales de los años noventa. Un sofisticado equipo internacional de ladrones de guante blanco llamado el Grupo de Ajedrez recibe un encargo peculiar: hacerse con una obra de un pintor destacado pero de segunda fila. Ana Galdeano, anticuaria de Ávila y miembro español del Grupo, sospecha desde el principio que su cliente les oculta algo, pero acepta el encargo sin saber que se va a ver inmersa en una complicada trama urdida cincuenta años atrás por dos peligrosos jerarcas de la Alemania nazi.

Matilde Asensi nos brinda una emocionante novela de acción plagada de sorpresas que mantiene al lector atrapado hasta la última página.

Iacobus

Un revelador viaje por el Camino de Santiago, un clásico de las novelas templarias.

Galcerán de Born, monje de una orden militar, es enviado por el papa Juan XXII a investigar las misteriosas muertes de Clemente V, su antecesor, y Felipe IV, rey de Francia, tras la ejecución del gran maestre de la Orden del Temple.

Acompañado por el novicio García, su fiel y sagaz escudero, y con la ayuda de una hechicera de París, Galcerán irá desentrañando una enigmática trama que le pondrá tras la pista de la Orden del Temple, una institución en teoría ya disuelta pero cuya alargada sombra sigue proyectándose sobre las más importantes esferas del poder.

Combinando la técnica de las novelas de misterio con sus amplios conocimientos históricos, Matilde Asensi nos ofrece una narración magistral ambientada en la Europa medieval más convulsa.

El último Catón

Una novela que ha hecho Historia.

Desde el archivo secreto de la ciudad del Vaticano, la hermana Ottavia Salina, paleógrafa de prestigio internacional, se enfrenta a un extraño enigma: descifrar los tatuajes aparecidos en el cadáver de un etíope. Con la ayuda de un capitán de la guardia suiza y un arqueólogo de Alejandría, Ottavia tendrá que descubrir quién está detrás del robo en las iglesias de todo el mundo de las reliquias de la Vera Cruz, la cruz de Cristo. Siete pruebas basadas en el purgatorio de la *Divina Comedia* de Dante Alighieri tienen las llaves para abrir las puertas.

El último Catón, con más de tres millones de ejemplares vendidos, se ha convertido en una obra de referencia de la narrativa española actual.

El origen perdido

La trepidante búsqueda de una civilización perdida en la selva amazónica de la mano de la maestra de las novelas de aventuras.

Una extraña enfermedad que ha dejado a su hermano en estado vegetativo lleva al *hacker* y empresario informático Arnau Queralt a emprender una investigación arqueológica sobre el imperio inca, las ruinas de Tiwanacu y la selva amazónica, tras las huellas de una civilización perdida. El lector sigue con Arnau y sus amigos, Marc y Lola, este viaje a través del conocimiento, descubriendo algunos misterios sin resolver en la historia de la Humanidad, las paradojas de la Teoría de la Evolución y el verdadero papel de los españoles en la conquista de América.

El origen perdido es una novela deslumbrante que reta al lector a un juego de inteligencia y le conduce hasta una meta cuya clave está en el poder de las palabras.

Peregrinatio

La magia del Camino de Santiago a través de la iniciación de un caballero.

Año 1324. El ex caballero hospitalario Galcerán de Born (protagonista de *Iacobus*), preocupado ante las noticias sobre la vida disoluta de su hijo Jonás en la corte de Barcelona, le remite una misiva con órdenes precisas: el joven deberá prestar el solemne juramento de la caballería y convertirse así en gentilhombre y adalid de la antigua Sabiduría y el Conocimiento.

Para cumplir los deseos de su padre, Jonás emprenderá el Camino de Santiago como un peregrino más y, al hilo del simbolismo del Camino, irá cumpliendo todos los rituales que exige su condición de aspirante a caballero.

Una extraordinaria guía novelada e ilustrada del milenario Camino y un homenaje a la Ruta Jacobea en la que Matilde Asensi devuelve la voz a algunos personajes de su gran éxito *Iacobus*.

Todo bajo el Cielo

Una gran aventura en China tras el tesoro del Primer Emperador.

Elvira, una pintora española afincada en el París de los años veinte, recibe la noticia de que su marido ha muerto en su casa de Shanghai. Acompañada por su sobrina Fernanda, parte en barco para recuperar el cadáver de Rémy.

Al pisar por fin tierra firme, comenzará para Elvira y Fernanda la mayor peripecia que nunca hubieran imaginado vivir. Huyen de China hasta Xi'an, donde, con la ayuda del anticuario Lao Jiang, la sabiduría oriental del maestro Jade Rojo y la inteligencia de Biao, podrán descifrar las claves y superar las arriesgadas pruebas para encontrar la tumba del Primer Emperador y la última pieza del secreto mejor guardado de la historia de la Humanidad.

Todo bajo el Cielo nos propone un fascinante viaje que nos acerca a una cultura milenaria, con secretos ancestrales que serán revelados a través de los ojos de la protagonista.

Tierra Firme

El inicio de la gran saga del Siglo de Oro español.

Nada podía hacer sospechar a Catalina Solís, cuando embarcó en la flota española de Los Galeones con destino al Caribe, que al otro lado del océano encontraría un Nuevo Mundo plagado de peligros y desafíos.

Tras escapar de un abordaje pirata y sobrevivir en una isla desierta durante dos años, emprenderá una nueva vida bajo el nombre de Martín Nevares. Así, junto con su padre adoptivo y los marineros de la *Chacona*, se convertirá en uno de los muchos contrabandistas que surcaban los mares a principios del siglo XVII.

En ésta, la primera aventura de la trilogía protagonizada por la intrépida Catalina Solís, Matilde Asensi recrea magistralmente la atmósfera y la vida cotidiana de las poco conocidas colonias españolas de las Indias. Un apasionante viaje que tendrá su continuación en la trepidante *Venganza en Sevilla*.

Venganza en Sevilla

Una ciudad, una familia y una deuda por saldar.

Sevilla, 1607. Catalina Solís —la intrépida protagonista que conocimos en *Tierra Firme*, la primera entrega de la trilogía de Martín Ojo de Plata— llevará a cabo su gran venganza en una de las ciudades más ricas e importantes del mundo, la Sevilla del siglo XVII. Cumplirá así el juramento hecho a su padre adoptivo de acabar con los Curvo, gracias a una espectacular venganza múltiple basada en el engaño, la seducción, la fuerza, la sorpresa, el duelo, la medicina y el juego. La acompañan en esta arriesgada aventura amigos de *Tierra Firme* y unos pícaros supervivientes, dispuestos a dar su vida por un personaje tan legendario.

Matilde Asensi ha escrito la gran novela de Sevilla, con una amplia y rigurosa documentación.

Una novela de acción trepidante que mantiene en vilo la atención del lector con descubrimientos y sorpresas en cada página.

Matilde Asensi atrapa a los lectores una vez más con otra vuelta de tuerca y un desenlace sorprendente.

«–Pues veréis, doña Catalina —murmuró el nahuatlato, algo confuso—, sólo restan tres figuras en el documento y lamento deciros que no soy capaz de interpretarlas. A lo que parece, tienen algo que ver con la puerta secreta pues todas ellas están unidas por cuerdecillas y relacionadas entre sí por el lugar que ocupan, mas, aunque las leo y las traduzco, ni las comprendo ni sé darles un sentido.

»—¿Y qué figuras son ésas? —inquirí, poniendo la mirada en los dibujos que don Bernardo señalaba. Sólo distinguí una planta de hojas alargadas pintada de verde. El resto no conocí lo que era.

»—Uapali, xikokuitlatl y xihuitl —pronunció despaciosamente y con grande turbación—. Tabla, cera y año.»

La conjura de Cortés, la última entrega de la trilogía de Martín Ojo de Plata, culmina el recorrido de Matilde Asensi por el Siglo de Oro español. Un mapa, un tesoro escondido, un enigmático texto y una conjura para derrocar a la corona española en Nueva España son las claves con las que Catalina Solís tendrá que jugar para poder acabar con sus enemigos, los Curvo.

La habilidad con la que Matilde Asensi escribe las tramas de enigmas y su maestría a la hora de recrear toda una época ponen el broche final a esta saga sobre el Siglo de Oro español seguida por millones de lectores.